中国当代文学概观（第三版）

ZHONGGUO DANGDAI WENXUE GAIGUAN

张钟　洪子诚　佘树森　赵祖谟　汪景寿　计璧瑞　编著

北京大学出版社
PEKING UNIVERSITY PRESS

图书在版编目(CIP)数据

中国当代文学概观/张钟等编著.—3版.—北京：北京大学出版社，2014.1
（博雅大学堂·文学）

ISBN 978-7-301-23768-7

Ⅰ.①中… Ⅱ.①张… Ⅲ.①中国文学—当代文学—文学研究—高等学校—教材 Ⅳ.①I206.7

中国版本图书馆 CIP 数据核字(2014)第 011979 号

书　　　名	中国当代文学概观（第三版） ZHONGGUO DANGDAI WENXUE GAIGUAN(DI-SAN BAN)
著作责任者	张　钟　洪子诚　佘树森　赵祖谟　汪景寿　计璧瑞　编著
责任编辑	张雅秋
标准书号	ISBN 978-7-301-23768-7
出版发行	北京大学出版社
地　　　址	北京市海淀区成府路 205 号　100871
网　　　址	http://www.pup.cn　新浪微博：@北京大学出版社
电子信箱	pkuwsz@126.com
电　　　话	邮购部 010-62752015　发行部 010-62750672 编辑部 010-62757065
印　刷　者	三河市北燕印装有限公司
经　销　者	新华书店
	965 毫米×1300 毫米　16 开本　23.25 印张　393 千字 1998 年 1 月第 1 版　2002 年 1 月第 2 版 2014 年 1 月第 3 版　2022 年 10 月第 6 次印刷
定　　　价	62.00 元

未经许可，不得以任何方式复制或抄袭本书之部分或全部内容。
版权所有，侵权必究
举报电话：010-62752024　电子信箱：fd@pup.pku.edu.cn
图书如有印装质量问题，请与出版部联系，电话：010-62756370

目 录

绪 论 ··· (1)
  第一节 　大陆文学一体化的确立和强化 ··· (1)
  第二节 　大陆文学一体化的解体和多元化的初步形成 ································· (19)
  第三节 　台湾文学的演变 ··· (30)

第一章　诗歌创作 ··· (39)
  第一节 　概述 ·· (39)
  第二节 　田间、李季、闻捷、李瑛的诗歌创作 ······································· (48)
  第三节 　郭小川、贺敬之的诗歌创作 ··· (59)
  第四节 　复出诗人的创作 ··· (67)
  第五节 　舒婷、北岛等的诗歌创作 ·· (83)
  第六节 　"新生代"诗歌 ·· (92)

第二章　散文创作 ··· (100)
  第一节 　概述 ·· (100)
  第二节 　魏巍、刘白羽的报告文学及散文 ·· (105)
  第三节 　冰心、杨朔、秦牧、吴伯箫的散文 ··· (111)
  第四节 　徐懋庸、巴人的杂文和《燕山夜话》、
           《三家村札记》 ·· (123)
  第五节 　巴金、孙犁、杨绛的散文 ·· (126)
  第六节 　徐迟、黄钢、黄宗英等作家的报告文学 ·································· (131)
  第七节 　林放、严秀、邵燕祥、蓝翎等人的杂文写作 ···························· (141)
  第八节 　作家与学者的散文和随笔写作 ·· (143)

第三章　话剧创作 ··· (152)
  第一节 　概述 ·· (152)
  第二节 　老舍与京味话剧 ··· (155)
  第三节 　历史剧创作 ··· (160)
  第四节 　社会问题剧创作 ··· (164)

第五节　话剧的新探索 …………………………………………（169）
第四章　小说创作(上) ……………………………………………（174）
　　第一节　概述 …………………………………………………（174）
　　第二节　革命斗争题材的短篇小说 …………………………（182）
　　第三节　赵树理与农村题材的短篇小说 ……………………（188）
　　第四节　50年代中期的短篇小说 ……………………………（196）
　　第五节　风格多样化与茹志鹃的创作 ………………………（201）
　　第六节　《保卫延安》与建国初期的长篇小说 ………………（205）
　　第七节　《山乡巨变》与《创业史》……………………………（208）
　　第八节　《青春之歌》与《红旗谱》……………………………（212）
　　第九节　《红日》与《红岩》……………………………………（216）
第五章　小说创作(下) ……………………………………………（220）
　　第一节　概述 …………………………………………………（220）
　　第二节　王蒙、高晓声、张贤亮、汪曾祺等
　　　　　　"复出"作家的小说创作 ………………………………（227）
　　第三节　工业与城市生活的变奏曲 …………………………（235）
　　第四节　知青作家的小说创作 ………………………………（243）
　　第五节　韩少功、阿城、贾平凹的寻根小说 …………………（252）
　　第六节　小说艺术形式的创新 ………………………………（257）
　　第七节　池莉、方方、刘震云、刘恒的小说创作 ……………（267）
　　第八节　女性作家的小说创作 ………………………………（273）
第六章　台湾文学 …………………………………………………（292）
　　第一节　概述 …………………………………………………（292）
　　第二节　《现代文学》和《文学季刊》作家群 …………………（305）
　　第三节　台湾新诗潮流 ………………………………………（328）
　　第四节　台湾散文综论 ………………………………………（340）
　　第五节　20世纪末以来的台湾文学 …………………………（350）
后　　记 ……………………………………………………………（370）

绪　论

本书采用的"中国当代文学"这一概念是指从 1949 年 7 月在北平召开的中华全国文学艺术工作者第一次代表大会迄今的中国文学。

40 年代末剧烈的政治/军事行动使中国划分为两个部分：大陆与台湾。由于所处的社会文化环境的不同，两个地区的文学呈现出不同的演变态势。本书对其情况分别加以概要的描述。

中国大陆的当代文学大致可以分为两个时段，其分水岭是 1976 年"文化大革命"的结束。第一个时段的总体趋势是文学一体化的确立和不断强化，第二个时段的总体趋势是文学一体化的逐步解体和多元化的初步形成。

第一节　大陆文学一体化的确立和强化

一　40 年代末至 50 年代后期对文学艺术所作的规范

所谓文学的一体化是指文学依照政治意识形态的需要所做的规范化。19 世纪末叶的文学改良运动产生于挽救国运的需要。康有为、梁启超分别在《日本书目志识语》和《论小说与群治之关系》中表明了小说改良的政治目的。从 20 世纪 20 年代后期开始，中国左翼文学即为文学的一体化展开了工作。至 40 年代，在解放区，这种一体化由于有了政权的支持和参与而获得了真正的实现。中国大陆 50 至 70 年代文学的一体化，远承古代言志传道的传统，近接文学改良运动的努力，成为左翼文学一体化在新的历史条件下的继续、延伸和强化。

这一工作在 1949 年 7 月第一次文代会上得到全面的实施。

首先，确立了毛泽东文艺思想的绝对指导地位。毛泽东的文艺思想比较集中地体现在他的《中国共产党在民族战争中的地位》《新民主主义论》和《在延安文艺座谈会上的讲话》中。它的理论基础是马克思关于经济基础和上层建筑关系的学说与马克思经典理论家的某些文学理论论述。它的核心是文艺与政治的关系。毛泽东认为,"在现在世界上,一切文化和文学艺术都是属于一定的阶级,属于一定的政治路线的。为艺术的艺术,超阶级的艺术,和政治并行或互相对立的艺术实际上是不存在的"。"党的文艺工作","是服从党在一定革命时期内所规定的革命任务的"。他关于文艺的工农兵方向的论述,关于文艺源于生活、高于生活的论述,关于文艺批评政治标准第一、艺术标准第二的论述,关于歌颂与暴露的论述,关于源与流的论述,关于普及与提高的论述,关于作家思想改造的论述等等,都是以这一核心问题为基准的。毛泽东文艺思想在 40 年代初中期在解放区得到强有力的贯彻,在国统区得到相当规模的传播,而在第一次文代会上确立了它在全国文艺界的统治地位。此后,随形势的发展和政治上的需要,它被反复强调,某些观点在阐释中有某些变化,成为一体化的理论基础。

其次,对抗日战争时期以来的中国文艺运动进行总结,把解放区文艺树为全国文艺今后发展的范例。抗日战争期间全国分为三种区域:国民党控制的"国统区"、日本侵略者占领的"沦陷区"和共产党领导的"解放区"。不同的社会环境、文化氛围和创作人员的组成,造成了这些地区不同的文艺状况。解放区的文艺总体上与中共的政治纲领一致,歌颂解放区的生活,歌颂工农兵在中共领导下进行的斗争,表现出乐观昂奋的情绪,形式上多采用经过改造的民间文艺形式。但也存在不同的声音,如王实味的《野百合花》、丁玲的《三八节有感》、萧军的《论同志的"爱"与"耐"》、罗烽的《还是杂文时代》、艾青的《了解作家,尊重作家》等。不过这些声音是受到批判和压制的。国统区的文艺状况比较复杂。那里有关注社会现实,暴露社会矛盾的文学;有反观内心,对人的心灵世界进行挖掘的文学;也有与国民党官方有密切联系,为国民党政治服务的文学。1949 年前后,一些作家去了美国,一些作家去了台湾,第一次文代会上所谓解放区和国统区两支文艺大军的会师,是解放区文艺工作者和国统区拥护中共领导的文艺工作者的会师。但会师的文艺工作者和他们的文艺活动并不处于同等地位。等级的划分是经由大会的一系列报告、特别是周扬和茅盾的报告体现出来的。早在 1942 年周扬的《艺术教育的改造问题》就说过,"我们今天在根据地所实行的,基本上就是明天要在全国实行的"。第一次文代会上他的报告《新的人民的文艺》进一步发挥了这一观点。他说:"毛主席《在延安文艺座谈会上的讲话》规定了新中国的文艺方向,解放区文艺工作者自觉地实践了这个方向,并以自己的全部经验证明了这个方向的完全正确,深信除此之外再没有第二个方向了。如果有,那就是错误的方向。"报告对解放区文艺的主题、人物、艺术方法、语言、文艺工作、开展文艺运动和文艺斗争的经验作了全面的肯定。茅盾的报告《在反动派压迫下斗争和发展的革命文艺》总结了国统区文艺创作和理论批评的成绩与缺点。这一总结是以毛泽东文艺思想和解放区文艺实践为尺度进行的。这样,第一次文代会上,解放区的主流文艺成了全国的范式。

再次,实现了文艺工作的体制化。第一次文代会期间成立了中华全国文学艺术界联合会(1953年更名为中国文学艺术界联合会,简称中国文联)。它采取团体会员制,各种文艺协会是它的团体会员。其中中华全国文学工作者协会(1953年更名为中国作家协会,简称中国作协。1984年成为与中国文联平行的独立协会)最为重要。后来各省、直辖市、自治区都成立了相应的分会。这是一套完整的组织机构。它受到政治权力的支持,其权力核心是"党组"。它的领导机构的人选是自上而下确定的;领导机构人选的变化,往往是文艺斗争的结果。中国文联和中国作协不仅为文艺家的创作活动、艺术交流、正当权益起协调保障作用,而且对文艺活动作政治上和艺术上的规范和控制。它学习苏共处理文艺的方法,常常对文艺家、作品、文艺问题以"决议"的方式作出政治裁决。文联和作协对文艺期刊十分重视。文艺期刊比起三四十年代大大增加了,并有一定的资金作保证。这些文艺刊物均属"官办",其中最重要的是《文艺报》和《人民文学》。文艺作品的刊登、出版都受到严格审查。一旦刊登或出版了违背规范的作品,作者和作品要受到批评或批判,刊物或出版社的领导也要进行检讨,甚至被撤换。这样,文艺家、他们的创作、作品的流通都被纳入体制化中。自由撰稿人、同仁刊物自然而然地消失了。1957年,丁玲、冯雪峰等对筹办同仁刊物的设想、江苏青年文学工作者对刊物《探求者》的筹划,均以失败告终。

当然,仅仅一次文代会是无法保证一体化的真正实现的。事实是,被称作中间阶层的作家和左翼作家之间、左翼作家的内部在文学主张上存在着这样那样的差异,并时有逸出规范的言论和作品出现。于是文艺批评成为进行规范的重要手段。从50到70年代的情况看,对文艺思潮、文艺现象、文艺作品作学理化的讨论、解读、鉴赏并非没有,但多数的情况是为保证规范进行的裁决:支持、赞扬符合规范的,批判乃至挞伐偏离、违背规范的。而当毛泽东和文艺界的领导者认为某一作家作品、文艺思潮或现象对文艺路线形成挑战、具有全局意义时,便会演化为大规模的批判运动。

50年代有影响的论争、批评和批判活动大致有如下几次。

1. 关于"可不可以写小资产阶级"的争论。1949年8月23日《文汇报》发表的关于上海剧影协会欢迎出席第一次文代会的话剧、电影界代表返沪的一则新闻,报道了陈白尘在欢迎会上介绍的第一次文代会精神要点,其中说:"文艺为工农兵,而且应以工农兵为主角,所谓也可以写小资产阶级是指在以工农兵为主角的作品中可以有小资产阶级、资产阶级的人物出现。"五天后,该报发表了冼群的文章《关于"可不可以写小资产阶级"的问题》,文章对上述观点进行质疑,从而引起这场论争。《文汇报》此后发表支持或反对冼群观点的文章有二十几篇。这场争论虽然发生在上海,却反映了新解放区那些熟悉城市知识分子和市民,不熟悉工农兵的作家的疑虑。1949年10月,何其芳在《文艺报》发表文章《一个文艺创作问题的论争》,试图全面给予回答。这场论争在当时是平等的、心平气和的。可是到了1951年底开展的文艺整风中,对这场论争重新作出评价。冼群写了《文艺整风粉碎了我的盲目自满——从反省我提出"可不可以写小资产阶级"的问题谈起》,说当初提出这一问题是担心别人今后不许再写小资产阶级了。"我在感情上所热切关怀的","是小资产阶级底文艺方向,小资产阶级在文艺上的地位"(《文汇报》1952.2.1)。他所在的"电影局艺术委员会学习小组"还给这篇检讨加了按语,说"冼群同志已经正确的反省到:当时那样提出'问题'的错误,是'犯了以小资产阶级的思想立场,来保卫小资产阶级文艺倾向的错误','实质上,是阻挠了工农兵文艺方向的宣传'"。当时主持这一论争的编辑唐弢和《文汇报》总编室都作了检讨。把学术问题归结为政治问题,这反映了50至70年代处理文艺问题的基本倾向。

2. 对电影《武训传》的批判。电影《武训传》是根据清末武训行乞兴学的故事改编的。编导孙瑜从1948年开始拍摄,几经周折,于1950年全面修改重拍,年底上演。当时对这部影片除个别文章有所批评外,大多是赞扬的。毛泽东看后,认为这种情况反映了我国思想文化界严重的思想"混乱",他写了《应当重视电影〈武训传〉的讨论》,于1951年5月21日以《人民日报》社论的形式发表。同一天《人民日报》还发表了短评《共产党员应该参加关于〈武训传〉的批评》。一场全国性的批判运动展开了。至1951年8月8日周扬在《人民日报》发表总结性长文《反人民、反历史的思想和反现实主义的艺术》,历时三个月之久。这场批判远远超出《武训传》本身,成为对思想文化领域的一次"整顿",要求知识分子特别是文艺工作者按照党所规定的政治方向进行思想改造。

3. 对萧也牧创作倾向的批评。萧也牧于1950年1月发表了短篇小说

《我们夫妇之间》。起初这篇小说受到广泛的好评,有二十几种报刊转载,还改编成电影和话剧。不久,陈涌的《萧也牧创作的一些倾向》、读者李定中的《反对玩弄人民的态度,反对新的低级趣味》、丁玲的《作为一种倾向来看——给萧也牧的一封信》接连发表,掀起了对萧也牧创作倾向的批评。批评者认为,《我们夫妇之间》歪曲嘲弄了工农兵,迎合了一群小市民的低级趣味。它和对它的赞扬反映了一种倾向:一部分人认为解放区文艺太枯燥,没有感情,没有趣味,没有技术;他们欣赏的是小资产阶级的思想感情和艺术观点。这种倾向被第一次文代会确立的工农兵方向压了下去,此刻借这篇小说得以复活,表现了一部分人对工农兵方向的动摇。批评者把问题提到创作方向的高度,而且是在批判《武训传》的氛围中展开,萧也牧除了按照批评者定下的调子检讨之外,别无他路可循。在此期间和之后受到批评的还有萧也牧的《海河边上》、白刃的《战斗到明天》、碧野的《我们的力量是无敌的》、王林的《腹地》和电影《关连长》等。这次批评活动还值得一提的是读者李定中乃冯雪峰的化名。50 至 70 年代文艺批评中常常会出现"读者""群众""工农兵读者"等字样。这往往是掌握批评权的人构造出来的,以加强批评的分量。这种做法又培养了一些善于捕捉、迎合主流意见的"读者",构成文艺规范力量的组成部分。

4. 对俞平伯"红楼梦研究"和胡适的批判。俞平伯是著名的红学家。他在《新建设》1954 年 3 月号上发表了《红楼梦简论》,这可以说是他研究《红楼梦》的成果的简要概括。两个青年学者李希凡、蓝翎写了《关于〈红楼梦简论〉及其他》对之进行批评。他们的文章经过一番周折在他们的母校山东大学的《文史哲》1954 年 9 月号上发表。《文艺报》被指定转载时,主编冯雪峰撰写的按语作了有保留的肯定:"作者的意见显然还有不够周密和不够全面的地方,但他们这样去认识《红楼梦》,在基本上是正确的。"1954 年 10 月 16 日毛泽东在给中共中央政治局成员及其他人的《关于红楼梦研究的信》中说,李、蓝的文章是 30 年来向所谓《红楼梦》研究权威的错误观点的第一次认真开火,有可能从此将反对古典文学领域毒害青年 30 年之久的胡适派资产阶级唯心论的斗争开展起来。但一些大人物加以阻拦,同资产阶级在唯心论方面讲统一战线,甘心做资产阶级的俘虏。这说明《武训传》批判之后至今没有引出教训,这是值得注意的。于是一场对俞平伯《红楼梦》研究和胡适的批判在全国铺展开来。中国文联主席团、中国作协主席团扩大会议作出《关于〈文艺报〉的决议》,改组《文艺报》编辑机构,撤销冯雪峰主编的职务。

5. 对胡风集团的批判。胡风及其支持者与周扬等文艺界领导核心的矛盾和文艺观的分歧由来已久。40年代中后期双方展开了论争。胡风的文学主张被认为违背了《讲话》的精神,批评胡风的活动得到中共权力机构的支持。中华人民共和国成立后,胡风及其支持者曾多次受到尖锐批评。1954年胡风写了《关于解放以来的文艺实践情况的报告》(即"三十万言书")上报中共中央,全面阐述自己的观点。同年10月至12月在中国文联主席团和中国作协主席团联合召开扩大会议批评《文艺报》的"错误"时,胡风两次发言,尖锐批评文艺界领导人。后来周扬在会议的总结发言《我们必须战斗》中,专门用了一节的篇幅谈与胡风的分歧,从而发动了对胡风文艺思想的批判。1955年《文艺报》第一、二期合刊附发了胡风的"三十万言书"的第二、四部分,供批判用,同时说明,这"三十万言书"是中共中央交给中国作协主席团处理的。同年4月,原胡风的支持者舒芜将收存的胡风和他的朋友的信件上交,并按要求分类摘录,加上注释。这些材料和胡风的自我批判文章被送交毛泽东过目。毛泽东将《关于胡风小集团的一些材料》改为《关于胡风反党集团的一些材料》,并对按语作了修改,在5月13日的《人民日报》上公布。胡风、他的朋友、朋友的朋友、学生纷纷被拘捕,抄家。抄家获得的私人信件经过节录、整理,以第二、三批材料的形式公布。毛泽东修改了第二批材料的按语,写了第三批材料的全部按语,并将"反党小集团"改为"反革命小集团"。从此,全国进入了批判、清算"胡风反革命集团"的政治运动阶段。

6. 文艺界反右派运动。1956年5月中共中央根据毛泽东的意见确定了"百花齐放,百家争鸣"的方针。1957年2月27日毛泽东在最高国务会议上作了《关于正确处理人民内部矛盾的问题》的讲话。同年4月27日中共中央发出《关于整风运动的指示》。文艺界思想日趋活跃,报刊上发表了许多反映人民内部矛盾,揭露社会生活中的消极面、"干预生活"的作品;刊登了不少探讨理论问题和文艺工作得失的文章;在各种会议上,文艺工作者发表了许多意见。1957年夏天,形势发生逆转,全国反右运动展开,一批文艺工作者被打成右派分子,不少作品、文章、言论受到批判。中国作协党组于1957年6月6日至9月17日连续召开27次会议,从批判丁玲、陈企霞开始(1955年二人被划为"反党集团"受到内部批判,二人不服,曾进行申诉),进而扩展到冯雪峰和文艺界其他一些人。1958年1月《文艺报》辟专栏对1942年在延安受过批判的《野百合花》(王实味)、《三八节有感》(丁玲)、《论同志的"爱"与"耐"》(萧军)、《还是杂文时代》(罗烽)、《了解作家,尊重作家》(艾青)进行再批判。"编者按"由毛泽东撰写。1958年2月28日《人民日报》发表了周扬的《文艺战线上的一场大辩论》(经毛泽东审阅修改),作为文艺界反右斗争的理论总结。在这篇文章中,提出了文艺是"阶级斗争的晴雨表"的观点,预示了文艺更加规范化和政治化的到来。

在频繁的批判的同时,为保证文艺的一体化,中共和文艺界的领导还从正面加以引导,除对符合规范的作品给予肯定外,还在理论上作了不少明确的规定。突出的有:

1. 关于文艺为政治服务的规定。强调文艺与政治的密切关系,是中国左翼作家、理论家的共识(虽然他们在这个问题上有这样那样的差异)。毛泽东的《讲话》对这一问题作了更为突出的强调,并要求文艺工作"服从党在一定革命时期内所规定的革命任务"。中华人民共和国成立后直至1980年,文艺为政治服务一直是不容置疑的规定。但在文艺如何服务于政治上,始终存在不同的理解。就主流派的观点看,五六十年代间也有微妙的变化:当他们认为某些观点、某些创作现象有可能导致文艺脱离或违背无产阶级的政治时,就强调文艺对政治的服从;当文艺服从政治更为激进的观点出现或文艺创作的艺术性不高或把历史和现实政治作生硬的比附时,则在反对公式化、概念化或反对反历史主义的名义下,强调对历史和现实的"真实"的尊重,对文艺特性的尊重。

与此相联系的是文艺创作与党的政策、与一个时期的政治任务的关系问题。当文艺主流派认为存在忽视作品的政治性,单纯追求艺术技巧的倾向时,就会强调文艺创作与党的政策、与政治任务的关系。1950年茅盾在《目前创作上的一些问题》一文中甚至提出,在完成政治任务和高度的艺术性二者不能兼得的情况下,"与其牺牲了政治任务,毋宁在艺术上差一些"。而在公式化、概念化成为创作倾向时,他们又会批评把文艺创作当作图解政策和政治观念的现象。

由此可以看出,文艺主流派既担心文艺脱离政治的倾向,又担心作品艺术性的丧失。随着政治思潮的步步"左"转,文艺服从政治的规定越来越绝对化了。

2. 关于创作方法的规定。中华人民共和国成立之初,接续解放区文艺传统,把现实主义视为创作方法的准则。为了区别旧的现实主义,在现实主义之前冠以"革命"二字。1953年第二次文代会上正式规定社会主义现实主义作为文艺创作和文艺批评的最高准则。在此前后和文代会上对这一问题组织了广泛的学习和讨论。虽然大家都从政治的倾向性和真实性的统

一、党性和艺术性的统一来理解它,但微妙的差异还是存在的,意识形态和文艺界的领导者更注重政治倾向性和党性。到了1958年3月毛泽东在中共中央召开的成都会议上说:"中国诗的出路,第一条,民歌,第二条,古典,在这个基础上产生出新诗来,形式是民歌的,内容应是现实主义和浪漫主义的对立统一。太现实了就不能写诗了。"5月在中共八届二中全会上毛泽东又说:"无产阶级文学艺术应采用革命现实主义与革命浪漫主义相结合的方法。"他的这些意见经由郭沫若、周扬等人的文章传达出来。1960年召开的第三次文代会上,周扬的报告《我国社会主义文学艺术的道路》对这一"两结合"的创作方法作了理论阐述,认为二者的关系是"以革命现实主义为基础,以革命浪漫主义为主导",这种方法"不只适用于文艺创作,也适用于文艺批评"。诚如有的论著所指出的,"这里的'革命现实主义'和'革命浪漫主义'实际上是革命现实和革命理想的同义词"(朱寨主编《中国当代文学思潮史》第355页)。

3. 关于写英雄人物的规定。较早提出这一命题是在1948年冬召开的东北文代会上。中华人民共和国成立后,陈荒煤在《为创造新的英雄典型而努力》等文章中、胡耀邦在《表现新英雄人物是我们的创作方向》中都大声疾呼新英雄形象的塑造。《文艺报》于1952年5月至12月辟专栏就这一问题展开讨论。专栏第一期在编发的四篇来稿之前加的"编辑部的话"认为,不能抽象地规定怎样写英雄人物,如抽象地谈英雄是否会"动摇"、能否表现积极人物的"动摇"等;不能笼统地或者几乎是绝对地反对触及生活中的落后现象,反对处理"落后"人物的"转变"问题,从而实质上否认了生活中的矛盾和斗争。四篇来稿的观点和"编辑部的话"相吻合。同期《文艺报》还发表了苏联《真理报》专论《克服戏剧创作中的落后现象》和苏联作协负责人苏尔科夫的《有负于人民》这两篇批评"无冲突"论的文章,"编辑部的话"认为"这对我们进行的讨论有借鉴的价值"。这一期的编排反映了《文艺报》编辑部的倾向。但专栏的第二期,这种倾向就改变了。该期刊登了张立云的文章。张文不同意第一期"编辑部的话"和四篇来稿的观点,认为"当前文艺创作的中心问题,仍是描写新人新事,创造新的英雄形象,表现新的时代面貌问题。要完成这一任务,首先要反对的是脱离生活,脱离群众,脱离实际的资产阶级和小资产阶级思想倾向",并把写人物"从落后到转变"说成是"资产阶级和小资产阶级思想倾向","打垮了它就摧毁了资产阶级、小资产阶级所盘踞的重要阵地"。这期"编辑部的话"也对上期"编辑部的话"作了根本修正,认为当前文艺战线的问题,"首先,也是主要的,是资产阶级思想对于革命文艺的侵蚀"。1953年第二次文代会上,周扬在《为创造更多的优秀的文学艺术作品而奋斗》的报告中对塑造英雄人物的问题发表了意见:"当前文艺创作的最重要的最中心的任务是表现新的人物新的思想","决不可把在作品中表现反面人物和正面人物两者放在同等的地位";"为了要突出地表现英雄人物的光辉品质,有意识地忽略他的一些不重要的缺点,使他在作品中成为群众所向往的理想人物,这是可以而且必要的",英雄不应有品质的缺陷,"虚伪、自私,甚至对革命事业发生动摇等",都是与英雄人物不相容的。这里传达了毛泽东的口头意见。

4. 关于创作题材的规定。《讲话》中,毛泽东对"为'大后方'的读者写作"的批评、对表现革命根据地的"新的人物,新的世界"的提倡,就反映了他对创作题材的重视。周扬在第一次文代会的报告中对创作题材作出了较为具体的规定:创作的重点"必须放在工农兵身上","工农业生产建设的主题将获得新的重大的意义";文艺作品"必须揭示社会中一切的主要矛盾和主要斗争",写反映革命战争的作品,不但要写出指战员的勇敢和智慧,而且"要写出毛主席的军事思想如何在人民军队中贯彻",等等。茅盾的报告认为,国统区革命文艺创作的主要缺点是"不能反映出当时社会中的主要矛盾与主要斗争"。造成这一状况除了种种客观条件的局限外,主观上的原因是"文艺作品的题材,取之于小资产阶级知识分子的占压倒的多数"。此后关于"可不可以写小资产阶级"的争论,主要涉及的也是题材问题。当时无论同意还是反对冼群观点的,都把写工农兵题材看得高于写小资产阶级题材。从1952年到1954年批判胡风文艺思想时,胡风关于题材无重要与否之分的观点受到严厉指责。50年代末围绕茹志鹃小说的争论,题材问题再次成为焦点。纵观50年代有关题材的种种言论,除胡风等少数人外,多数作家、理论家是把题材划分为等级的:现实题材高于历史题材;工农兵题材高于知识分子题材;重大社会斗争题材高于"家务事、儿女情"题材;革命历史题材高于一般历史题材等等。

从以上简略的介绍可以看出,50年代对文艺所作的规范越来越紧,留给作家活动的余地越来越小了。

二 对规范的质疑、挑战及其遭遇

50年代,文艺界在一系列问题上始终存在着广泛、复杂而又微妙的差异和矛盾。这些差异和矛盾往往表现在政策制定、理论阐述、文艺创作、批评和对一些文艺问题的处理中。有些差异和矛盾不那么明显,有些虽然明显,但作为"局部"现象给予处置,如在批判俞平伯"红楼梦研究"和胡适的运动中冯雪峰被解除《文艺报》主编之职,1955年丁玲、陈企霞被当作"反党集团"受到内部批判。不过,当某种契机到来,一些文艺理论家、作家对文艺规范集中质疑时,就构成了"挑战"的局面,这种局面在50年代突出的有两次。

一次是1954年前后胡风和他的支持者的活动。1952年9月至年底,中共中央宣传部召开了四次有胡风本人参加的小型座谈会,批评胡风的文艺思想。胡风认为自己是正确的,对批评不予接受。1953年初,林默涵、何其芳分别发表了系统地批评胡风文艺思想的文章《胡风的反马克思主义的文艺思想》《现实主义的路,还是反现实主义的路?》。胡风明白这些举措有来头,因此没有采取公开论战的方式。在他的支持者的帮助下,他写了"三十万言书"转呈中共中央。"三十万言书"共四个部分:一、几年来的经过简况;二、关于几个理论问题的说明材料;三、事实举例和关于党性;四、作为参考的建议。它全面反驳林、何二人的文章,重申他在若干重要文艺理论问题上的观点,批评"解放以来"文艺工作的方针、政策和具体措施,并提出自己的建议。另一次是1956年到1957年初一批作家、理论家为改变文艺"僵化"状况所作的努力。1956年"双百"方针的提出和1953年斯大林去世后苏联及东欧社会主义国家"解冻"现象的出现,刺激了关注中国文艺前途的作家、理论家。他们对当时的文艺状况表示不满,认为导致这一状况的根本原因是文艺教条主义和宗派主义的束缚,他们提出"写真实"和"干预生活"等口号,要求大胆揭露生活中的矛盾、冲突。他们批评粗暴生硬的领导文艺工作的方式,要求给文艺家必需的自主性和创作的自由天地。其中有代表性的理论文章有:何直(即秦兆阳)《现实主义——广阔的道路》、陈涌《为文学艺术的现实主义而斗争的鲁迅》、周勃《论社会主义时代的现实主义》、刘绍棠《我对当前文艺问题的一些意见》、钱谷融《论"文学是人学"》、巴人《论人情》、钟惦棐《电影的锣鼓》、黄秋耘《刺在哪里?》、于晴(唐因)《文艺批评的歧路》、蔡田《现实主义,还是公式主义?》、唐挚(唐达成)《繁琐公式可以指导创作吗?——与周扬同志商榷几个关于创造英雄人物的论点》、吴祖光《谈戏剧工作的领导问题》等等。

挑战者中还有一位重要成员冯雪峰,他自30年代开始就与周扬存在矛盾。这样,从50年代两次"挑战"中我们可以看到挑战者胡风、冯雪峰、秦兆阳等人与文艺界主流派周扬、邵荃麟、林默涵、何其芳等人的对峙。需要指出的是,胡风有自己的完整的文艺思想体系,他对主流派的挑战具有全面性,其他挑战者是在这样那样一些问题上对主流派的规范进行质疑,而挑战者彼此之间也有诸多差异。为了描述的简便,我们不对这些作仔细的区分。

这两次"挑战"有它的历史渊源,这就是30年代"左联"内部的矛盾、40年代延安文艺整风和国统区左翼作家之间的分歧;又有其现实依据,这就是50年代为实现"一体化"产生的矛盾纠葛。其中掺杂了宗派情绪,但更重要的是理论上的分歧。从挑战者的言论看,他们对规范的质疑主要有下列几个方面。

1. 在文艺与政治的关系上。挑战者和主流派都认为文艺与政治的关系十分密切,都反对"为艺术而艺术"的倾向。但在如何实现文艺的政治目的上,挑战者与主流派有所不同。他们担心过分强调文艺服从政治,为政治服务,会导致文学丧失其质的规定性,从而取消了文艺。胡风指出,由于文艺界领导一切都简单地依附于政治,"完全忽视了文艺的专门特点,完全忽视了文艺实践是一种劳动,这种劳动有它的基本条件和特殊规律"。冯雪峰认为文学作品的政治性,"是必须从艺术产生的,必须借艺术的方法、的机能、的力量所带来的"。秦兆阳批评了要求作家只顾眼前的政治宣传任务而忘掉艺术自身规律的做法。他们企图协调文艺与政治的关系,竭力维护文艺的相对独立性,认为只有这样才能真正发挥文艺的政治作用。

2. 在主客观的关系上。这涉及世界观与实践的关系和作家的主体性与生活的关系等诸多方面。和主流派一样,挑战者也承认世界观的重要性,但和主流派把世界观放到起决定作用的地位上不同,胡风更注重生活实践和艺术实践。胡风说:"作家要从事创作实践非得首先具有完美无缺的共产主义世界观不可,否则,不可能望见和这个'世界观''一元化'的社会主义现实主义创作方法底影子,这个世界观就被送到遥远的彼岸,再也无法可以达到,单单这一条就足够把一切作家都吓哑了。"他强调在生活实践中获取"真情实感",认为离开了生活实践,仅仅把某种正确的结论搬进作品,必然导致公式化、概念化;真正的现实主义创作方法,即现实主义的艺术实践,能够弥补作家世界观的缺陷。而作家的思想问题、世界观问题也只有在生活实践和艺术实践中逐步得到解决。这种观点并不否定作家的主体性,胡风是十分重视作家的主体性的,这突出地体现在他对"主观战斗精神"的论述中。他认为一个作家对人民要有"仁爱的胸怀",对历史要有"献身的意志",对人生要有火热的激情。以这样的姿态进入生活就出现了主客体的

"肉搏""搏斗""相生相克""拥抱"的过程。在这个过程中,"对象的生命被作家的精神世界观所拥入,使作家扩张了自己","作家的主观一定要主动地表现出或迎合或选择或抵抗的作用","而对象也要主动地用它底真实性来促成、修改、甚至推翻作家底或迎合或选择或抵抗的作用,这就引起深刻的自我斗争"。他用这一"主观战斗精神"说对抗他所谓的周扬等人的"主观公式主义",也用以武断地否定沙汀、张天翼等作家"客观"写实方法,攻击朱光潜、沈从文等的审美距离说和"美学冷静"说。

3. 在创作方法上,挑战者和主流派一样都信奉、提倡"现实主义",都对中国具有现代主义倾向的文艺思潮和创作持否定态度。但与主流派把30年代苏联作家协会章程给"社会主义现实主义"所下的定义奉为圭臬不同。秦兆阳、周勃等认为该定义有问题。该定义规定:"社会主义现实主义……要求艺术家从现实的革命发展中真实地、历史地和具体地去描写现实。同时艺术描写的真实性和历史具体性必须与用社会主义精神从思想上改造和教育劳动人民的任务结合起来。"秦兆阳指出,按照这个提法,好像"艺术描写的真实性和历史具体性"里没有"社会主义精神",必须另外去"结合",这就把"思想性"和"真实性""艺术性"分离开来,社会主义精神成了作家头脑中的抽象观念。这样强调的结果,只能使文学脱离真实而成为政治的传声筒,产生公式化概念化的作品。因此他和周勃都主张用"社会主义时代的现实主义"取代"社会主义现实主义"。胡风的"现实主义"在理论上受别林斯基、车尔尼雪夫斯基、杜勃洛留波夫、卢卡契等人的影响较深,并继承了西欧、俄罗斯批判现实主义和"五四"以来鲁迅为代表的"思想启蒙"传统。他更注意古老中国在"现代化"进程中的沉重的精神负担,提出了著名的"精神奴役创伤"的命题,要求作家"对于一切的麻木,一切的污秽,一切的混乱,随时随地感到难堪或悲愤,用了最大的警惕心去告发,去抨击"。这自然同主流派遵循《讲话》的精神对工农兵的高度肯定与赞扬形成尖锐的对立。

挑战者都把文艺的"真实性"视为现实主义的核心。陈涌说:"真实是艺术的生命,没有真实,便没有艺术的生命。艺术的政治价值和社会价值,都是不能离开艺术的真实而存在的。"其实,主流派也赞同文学的"真实性"。不过对他们来说,真实意味着对生活中光明面的歌颂,对工农兵的赞美和无产阶级英雄人物的塑造;在描写生活时持乐观态度,对未来充满信心。而挑战者虽然不完全反对这种观点,但他们提出"真实性"问题是有现实针对性的,这就是反对"粉饰生活",反对"无冲突论",要求文艺不回避生活的复杂性、矛盾性和阴暗面,大胆揭露生活中一切病态的、落后的现象,以提高人们对生活的认识,激发人们同种种负面东西作斗争。

4. 在作家与工农兵的关系上,挑战者同主流派一样,都赞同文艺为大众服务、文艺要"大众化"。不过,主流派从《讲话》的精神出发,强调文艺为工农兵服务,文艺"大众化"的根本途径是作家深入工农兵生活和自身世界观的改造,即认同工农兵的思想感情、审美心理。而胡风认为,文艺为大众服务并不等于对大众的迎合,文艺大众化并不等于把文艺降低到一般大众的文化层次上。他从思想启蒙着眼,提倡文艺对大众的帮助、启发和诱导,以达到提升大众意识的目的。与此相联系的是,胡风反对把生活、把题材等级化,指出,"只有工农兵的生活才算生活,日常生活不是生活……这就把生活肢解了,使工农兵的生活成了真空管子,使作家到工农兵生活里去之前,逐渐失去了感受机能;因而使作家不敢也不必把过去的生活当作生活,因而就不能理解不能汲收任何生活,尤其是工农兵生活"。他提出"到处有生活"的观点:"哪里有人民,哪里就有历史。哪里就有生活,哪里就有斗争,有生活有斗争的地方,就应该也能够有诗。"

5. 关于人情、人性、人道主义。和主流派一样,挑战者认为在阶级社会中人是划分为阶级的,是有阶级性的。但他们同时认为阶级社会里人和人之间有"共同相通的东西"。巴人说:"饮食男女,这是人所共同要求的。花香、鸟语,这是人所共同喜爱的。一要生存,二要温饱,三要发展,这是普通人的共同的希望。"他把这称作"人情"。王淑明用男女之情、亲子之爱和"共鸣"现象来说明"人类共同本性"的存在。钱谷融认为,"文学要达到教育人、改善人的目的","要达到反映生活,揭示现实本质的目的","必须从人出发,必须以人为中心"。他们批评当时文学作品不敢写人的丰富性、复杂性,把人写成干巴巴的阶级定义的翻版的倾向,倡导人情、人性,呼唤文学的人道主义。

不过,这些挑战在声势浩大的批判"胡风反革命集团"和反右派运动中,遭到重大的打击。

三 激进派文艺路线的形成

1958年自上而下发动经济"大跃进"的同时,也发动了文艺"大跃进"。这一年,毛泽东在中共中央的几次会议上除提出"两结合"的创作方法外,还要求广泛地搜集民歌。为此,《人民日报》发表了社论《大规模地搜集全国民歌》,强调这是"当前的一项政治任务"。由于这是毛泽东要求的,于是全国上下，一齐动员，各级领导层层下达指标，新民歌的搜集引发成"开一代诗风"的新民歌创作的群众运动。这一运动也影响了其他艺术门类。中国作协书记处起草了《文学工作大跃进三十二条》，提出"在全国范围内掀起一个创作高潮，三五年内实现社会主义文学大丰收"。《文艺报》也发表专论《文艺放出卫星来》。经济上的"大跃进"和文艺上的"大跃进"反映了这样一种认识："卑贱者最聪明"，只要把亿万群众发动起来，任何人间奇迹都可以创造出来，科学的规定性和专门家的作用都不重要了。这是政治意识形态和文艺思想步入激进化的一个标志。这显然超出了周扬等文艺界领导人的预料，从后来的情况看，他们越来越失去驾驭的能力，越来越力不从心了。

不过60年代初周扬等人还有一次机会，对这种激进化的文艺状况作一次调整。当时正值国民经济的"三年困难时期"，中共中央于1960年制定了"调整、巩固、充实、提高"的八字方针。在周恩来、陈毅等领导人的支持下，周扬等文艺界领导也对文艺工作作了一定的调整。于1961年6月1日至28日在北京新侨饭店召开"全国文艺工作者座谈会"和"故事片创作会议"(新侨会议)，1962年3月在广州召开全国话剧、歌剧、儿童剧创作座谈会(广州会议)，1962年8月在大连召开农村题材短篇创作座谈会(大连会议)，以检讨文艺工作的"左"倾。发表《文艺报》专论《题材问题》(张光年执笔)和《人民日报》社论《为最广大的人民群众服务》(周扬执笔)，讨论、制定中共中央宣传部发布的《关于当前文学艺术工作若干问题的意见》(简称"文艺八条")。在文艺服从政治的大前提下，给文艺略加"松绑"：用"为最广大的人民群众服务"取代"为工农兵服务"；肯定"两结合"的创作方法是最好的艺术方法，但也指出"应当由作家、艺术家根据他们本身的经验和条件去掌握和运用，不能强求一律"；认为文艺工作者"除了参加实际斗争和加强理论学习以外，还需要通过其他途径，包括文艺家自己的艺术实践，来逐渐收到思想改造的效果"；承认作家在题材、人物、风格、方法上有限度的自主性和多样性；提倡"现实主义深化"和重视体现历史复杂性的"中间人物"的塑造，重提"写真实"，等等。这样，在激进文艺的压力下，周扬等在某些重要问题上向他们当年的"对手"胡风、冯雪峰、秦兆阳等靠近了。

这次"调整"是在文艺界"反修"的背景下展开的，其成果要大打折扣。同时它还遭到中共上海市委的抵制。他们拒不参加"广州会议"，只派了一个文化局长"旁听"；会后不公开传达周恩来、陈毅的报告，上海市委的一书记还召集党员训话,说"广州会议"是"黑会"云云。如此大胆地对抗经中共中央和国务院批准的重要会议,可见其来头不小,反映了文艺激进派的强硬态度。

所谓文艺界"反修",始于1960年。当时《文艺报》第一期发表了题为《用毛泽东思想武装起来,为争取文艺的更大丰收而奋斗》的社论,提出在文艺领域进行"反修"斗争。为了确立毛泽东文艺思想是文艺上"反修"的最锐利的武器,社论把马克思主义经典作家的文艺思想简化为一些抽象原则,然后同毛泽东文艺思想加以对照,以显示毛泽东对马克思主义文艺思想的"突破"和"发展"。社论毫无保留地赞扬《讲话》和1949年之后毛泽东有关文艺的种种言论,对中华人民共和国成立以来毛泽东对文艺问题的一系列处理完全加以肯定。由于认为以艺术取代政治和宣扬人道主义、"人性论"是当时文艺上修正主义的两种重要表现,于是接着发动了对李何林的短文《十年来文学理论批评上的一个小问题》和1956、1957年巴人、王淑明、钱谷融等人有关人道主义、人性、人情的论述的批判。

1962年9月在中共中央八届十中全会上,毛泽东提出"千万不要忘记阶级斗争"的口号。会上康生断言李建彤的长篇小说《刘志丹》是"为高岗翻案"。毛泽东作了"利用小说进行反党活动是一大发明"的批示。从那时起至"文化大革命"受此案株连的党政军领导干部三百余人、普通干部和群众万余人。从1963年开始,在哲学、史学、经济学和文艺领域里开展了持续多年的批判运动。就文艺领域看,被批判的有:周谷城有关"时代精神"的论述、邵荃麟关于"现实主义深化"和"写中间人物"的言论以及五六十年代发表的一大批文艺作品。上海市委书记柯庆施于1963年1月提出"写十三年"的口号,认为只有写"十三年","才能帮助人民建立社会主义思想"。1963年12月12日和1964年6月27日毛泽东对文艺工作作了两个批示,说"各种文艺形式……问题不少,人数很多,社会主义改造在许多部门中,至今收效甚微。许多部门至今还是'死人'统治着"。"许多共产党人热心提倡封建主义和资本主义的艺术,却不提倡社会主义的艺术,岂非咄咄怪事。""这些协会和他们所掌握的刊物的大多数(据说有少数几个好的),十五年来,基本上(不是一切人)不执行党的政策,做官当老爷,不去接近工农兵,不去反映社会主义的革命和建设。最近几年,竟然跌到了修正主义的边缘。"在两个批示的强大压力下,周扬等文艺界领导人手忙脚乱,疲于应付了。1965年11月10日《评新编历史剧〈海瑞罢官〉》在《文汇报》上发表,不久,全国报刊均作转载。这篇文章是在江青与柯庆施、张春桥的策划下,由姚文元执笔写出的。毛泽东不止一次审阅草稿,并在 1965 年 12 月 21 日对陈伯达等人说:"《海瑞罢官》的要害是'罢官'。嘉靖皇帝罢了海瑞的官,1959 年我们罢了彭德怀的官,彭德怀也是'海瑞'。"1966 年 2 月林彪委托江青在上海秘密召开部队文艺工作座谈会。形成了根据江青多次谈话的内容,由刘志坚、陈亚丁起草,经陈伯达、张春桥等多次修改,又经毛泽东审阅修改的《林彪同志委托江青同志召开的部队文艺工作座谈会纪要》。"纪要"宣称,中华人民共和国成立以来,文艺界被一条"反党反社会主义的黑线"专了政,"这条黑线就是资产阶级的文艺思想、现代修正主义的文艺思想和所谓 30 年代文艺的结合"。提出"坚决进行一场文化战线上的社会主义大革命,彻底搞掉这条黑线",等等。

从上述简要介绍可以看出,1958 年以后,一条激进的文艺路线迅速形成,其代表人物是江青、姚文元,他们有康生、陈伯达、张春桥等人配合,并得到毛泽东、柯庆施、林彪的支持。《纪要》和江青《谈京剧革命》、姚文元《评反革命两面派周扬》、上海革命大批判组《鼓吹资产阶级文艺就是复辟资本主义》、初澜《京剧革命十年》等体现了文艺激进派实行"文艺革命"的纲领和策略。文艺界的"文化大革命"就是这些纲领和策略的实施。

文艺激进派尚未形成完整的思想体系,从《纪要》和他们的一些讲话、文章看,有这样几点值得注意:

1. 要建立一种更"纯粹"的、与传统实行决裂的无产阶级文艺。他们认为,这个方向问题,从巴黎公社以来都没有解决,只是到了 1964 年搞了样板戏,才解决了。因此,"从《国际歌》到样板戏,这中间一百多年是一片空白"(张春桥语)。为了实现这种决裂,《纪要》把中外古典文学、十月革命后出现的一批比较优秀的苏联革命文艺作品和中国 30 年代文艺(指左翼文艺)都列为"破除迷信"的对象。《鼓吹资产阶级文艺就是复辟资本主义》一文说:"古的和洋的艺术,就其思想内容来说,是古代和外国的剥削阶级的政治愿望和思想感情的表现,是必须彻底批判和与之决裂的东西,至于其中少数作品的艺术形式的某些方面,也是需要用毛泽东思想为武器来进行批判和改造,才能推陈出新,使它为创造无产阶级文艺服务。"在这样一种乌托邦式的愿望的推动下,"文化大革命"中开展了对"经典"的重评活动。几乎所有的"经典"都被颠覆,剩下的就是样板戏、工农兵发表在墙报、黑板报上的诗歌和"文革"中发表的为数不多的符合其规定的作品,如《金光大道》(浩然)、《虹南作战史》(上海《虹南作战史》写作组)、电影《春苗》《反击》等。

2. 政治的直接美学化。他们一面把"写真实"论、"现实主义深化"论、"现实主义广阔的道路"论作为"文艺黑线"的代表性论点加以批判,一面反复强调文艺创作要"从路线出发""主题先行",从而从中国左翼文学的政治性—真实性—艺术性的结构中取消了"真实性"这一环节,让政治理念直接转化为文艺文本。这种政治直接美学化的"思维过程"被郑季翘表述为"表象(事物的直接映象)——概念(思想)——表象(新创造的形象),也就是个别(众多的)——一般——典型"(《文艺领域里必须坚持马克思主义认识论——对形象思维论的批判》)。创作和阅读过程中的"形象思维"、直觉、体验等被当作"神秘主义"的东西遭到否定。文艺创作成为政治理论的形象化或者干脆成为政治理论的独白化(如《虹南作战史》)。到了1967年,江青、张春桥下达指示,要求写反走资派的作品。当时的文化部在传达这一指示时,强调这是"当前的迫切任务",并说写走资派"要写的高一点",可以写到省部级。把写到某一级作为标志,足见其文艺文本即政治文本。

3. 用样板化即模式化规范文艺创作。文艺激进派重视样板的制造,既是为了确立自己"开创文艺新纪元"的历史地位,也是为了通过政治直接美学化的"样板"来规范、引导全国文艺创作。这一活动在60年代初就开始了。主要是江青,也包括张春桥从当时已取得较好效果的现代题材的京剧和地方戏中选择一些剧目进行改编、修改、排练,推出了后来所谓的"八个样板戏":京剧《红灯记》《智取威虎山》《海港》《沙家浜》《奇袭白虎团》,芭蕾舞剧《红色娘子军》《白毛女》和交响音乐《沙家浜》。他们认为这些都是"无产阶级文艺的优秀样板"。此后,制作样板的活动一直在进行,也产生过几个影响较大的作品。不过总的来说,进展缓慢,成果不多。与此同时,他们也提出了自己的创作主张,其中突出的有"题材决定"论、"根本任务"论、"三突出"原则。所谓"题材决定"论,是指"无产阶级文学"只能写"社会主义建设和斗争",只能写中共领导的革命斗争。不仅规定了写什么,还规定了怎么写。例如写现实生活就要写阶级斗争和路线斗争,写革命战争,"要首先明确战争的性质,我们是正义的,敌人是非正义的。作品中一定要表现我们的艰苦奋斗、英勇牺牲,但是,也一定要表现革命的英雄主义和革命的乐观主义"。"在描写人民革命战争的时候……要正确地表现党领导下的正规军、游击队和民兵的关系,武装群众和非武装群众的关系。"所谓"根本任务"论是说,"要努力塑造工农兵的英雄人物,这是社会主义文艺的根本任务"。为了完成这个"根本任务",他们提出了"三突出"原则,即"在所有人物中突出正面人物;在正面人物中突出英雄人物;在英雄人物中突出主要英雄人物"。由此又生发出三陪衬、多侧面、多浪头、多回合、多波澜、多层次、高起点等。这些模式无非要突出主要英雄人物,要表现阶级斗争的长期性、曲折性、复杂性。这样,文艺创作就成了按照他们的政治意识形态的需要所进行的模式化生产。

4. 重新组织文艺队伍。《纪要》认为,在1949年之前,"无产阶级在敌人的统治下培养自己的文艺工作者要困难一些","许多文艺工作者,是受资产阶级的教育培养起来的",有些人"经不起敌人的迫害叛变了",或者"经不起资产阶级思想的腐蚀烂掉了"。在根据地培养的革命文艺工作者,进了城市,"许多同志没有抵抗住资产阶级思想对我们文艺队伍的侵蚀,因而有的在前进中掉队了"。因此"要重新教育文艺干部"。文艺激进派更重视工农兵直接参与文艺创作,认为"工农兵在思想、文艺战线上的广泛的群众运动","无论内容和形式都划出了一个完全崭新的时代"。他们还提倡"革命的战斗的群众性的文艺批评",以"打破少数所谓'文艺批评家'(即方向错误的和软弱无力的那些批评家)对文艺批评的垄断,把文艺批评的武器交给广大工农兵群众"。他们起用1958年"大跃进"时"三结合"的写作方式,认为这种方式有利于加强共产党对文艺的领导,有利于破除创作私有的资产阶级思想,有利于抓好重大题材的创作,有利于造就大批无产阶级文艺战士。

文艺激进派的文艺主张并非空穴来风,它是政治意识形态激进化在文艺上的反映,是50年代主流文艺思潮的极端化发展,其处理文艺问题的方式是50年代用政治手段解决文艺问题的方式在更大范围内的延续。"文革"开始,除《解放军文艺》外,其余文艺刊物均被迫停刊;除有限的几位作家外,大部分作家"靠边站",失去了发表作品的资格,相当数量的作家遭批斗,甚至被迫害致死;大批作品被封存或作为"毒草"被批判;对外文化交流处于停顿状态。进入70年代,一些省市的文艺期刊陆续复刊,上海创办了文学月刊《朝霞》和不定期出版的《朝霞》丛刊;在靠边站的作家中有少数被允许发表作品,还出现了一些新的作者;"十七年"出版的作品和理论著作,有少量经审查获准重印;外国文艺作品的翻译出版在相当有限的范围里进行。当然,这种极端"一体化"的做法不可能一手遮天,一些被封存的作品流入民间,某些靠边站的作家和一些新的作者的创作以"地下"的方式进行。

第二节　大陆文学一体化的解体和多元化的初步形成

一　70年代末至80年代末大陆文学向多元化迈进

1976年10月,"四人帮"即江青、张春桥、姚文元、王洪文被逮捕。1977年8月,中共第十一次代表大会宣布"文革"以"粉碎'四人帮'为标志而结束",并把"文革"结束后称为中国社会主义革命和建设的"新时期"。文学界也很快把"文革"后的文学称作"新时期文学"。"新时期"这一命名,表达了告别"文革"噩梦,开创全新局面的乐观情绪。

然而事情并不像人们想象的这般简单。中华人民共和国成立以来二十七年的思想控制,特别是"文革"的思想禁锢,使人们难于一下子摆脱思维惯性。当时中共中央主要负责人关于"凡是毛主席作出的决策,我们都坚决拥护;凡是毛主席的指示,我们都始终不渝地遵循"的意见通过1977年2月7日《人民日报》、《红旗》杂志、《解放军报》的社论《学好文件抓住纲》传达出来。在两个"凡是"的笼罩下,文艺界开展的揭、批、查工作无法完全摆脱"文革"的阴影。如1977年11月21日《人民日报》编辑部召开的座谈会上和同年12月28日至30日《人民文学》编辑部召开的座谈会上,许多文艺界人士都说,中华人民共和国成立后的十七年中有一条和毛泽东文艺路线相对抗的刘少奇修正主义文艺路线,而江青等人所谓的"文艺黑线专政"论是对毛泽东文艺路线的否定等等。文艺创作也集中在欢呼胜利、批判"四人帮"、缅怀老一代革命家等主题上,其文学观念取材角度和艺术方法也未能摆脱"文革文学"的窠臼。

1978年5月11日《光明日报》发表了特约评论员文章《实践是检验真理的唯一标准》,开展了全国性的关于"真理标准"的讨论。这一年十二月,中共十一届三中全会召开,肯定了"实践是检验真理的唯一标准",批评了两个"凡是",撤销了1976年制定的关于"反击右倾翻案风"和"天安门反革命事件"的文件,为"四五"运动平反,宣布停止使用"以阶级斗争为纲"这一口号,把全党工作重点转移到社会主义现代化建设上来。学术界认为这是"新时期"真正到来的标志。从此,中国大陆文艺开始了由"一体化"向多元化演变的艰难、曲折过程。

造成这一过程的原因除文艺自身求新求变的本性外,从外部讲主要有三点:

第一,鉴于历史教训,国家权力机构开始纠正中华人民共和国成立二十七年来文艺领导工作上的一些错误,放松了对文艺工作的控制。1978年9月中共中央决定对划为右派分子的人进行复查,为错划者平反。这一工作在1979年达到高潮,至1981年基本完成。大批被错划为右派分子的文艺界人士得到解脱。1980年对"胡风反革命集团"案进行政治平反,但对胡风的文艺思想和"宗派问题"依然持否定态度,至1988年才彻底更正。1979年和1980年中共中央分别作出决定,撤销《部队文艺工作座谈会纪要》,"收回"毛泽东分别于1963年和1964年对文艺问题的"两个批示"。在1979年10月30日至11月16日召开的第四次文代会上以《祝辞》的形式宣布,执政党"对文艺工作的领导,不是发号施令,不是要求文学艺术从属于临时的、具体的、直接的政治任务,而是根据文学艺术的特征和发展规律,帮助文艺工作者获得条件来不断繁荣文学艺术事业"。重申"双百方针"的有效性。1980年初提出,"不继续提文艺从属于政治这样的口号,因为这个口号容易成为对文艺横加干涉的理论依据,长期的实践证明它对文艺的发展利少害多。但是,这当然不是说文艺可以脱离政治"(邓小平《目前的形式和任务》)。在1980年1月30日至2月13日召开的"剧本创作座谈会"上,否定了文艺批评政治标准第一、艺术标准第二的规定(胡耀邦《在剧本创作座谈会上的讲话》)。在1984年12月29日至1985年1月5日召开的中国作协第四次代表大会上以中共中央书记处的名义宣读的《祝词》提出了中国作家渴望已久的"创作自由"的口号:"作家有选择题材、主题和艺术表现方法的充分自由,有抒发自己的感情、激情和表达自己的思想的充分自由","我们党、政府、文艺团体以至社会,都应当坚定地保证作家的这种自由"。这些举措为文艺结束"一体化"的格局创造了一个相对宽松的局面。当然,控制的放松并不意味着完全不加控制。例如1980年至1981年对话剧《骗子》、电影剧本《在社会档案里》《女贼》、电影《苦恋》的批判,1983年开展的"清除精神污染",1987年"反对资产阶级自由化",90年代初对一些文艺思想和文艺创作的政治批判等等都是具体体现。不过,和五六十年代及"文革"时期的批判运动相比,这些活动在规模上要小得多,问题的处理"温和"得多,其收效也减少了许多。这表明权力机构对待文艺问题的谨慎态度,同时也表明"控制"已处于逐步瓦解之中。

第二,外来影响的不断扩大。随着改革开放,中国大陆打破了"文革"对外自我封闭状态。70年代末主要是重印五六十年代翻译出版的19世纪以前的西方学术著作和文学创作。进入80年代,译介的重点转移到20世纪西方学术著作和文学创作,并表现出三种趋势,即数量上由少到多,规模上由单篇论文和个别作品的译介到系统化的译介,方式上由单纯译介到译介与专门研究并重。适应这一趋势,是专门译介、研究外国文艺的刊物和出版机构的增加。这样,80年代以来,西方20世纪的哲学、美学、文化学、社会学、心理学、人类学等学术思想,形形色色的文学理论、文学批评著作和各个流派的文学创作纷纷进入中国大陆,使中国文艺界开阔了眼界,在观察角度、认知方式、感受方式和表现手法上逐渐发生了变化。

  第三,经济变革导致的社会转型和文化转型。中共十一届三中全会后,中共中央以经济承诺取代了政治承诺,把工作重心转移到务实的经济建设上来。经济改革先从农村入手,而后转入城市,用市场经济取代计划经济,并相应地进行体制改革。改革促使中国大陆开始了社会转型和文化转型。文化转型的显著标志是主流文化(官方文化、国家意识形态文化、正统文化)、知识分子文化(高雅文化、精英文化)、大众文化(流行文化、通俗文化)、民间文化的组合取代中华人民共和国成立二十七年的主流文化与民间文化的组合。这一转型有一个较长的过程,它的完成要到90年代以后。

  由一体化向多元化的演进是在创作与理论批评的互动中逐步实现的。这一进程可以划分为两个阶段,70年代末至80年代末为第一阶段,90年代以降为第二阶段。第一阶段又以1985年为界分为两个小的时段。

  70年代末至80年代初大陆文艺界的关注点主要集中在三个方面:其一,批判江青等人的激进文艺观点(如"文艺黑线专政"论、"题材决定"论、"根本任务"论、"主题先行""三突出"原则等)和文艺创作(如影片《欢腾的小凉河》《盛大的节日》《反击》);其二,恢复中国文联和下属五个协会的工作,《文艺报》等刊物复刊,为作家作品落实政策。值得注意的是不仅为"文革"中遭到错误批判的作家作品平反,而且为"文革"前受到批判的某些作家作品进行了平反;其三,调整文艺与政治的关系。1979年4月《上海文学》发表评论员文章《为文艺正名——驳"文艺是阶级斗争工具"说》,接着组织了讨论。全国数十家报刊参与,一年内发表了几百篇文章,赞成和反对"工具"说的观点激烈交锋。后来在第四次文代会上,反对"工具"说的观点得到邓小平和周扬的支持。在此期间,文艺界重申了"写真实"和"现实主义",《现实主义——广阔的道路》等文章受到了肯定。以上三项属于人们所说的"拨乱反正"工作。所谓"乱",指文艺激进派制造的混乱,所谓"正",实质上是四五十年代胡风、冯雪峰、秦兆阳和60年代周扬等人所希望的局面。

拨乱反正工作由于有"文革"的极端做法作反面参照,容易在思想文化界取得较大规模的共识(当然也有分歧),但在另外一些问题上分歧就突出出来了。

1. 关于人道主义和异化问题的论争。1983年3月7日周扬在中共中央党校召开的纪念马克思逝世一百周年学术报告会上作了题为《关于马克思主义的几个问题的探讨》的报告。这个报告涉及面很广,其中引人注目的是:一,强调马克思主义是发展的学说,提出在认识论上考虑用感性、知性、理性三范畴取代感性和理性两范畴,分清知性和理性的区别;认为将知性和理性混淆,以为一旦形成概念,就掌握了本质,会导致简单化、概念化。二,不应把马克思主义归结为人道主义,但马克思主义包含了人道主义。三,马克思《1844年经济学—哲学手稿》中提到的"异化"概念,不仅要把人从剥削制度下解放出来,而且要从一切异化形式下解放出来;"异化"不仅存在于资本主义社会,而且存在于社会主义条件下。这个报告发表后受到热烈的赞扬,也受到严厉的批评。胡乔木的长文《关于人道主义和异化问题》是具有权威性批评的代表。该文认为,"宣传人道主义世界观、历史观和社会主义异化论的""带有根本性质错误的"思潮,不是一般的学术理论问题,它"牵涉到离开马克思主义的方向,诱发对社会主义的不信任情绪"问题。此文刊登于《理论月刊》1984年第2期。在此之前,即1983年10月,邓小平曾在《党在组织战线和思想战线上的迫切任务》中提出,"有一些同志热衷于谈论人的价值、人道主义和所谓异化,他们的兴趣不在批评资本主义而在批评社会主义"。胡乔木的长文是对邓小平这一观点的发挥。周扬1983年11月在对新华社记者的谈话中被迫作了公开的自我批评。

2. 关于现代化与现代派的论争。1981年9月高行健的一本小册子《现代小说技巧初探》出版。叶君健在为该书作的"序"中认为,随着蒸汽机的发明,文学艺术进入一个新的时代,形成了19世纪文学的内容和形式。这些形式也是中国新文学的形式。当世界跨入电子和原子时代,自然会产生与蒸汽机时代不同的文学艺术流派、表现形式和风格。而中国由于长期与世界文化隔绝,欣赏趣味仍停留在蒸汽机时代。中国文学应广泛吸取西方现代派的成果,才能走向世界。这本小册子和"序"引起冯骥才、李陀、王蒙、刘心武的注意,他们写了文章谈论现代小说和现代派问题。1982年第1期《外国文学研究》发表了徐迟的《现代化与现代派》,徐迟认为,中国将实现社会主义四个现代化,也将出现表现现代派思想感情的文学艺术。文艺界在两年里发表了几百篇文章就上述问题展开争论。以《文艺报》为首的报纸杂志主张坚持现实主义，反对建立中国的现代派文学，通过组发稿件、综述和版式安排来引导讨论，规范认识，但收效不大。

3. 与上面这一争论相关的是关于"朦胧诗"和三个"崛起"的争论。70年代末、80年代初，以舒婷、北岛、江河、杨炼、顾城为代表的一批年轻诗人的诗作以其思想感情的复杂隐蔽和艺术形式上与当时流行的诗歌的不同而引起强烈的反应。1979年公刘在《星星》复刊号上发表《新的课题——从顾城同志的几首诗谈起》，批评了顾城的一些诗作。1980年1月《文艺报》转载此文，并加了"编者按"，支持公刘的观点，呼吁展开讨论。1980年《诗刊》第8期发表章明的《令人气闷的朦胧》，遂引起对这些年轻诗人的诗作读得懂读不懂的争论，"朦胧诗"由此而得名。1980年5月谢冕在《光明日报》上发表《在新的崛起面前》，1981年孙绍振在《诗刊》3月号上发表《新的美学原则在崛起》，1983年徐敬亚在《当代文艺思潮》第1期上发表《崛起的诗群——评我国诗歌的现代倾向》，支持"朦胧诗"并进而阐发其思想和美学内涵。争论趋于激烈，并由对"朦胧诗"的争论发展为对三个"崛起"的批判。徐敬亚不得不作公开的自我批评（《时刻牢记社会主义的文艺方向——关于〈崛起的诗群〉的自我批评》载1984年3月5日《人民日报》）。

上述争论实质上是文艺发展是在"十七年"主流文艺、思想的格局中开展，还是可以打破这一格局的争论。坚持"十七年"主流文艺思想的观点由于得到权力机构开展"清除精神污染"的支持，一时间"压倒"了对立的一方。但从后来的情况看，被压制的观点反而因此扩大了影响。这是因为打破一元化格局、实现文化与文艺的多元化已成为大趋势，因为反僵化、反保守成为80年代的时代潮流，而且经历了"文革"磨难的思想文化界对于用政治手段解决思想文化分歧有了强烈的逆反心理。

理论上的这种状况和文学创作的活跃密不可分，创作甚至走在理论的前面。70年代末至80年代前期，创作的主要力量有三部分人：一是50年代因政治或艺术的原因遭到不公正待遇的"复出作家"，如艾青、汪曾祺、蔡其矫、牛汉、王蒙、张贤亮、高晓声、陆文夫、刘宾雁、邓友梅、邵燕祥、从维熙、刘绍棠、李国文、流沙河、公刘、昌耀等；一是"知青作家"，如韩少功、张承志、史铁生、贾平凹、王安忆、郑义、张辛欣、梁晓声、孔捷生、陈建功、李杭育、张抗抗、邓刚、阿城、何立伟、叶辛、铁凝、李晓、多多、芒克、江河、杨炼、舒婷、顾城、北岛等；一是"文革"后已届中年才进入创作活跃期的作家，如宗璞、张洁、谌容、冯骥才、古华、戴厚英、蒋子龙、刘心武、高行健等。创作明显地呈现为文艺思潮整体性交错更迭的状况。如"朦胧诗"、复出诗人"归来的歌"、伤痕文学、反思文学、改革文学、知青文学、社会问题剧等等。多数文学作品和"文革"及"文革"前十七年的精神创伤的记忆有关，采取政治/社会视角，情绪激愤、沉重、富于宣泄性，结构和语言密集而紧凑。在告别昔日旧梦的同时，书写关于现代化的集体想象，为"大写的人"作辉煌的设计，用严肃的社会批判取代廉价的歌颂，用对普通人命运的关注取代英雄人物的塑造，用"五四"启蒙精神取代对工农兵的膜拜。创作方法以现实主义为主，但已大胆吸收西方现代主义的某些手段，形成了对中华人民共和国成立以来近三十年写作模式的突破。理论上许多问题的提出，既出于摆脱原有理论单一、贫乏状况的需要，又是对当时创作的呼应。文艺状况回到"十七"年已经不可能了。

1985年对于中国大陆文学来说是一个值得注意的年份。这一年马原的《冈底斯的诱惑》，张辛欣、桑晔的《北京人》，史铁生的《命若琴弦》，刘索拉的《你别无选择》，王安忆的《小鲍庄》，陈村的《少男少女，一共七个》，莫言的《透明的红萝卜》，韩少功的《爸爸爸》，残雪的《山上的小屋》，扎西达娃的《系在皮绳扣上的魂》等作品的发表，令人耳目一新。这些作品引发了80年代后期的"现代派"文学、"寻根文学""实验小说"潮流。它们和此后出现的"新写实"小说成为这一时期小说的重要景观。诗歌方面，"朦胧诗"已经式微，被称作"新生代"的众多年轻作者以自编、自印诗报、诗刊、诗集的方式在诗坛的边缘处聚集力量。1986年九十月间安徽的《诗歌报》和《深圳青年报》以"现代诗群体大展"的方式，先后用九个版面刊登了几十个"诗派""诗社"的宣言、代表诗人的简历和代表作，让他们来了一个集体亮相。其中既有真诚的艺术探索者，也不乏大言不惭，制造轰动效应的人。

80年代后期的文学创作有两点值得注意。其一是无主流。像70年代末、80年代前期那样文学创作大体"齐步走"的状况已成为过去，作家们"各行其是"，上述小说潮流只是"显流"。除"寻根文学"外，其他潮流多是批评界命名的结果，而且被划归同一潮流中的作家彼此差异很大，他们也不愿按照批评界归纳的特点进行写作。至于"新生代"诗歌，众多"社团"和宣言本身即昭示其分裂的状态。其二是反传统。不但反中华人民共和国成立后三十年的传统，也反70年代末至80年代前期的"传统"，因而给中国当代文学带来了很多"异质性"的东西。

与此同时，是理论上的大规模更新。

1. 文学研究、文学批评的方法更新。中华人民共和国成立以来,现实主义成为文学创作和批评的最高准则,甚至可以说是惟一的准则。这造成了创作和批评的单调和整一。更新方法,用多元取代现实主义一元成为文学界的普遍要求。1985年在北京、厦门、扬州、武汉先后召开了四次全国性的"新方法"讨论会,各报刊发表了大批关于"新方法"讨论的文章,这一年也被称作"方法论年"。从理论界的讨论和实践看,80年代后期的"新方法"热有两个取向:一是借鉴西方各种社会科学和人文科学的理论和批评方法,如新批评、精神分析学、神话原型理论、阐释学、现象学、符号学、叙述学、接受美学、比较文学、存在主义美学、结构主义、解构主义;一是引进自然科学研究方法,如系统论、信息论、控制论、模糊数学、耗散结构等。新方法的引进始终伴随着不同意见的争论。例如有人认为引进自然科学研究方法可能导致科学主义、实证主义倾向,远离文艺对象的特殊性特征;有人则指责种种新方法的引进是奉西方的各种新理论为金科玉律,曲解、贬低和排斥马克思主义文艺观和方法论。相比较而言,引进自然科学研究方法取得的成果不大,引进西方社会和人文学科的理论和方法虽不乏生搬硬套的现象却取得了长足的发展。总的说来,"新方法"热扩展了人们的视野,打破了现实主义一元独尊的局面,为文学创作和批评的多元化创造了条件。

2. 文学观念的更新。"新方法"热引起了文学观念的变化。文学观念的变化大致包括两个方面。其一是对文学的意识形态性的质疑。早在70年代末、80年代初,朱光潜即发表了《上层建筑和意识形态之间关系的质疑》(《华中师范学院学报》1979年第1期)和《研究美学史的观点和方法》(《文学评论》1981年第1期)两文,但在当时的语境下未能获得较大的反响。到了80年代后期,这一问题被再次提出。毛星在《意识形态》(《文学评论》1986年第5期)一文中认为,文艺是社会意识形式而非意识形态。社会意识形式包括政治、宗教、艺术等,社会意识形态包括政治的、宗教的、艺术的思想理论。栾昌大的观点和毛星接近,他在《关于文艺本质探讨的几个问题》(《吉林大学社会科学学报》1986年第3期)和《文艺意识形态本性说辨析》(《文艺争鸣》1988年第1期)中提出,意识形式比意识形态广泛,前者包括一切文化,后者具有阶级倾向性。文学虽然可能有阶级倾向性,但带有更多的非意识形态的知识性和超越现实存在的东西。钱中文在《论文艺的充分主体性和超越性——兼评〈文艺学方法论问题〉》(《文学评论》1986年第4期)中认为,文艺具有两重性,即审美特性和意识形态特性,因而它必然打上阶级意识的印记,但又不是意识形态的等价物,它突破意识形态的局限,体现了全人类的自由意识,是属于全人类的自由文化。陆梅林、严昭柱等坚持文艺的意识形态性,并对质疑文艺意识形态性的观点加以抨击。不过,他们的观点远不及前者影响大。

其二,探讨文艺的本体性。由于各个批评家依据的理论资源不同,对文艺之所以为文艺的本体性探讨也不尽相同。例如鲁枢元认为"文学是人的心灵创造性的自由表现"(《用心理学的眼光看文学》,载《文学评论》1985年第4期)。林兴宅认为文艺在本质上是"人类为满足自身乐生的需要和自我实现的冲动而展开的一种自由的生命状态"(《出路:生命自由意识的觉醒》,《福建文学》1988年第2期)。陈晓明认为"文本的语言事实存在就构成了文学作品的本体存在"(《反语言——文学客体对存在世界的否定形态》,《文学评论》1988年第1期)。其中影响最大、争议最大的是刘再复的文学主体论。刘再复把李泽厚关于主体性实践哲学的观点用于文学研究,先后发表了《文学研究应以人的思维为中心》(《文汇报》1985年7月5日)、《论文学的主体性》(《文学评论》1985年第6期、1986年第1期)两篇文章。他提出,必须建立一个以人为思维中心的文学理论和文学史研究系统,恢复马克思主义体系中人的主体性观念。他批判了"机械反映论"和"物本主义""神本主义",反对"环境决定论",反对用抽象的阶级性代替活生生的个性,反对把人视为手段,视为政治和经济机器上的螺丝钉。他认为,人的主体性包括实践主体性和精神主体性。文学创作强调主体性"一是把人放到历史运动中的实践主体的地位上,即把实践的人看做历史的轴心,把人看做人。二是要特别注意人的精神主体性,注意人的精神世界的能动性,自主性和创造性"。他的文学主体论包括三个构成部分,即作为创造主体的作家、作为文学对象主体的人物形象、作为接受主体的读者和批评家。文学主体论由于颠覆了长期以来占据主导地位的文学观念,因而引起广泛的讨论、激烈的争议。陈涌等理论家坚决否定刘再复的主体论,有些理论家在肯定主体论的同时指出刘文的疏漏,另外一些理论家则对陈涌等人的观点进行驳诘。文学主体性理论由此得以广泛的传播。

3. 重写文学史。文学观念和文学研究方法的更新体现在文学史研究方面,是"重写文学史"的提出。1985年黄子平、陈平原、钱理群发表了《论"20世纪中国文学"》(《文学评论》第5期),陈思和发表了《新文学史研究中的整体观》(《复旦学报》第3期)。两篇文章都主张依据文学自身发展的历史划分阶段,反对把文学史的分期与社会政治史分期作简单的比附,并提出用"宏观研究""系统分析""综合考察"重新建构文学史研究的框架。

《上海文论》从1988年第4期起开辟了"重写文学史"专栏,连续九期发表"重写"的论文。"重写文学史"的意义远远超出其本身,它意味着文学研究的观念、尺度、视角、方法的更新。

从70年代末至80年代末,中国大陆思想文化领域是主流文化和知识分子精英文化的共享空间。主流文化和精英文化又联合又矛盾成为思想文化领域的基本存在。双方在反对"文革"和"四人帮"上有较多的共识;在推进中国现代化进程上既有某种程度的共识,又有深刻的分歧。总的说来,主流文化在现代化问题上持比较稳健的方针:经济领域大力实行改革开放,思想文化领域的改革小心翼翼,大为滞后,而精英文化则主张在两个领域同时采取激进方针。文艺界的许多事件和论争都可以从这里找到根源。这就形成了文艺界所谓的革新与保守的矛盾。保守一派的理想是"五四"以后形成的"左翼文艺",革新一派的理想是"五四"时期的文艺多元共存。主流文化与精英文化的矛盾在80年代末达到白热化程度,主流文化在"反对资产阶级自由化"的名义下对精英文化进行政治上的批判。

二 90年代以来大陆文学的新格局

1989年大陆思想文化界发生的事件,其影响恐怕要再等一些时间方能做出恰当的估计。90年代初,一些敏感的学者重新调整自己的社会定位,"学院派批评"和学术研究的"规范化"被提了出来。这一方面出于对80年代学术界与政治的关系过于紧密、且不无浮躁之气的反思;另一方面则是为自身寻求安身立命之所而做出的努力。几乎与此同时,1992年邓小平发表了"南方谈话",其中提到"中国要警惕右,但主要是要防'左'"。不久,李瑞环在一次讲话中指出,"文学作品只要不违背现行法律,就不要横加干涉"。这两个讲话受到作家和批评家的热烈欢迎。"南方谈话"大大加快了大陆市场化的步伐,推动社会和文化进一步转型。但文化转型的结果是许多人文知识分子所始料不及的。

80年代中后期中国大陆市民阶层悄然兴起,与之相应的是大众文化的发展。大众文化在市场经济取代计划经济后,迅速由"边缘"走向"中心"。它的扩展如前面所说,削弱了主流文化的控制力,冲击了传统的道德观念、价值标准,促使精英文化走向"边缘"。大众文化与商品经济联手也改变了文学状况:文学的商品属性上升,审美属性下降;消遣、娱乐功能上升、教化、认知功能下降;通俗文学地位上升,纯文学地位下降。文学创作格局也发生了显著的变化,将许多作家集结在一起的文学思潮淡化了,人们往往用"个人化"和"多元化"对 90 年代文学进行描述。在这种情况下,知识分子的分化加剧。科技知识分子和某些社科知识分子(如从事经济学、法学工作的知识分子)受到社会重视,人文知识分子失去了 80 年代的主导地位,其内部分歧加大了。

如果说 80 年代人文知识分子的分歧主要体现在持主流文化立场和持精英文化立场的分歧,那么 90 年代则是原来持精英文化立场的人文知识分子的分歧,它突出地表现在关于"人文精神"的讨论中。1993 年第 6 期《上海文学》发表了王晓明、张宏、徐麟、张柠、崔宜明等人的对谈录《旷野上的废墟——人文精神的危机》,他们以情绪化的语言对当时的文学状况展开激烈的批评。嗣后,《上海文学》在"批评家俱乐部"专栏上相继发表陈思和、陈平原等人的对话录或笔谈,《读书》连续五期发表总题为"人文精神寻思录"的对话,《钟山》接连发表陈晓明、张颐武、戴锦华、朱伟的《新"十批判书"》,《光明日报》《文汇报》《中华读书报》《作家报》《探索与争鸣》《文艺争鸣》等报刊也都组织了讨论。讨论由文学领域扩展到整个文化领域。许多从事文学、史学、哲学研究的知识分子和作家卷入其中,而主流文化和大众文化的代言人多数作壁上观。讨论的问题尽管十分广泛,焦点却是对 80 年代中期以来的文学的评价、关于"人文精神"的内涵和是否失落以及在市场经济条件下知识分子的操守等问题。讨论者多以座谈、对谈、随笔的形式发表自己的意见,带有偶发性、即兴性、情绪化的特点,持相同倾向的人之间也有这样那样的区别。不过从大体上看,上海的学者陈思和、王晓明等和作家张承志、张炜等对市场经济造成的社会状态、文学状态持激烈的批评态度,其言论带有激进的理想主义和道德主义色彩。而作家王蒙、刘心武等和批评家张颐武等对现状和前途持乐观态度,更多地看到市场经济和大众文化积极的一面。北京的一些学者如谢冕、洪子诚等言论较为谨慎,但对文学精神品位的下降表示了深深的忧虑。这一长达数年的讨论,没有取得什么共识,它是 80 年代为文艺摆脱政治意识形态控制、实现文艺自律性的学者和作家"共识破裂"的表征,是其身份认同和价值立场多元化的一次公开展露。

90 年代人文知识分子和作家的一个重要变化是新保守主义或曰文化守成主义的出现。80 年代人文知识分子和作家关于现代化的集体想象中,"西方"是作为优于中国的历史参照物出现的。中与西和古与今具有某种对应关系。当时知识界心目中的现代化就意味着学习西方,反对中国的传统(古老的历史文化传统和中华人民共和国成立以来"左"的传统)。随着对西方了解的扩大和深入，随着中国现代化的实施而暴露出的诸多问题，知识界相当多的人思想有了转变，他们对现代化的想象与80年代有了很大的不同。其中一部分人如李泽厚、刘再复、王元化、王蒙等人或对辛亥革命、"五四"运动以来的革命和反传统进行反思，或对斯大林时期文化专制主义展开批判，总结教训，主张以改良代替革命，以渐进代替激进。他们都亲历过五六十年代的社会生活，对思想文化领域的大一统保持高度的警惕，更多地看到市场经济和大众文化对主流意识形态的消解作用。王蒙在《躲避崇高》中肯定王朔小说的价值在于"撕破伪崇高的假面"。李泽厚在同王德胜的谈话(《东方》1994年第5期)中呼吁正视大众文化在当前的积极性、正面性功能，强调它在消解正统意识形态方面的作用。另一部分人是新儒学派或曰国学复兴派，他们主张在市场经济条件下，弘扬以儒家学说为核心的传统文化，并进行改造，作为中国现代化的思想资源。郑敏、刘梦溪的观点和上述两派有一定的联系。刘梦溪在《文化传统的流失与重建》(《光明日报》1993年6月26日)中认为，在外来思想的冲击下，中国文化传统流失，因此应当重建传统文化。郑敏在《世纪末回顾：汉语语言变革与中国新诗创作》(《文学评论》1993年第3期)中认为，"五四"时期废文言，倡白话，割断了中国文化、文学传统，犯了"语言学本质上的错误"。还有一些年轻学者受到美国哥伦比亚大学教授爱德华·赛义德的"后殖民主义"理论的影响，认为发展中国家现代化的过程实际上是建立西方文化的霸权主义的过程，而历史已证明"'现代性'伟大寻求的破灭"，主张以"中华性"取代"现代性"。他们所说的"中华性"，指的是"用中国的眼睛看世界"。"中华性并不试图放弃和否定现代性中有价值的目标和追求，相反，中华性即是对古典性和现代性的双重继承，同时，又是对古典性和现代性的双重超越"(张法、张颐武、王一川等《从"现代性"到"中华性"》，《文艺争鸣》1994年第2期)。

90年代末到新世纪头一个十年，大陆文学的生产机制有了很大的变化。1984年发布的《国务院关于对期刊出版实行自负盈亏的通知》规定，除少数指导工作、推动科学技术进步，以及少数民族、外文等类别期刊外，其余一律独立核算，自负盈亏。这即所谓"断奶"政策。1998年有关部门重申"三年断奶"。2009年出版社与文学期刊全面"转企"。这就意味着"市场原则"越来越深地介入文学生产，期刊发表原则、文学出版原则、批评和评奖原则和新人培养机制都发生了变化。与此同时，网络文学获得了飞速的发展，形成了一整套运作模式和独特的意识形态，对传统文学构成了挑战。

在这种情况下,大陆文学的天下一分为三:传统文学、"市场化"文学、网络文学。"市场化"文学、网络文学风头正健,传统文学遇到严峻的挑战。以80后为主体的"青春写作"因按照"市场化"规则进行运作而迅速走红。

国家把文学推向市场并不意味着放弃控制。它一再强调文艺在精神文明建设中的重要作用,要求文艺工作者努力为建设有中国特色的社会主义文化而贡献力量。落实到具体措施上,除了继续发挥各级文联和作协的作用外,特别突出的是集中一定的人力、物力、财力组织"主旋律"文艺的大规模生产。比如由中共中央宣传部主办"五个一工程奖",由中国作协主办或参办"茅盾文学奖""鲁迅文学奖""全国少数民族文学'骏马奖'和""冯牧文学奖",以此引导、鼓励主旋律创作。"弘扬主旋律,提倡多样化"成了国家对文艺的基本方针,这也决定了大陆文学的基本格局。

第三节 台湾文学的演变

40年代末,在军事上、政治上遭到惨重失败的国民党政府不得不迁往台湾,台湾的当代文学就此开始,它是在与大陆完全不同的社会背景下运作的。总的说来台湾文学前三十年是有主流的时代,这就是50年代的反共文学,60年代的现代派文学,70年代的乡土文学,进入80年代,文学已是多元化状态。

40年代末的台湾,经济凋敝,物价飞涨;国民党内派系林立,钩心斗角;岛上军队不足六十万,官多兵少,缺乏战斗力;而进步力量和共产党地下组织十分活跃。1949年8月美国杜鲁门政府发表了《美国与中国关系》的白皮书,承认国民党失败的原因是政权腐败,"其领袖不能应变,其军队丧失斗志,其政府不为人民所支持"。国民党政府陷入内外交困之中。人们不知人民解放军何时打来,有办法的人或近去香港、东京,或远走美洲,灰暗颓丧之气笼罩全岛。

面对这种状况,蒋介石一面同美国签订"共同防御条约",一面加强对台湾的思想控制和政治控制。50年代初,他接连发表了《反共抗俄基本论》《三民主义的本质》《解决共产主义思想与方法的根本问题》《总理知难行易学说和阳明知行合一哲学之综合研究》等一系列文章和讲演,标榜三民主义和中国传统文化,攻击马克思主义和共产党,以此作为统一台湾思想文化的纲领。组织上,任命陈诚等人组成"改造委员会",公布"中国国民党改造方案",加强对国民党的控制,削弱非蒋派系力量。成立由蒋经国实际操纵的"政治行动委员会"(后改名为台湾当局领导人办公场所机要资料组),整顿、强化特务组织;颁布"临时戒严"令,禁止"非法集会、结社、游行、请愿、罢课、罢工、罢市、罢业",实行新闻、出版检查;大批逮捕、监禁、屠杀共产党人和进步人士。

　　反共文学就是在这种氛围下,在蒋介石亲自过问下形成的。迁到台湾的国民党"才深深地体会出文艺工作的不可忽视"。50年代初国民党"改造委员会"把文艺作为一项重要工作列入其政纲中。1955年蒋介石又提倡"战斗文艺",台湾各报纸杂志、电台纷纷响应。1965年4月在台北召开"第一届国军文艺大会",蒋介石到会作了十二条"训示",鼓吹反共复仇,"培养成功成仁精神"。1967年11月,国民党召开九届五中全会,通过了《当前文艺政策》。早在50年代初,经蒋介石授意,国民党文运会主席张道藩与其他人创立了"文艺协会"和"文艺奖金委员会"。此后不久"青年写作协会"和"台湾省妇女写作协会"(后改名为"妇女写作协会")先后成立。一批文艺刊物如《半月文艺》《文艺创作》《晨光》《幼狮文艺》《新文艺》《军中文艺》纷纷创办。这些组织和刊物都以"反共"为宗旨,同时也为普及文艺做了一些工作。1954年7月起在台北还开展了清除"三害"(指"赤色的毒""黄色的害""黑色的罪")运动,不仅不允许传播马克思主义,连"五四"时期和30年代的现实主义文学包括鲁迅、郭沫若、茅盾、巴金、老舍等人的作品都在禁止之列,从而造成了当代台湾文学与"五四"以来现实主义的断裂。

　　这些举措形成了政治禁忌,恰如台湾大学教授杨国枢在《人文及社会科学研究的台湾经验》一文中所说:"在大学院校和研究机构中有些课程是不可开授的,有些课程是必须开授的;有些书是不可阅读的,有些书是必须阅读的;有些课题是不可研究的,有些课题是必须研究的;有些结论是不可写出的,有些结论是必须写出的。如果有人触犯了这些禁忌,就会为他个人(甚至家庭)带来不利或不便。"

　　反共文学成为50年代台湾的主流文学。其中有代表性的小说有陈纪滢的《荻村传》,姜贵的《旋风》《重阳》,王蓝的《蓝与黑》,司马中原的《荒原》,潘人木的《莲漪表妹》等;戏剧有钟雷的《尾巴的悲哀》,赵之诚的《海啸》,吴若的《人兽之间》,郭嗣汾的《大巴山之恋》,上官予的《碧血丹心溅自由》等;诗歌有钟雷的《伟大的舵手》《在青天白日旗帜下》,葛贤宁的《常住峰的青春》,墨人的《自由的火焰》《哀祖国》等。反共文学由于完全从政治意识形态出发,成了政治理念的演绎,没有什么艺术价值,诚如白先勇后来所说,"一般反共文学是没有力量的,不真实的"(胡菊人《小说技巧》)。

50年代台湾文学艺术价值较高的是回忆、怀乡之作。一批从大陆来到台湾的作家,人地两生,备感悲凉,大陆故土、亲朋、昔日生活成了挥之不去的情结,回忆、怀乡之作油然而生。这些作品有的和反共情绪搅在一起,有的是纯然忆故、怀乡。反共的内容乏善可陈,而忆故、怀乡部分,不少写得情真意切,十分感人。回忆、怀乡之作一直延续到后来,成为台湾文学中重要的一脉,张秀亚、谢冰莹、琦君、徐钟珮、钟梅音、林海音、司马中原、朱西宁、段彩华等在这方面作出了重要的贡献。这个时期,台湾本土作家的乡土文学正处于恢复期,作品不多。钟理和的《笠山农场》、廖清秀的《恩仇血泪记》是两部有分量的作品。

反共文学到了50年代后期进入颓势,也不受读者欢迎,至60年代其主流地位已被现代主义文学思潮所取代。

现代主义文学思潮在50年代前期就产生了。社会的动荡不安,前途的虚幻渺茫,对反共文学的反感,思想禁锢造成的与"五四"文学传统的断裂,西方现代主义思潮的影响,促使台湾部分作家回到内心,用现代主义手法表达其感受。这一思潮首先出现在诗歌领域里。来自大陆、30年代与徐迟、戴望舒等人共同创办现代主义的《新诗》月刊的纪弦于1953年2月与他人创办了《现代诗》杂志,1956年1月成立了"现代诗"诗社。该社的纲领是"领导新诗的再革命,推行新诗的现代化"。在其"六大信条"中明确提出:"新诗乃是横的移植,而非纵的继承","知性的强调","追求诗的纯粹性"等等。另一提倡现代主义诗歌的群体是1954年10月由痖弦、洛夫、张默等人组成的"创世纪"诗社,其刊物为《创世纪》。该社起初主张建立"民族的新诗型",从1959年4月始,一改初衷,大力提倡"超现实主义",把诗的"世界性、超现实性、独立性和纯粹性"作为自己的创作方向。这两个诗社团结了一批诗人,在其主办的刊物上发表了一批现代主义诗作,在台湾掀起了现代主义诗歌浪潮。

现代主义小说浪潮是由《文学杂志》《现代文学》《笔汇》《前卫》《这一代》等刊物掀起的。其中影响最大的是《文学杂志》和《现代文学》。《文学杂志》是由夏济安、刘守宜、吴鲁芹三人于1959年9月创办的。该杂志曾大力介绍西方现代主义理论和小说,发表台湾具有现代主义色彩的作品,培养了白先勇、陈若曦、王文兴、欧阳子、叶维廉等一批现代主义作家。《现代文学》是1960年3月由台湾大学学生白先勇、王文兴、陈若曦、欧阳子等人创办的。其积极支持者有丛甦、水晶、林怀民、施叔青、七等生等一批作家。该杂志创刊伊始即表示,要系统地翻译、介绍西方现代主义艺术流派、思潮、批评和代表作家作品;建立新的批评系统;试验、探索和创造新的艺术形式与风格;尊重传统,但不模仿或激烈地废除传统。它以专号的方式介绍了一大批西方现代主义作家,翻译、评论其代表作品,发表了大批台湾作家的现代主义小说,团结并培养了一批文学新人,把台湾现代主义小说推向高潮。

台湾现代主义文学思潮抛弃了反共文学从政治意识形态出发作观念演绎的写作模式,实现了从主题到题材的转移;它译介了大批西方现代主义思想著作和文学作品,扩大了台湾文学界的视野,影响了台湾此后文学的发展。当大陆50—70年代中期完全拒绝现代主义之时,它却让现代主义在台湾得到发展,丰富了这一时期的中国文学;它为台湾文学注入了新的艺术因素,对知性和节制的强调,对象征、暗示、意识流手法的运用,使诗歌凝炼、含蓄、多义、有质感,使小说对人的内心世界的开掘加深了。当然,它的弊端也很明显:不少作品远离社会现实,过分晦涩,模仿西方现代主义的痕迹相当严重,宣扬了虚无主义、悲观主义、颓废主义等等。

五六十年代,当一些作家掀起现代主义文学思潮时,另外一些作家则坚持对社会现实和人生的关注。50年代与"现代诗"诗社和"创世纪"诗社鼎足而立的是"蓝星"诗社。《蓝星》诗刊创办于1953年冬,该社在次年3月由覃子豪、钟鼎文、邓禹平、夏菁、余光中发起成立,其中不少诗人对现代主义有相当的了解,其诗作常吸收一些现代主义手法,甚至有时也写纯粹的现代主义诗歌,但在观念上主张诗要"注视人生","重视实质",强调个性和民族精神。60年代又有两个重要诗歌群体问世,这就是1962年7月成立的以文晓村、王在军、陈敏华、古丁、宋后颖等为骨干的"葡萄园"诗社(其刊物为《葡萄园》)和1964年3月成立的主要由台湾本土诗人组成的"笠诗社"(其刊物为《笠》),二者均反对现代主义诗歌的晦涩和脱离现实,《葡萄园》主张诗歌的"明朗化""普及化",《笠》强调诗与生活、乡土、社会、艺术的结合。小说方面,60年代与《文学杂志》《现代文学》等相对的是《台湾文艺》《文学季刊》。《台湾文艺》是吴浊流于1964年4月创办的,后来由钟肇政、陈永兴先后接办。该杂志团结了几代乡土作家,主张文学反映人生,特别注重台湾乡土色彩。《文学季刊》是尉天骢、陈映真、黄春明、施叔青、七等生等于1966年10月创办的。其前身《笔汇》提倡现代主义。《文学季刊》的创办基于这样的考虑:既不同意《现代文学》的过分西化和对台湾社会现实的疏离,又不同意《台湾文艺》的过分拘泥于台湾的地域性,主张民族风格和西方现代技巧的结合。该刊于1973年改名为《文季》。

上述情况表明,写实的、乡土的文学思潮在台湾始终存在着。到了 70 年代,保钓运动激发了强烈的民族意识,尼克松访华,中日、中美建交,台湾被逐出联合国等一系列事件使国民党在台湾的威望受到沉重打击,台湾经济对农村和市镇中下层人民的剥夺,造成严重的两极分化,这一切促使作家关注现实,关注民众,关注社会改革,为乡土文学的进一步发展提供了动力。而《龙族》《主流》《大地》《草根》《诗脉》《阳光小集》《诗潮》《文学界》《夏潮》等刊物的纷纷创办,进一步推动了乡土文学的繁荣。乡土文学在 70 年代取代现代主义文学成为台湾文学的主流。

乡土文学作家还包括众多小说家,如老一代的吴浊流、钟理和、钟肇政、叶石涛、杨逵等,第二代的陈映真、黄春明、李乔、钟铁民、王祯和、王拓、杨青矗等,新世代的宋泽莱、洪醒夫、吴念真、黄凡等。其中第二代是中坚力量。他们的作品多书写台湾由农业社会向工商业社会转型的人生感受,表现资本主义文明与中国传统文化的冲突,揭露西方资本主义对台湾的经济掠夺。艺术上保持了民族传统和乡土色彩,也吸收了西方文学技巧,以增加表现力。台湾乡土文学的不足是:有些作品比较粗糙,手法单调,有些作家选材较为单一,主题过于狭窄。

与上述文学主流并存的除前面提到的回忆、怀乡之作外,还有两种重要的文学现象,这就是"留学生文学"和通俗文学。从 50 年代末开始,大批台湾青年纷纷到美国或其他西方国家寻求出路。异国生活使他们对中西文化的巨大差异,客子他乡的漂泊感、孤独感,留学生与海外华人的生存挣扎有较为深切的了解和体味,从而形成了"留学生文学"这一特殊现象。60 年代的"留学生文学"主要写留学生在异国的失落感和漂泊感。他们到美国去寻梦,却发现那里既非乐土,亦非天堂,求学、就业都遇到种族歧视,中西文化的不同让他们难以适从,作品多弥漫着伤感、悲凉之气。70 年代的"留学生文学"从诉说个人际遇转向对国家民族和人类命运的关怀,写海外华人生活,也明朗、平和多了。这和"保钓"等一系列政治事件激发的民族情绪有关,和留学生在海外也度过了早期的艰难,进入稳定发展阶段有关。艺术上,"留学生文学"或将西方现代主义手法和中国传统手法融合在一起,或完全采取西方现代主义技巧。

通俗文学在五六十年代以言情和武侠为主,60 年代末科幻小说兴起,成为通俗文学中重要的一支。言情小说最具代表性的作家是琼瑶,武侠小说作家人数众多,有代表性的是郎红浣、卧龙生、司马翎、伴霞楼主、诸葛青云、上官鼎、陆鱼、古龙、温瑞安等,科幻小说的代表作家有张晓风、张系国、黄海、吕应钟、叶言都、黄凡、林燿德等。通俗小说满足大众文化消费心理，又有商业和媒体作援，其发展势头正猛。

80年代随着国际关系的变化，台湾的社会状况有了进一步的转变。两岸关系的缓和、台湾民主力量和反对派力量的活跃迫使台湾国民党当局不得不解除"戒严令"和党禁、报禁、言禁、海禁，为政治民主和言论自由提供了条件；经济与科技的高速发展，台湾不仅完成了从农业型向工商型的转变，而且进一步向后工业社会过渡，传统的生活方式、价值观念受到冲击；现代传媒的发展，推动台湾更为开放；物质的丰富、台湾人平均收入的增加，促使消费意识大为增强；与此同时一些新的社会问题如环境污染问题、劳工问题、老兵问题、妇女问题等等也随之出现。这一切为台湾文学的多元化创造了条件。

80年代台湾文学已处于无主流状态。现代主义文学和乡土文学经过冲撞、摩擦，互有吸收；政治文学、都市文学、女性文学、环保文学、后设文学各行其是，有些作品往往融两种以上形态于一炉；通俗文学势头不减。一批1945年以后出生的作家成为这个时期重要的创作力量，其代表人物有：杜十三、林燿德、夏宇、刘克襄、廖辉英、李昂、萧飒、萧丽红、黄凡、张大春、王幼华、李永平、林清玄、林文义、桑柔、心岱、古蒙仁、马以工等等。

台湾当代文学半个世纪的发展始终伴随着论争，从大的方面讲主要有两个，即关于台湾现代主义文学的论争、关于台湾乡土文学的论争。

关于台湾现代主义文学的论争是从诗歌领域开始的，后来波及小说，它表现在理论、观点之争，对具体作品评价之争和不同派别的社团、刊物方针的对立。就理论方面讲有代表性的论争有三次。

第一次是纪弦与覃子豪之争，这可以说是主张现代主义诗歌的激进派和稳健派之争。纪弦的"六大信条"提出后，不仅受到持传统观的诗人的批评，连主张现代主义的覃子豪也十分不满。1957年覃子豪在《蓝星诗选·狮子星座号》上发表《新诗向何处去？》一文，批评纪弦的"横的移植"的观点。他说，"诗人们怀疑完全标榜西洋的诗派，是否能和中国特殊的社会生活所契合"，"中国新诗应该不是西洋诗的尾巴，更不是西洋诗的空洞渺茫的回声，而是中国新时代的声音，真实的声音"，"若全部为横的移植，自己将植根何处"？并针锋相对提出"六项正确原则"。纪弦则于同年《现代诗》第19期、20期上分别发表《从现代主义到新现代主义》《对于所谓六原则之批判》进行答辩。于是又引来覃子豪在《笔汇》第21期上发表的文章《关于"新现代主义"》。覃文有理有据，确实批评到点子上，使纪弦对自己过激的观点作了修正。他先后发表了《新形式主义之放逐》《我的现代诗观》《中国新诗之正名》等文,批评了台湾现代主义诗歌中的新形式主义、纵欲主义、虚无主义,强调"现代诗是人生的批评,不是现实的游离"。当然,纪弦的修正只代表他自己,其他持激进观点的诗人依然故我。

第二次是传统诗歌观与现代主义诗歌观的交锋。1959年11月邱言曦连续四天发表了《新诗闲话》,1960年1月又连续四天发表了《新诗余谈》,寒爵发表了《所谓现代派》《四谈现代诗》两文。邱言曦用自己的"造境""琢句""协律"作标准衡量台湾现代主义诗歌,认为"很少有几首是可以通过的"。寒爵则对西方和台湾的现代主义诗歌进行全面的否定。从而挑起了两种诗歌观的大论战。卷入这一论战的诗人很多,持现代诗歌观的代表人物是余光中、钟鼎文、羊令野、洛夫、白萩、黄用等,持传统诗歌观的代表人物是桓夫、风人、梁若容等,双方各执己见,相持不下。

第三次论争由诗坛扩展到整个台湾文坛,不仅诗人,而且有理论家、学者的介入。70年代初,台湾现代诗人为纪念现代主义诗歌20年的成就,出版了余光中、洛夫主编的《中国现代文学大系》诗卷,叶珊主编的《现代文学》的"现代诗回顾专号",发表了洛夫的《中国现代诗的成长——〈中国现代文学大系·卷卷序〉》、叶珊的《写在〈回顾〉的前面》、余光中的《第十七个诞辰》、颜元叔的《对于中国现代诗的几点浅见》、杨牧的《关于纪弦的现代诗社和现代派》、张默的《"创世纪"的路线及其检讨》等文章,对台湾现代主义诗歌运动作了充分的肯定。1972年2月新加坡大学英文系教授关杰明在《中国时报》"人间"副刊上接连发表《中国现代诗人的困境》《中国现代诗的幻境》《再谈中国现代诗》等文章,批评台湾现代诗人"忽视他们传统的文学来达到西方的标准,虽然避免了因袭传统技法的危险,但所得到的,不过是生吞活剥地将由欧美各地进口的新东西拼凑一番而已。"很快,《创世纪》复刊号发表《一颗不死的麦子》作答,表示对"以往的某些创作观将有所修正"。1973年7月,《龙族》出版了"评论专号",发表了海内外读者、诗人、作家、学者对五六十年代现代诗运动的意见,要求台湾现代诗找到它的"归属性","就时间而言,期待它与传统的适当结合;就空间而言,则寄希望于它和现实的真切呼应"。这一"评论专号"得到不少诗人、作家的积极响应,就连余光中也认为"台湾现代诗已经到了应该变,必须变,不变就活不下去的关头了"(《现代诗应该怎么变?》)。1973年七八月间,台湾大学客座教授唐文标在《龙族》《文季》《中外文学》等刊物上发表《什么时代什么地方什么人——论传统诗与现代诗》《诗的没落——台湾新诗的历史批判》

《僵毙的现代诗》等五篇文章,声言"1956年后,诗坛开始了一个所谓抽象化的写法和超现实的表现",对此要"一一予以扫除"。他指责台湾的现代诗是"僵毙的现代诗",是"腐烂的艺术至上论"和"逃避现实",并点名批判了一批诗人,要他们"站到旁边去吧",号召青年人从现代诗的尸体上"踏尸而过"。这即所谓"唐文标事件"。与此同时,尉天骢发表了《对现代主义的考察——幔幕掩饰不了污垢》《对个人主义文艺的考察——站在什么立场说什么话》,批判王文兴的《家变》和欧阳子的心理小说,在小说领域里对台湾现代主义发难。60年代后期,台湾现代主义文学思潮已走下坡路了,其弊端也日愈明显,进入70年代,乡土文学成为主流。在这种情势下,第三次论争实际上成了对台湾现代主义文学思潮的批判。虽然现代诗人也起来反击,如余光中写了《诗人何罪?》,杨牧写了《致余光中书》,颜元叔写了《唐文标事件》,但他们的声音在当时显得十分微弱。

关于乡土文学的论争。

乡土文学关注现实,大胆揭露社会弊端,为中下层人民的不幸遭遇鸣不平,它必然引起台湾国民党当局的不满,而乡土派与现代派之间长期的争论也在诗人、作家间留下积怨,于是酿成了70年代后期关于乡土文学的一场激烈的论战。1976年10月号《幼狮文艺》刊登了一篇座谈会纪要《现阶段的文艺路向》,指责乡土文学即"30年代的革命文学"。继之,银正雄的《坟地里哪来的钟声》、江汉的《乡土呢?还是迷旧?》、王文兴的《乡土文学的功与过》等文章均对《乡土文学》进行批判。1977年8月《联合报》发表彭歌的长文《不谈人性,何有文学》和当时在香港中文大学执教的余光中的短文《狼来了》。前者点名批判了乡土文学的代表作家陈映真、尉天骢、王拓,把乡土文学和"共产党的阶级理论"联系在一起,后者把乡土文学和大陆的工农兵文学相提并论,认为乡土文学的若干观点与毛泽东的《讲话》"似有暗合之处"。于是从政治到文学展开了对乡土文学的围剿,批判文章多达五十多篇。而乡土作家和理论家则以《文学季刊》《中外文学》《夏潮》和1977年创刊的《仙人掌》为阵地予以还击,写下了一批高质量的论文,如陈映真的《文学来自社会反映社会》《建立民族的文学风格》《关怀的人生观》,王拓的《拥抱健康的大地》《20世纪台湾文学发展的方向》《是"现实主义"文学,不是"乡土文学"》,尉天骢的《我们的社会和民族精神教育》《乡土文学与民族精神》等等,不仅回击了围剿,也为台湾乡土文学理论建设作出了贡献。就在这时,胡秋原发表了《谈"人性"与"乡土"之类》《谈民族主义与殖民经济》《复某女士论风车之战与右派心理》等文章,用充分说理的办法,反驳了批判者加在乡土文学头上的种种罪名,暗示国民党当局,应该让双方自由争辩,不要诉诸武力。由于他的资深地位和第三者的身份,对这场论战的正常进行起了积极作用。这场论战之后不久,尉天骢将双方的文章汇编成《乡土文学讨论集》,于1978年4月出版。是书对了解这场论战有重要文献价值。

第一章 诗歌创作

第一节 概 述

对于六十多年来和三十多年来新诗创作及其发展道路的估价,1949年以来一直是众说纷纭的。与那种倾向于否定、抹煞新诗成就的说法不同,应该说,新诗有很大的成绩。但也存在某些严重的缺陷,存在许多长期未获得解决的问题。它在发展,但前进中有曲折。

当代诗歌的发展过程,可以大略划分为两个阶段。1949年中华人民共和国建立到1976年是第一阶段。从1976年底开始,当代诗歌进入了新的发展时期。

建国之初,诗歌创作和其他文学样式一样,有一个摸索适应的阶段。因此,诗坛显得很沉寂。"虽说也有一些写诗的人,然而却零零落落,很不整齐"(何其芳:《关于写诗和读诗》)。后来,这种情况逐渐有了改变。总起来说,从1949年到1957年这段时间里,诗歌创作的成绩和发展是明显的。其间,有两方面的情况值得注意。其一是,那些从20年代到40年代走上诗坛并已取得一定成绩的诗人,努力同时也是十分艰苦地为表现新的生活进行探索。这涉及诗的取材、诗人的想象方式,以及诗的形象和表现手法上的继承和革新等方面的内容。不仅从国统区来的诗人,如郭沫若、臧克家、冯至、卞之琳、袁水拍等是这样,就是来自解放区的艾青、田间、何其芳、李季、阮章竞、柯仲平、严辰、张志民等,也面临着这方面的问题,面临着适应与创新的艺术难关。中国历史上最后一个黑暗王朝的结束和社会主义革命、建设的开始所带来的生活巨大变化,对艺术配合、服务政治的功能的强调,表现工农兵的形象和生活作为文学创作压倒一切的任务的提出……这些,都与诗人们已经形成的艺术个性产生距离和矛盾。围绕表现新的生活而改变自己艺术个性的不协调部分,建立有新的时代特征的艺术风格,是许多诗人自觉或不自觉的目标。但是,艺术创造包含着各种复杂的因素,他们中的一些人依据的指导思想也并不都很正确,因此,他们的探索,虽然也取得一些成绩,但是,从整体上看,是处在衰退的趋势中,有的且出现严重的创作危机。这在郭沫若、冯至、臧克家、田间、袁水拍等身上都有体现。

这个时期的另一情况是,一批朝气蓬勃的新诗人的出现。他们虽然带着幼稚、不成熟的缺点,但他们与生活的各个方面有密切的联系,似乎可以不太费力就把时代行进的脚步声带进诗中。这些诗人,后来成为当代诗歌创作的主要力量。他们是:已经在生活和创作上做了较充分准备的郭小川、贺敬之、闻捷、蔡其矫,以及李瑛、公刘、邵燕祥、严阵、白桦、梁上泉、雁翼、顾工、周良沛、流沙河、孙静轩、张永枚、韩笑等。

50年代前期的诗歌创作,除了表现抗美援朝战争等运动外,最主要的是歌颂祖国的新生,歌颂领导人民进行长期艰苦斗争的党和领袖,歌颂刚刚揭开帷幕的新生活。颂歌,成为这一时期诗歌创作的主要潮流。臧克家的《有的人》、石方禹的《和平的最强音》、未央的《祖国,我回来了》、严阵的《老张的手》、张永枚的《骑马挂枪走天下》、邵燕祥的《到远方去》、公刘的《西盟的早晨》《五月一日的夜晚》、郭小川的《向困难进军》《投入火热的斗争》、贺敬之的《放声歌唱》、艾青的《南美洲的旅行》《在智利的海岬上》等是这一时期的重要作品。

诗人们对新生的祖国的歌唱,充满着自豪感和幸福感。祖国、人民的形象,已经不是闻一多所诅咒的绝望的死水、恐怖的噩梦,不是臧克家笔下"把头沉重的垂下"的老马。祖国的大地,也不再发出30年代艾青所刻画的响着令人颤栗的悲哀的尖声。如今,诗人们虽天真但真实地描绘他所生活的年代:"时间像童话里不老的仙女,永远这样年轻,美丽。"(何其芳《讨论宪法以后》)描绘他所走过的土地:"只觉得我们处处遇到的,是新的诗句,是美的传奇。"(冯至《西安赠徐迟》)在这个国土上,"凡是能开的花,全在开放,凡是能唱的鸟,全在歌唱"(严阵《钟声》)。诗人何其芳,曾经在他的《夜歌》中写道:"我总是沉痛地记起我是一个中国人,我总是愤愤不平地忆起我是一个中国人。"而现在,面对明亮的早晨的阳光,年轻的诗人唱道:"祖国,我因你的名字,满身光彩","假如我感到自己还有什么可以骄傲,那是因为我生长在新中国的时代……"(石方禹《和平的最强音》)

这个时期,诗歌表现得充分的另一方面的内容,是刚刚开始的经济建设。劳动和建设,劳动中的忘我精神和英雄主义,开始在新诗中得到富于诗意的展示。诗人们纷纷把他们热情的眼睛倾注到这一领域上。李季离开他熟悉热爱的三边,来到玉门油矿。阮章竞离开层层树、重重山的漳河沿,到了内蒙古草原的钢城。冯至歌唱鞍钢,徐迟诗中发出钻机的轰响,戈壁舟赞颂"命令秦岭让开路"的英雄……特别是年轻诗人如邵燕祥、顾工、梁上泉、傅仇、雁翼等,都以极大的热情描绘建设生活的动人图景。勘探队的井架和帐篷,开山的炮声,拂晓山谷工地的灯光,高炉上的红云,马达的轰鸣,森林般的烟囱……是这一时期诗中大量涌现的形象。

50年代前期的诗歌创作也存在着重要的问题。诗的题材、样式不够多样;简单地配合政治运动、中心工作的作品不少;诗人对新生活的赞颂是热情、乐观的,却不够深刻,对生活的困难和复杂矛盾一面缺乏深切把握。诗人的注意力,大都转向对外部生活情景的描绘,对人的内心世界和感情生活的揭示出现明显的空白。特别是,由于各种原因,不少诗人在创作时,有意无意地回避"自我"的加入,造成诗的艺术个性模糊的状况。某些1949年之前有成就的诗人,这期间,也在走上一条艺术风格平均划一的道路。

1956年以后,诗歌创作在"双百方针"的指引下有了某些变化和发展。除了取材范围比以前开阔,样式比以前丰富以外,诗在表现生活矛盾的深度、在形成独特艺术个性上都有一些尝试。艾青经过多年徘徊,写了《在智利的海岬上》,标志着重新回到他三四十年代写作著名作品所确立的艺术道路上。郭小川在《致大海》和《雪与山谷》等诗中,显示了他对于思想独创性的执著追求。邵燕祥的《贾桂香》、流沙河的《草木篇》,接触到生活中的阴暗面,给予揭露和抨击。蔡其矫的《川江号子》《雾中汉水》,把握了人民生活和情感中存在的历史负累的沉重的一面。穆旦的抒情诗,真实地揭示了处于过去与未来,感情与理智的复杂矛盾中的知识分子的心理过程。然而,这些尝试还刚刚开始,还没有产生更大范围的突破,反右派斗争的扩大化便宣告它的结束,一大批诗人的名字,从诗坛上消失。他们是:艾青、公木、唐祈、吕剑、苏金伞、公刘、白桦、邵燕祥、流沙河、周良沛、梁南、昌耀、孙静轩、高平……

从1958年开始,诗坛上表面很繁荣,很热闹:全民写诗,中国成为"诗国"。实际上,却是诗歌歉收的年头。政治、经济和社会生活中泛滥起来的"左"的思潮,文学创作上粉饰生活、为歌颂浮夸推波助澜的那种离开现实根基的"浪漫主义"的提倡,对诗歌创作产生很大的冲击和破坏。这两年,诗歌界的重大事件,一是新民歌的创作、搜集运动,一是关于诗歌发展道路的讨论。1958年春天,毛泽东同志指示要搜集民歌。接着,中国文联及各地省委纷纷发出相应的通知。这就在全国范围掀起了民歌创作的热潮,并出版了大量的新民歌集。其中,《红旗歌谣》(郭沫若、周扬编)是精选的有代表性的本子。"大跃进民歌运动",是当时政治、经济和文艺领域"左"的思潮的产物。大量的所谓"新民歌",不仅停留在对生活的表面现象的描绘上,而且直接或间接地宣扬了浮夸风,宣扬了人的主观意志的无限制夸大。同时,采用定指标、搞运动的办法来领导创作。一些地方,要求下自七八岁的娃娃,上至七八十的老太太,都要人人写诗,提出"村村要有李有才,社社要有王老九",这是违背文艺创作作为一种精神生产的特殊规律的。

新民歌对诗歌创作产生不可忽视的影响。虽然也给新诗的形式(包括语言、表现手段等)带来一些值得借鉴的因素,但是,当时的"新民歌"对一个时期的诗歌创作的影响,毕竟是弊大于利。当诗歌界欢呼不少诗人"改写民歌体",并称之为"好的现象"的时候,也就是这些诗人创作个性和艺术风格的消亡。在普遍认为新民歌应该是诗歌创作的"主流"的同时,提出了在民歌和古典诗歌的基础上发展新诗的著名论点。这一口号的提出,是建立在对"五四"以来新诗发展道路的怀疑、否定的基础上的。因此,1958年到1959年,开展了关于新诗发展道路的热烈讨论。对于过分推崇民歌、贬抑"五四"以来新诗的片面性观点,何其芳、卞之琳、力扬、吴雁(王昌定)、雁翼等提出自己的、更接近实际的看法。不过,这一讨论,后来只限制在形式的范围内,大大削弱了它的重要意义。

50年代末期,除了民歌之外,诗人作品不少,成就却普遍不高。但是,表现历史斗争生活的几部叙事长诗,如《将军三部曲》(郭小川)、《复仇的火焰》(闻捷)、《杨高传》(李季)等,却是比较重要的收获。

60年代初,由于"大跃进"的错误和严重自然灾害,出现经济暂时困难。一方面,在严重困难的考验面前,诗人感受到人民群众的顽强意志和决心,写出不少表现乐观的英雄主义感情的诗篇。郭小川的《林区三唱》《甘蔗林——青纱帐》等,是这方面的代表作。另一方面,他们从诗歌直接配合政治运动、中心工作中"退却",各以自己熟悉的生活侧面,描绘人民群众的生活和精神状态。李瑛写战士的生活感情,成绩显著;严阵、沙白为江南农村画出美丽然而轻盈的画面;张志民用白描的手法,勾勒公社社员的生动侧影;梁上泉、雁翼、陆棨,描写了巴山蜀水的新貌;傅仇、满锐,抒写对祖国大森林和伐木者的热情;张永枚、韩笑,在南国风光的背景上写战士渔民的生活;孙友田、刘镇,写出矿山工厂劳动者豪迈的英姿……这个时期,诗歌艺术比起前一阶段显得成熟。注意构思新颖完整,注意诗的意境的创造,注意语言的精练和音韵的和谐,是普遍的现象。

1962年底"千万不要忘记阶级斗争"口号的提出,和对当时国内国际形势的分析估价,使诗歌创作从1963年起出现新的转折。首先,直接表现诗人对国内外形势、对革命斗争任务的认识、直露地抒写在这种形势下革命者人生哲学和政治节操的政治抒情诗,成为占统治地位的诗体。不仅郭小川、贺敬之在这个时期有重要作品(《昆仑行》《雷锋之歌》等),而且闻捷、阮章竞、严阵、戈壁舟、沙白、韩笑等,都涉足这种诗体。其次,前两年表现农村生活的田园牧歌式的内容和轻柔抒情基调,让位给歌唱阶级斗争的严峻旋律。陆棨的《重返杨柳村》、张志民的《擂台》、忆明珠的《跪石人辞》,是这方面的代表作。60年代初期,诗人通过旅行记述祖国自然风光和生活习俗(如李瑛《花的原野》、张志民《西行剪影》等),为对革命遗址、革命文物的歌颂所代替。南湖的船、雨花台的石子、红军长征走过的地方、井冈山的哨口、淮海战场旧地、革命圣地延安,是常被咏叹的对象。第三,诗的形象、想象方式和抒情手段,也出现明显的变化。红日、红旗、烈火、青松、暴风雨等作为象征性意象,大量涌现。托物言志的手段被普遍使用。将现实和革命历史联结起来,是常见的构思方式。充分渲染铺陈、利用排比对称和复沓的手段以加强所抒发感情的浓度和气势的方法,受到人们欢迎,为不少诗人所采用。严阵从轻柔的《江南曲》变化为豪迈激越的《竹矛》,是有代表性的例子。

然而,就是在这一时期,诗歌发展道路的狭窄越来越明显。对某种现成观念的阐释代替了对真实生活内容和感情世界的体验,片面强调诗要成为时代号角导致构思、形象上的雷同。诗人接受了与生活实际相违背的对形势和斗争任务的分析,必然使他们的创作在表现社会生活斗争、揭示人们思想感情上,真实性和真切感逐渐淡薄。诗的内容的空泛、概念化,依靠所谓"豪言壮语"的渲染铺张,以至发展到伪造生活和感情,这种严重倾向在当时已见端倪。

"文化大革命"期间,诗坛受到极大的摧残。绝大多数诗人被当作"资产阶级代表人物""文艺黑线人物"受到迫害,被剥夺了写作、发表作品的权利。从1966年夏天开始到1971年的五年间,几乎所有的文艺刊物均被封闭停刊,也没有什么诗集出版。1972年以后,情况才略有一些变化。报纸和为数不多的文艺刊物开始刊登诗作,也陆续出版了一些诗集。这个时期,有些诗人先后在刊物上发表作品和出版诗集,如李瑛、李学鳌、臧克家、严阵、顾工、阮章竞、张永枚、刘章等。李瑛当时出版的《红花满山》《北疆红似火》《枣林村集》等集子,曾产生较大的影响。另外,一些后来在新时期中成长起来的青年诗人,如雷抒雁、叶文福、章德益、李松涛、徐刚等也开始发表他们最初的一批作品。这个时期发表的大量作品和出版的大部分诗集,是以"工农兵诗人"的名义出现的。这些作品,常常是林彪、江青政治集团直接控制或间接影响的产物。其中,最有名的便是江青所直接授意炮制的所谓"小靳庄诗歌"。1972年到1976年的诗歌创作的总的情况是:虽然也出现个别较好的、显示诗人创作个性的作品,但绝大多数作品,思想上是错误的,艺术上是平庸甚至粗糙拙劣的。大多数作品,或自觉地服务于"四人帮"的政治阴谋,或受当时社会政治思潮影响、钳制,作为宣扬、阐释错误的政治路线、政治观点的工具。而几乎所有的作品,都不同程度地呈现了按照当时强制推行的创作公式去演绎、阐释某一政治观念的创作方法。诗,已经远离了真实的人的思想情感和个性形态,远离了真实的社会生活矛盾和丰富复杂的人生体验。它在情感上的虚伪、浮夸,它的结构、形象、语言、节奏韵律的模式化,发展到令人吃惊的地步。在不少作品中可以看到,诗歌"创作",已经成为陈言套语按照"韵律"要求所进行的组合编排。个别诗人在恢复诗的个性上所作的有限努力,也无法改变整个诗坛的这种窒息状况。

值得注意的是,与这个公开的诗坛并存的,还有一个生长于民间的、秘密或半秘密的"诗坛"。这是当代中国新诗在一个特殊的历史阶段中出现的特殊的运动形式。首先是一些不屈服于"四人帮"的政治迫害的诗人,坚持自己的政治信仰和艺术良心,在极为困难的环境中,写出一批优秀作品。如郭小川的《秋歌二首》《团泊洼的秋天》,公刘的《吹号者之死》《象形文字》《绳子》,蔡其矫的《祈求》《玉华洞》《丙辰清明》,黄永玉的《天安门即事》《一个人在院中散步》,曾卓的《悬岩边的树》,绿原的《重读〈圣经〉》,牛汉的《悼念一棵枫树》《华南虎》,流沙河的《情诗六首》《梦西安》,唐湜的《幻美之旅》等。这些作品,以或忧伤、或苦涩、或冷峻、或激愤的基调,记载了个人的悲剧性命运和自我的心灵搏动,表现了人民群众的情绪和抗争,对现实作了深沉的历史性思考。它们的大部分,当时无法与读者见面,只是在"文革"结束后才得以公开发表。其次,是一批在动乱年代,经历了从狂热、希望的破灭、迷惘、到思考、觉醒的曲折思想感情历程的青年作者。他们在70年代初就开始写诗。而最早发生影响的,是郭路生写于1968年的《我的最后的北京》。他们从思考现实和历史的基点上、并从对颠倒的社会现实的怀疑、挑战的情绪出发开始他们的诗歌创作道路。在当时,他们并不是为了发表作品、当一个诗人而写诗。他们的一部分诗作,通过传抄的方式,在一定的范围中传阅。这些诗人中有代表性的是北岛、舒婷、顾城、江河、芒克、多多等。

第三,这个"民间诗坛",还存在于广大的群众之间。在他们的手中,诗与政治斗争取得最为明确、直接的结合。其突出表现,是爆发于1976年春天的天安门"四五"运动。这当然主要是一次政治行动,但是,人民群众把郁积于胸中的愤怒、反抗的情绪,对现实政治的观点,借助诗的形式喷发出来。诗歌——包括新诗、律绝、词曲、小令,甚至对联、快板,成了斗争的武器。至今已无法弄清在"四五"运动(包括在此期间发生于全国各地的类似性质的斗争)究竟产生了几千几万首诗。后来,在粉碎"四人帮"后的一两年间,各种手抄、油印、铅印的"天安门诗歌"的本子在全国流传开来,并于1978年底正式出版了经过认真编选的《天安门诗抄》的诗集。"天安门诗歌"的政治意义,是显示了人民群众的政治意志、人心向背,它敲响了"四人帮"垮台的丧钟。从诗歌发展的角度上看问题,它对诗与时代、诗与人民、诗与真实、诗人的思考和职责等问题,提供了重要的启示。

"文革"十年的诗歌界,仅从作品的质量上看,无疑是新诗诞生几十年来遭受到的最大挫折和灾难。但是,事物的发展往往有它的两重性。正是这种挫折、灾难,把"文革"前当代诗歌已存在的严重弊病推向极端并得以充分暴露,为诗歌后来的转折、再生,创造了条件。从诗人的状况看,一方面是经历这次灾难之后对极"左"路线的清算,使一大批在历次政治运动中受到错误打击的诗人获得解放,成为新时期诗坛的重要力量的一部分;另一方面,一批成长于动乱年代的青年诗人,带着思想上、艺术上与错误政治、艺术路线决裂的叛逆精神和创新活力,开始踏上通往更广阔天地的诗的道路。他们是这个消灭"文化"的"文化大革命"的"文化产物":曲折的历史为后来的历史清算准备了它的清算者。从这个意义上说,扼杀诗歌运动正常发展的十年浩劫,准备、催动着当代诗歌的一次意义深远的历史性的更生。

"文化大革命"结束后,当代诗歌进入新的发展阶段。头两三年的诗歌大体上是"四五"诗歌的延续:欢呼对"四人帮"斗争的胜利,揭露、控诉其罪恶行径,怀念老一代革命家。贺敬之的《中国的十月》、李瑛的《一月的哀思》、柯岩的《周总理,你在哪里?》、白桦的《群山耸立盼贺龙》、张志民的《边区的山》、邵燕祥的《中国又有了诗歌》等曾传颂一时。历史的巨变,使广大读者和诗人对政治、社会问题的关注远远大于对诗艺和审美的关注。这个时期一些艺术上比较粗糙却直接表达人们愿望的诗作也能产生强烈的共鸣。这时的诗作不少情感直露而缺乏含蓄,对历史的判断往往采取非此即彼的思维方式而缺乏辩证,诗歌形态单一而缺少变化。但这是从诗的荒芜通往繁荣的桥梁,是重新起步的步履蹒跚,人们不会过分苛求。

70年代末至80年代初,随着对历史上一些问题的重新认识,不仅在十年动乱中受到压制迫害的诗人解除了身心的束缚,而且,50年代因政治和艺术的各种原因被迫离开诗坛的诗人,也重新歌唱。这里有因所谓"胡风反革命集团"而受到错误处置的鲁藜、绿原、牛汉、冀汸、曾卓、彭燕郊、罗洛,有在反右斗争中被错划为右派分子的艾青、公刘、流沙河、邵燕祥、孙静轩、白桦、周良沛、梁南、昌耀,有因思想艺术原因在一段时间受到冷落的诗人,如蔡其矫、辛笛、郑敏、陈敬容、唐湜、唐祈、杜运燮。与此同时一批新人的涌现,给诗歌创作带来了活力。他们中,有的已是中年人,如雷抒雁、叶文福、张学梦、林希、杨牧、林子、赵恺、刘祖慈、李加建、徐刚,有的则还较年轻,如北岛、舒婷、顾城、江河、杨炼、骆耕野、傅天琳、梁小斌、叶延滨、李钢、陈所巨、赵丽宏……他们经历了十年内乱的磨难和锻炼,其中一些人在诗歌艺术和文化素养上接受了更丰富的营养,他们对我国当代诗歌的弱点和问题有较清醒的认识。他们在诗歌观念、诗的内容以及艺术方法上,表现了不同程度的开拓和创新。

诗歌的环境有了改善。诗歌借鉴的"资源"扩展了。1949年以来一直被冷落的某些新诗流派,如李金发等的初期象征派、戴望舒的"现代派"、阿垅等的"七月派"、穆旦等的"九叶派"被重新发掘和阐释。台湾50年代以来的诗歌理论和创作实践,得到了较为充分的介绍。外国的诗论和诗作,尤其是20世纪的诗论和诗作,被大量译介。这些都有力地影响了80年代以来的诗歌创作。

70年代末至80年代中好诗成批涌现。李瑛的《一月的哀思》、江河的《我歌唱一个人》,表达了对周恩来同志深沉真挚的悼念感情。白桦的《春潮在望》《阳光,谁也不能垄断》,反映了觉醒的人民在新的历史时期到来时冲破思想禁锢的决心和勇气。艾青的《光的赞歌》,在对人类历史中正义与邪恶、光明与黑暗、美与丑的斗争的概括中,表现了对人类未来的热切向往和坚定信心。骆耕野的《不满》、张学梦的《现代化和我们自己》、叶文福的《将军,不能这样做》,对于愚昧、保守和陈规陋习等变革的障碍,进行尖锐的批判。在震动千万人的张志新事件中,几乎所有的诗人都写了诗。雷抒雁的《小草在歌唱》、公刘的《哎,大森林》,产生较大的影响。这几年发表的比较优秀的作品还有《回答》(北岛)、《祖国呵,我亲爱的祖国》《致橡树》(舒婷)、《纪念碑》(江河)、《中国,我的钥匙丢了》(梁小斌)、《我是青年》(杨牧)、《故园六咏》(流沙河)、《我不怨恨》(梁南)、《给他》(林子)、《无名河》(林希)、《第五十七个黎明》(赵恺)、《寻觅》(朱红)、《干妈》(叶延滨)、《不准!》(黄永玉)、《悬崖边的树》(曾卓)、《悼念一棵枫树》(牛汉)等等。

这一阶段的诗歌创作,在题材、主题、形象和表现方法上,都有许多重要的变化。诗歌创作新的面貌的首要标志,是诗歌真实性、诗要讲真话这一观点得到重视和强调。二十多年来国家政治生活的曲折道路,二十多年来新诗经历的同样曲折的历程,使不少诗人认识了这个平凡的真理:诗要诚实,"面对着瞬息变幻的事实,诗人必须说出自己心里的话","诗人要对当代提出的尖锐问题和人民一同思考,和人民一同回答"(艾青:《新诗应该受到检验》)。诗歌创作新的面貌,还表现在诗进入了更广阔的领域。重大的社会事件、社会问题、生活变革的情状,仍为许多诗人所关注,而人的自身生存状况和内心世界,也得到前所未有的重视。因而,诗的表现领域,逐步朝着表现外部世界和内心世界的全部丰富性这一目标发展。与50年代诗歌中呈现的热烈、真诚但天真、单纯的倾向不同,这一阶段,诗歌普遍带有深沉的特征。不仅是感受,而且深沉地思索,成为观察、把握生活的重要手段。这是历史所促成的:"既然历史在这里沉思,我们怎能不沉思这段历史。"(公刘:《沉思》)这就带来当前诗歌哲理性色调的加强,也造成诗歌意象、诗歌感情内涵的复杂化倾向。单纯的和谐不再被认为是应该绝对遵循的法则,不同的、甚至对立的思想感情趋向在一个意象和一首诗中的统一,被认为是更能传达现代生活的风貌和现代人的思绪。在社会生活发生巨大变革的进程中,从现实矛盾出发对民族历史的反思,对蕴蓄在劳动方式、生活习俗、神话传说中的民族性格、精神的思考和发掘,为一部分诗人所注意。

随着诗人对艺术个性的自觉追求,这个时期,诗歌创作风格的多样化的实现有了可能,诗人的艺术观念和艺术方法,呈现多元的发展状态。在诗与政治的关系上,在诗的世界与现实世界的关系上,在对诗的功能的理解上,在诗与读者的关系上,诗歌界开始出现了并不完全一律的理解。这影响诗人对不同的艺术倾向的追求,决定了他们去建立互异的诗的内在结构。在诗的形式和表现手法方面,也有了发展和扩大。五七言民歌体、"楼梯式"的政治抒情诗、运用传统诗词炼字炼句,在情景交融中构成诗的意境,到更侧重吸收西方现代诗歌的艺术技巧……都在不同的试验中出现。从这个时期的创作状况上看,朴素干净而又坚实的诗风和自由诗的形式,作为对曾经一度盛行的铺张渲染的诗风的反动,在诗坛上占据主流的位置。许多诗人逐渐认识到,艺术的借鉴应该有宽阔的视野,狭隘的心理,作茧自缚的方法,无助于自己艺术个性的建立,更无助于新诗的健康发展。

这些年中,对诗歌创作和理论中的若干重要问题,开展过热烈的讨论。这些问题主要有:诗的真实性问题,诗的"表现自我"问题,新诗的发展道路问题,诗的民族传统和外来影响(尤其是如何对待西方现代派诗歌)的问题,以及如何评价某些青年诗人的创作和诗歌主张的问题。这些争论,由于各种原因,并没有得到充分展开。显然,一潭死水的平静并非好事,只有打破这种平静,在争论和不同的创作实践的比较中去求得比较切合实际的看法,才是促进诗歌繁荣的正确道路。这些讨论,打开了人们的眼界,活跃了人们的思路,它的意义是不可低估的。

80年代中后期,一批更为年轻的诗人走上诗坛。他们是韩东、于坚、吕德安、陆忆敏、周伦佑、蓝马、石光华、廖亦武、欧阳江河、李亚伟、万夏、翟永明、唐亚平、伊蕾、海子、骆一禾、西川、王家新等等。他们生长在改革开放年代,社会由计划经济向市场经济转轨,商品大潮涌动,原有的社会规范和价值观念正在解体,使他们的文学观念、审美情趣发生了巨大变化。其中为数众多的诗人宣称"仅仅因为活着,像其他人一样活着,仅仅因为敏感,甚至不比其他人更敏感,仅仅因为偶然,我们写诗"(《中国诗坛1986:现代诗群体大展》)。受西方后现代主义文艺思潮的影响,他们以对新诗传统和"朦胧诗"实行"断裂"的姿态出现。"非文化""非崇高""非意象"。另外一些诗人如海子、骆一禾、西川等则从理想主义和人文精神出发,坚守"纯诗"的领地。这批诗人的写作一直延续至90年代,并不断地有新人加入。批评界称他们为"新生代"。有关情况后面将加以介绍,此处不再赘述。

第二节　田间、李季、闻捷、李瑛的诗歌创作

中华人民共和国的成立使国统区和解放区的几代诗人汇聚到一起了。当他们欢欣鼓舞地庆贺这一盛大聚会的同时,那些从20年代至40年代走上诗坛并形成自己的艺术个性的诗人却遇到了严峻的挑战。社会生活的巨大变化、对诗歌的政治功能和表现工农兵及其生活的过分强调使他们不能不改弦易辙。由穆旦、郑敏、杜运燮、袁可嘉、辛笛、陈敬容、杭约赫、唐祈、唐湜等构成的诗派不被当时的诗界认可,他们不得不中止了诗歌写作。由阿垅、鲁藜、孙钿、彭燕郊、方然、冀汸、钟瑄、郑思、曾卓、杜谷、绿原、胡征、芦甸、徐放、牛汉、鲁煤、化铁、朱健、朱谷怀、罗洛等构成的"七月派",因"胡风反革命集团"案而遭遇厄运。冯至、何其芳、李广田、力扬等虽一度进行诗歌写作,但不久,便改做其他工作。郭沫若、臧克家、艾青、田间等虽坚持诗歌创作,但滑坡现象严重,其中田间是有代表性的。

田间(1916—1985),安徽无为县人。1949年以来出版过《天安门赞歌》

《马头琴歌集》《英雄歌》《汽笛》《火颂》《1958年歌》《太阳和花》《清明》等十几个短诗集。《田间诗抄》是前十年的短诗选。《田间诗选》是30年代到80年代的选集。此外,还有《长诗三首》《英雄战歌》等长篇叙事诗。后者写于1958年,表现福建前线军民的英雄事迹。《长诗三首》包括"龙门""丽江行"和"佧佤人",以云南兄弟民族的生活为内容。1946年,田间写了叙事诗《赶车传》,表现雇工石不烂和他的女儿蓝妮与地主朱桂棠的尖锐阶级矛盾,描写石不烂从自发反抗到找到党的领导,终于取得斗争的胜利的过程。1959至1961年间,他把这部长诗发展为近两万行的上下两卷共七部,即:《石不烂赶车》《蓝妮》《石不烂》《毛主席》《金娃》《金不换》和《乐园歌》。诗人创作这部规模浩大的长诗的意图是:"我觉得有义务来歌颂,中国历史上的一个大事变,把斗争的历史告诉全世界的人们,把革命的歌唱给我们的子孙。"(《赶车传》上卷后记)而这个大事变,就是"使农村封建势力彻底崩溃和新中国很快出现"的艰巨复杂的斗争,就是在革命胜利以后,党领导下的劳动人民如何保卫胜利果实,建设诗人所说的"人间乐园"。

尽管1949年之前田间的创作已获得了一定的成就,但他并不满足。他看到自己过去作品的确存在着弱点,而迫切想提高自己。他说:"我觉得自己是在开始写诗",我"自己经常觉得,有许多要写的东西,还没有能写出来;在创作上,有一些理想,还没有能实现"(1954年版的《给战斗者》小引)。为了适应表现新生活的需要,也为了实现他理想中的艺术境界,田间三十年来,努力进行探索。这种探索,应该追溯到抗战后期,即1942年以后。当时在根据地,为了改变那种倾向对生活现象和细节(当然这些现象和细节是经过选择提炼的)的罗列和铺叙的表现方法,他的作品已经加强了对生活的概括,注意感情表现上的节制,注意思想上的含蓄,并努力在民歌和自由体新诗之间,寻找一条结合的道路。同时,广泛运用比喻、象征的手法,试图扩大、加深诗歌形象的思想容量。这些努力的实绩,表现在他的《参议会随笔》《名将录》《英雄谣》等组诗中。1949年以来,田间的创作,是沿着这个线索发展的。

对现实生活做更广阔的概括,在一定限度的对具体生活的描述中,包含更多的生活内容,并把生活现象所蕴含的思想意义,揭示得更深刻,——这是田间首先追求的目标。"诗是一种风声,诗是一种火光,诗是一种雷电","每一首诗,似乎是世界的一个缩影"(《田间诗抄》小引),是诗人对这种艺术目标所做的形象的说明。他写《赶车传》,把诗中的车子,当作"这个时代的一个象征",赶车的人,代表了工人阶级、共产党员、广大的劳动人民(《赶车传》上卷后记)。他写从内地到内蒙古开发矿藏的勘探队姑娘,写芒市卖橄榄的傣族女子,都并不着眼于她们具体劳动生活、具体形象的特征,她们的个性化的情态。诗人的立意,是从这些具体人物出发,去表现草原与山寨的历史变迁和光明的未来。对于中国和邻邦人民的友情,他摆脱了对具体生活现象琐细描述的羁绊,用富于地域色彩的形象加以表现:

> 那边有一群白鹤,
> 落到我们这一边。
> 它路过我们的竹楼,
> 喝下了几口甜水。
> 这里有片小湖,
> 湖边长满了芭蕉树。
> 树上的露水晶亮,
> 湖里的清水香甜。
>
> ——《给白鹤》

田间的这些追求,取得一定的成绩。在他1949年之后数量很大的作品中,不缺乏一些对生活有真切感受和艺术上有特色的篇章。这里指的主要是表现朝鲜战争的一些短诗,以及《马头琴歌集》和《芒市见闻》中的作品。在后面两个集子中,诗人把历史传说、地方风情与新的生活风貌结合起来,反映聚居内蒙古和云南边疆的兄弟民族的生活变化,描绘这些土地上出现的沸腾的生活景象。另外,即使一些从整体上看并不成功的长诗(如《赶车传》),也有一些写得较为精彩的段落。

但是,总的说来,田间1949年之后的创作表现了越来越明显的缺陷,他的创作出现严重危机。这种状况的产生,一方面,是他的作品的思想感情的日趋空泛、浮浅。他以一凝固的、表面化的观点来观察社会生活和感情世界,将社会主义社会看做"比伊甸园更美"的理想境界的实现。这样,就放弃了对复杂的、不断变化着的现实生活体验、分析的职责,并把诗歌表现时代的音调、人民的感情和意志,理解为对某些方针政策、某些现成概念和流行观点的阐释。闻一多1943年在《时代的鼓手》中正确指出过,田间抗战前期的诗,并非如何成熟、完美,但它们的"所成就的那点,却是诗的先决条件——那便是生活欲,积极的,绝对的生活欲"。然而,田间1949年之后的诗作,却与新鲜、跃动的真实生活的距离越来越远。《赶车传》第五部的"赛诗会"中写道,"诗是阶级一颗星,皎皎挂在高山顶,揩净长城千里沙,点起碧空万盏灯"——诗人把自己的歌悬挂得太高,不愿或无法看清生活的真相,无法把握现实生活的具体性、丰富性,这是问题的首要症结。另一方面,在艺术方法上,田间努力于使诗歌具有更深刻的思想、更广阔的境界和更浓烈的时代色彩,追求不拘泥于具体生活情景的描述,赋予生活现象以象征的含义。这种努力,如果不是建立在对具体生活(包括人的感情世界)的真切体验的基础上,不与努力捕捉事物的个性特征相联系,那么,诗的构思、意象,便会出现一般化、雷同化的现象,便会导致诗歌意象、比喻、象征运用上的严重随意性。艺术上的这种弊病,在田间后期(特别是1958年以后)的作品中,有突出的表现。

  1942年以后,解放区的诗歌创作,发生了重大变化。由于强调诗歌与工农兵结合,重视诗歌表现工农兵的生活和形象,诗歌创作上增强了叙事的成分,"写实"的表现手段被广泛使用,不少诗人也十分重视向民歌学习。一批民歌体的叙事诗(《王贵与李香香》《赶车传》《圈套》《王九诉苦》等)相继诞生,抒情诗中也普遍引入简单的情节和叙事因素。表现劳动者,特别是表现农民生活的小叙事诗和人物素描的小诗,有了很大发展。这一艺术方法,体现在李季、阮章竞、张志民身上。他们(也包括建国以后才专门从事诗歌创作的闻捷)在当代诗歌发展史上,构成了"写实"的艺术倾向。阮章竞最有影响的作品,是他的写于建国前后的叙事诗《漳河水》。后来,他曾把主要精力,放在表现塞外新的建设风貌,歌唱内蒙古钢铁基地的建设上,写出《新塞外行》《乌兰察布》等组诗。张志民在五六十年代,则坚持用民歌体形式表现在政治和经济上得到翻身并走上集体化道路的农民生活。1963年记游行吟的诗集《西行剪影》出版,标志他的诗风出现较大的变化。在这些趋向"写实"风格的诗人中,李季和闻捷是1949年之后取得比较突出成绩的。
  李季(1922—1980),河北唐河县人。1938年到延安抗日军政大学学习,毕业后在八路军工作。1942年冬来到陕北三边。1946年发表了著名的叙事诗《王贵与李香香》。建国初期,他写过一些以陕北三边人民斗争为题材的短诗,如《三边人》《报信姑娘》。1950年底到1951年初,他以湖南民间传说为基础创作叙事诗《菊花石》(长诗经过几次修改后于1957年出版)。故事发生在土地革命到十年内战期间,写连云山下芙蓉河畔一个雕刻菊花石的老工匠和他的女儿荷花、徒弟聂虎来,呕心沥血为完成一件艺术上的杰作(全棵菊)而斗争的故事。诗人想塑造忠实于艺术、为艺术而献身,在黑暗势力淫威下坚贞不屈的艺术家形象。不足之处是人物形象比较单薄,主要事件与革命斗争背景的联系似嫌勉强,诗人对七言民歌体的运用也欠纯熟。

1952年冬,李季到了玉门油矿。从此石油战线的建设者的生活,成为他诗歌的最重要内容。诗集《玉门诗抄》《玉门诗抄二集》《致以石油工人的敬礼》、《石油诗》(一、二集,二集为叙事长诗《向昆仑》)以及《难忘的春天》中的一部分,都致力于提炼"黑色的琼浆"——石油中的诗意。诗人说:"最后三、四年来,我的心,一直被一种美妙、瑰丽的事业和从事这一事业的人们所吸引着。我曾经为它献出过我微薄的劳动,也曾用我的全部热情,为它歌唱。今后,当我能够再度跃入这个浩瀚大海中游泳的时候,我将愿意为这种令人心爱的事业,继续献出我的劳动和热情。"(《致以石油工人的敬礼》附记)李季的创作道路,实践着他的这一诺言。60年代的《向昆仑》,和打倒"四人帮"后的《石油大哥》都取材于石油战线的劳动和生活。

1958年,李季与闻捷投身于甘肃河西走廊人民群众治山改水的战斗,写了不少鼓动的诗行。它们着眼于对当时中心工作的宣传,思想艺术价值不高。这一年,李季开始动笔写作长期酝酿的长诗《杨高传》。它一共三部(《五月端阳》《当红军的哥哥回来了》《玉门儿女出征记》),记述三边地区一个无家可归的放羊娃羊羔(杨高)在党的启发下参加了红军,经历了艰苦曲折的多次生死磨炼和考验,成长为一个坚毅的革命战士的历程。长诗第三部,写杨高在1949年之后从部队转业来到玉门油矿,投入了建设社会主义的"新战争",在新的历史时期,接受了新的严峻考验。

《杨高传》的主人公从三边走到玉门,经历了土地革命、抗日战争、解放战争和社会主义建设的几个历史时期。杨高以及端阳等形象的塑造是比较成功的。杨高那种对革命、对生活的坚定信念、不屈意志和不知疲倦的进取精神,得到比较有力的表现。时代风貌,"三十里草地二十里沙"的三边风光,大戈壁雄浑的景象,在诗中构成了人物活动的生动背景。第二部端阳对前方的杨高的思念,以及她风雪中追赶杨高的几章,写得感情浓烈酣畅,是精彩部分。缺点是,事件情节的叙述交代还不够简练。杨高的多次折磨考验的情节,未能构成对人物思想性格深入挖掘的有力手段。第三部对社会主义建设中矛盾的揭示不够深入——这也是李季其他写工业建设的叙事诗在反映生活深度上存在的问题。

在当代诗歌发展史上,李季曾被认为是坚持诗歌与劳动人民结合、并取得显著成绩的诗人。从内容上说,李季倾心、专注地表现劳动人民的斗争生活,表现他们美好的思想情感,刻画他们的形象。从形式上说,他"一直在探索着怎样使诗为广大工农兵群众所易于接受,乐于接受,以便更好地为他们服务"(《难忘的春天》后记)。他意识到他曾采用过的"信天游"已经很难用来表现社会主义时期复杂的生活内容,便不懈地探索和创造与新的内容相适应,而又为群众所欢迎的形式。解放初期,李季较多地采用更易表达复杂思想感情的四行体,如《报信姑娘》《生活之歌》。后来的《菊花石》,基本上是一种七字句的民歌体形式。而《杨高传》,则尝试把七言体民歌与北方民间说唱形式(如鼓词)结合起来,目的在便于说唱,更易于为群众所接受。这种努力,取得了一定的成效。

李季是个辛勤的诗人,也是个朴实的诗人。他曾经谦虚地说自己是"缺乏才华的笨拙的歌者"。他的诗,乍看起来似乎没有那种光芒四射的才气,那种奇丽的想象和精巧的构思。他写得朴素,有时却会使人感到"笨拙"。他的艺术概括能力,需要在对生活有长期体验,对生活的感受有长期积累的基础上产生。因此,他重视生活基地的作用,他较好的作品都离不开他熟悉的三边和玉门。他的一些作品的长处在于感情的真挚质朴,并注意从生活中提炼具有特征的细节和事件作为表达这种感情的支柱。这构成了李季诗歌的最主要的特征。

闻捷(1923—1971),江苏丹徒县人。抗战初期在武汉参加抗日救亡演剧工作,1940年到了延安。闻捷是个在创作上有较充分准备的诗人。解放以前,他就开始写作,通讯、诗、散文、短篇小说和剧本等体裁都曾运用过。解放战争期间,他在部队从事报道工作,随军走过西北战场,来到新疆。解放初期新疆的这段生活,在闻捷的创作道路上占有重要的位置,是他那部分最有影响的作品取材的源泉。1955年,闻捷在《人民文学》上陆续发表了五个组诗(《吐鲁番情歌》《博斯腾湖畔》《水兵的心》《果子沟山谣》《撒在十字路口的传单》)和一首叙事诗《哈萨克牧民夜送"千里驹"》。其中,《水兵的心》写东海海军战士的生活,《撒在十字路口的传单》是关于农业合作化运动的鼓动诗。其余的作品,都表现新疆兄弟民族的新的生活。它们后来和另外一些作品一起,以《天山牧歌》的名字结集出版。

闻捷的《天山牧歌》,反映新疆哈萨克、维吾尔、蒙古等民族在1949年之后的生活新貌。这些诗,洋溢着对新生活的激情,曾被称为"激情的赞歌"。它们描绘、抒发了生活中美好、明朗、欢乐的景象和情感。不论是吐鲁番、果子沟,还是博斯腾湖畔、和硕草原,在诗人的笔下,这里牧场辽阔,果树繁茂,羊羔雪白,马儿肥壮。这里的青年的性格像山鹰一样骁勇,这里姑娘的心为爱情跳得失去节拍。他们策动骏马,马背像驮着一座山;他们拨动琴弦,连夜莺也不敢高声歌唱……柔和、轻快、明媚,是《天山牧歌》的基调。

在这些优美的抒情诗中,诗人的笔触深入到兄弟民族的青年男女的内心,通过单纯明朗的艺术形象,揭示了跨进新的生活门槛的少男少女的精神境界,他们思想感情中萌发的新的因素:对祖国的忠诚,投入创造新生活的劳动的热望,以及纯洁坚贞的爱情。《向导》中的蒙古族青年,热爱着自由幸福的家园。在祖国一旦受到侵犯时,当一名保卫疆土的骑兵战斗员,是他崇高的志愿。和硕草原上的少女林娜,却表达她终身做一个卫生员,"让老爷爷们活到一百岁,把婴儿的喧闹接到人间"的愿望(《志愿》)。在《天山牧歌》中,对青年男女的爱情生活的表现,占有相当多的篇幅,也最受读者的欢迎。这是因为,1949年之后,我们的诗歌中很少关于爱情的描写,纵有一些,也是模糊而胆怯的。像闻捷这样把这种感情写得真挚而强烈,在当时确实并不多见。这还因为,这些诗不只是写了爱情,而且表现了爱情生活中的新的生活内容和时代气息,而给人们以新鲜感。这些爱情诗,"歌唱的是解放了的劳动人民的爱情;是和劳动紧紧地相结合着的爱情;是服从于劳动的爱情;是以劳动为最高选择标准的爱情;是有着崇高道德原则的爱情"(力扬:《谈闻捷的诗歌创作》)。在50年代的诗歌中,把爱情与劳动、与创造新生活的劳动联系起来,比较充分、集中地揭示爱情观念的这种变化和发展,当推闻捷的这些作品。在这些青年男女看来,创造美好生活的劳动是超越爱情本身价值的崇高目标,也是男女互相爱慕的主要衡量标准。尽管年轻人迷恋吐鲁番的葡萄甜、泉水清,迷恋家乡美丽多情的姑娘,他还是翻过天山来到金色的石油城(《夜莺飞去了》)。那些姑娘所热烈追求的对象,不是有改造自己家乡的理想的牧人(《婚期》),跟着勘探队走向额尔齐斯河的青年(《信》),便是在讨伐乌斯满的战斗中建立了功勋的战士(《爱情》)。

闻捷的这些抒情诗,大都有简单的人物和情节;通过对生活画面的描述来抒发热烈优美的情感,是它们表现上的特点。因此,只有那些蕴蓄着浓烈的情感因素的生活现象,才会为闻捷所注意。他对这些素材,根据表达的感情的需要,把"情节"提炼得单纯,和谐,使感情得到充分的抒写,并把对生活现象的描写用歌唱性的叙述方式予以展示。对民族的风情和习俗的描写,又为这些作品增加浓郁的色彩。

1958年,诗人生活在甘肃河西走廊一带,作品数量增多。《东风催动黄河浪》《河西走廊行》等集子,对于表现热烈雄伟的劳动生活,牧歌式的柔和风格显然有了限制。因此,这个时期的作品,诗风渐趋粗犷豪迈。由于思想上的限制,以及艺术上缺乏精心的酝酿和锤炼,不少作品停留在对生活现象的报导上。这个时期的一些政治抒情诗,如《祖国!光辉的十月》,也没有达到较高的水平。然而,闻捷的才能,却在叙事长诗《复仇的火焰》中,得到新的表现。

按闻捷的计划,长诗共三部。但第三部的创作刚开始,"文化大革命"就发生了,使这一创作计划无法完成。第一、二部出版于1959和1962年。它以解放初期粉碎新疆东部巴里坤草原的叛乱为题材。在《复仇的火焰》头两部中,闻捷力图在广阔的历史背景上正面表现这场复杂斗争,并用浓郁的色彩来涂抹这幅历史图画。因而,一开始就交错几条线索,刻画了各个社会阶层的众多人物。这种宏伟的规模,在我国现代叙事诗创作上前所未见,曾被称为"诗体小说"。诗人把开阔的历史场景的展现与对人物思想性格的刻画结合起来,一定数量的人物形象的鲜明,是这首长诗取得成功的重要保证。诗中出现的,有解放军的师长、团长和战士,有哈萨克民族的老人、青年、少女,有外国领事和间谍,有叛匪头子及其爪牙。其中,外国领事马克南,惯匪乌斯满,部落头人阿尔布满金,哈萨克老牧民布鲁巴大叔,民族干部沙尔拜,身世悲惨而善良的少女苏丽亚等等,都有自己的特点。在第一部中,形象丰满而有一定深度的是青年牧人巴哈尔。诗人在逐步展开的矛盾冲突中展示他复杂的性格:他是彪悍骁勇的,但他在爱情的波折中又是怯懦软弱的。这种怯懦软弱,以及他的落后的思想意识,使他成了残暴的头人的忠顺奴仆,参加了这次反动叛乱。

巴里坤草原的风光,哈萨克民族的生活习俗,在诗中有出色的描绘。第一部中的"静静的巴里坤",第二部中长达八九百行的对草原婚礼的描写,色彩繁丽而诗意浓郁。

这座宏伟的诗体建筑,也存在一些由于事件复杂而流于叙述交代,或琢磨不够而显得粗糙的部分。第一部出版后,若干评论在肯定成绩的同时,提出情节更集中,描述更精炼的要求。因而,第二部的情节线索,出现了删繁就简的趋势,腾出更多的篇幅用于抒情。但因此带来在总体构思上与第一部的某些脱节:有的线索,若干重要人物,未能得到继续有力的表现。

中华人民共和国成立以后,诗歌创作队伍有很大扩大,涌现一批朝气蓬勃的年青诗歌作者。50年代前期,这些诗人,如群星出现在天际,他们以对新的生活的敏感,年轻而热情的声音,从各个方面歌唱我们沸腾的、迅猛行进的生活。这种状况,在我国新诗发展史上是以前从未有过的。

这些年轻诗人,有两个现象值得注意。一是有的作者,在中华人民共和国成立前夕,参加革命斗争或进步学生运动,而不少人则在解放战争期间或建国之初,加入人民解放军战斗行列,在炮火中走过许多地方。李瑛1949年春天参军南下;公刘在开国炮声中加入部队来到云南;白桦参加过淮海战役,渡江后进入西南;梁上泉、雁翼、周良沛、高平、顾工、韩笑、张永枚、未央、柯原等,也都有类似的生活经历。革命战争生活,给了他们丰富的政治营养和思想感情上的锻炼,迅速提高了他们对革命、对新的社会的认识。转战南北,跨越过祖国许多名山大川,又扩大了他们的视野,使心胸得到陶冶。这给他们后来的诗歌创作,打下了较为坚实的思想和生活的基础。

另一个现象是,这些年轻诗人中的不少人,在解放初期,曾经在南方,特别是云南、康藏以及川西高原一带,度过了值得珍视的一段时间。公刘、白桦、周良沛、顾工、高平、梁上泉、雁翼、傅仇等,都是如此。在南方,在少数民族聚居的南方,在云彩上面的康藏高原,在西双版纳的密林深处,有开启人们想象之窗的景色,有丰富甜美的诗歌传统的乳浆。金沙江畔玉龙雪山上的"游悲",积雪的点苍山上的"望夫云",美丽的长湖旁的阿诗玛,撒尼族、傣族、哈尼族和佤族的舞蹈和歌唱……它们对这些年轻诗人创作的影响,是深刻有力的。

在与中华人民共和国一起成长的诗人中,李瑛的创作达到较高的思想艺术水平。他的诗歌观念、创作道路和艺术风格,在这批诗人中,是有一定代表性的。

李瑛,河北丰润县人,1926年生。40年代后期在北京大学读书期间,开始在《文学杂志》《中国新诗》和《大公报》文艺副刊上发表诗作。1949年春北平解放后,未等大学毕业便参加人民解放军南下。三十多年来,一直在部队从事文化方面工作。

李瑛建国初期作品,反映已经处在尾声的解放战争生活和抗美援朝的战斗,是他创作的摸索阶段。大致从50年代后期起,他的创作有明显进展,步伐坚实地逐渐形成自己的艺术特色。三十多年间,他出版有二十多册诗歌集子,如《野战诗集》《战场上的节日》《天安门上的红灯》《早晨》《时代记事》《寄自海防前线的诗》《静静的哨所》《花的原野》《枣林村集》《红花满山》《北疆红似火》《在燃烧的战场》《我骄傲,我是一棵树》《南海》《春的笑容》等。《颂歌》《难忘的一九七六》《进军集》《早春》是政治抒情诗集。他的有关"国际题材"的作品,则收入《友谊的花束》《献给火的年代》《站起来的人民》等集子中。另外,《红柳集》《李瑛诗选》《李瑛抒情诗选》是他的诗歌选集。

李瑛的诗大部分是抒情短章。"在我的祖国,阳光、深谷、山峦,无一不跃动着蓬勃的生命,特别是劳动在她胸怀中的质朴的人民和保卫着她的忠实兵士,他们的新生活,新感情,给了我极大的激动和美好的享受。"(《早晨》后记)李瑛的诗,表现的正是新的生活中跃动着的蓬勃生命和美好情思。

1959 年到 1962 年,诗人西行走过北国长城、内蒙古牧场、天山雪线。《花的原野》是这期间创作的结集。他给我们描绘了塞外风沙的雄浑、戈壁日出的壮丽;我们可以看到乌兰察布牧场的辽阔,霍尔果斯河夜晚的甜蜜。诗人的目的并不在对生活现象作精细的描述,重点是感情的抒发,但常常以精炼的笔墨,勾勒了这些地区的动人景色,勾勒了人民生活、劳动的传神的素描。

李瑛诗作的最大部分,是写解放军战士的生活的。他在"学习拿枪的同时,也学习拿起了笔"(《红柳集》后记)。他以拿枪的姿态执笔,用笔歌唱以枪保卫我们生活的时代和土地的战士,特别是那些活跃在东南海岸、南方边陲的深山哨所和北疆国境线上的战士。这里有"大海的骑士"的水兵,有"雄踞在山巅"的哨所,有"群山献花""大海鼓掌"的海岛演出,有"淡淡的风里马蹄轻敲"的巡逻晚归;大都取材于战士平凡的日常生活的点滴。站岗、巡逻、夜晚熄灯号、部队紧急集合、月夜潜听……他用一个战士的胸怀和感情,去观察体验这些平凡的生活情景,去思考、提炼其中蕴含的诗情画意。因而,这些短小篇章,往往从一个侧面,歌颂了战士对祖国的忠诚,他们的高度革命觉悟,他们的宽广胸襟和丰富美好的感情。《哨所鸡啼》写黎明前的一团混沌中,忽然"一个生命在快乐地呐喊",寄托了对战士豪迈、威严的性格的赞颂:

> 压住了千波万壑,
> 吐出了满腔喜欢;
> 嗬!是我们哨所的雄鸡,
> 声声啼破宁静的港湾!
>
> 看它昂立在群山之上,
> 拍一拍翅膀,引颈高唱:
> 牵一线阳光在边境降临,
> 刹时便染红了万里江山。

李瑛的抒情诗,往往从小处落墨。他也有一部分作品(特别是政治抒情诗),篇幅较大,正面表现重大事件,回答重要社会问题。其中,也有写得比较成功的,如《一月的哀思》等。不过,他的大多数达到一定艺术水准的诗作,往往从一个具体的角度或侧面,表现激动过他的事物。但他的诗并不停留在局部的生活现象的表面上:它们不是早晨草叶上虽晶莹但微细的露珠,而是生活河流中波浪溅起的明亮水花。这是因为诗人明了他的努力方向,是从他所描写的点点滴滴上寻找、揭示有时代内容、时代色彩的形象和思想,把平凡的事物写得不平凡。

李瑛也懂得,诗中的思想,是要靠真挚的情感和美的形象来表现的。他从生活的点滴揭示具体事物所包含的社会内容的写法,不是靠对生活现象作平淡的记录,也不是靠一些思想概念的缀合。他对事物,尤其是自然景色有敏锐而细腻的感受力。他时刻睁大着对生活感到惊喜的眼睛,迅速抓住事物的某些特征,并与他丰富新鲜的联想、比喻的才能结合起来,使他在描绘景色、勾勒人物身影时,做到语言精炼,落笔自然,而诗人对生活的理解和感情,也自然地蕴含在这些动人的描绘中。诗人写南方深山,"早晨的雾像无声的雨,山鹰扑打着露珠飞起",迷蒙宁静;写北疆牧场,"片片云彩都飘累了,也没找到码头休息一下",悠远辽阔;戈壁滩上,"太阳醒来了——,它双手支撑大地,昂然站起",使人惊喜;月夜潜听,"月亮,不要照出我的影子,风,不要出声……"令人屏息。

　　风沙很早就醒了,
　　像群蛇贴紧地面,
　　一边滑动,一边嘶叫。

这是《敦煌的早晨》。

　　边疆的夜,静悄悄,
　　山显得太高,月显得太小,
　　月,在山的肩头睡着,
　　山,在战士的肩头睡着。

这是《边寨夜歌》。

李瑛的诗歌创作,从中外诗歌中获得比较广泛的借鉴。但是,他的艺术风格的形成,显然更侧重于对我国古典诗词的学习。他追求情与景交融所产生的诗的"意境"。在60到70年代,李瑛在运用这种艺术方法来表现生活上,达到比较纯熟的地步。这表现在《夜过珍珠河》《巡逻晚归》《雨》《亮晶晶光闪闪的小河水》等作品中。这个时期,李瑛作品的思想艺术比较稳定,但又可以看得出其中变化不大。新鲜的生活气息使人感到喜悦清新,却缺乏深沉的、催人思考的力量。李瑛诗的题材、主题的不很开阔,也使一些作品呈现重复的现象。1978年以后,诗人从原有基础上努力作进一步开拓。他有意识地加强自己诗作的思想力量和感情深度。对于自然美、生活美、尤其是人的品格、心灵美的表现,思想感情的和谐,仍是他追求的美的主要特征。不过,其中又可以看到对自然现象、生活现象的艰险、曲折的强调,表明理想的、和谐的境界的达到需要走过艰苦曲折的道路。这在他的四十几首描绘南海和西沙群岛风光的诗中,构成重要的思想感情线索。因而,李瑛诗中对人的美的心灵和性格的"塑造"和揭示,比起他以前的作品来,要更加丰富、充实、深沉。《我骄傲,我是一棵树》所刻画的战士,比起李瑛五六十年代所歌颂的人来,意识到并承担着更多、更艰巨的责任。这棵树,已经不限于抗击抵挡自然界的风沙,抵御冰雹雷火,更把自己柔嫩而坚强的手伸向社会,伸向人群。不仅给我们的生活增添色彩和温暖,更要为弥补生活的不幸和缺陷而斗争:

> 哪里有孩子的哭声,我便走去,
> 用柔嫩的枝条拥抱他们,
> 给他们一只红艳艳的苹果;
> 哪里有老人在呻吟,我便走去,
> 拉着他们黄色的、黑色的、白色的多茧的手,
> 给他们温暖,使他们快乐。

在艺术上,李瑛一方面继续发挥那种清新动人的富于生活实感的描绘方式和想象方式,另一方面又使对这些生活现象的描述,带有象征色彩,并加强诗歌抒情的哲理内涵。诗人不仅对闪光的河、滴银的夜、金黄的贝壳、绿色的春日感到惊异,也对缺乏色彩变化、没有温度、知觉和梦的石头加以关注,探究它的每个断面、每层纹路中沉淀、郁积的历史记忆,把它称为"人间的精英,宇宙的精英"(《石头》)。对一个一贯追求奇幻绚烂色彩的诗人来说,这不能不说是思想上、美学上出现的新的因素。

第三节 郭小川、贺敬之的诗歌创作

在当代诗歌发展史上,郭小川、贺敬之是有特点、并曾产生过广泛影响

的诗人。他们各有自己的艺术个性,也有某些相近的特色。这就是,他们重视以社会生活重大问题作为为诗作的题材;大多数作品有明显的政治内容,可以称作是政治诗或政治抒情诗;追求雄壮气势,贯注磅礴的激情,渲染有时代特征的色彩;艺术形式上,在向民歌和古典诗词学习的基础上改造自由诗,试图将现代口语的自由舒放与对称凝练、节奏音律的铿锵结合起来。

贺敬之,山东峄县人,1924年生。在延安时期参加著名歌剧《白毛女》的创作前后,就开始写诗。这些诗在1949年之后以《乡村之夜》和《朝阳花开》为名结集出版。建国以后,他的第一首受到好评的诗是1956年初用信天游形式写的《回延安》。二十多年来,贺敬之的诗集只有一册并不很厚的《放歌集》(初版1959年,以后多次再版,不断有所增删)。《贺敬之诗选》是诗人40年代到70年代作品的选集。

贺敬之的作品有一类是篇幅比较短小的抒情诗,它们大都是从现实生活中的某种具体感受出发,有的写得朴实而感情深沉真挚,如《回延安》;有的写得意境音韵精美,如《桂林山水歌》和《三门峡歌》中的《梳妆台》。《桂林山水歌》,并不直接描绘风光姿态,而着重揭示了诗人心胸对自然景色的感受。《回延安》则以信天游的民歌形式,抒写作者对给予自己"真正的生命"的母亲——延安的真挚深沉的爱。诗的开头,极写踏上这块土地时的兴奋,炽热的情感:

　　心口呀莫要这么厉害的跳,
　　灰尘呀莫把我眼睛挡住了……

　　手抓黄土我不放,
　　紧紧儿贴在心窝上。

但是,对当代诗歌产生更大影响的,是另一部分作品。它们是《放声歌唱》《十年颂歌》《雷锋之歌》《西去列车的窗口》以及写于1976年10月以后的《中国的十月》《八一之歌》。它们是从比较开阔的角度去反映时代重大问题,并以在生活中提炼的某种思想作为构思的线索的长篇政治抒情诗。在我国新诗发展史上,它们与抗战时期艾青、田间等的某些作品存在承接关系,同时,又直接从马雅可夫斯基等诗人那里取得借鉴。在贺敬之的《放声歌唱》等作品中,可以看到这种明显的影响,包括采用"楼梯式"的形式在内。

贺敬之的这些政治抒情诗,尤其是其中的《放声歌唱》《雷锋之歌》,之所以曾经在许多读者的心中引起共鸣,首先决定于诗中提炼、抒发的思想感情的典型性程度。诗人的浓烈真挚的情感,对时代和历史所做的思索,在一定程度上传达了人们的心声,回答了人们关切的问题。写于1956年的《放声歌唱》,以它对广大群众在新生活面前的强烈幸福感和自豪感的有力揭示而激动人心,它在回答我们祖国之所以发生巨大变化,千百年来一连串的梦想终于变为现实的原因时,从广阔的历史进程上和诗人的生活道路上,描绘了伟大的中国共产党的形象,表达了群众对党的衷心热爱和高度信赖。而《雷锋之歌》之所以在当时歌唱这个英雄的众多的诗篇中居突出位置,主要是诗人试图站在当时所理解的现实的重大矛盾和时代的发展趋向的高度上,去阐发雷锋这一形象出现的意义,阐发雷锋精神的时代特征,回答在繁花似海、高楼如山、绿荫似屏的生活中,什么是真正的幸福,什么是青春的生活,什么是有始有终的英雄的晚年,什么是无愧无悔的新人的一生这些重大问题。

  贺敬之在表现这些重大主题时,是努力追求形象的生动的。诗人的斗争经历、见闻、知识,被调动起来构成具体而富于个性的诗歌形象,并编织成有明朗色彩的生活画面。并且,这些生动鲜明的图景,与诗人的不加控制的激情交融在一起。在《放声歌唱》中,用近二十个问句来描绘伟大祖国新生后取得的巨大成就,追求着富于时代特征的形象与充沛气势的结合。写到两个不同的历史时代的对比和联系时,"在高压线飞过的长城脚下,在联合收割机滚动着的大雁塔旁,在长江大桥头的黄鹤楼上,在宝成铁路边的古栈道旁……"的描述,既生动而又有一定的概括力。表现全国人民掀起了学习雷锋的热潮时,诗人把思想概括溶入浓郁生活气息的描述中:

  那红领巾的春苗呵
  面对你
  顿时长高;
   那白发的积雪呵
   在默想中……
   顷刻消溶……
  今夜有
  灯前送别;
   明日有
   路途相逢……
  "雷锋……"

两个字,说尽了
亲人们千般叮咛;
"雷锋……"
——一句话,手握手,
陌生人红心相通……

贺敬之在 1949 年之前的诗作曾采用过自由体,也运用过信天游等民歌形式。他写这些政治抒情诗,却更多借鉴外来形式,这是为了适应它们所要表现的内容。要表现重大的主题,展示丰富宏阔的画面,把有一定思想深度和感情浓度的内容表达得准确,抒写得充分,采用这种"长句拆行"的体式作为基础,不无道理。但是,贺敬之努力改造这种诗体,使之具备民族的色彩。他重视从民歌和古典诗词中吸取有表现力的语言、形象。在整体铺张的诗风的基础上,也注意局部的凝练含蓄。在诗行的组织上,在节奏音律上,把自由体的灵活开阔与诗行的排比对称、音律和谐统一在一起。但是,把流行的政治概念作为自己诗作的思想,在对某一历史时期的时代特征和社会矛盾的理解上,囿于某些既定的政治命题和流行观点,把诗作为演绎这些政治命题的手段,加上在表达上缺乏控制、感情泛滥过度,使他的一部分作品,存在严重的缺陷。

自从郭小川的《致青年公民》特别是贺敬之的《放声歌唱》发表后,这种形式的政治抒情诗有所发展,特别是 60 年代以后,更是风靡一时。在以国内外重大事件为题材的诗歌中,采用得尤为普遍。不仅年轻作者仿效,一些有成就的诗人,也运用过这种体式。但是,写得成功的,并非很多。究其原由,主要还是诗的思想深度不够,缺乏从生活中提炼的有个性的形象,缺乏真挚感人的情感,而靠许多时兴的"豪言壮语"和某些生活现象的铺陈罗列。空泛的以阐述流行的政治概念为目的的政治抒情诗的风行,在我国当代诗坛上产生过不良的影响。

打倒"四人帮"以后,贺敬之的《中国的十月》和《八一之歌》,表现了诗人的政治激情,但思想艺术力量比起以前作品来,却有很大的逊色。这里有思想上的原因,也有艺术上怎样进一步发展的问题。

郭小川(1919—1976),河北省丰宁县人。读中学时,就积极参加抗日救亡运动。1937 年参加八路军,在三五九旅工作。1941 年到 1945 年,在延安马列学院学习。解放战争期间,担任丰宁县县长等职,参加过清匪反霸、土地改革和游击战争等斗争。1949 年之后,曾在中南局宣传部、中宣部和中国作家协会等部门工作。建国初期,与陈笑雨等同志合作,以"马铁丁"为笔名写作"思想杂谈"。50年代中期以后,主要精力转移到诗歌创作上。郭小川生命的后期,受到"四人帮"的摧残迫害。他"不怕污蔑,不怕恫吓",进行不屈的斗争。

郭小川在抗战前夕的少年时期就开始写诗,参加革命后也写过一些作品,但大多已丢失。他成为一个有影响的诗人,是1955年发表《致青年公民》组诗以后。从这个时候开始到1976年秋逝世,他的作品数量多,在新诗的思想和艺术形式上,多方面进行探索,取得了显著成绩。有诗集《投入火热的斗争》《致青年公民》《雪与山谷》《鹏程万里》《两都颂》《将军三部曲》《甘蔗林—青纱帐》《昆仑行》。《月下集》是1959年以前诗作的选集。诗人逝世后出版的《郭小川诗选》《郭小川诗选续集》和《郭小川诗集》(上、下)收集了他的绝大部分诗歌作品。

郭小川的诗歌创作,可以分为三个阶段。第一阶段是50年代。除了《致青年公民》组诗外,抒情诗《山中》《致大海》《望星空》和叙事长诗《白雪的赞歌》《深深的山谷》《一个和八个》(1979年才得以公开发表)、《严厉的爱》和《将军三部曲》,最能显示他在这个时期的思想探求。当然,他也写了一些思想形象比较浮泛的歌唱"大跃进"的作品。第二阶段是60年代前期。郭小川的足迹遍及内蒙古包钢、东北煤都抚顺、钢都鞍山和北大荒、小兴安岭林区。他到了南方,也到了西北。他热情歌颂中国人民在困难面前的坚定和乐观,一再阐发他所重视的生活哲理。重要作品有《林区三唱》(包括《祝酒歌》《青松歌》《大风雪歌》)、《甘蔗林—青纱帐》《厦门风姿》《乡村大道》等。十年动乱期间,是创作第三阶段。在受到严酷迫害、失去写作权利的情况下,郭小川冲破禁锢,写出了《万里长江横渡》《长江组歌》《江南林区三唱》等一批作品。由于思想受到束缚、钳制,这些作品已经难以与以前的创作相比。但是,《团泊洼的秋天》和《秋歌》,却属于体现他达到的成就的作品之列。

郭小川在诗歌创作中,自觉地追求着时代色彩。他认为,诗"要思考我们这个时代,要体现时代精神",他把"不断地思考我们这个伟大的时代"作为诗人"最重要的品质"。这使他注意选取有重大社会意义的题材,或注意开掘题材中蕴含的与时代生活有关的思想。因而,他的作品有强烈的政治倾向性,是革命激情与生活哲理的结合。不过,郭小川观察、表现时代生活,有他自己独特的角度和方法。他的有强烈时代感的感情的表达,不是通过对社会生活客观事物的描述,不是通过雕刻精美的图画。他有的感物咏志,有的直抒胸臆,但都是从内心世界、精神状态方面,去思考揭示一个战士、一个革命者的生活态度、人生道路和精神状态的问题。他的诗回答的是:在不同的历史时期,面对不同的任务和考验,革命者应该如何生活,应该有什么样的行动,有什么样的道德操守。50年代中期的《投入火热的斗争》《向困难进军》,是在社会主义改造和社会主义建设的高潮中,向年轻人发出的召唤,要他们用自己的汗水,在火热的劳动中去创造美好的生活:"在青春的世界里,沙粒要变成珍珠,石头要化作黄金","青春的魅力,应当叫枯枝长出鲜果,沙漠布满森林"。1957年的长篇叙事诗《白雪的赞歌》《深深的山谷》,回答的是革命者对爱情,而且主要是对革命的信念问题:革命者的生活、感情,"不仅要像雪那样洁白,而且要像雪那样丰富多彩"。稍后的另一部叙事诗《将军三部曲》,并不正面表现战斗情景,而是在月下、雾中、风前的背景上,侧重刻画在战争年代我军高级指挥员壮美的胸襟和丰富的内心世界。60年代的《厦门风姿》《甘蔗林—青纱帐》《林区三唱》《秋歌》《刻在北大荒的土地上》等作品,也都是在赞颂国家处于严重困难时期,在社会主义革命和建设出现新的形势下,革命战士积极、乐观的精神状态和生活态度。1975年诗人在受到"四人帮"严重迫害的情况下,他写的《团泊洼的秋天》《秋歌》,仍然贯串着这样的基调。

郭小川的诗活跃着这样一个"抒情主人公"形象:他所喜欢的景色,是"蓝天碧海之间的日出","朝霞映照着的高山瀑布"。他鄙弃"冷漠,寂静,安详",讨厌"可耻的衰退","额外的贪欲",不稀罕漫然而平庸的人生,而追求"沸腾的生活""作战般的工作",歌颂"人们的生命力比平常还要千百万倍伟大"的"神奇的一刹那"。他理解生活的道路就像"险峻的黄河""常常遇到突起的风波",但是,面对困难,他有百折不回的意志,"有多大的艰难,就有多壮的胆略"。他在香甜芬芳的甘蔗林里,不忘艰苦严峻的青纱帐,把自己的工作、生活、劳动与艰苦的岁月相连,尽管那个时候,"肩膀上只有一杆破枪,背袋里只有一把黑豆,头顶上只有一堆乱发,脚杆上只有一片泥垢"。虽然他为人民做了许多工作,但时时刻刻感到不安,为自己的过失而"永远感到汗颜"。他将会衰老,"老态龙钟",但他有一颗"暴跳的心",永远"像入伍时候那样年青"。他确立了这样的生活哲学:"占三尺地位,放万丈光辉","活着时,为好日月欢呼;倒下时,把新世界建筑"(上面的引文,均为郭小川的诗句)。他的胸怀,如大海一样宽广,他以大海为榜样,从它那里汲取力量:

我要像海燕那样

吸取你身上的乳汁
去哺养那比海更深广的苍穹；
我要像朝霞那样
在你的怀抱中沐浴，
而又以自己的血液
     把海水染得通红；
我要像春雷那样
向你学会呼喊，
然后远走高飞
    去吓退大地上的严冬；
我要像大雨那样，
把你吐出的热气变成水滴，
普降天下，使禾苗滋长，
使大海欢腾。……
      ——《致大海》

  对郭小川的诗歌创作，历来高度评价他60年代以后的作品，而对前期的某些诗，或者重视不够，或者有所贬抑，甚至提出过严重的批评。后者指的是《致大海》《望星空》等抒情诗以及《雪与山谷》《一个和八个》等叙事诗。的确，60年代郭小川的创作，在艺术形式上的探索、创新的追求更加自觉，也取得明显的成绩。但前期的诗作，却表现了当时郭小川在加强自己创作的现实深度、思想深度上所做的努力。要求诗人必须有自己的思想创见，而不是重复、阐释"现成的流行的政治语言"，并使自己的作品不止让读者发生短暂的激动，而是"触动读者的深心"，"引起长久的深思"（《月下集·权当序言》）——这是郭小川50年代诗歌艺术探索的核心问题。因此，在《致大海》《望星空》以及几部叙事诗中，他大胆地进行题材的开拓，他注意到表现生活和人的感情世界的复杂性，他思考、探索着革命战争与和平生活、斗争坚定性与广博的人道主义胸怀、革命集体事业与个人生活诸种因素间的矛盾统一关系，并尝试以一种超越局部时空限制的视界来观察感受现实生活。对思想创见的这种追求当然仅仅是开始，并非可以认为体现这一追求的作品都已达到较高的艺术水平。相反，思想与艺术间不平衡以及在思想贯彻上出现的犹豫和矛盾，并不难发现。然而，这是艺术创造上走向更高阶段的可贵开端。后来，客观环境的巨大压力和诗人自身的内在思想矛盾，使这一探索没有继续下去。60年代的作品在艺术形式上比较完整，也有创造性,思想上的探索却明显削弱。表现"现成的流行的政治语言"这一曾被郭小川所厌弃的创作方法,也侵入他的创作中,尤其是在《长江组歌》《万里长江横渡》《丰收歌》等后期作品中有明显暴露。

郭小川在二十年的诗歌创作生涯中,很重视诗歌艺术形式的创造和革新。"我在努力尝试各种体裁。民歌体、新格律体、自由体、半自由体、'楼梯式'以及其他各种体,只要能够有助于诗的民族化和群众化……"(《月下集·权当序言》)50年代,《致青年公民》采用"楼梯式"的形式,诗行的分切,服从于思想的强调和激情抒发所要求的节奏。接着,写《白雪的赞歌》等叙事诗时,使用的是1949年后常见的"半自由体":或四行一节,或六、八行一节,押脚韵。这是为了便于叙述事件,便于表达缜密细致的思想感情。后来,在《春暖花开》《将军三部曲》等作品中,又吸取了散曲、小令的特点,采用短句形式,构成节奏明快的诗体。60年代初《祝酒歌》《青松歌》,在自由体的形式上,较多吸收民歌的比兴的表现手段:"山中的老虎呀,美在背;树上的百灵呀,美在嘴;咱们林区的工人啊,美在内"……到了写《厦门风姿》《甘蔗林—青纱帐》《乡村大道》的时候,郭小川为了表现开阔热烈的情思,重新运用长句作为诗体的基本句式。但这与"楼梯式"已经有很大不同。这些诗的句子虽较长,但组织得严密整齐,重视行与行、段与段之间的大体上的对称。抒情方式上,采用铺张渲染、反复咏叹的方法,来达到雄浑、热烈、色彩浓郁的艺术效果。人们曾称这种诗体为"新辞赋体"。如《甘蔗林—青纱帐》的头两节:

> 南方的甘蔗林哪,南方的甘蔗林!
> 你为什么这样香甜,又为什么那样严峻?
> 北方的青纱帐啊,北方的青纱帐!
> 你为什么那样遥远,又为什么这样亲近?
>
> 我们的青纱帐哟,跟甘蔗林一样地布满浓荫,
> 那随风摆动的长叶啊,也一样地鸣奏嘹亮的琴音;
> 我们的青纱帐哟,跟甘蔗林一样地脉脉情深,
> 那载着阳光的露珠啊,也一样地照亮大地的清晨。

郭小川从他所主张的诗歌观念出发,十分重视诗的音乐性。他认为,"诗是最有音乐性的语言艺术。因为诗是以抒情为特征的,……而音乐性这个因素,是大有助于抒情的"。他重视诗的语言的流畅,重视诗的旋律

感,重视诗的押韵。根据不同的思想内容,在词语声调选择上,句式安排上,韵脚疏密上,进行苦心探求,做出一定的成绩。郭小川自己对《祝酒歌》《厦门风姿》在这方面的实践比较满意。另外,在诗的想象上,比喻、象征的运用上,词语的锤炼上,也都付出了艰辛的劳动。

第四节　复出诗人的创作

新时期诗歌的最初乐章,是由被称为"复出的诗人"群体承担主要的演奏角色的。当代中国诗歌发展的第一个时期(1949—1976),是一段曲折的、有着许多不幸的历史。多次突如其来的政治风暴和文艺批判运动,将一些诗人卷出正常的生活和创作轨道,又使另一些诗人削弱以至丧失其独立的创造意识和个性追求。在历史出现转折的 70 年代后期,他们中的不少人,重新走上诗坛。对于"复出的诗人"这一称谓的涵盖面,可以作如下的限定,它大致包括三种情况。一是在 1957 年反右派斗争扩大化中被错误地定为"右派分子"而逐出诗坛的诗人,其中有在三四十年代就已成名的艾青、公木、穆旦、吕剑、唐湜、唐祈、苏金伞等;也有在 50 年代初崭露头角的年轻诗人,如公刘、白桦、邵燕祥、高平、流沙河、周良沛、孙静轩、胡昭、梁南、昌耀、林希等。二是在 1955 年所谓"胡风反革命集团"案件中罹难或受到牵连的诗人,除胡风外,有鲁藜、绿原、牛汉、曾卓、彭燕郊、罗洛等。三是由于与政治路线有关的褊狭的艺术观念和艺术氛围而被迫离开诗坛的诗人,他们中有 40 年代后期以《诗创造》《中国新诗》等刊物为阵地、在艺术上表现出现代主义倾向的辛笛、杜运燮、郑敏、陈敬容等,也有在五六十年代多次受到严厉批评的蔡其矫。

在时隔 20 年甚至更长时间之后,这些诗人由于另一种政治机遇重新出现了。在一个相当集中的时间里(大约是 1978 年到 80 年代初),他们纷纷把自己生活道路的坎坷所获得的人生感受,投射在重新归来之后的诗篇中。历史的和个人生命的断裂和重续,被表现在他们的这一时期的创作里。他们自然有各自不同的创作个性,但在这期间,他们的创作也呈现出某些重要的共同特征。首先,他们把自己的"复出",看做是回到原来的生活和艺术的位置上,回到人民的怀抱里,也看做是曾被阻断了的社会理想、美学理想和歌唱方式的恢复。因而,"归来"这一主题,成为他们这个时期作品的中心主题,包含着苦涩、痛楚、失落感等复杂情绪的"归来"的喜悦与欢欣,是一段时间里的诗情核心。其次,这个时期他们的许多作品,常常带有某种

"自白"式的、"自叙传"的成分。但在他们这些有关个人坎坷经历、有关在那段异常岁月的生存状态和内心状态的描述中,凝聚着历史的沧桑,投射着明晰的社会历史行程的光影。对人的精神冲突的揭示,包孕着历史发展的矛盾形态的深刻内涵。可以这样说,复出的诗人在自己身上"发现"了历史,同时也在对历史的揭示中找回失踪多年的自我。第三,以"历史反思"为核心的理性思辨倾向,是他们这一阶段诗作的另一重要特征。历史的"误解",使他们一度跌入生活底层。不幸的劫难,却使他们获得比较真切地观察、感受、思考的条件。他们归来之后的歌唱,未曾改易当初忠贞的爱和信念,却由于深入的观察与思考,变得深沉,并且增加了理性的色彩。

1981年出版的《九叶集》,使辛笛、陈敬容、杜运燮、郑敏、唐祈、唐湜、杭约赫、袁可嘉和穆旦九位诗人在40年代的创作,作为一个现代诗歌流派的整体重新为人们所重视。他们中的一些人在刚解放时,虽然也发表了一些作品,但是,却为诗坛所冷落,有的(如穆旦、唐祈、唐湜等)在反右派斗争中又受到错误的打击。因此,作为一个有特色的诗歌流派便人为地消失了。穆旦已于1977年去世。袁可嘉主要从事外国文学研究工作。另外几位诗人,近年来都陆续有诗作发表。陈敬容出版了诗集《老去的是时间》。郑敏有诗集《寻觅集》,她的作品,仍保持着抒情与哲理、细腻与沉思相结合的特色。在经历过从政治的角度对现实和历史的思考之后,近年创作,视野有更大开拓,更注意捕捉对人生的幽微静穆的体验。对爱、生命的美丽和活力、心灵的不断丰富和更生的赞美和期待,是她的一些短诗的主题。唐湜近年出版的诗集有《海陵王》(收入《明月与蛮奴》《边城》《海陵王》三首长诗)、《幻美之旅》和《泪瀑》(收入《划手周鹿之歌》《泪瀑》和《魔童》三首长诗)。《海陵王》等取材于历史人物和历史故事,而《泪瀑》等则依据作者故乡的带有传奇色彩的传说写成,后者被称为"风土故事诗"。诗集《幻美之旅》包括写于1965至1981年的一百多首十四行诗。其中,长诗《幻美之旅》,表现了一个对诗美有顽强、执著追求的诗人在追求过程中的挫折、不幸。诗人在长诗最后有这样的说明:"幻美之旅是一个精神巡礼的行程,一次生命航行的悲剧,那是个诗人对美的幻想,对生命的诗的不断追求,经历过一连串不幸的苦难而到达那最后的幸福的奋飞。"实际上,它也是对诸如《九叶集》诗人等的"人的精神生涯"的"一次真挚的解剖"。唐湜致力于十四行诗的写作,他的根据是:"我觉得十四行的格律严整而又多变化,可以把抒情诗写得比较紧凑、生动、细致些。"(《幻美之旅》前记)

50年代前期,因所谓"胡风反革命集团"的事件而沉落、失去创作权利的"七月"诗派的诗人,也于1981年出版了由绿原、牛汉编选的诗选集《白色花》。诗集收入阿垅、鲁藜、孙钿、冀汸、彭燕郊、杜谷、方然、钟瑄、曾卓、绿原、徐放、胡征、牛汉、鲁煤、芦甸、郑思、朱健、朱谷怀、化铁和罗洛二十人的作品。1979年以来,绿原、牛汉、冀汸、彭燕郊、曾卓、罗洛、鲁藜等,不断有作品发表。这些诗人,在1949年之前,大多有过流亡、颠沛的生活,50年代中期以后,又经历了更多的悲苦和磨难。中华人民共和国成立时,他们欣喜欢迎梦想的新世纪的诞生,却无力保护自己而被投入另一深渊。这种经历所形成的个人气质,使他们中的一些人,善于把握、表现人的苦难,表现在苦难中始终没有熄灭的信念之火。他们在重新发表作品后提供给读者的最感人诗篇,也大都是记述这一"苦难历程"中的心理内容的作品。绿原出版有诗集《人之诗》和《人之诗》续集。他十分重视诗作为一个庄严目标的手段、武器这一职能。写于1959年的《又一个哥伦布》,诗人用冷凝的笔,描绘了与15世纪那个航海家迥然不同的形象和处境:他的"圣玛丽娅"不是一只船,而是四堵苍黄的粉墙,加上一抹夕阳和半轮灯光,"一株马缨花在悄然探窗,/一块没有指针的夜明表嗒嗒作响",

  这个哥伦布形销骨立
  蓬首垢面
  手捧一部"雅歌中的雅歌"
  凝视着千变万化的天花板

绿原的诗,较少见到温柔、甜蜜的素质。而明显的哲理化倾向,虽然使他的一些作品感情色彩受到削弱,却使另一些作品摆脱感情的浮泛而走向深沉。他的主要作品还有《重读〈圣经〉》《西德拾穗录》等。

  曾卓出版有诗集《悬岩边的树》。从50年代以来,他的诗作数量不多,题材范围大多涉及个人的生活。但是他作品中表现的感情,是真实的心声,真实的内心独白。《寂寞的小花》《我期待,我寻求……》《老水手的歌》等写于个人艰难的特殊年代的作品,都在刻画一个生活困顿、灵魂感到饥渴的弱小者对不多的友情、温暖,对投入集体怀抱的渴望。他写于70年代初的《悬岩边的树》,是对自我形象的带有沉重时代感的刻画:

  不知道是什么奇异的风
  将一棵树吹到了那边——

平原的尽头
临近深谷的悬岩上

它倾听远处森林的喧哗
和深谷中小溪的歌唱
它孤独地站在那里
显得寂寞而又倔强

它的弯曲的身体
留下了风的形状
它似乎即将倾跌进深谷里
却又像要展翅飞翔……

弯曲而变形的身躯，即将跌进悬岩，却又张开双臂；因寂寞、孤独而痛苦，却又倔强地向往远处的喧响。曾卓写的苦难，没有绿原的冷峻，而有更多的温情，凄苦中透出一丝甜蜜，这也许是他始终珍惜、信任人类的爱心的缘故吧。

牛汉在诗集《温泉》中，"为我们留下了一个时代的痛苦而崇高的精神面貌"（绿原：《活的诗》）。《悼念一棵枫树》写于 1973 年。在秋天的一个早晨，湖边山丘上那棵高大的、表皮灰暗而粗犷的枫树被砍倒了，家家的门窗、屋瓦，每棵树，每根草，每朵鲜花，树上的鸟，都颤颤地哆嗦起来，整个村庄，这一片山野，都"飘忽着浓郁的清香"："清香/落在人的心灵上/比秋雨还要阴冷"……"阴冷"，是由于这与大地相连的生命、无限依恋大自然的生命的毁灭。但是，它的死亡的悲剧，并不是以尖锐的痛苦和愤激的形态出现，相反，在这种悲哀中，它的内在的美丽生命——芬芳气息因此得到释放和证实。诗人含着没有滴落的滚烫的泪，哀悼那些被遗弃、被践踏，然而有着正直性格和高贵心灵的生命。在牛汉的一些成功的作品里，诗人的情绪，匀称地、弥漫一切空隙般地流贯、浸润在诗的所有细节中。他的情感，与作为这种情感的映像的"外物"，构成超乎简单比喻性质的关系，而带领读者在整体情绪上去感受和呼应。

鲁藜出版的诗集有《天青集》《鹅毛集》《鲁藜诗选》（收 30 年代到 80 年代作品）等。冀汸有诗集《我赞美》。冀汸当然也是从漫长的黑暗和寒冷中走过来的，但他的诗更愿意表现他乐观的、永远蕴藏着的青春的信息。因此，他在《我赞美·草》中写道：我骄傲自己，"永远是/一篇美丽的童话"。

黄永玉，生于 1924 年，湖南凤凰县人，画家 40 年代断断续续发表过一些诗作。1981年出版了《曾经有过那个时候》,记录下诗人在十年动乱的"那个时候"的见闻和感受。对这令人颤栗的岁月,黄永玉有时采用形象强烈对比的方法进行概括:"一列火车就是一火车不幸/家家户户都为莫明的灾祸担心,/最老实的百姓骂出最怨毒的话,/最能唱歌的人却叫不出声音","传说真理要发誓保密,/报纸上的谎言倒变成圣经。/男女老少人人会演戏,/演员们个个没有表情"……不过,从他的创作的整个状况看,他宁愿向读者提供更多的对具体人、事的刻画。黄永玉强烈的爱憎,运用艺术的手段加以平衡和含蓄:或者溶解在朴素、平实、不动声色的接近口语的描述中,或者转化为一种幽默,一种独特的嘲讽。组诗《天安门即事》,采用图画构图的方法,写下1976年初天安门前悼念活动情景的素描。诗人用心去捕捉、组接生活细节,让事实本身构成撼人情感的冲击力。这里有从丰台一路走来的"献上他们哭碎的心"的"一群褴褛的人"(《说是从丰台来的》),有还能走路的老太婆用儿童车推着"完全不能动"的老头(《老夫妇》),有央求让她们与总理告别的哭泣的少女像一堵"哭泣的墙"的卫兵(《哭泣的墙》)……当黄永玉把他的憎恶投向十年动乱期间那些告密者、出卖朋友隐私者等当代犹大,投向阿谀奉承者和参与阴谋的人时,他便转向嘲讽的笔调。这种嘲讽,并非一般的讽刺诗,在嘲讽后面,有悲哀和愤怒。在对环境抨击、解剖的同时,也有对自身的反省的自剖。《不准!》写道:

> 他妈的!
> 既不准大声地笑,
> 也不准大声地哭。
> 如果遇到什么高兴的事,
> 那就躲到被窝里去
> 　　尽情地
> 　　做一百次鬼脸。
> 如果遇到什么伤心的事,
> 　　就让眼泪往肚子里流罢!
>
> 那时候,
> 我们总是那么安详,
> 街上遇见了朋友
> 就慢慢地、微微地点个头,
> 仿佛虔诚得像一个

狡猾的和尚。

平白、朴素、某些不和谐的语言的出现，是对一种虽"高雅"却缺乏真诚的内质的诗风的冲击，是对诗与普通人平凡、真实的生活情感脱节的状态的冲击。这样的诗，是一个特定的诗歌环境的产物，它们的价值在于表明这种意向：诗人应该在各种有形无形束缚中挣脱，好去发现、培养自己心灵中、情感中真实、动人、富于独特色彩的诗的种子。

　　蔡其矫(1918—2007)，福建晋江县人。30年代开始文学创作，1938年到延安入鲁艺学习。后在华北联合大学文艺学院任教，也当过随军记者。40年代的诗，受到惠特曼明显的影响。建国以后的50年代，出版了《回声集》《回声续集》和《涛声集》。蔡其矫在五六十年代，曾受过多次粗暴的批评。但他始终没有改变自己确立的诗歌创作道路。1980年以来，出版了《祈求》《双虹》《福建集》等诗集。《生活的歌》是1941年到1979年诗作的自选集。他的创作，带有浪漫主义诗歌的显著特征。他用诗表现他的社会、人生的理想，他执著于在诗中处理现实与理想的冲突的感情内容。他在思想感情上，在诗歌意象上表现了对大自然的倾心与接近。在他的作品中，贯穿着强烈的人道主义精神。在《生活的歌》"自序"中，他引录了惠特曼的诗行："无论谁如心无同情地走过咫尺道路／便是穿着尸衣走向自己的坟墓。"希望人生活得更好一些，希望人的灵魂更好一些，新的性格更早出现，是他的写作的欲望产生的动机。这体现为他的作品经常接触如下的主题：对贫困、匮乏、落后、愚昧的不满，对受难、不幸和处于困境中的善良人们的同情，对残害生命、剥夺人的尊严的力量的抗争，对蓬勃的生活、对心灵的自由、解放的向往和赞美。《祈求》(1975)中写道：

　　　　我祈求炎夏有风，冬日少雨；
　　　　我祈求花开有红有紫；
　　　　我祈求爱情不受讥笑，
　　　　跌倒有人扶持；
　　　　我祈求同情心——
　　　　当人悲伤

　　　　至少给予安慰
　　　　而不是冷眼竖眉；
　　　　我祈求知识有如泉源

每一天都涌流不息，
　　我祈求歌声发自各人胸中
　　没有谁要制造模式
　　为所有的音调规定高低；

这首诗,因结束的几行,而加强了内在的力量:"我祈求/总有一天,再没有人像我作这样的祈求。"这种否定,突出、加强了诗中的冲突:诗人祈求的本来应该是正常存在的、无需祈求的东西,而揭示了产生这一渴望的环境的不正常。

　　蔡其矫在他的诗中,表达了对大自然的倾慕。对自然奇丽景观的赞美,是与对人的生活信念、生命活力的歌唱紧密相连的;自然界的形态,常常是人的生命活力的暗示和象征。他对于孤寂、人迹罕到的荒漠并无好感,相反,他写山水风光的大量作品,都在表现这样的审美观点:大自然只有得到人的修饰加工,才能更加完善。他凭着自己的敏感,捕捉处在晨曦夕照、风雨冰雪下的自然的美质。但是,在一些诗中,诗人过于急切地把这种描绘,引至对社会性的思想的负载上,甚或引至对某一观念和社会性激情的简单比附上。这种有些单一、固定的感受角度和想象方式,有时也会给他的作品带来变化不多的弊病。

　　艾青、公刘、梁南、林希、赵恺、昌耀、白桦、流沙河、邵燕祥等,都在50年代的反右斗争中遇到挫折,他们在新时期的诗歌创作中,也都做出了值得重视的贡献。

　　艾青(1910—1996)浙江金华县人,30年代初开始发表作品。在他的诗歌创作道路上,30年代到40年代初,是最富于光彩的段落。40年代中后期,作品数量不多。开国后到1957年的作品收在诗集《宝石的红星》《春天》和《海岬上》中。

　　同当代的许多诗人一样,艾青在50年代前期,也曾努力去表现社会主义的建设生活和劳动者形象。然而,这些作品并不成功。在内蒙古写的反映草原变化的小诗,过于纤巧,思想感情过于淡弱。歌唱建设者的《女司机》,显示了诗人对他所描绘的对象的生疏、隔膜。《官厅水库》等作品,则停留在景物罗列和新旧事物一般化对比上。1953年他根据浙东抗战时期人民斗争事迹,用七言民歌体创作的叙事诗《藏枪记》,是失败的。当他写出"杨家有个杨大妈,她的年纪五十八,身材长得很高大,浓眉大眼阔嘴巴"这样的句子时,艾青的艺术个性也就丧失了。不过,《双尖山》《下雪的早晨》等抒情诗,却保留有艾青原有的感情素质和艺术风格,具有感人的力量。

艾青并不讳言在这个时期他的诗作在反映新中国社会生活上的弱点。诗集《春天》的后记中说:"我的作品并不能反映这个伟大的时代。这个时代是要用许多的大合唱和交响乐来反映的,我只不过是无数的乐队中的一个吹笛子的人……"究其原因,一方面,艾青对于当时的社会生活,确有体验、研究不够的地方。"写诗的人,应该敏锐地、深刻地理解社会变革,诗歌应该通过它的艺术反映出我们这个时代的矛盾和变化"(艾青:《诗论》),这方面,艾青有明显的不足。另一方面,艾青对于我们这个时代,对于社会主义时期的一些问题,有自己的一些理解。这位有自己独立的思想艺术见解的诗人,并不愿意以肤浅的观点去解释生活,他"要忠于自己的感受",这在当时,会难以避免地产生矛盾和痛苦。还有一个重要原因,是艾青写作反映新生活的作品时过分偏离他长期创作实践中已确立的艺术个性、艺术方法。50年代中期,他在摸索、徘徊中,终于找到自己把握世界的方法,找到与过去成功的作品在艺术上的衔接点。他写了《维也纳》《大西洋》,特别是《在智利的海岬上》这样的作品。《在智利的海岬上》这首在当时毁誉参半的诗,是艾青诗歌艺术个性的显示,也是他新的探求的开端。诗人开阔的思想境界,写实与象征手法的交错使用,把诗的思想感情内涵,提到新的高度。但是,1957年的政治风暴,使这一起点突然成为终结。

二十年后的1978年,艾青才得以重新歌唱。《鱼化石》中,有这样的诗行:

> 不幸遇到火山爆发,
> 也可能是地震,
> 你失去了自由,
> 被埋进了灰尘。
>
> 过了多少亿年,
> 地质勘探队员,
> 在岩层里发现你,
> 依然栩栩如生。

这是艾青这一段人生和诗歌道路的概括。他复出以后的作品,证明他的诗歌艺术纵然被禁锢多年,依然有顽强的生命力,而成为他诗歌创作上的另一值得重视的阶段。1978年以来的创作,收入《归来的歌》《彩色的诗》《域外集》(收从30年代至80年代"在国外写的和写外国的诗")、《雪莲》等诗集中。按照这些作品的内容和形式,它们可分成三个部分。一是围绕当代中国现实政治所作的思考,它们有着比较直接、尖锐的"时事性"和现实针对性。《在浪尖上》《听,有一个声音》《清明时节雨纷纷》等都属于这一类型。第二类作品,在哲理倾向的概括中,寄寓丰富深沉的人生体验,以及把握人类历史的努力。它们中有的是处心积虑的鸿篇大构,如《光的赞歌》《古罗马的大斗技场》等,更多的是从眼前事象出发随意发挥却意蕴深长的短章,如《酒》《蛇》《镜子》《山核桃》《盆景》《互相被发现》等。另一类是有关"域外题材"的作品。是作者出访西欧、北美各国所作。其中也不乏包含深沉哲思的篇章。除了《古罗马的大斗技场》外,《墙》《慕尼黑》《维也纳的鸽子》《芝加哥》等,都体现了对人类历史关注的倾向。

艾青的这一阶段的创作表明,他继续着从写诗起就确立的表现时代变革、关注民族和人类命运的艺术目标,自觉地从时代特征、人民命运的角度来观察生活、处理题材,把个人的感觉、情绪放到时代斗争的高度加以检验。"曾经为被凌辱的人们歌唱/曾经为受欺压的人们歌唱/我歌唱抗争/我歌唱革命/在黑夜把希望寄托给黎明/在胜利的欢欣中歌唱太阳"(《光的赞歌》)——"揭示和同情人民的苦难和确信人类再生",是他主要作品或并列、或交错的主题。《古罗马的大斗技场》回顾人类历史,考察现实斗争,贯穿着觉醒了的人们誓用鲜血建立一个自由的劳动天堂的庄严思想。《光的赞歌》是艾青的"诗体的哲学"(吕剑:《〈归来的歌〉书后》),是人类希望与理想的赞歌,是对建立一个科学的、智慧的、光明的世界的信心的赞歌。在《墙》这首诗的开头,有力的比喻,显示诗的"观察点"超越了对具体的社会、政治问题的评判:"一堵墙,像一把刀/把一个城市切成两片",并进一步指出,墙再高、再厚、再长,也只是:"历史的陈迹""民族的创伤"。它无法阻挡天上的云彩、风、雨、阳光,无法阻挡飞鸟的翅膀和夜莺的歌唱,它:

> 又怎能阻挡
> 千百万人的
> 比风更自由的思想?
> 比土地更深厚的意志?
> 比时间更漫长的愿望?

艾青的这一阶段的创作又表明,在艺术方法上,对生活现象、生活事件的"写实"性描述,并非他所擅长的。他追求着对具体事件的"超越",把对生活现象的表述,扩大、上升为对历史现象和更具普遍性的人的心态的概括。也就是说,只有当他在对客观事物的关注中,把握到一种超越对象本身的更广阔、更深刻的思想情感,并把对这种事物的具体描述向着象征的层次推移,构成有别于事物自身的、带有一定程度的象征性意象的时候,他的艺术力量,才得到更强有力的发挥。

艾青的近作,是一种沉思的诗,带有明显的哲理倾向。这是年龄增长而逐渐加深的美学趋向,更是丰富曲折的生活历程在心理、情感上引起的变化:"经过这些年磨难/悟到沉痛的经验"(艾青:《沉痛的经验》),情感更加凝聚、沉淀,在平凡、朴素、明晰的形式中,浓缩更加深厚的人生经验。从蛇的特征中,他揭示了事物的复杂状况:"美得令人发森/凶恶而又宁静"(《蛇》),从作为工艺品供人观赏的盆景上,他联想到自由和个性所遭受的摧残:"柔可绕指而加以歪曲/草木无言而横加斧刀",并表现了对经过"压制和委屈"而失去"自己的本色"的美在感情上的隔膜与嫌恶:

> 一部分发育,一部分萎缩
> 以不平衡为标准
> 残缺不全的典型
> ……
> 像一群饱经战火的伤兵
> 支撑着一个个残废的生命
>
> ——《盆景》

公刘(1927—2003),江西南昌人。中华人民共和国成立前夕,参加中国共产党领导下的进步文化工作。1949年广州解放时,参加人民解放军,并随军来到云南。1957年以前出版的诗集有《边地短歌》《神圣的岗位》《黎明的城》《在北方》等。另外,根据云南民间传说创作了长诗《望夫云》,并参加了著名的《阿诗玛》的搜集整理工作。

公刘最初的诗,描写边地人民生活,歌颂守护西南边疆战士对祖国、对人民的忠诚。这些诗,"带着深谷底层的寒气,带着难以捉摸的旭日的光彩",有清新浓郁的生活气息。在云南圭山,冬天是寒冷的,"雪花紧偎着大地,希望快点融化了自己"(《红色的圭山》);边疆三月的夜晚,"天空发蓝而且透明,空气中饱含水分,土地在等待春耕"(《和平》)。《山间小路》中写道:

> 一条小路在山间蜿蜒,
> 每天我沿着它爬上山巅;
> 这座山是边防阵地的制高点,
> 而我的刺刀则是真正的山尖。

战士的责任感和自豪感,在突兀的、照人眼目的一笔中得到有力的展现。但是,早期的诗的水平还很不平衡。到了诗集《在北方》的阶段,公刘的创作就取得了明显的进展。1956年,公刘来到上海,来到北方。他写了组诗《在北方》和《上海抒情诗》。这些作品都收在1957年出版的诗集《在北方》中。在"滚滚浊波"的黄河,在北京的景山,在长城烽火台上,在上海的工厂里,他感受到与云南边疆不同的生活和历史。面对中原这古老民族生命的摇篮,面对有着浑厚,庄严的颜色的水和泥土,自然要产生一缕严峻的情思,引起创作色调的某些重要的变化。于是,诗集《在北方》出现了这样的风格:有叶笛的清新悠扬也有唢呐的雄浑嘹亮;描绘着棕黄色的、广袤的北方,却仍有南方的梦幻和情思。公刘就这样,有意识地把对生活的细致的感受与较强的概括力,把清新的生活气息与雄浑、哲理结合起来,形成了自己独特的风格。他对事物的描述是抓住具体特征,并为要表达的感情所选择、熔铸的,如《五月一日的夜晚》:

> 天安门前,焰火像一千只孔雀开屏,
> 空中是朵朵云烟,地上是人海灯山,
> 数不尽的衣衫发辫,
> 被歌声吹得团团旋转……

不仅从生活中,自然地挖掘其中的诗意,而且把事物的思想深度展示在读者面前。天安门广场节日之夜是欢乐的,这种欢乐,有着时代、历史的内容:

> 整个世界站在阳台上观看,
> 中国在笑!中国在舞!中国在狂欢!
> 羡慕吧,生活多么好,多么令人爱恋,
> 为了享受这一夜,我们战斗了一生!

在北京天坛回音壁,诗人侧耳倾听到的都是同样一句话:北京,"我们爱你"(《回音壁》)。在织绢厂,他发现我们劳动者生产的丝绢,"像良心一样干净,像爱情一样缠绵,骑士因披肩而威风凛凛,舞姬因长袖而飘飘欲仙"(《丝》)。他认为"霓虹自天降临",才有印染厂的美丽色彩:"人应该一切都美,从心灵直到服饰,因此用天上的颜色,来装扮人间的男女ం"(《人应该一切都美》)……他从生活,从平凡的劳动中,寻找诗意,寻找哲理。当然不是每一首在思想感情的升华上都很自然熨帖。公刘这个阶段的诗,还注意选择新颖的角度,注意构思上的精巧。《风在荒野上游荡……》《运杨柳的骆驼》《在工厂里,忽然旧梦重逢》等,都有这样的特点。50年代前期,当诗歌创作普遍采用直赋其事、铺陈事实的方法的时候,当不少诗人把注意力放在局部的形象和比喻的生动上的时候,这种努力是有意义的。

1958年,公刘的创作被迫中断。虽然60年代初可以允许重新创作,但不久降临的十年浩劫,又把他抛到生活的底层。公刘复出后的创作,产生了极大的变异。"不幸,过去了的三十年,竟有多一半的时间我被驱赶于流沙之中;生命为大饥渴所折磨,黯哑了。""但也有幸,流沙终不过是流沙,流沙覆盖着的下层依旧有沃土膏壤","因而可望扎根之处还是有的,虽则很深——在这种情况下,"并未弃我而去"的歌声,"只是由于缺乏活命的水,连它都变成火了"(《离离原上草·自序》)。从奇异的云,到灼人的火,可以说是公刘诗的风格变异的概括。1978年以来,公刘出版有《白花·红花》《仙人掌》《骆驼》《大上海》《母亲——长江》等诗集,《离离原上草》是50年代到1979年的选集。

对于重大的政治性问题,对党、国家、民族的命运的强烈关注,对历史的曲折行程进行深沉的反思,是公刘70年代末、80年代初作品的重要特征之一。《星》《沉思》《车过山海关》《为灵魂辩护》《寄冥》《关于〈摩西十戒〉》《竹问》《长城砖》《刑场》《乾陵秋风歌》等,接触、思考着这个时期的一系列政治问题:关于领袖与人民的关系、关于现代迷信和造神运动、关于对青年一代的评价,关于诗与诚实、诗与政治,关于民主与法制,关于如何记取这段曲折历史的血的教训……在《读罗中立的油画〈父亲〉》中,诗人沉痛而激愤地记述了劳动者在风云变幻莫测的年代经受的灾难。虽然"拉着犁,缰绳扣进肉里勒出血印",虽然"浇灌了多少个好年景",但是,却"有谁能数得清你死过多少次":

  那年你倚着土墙打盹,
  在太阳的爱抚下再也不醒,
  嘴角淌着黄绿色的液汁,
  浮肿的手还将一把草籽攥得紧紧……

公刘在用沉思的目光来表现现实和历史问题时,增强了50年代他的创作中所欠缺的辩证的理解。1954年,当共和国第一部宪法诞生时,他曾这样诚挚歌颂:"贫穷和苦难将被遗忘,幸福的道路迎着祖国开放;一百零六条柱石,为我们撑起了一座真正的天堂。"(《在这庄严的时刻》)现在,在祖国迎来失而复得的春天时,诗人是兴奋的,但已经没有了二十多年前单纯、绝对化的理解和情感了。对于现实矛盾,对于民族的历史,他看到正面,也看到反面,看到历史过程的曲折和复杂,把握着对立力量的对比和斗争,看到民族的伟大和弱点,揭示伟大人物的功绩和失误……对事物的整体把握,使他的诗变得深沉。

公刘这个阶段在诗中所做的政治性思考,是与灼热的感情喷发结合在一起的。冷峻的思想锋芒、批判力量,伴随着灼热的情感岩浆倾泻奔突。他采用了一种"大哭大笑"的抒情方式。呼唤、设问、反诘等,是他使用得最频繁的句式。而在他所表达的复杂情感中,"痛苦",是其中最基本的元素。在另一些作品中(如《刑场》《哎,大森林》《绳子》《象形文字》《家乡》等),情感的宣泄得到某种程度的约束,而在奇特的联想和诗的意象中得到凝聚。

在这种情况下,这个时期公刘的诗,感情和意象的复杂性明显加强。《哎,大森林!》一诗是很有典型性的:

> 哎,大森林!我爱你!绿色的海!
> 为何你喧嚣的波浪总是将沉默的止水覆盖?
> 总是不停地不停地洗刷!
> 总是匆忙地匆忙地掩埋!
> 难道这就是海?!这就是我之所爱?!
> 哺育希望的摇篮哟,封闭记忆的棺材!
>
> 分明是富有弹性的枝条呀,
> 分明是饱含养分的叶脉!
> 一旦竟也会竟也会枯朽?
> 一旦竟也会竟也会腐败?
> 我痛苦,因为我渴望了解,
> 我痛苦,因为我终于明白——
>
> 海底有声音说:这儿明天肯定要化作尘埃,
> 假如今天啄木鸟还拒绝飞来。

新鲜的活力,生命的旺盛和希望,与静止的死水,腐败枯朽,统一在象征性的大森林的意象中。因而,诗的情绪,也呈现着复杂因素:深情的爱和强烈的痛苦的冲突的状态。这种痛苦又是双重的:既产生于寻求答案过程中,也产生于获得答案后。诗中,交织着对历史的反思和对未来的忧虑和警觉。这是诗人复杂情感和对历史所作深刻思索而浓缩凝成的诗的结晶。

梁南(1927—2000),四川峨眉人。40 年代开始文学创作。北平解放时从事新闻报道工作,稍后,开始发表诗歌作品。反右派斗争中被错划为右派分子。1958 年以后的二十多年间,在东北大森林从事体力劳动。近年出版有诗集《野百合》和《爱的火焰花》。这两册诗集的几乎全部作品(有一部分收录他 50 年代的旧作),都在揭示对祖国、人民的爱的种子,如何在艰难的环境中生长、开花,结成虔诚的果实。他的诗交织着两方面的情感:一方面是在苦难、布满荆棘的人生道路上,在穿过劫难、暗狱、刑庭时产生的强烈的痛苦;另一方面,则是在这种特殊的人生遭际中孕育的绝对、虔诚、带有殉道者色彩的对祖国、人民的炽热的爱。"纵然贝壳遭受惊涛骇浪的袭击,/不变它对海水忠实的爱情"(《贝壳》);"泥土纵然干涸得没有一丝水分,/眷恋它的树枯萎了也站在那里"(《树》);这种复杂的情感,在《我不怨恨》一诗中,得到动人而集中的体现:

> 诱人的黎明,
> 以玫瑰色的手
> 向草地赶来慓悍的马群。
> 草叶看到了自己的死亡,
> 亲昵地仍伸向马的嘴唇。
>
> 马群踏倒鲜花,
> 鲜花,
> 依旧抱住马蹄狂吻;
> 就像我被抛弃,
> 却始终爱着抛弃我的人。
> ⋯⋯⋯⋯

这种"我死死追着我爱的人,哪管脊背上鲜血滴出响声"的感情,这种与痛苦互为补充的悲剧性质的爱情,传达了诗人心中坚定的信念,也表现了对信念的追求与环境阻扼的剧烈冲突所产生的心灵扭曲。梁南在他的诗中,试图建立一种优雅而又带着苦涩的抒情风格。他有敏锐的对情感的捕捉能力,善于调动听觉、嗅觉、触觉、视觉等来表达这种曲折、细腻的情思:"我感觉我被轻笼于温柔的银弦之网,/听觉,味觉,视觉都在一齐开放。/似雾纱的舞蹈,似茶花的歌唱;/颤动着红豆相思的美丽色泽……"(《遇弹吉他者》)。

流沙河,四川金堂县人,1931年生。1957年,因发表散文诗《草木篇》被错划为右派分子。1976年才得以开始重新发表作品。近年他出版有《流沙河诗集》《故园别》《游踪》等诗集。流沙河"复出"后的创作,题材比较广泛。"有带着沉郁的哲理,有带着痛苦的嘲讽;有严峻的抗辩,有甜甜的笑容,有带血带汗的现实,有如花似锦的幻梦。古今上下,南北西东,小至细菌的耳语,大至太空星球的运行……"(高缨《河》)他写有一些长篇力作,如《太阳》《老人与海》《一个知识分子赞美你》《理想》等。在《太阳》中,诗人从现实历史的教训出发,从人与太阳的关系,剖析曾经控制我们千百万人的思想认识的局限,以及对于太阳的感激、崇敬如何转化为愚昧和迷信,并肯定、歌颂人民的推动历史前进的不断探索的精神。这些长诗,在表面平淡的叙述中常出现警策的哲理性句子,但理性思辨的成分也常常显得有些过度。从诗的艺术价值的角度衡量,流沙河的带有明显自传色彩的短诗,却更有价值。它们包括写于诗人遭难时的《故园九咏》《情诗六首》,也包括诗人"归来"后回顾已逝生活、总结坎坷人生经验的《蝶》《焚书》《夜读》《归来》《搬家》《就是那一只蟋蟀》等。它们从心理内容的侧面,给独特的历史时期留下宝贵的记录。他的《蝶》《梦西安》等,写得委婉、缠绵而凄清。而《故园九咏》,则在质朴平淡的口语中寄蕴深厚情愫,庄重、严肃与幽默、诙谐的结合,对环境的剖析、嘲讽与自嘲的互相渗透,深刻痛苦与对这种感情的节制产生的平衡,使流沙河的这些作品,产生独特的色调。

邵燕祥,原籍浙江绍兴,1933年生于北京。从1947年在中学读书起,就参加北平的中国共产党领导的外围青年组织,并在北平等地报刊发表揭露国民党反动统治的社会黑暗的作品。1949年之后,他在中央人民广播电台工作。50年代,他的诗集有《歌唱北京城》《到远方去》《给同志们》等。大伙房水库工地的劳动,第一条超高压输电线和武汉长江大桥的建设,第一汽车制造厂工地的雨季,远离首都的荒山旷野里勘探队员的生活……是邵燕祥诗的主要内容。他对沸腾的建设生活和建设者的心灵有较深的探索,因而传达了真切扎实的生活感受。他的诗写得朴素,采用白描的以叙述为基调的方法直抒胸臆。1956年他根据真实事件写了《贾桂香》一诗,因此被定成"右派分子"。在经历了个人和国家的痛苦磨难之后,当邵燕祥于70年代后期开始重新写作时,他的思想变得更加成熟了。50年代的热烈、真诚的赤子之心,对光明和理想的追求的执著,仍是他的诗的支柱,但是,思想感情趋于深沉,也增加了严肃思考的成分。对于既存在美,也存在丑,既有真,也有假,既取得伟大进步,又出现挫折和失误的生活整体,他确立了从各个不同方面加以把握以构成诗歌意象,使复杂情绪得以凝定的艺术追求的趋向。50年代,他写过《中国的道路呼唤着汽车》,表达了民族的摆脱贫困的心理。70年代,在《中国的汽车呼唤着高速公路》中,这种民族的心理、渴望,得到又一次重现,但这是发生质的变化的重视:

> 空话不能启动汽车,
> 豪言壮语也不能铺路。
> 但我们难道还不能铺一条
> 高速公路——
> 有这么多的痛苦,
> 有这么多的愤怒,
> 甚至有这么多的血肉
> 化为我们特有的混凝土!

从个人与时代的联结上,从现实与既往的联结上去进行历史反思,关注、考察我们民族的历史和现实道路,把握、探究其伟大辉煌的值得骄傲之处,也正视其落后、愚昧的民族负担,挖掘出"结成盐粒的汗珠和泪滴",揭示造成民族发展曲折道路的时代环境与民族性格的因素——是邵燕祥近几年诗作的重要主题。这特别表现在他的《我是谁》《长城》《不要废墟》《走遍大地》《与英雄碑论英雄》等抒情长诗中。这些作品,在艺术方法上,是50年代《我们爱我们的土地》《在夜晚的公路上》等抒情诗的继承和发展。直抒的格式仍是诗的主要叙述方式,但意象的象征成分的运用更加自觉,"自我"情绪向着民族感情、性格升华,并以此建立一个有开阔眼界和深邃思想的抒情主人公的追求,也更加明确。不过,诗人的独特的感情素质和人格力量,并没有消失在对思想深度和概括力的追求之中。邵燕祥在《愤怨的蟋蟀》一诗中写道:"我"不是那只"在窗下鸣琴""在阶前鼓瑟"的"快乐的蟋蟀",也不是"在灯阴绷线""织半夜冷露"的"悲哀的蟋蟀":

> 我也曾悲哀
> 我也曾快乐

但我是那只愤怒的蟋蟀

五百年前那一个

苦孩子的魂

为了救人

为了补过

化成一只小东西

因愤怒而忘了纺织

因愤怒而忘了唱歌

因愤怒而张翅,而伸须

而凝神,而抖索,而跳起角逐

而叮住不放的

　　那一个!

邵燕祥近年出版的诗集有《献给历史的情歌》《含笑向 70 年代告别》《在远方》《和瀑布对话》《为青春作证》《如花怒放》等。

第五节　舒婷、北岛等的诗歌创作

在 70 年代中后期动荡而又激烈变革的社会环境中,一批诗坛新人迅速崛起。他们中的许多人,表现了与 50 年代涌现的青年诗人不同的特征。他们没有机会在战火和革命斗争中来确立自己的生活目标和诗歌观念,相反,在"文化大革命"中,普遍经历了少年时代天真、单纯的信仰的破灭,经历了从彷徨、迷惘到追求、觉醒的生活历程。他们在开始诗歌创作的前后,充分看到失去涂饰的生活的真实面貌,并在复杂的人生道路上,获得了丰富的生活体验,加强了他们作为一个有独立思想意志的个体的自觉意识。这些诗坛新人(大部分是青年)还面临着与五六十年代不同的诗歌文化背景。一方面,我国当代诗歌到了"文化大革命"期间,已经走到它的僵化、凝固的顶点;另一方面,二十余年来我国文化艺术封闭状态在 70 年代后期开始被打破。这使任何想在诗歌创作上获得成绩的诗人都必须考虑选择新的基点。他们也自觉或不自觉地感受到中外诗歌传统的巨大压力。他们的前景更为宽阔,但创造的道路也更艰难。对这一代(包括 80 年代以后出现的更新一代)诗人来说,不论是自己艺术的发展,还是对整个诗歌创作的推动、开拓、革新,是比别的什么都更为重要的任务。

70 年代后期到 80 年代初的诗坛新人的创作,有其相近的时代特征,也有其不同的艺术趋向。根据作品不同的题材性质,以及他们对诗的功能的不同理解,可以将他们的创作,粗略地区分为几个大的趋向。有一部分诗人,更关注社会政治问题,关注社会矛盾。他们重视以诗作为"武器",对社会生活进程给予积极影响,起到"干预"的作用:包括揭露、抨击落后、腐朽事物,赞颂、支持新生的力量。他们的作品,可以看做是郭小川、贺敬之等的政治抒情诗在新时期的延伸。不过,在对时代情绪和社会矛盾的感受和思考上,他们的有些作品,呈现了进一步深化的倾向。取材上的政治性,对现实社会问题的迫近,具有政论色彩的激情的宣泄,奔放炽热的诗风,是他们共同的总体风格特征。雷抒雁、张学梦、叶文福、曲有源、杨牧、高伐林、熊召政等在70年代末、80年代初的作品,都比较鲜明地体现了这一创作倾向。另一些诗人,更重视对人的情感和内心世界的揭示,通过对"自我"的情感、心理内容的表现,传达他们对世界的感情体验。他们是些"内向"的诗人,认为对心灵的陶冶,对人性的改善,提高人对"自我"的本质和人类生存环境的认识,是诗的首要任务。他们抱着促进人与人之间相互理解、构筑沟通心灵间的桥梁这一动机来写诗。他们有舒婷、北岛、顾城、傅天琳、梁小斌、王小妮等。这些诗人和江河、杨炼等被称作"朦胧诗"人。还可以指出另一种创作趋向的存在:这一部分诗人,不满足于表现现实世界在个人心灵中的投影,而追求对时代生活、人民斗争的把握,并且,以现代意识作为基点,对民族历史进行新的审视和探究。他们,或者从特定地域的带有古老特征的自然环境和人民感性生活中(如周涛、章德益和一些写"新边塞诗"和"西部诗歌"的诗人),或者从古老神话、传说和历史遗迹中(如江河、杨炼等的一部分作品)去感受、挖掘民族精神性格的深层素质,并对民族历史和精神素质进行新的认识和评价,以争取历史对于现实的加入。在或奇崛、华丽,或平淡、质朴的外在形态下努力追求浑厚的"历史感",是他们艺术风格上争取达到的目标。

  雷抒雁,1942年生。60年代大学毕业后参加人民解放军,并开始写诗。著有《沙海军歌》《漫长的边境线》《小草在歌唱》《云雀》《春神》等诗集。《父母之河》是他的诗选。1979年以张志新事件为题材的《小草在歌唱》,抒情主人公作为一个觉醒的战士形象,以磊落的自我批判精神,对这一事件做了严肃思考,并抒发了强烈的义愤:

    正是需要光明的暗夜,
    阴风却吹灭了星光;
    正是需要呐喊的荒野,

> 真理的嘴却被封上!
> 黎明。一声枪响,
> 在祖国遥远的东方,
> 溅起一片血红的霞光!

对现实社会问题的正视的态度,真挚、坦诚的语言,给政治抒情诗增加了新的血液。他这一时期较有影响的作品,还有《审判》《信仰》等。政治的视点和哲理化的抒情倾向,是雷抒雁的特色。当代写作政治抒情诗的诗人那种为了观念而多少忽视可感的诗歌形象的状况,在他的作品中也有明显的表现。

张学梦开始写诗时,是河北唐山的工人。他生于1942年。他的作品,也一开始就表现了重视社会政治问题的创作倾向。他要求自己写出"钢丝般"的诗句。他的不少作品,直接抨击阻碍社会改革的落后现象和陈腐思想,热情地呼唤政治、经济和观念的现代化:"走来吧,沿着我缆绳似的琴弦,/走向步履和车轮交响的公路,/走向原子、机械、果实、矿山……/走向思想交锋的街垒,/走向现实生活的广阔的前沿,/走向洪峰,走向理想,/走向地平线……"(《前进,二万万!》)他的主要作品有《现代化和我们自己》《休息吧,形而上学》《致经济学家》《我重新发现了我自己》等。他的诗中有强烈的理性思考和政治色彩,思想观念有时在诗行中直接赤裸呈现。张学梦出版有《现代化和我们自己》等诗集。

1979年,骆耕野以他的诗《不满》引起注意。他用并不很新鲜的艺术手段(六七十年代政治抒情诗经常使用的用排比句式组织一连串比喻性质形象)来表达一个有时代特征的思想:对于在我们生活中长时期居统治地位的满足现状、自我封闭的精神状态,提出怀疑和批判。这首长诗,传达了当时席卷中国大地的解放思想、要求变革的强烈愿望。稍后,骆耕野的创作,出现了从表现现实问题到对历史进行"反思"的倾斜。他说:"感伤的时代已经过去,怀旧在重复中渐渐变质。诗人需要从个人的经历,跨入民族的经历;从个人与环境的冲突,跨入命运与历史的冲突。"于是,在诗集《不满》的一些作品中,他歌唱历史上"第一片叛逆的帆""第一个挑战者"(《竹叶舟》),赞美作为民族脊梁的开拓者的坚韧(《我加入抬工的行列》),思考了历史进程的艰难曲折。长诗《车过秦岭》,乘坐列车穿行于隧道与空谷间的生理感受,被赋予社会心理内容,揭示了历史时间中黑暗与光明、痛苦与欢乐、现实与理想、死灭与新生的对立因素的冲突与交织,表现了诗人对民族历史命运的理解。

杨炼,1955年2月出生。1974年曾在北京昌平县插队。1977年回城,考入中国广播艺术团创作室。他在插队时便开始写诗;但其诗歌创作的辉煌期是在70年代末至80年代初之间。他被视作"朦胧"派诗群的主将之一。其诗歌集有《太阳,每天都是新的》《礼魂》等。其中有的诗曾被译成多种外国文字。

杨炼力求在以文化传统为纵轴、以现代文明(哲学、文学、艺术、宗教等)为横轴,而构成的坐标交点上,确立"自己诗的位置"。在此"坐标交点"上,去"反观传统",深刻思索,"重新发现",从而"追求创造一个与现实世界既呼应、又抗拒的'诗的世界'",其诗歌也便有了某种自觉的"纵深感",此"传统"与"现代"之"两个领域互相渗透",使诗歌成为"中国的"和"现代的"。可以说,杨炼的诗,乃是其立足在传统与现代交会点上的沉思。诸如《大雁塔》、《半坡》(组诗)、《敦煌》(组诗)、《西藏》(组诗)、《诺日朗》等等,都鲜明地体现出诗人的上述审美追求。从这些诗里,我们看到:那古老的大雁塔,半坡遗址的石斧、墓地、三世佛雕塑,敦煌壁画上的力士、飞天及菩萨,藏族的"天葬"习俗,以及四川九寨沟诺日朗瀑布的传说,是怎样激起他心灵的矛盾冲突和躁动不安,通过哲学的思索演绎,从中"重新发现"出我们民族的历史、生命与文化的沉重而深邃的内蕴,常常力图在现代背景上,展示不断生息、创造的生命力与迟滞、封闭的历史阻力的纠结和冲突;有的则表现出对人类的生存欲望、天人关系等问题的审视与思考。诗人心灵中那矛盾冲突、躁动不安的情绪,致使其多采用感情、色彩浓烈的词语,并创造华丽、奇崛的意象,如:

  一声愤怒击碎了万年青的绿意
  大地和天空骤然翻转
  乌鸦像一池黑睡莲
  惊叫着飞过每个黄昏
  零乱散失的竹简,历史的小小片断
        ——《神话》《半坡》组诗之一

又如:

  朝圣的道路上
  光把陡峭的天空编成折扇
  瓦蓝的墙,梦的釉彩
  第一阵眺望只留下墓地和箴言

> 夜,张开你小小宇宙前的宽阔庭院
> 信仰的塔古老、干裂、深深倾圮
> 而眼中神圣化为大地的星辰
>
> ——《朝圣》《敦煌》组诗之一

文体呈现出匠心雕饰的斑斓。

江河生于1949年,是新中国的同龄人。他开始写诗是在"文化大革命"期间。他的主要作品有《祖国啊,祖国》《纪念碑》《星星变奏曲》《遗嘱》《葬礼》《嘉峪关》《从这里开始》《太阳和他的反光》等。江河说:"我的诗的主人公是人民。"又说,"过去——现在——未来,在诗人身上,同时存在,他把自己融入历史中,同富有创造性的人们一起,真诚地实现着全人类的愿望。"《纪念碑》所表现的,是人民的命运、梦想,是他们通过曲折道路走向光明的历史。这种历史感情和思考,在开头的意象中得到新异的展示:天安门广场上的纪念碑、历史博物馆和人民大会堂,像一台巨大的天平,一边是历史,另一边是今天,是魄力和未来。诗在回顾民族被劫掠、被出卖和奋起抗争的历史的基础上,呼唤、探求着民族尊严、魄力的重建。诗人的命运和民族的命运,诗人的思考和民族的沉思,在纪念碑的形象中得到统一:

> 我想
> 我就是纪念碑
> 我的身体里垒满了石头
> 中华民族的历史有多沉重
> 我就有多少重量
> 中华民族有多少伤口
> 我就流出过多少血液

在经历了打破封闭状态后的觉醒,并热忱地向西方寻找诗歌观念,借鉴现代艺术方法之后,当代"抒情史诗"开始出现向东方、向民族文化寻找诗情的趋向。

杨牧出生于1944年。他50年代从四川来到新疆,在古尔班通古特大沙漠南缘走过艰难曲折的路,在准噶尔盆地生活过相当长一段时间。除了神话长诗《塔格莱丽赛》外,还出版了《绿色的星》《复活的海》《夕阳和我》等诗集。对于银亮的伊犁河,绛紫的克拉玛依,对于塔里木、准噶尔、多浪河畔深情的牧女,以及古寺的塔尖、燃烧的夕阳,杨牧有很深的感情。他虽然也因"默读最远的历史"而"眼眶常含泪水",但他更乐意于描绘现实生活图景,描绘富饶而又贫瘠、美丽而又艰辛的土地上开拓者的坚韧的雄姿。诗中豪迈的情感,是在一块"缺乏爱的盐和糖分的地方"提炼出来的"芒硝",因此,也有冷峻,也有悲怆,但希冀和热望是主调。思绪流荡不羁,也有更多的理性叙说成分。对阐释某些抽象观念的偏爱,使一些作品缺乏感性丰厚深沉的力量。不过,当他克服那种修饰观念的构思方法,把感受投向生活整体,创造流动着新鲜汁液的意象时,也会出现另一种鲜艳动人的姿态。

比较起来,周涛对生活的把握更注意历史的深度。他认为,"无论是向往黎明那样灿烂的未来,还是凝视历史一样深邃宁静的黄昏",都同样能激发人类向上的精神(《野马渡的黄昏》)。周涛生于1946年,他少年时代就来到新疆,70年代初开始发表作品,有诗集《八月的果园》《牧人集》《野马群》《神山》等。粗犷、豪壮同样是他的诗的基本格调。不过,由于他的思绪常常伸进历史的"暮色"所显示的美之中,加上有时采用油画的色彩涂抹的表现方法,使粗犷之中带有苍茫、浑厚的色调。牧人、猎鹰、毡房、烈马……是他经常表现的对象。他是军人,他又热情地为驻守西北边陲的军人塑像,表现他们的威武、坚毅,挖掘孕育这种精神气质的民族历史渊源。周涛还把很大精力,放在对"神山"——喜马拉雅、冈底斯、喀喇昆仑——的描绘和赞美上。这些让人产生敬畏感和崇高感的伟大山峦,既是他笔下的军人和大自然开拓者活动、试炼他们伟力的环境,又是精神、性格和力量的象征。对于荒凉而雄伟的自然,周涛的诗表现了一种承受、理解、亲近的倾向。诗人有一种新的处理态度,他更重视探求人与神秘、雄伟的自然之间在精神气质上的接近和契合:

> 我们不是作为征服者而出现
> 凡为我所骄傲的,我必亲近
> 我们却都是作为思乡者而存在
> 同时也都作为开拓者而永恒
> 生者会牢记住这些山的名字
> 这些山也不会忘记死者的姓名
>
> ——《神山》

另一位表现新疆生活的诗人章德益,生于1946年,浙江吴兴人。他1964年中学毕业后来到新疆。他先后出版有诗集《大汗歌》《绿色的塔里木》《大漠和我》《西部太阳》等。

傅天琳生于1946年,60年代初开始在报刊上发表一些作品,但是,"文化大革命"结束以后,她的诗才显露自己的特色。她的 70 年代后期的一些作品,根据自己的生活经历,表现"血统论"等落后、反动观念和制度对人的心灵产生的伤害、扭曲。她逐渐形成了一种清新、柔美、委婉的风格。在《绿色的音符》《在孩子和世界之间》等诗集中,她用明净、柔和的色彩,童稚的情感和想象,歌唱花朵、蓝天,歌唱天真、母爱,歌唱单纯的美德、歌唱希望和信念。在回顾十年动乱年代时,也流露一些辛酸、苦涩,但是,"我的欢乐把我的眼泪挤跑了,/脸上再没有它的位置。"她的诗的感情、意象,可以说"和蜻蜓的翅子一样透明":

> 我就是天真。
> 逗引和我一样天真的孩子,
> 我伏在细细的草叶上,不动
> 当孩子带着胜利的战栗蹑足走近,
> 我飞啦!他忘了我有一双大眼睛!
>
> ——《心灵的碎片》

顾城(1956—1993),"文化大革命"开始时还只是个少年。他在 70 年代初开始写诗。早期的类乎"绝句"的短诗,记录了艰难时世一个敏感的少年有些畸形的心理,以及他对世界的冷峻的怀疑和批判。后来,顾城逐渐形成了他的诗歌美学观。他认为,"诗就是理想之树上,闪耀的雨滴"。他要写的是在雨滴中闪现的世界,写那"遥远而清晰"的梦,梦中的"天国",并"要用心中的纯银,铸一把钥匙",开启这"天国"的门。因此,他被称为"童话诗人"。他的眼睛省略过病树、颓墙、锈崩的铁栅,专心致志编写他的童话(舒婷:《童话诗人》),描写一个纯净、和谐,没有矛盾,为与现实相对比而存在的世界。顾城追求的这一美的境界,在他的诗中,被表现在未涉世事的孩子的眼睛和心灵中(他的不少作品,就是以孩子的视角、心灵去观察、感受世界,展开想象的),也被表现在没有被污染的大自然中。当然,梦幻的世界并不能使情感完全趋于宁静,现实的压力和阴影的不断侵入,在诗中构成持续的干扰和冲突。因此,在金盏花、兰钟花组成的欢乐里,也有黑色、恐怖的蝴蝶飞过(《最后》)。但是,这并没有能改变顾城作品晶亮、轻盈的色彩,他始终一心一意地营造他的童话。他的这一固执的愿望始终没有改变:

> 我希望
> 能在心爱的白纸上画画
> 画出笨拙的自由

画下一个永远不会

流泪的眼睛

一片天空

一片属于天空的羽毛和树叶

一个淡绿色的夜晚和苹果

——《我是一个任性的孩子》

顾城的主要作品有《生命幻想曲》《永别了,墓地》《小春天的谣曲》《梦痕》《在梦海边》《冬日的温情》《简历》等。他的一些作品,收入《舒婷、顾城抒情诗选》《黑眼睛》等集子中。

舒婷生于1952年。"文化大革命"中在农村插队期间开始写诗。出版有诗集《双桅船》《会唱歌的鸢尾花》,并与顾城合编《舒婷、顾城抒情诗选》。她的创作,有典型的浪漫主义风格。在主题上,侧重揭示理想追求过程中的内心矛盾,表现那一代青年从迷惘到觉醒的痛苦、探求、欢乐的感情轨迹。她从关心个人的命运,关心个体的价值出发,上升到对他人、对民族的命运的关切。在《祖国啊,我亲爱的祖国》《惠安女子》《神女峰》等作品中,都可以看到她的这种历史感和崇高的人道主义精神。她把个人的许多感情内容和心理过程,写进诗中。她说:"我通过我自己深深意识到:今天,人们迫切需要尊重、信任和温暖。我愿意尽可能地用诗来表现我对'人'的一种关切。"又说:"我相信:人和人是能够互相理解的,因为通往心灵的道路总可以找到。"诗,正是可供选择的道路之一。因此,她"为开拓心灵的处女地/走入禁区"(《献给我的同代人》),目的是为"写一行饱满的诗/进入所有心灵"(《馈赠》)。在《祖国啊,我亲爱的祖国》《呵,母亲》《致橡树》《四月的黄昏》《雨别》等作品中,对祖国、亲人、朋友的感情真切的抒写,提高了人的感情生活和独特、真挚情感内容在当代诗歌中的地位和价值。舒婷擅长表现人的情感的曲折和复杂性。她抒发的情感,常常不是单一的。其中,包含着因时代、社会和个人生活等影响、制约而产生的多种复杂因素的纠结。这种感情冲突,有时表现为理想的执著追求与实现的艰难之间的矛盾;有时表现为意识到的历史责任与是否有力量承担的矛盾;有时则表现为"自我"二重性的冲突。《中秋夜》中,诗中讲话人坚定表示:"道路已经抉择,/没有蔷薇花,/并不曾后悔过"——历史责任感排除了对"花朝月夕"的流连和眷恋。然而,感情和心理上的矛盾并没有消失,以至靠这种理性的自觉,也难以抑制:

要有坚实的肩膀,
能靠上疲倦的头;
需要有一双手,
来支持最沉重的时刻。
尽管明白,
生命应当完全献出去,
留多少给自己
就有多少忧愁。

不过,她的复杂的心理矛盾所产生的忧伤,是明亮的忧伤。这是由于这种感情,是建立在对"人类善良天性"的信任上,是为"理想的太阳"所照耀的。

舒婷的诗歌艺术,有一个变化过程:从感情直接倾泻,到逐渐重视用具体诗歌意象,来凝定激荡奔流的情感。她早期的诗,表达上缺乏节制,有些比喻,有些形象,也有陈旧感。但在捕捉、传达曲折、变化的感情的细微之处上,却充分表现了她的敏感和细致。她常常运用假设、让步、转折的句式,来凸现这种感情的复杂。80年代以后,在诗的凝练、意象的独创性和丰富内涵等方面的追求上,都取得明显的成绩。在《惠安女子》《神女峰》等诗中,更纯熟地表现了从客观生活中提炼诗歌意象的方法,并继续运用她的以特殊句式表达复杂感情的手段,使舒婷诗中独有的既忧伤痛苦,又美丽光辉,同时也有些许沉思的激情,得到更有含蕴性的展现。

北岛生于1949年,原名赵振开(他用这个名字发表过《波动》等中短篇小说)。他在北京读中学。"文革"中下乡插队,后来在北京当过建筑工人。他最早的诗也写于70年代初。北岛并不编造、构筑顾城式的"天国",也不像舒婷那样抒写美丽而忧伤的情感。他的诗的色调并非晶亮、透明,给人的感觉是黑色的,是质地坚硬的。他展现了在特定历史时期争取觉醒的青年对不合理的社会环境的批评,也展现个人为身心血液的更新所进行的自我冲突。尽管他的诗,对阻碍人类进步、社会发展的力量有更多的抨击,对笼罩在人们头上的网结有更多的强调,但是,展望民族斗争和未来,坚信理想,是贯穿北岛诗中的激情。写于1976年天安门"四五"运动的《回答》,虽然不能代表他的艺术方法,却突出地表现了他这个时期许多作品(如《走吧》《宣告》《雨夜》《结局或开始》《走向冬天》等)的意志理想。一方面,诗有力地指斥了那个社会环境的颠倒、荒谬的性质:"卑鄙是卑鄙者的通行证,/高尚是高尚者的墓志铭",另一方面,表现了一个挑战者与历史的颠倒者进行抗争的不可动摇的决心：

> 告诉你吧，世界
> 我——不——相——信！
> 纵使你脚下有一千名挑战者，
> 那就把我算做第一千零一名。
>
> 我不相信天是蓝的；
> 我不相信雷的回声；
> 我不相信梦是假的；
> 我不相信死无报应。

这种激烈的否定情感，合乎逻辑地引向对合理的社会的肯定和期望。因此，"新的转机和闪闪星斗，/正在缀满没有遮拦的天空"的描述，就包含着对民族历史新生的不可逆转的坚定信念。

在经历了那一严峻的历史时期之后，北岛诗的感情和语言，从激烈、冷峻、紧张，而逐渐趋向平静、放松，有时也出现嘲讽色调。他的诗，仍保持着锐利的批判锋芒，但是，从开始对特定历史所做的社会批判，逐渐转向对人性本质的审视。而那种建立在严肃的人生态度之上的悲剧意境，仍成为他的作品的核心。在艺术方法上，象征，是他所常用的艺术手段。但后来，又更倾心于超现实主义的表现方法的运用。蕴含着不同的、甚至对立的感情和价值取向的象征性意象的密集对举、并列，并由此产生撞击，是他用来揭示人的内心冲突、人与环境的冲突的重要方法之一。北岛的诗集有《北岛诗选》，收入了《日子》《太阳城札记》《回答》《走吧》《陌生的海滩》《宣言》《古寺》《走向冬天》《峭壁上的窗户》《诗艺》等作品。

第六节　"新生代"诗歌

"新生代"诗歌又叫"第三代诗""后朦胧诗""后新诗潮""后崛起""当代实验诗"等等。80年代初期，"复出"诗人中的大多数，其创作活力已大大减退。"朦胧诗"派已经解体，其模仿者的诗作失去了北岛、舒婷、顾城们的诗歌的鲜活的生命力和发自内心的激情，成了手法上的花样翻新。这种情况引起了更年轻一代的不满，他们开始寻找新的出路，"新生代"诗歌由此而生。

"新生代"诗人多数出生于60年代,"文革"中还是儿童,没有"上山下乡"的经历,没有"朦胧"诗人从狂热到迷惘,到沉思,到沸腾的体验。处在由计划经济向市场经济转轨时期,他们面对的是一个越来越复杂的世界。原有的认知模式和审美模式失去了阐释现实和把握现实的有效性,促使这代人的思想观念、价值准则、情感体验、美学倾向有了巨大的变化。同时,面对"朦胧诗"取得的成就和在诗坛上的地位,他们深感"影响的焦虑"。这些曾受到"朦胧诗"熏陶的后来者,竞相发动了对"朦胧诗"的"革命",一时间"Pass"北岛成了时髦的口号。他们拒绝"朦胧诗"精英化、理想化、意识形态化倾向,而提倡平民化、世俗化、个人化;拒绝"朦胧诗"的意象、象征、隐喻等表现手段,而提倡口语化、强调"语感"的艺术效果;诗中充满反讽、调侃和黑色幽默。

起初,他们的诗歌实验没有得到诗坛的认可,其诗作也极少在正式刊物上发表。1986年10月安徽合肥《诗歌报》和《深圳青年报》联合举办的"中国诗坛1986现代诗群体大展"一下子推出由100多位"后崛起"诗人分别组成的60余家自称的"诗派",可视作"新生代"诗人在全国的集体登台亮相。据这两家报纸1986年9月30日描述,1986年"全国两千多家诗社和十倍百倍于此数字的自谓诗人,以成千上万的诗集、诗报、诗刊与传统实行着断裂……至1986年7月全国已出的非正式打印诗集达905种,不定期的打印诗刊70种,非正式发行的铅印诗刊和诗报22种"。足见这一诗歌实验的广泛性。由于当时他们的宣言多于实绩,旗号繁多且大言不惭,因此颇遭人诟病。此后随着时间的淘洗,其中的多数自生自灭,而坚实者经过不懈的努力,逐渐显示出实绩。

南京的"他们文学社"创立于1984年冬,并自办刊物《他们》,自1985年至1995年共出9期。其主要成员有:韩东、于坚、吕德安、王寅、小君、陆忆敏、丁当、于小韦、朱文、朱朱、小海、陈东东等。他们来自不同的城市和地区,风格互有差异。用韩东的话说,"《他们》仅是一本刊物,而非任何文学流派或诗歌团体。""它没有宣言或其他形式的统一发言,没有组织和公认的指导原则。它的品质或整体风格(如果有的话)也是最终形成的结果,并非预先设计。""他们"很少发表诗歌理论,"我们关心的是诗歌本身,是诗歌成其为诗歌,是这种由语言和语言的运动所产生的美感的生命形式。我们关心的是作为个人深入到这个世界中去的感受、体会和经验,是流淌在他(诗人)血液中的命运的力量。"(《中国现代主义诗群大观1986—1988》)

"海上诗群"于1984年秋在上海诞生。它由一批活跃于上海的年轻人组成。其成员和"他们文学社"有交叉。代表人物有默默、刘漫流、孟浪、王寅、陈东东、陆忆敏、郁郁等。他们对城市生活的感受及诗歌主张集中体现在《艺术自释》中。"当我们在广场上看着来往的人群像灰尘一样慢慢堆积,又四散开去,那些生动的、木然的、狡黠的脸,由不同的个性或宿命构成,又都在物质的重压下显示一个相同的平面,我们开始处在一种境地:渴望'全面卷入',又被一只手不客气地推出。那种不是产生于逃避而是产生于向往的孤独,便是城市诗得以出现的肇始。""我们比任何一个时代的人都将经历更多的变故并且早衰,染上现代人的各种心灵疾病,陷入困境:失群孤立与无目的人生。""我们不是回到历史,复制过去的经验,我们将在对未来的每一瞬间的高度疑虑、恐惧、思念和狂想中把握自身存在的现代特性,从而实现对生命本质的真实占有。"其诗歌主张是:"1. 关注城市文化背景下人的日常心态(包括反常心态),促成了诗与个性生命的对话";"2. 艺术地创造'城市人工景象',使符号呈现新的质感";"3. 反抒情和对媒介的不信任,在语言上表现出看上去混乱和无序的状态"。

1986年5月,周伦佑、蓝马、杨黎、尚仲敏、何小竹、刘涛、敬晓东等创办《非非》和《非非评论》报,宣告"非非主义"的诞生。其理论主张集中体现在周伦佑的《变构:当代艺术启示录》、蓝马的《前文化导言》和周伦佑、蓝马的《非非主义诗歌方法》等文章中。他们要"通过直觉与前文化经验沟通"。所谓"前文化"是指没有被文化语言遮蔽的文化状态。因此"非非意识是从对语言的不信任开始的"。他们提出包括"感觉还原""意识还原""语言还原"的"创造还原"。所谓"感觉还原",是"摒除感觉活动中的语言障碍"。所谓"意识还原",是"摒除意识屏幕上语义网络构成的种种界定"。"还原后的意识,是毫无语义界定的纯意识,也就是灵感"。所谓"语言还原",是"捣毁语言的板结性,在非运算地使用语言时,废除他们的运算性","将词语不当作词语使用"。这种"创造还原"的具体途径是:"三逃避——逃避知识,逃避意识,逃避意义";"三超越——超越逻辑,超越理性,超越语法"。他们的理论充满杜撰的新名词,晦涩难懂,而且与他们的诗作相脱节,评论界对此持审慎的保留态度。

"莽汉主义"于1984年诞生于四川,其主要成员有李亚伟、万夏、胡冬、马松、二毛、梁乐等。"'莽汉主义'不完全是诗歌,'莽汉主义'更多地存在于莽汉行为。""行为和语言占有同样重要的成分。""莽汉诗歌最明显的倾向就是粗暴寓言,其诱惑力一边来自撒旦一边来自上帝,它既是美神又是魔鬼,而且更多的时候是和魔鬼乱来。""莽汉主义的最大愿望就是要翻山越岭,用汉字拆掉汉字,要大口大口地吃掉喜马拉雅山。"李亚伟的《流浪途中的"莽汉主义"》一文相当形象地介绍了他们"行为和语言占有同样重要的成分"的状况。

与上述诗歌群体不同,由北京高等学校,特别是北京大学出来的一批年轻诗人则坚守"纯诗"倾向。代表人物有西川、海子、骆一禾等人。在1988年创办的《倾向》中,他们批评当时流行的诗歌观念,"写作并不是语言之下的动作,纯感观的行为、宣泄或作为'生活方式'的无聊之举,以情绪感受直抵语言并且'到语言为止'的倒退"。他们认为,"写作是在语言之上的,是对语言的升华,是关于灵魂的历险。诗人通过写作,所要寻找和发现的是最高虚构之上的真实,光明朗照的无限之境,是绝对的善"。

在众多的"新生代"诗歌中,"女性诗歌"是一道亮丽的风景。翟永明、陆忆敏、唐亚平、伊蕾、海男、林雪等以其"回到和深入女性自身",表达其独特的生命体验的诗作引起诗坛的注意。翟永明提出的"黑夜意识"得到众多女诗人的认同,黑夜和黑色背景,游荡在她们的诗行中。

海子(1964—1989),原名查海生,安徽怀宁人。他在农村长大,1983年毕业于北京大学法律系,到中国政法大学哲学教研室任教。1989年3月26日在山海关附近卧轨自杀。其正式出版的诗集有《土地》《海子、骆一禾作品集》《海子的诗》《海子诗全集》等。

在新生代诗人普遍放逐抒情的时候,海子却以其极富浪漫的精神和瑰丽的想象创作了200余首抒情短诗。从某一特定的角度看,这些抒情短诗是他内在精神矛盾的外化。他是一个追求生命完美的人,一个企图超越世俗性而进入神性的人。他心仪那些伟大的神性的先行者。他称凡·高为"我的瘦哥哥",赞美凡·高的生命如"火山一样不计后果"的喷发(《阿尔的太阳》)。他热爱荷尔德林,说"荷尔德林的诗,歌唱生命的痛苦,令人灵魂颤抖"(《我热爱的诗人——荷尔德林》)。他钦佩屈原,要穿上"屈原遗落在沙滩上的白鞋子"(《亚洲铜》)。然而现代都市的喧嚣、杂乱和物欲横流使他无法找到精神寄托,于是他把目光投向乡村和大自然,调动自己的乡村生活经验和现代社会经验,创造了一个由麦地、村庄、月亮、太阳、天空等带有原型意味的意象组成的诗歌世界。其中"麦地"这一意象出现频率极高。"麦地"生产人赖以生存的粮食,更是诗人心灵的慰藉。他在"麦地"里与仇人"握手言和"(《麦地》),"为众兄弟背诵中国诗歌"(《五月的麦地》)。爱和美是海子的理想,他的不少短诗如《爱情诗集》《爱情故事》《歌:阳光打在地上》《给萨福》等都抒发了他对人类之爱和美的向往。然而海子的追求过于高迈,他的理想过于纯粹,成了一种乌托邦式的冲动。他清醒地意识到这一点,"幸福不是灯火/幸福不能照亮大地"(《麦地或遥远》)。他陷入理想和现实、彼岸和此岸、神性和世俗性的深刻矛盾之中。他的卧轨或许正是这种精神矛盾无法摆脱的结果。

海子不以抒情短诗的创作为满足。他的真正愿望,是"在中国成就一种伟大的集体的诗,我不想成为一个抒情诗人,或一位戏剧诗人,甚至不想成为一名史诗诗人,我只想融合中国的行动成就一种民族和人类结合,诗和理想合一的大诗"(《伟大的诗歌》)。为此他写了长诗《河流》《传说》《但是水,水》、《太阳·七部书》(未完稿)。这些长诗是抒情和叙事的有机结合,作品中的人物和事件都带有诗人强烈的主观色彩,表现反抗、拯救、追求等主题,体现了海子对"伟大的人类精神"的执著探索。例如《太阳·土地篇》由灵兽和诗歌神谱组成庞大的象征体系,"土地"代表健康、圣洁、美好的人性,"情欲老人死亡老人"代表贪婪的欲望,"王子"是诗人灵魂的体现,是受难、承担和自我牺牲的主体化身。这首诗的主题是,"由于丧失了土地,这些现代的漂泊无依的灵魂必须寻找一种代替品——那就是欲望,肤浅的欲望。大地本身恢宏的生命力只能用欲望来代替和指称,可见我们已经丧失了多少东西"(海子《诗学:一份提纲》)。海子的长诗想象奇妙,结构宏大,气势非凡,是中国当代诗歌的一份宝贵财富。

西川(1963—   )原名刘军。祖籍山东,生于江苏徐州。1981 年考入北京大学英语系,毕业后到新华社国际部《环球》杂志社工作。其诗集有:《中国的玫瑰》《隐秘的汇合》《大意如此》《虚构的家谱》《西川的诗》等。

他大学时代开始写诗。早期的诗注重抒情的纯粹性。1989 年他的诗人挚友海子和骆一禾的先后辞世、社会生活的剧烈动荡变化,给他的精神以深刻的影响,使他一步步走向深沉。早年对自然、爱情、善良的歌吟为对命运的思考所取代,诗风也变得沉郁而凝重。西川诗中表现的命运是人类整体的命运。他认为"末日只属于个人而人类将世代连绵"(《汇合·激情·第四·伪先知或真理之歌》)。这连绵不绝的人类在其发展的每一个阶段上都难于避免悲剧的发生,人类的命运具有宿命色彩。这是由于"人在宇宙中所处的地位和他在社会中所遭受的失败"(《悲剧命运》)导致的。他在《汇合·激情·第四·5　占星术士或命运之歌》《汇合·激情·第四　僧侣或期待之歌》《汇合·造访　第三》《梦见诗歌》等一系列诗作中都向茫茫宇宙和人类社会叩问,对人类命运悲剧进行沉思,由宿命感进而发展为对命运的神性体认。在沉思中往往闪耀着哲理,"白色,浩瀚的无上的白色/死亡之乡,或许更是精神的永生的家园/是一个被否认的隐喻/凌驾于有关生命和世界的种种谎言"(《空想的雪山》)。西川的诗意象密集,跳跃幅度大,象征复杂多义,构思新奇,他是90年代"个人化"写作的代表人物之一。

欧阳江河(1956—   ),四川泸州人。1975年高中毕业后下乡插队,不久到军队服役。1986年到四川省社科院工作。1993年赴美,在华盛顿工作生活数年。现住北京。著有诗集《透过词语的玻璃》,诗文集《谁去谁留》等。

他的诗多涉及生存现实、死亡、政治道德等命题,表达上高度个人化。正如他在《谁去谁留》的"自序"中所说,"进入90年代后,我的诗歌越来越具有一种异质混成的扭结性质:我在诗歌文本中所树立起来的视野和语境、所处理的经验和事实大致上是公共的,但在思想起源和写作技法上则是个人化的;我以诗的方式在言说,但言说所指涉的又很可能是'非诗'的。"他所说的这种状况,早在80年代中期发表的长诗《悬棺》中就有所体现。诗作借古人这种殡葬方式,超越时空限制,思考历史、人生、命运,思考生与死,而它的语言是神秘的、超验的、充满玄学意味,烙上诗人个人的印痕。在《傍晚穿过广场》《咖啡馆》《短歌》《十四行诗:魂游的年代·18》《晚间新闻》等一系列作品中,他往往运用反差、对比、对立等手段,以悖论的方式表现自己的感受。如《傍晚穿过广场》这样写道:"我不知道过去年代的广场/从何开始,从何而终。/有的人用一小时穿过广场,/有的人用一生——/早晨是孩子,傍晚已是垂暮之人。/我不知道还要在夕光中走出多远才能/停住脚步?"一小时与一生,孩子与垂暮之人,这种强烈的反差给人以人生、历史的沧桑感,包含了丰富的体验。欧阳江河的诗用语奇兀,词语在作品的语境中扭曲变义,按通常的方式难于索解,要细心体会方可有所悟。

王家新(1957—   ),湖北丹江人。1978年入武汉大学中文系学习,毕业后在湖北郧阳师专任教。1985年借调到《诗刊》任编辑。1992年至1994年在伦敦威斯敏斯特大学做访问学者。1994年到北京教育学院中文系任教。2006年到中国人民大学文学院任教。

在《词语》中王家新说:"无论生活怎样变化,我仍要求我的诗中永远有某种明亮;这即是我的时代,我忠实于它。"忠于自己的时代,不是依照外在律令去表现公共话语所说的时代,而是通过独自的审视和体验,以个人的精神力量去感知、折射自己所理解的时代,是王家新诗歌的一大特点。他是一个跨越"朦胧诗"和"新生代诗"两大诗歌形态的诗人,其转变在80年代末。此后几年间写下了《瓦雷金诺叙事曲》《一个劈木柴过冬的人》《词语》《帕斯捷尔纳克》《卡夫卡》等一批诗作,抒写了在社会压力下个体生存的体验。"终于能按照自己的内心写作了/却不能按一个人的内心生活",这是诗人当下的生存状况,也是一个时代的写照。"命运的秘密,你不能说出/只是承受、承受,让笔下的刻痕加深"。这是写帕斯捷尔纳克,也是王家新所采取的姿态,因为"人民胃中的黑暗、饥饿,我怎能/撇开这一切来谈论我自己"(《帕斯捷尔纳克》)。长诗《回答》写一对夫妻"从大学同学到结婚,到有了孩子,/到你渐渐变得我不再认识,/到不成问题的一切都成了问题",终至离异的心路历程。与穆旦《诗八首》写"自然的蜕变"造成爱的破裂不同,《回答》突出时代的变化造成男女双方的心灵的变化,拉大了彼此的距离。诗人自省,反思,不断地拷问自己,从而对人生价值和人生终极目标加深了认识。他的《布罗茨基之死》《挽歌》《伦敦随笔》等作品抒发了旅居国外的生活体验。他还将诗和散文、随笔结合起来,写了《词》《另一种现象》《游动的悬崖》《伦敦随笔》等作品,在艺术形式上进行探索。

韩东(1961—),湖南湘潭人。1982年毕业于山东大学哲学系,先后在陕西财经学院、南京审计学院任教。著有诗集《白色的石头》。

他大学时代开始写诗。初期创作受北岛、食指、江河等诗人的影响,高扬理想主义和英雄主义精神。大学毕业后,其诗风有了很大的变化。《山民》《老渔夫》《有关大雁塔》《你见过大海》等作品标志着他与"朦胧诗"的决裂:其一,这些诗的语言摈弃"朦胧诗"的典雅,实现了高度口语化;其二,写作的对象直接向写作者"敞开",呈现其本真状态,而不像"朦胧诗"那样,让它负载它以外的意义。这反映了韩东的主张:文学不依赖任何知识体系,不是任何知识体系或它的一部分。他以这种反传统、反文化的姿态表现个人的内心情感和生活体验。韩东反传统,也不愿固守自己的"传统"。他的《明月降临》《温柔的部分》《小姐》《在深圳的路灯下》《夜晚》等作品和《山民》等作品有了明显的不同。如果说《山民》等是直白的,倾诉的,有气势的,那么相比较而言《明月降临》等则舒缓、平和,含蓄了许多。

于坚(1954—),祖籍四川资阳,生于云南昆明。当过工人。1984年毕业于云南大学中文系。现在云南省文联文艺理论研究室工作。著有诗集《空地》《诗六十首》《对一只乌鸦的命名》和长诗《零档案》等。

他明确地反对"文以载道",拒绝隐喻。他的一些诗如《坠落的声音》《蘑菇》《事件:停电》《事件:铺路》等可以说是"直观"式写作,不加想象,不予夸张,不作隐喻,仅仅用耳朵去听,用眼睛去看。事物就是事物,不代表什么,不体现什么。这是于坚诗的一个特点;另一个特点是用口语写诗,关注"日常生活",放弃感情色彩。《尚义街六号》《对一只乌鸦的命名》《下午一位在阴影中走过的同事》《零档案》都是如此。《尚义街六号》几乎如叙家常地展览于坚和他的朋友们在尚义街六号的日常生活:聚会、抽烟、聊天、排队上厕所、夸奖或攻击其中某人的诗作、谈女人、用衬衣当抹布擦手上的果汁……,"恩恩怨怨　吵吵嚷嚷/大家终于走散/剩下一片空地板/像一张旧唱片　再也不响"。一群年轻人的友谊、抱负、精神状态跃然纸上。

翟永明(1955—　),祖籍河南孟县,生于四川成都。1974年高中毕业下乡插队。1976年调至兵器工业部209所工作。1977年入成都电讯工程学院激光技术系学习,1980年毕业后回原单位工作。现为成都市文学院合同创作员。著有诗集《女人》《在一切玫瑰之上》《翟永明诗集》《黑夜里的素歌》《称之为一切》等。

她1981年开始发表诗作。80年代的作品关注个体的生命体验,受美国自白派女诗人西尔维亚·普拉斯影响较大,坦然地展示女性隐秘的内心世界,以与传统规范相抗衡的行为和语言向男权社会进行挑战。组诗《女人》和长诗《静安庄》是这一时期的代表作品。《女人》由各自独立又彼此有机整合在一起的四辑二十首诗歌组成,表现女性充满矛盾的、复杂的心灵世界:她既承担又反抗传统规定的女人的命运,她"活着为了活着",又"自取灭亡",她是"最温柔最懂事的女人/看穿一切却愿分担一切",又"用爱杀死"情人,"以最仇恨的柔情蜜意贯注"情人全身。在那充满"黑夜意识"的倾诉中,体现了诗人对自身的一份清醒。《静安庄》写一个十九岁的女知青插队时从一月到十二月的生理变化、心理变化以及由这些变化带来的对外界事物的反应。个体的成长、青春期的焦虑、古老的土地、命运的循环组成幽深而苍茫的旋律。进入90年代,翟永明自觉地摆脱西尔维亚·普拉斯的影响,诗风为之一变。《咖啡馆之歌》《莉莉和琼》《祖母的时光》《脸谱生涯》《小酒馆的现场主题》《十四首素歌》等以叙述取代自白,前期现代激进倾向有所减弱,写得平易近人。有的诗取材传统文化,有的诗采取"并置"手法,将互不相干、互相牴牾的成分摆在一起。翟永明的诗尽管有这些变化,但一以贯之的是个人化的视角和体验,是自省与平等交流的意识。

第二章 散文创作

第一节 概 述

　　50至70年代中国散文的概念十分宽泛,它包括我们今天所说的抒情散文(亦称艺术散文)、报告文学、杂文和文艺性的回忆录、人物传记等。早在30年代,随着民族矛盾的激化和社会生活的剧变,民族意识、群体意识、社会意识日见增强,"五四"时期视"个人的发现"为主要特征的抒情散文走向式微。到了40年代,解放区的散文,已从写"身边琐事"转为写"身外大事",从重审美、求"自娱"转为重功利、讲教化,从主观抒情转为客观记述,从对西方、传统的双向借鉴转为单一的传统继承。这种格局不能不影响到当代中国散文的发展变化。建国初期的散文可以说是"延安散文"的延续,带有浓厚的叙事性和纪实性,风格偏于热烈、刚健、朴实。独抒性灵的抒情散文已很难看到,鲁迅式的针砭时弊的杂文被马铁丁"思想杂谈"式的杂文所取代,而报告文学却一枝独秀。这一时期的报告文学主要集中在两大主题上:一是对新生活的颂歌,如李若冰的《陕北札记》、华山的《神河断流》、秦兆阳的《王永淮》、柳青的《一九五五年秋天在皇甫村》、沙汀的《卢家秀》等;一是反映抗美援朝的,如魏巍的《谁是最可爱的人》、刘白羽的《朝鲜在战火中前进》以及群众性的报告文学集《志愿军一日》《志愿军英雄传》等。上述状况和当时的"抗美援朝"运动及国内社会生活的巨大变化对作家的"吸引"有关,同时也是强调文学为政治服务,歌颂工农兵,反映时代面貌的规定的结果。

　　1956年"双百方针"的提出,促使散文领域发生了某些变化。第一,是"复兴散文"活动。它以"五四"时期的散文为参照,企图继承其"美文"传统。为此,《人民日报》等报刊曾大力提倡。老作家如冰心、巴金、叶圣陶、老舍、丰子恺、郑振铎、李广田、许钦文等将其新的见闻感受付诸自然娴熟之笔。一批在战争年代成长起来的作家如杨朔、刘白羽等,自觉地从事散文艺术的探索。杨朔写于1956年的《香山红叶》,便可看作其散文由写事件向写意境转化的标志。散文新人林遐、杨石、李若冰等在茁壮成长。散文的审美功能和抒情性较之前一时期,是显著加强了。出现了一批较优秀的作品:除《香山红叶》外,还有秦牧的《社稷坛抒情》、许钦文的《鉴湖风景如画》、老舍的《养花》、方令孺的《山阴道上》、丰子恺的《庐山面目》、万全的《搪瓷茶缸》等。第二,受苏联文学界"干预生活"口号的影响,报告文学努力改变过去那种回避矛盾、"蒸馏生活"的软弱状态,产生了刘宾雁的《在桥梁工地上》《本报内部消息》,李易的《办公厅主任》等作品。第三,杂文出现了1949年以来的第一次短暂的勃兴。茅盾(玄珠)、夏衍、巴金(余一)、叶圣陶(秉承)、唐弢、徐懋庸、巴人、吴祖光、邓拓(卜无忌)、林淡秋、曾彦修(严秀)、陈笑雨、傅雷、秦似、蓝翎、邵燕祥等都加入杂文的写作行列。产生了夏衍的《"废名论"存疑》、叶圣陶的《老爷说的准没错》、严秀的《九斤老太论》、吴祖光的《相府门前七品官》、徐懋庸的《不要怕民主》等许多佳作。但到了1957年"反右"开始,"干预生活"的报告文学及针砭时弊的杂文的写作即告结束,不少作者被错划为"右派分子"。

1958年10月《文艺报》发表专论《大搞报告文学》。作家出版社以"随到、随选、随编、随印"的方针,分集出版了《大跃进的一天》征文丛刊:《群英会》《小泥炉变钢铁厂》《人民公社幸福路》《二奶奶成了土专家》。中国人民解放军总政治部发起"中国人民解放军三十年"征文活动,组织编写《星火燎原》丛书(至1963年共出10集)。中国青年出版社从1957年起出版《红旗飘飘》丛刊(至1966年共出16集)。全国各地纷纷开展"革命回忆录""工厂史""公社史""部队史"的写作。一些作品具有史料价值,但不少描绘现实之作宣扬了"浮夸风""共产风"。50年代后期有价值的报告文学和散文是刘白羽的《从富拉尔基到齐齐哈尔》、魏巍的《依依惜别的深情》、魏钢焰的《宝地、宝人、宝事》、李若冰的《祁连雪纷纷》、菡子的《黄山小记》、叶圣陶的《记金华的两个岩洞》、西谛的《石湖》等。

60年代初期文艺政策的调整,为散文领域带来新的生机。1961年初《人民日报》开辟"笔谈散文"专栏,不少报纸杂志纷纷响应,并着意刊登散文作品。抒情散文得到长足发展。出现了一批专司或主司散文的作家,如杨朔、刘白羽、秦牧、袁鹰、魏钢焰、碧野、菡子、柯蓝、郭风、何为、陈残云、林遐、杨石等。冰心、巴金、吴伯箫、曹靖华等老作家及吴晗、邓拓、翦伯赞等学者也热情参与。一批当时很有影响的散文集在此时出版,如杨朔的《东风第一枝》、刘白羽的《红玛瑙集》、秦牧的《花城》、曹靖华的《花》、冰心的《樱花赞》、吴伯箫的《北极星》、袁鹰的《风帆》、菡子的《初晴集》、陈残云的《珠江岸边》和周立波编选并作序的《1959—1961散文特写选》、由川岛主编的散文选集《雪浪花》等。报告文学的写作也有了较大的突破,其代表性的作品有:穆青、冯健、周原的《县委书记的榜样——焦裕禄》、佟希文的《毛主席的好战士——雷锋》、魏钢焰的《红桃是怎么开的?》、孙谦的《大寨英雄谱》、黄宗英的《小丫扛大旗》、巴金等的《手》、黄钢的《朝鲜——晨曦清亮的国家》等。

但是,我们透过这琳琅满目的作品,也不难看出其存在的不足与弊端:文化上的封闭状态,思想观念上的僵化,使作者们只能在一个狭小的天地里驰骋。大多努力于"酿造生活之蜜",而忽略了生活中的酸、涩、苦、辣;着眼于外部生活的变化,而极少有内心深层的抒写。没有思想上和个性上的解放,亦没有文体上的解放,在前期散文创作上所存在的那种艺术方法,表现手法,品种样式,风格流派的单调,并未得到克服;而且一种一味地追求意境,托物言志,精心布局,卒章显志的散文模式,广为流行。报告文学这支"轻骑兵",依然只能在桃红柳绿中试马,不能在险山恶水中驰骋。作家的"望远镜"与"显微镜",只能架设在明丽的阳光下,而不能瞄准黑暗与阴影。写法上也比较单调。对文学性的过分强调,对塑造人物的片面追求,向小说艺术的靠拢,潜伏着报告文学艺术上的雕琢、失真与单一化的倾向。总之,60年代初期出现的散文繁荣,并没有为我国当代散文和报告文学的发展,开拓出自由而宽广的道路。

这一时期的杂文也比较活跃。《北京日报》邀请邓拓开设"燕山夜话"专栏。他以马南邨为笔名,从1961年3月至1962年9月共发表杂文152篇。《前线》杂志请邓拓、吴晗、廖沫沙开设专栏"三家村札记"。他们合用笔名吴南星,自1961年10月至1964年7月共发表60多篇杂文。1962年5月《人民日报》副刊开辟"长短录"专栏,约请夏衍、吴晗、廖沫沙、孟超、唐弢合作撰稿。此外其他省区报刊亦有一些杂文专栏。这些专栏的开设推动了杂文的写作。但是到了1966年4月《燕山夜话》和《三家村札记》遭到粗暴的批判,邓拓、吴晗分别于1966年、1969年被迫害致死。

1964年至"文革"结束前,散文园地日见萧索。只有几篇通讯如《一不怕苦、二不怕死的共产主义战士》《中国工人阶级的先锋战士——铁人王进喜》《人民的好医生——李月华》以及《珍珠赋》《红军路上》两个集子中的少数散文尚可一提。

"文革"结束后,散文园地逐渐恢复生机。进入80年代,随着思想解放和文学环境的日愈宽松,有了蓬勃的发展,1985年开始了全面变革。70年代末至80年代初中期创办的专门刊载散文、报告文学、杂文、随笔的杂志、报纸有:《随笔》《散文》《散文选刊》《散文世界》《散文百家》《报告文学》《报告文学选刊》《杂文报》《杂文界》等。进入90年代又有《散文天地》《美文》问世。大批杂志和报纸的副刊、周末版,也大量刊登这类文体。各种选集成批出现。这些都有力地推动了上述文体的写作。随着写作实践和文体意识的自觉,报告文学和杂文已从散文中分离了出来,成为独立的文体,而史传文学早就不列在散文的名下,随笔也出现独立的趋势。这种分化有利于文体的成熟和写作的发展。

80年代是杂文写作活跃的时代。1980年2月,《文艺报》约请廖沫沙、王子野、陶白、曾彦修(严秀)、姜德明、冯亦代等杂文家,就"如何繁荣杂文创作"进行讨论。夏衍、唐弢、廖沫沙、黄裳、秦牧、严秀、李欣、吴有恒、乐秀良、林放、宋振庭、邵燕祥、蓝翎、余心言、舒展、牧惠、章明、老烈、冯英子、李庚辰、王光间、康凯、蒋元明、吴昊、孙波等老中青杂文家积极写作。他们反思历史,批判封建思想和极"左"思潮,批判个人迷信,针对现实问题,批判种种歪风邪气,大力呼唤人性和良知。一批代表性作品收在严秀主持编选的《中国新文艺大系·1976—1982杂文集》和牧惠、朱铁志编选的《中国杂文大观》第4集中。优秀的个人杂文集有:林放的《未晚谈》、严秀的《严秀杂文选》、牧惠的《湖滨拾翠》、蓝翎的《金台集》、舒展的《辣味集》、邵燕祥的《忧乐百篇》、陈小川的《各领风骚没几年》等。进入90年代,杂文写作的势头有所减弱,这大约和市场经济条件下人们倾向于消闲、娱乐有关。

"文革"后揭开报告文学新幕的是徐迟的《哥德巴赫猜想》。此后陶斯亮的《一封终于发出的信》,魏钢焰的《忆铁人》,杨匡满、郭宝臣的《命运》,张书坤的《正气歌》,遇罗锦的《一个冬天的童话》等加入到当时的"伤痕""反思"潮流中。这些报告文学控诉"四人帮"的滔天罪行,赞美和"四人帮"作斗争的干部及群众的高风亮节,也揭示了"文革"中普通人的悲惨遭际。与此同时,继《哥德巴赫猜想》之后,一批报告文学把笔触伸入到1949年以来文学很少涉及的知识分子领域。黄宗英的《大雁情》《小木屋》,柯岩的《船长》《美的追求者》,理由的《痴情》,陈祖芬的《祖国高于一切》等作品为知识分子树碑立传,赞美他们为了祖国的文化科学事业不计名,不讲利,虽遭种种磨难而终不悔的顽强精神,替他们得不到公正的对待鸣不平。而刘宾雁则以他的《人妖之间》《一个人和他的影子》《艰难的起飞》等作品揭露、批判现实生活中某些阴暗的角落。随着改革开放和经济建设的展开,反映这一主题的报告文学如雨后春笋。程树榛的《励精图治》、理由的《希望在人间》、蒋巍的《在时代的弯弓上》、贾宏图的《她在丛中笑》、张锲的《热流》、李延国的《中国农民大趋势》、乔迈的《三门李轶闻》是这方面的优秀作品。这一主题一直延伸到 90 年代。许多论者对 70 年代末至 80 年代中的报告文学给予高度的评价，认为它的"真实性"得到了强调，人物形象丰富和充实了，并从兄弟文学艺术中汲取营养，文学性加强了。

  80 年代中后期，报告文学有了明显的变化，这就是"问题报告文学"或曰"全景式报告文学"的成批出现。如果说 70 年代末至 80 年代中的报告文学基本上是以一个人物或一个事件为中心，着力于塑造人物形象的话，那么此时的报告文学则迅速过渡到从现实中发现关系到中国进一步发展的重大社会问题、社会现象并进行学术性、思辨性的考察。如钱钢的《唐山大地震》，麦天枢的《土地与土皇帝》《西部在移民》，贾鲁生的《丐帮漂流记》《中国西部大监狱》《孔子与中国》，陈冠柏的《黑色的七月》《蔚蓝色的呼吸》，徐刚的《伐木者，醒来》，苏晓康的《阴阳大裂变》，胡平、张胜友的《东方大爆炸》，涵逸的《中国小皇帝》，黄济人的《将军决战岂止在战场》，董汉河的《西路军女战士蒙难记》，苏晓康、罗时叙、陈政的《"乌托邦"祭——1959 庐山之夏》等等。作者运用社会学、心理学、文化学、经济学、生态学、未来学等多方面的知识，对诸如教育问题、生态问题、人才流动问题、体制问题、家庭婚姻问题、民族心理问题乃至乞丐问题、妓女问题作全方位、多角度的探讨，并试图找出解决问题的方法和途径，表现出对现实的积极参与意识。那些用通常的眼光往往忽略的现象，那些由于种种原因而被"冰冻"的历史现象都被调动出来，拓宽了报告文学的视域。

  八九十年代的报告文学家的队伍也空前扩大了。它包括徐迟、华山、黄钢、刘白羽等为代表的民主革命时期成长起来的较老的一代，以黄宗英、柯岩、刘宾雁为代表的于 1949 年之后开始活跃的一代，以理由、陈祖芬、孟晓云、肖复兴、李玲修、刘亚洲等为代表的于 70 年代末 80 年代初涌现的一代和以麦天枢、苏晓康、贾鲁生、钱钢、胡平、张胜友、赵瑜、陈冠柏、刘汉太等为代表的新一代。他们济济一堂，为中国报告文学的发展作出了贡献。

  和杂文、报告文学相比，抒情散文和随笔的进展要缓慢一些。"文革"结束至 1979 年上半年，抒情散文仍然按照 60 年代形成的散文模式写作。从 1979 年下半年开始逐渐向"五四"时期的散文"回归"。巴金、孙犁、杨绛、陈白尘、黄秋耘、黄裳为代表的老作家，描绘个人的亲身经历和感受，忆悼旧友和亲人，把反思、自省、总结人生经验熔为一炉。张洁、宗璞、韩少华、贾平凹、王英琦、郭建英、李天芳、马瑞芳、陈慧英、梅洁、李佩芝等一大批中青年作家或先或后完成了审美调整,注重个人内心世界的开掘。上述作家的写作,使散文逐步实现了与30年代至70年代散文演变的逆向性发展,这就是由外向内,由大到小,由"大我"向"自我"的转移。80年代中后期散文文体开始了一场悄悄的"革命"。这得益于周涛、王英琦、唐敏、苏叶、叶梦、斯妤、张抗抗、筱敏、刘烨园、赵玫、周佩红、张立勤及更为年轻的一代如曹明华、王开林、老愚、戴露、胡晓梦、冯秋子等人创作上的努力和理论上的探讨。散文文体意识走向自觉。90年代散文、随笔出现1949年以来最为热烈的场面,各式各样的散文、随笔集成批出现,1949年以来备受冷落的20年代至30年代充满闲适情调的散文小品被"重新发现"。散文、随笔的创作队伍空前扩大了。许多学者、小说家、诗人如季羡林、张中行、金克木、余秋雨、史铁生、张承志、韩少功、王小波等都积极从事散文、随笔写作。80年代散文从政治反思到文化反思的格局被多元格局所取代。

第二节　魏巍、刘白羽的报告文学及散文

魏巍、刘白羽,都是在革命战争中成长起来的当代作家。人们曾经从他们的作品里,听到中国人民军队胜利进军的步伐。建国伊始,是他们的作品,最早地显示了当代报告文学创作的辉煌实绩。

魏巍(1920—2008),河南郑州人。1937年抗日战争爆发后参加八路军。1938年加入中国共产党。同年,随部队转战于晋察冀革命根据地。从1939年到1940年,写有不少街头诗、短诗和长诗《黎明风景》。解放战争时期,又写了《寄张家口》《开上前线》《白窑子战斗赞歌》《两年》等诗歌。有诗集《两年》出版。

1949年后,作者曾于1950年和1952年两次赴朝,同中国人民志愿军生活战斗在一起。先后写有《朝鲜人》《汉江南岸的日日夜夜》《谁是最可爱的人》《写在凯歌声里》等十五篇报告文学。1951年编成《谁是最可爱的人》一书收入10篇,其余5篇再版时陆续补入。1958年,志愿军归国时,作者又写了散文《依依惜别的深情》。在这些优秀作品里,作者以饱含深情和诗意的笔触,报道了抗美援朝战场上惊天动地的英雄事迹,揭示了中国人民志愿军光照日月的崇高心灵,歌颂了中朝两国人民的血肉情谊。这些作品在当时一经发表,立刻便激起强烈的反响。它激励了朝鲜前线广大指战员的斗志,鼓舞了祖国人民努力生产、支援前方的干劲。当时,许多志愿军指战员曾经就《谁是最可爱的人》的发表,纷纷提出给作者请功。

魏巍的朝鲜通讯,所以取得如此巨大成就,首先在于作者对生活的深刻感受。作者在《我怎样写〈谁是最可爱的人〉》一文里说:"我能写出《谁是最可爱的人》,最基本的原因,是我们的战士的英雄气魄、英雄事迹,是这样的伟大,这样的感人。而这一切,把我完全感动了。"作者不仅感受到他们的英雄行为和品质,而且还深入到他们的内心世界,了解到这种行为和品质的根源。这种深切的感受和了解,使其作品的思想深度超出一般。

其次,在于作者精湛的艺术技巧。有人称魏巍的散文是"壮丽的诗"。这的确概括了他的艺术风格。他的散文,带有鲜明的诗的素质。他善于从浩繁素材中提炼出典型形象,在战火硝烟里揭示出英雄心灵;将深邃的思想和激越的诗情熔为一炉,使思想感情的潮水自优美的笔端流出。所以,他的散文,如同一江澄碧的春水,奔腾激越,而又清新宜人。

魏巍散文的思想和艺术特色,在其名篇《谁是最可爱的人》《依依惜别的深情》里表现尤为突出。

《谁是最可爱的人》,最初发表于《人民日报》1951年4月11日。"最可爱的人"这一称号,既深刻地概括了我们军队的优秀品质,又深刻地概括了人民群众对我军的思想感情,因此,它能在广大人民心中激起强烈的共鸣。作者从长期的、深切的感受中,提炼出这一光辉主题,而又通过"书堂站"战斗、烈火中救出朝鲜儿童、防空洞里一段对话等三个典型的情节和场景,来表现这一主题。在"书堂站"阻击战中,为了阻击敌人,尽管整个山顶都被敌人炮火打翻了,尽管战士们被蜂拥上来的敌人压到山脚,飞机掷下的汽油弹,使战士们身上着了火,但战士们是仍然不会后退的。他们把枪一摔,身上、帽子上冒着呜呜的火苗向敌人扑去,把敌人抱住,让身上的火,把占领阵地的敌人烧死……这种性格是何等坚韧和刚强;在汉江两岸的日日夜夜,年轻战士马玉祥,两次冲进烟火,救出朝鲜儿童,这种胸怀是多么美丽和宽广;在防空洞里,战士们吃一口炒面,就一口雪,可是为了朝鲜人民的解放,为了祖国人民的幸福,他们甘苦如饴,以苦为荣,这种品质是多么淳朴和谦逊。文章通过这三个既各自独立,又珠联璧合的形象,层层深入地展示了志愿军战士的性格、胸怀和品质。文章还在开头、结尾及中间,和谐地加入抒情议论,深邃的思想,潮水似的感情,交融在一起,通过优美的语言,倾流而出。

《依依惜别的深情》最初发表于《人民日报》1958年11月14日。1958年,志愿军最后一批要离朝回国了。朝夕相处、生死与共、并肩战斗八年之久,结下血肉情谊的战友,一旦分离,怎能不离情万端,别绪难忍呢?作者十分敏锐地抓住人们在分别前夕思想感情的变化:志愿军战士们在日夜奔忙,千方百计地替朝鲜人民做一点事:替接防的人民军粉刷营房,擦亮水壶;用拿枪杀敌的手,拿起绣花针,为人民军战友绣手绢;他们把八年来贴肉连心的祖国亲人赠别的礼物献出来,作为送给人民军战友的礼品……;他们给当地人民架桥、挖河、修房、做家具;给老年人雕刻手杖;为孩子做玩具……面对家园被焚、亲人被杀的苦难,表现得无比刚强的朝鲜人民,更是眠食无心,昼夜不安地再三探问行期。阿妈妮把自己收藏的珍贵礼物和好吃的东西,热情地送到志愿军战士怀里、嘴里;老爷爷们写出一首首汉文诗,歌颂中朝人民珍贵情谊……所有这些描写,就像空中云层电荷,不断地积聚、酝酿,为分别时刻的倾盆泪雨作了深厚的铺垫。

文章的结构谨严自然,别情的表达层层深入。作者由在营房区为人民军做事,写到在驻地附近为群众做事;由志愿军的活动,写到朝鲜人民的行为;由人们怀着别情,默默地相互赠礼,写到强忍悲痛,无言地送别;从人们"打开竹篮,分赠礼物,把红叶插在炮口"时,制止住了悲痛,"统统没有哭",写到人们欢呼着"荣光—伊斯达!"时,眼睛潮润了,竭力喊着口号,"仍然没有哭",直到最后,听到一声"阿妈妮,再见!"人们再也忍受不住了。于是由一个老妈妈先哭出了声,接着姑娘们,孩子们哭出声来,男人们低低的啜泣,"战士们简直是在朝鲜人民送行的泪雨中行进"。真似一江春水,冲闸而出,奔腾激越,撼人心旌。

为加强抒情氛围,作者还施以景色点染。开头,以清丽笔触,描画出战后朝鲜秋天的明丽景色。这些描写,更使人触景生情,联想起当年战火纷飞中,朝鲜人民的苦难,中朝人民的浴血奋战,更衬托出惜别之情的深厚。后面,分别时的场面,更是情景交融:秋日拂晓,人们穿着单薄的衣裳,老人们戴着高高的乌纱帽,妇女们顶着竹篮,背着孩子,人们都拿着枫叶,站在大道边,站在寒气袭人的晓风里。寥寥几笔,就把读者带进那强烈的惜别气氛之中。

寄情于物的手法,自然严谨的结构,情景交融的描写,使"依依惜别的深情"这一主题,表现得深刻蕴藉,浓烈感人。

集子中的其他作品,如《年轻人,让你的青春更美丽吧》《战士和祖国》《挤垮它》等等,也是颇受读者喜爱的优秀之作。

魏巍1949年以来的创作,除上述的朝鲜通讯而外,还有散文集《春天漫笔》(其中《寄故乡》《怀仁堂随笔》《我的老师》等较为优秀)、《幸福的花为勇士而开》、报告文学集《人民战争花最红》;歌剧《打击侵略者》(与宋之的、丁毅合作)、中篇小说《长空怒风》(与白艾合作)、电影剧本《红色的风暴》(与钱小惠合作)、诗集《不断集》。粉碎"四人帮"以后,发表有散文《在欢乐的鼓声中行进》、诗歌《新的长征》等;并出版了长篇小说《东方》。

刘白羽(1916—2005),北京人,1938年赴延安。曾随文艺工作团,遍历华北各游击根据地。1944年被派往重庆担任《新华日报》副刊编辑工作。抗战期间的作品有:短篇小说集《五台山下》《龙烟村纪事》《幸福》,散文集《延安生活》《游击中间》《血肉相连》《世界的新面貌》等。1946年解放战争开始后,被派往东北解放区任新华社随军记者,曾转战东北,横断中原,直下江南。这一时期创作有散文集《为祖国而战》《火光照耀着沈阳城》,短篇小说集《早晨六点钟》,以及中篇小说《火光在前》。1949年之后,刘白羽一面从事繁忙的社会活动,一面进行创作。其主要作品有反映抗美援朝斗争的散文集《朝鲜在战火中前进》《对和平宣誓》《火炬与太阳》和短篇小说集《战斗的幸福》;反映社会主义革命和建设生活的散文和报告文学集《早晨的太阳》《万炮震金门》《红玛瑙集》《红色的十月》,短篇小说集《晨光集》《踏着晨光前进的人们》。1978年,又编选出版了《刘白羽散文选》。"文革"后的散文,结集的有《芳草集》《海天集》等。1987年发表长篇小说《第二个太阳》,1996年出版10卷本《刘白羽文集》。其在1949年之后的散文报告文学等有代表性的是《早晨的太阳》《红玛瑙集》《红色的十月》《芳草集》。

《早晨的太阳》收入报告文学十八篇。第一辑:"早晨的太阳",包括作品六篇,写于1958年春天,描写了"大跃进"中人民群众的冲天干劲、昂扬精神和共产主义品质。其中《从富拉尔基到齐齐哈尔》,是作家在1949年以来报告文学的力作。作家的笔触蘸饱绚丽色彩和革命热情,描绘出北国草原的迷人景色和沸腾生活,在油画一样鲜明绚丽的背景之上,勾勒出人物的英雄群像,突现出艰苦创业的强烈的时代精神。第二辑"万炮震金门",包括作品十篇,写于1958年冬,作者以粗犷的笔触,壮丽的色彩,描写了福建前线军民在保卫海防战斗中的英雄事迹和崇高精神。第三辑"一幅灿烂的图画",包括作品两篇,写于1959年春,表现了大别山区在"大跃进"中发生的巨大变化,歌颂了中国人民在社会主义建设中"开天辟地,创造世界"的精神。作者说"'早晨的太阳'一组写的是大跃进,'万炮震金门'一组写的是正义斗争",最后一组,写的是"收获",是"崭新的人民公社的形成和巩固"。

《红玛瑙集》是一本抒情散文集,收入散文十五篇。如果说《早晨的太阳》里写的是"大跃进"年代的英雄群像,那么《红玛瑙集》里写的则是革命战士在战斗间隙里的庄严思索。在作者的笔下,不论是壮丽的"日出",还是灿烂的"灯火";不论是读书随笔,还是山水游记,都萦绕着庄严的、崇高的战斗情思。不少篇章如:《日出》《长江三日》《灯火》《红玛瑙》《写在太阳初升的时候》《秋窗偶记》《樱花漫记》等,既有悬瀑飞流般的磅礴抒情,又有清泉明镜般的深刻寓意。比较注重意境的创造,是刘白羽抒情散文的重大成就。

刘白羽在这一时期写的抒情散文里,值得提出的还有《冬日草》(发表于《上海文学》1962年4月号)和《平明小札》(发表于1962年12月号的《人民文学》和《上海文学》)两组抒情散文。前一组包括:《雪》《两个绿夜》《海》《月》《冬花》五篇;后一组包括:《晨》、《歌声》(一、二)、《红》《血与水》《路》《急流》《启明星》八篇。缅怀昨日艰辛斗争,激励今日革命斗志,是这两组抒情小品的鲜明立意。因为写的是"一些思索的片断"(《平明小札》),所以仿佛更重造境与寓意。其中《冬日草》,思想意义较少一些,风格也较静婉,大概正是由于这种缘故,在后来出版的《刘白羽散文选》里,只收进《平明小札》,而没有选《冬日草》。但我们认为,《冬日草》还是一组意境清新隽永的作品。作为一位军旅的号手,也不妨一试生活的牧笛。

《红色的十月》,收入作家在粉碎"四人帮"以后的新作十篇。有对1976年10月伟大的历史性胜利的歌颂,有对毛主席、周总理、朱委员长的缅怀,有对石油英雄的赞歌,有对郭沫若、郑律成革命文化战士的怀念……作者说:"深沉的悲恸,巨大的欢乐,在我心中凝聚为一股火焰,它一下迸发而出,于是我一篇又一篇写下来,多少个黎明和深夜,我一面流着热泪一面写。"和过去写的一样,"都不过是时代潮流冲激而出的一些小小浪花"。因此,在艺术风格上,和过去的作品并无多少区别,所不同的只是,在这些文章中,却包含着作者上下纵横几十年中一些极珍贵的生活片断,它们在作者以往的作品中从未涉及。其中写得文情并茂、感人肺腑的是缅怀毛主席的《红太阳颂》和缅怀朱总司令的《巍巍太行山》。

《芳草集》收入散文十七篇。同其60年代的《红玛瑙集》比较,可以看出作家在有意地将思想哲理赋予形象描写之中,尽量减少直白的抒情和议论。少了几分热烈和激越,添了些许清美和含蓄。如《昆仑山上的太阳》中的《天池》,作者在油画一般清澈明丽的景色中,融合着自己的沉静的深思。用一个"静"字构成全文的基调,大自然的静谧和心情的静穆,融为一体。

但这又不是"死灭"的静,而是一种深沉而雄浑的静。其他像《两访巴黎公社墙》《罗马》等,都可以看出作者在艺术风格上的新的追求。

刘白羽是一位受过战火锻炼,而又写惯战地特写的作家。他说:"革命战争,给予我的东西太多了,我一生都受用不尽。"(《灯火》)革命战争给予刘白羽的,不仅是丰富生动的创作源泉,而且更宝贵的是:战士的思想和哲学。他总是以一位战士的身份来观察生活、感受生活和理解生活。对于生活中积极、乐观、新生的因素,他极其敏锐,他喜欢截取生活激流,提炼壮美诗意,勾勒英雄群像;同时,他总是努力从历史的源流里来对生活作历史的考察,庄严的探索和深刻的理解。在刘白羽看来,"我们美好的生活是从艰难的历史深处得来的"(《从富拉尔基到齐齐哈尔》),今天在我们英雄的建设者身上所表现出来的,那种忘我的劳动和斗争精神,乃是我国人民中间前后贯通的历史传统精神(《早晨的太阳》自序)。这种感受和理解,使他的散文具有非常强烈的时代的、战斗的思想特色。那些取材于革命战争的作品自不必说,即使是那些反映新生活的作品,也常常使人看到,在建设图景中,弥漫着炮火硝烟,于建设轰响中,交织着冲锋号角。那些忘我劳动的人们,有的就是当年火线上的战士,有的则是"在满布战尘的道路上",同我们一起走过来的人民。面对今日灿烂灯光,他想到战斗行军中宿营地的灯火;面对着天安门工地,他想到苦难的过去、战斗的征途……甚至山水花木,星月雪晨,在作者笔下,无不充满着战斗的情思。为我们最雄伟的时代留影,为我们时代的创业者作传,激励人们不忘往昔艰苦斗争,为创造新生活英勇奋进,这是贯串刘白羽散文作品的一条战斗的思想红线。

在艺术上,刘白羽的散文具有较多的革命浪漫主义特色。他说:"生活深深打入我的心灵的,却不是它的表面现象,而常常是透过形象而含蓄其中的一种饱满的深情。"(《关于〈火光在前〉的一点回忆》)作者常常在这种深情的冲击下,奋笔疾书,因此,热烈的想象常常多于平静的观察;强烈的抒情往往穿插于形象的描叙之中;他的笔端总是燃烧着热情,饱蘸着色彩,几笔就描绘出一幅壮美画面,勾勒出一幅英雄群像;他的想象的翅膀,经常在走过来的革命征途上翱翔,善于截取一个个典型画面,来展示革命历程,气势雄伟而阔大;他的语言流畅、优美,时时有诗情哲理交织的警语出现。

刘白羽散文创作上这种思想艺术的特点,在其代表作品《长江三日》里表现得尤为鲜明。

《长江三日》最初发表于《人民文学》1961年第三期上。写的是作家乘"江津"号自重庆顺流而下,穿过三峡的沿途见闻与感受。这是一位在激流中破浪前进的战士的见闻与感受。作者没有去细致地描绘三峡的自然景色,也没有娓娓地讲述三峡的古迹传说。而是热烈的想象多于冷静的观察,澎湃的激情常融于壮美的形象。在作者笔下,江轮在前进,景色在变幻,思潮在翻腾。你看:船出夔门,夜色降临,天空江上一片云雾迷蒙,电光闪闪,水天、风雾、浑然一体。在这雄伟的长江夜航之中,作者感到整个宇宙,都罗列在胸前,好像不是一只船,而是自己正在和江流搏斗而前,仿佛我们所经历的大时代突然一下子集中地体现在这奔腾的长江之上。"曙光就在前面,我们应当努力。"一种庄严而美好的思想油然而生。当船过瞿塘,天晴日朗,但见两岸巨岩,倒影如墨;中间江面,碎光荡漾;近处山峦,绿如翡翠;远方群峰,如红宝石闪光,又是一派色彩缤纷,万千气象。而当江轮在那江流特别凶恶的西陵峡,越过漩涡万千、巨礁耸立的泄滩,江面陡降、波浪汹涌的青滩,看到一只木船逆流而上的情景时,便顿然悟到这样一个深刻的哲理:不管航道多么复杂艰险,只要人们从汹涌浪涛中掌握一条前进途径,就能战胜大自然了。长江航行的第三日,船出西陵峡,江面顿然开阔,这时,碧波雪浪,海鸥翩飞,水天柔和,江船宁静;可是,作家的心潮,却在剧烈地翻涌,他又被卢森堡的《狱中书简》带到那艰苦而悲壮的斗争年代:风雨雷电中,响着夜莺银铃般的啼叫声;灰沉沉的天空上,一块玫瑰色的云彩涌现在东方——"不论我到哪儿,只要我活着,天空、云彩和生命的美就会跟我同在"。这是一位革命战士对光明的强烈向往,对胜利的坚定信念。在这宁静、幸福的现实生活同那艰苦、悲壮的战斗年代的鲜明对比之中,作者让我们想到:"今天我们整个大地,所吐露出来的那一种芬芳、宁馨的呼吸,这社会主义生活的呼吸,正是全世界上,不管在亚洲还是在欧洲,在美洲还是在非洲,一切先驱者的血液凝聚起来,而发射出来的最自由最强大的光辉。"在作者笔下,长江三峡气象万千的壮丽景色,同作家胸中汹涌澎湃的战斗激情,完全交融在一起了,使作品充满着一种时代精神、战斗激情和英雄光彩。

刘白羽散文的美中不足在于:感情放纵,但节制不够;议论过多,有时流于说教;且有的抒情、议论,同读者的认识稍有距离,给人以言过其实、情浮于物之感,有点如隆隆雷声,撼人心旌,却不似点点雨滴,沁人心脾。这种不足,"文革"后已有所克服。

第三节 冰心、杨朔、秦牧、吴伯箫的散文

老一辈作家中,冰心是1949年以来散文创作比较多产,并且影响较大

的作家。

冰心(1900—1999),原名谢婉莹。20年代即以诗、散文、小说闻名于世。她在《回忆五四》一文里说:

> ……另一部分青年,包括我自己,就像一泻千里的洪流中的靠近两岸的一小股,它冲不过河岸的阻力,只挨着岸边和竹头木屑一起慢慢地挪动着。

这"一小股",在1949年以后,终于也汇进了社会主义新生活的洪流之中。1951年初冬,冰心从日本回到祖国。她说,当她第一眼看到五星红旗和欢迎的人群时,她真像从黑暗走向光明一样,感到眼花缭乱了。从此,这位曾经在二十多年前,写过著名的《繁星》《春水》(诗歌)和《寄小读者》(散文)之后,在那"四海皆秋色,一室春难暖"的环境中,创作欲望随之萎缩和淡薄的女作家,又重新振奋精神,积极参加社会活动,先后十多次出国访问,为促进中外友谊和文化缭流作出了贡献;在国内,努力深入生活,满怀着一颗对党、对祖国、对孩子的深挚之爱,奋笔写作了。

二十多年来,除了由于"四人帮"的文化专制,迫使作家又搁笔十年之久外,她一直在同青少年保持着密切的联系,坚持为他们写作。她的大部分作品,是取材于他们的生活,或者写给他们看的。1949年以来,她已出版的散文集有《归来以后》《我们把春天吵醒了》《小橘灯》(包括小说和诗歌)、《拾穗小札》《樱花赞》等。粉碎"四人帮"后,除了出版有《晚晴集》之外,陆续发表了一些回忆性的散文。其中《关于男人》,涉及作者一生中所接触过的一些男人,受到好评。

我们知道,爱与美,一直构成冰心散文的鲜明特色和艺术魅力。她爱孩子,爱光明,爱大自然。她以"满蕴着温柔"的笔墨,清新隽丽的文字,歌唱着这种爱。可是,从她1949年前后的作品对比中,我们分明看到,这种爱与美,已经随着作家思想的前进,而深深地印上了时代的印迹。作家目睹了新中国日新月异的变化,特别是广大青少年儿童在生活上与理想上的变化,更使她感到"新中国充满了希望"。这些孩子,已经不再是二十多年前的"小读者"了,而是过着幸福生活、有着远大理想的新中国的小主人。只有此时,她那一直倾心追求和为之讴歌的"母爱",才有坚实的基础和崭新的内容。她所描写的范围,已经越出狭窄的家庭,而面向了人民群众、斗争生活。她向她的小读者描绘着社会主义祖国各条战线出现的新气象,新事物;表现着孩子们的生活、劳动和理想;介绍着国外的风物人情,以及外国朋友对新中国的向往和赞美。

《小橘灯》是一篇不到两千字的作品。写的是中华人民共和国成立前夕，在重庆郊外，作者看到一个八九岁的小姑娘独自到村公所里打电话，给家里正躺在床上吐血的妈妈请大夫。小姑娘的爸爸因为常常给山下医学院的几个被当作共产党的学生送信而"失踪"了。小姑娘的遭遇分明是悲惨、痛苦的，然而，在作者的笔下，这位小姑娘却是那样的天真、可爱、镇定、乐观。当作者在一天晚上，买了橘子，到她的家里去探望她的妈妈时，她特意为作者做了一盏小橘灯。文章写道：

> 我提着这灵巧的小橘灯，慢慢地在黑暗潮湿的小路上走着，这朦胧的橘红的光，实在照不了多远，但这小姑娘的镇定、勇敢、乐观的精神鼓舞了我，我似乎觉得眼前有无限光明。

很显然，正是由于冰心面向了人民群众，面向了革命斗争，所以她才能在黎明的前夕，看到"无限光明"。作品中的小姑娘，已完全不同于她在二十多年前的作品中的小主人公了。她的文笔，既保持她特有的"温柔""隽丽"，又增添了几分健美豪情。《小橘灯》仿佛是一颗缀在绿丝绒上的珍珠，清新隽美，晶莹动人。

《一只木屐》，最初发表于《上海文学》1962年7月号，作家说，"事情过去十多年了，但是我还常常想起那日那时日本横滨码头旁边水上的那只木屐。对于我，它象征着日本劳动人民，也使我回忆起那几年居留日本的一段生活，引起我许多复杂的感情"。文章描写了在那只有"瓦檐上的雨声，纸窗外的月色"和"空虚"相伴的夜晚，从楼前响过的"清空而坚实"的木屐声。这声音，"一夜又一夜地"，从她那"乱石嶙峋的思路上踏过"；替她"踏出了一条坚实平坦的大道"，把她"从黑夜送到黎明"。寓意深刻隽永，境界清峻幽邃。

同《一只木屐》相比，《樱花赞》的色彩要明丽得多。她以诗意的笔触，明艳的颜色，歌颂了中日人民的友谊，描写了日本人民的斗争生活。斗争、友谊、樱花和谐地交织成动人的诗画之境。

在新时期，冰心的艺术个性又得到自由的发挥。她写了一些回忆文字以及精致的小品。"关于男人"便是一组回忆。《霞》这篇散文，是近年发表的小品佳作。在美丽的自然现象中，熔铸进深刻的人生哲理。

应当说，冰心最擅长的是对于片段的情思，以及那些晶莹美丽的回忆的抒写。她自己说她喜欢做"埋存与发掘"的事。是的，那些最精彩、最富灵气、最自然的散文,所写的几乎都是她对昔日的"埋存"的"发掘"。她的文体,基本上还是属于她那《春水》《繁星》式的"小诗"体:抒情的,写意的,清丽而又典雅的。有人曾将她的文字比作"镶在夜空里的一颗颗晶莹的星珠","一池春水,风过处,漾起锦似的涟漪"(李素伯:《冰心的寄小读者》)。这种独具的艺术风格一直延续在她的当代散文名篇中;要说有什么变化,那就是在清丽典雅之中又透出一股明朗、健美的情韵。

在我国当代散文发展中,杨朔是有重大开拓与贡献的作家。他自觉地把诗与散文结合起来,大大提高了散文的美学价值。其影响,是非常深刻而广泛的。

杨朔(1913—1968),原名杨毓瑨。山东省蓬莱县人。青年时期在哈尔滨做事和学习外文时,就曾致力于中国古典文学。特别是古典诗词的学习钻研,并写了不少古体诗词。抗战开始后,参加革命,曾以陕北革命根据地人民斗争生活为题材,写了中篇小说《帕米尔高原的流脉》,在广州的《救亡日报》上发表。1939年,参加全国文艺界抗敌协会组织的作家战地访问团去华北,此后便在华北抗日根据地随八路军转战于晋东南、冀南、冀中、晋察冀边区和晋西北根据地,写了一些歌颂抗日英雄人物和事迹的通讯报道和短篇小说。小说后来收入《月黑夜》(1949年,三联书店)中。1942年春,回到延安,在中央党校学习,参加了整风运动。延安整风和《在延安文艺座谈会上的讲话》的发表,对作家的世界观和创作,有极深刻的影响。抗战胜利以后,曾到河北宣化龙烟铁矿深入生活,写了反映矿工同日本侵略者斗争的中篇小说《红石山》。解放战争期间,曾在晋察冀野战军担任新华社特派记者,并在师政治部做过领导工作,参加过清风店战役、石家庄战役、平津战役。这一时期的主要作品有短篇小说集《北黑线》,中篇小说《北线》《望南山》。1949年,转至中华全国铁路总工会任文艺部长,著有表现铁道兵团为解放江南英勇斗争的中篇小说《锦绣山河》。1950年至1954年,参加了伟大的抗美援朝战争,并获得朝鲜民主主义人民共和国颁发的二级国旗勋章,创作有长篇小说《三千里江山》和一些通讯特写,大都收在《鸭绿江南北》《万古青春》里。1954年回国后,主要从事文艺领导工作和参加外事活动。先后到过印度、苏联、日本等国,出席过亚非作家会议,并曾以亚非人民团结理事会书记处中国书记的身份常驻开罗。这一阶段,是杨朔散文创作的繁荣和成熟时期。主要散文集有《亚洲日出》(其中部分作品收入后来的《海市》中)、《海市》《东风第一枝》《生命泉》等。1978年,人民文学出版社又为这位已故的杰出散文家编选出版了《杨朔散文选》,收入了他在各个时期的较为优秀的散文六十篇。其中第一辑十篇,是1938年至1949年的作品,这些作品揭露了大后方国民党反动派的腐败,沦陷区日本侵略者的横暴;歌颂了八路军、人民群众的抗日斗争;其中《我的改造》一文,则介绍了自己思想与创作的变化成长历程。第二辑九篇,写于1950年至1954年,包括了作者亲身经历的整个抗美援朝时期,作品描写了中朝两国人民共同浴血奋战的英雄业绩,歌颂了两国人民血肉相亲的珍贵情谊。第三辑二十七篇,写于1949年至1963年,主要反映社会主义革命和建设中,祖国面貌的变化,歌颂劳动人民的辛勤劳动和高尚品质。其中《香山红叶》《海市》《荔枝蜜》《茶花赋》《雪浪花》等,都是脍炙人口的佳作。第四辑十四篇,写于1956年至1963年。主要歌颂了亚非各国人民的反霸斗争精神,和在共同斗争中结成的亲密友谊。同时,也揭露和鞭挞了帝国主义殖民主义者侵略、掠夺的罪行。其中写得较突出的有《金字塔夜月》《樱花雨》《蚁山》《生命泉》《赤道雪》等等。

　　1944年,作者经历过延安整风运动之后,曾写过一首《雪夜遣怀》诗:"四山风雪夜凄迷,夜色浓中唱晓鸡。自有诗心如火烈,献身不惜作尘泥。"怀着烈火一样的"诗心",努力表现和歌颂工农兵群众,这是杨朔创作的一个十分突出的思想特色。这一特色,也鲜明地体现于建国以后的散文创作之中。在他笔下光彩照人的形象,有在胜利前夕,为人民的解放而献出生命的普通战士梁振江(《百花山》),也有在社会主义建设中,正在勤勤恳恳地塑造着人民的江山的普通人民"老泰山"(《雪浪花》);有用智慧的双手在戈壁滩上创造春天的石油工人(《戈壁滩上的春天》),也有开山引水,改造山区的普通农民(《龙马赞》);有柔和的眼睛里,跳动着斗争的火花,怯生生的心灵里,隐藏着火一样的愿望的日本下女(《樱花雨》),也有看守着金字塔下的司芬克斯石像,将儿子献给祖国的埃及老人(《金字塔夜月》)……作者满怀热情地表现他们的劳动和智慧,愿望和斗争,思想和品质。他说:"我认识了人民的伟大,要替他们服务。"(《我的改造》)他以自己的创作,实践了他的誓言。

　　在艺术上,杨朔同志艰苦而严肃地探索、实践,他从那久经岁月磨炼的古典诗章学习、借鉴,"常常在寻求诗的意境"。他十分注意结构的严谨,选词用字的精炼,在动笔时,"总要像写诗那样,再三剪裁材料,安排布局,推敲字句"(《〈东风第一枝〉小跋》),形成了自己玲珑精美、清新隽永的艺术风格。

"寻求诗的意境",不少散文家都在这样做,杨朔的特色在于:他善于在看来极其平凡的事物中提炼动人的诗意,在一片奇景中寄寓深邃情思,通过这诗的意境,来展现出时代的侧影。比如他借海市奇景,展现今日渔岛生活的兴旺美好(《海市》);他借绚丽茶花,展现出祖国的欣欣向荣(《茶花赋》);在艳艳红叶中,寄寓着久经风霜,到老愈红的革命精神(《香山红叶》);在灿烂晚霞中,他展现出那勤勤恳恳塑造着人民江山的普通劳动者的光辉形象(《雪浪花》)。即使是那些以激烈的国际上的阶级斗争为背景的散文,如《樱花雨》《赤道雪》《生命泉》《金字塔夜月》等等,也都具有这种鲜明的特色。他常常从普通人民的心灵里,聆听到时代的脉搏,斗争的旋律,而这一切,又总是交织在樱花、冰雪、清泉、或月色里。作者似乎让你不是直接看到雷鸣电闪,而是通过一片荷叶,听到风雨的淅沥。所以他在《生命泉》的《附记》里这样说:"读者也许会怪我说:从这本集子里,看不出斗争的尖锐化。说得对。但是,或许你能从字里行间,稍微听到一些儿声响吧?但愿有一天,写作条件允许我弥补这种缺陷。"我们说,与其说这是"缺陷",不如说是"特色"更恰切。

在意境创造上,杨朔善于运用古典诗词中托物言志、借景抒情的手法,文章中,抒写景物和抒写人物的两条线索,常常巧妙地交织在一起。例如在《雪浪花》里,一面写冲击着礁石的浪花,一面写为建设新生活默默劳动的"老泰山"的精神;在《荔枝蜜》里,一面写荔枝林、写蜜蜂,一面写辛勤的养蜂人;在《茶花赋》里,一面写绚丽的茶花,一面写精心养花人,这样,把对浪花、蜜蜂、茶花的赞美,同对普通劳动人民的歌颂,水乳交融地结合在一块,相互辉映,诗意更浓。

为了使意境更深邃含蓄,杨朔还十分注意结构布局的精巧。深得我国古典诗词结构严谨和我国江南园林"曲径通幽"之妙。他的散文,一般是情节隽永,但不复杂;篇幅简短,但经过作者的精心结构布局,却境界幽远,引人入胜。如《荔枝蜜》,开头写自己对蜜蜂在感情上的"疙疙瘩瘩",接着写在从化温泉看到的荔枝林。这犹如园林布局上的"障景",读者正感"山重水复"之时,接着作者笔锋一转,由荔枝蜜而"动了情",想去看看"一向不大喜欢的蜜蜂",于是"柳暗花明",读者又被引入一个新境地:看到蜜蜂的生活与劳动,听到养蜂人老梁的介绍,最后,认识到蜜蜂的高尚精神:"对人无所求,给人的却是极好的东西。蜜蜂是在酿蜜,又是在酿造生活;不是为自己,而是在为人类酿造最甜的生活。"文章结尾,写自己当天夜里做了个"奇怪的梦":梦见自己变成一只小蜜蜂。这样,由开始不喜欢蜜蜂,到后来愿意变成一只蜜蜂,写得层层深入,曲折有致,诗意盎然,耐人寻味,足见结构布局之巧。一般地说,在结构上,杨朔喜欢用古典诗歌中"卒章显其志"的手法,做到开头引人入胜,结尾发人深思。

杨朔很注意散文语言的锤炼。他那玲珑的风格,隽永的诗意,同他的文笔十分谐调。他刻意追求语言的洗炼、清新、别致。确实像一位高明的棋手,布局着子,"只须三言两句,画龙点睛,就勾出了人物的性格和主题,活灵活现,别具一种风格"(马加:《酿造生活的战士》)。他还常常像古人作诗那样推敲字句,比如:"礁石硬得跟铁差不多,怎么会变成这样子?是天生的,还是錾子凿的,还是怎的?'是叫浪花咬的,'一个欢乐的声音从背后插进来。"(《雪浪花》)——一个"咬"字形象生动;"月亮一露面,满天的星星惊散了"(《金字塔夜月》)。——一个"惊"字情韵俱出;"这一片曾在人生中经风吹雨打的红叶,越到老秋,越红得可爱"(《香山红叶》)。——因为是在写人,故不说深秋,而说"老秋",用字精确。

同时在句式结构上,他惯于用字数参差错落的短句,排列在一起,造成一种山涧溪流似的轻快而又微微跳荡的节奏感;加上他又常常在句尾使用结构助词"的",更带上一种柔和婉转的韵味。如:

> 北京的秋天最长,也最好。白露不到,秋风却先来了,踩着树叶走,沙沙的,给人一种怪干爽的感觉。

——《京城漫记》

杨朔散文,虽风格玲珑、诗意隽永,但终觉不够开阔、淡远,且结构多有雷同之感,语言微露斧凿痕迹。

秦牧是一位涉猎广博,而又敏于思索的散文家。他的散文,题材广阔,知识丰富,见解独到,文笔动人,读之,常有海滩拾贝的新鲜感,如对故人的亲切感。

秦牧(1919—1992),原名林觉夫,广东省澄海县人。幼年和少年时代在新加坡度过。回国后,曾在澄海、汕头、香港等地就学。抗日战争期间,曾在韶关、桂林、重庆等地工作,做过教师和编辑,参加过救亡运动和大后方民主运动。抗战胜利后,在香港过了三年职业写作生活。广州解放前夕,进入东江解放区。广州解放后,一直在广州工作,曾任中国作协广东分会副主席,《羊城晚报》副总编等职。1949年之前的作品有《秦牧杂文》(1946年,上海开明书店出版)。

1949年以来,秦牧共发表了几百篇散文作品。先后出版有《贝壳集》《星下集》《花城》《潮汐和船》、《艺海拾贝》(文艺随笔)。粉碎"四人帮"以后,先后出版的散文集有《长河浪花集》(自选集)、《长街灯语》《花蜜和蜂刺》《晴窗晨笔》《秋林红果》等。

作者曾说,在他1949年之后写的几百篇散文中,"大概《古战场春晓》《土地》《社稷坛抒情》《花城》《潮汐和船》《"深情注视壁上人……"》那几篇,是比较满意的。这几篇酝酿时间长些,写作之际也花了较大的气力"。(《努力冲刺,刷新纪录》,《作品》1978年7月)无论就思想或艺术上看,这六篇确是他的代表作品。

《土地》写于1960年。它以深广的联想,丰富的知识,表现了人民热爱土地的深厚感情,保卫土地的悲壮斗争和建设土地的英雄劳动。文章结尾写道:"怎样保卫每一寸的土地呢?怎样使每一寸土地都发挥它的巨大的潜力,一天天更加美好起来呢?党正领导和率领着我们前进。青春的大地也好像发出巨大的声音,要求每一个中国人民都作出回答。"这是十分发人深省的问题,也是作品严肃、深刻的主题。作者自己也认为《土地》是"较有特色的一篇","笔触所及,似较深广","有较多思想意义和文学色彩"。

《古战场春晓》写于1961年。通过对1840年广东三元里人民反帝斗争的缅怀,热情地讴歌了中国人民的革命斗争精神,揭露了帝国主义的侵略本质。作者抚今追昔,思绪万千。文中描写当年三元里人民与侵略军搏斗一段,雷鸣电掣,气壮山河,表现了作者的笔墨,既能像吹箫踏月那样的清幽,又能像怒潮奔马那样的豪放。

《潮汐和船》写于1961年。歌颂了人类征服海洋、改进船只、联结陆地、传播文明的历史伟绩。这是一篇联想非常奇妙而丰富的抒情散文。他说:"我并不想在这儿告诉你某一次潮汐,某一个海港,某一艘船,某一个人的故事。我只想谈谈我看到船和潮水搏斗的时候,它们扬帆远征的时候,自己的微妙的感受。像一个无知的小孩试图去捉住蜻蜓束缚在线上一样,我试图把那种微妙的思想感情捕捉来贴在纸上。"作者的思路,海阔天空,自由驰骋,由古代的独木舟,联想到近代的原子破冰船;从驾独木舟的惊险、艰苦,写到驾驶鱼雷艇的豪迈、幸福,字里行间,充溢着"对于人类文明积累的赞美,对于沉痛的历史往事的凭吊,对于翻身屹立起来的人民劳动创造的讴歌,对于勇敢、智慧和毅力的倾慕。"

《社稷坛抒情》写于1956年。作者缅怀和赞颂了古代思想家和劳动人民创造文明的伟绩丰功。作者的思想,"上溯历史的河流","然后又穿过历史的隧洞,回到阳光灿烂的现实"。抒发了做今天的一个中国儿女的自豪感,好好学习和劳动,好好地安排好"一个人仅有一次,而我们又恰恰生逢其时的宝贵生命"。

《花城》写于1961年。作者以诗意的笔触,绚丽的色彩,描绘了花光灯影,溢彩流芳的南国花城盛况,赞美了人民的劳动智慧和新的生活。作品除了具有知识丰富、叙述亲切的特点而外,还突出地表现了作者描绘的才能。秦牧主张在"文章的'画龙点睛'之处,必须特别强烈或格外细腻"(《思想和感情的火花》)。文章描写花市盛景一段,就格外强烈和细腻。作者既写了花市上摆列着的花,又写了买花人托在肩上的花;既写了金鱼摊上的金鱼——这水中的花,又写了海产摊上的贝壳——这海中的花;既写了地上、水中的生物的花,又写了古玩架上的瓷器、书画——这艺术的花;静的花,动的花;地上的花,水中的花;生物的花,艺术的花,交织叠印,光彩相映,烘托出浓烈醉人的南国春色。

《"深情注视壁上人……"》写于1977年。作者由一幅毛主席、周总理、朱委员长的三人合照,引起了对朱委员长音容笑貌、光辉品质的缅怀。文章概括地回忆了朱委员长的光辉一生和百战功勋,并以自己的见闻,通过一些闪光的断片,表现了这位"砥柱中流"的革命家的伟大而质朴,智慧而幽默,博学而谦虚,以及他舍己为人、吃苦在前的崇高品质。作者似乎不善于运用细节刻画来塑造人物形象,而主要是依靠非常生动、流利、亲切的叙说;然而,人物的音容笑貌却跃然纸上,人物的精神品质,却亲切感人。我们说,使用不同的乐器,同样可以奏出时代的交响,我们欢迎作家保持和发展他自己的长处和特色。

关于秦牧散文的思想、艺术特色,他自己有一段话,给了我们很好的启示:

> ……被先进的崇高的思想贯串着,闪耀着饱满的生活知识的光辉,平凡的事物也被描绘得引人入胜,奇异独特的事物在这样的作品中就越发光彩照人了。
>
> ——《艺术魅力和文笔情趣》

秦牧很重视作品的思想性。从他所描写的十分广泛的题材中,不论是讴歌英雄,鞭挞丑类,还是描绘山川风物,剖析事理幽微,都有一条鲜明的思想主旨:为社会主义因素的成长擂鼓呐喊,为清除旧社会旧制度遗留下来的污秽而斗争。但是,他的特点是用谈天说地、辨析名物的方式,借助丰富、饱满的知识,抒写对人生的感受,寄寓对人物的褒贬,启发人们去思考,受到崇高的感情的陶冶,寓教育于娱乐之中,思想性、知识性、艺术性,在他的作品中,比较完美地结合起来了。

在秦牧散文中,先进思想的贯串,主要体现于对事物的精辟分析和独到的见解,它使丰富的知识,不管是平凡的还是奇异的,幽微毕现,旧意翻新。这些丰富的知识,又服务于思想的深化,主题的表达。因为,丰富的知识,它不仅使作者构思谋篇,左右逢源,而且能使联想有物可及,抒情有所附丽,析理精微透辟。这种思想与知识的辩证关系,在秦牧散文里体现得比较突出。例如在《土地》这篇抒情散文里,作者面对大地,联想深广,丰富的历史知识和生活知识,如百川汇海,聚之笔下,其中像:福建沿海一带妇女发髻上三支短剑似的装束,成人死后,以白布盖脸的旧俗,湛江地方"寸金桥"的取名等等,这些知识一经作者的精辟分析,深蕴其中的爱国主义思想,立刻便光彩四射,生动感人了,更深刻有力地表现出人民热爱祖国土地的深厚感情,和保卫祖国领土的坚强精神。思想与知识的辩证关系,在作者那些描绘山川风物和剖析事理幽微的散文里,体现得尤其鲜明。如《海滩拾贝》,作者不仅向我们介绍了美丽、瑰奇、使人目迷五色的贝壳:椰子螺、天狗螺、钟螺、蜘蛛螺、伞贝、扇贝、唐冠贝……以及贝壳在人类历史和人们生活中的贡献和作用。而且,还让我们从海滩拾贝中,领悟到"事物之间复杂、变化的道理","人对万事万物的矛盾、复杂、联系、变化的辩证规律认识不足时,常常招致许多的不幸"。同时,让人们从粒沙积成海滩,水滴汇成海洋的道理中,认识到"没有无数的渺小,就没有伟大。离开了集体,伟大又一化而为渺小"。从而像牛顿那样,始终把自己看做:在未知的真理的大海面前,不过是在海滩上拾一些光滑的石块或美丽的贝壳的小孩子,要把骄傲和自卑,像抛掉一块破瓦片似的抛到海里去。再比如《巡堤者的眼睛》一文,作者通过富有经验的老农巡堤时的情景,以及高明的鉴赏家识破伪造得惟妙惟肖的艺术赝品的故事,来说明防患未然的辩证道理,都可以看出先进思想与丰富的知识间的相辅相成,辩证统一。

秦牧散文的艺术魅力,不仅来自丰富知识、独到见解所带来的新鲜感(新鲜感,无论何时都是感人的重要因素),而且来自作家高明的语言技巧。秦牧曾反复强调写好散文的三个要素:思想,知识,语言。秦牧散文语言的造诣是很高的。他掌握了一套栩栩传神的笔墨,且能根据表情达意的需要而变幻笔墨,既能传"金戈铁马"之概,又能尽"吹箫踏月"之致。他常常使用亲切的理性的诉说,间以生动的描绘或刻画。且在关键之处,写得集中、强烈。他喜欢"采取的是像和老朋友们在林中散步,或者灯下谈心那样的方式"。在文章中"从来不回避流露自己的个性,总是酣畅淋漓地保持自己在生活中形成的语言习惯"。(《花城·后记》)再加上活泼的口语,精炼的古语,适当的偶句,精彩的警句,生动的比喻等的巧妙运用,更使其写景状物,栩栩如生;叙事抒情,娓娓动人;剖析事理,津津有味。试看《海滩拾贝》里的一段文字:

> 我们在海滩的时候,就是不去思念贝壳在人类生活上的价值,也没有找到什么珍奇的品种,我觉得,单是在海滩俯身拾贝这回事,本身就使人踏入一种饶有意味的境界。试想想:海水受月亮的作用,每天涨潮三次,在高潮线和低潮线之间有这么一片海滩。这里熙熙攘攘地生长着各种小生物,不怕干燥的贝类一直爬到高潮线,害怕干燥的就盘桓在低潮线,这两线之间,生物的类别何止千种万种!潮水来了,石头上的牡蛎,藤壶,海滩里的蛤贝,纷纷伸手忙碌地捕食着浮游生物,潮水退了,它们就各各忙着闭壳和躲藏。这看似平静的一片海滩,原来整天在演着生存的竞争。这看似单纯的一片海滩,内容竟是这样的丰富,单是贝类样式之多就令人眼花缭乱。这看似很少变化的一片海滩,其实岩石正在旅行,动物正在生死,正在进化退化。……

你看,作者不仅词汇丰富,而且用词精确,拟人、排比,修辞精妙。丰富的知识,深刻的哲理,经过作者的传神妙笔,交织成一个"哲理和诗的境界"了。

在艺术上,奇妙的联想,也是秦牧散文创作的一个特色。他常常展开想象的翅膀,在历史和生活知识的广阔领域里自由翱翔,用一条思想感情的线牵连起一个个故事,或一幅幅画面,或一件件事例,借以抒写他的情怀。这样就使其散文的结构行文,显得比较洒脱、自由。有人将这种结构形式比作"滚雪球",初时一团,愈滚愈大。亦有点像云出岫壑,开始一缕,继而成团,团团相连,汇作一片云海,等到云开雾散,山之真面目便豁然于读者眼前。

从上述可以看出:杨朔散文原属抒情小品一路,情感的成分多;秦牧的散文本属杂文一格,理性的分子重。杨朔重在从生活中提炼诗意,创造意境,抒写他对美好事物的歌颂;秦牧则旨在探索事理的幽微,以谈天说地的形式,寄寓他对人事的褒贬。杨朔散文结构严谨,布局精巧,颇有苏州园林"曲径通幽"之趣;秦牧散文则结构自然,围绕他所欲表达的思想顺势行文,有人将其比喻为"滚雪球"。杨朔十分注意文字的锤炼,力求语言的简洁、清新,抒情写景,往往寥寥几笔,亦能达意传神;秦牧则志在创造一种生动、流畅,富有逻辑性与表现力的语言,夹叙夹议,娓娓而谈,使人感觉亲切自然。可以说他们的散文,各有所长,亦各有其短;既有佳作,亦有败笔。不过,就今天审美观念发生变化的读者来说,似乎对秦牧的知识小品更喜欢一些。

吴伯箫(1906—1982),原名吴熙成,曾用笔名山屋、天荪。山东省莱芜县人。抗日战争爆发后的第二年赴延安。曾先后任陕甘宁边区文化协会秘书长、陕甘宁边区教育厅科长,张家口华北联大中文系副主任,东北大学社会科学院副院长、文学院副院长,并主编《东北文化》;1949年之后,又曾任东北师范大学副教务长,全国第一次文化大会理事和秘书长,东北教育学院副院长,人民教育出版社副社长,文学讲习所所长,《文艺学习》编委,中国社会科学院文学研究所副所长。

吴伯箫主要致力于革命教育事业,兼事散文创作。抗战前的作品收入《羽书》里;抗战间的作品收入《潞安风物》《烟尘集》里。散文集《出发集》,收入作者1946年至1954年的作品;《北极星》收入的大多是1949年之后的作品,初版于1963年,共收散文二十篇,1978年再版时,抽去《记列宁博物馆》一篇,补入《红太阳居住的地方》《"努力奋斗"》《天下第一山》《岗位》《八间房》《"早"》等六篇。《忘年》,第一辑收入粉碎"四人帮"之后的新作;第二辑收入三四十年代的旧作。

吴伯箫曾经将《在延安文艺座谈会上的讲话》的发表,看做他自己散文创作道路上的"分水岭",而散文集《羽书》和《北极星》,则分别为这道"分水岭"左右两侧的代表作品。的确,在1942年以前,吴伯箫散文的精华主要集中于《羽书》里。而出版于1963年的《北极星》则主要是其1949年之后至60年代初的散文荟萃。

《北极星》的问世,标志着吴伯箫艺术风格的成熟。其中成就最高、影响最大的,是那些回忆延安生活的作品。当年延安生活,是充实、壮丽、充满青春朝气的生活。在艰苦困难的环境中,延安的干部和群众,在党和毛主席领导下,上下一心,艰苦奋斗,为赢得一个光明的新中国而学习、劳动、工作和战斗。吴伯箫曾在延安生活八年之久,亲身参加过轰轰烈烈的大生产运动,据说还是一名纺线能手。对于这段生活,他怀有极其深厚的感情。他写的是自己的所见所历,真情实感。不论是写纺车,还是写菜园;不论是写歌声,还是写窑洞,都带着深切的怀念和珍爱之情,正像作家在《记一辆纺车》中所说:"想起它,就像想起旅途的侣伴,战场的战友,心里充满了深深的怀念。""那种感情,是凯旋的骑士对战马的感情,是'仰手接飞猱,俯身散马蹄'的射手对良弓的感情。"而这正是吴伯箫散文感人肺腑的原因。

同时,由于吴伯箫能高瞻远瞩,深入开掘,所以他能做到由小见大。比如他从自己使用过的一辆纺车,写到延安的纺线运动;由纺线的物质成果,到纺线的艰苦和愉快,到纺线的技术和姿势,到技术的改革和经验的交流、劳动的竞赛,最后升华到"跟困难作斗争,其乐无穷"这个思想高度。《菜园小记》《歌声》《窑洞风景》的写法,也大抵如是。可以看出,经过作家这种开拓和挖掘,大大增加了作品思想内容的广度和深度。

吴伯箫散文语言的造诣也是较高的。他勾勒画面,语言洗炼,形象鲜明;他抒写感情,笔触细致,比喻贴切。他很注意文章的修辞,善用对偶、排比和比喻,然而又无雕琢堆砌之感,做到了质朴与优美的统一。如:

> 那些新芽,条播的行列整齐,撒播的万头攒动,点播的傲然不群,带着笑,发着光,充满了无限生机。
>
> ——《菜园小记》

吴伯箫散文的语言,也像他笔下的菜园那样的清新和优美。

第四节 徐懋庸、巴人的杂文和《燕山夜话》、《三家村札记》

50至70年代杂文的两次勃兴中,成就突出,具有广泛影响的是徐懋庸、巴人的杂文和邓拓的《燕山夜话》,邓拓、吴晗、廖沫沙合作的《三家村札记》。

徐懋庸(1910—1977),浙江上虞人。上过小学和半工半读的中学。1933年开始在《申报·自由谈》上发表杂文。受到鲁迅的指导和关怀,其杂文颇具鲁迅的风格,以至《申报》副刊编辑黎烈文误以为徐懋庸是鲁迅新用的笔名。他30年代出版过杂文集《打杂集》《不惊人集》《街头文谈》等。此后中断杂文写作达20年之久。1956年11月至1957年8月以"回春""弗光"等笔名发表杂文100多篇,对官僚主义、教条主义、宗派主义、特权思想、不民主的作风、不尊重科学的蛮干行为进行了批评和抨击。《想到〈活捉〉》《对于百家争鸣的逆风》《宋士杰这个人》《武器、刑具和道具》《不要怕民主》《不要怕不民主》等是其代表性作品。《徐懋庸杂文集》是其杂文较为完备的一个文本。

在《关于杂文的通讯》中,徐懋庸写道:"杂文的作者,一方面要坚决地宣扬真理,真理所在,当仁不让;在任何条件下不移,不淫,不屈。但也不要以为自己是真理的绝对占有者,随时都要虚心探讨。""杂文如果有什么艺术性,那么,我以为,仍然出于群众的街谈巷议的特点。你试到街头去听听,群众的谈话,总是随随便便,自自然然的;生动,泼辣,不拘规范的;嬉笑怒骂,很少顾虑的。"这些话可以说明他的杂文的特点:坚持真理而不以真理占有者自居;生动,泼辣,不拘规范。因此,读徐懋庸的杂文,就如同听一位诚实可敬的人谈话。他不掩饰自己的缺点和局限,常常在文章中修正自己原来的一些观点。但原则问题,他是非分明,不遮不掩,尖锐果断,一针见血。在《对于百家争鸣的逆风》里,他批评了某高级干部独断专行的作风。在《宋士杰这个人》里,他热烈地赞扬了京剧《四进士》中宋士杰不顾个人安危仗义执言的行为,驳斥人们对宋士杰的求全责备。在《武器、刑具和道具》里,他无情地嘲讽了把"理论"作为刑具和道具,"对于并不是敌人的人","无情批判之,残酷斗争之",并用新奇怪异的说法自炫的人。指出,这种人的"胜利","不过是刽子手的胜利",其新奇怪异之论,"恐怕也只是道具而已"。《不要怕民主》和《不要怕不民主》从领导和群众两个方面对民主的态度作辩证的分析,大力呼唤民主。《真理归于谁家》虽对所谓"百家争鸣其实只有:无产阶级一家,资产阶级一家"表示赞同,但又指出,"一般地说,真理从来对一切人是一视同仁的。无论谁,无论你出身哪个阶级,只要你真正爱真理,不害怕真理,诚恳切实地追求真理,而且不怕困难,不怕批评,不怕修正错误,总而言之,只要你实事求是,那么,你的正确的努力做到一分,真理就显示给你一分;你做到十分,它就给你十分"。这在当时的历史条件下,是难能可贵的,勇敢的。

巴人(1901—1972),原名王任叔,浙江奉化人。早在30年代即从事杂文写作。1956年至1957年间发表《论人情》《况钟的笔》《真的人的世界》《上得下不得》《"敲草榔头"之类》《略谈要管人》等文章,针砭时弊,呼唤人情和对人的尊重。《论人情》批评当时文艺作品和实际生活中"教条"式地强调阶级斗争、忽视抹杀人情的现象,指出,"人情是人和人之间共同相通的东西。饮食男女,这是人所共同要求的。花香、鸟语,这是人所共同喜爱的。一要生存,二要温饱,三要发展,这是普通人的共同的希望。……这些要求、喜爱和希望,可说是出乎人类本性的。"《况钟的笔》从昆剧《十五贯》中况钟的笔三落三起入手,抨击当时某些干部笔下无"人"的官僚主义作风,大力倡导对人负责的精神。巴人的杂文深刻犀利,锋芒逼人。不但在50年代具有很高的思想和艺术价值,就是放到今天,仍能给人以启发。他1949年之后的杂文结集为《遵命集》和《点滴集》,《巴人杂文选》收入他自1936年至1957年所写的杂文代表作。

《燕山夜话》的作者是邓拓(1912—1966)。他于1961年3月应《北京日报》之约,以马南邨为笔名,开设"燕山夜话"专栏,其宗旨是"提倡读书,丰富知识,开阔眼界,振奋精神"。至1962年9月共发表杂文152篇,后由北京出版社分五集出版。1963年合集重印。《三家村札记》的作者是邓拓、吴晗(1909—1966)、廖沫沙(1907—1990)。三人于1961年9月应北京《前线》杂志之约,以吴南星(取吴晗的吴、马南邨的南、廖沫沙的笔名繁星的星)为笔名,开设"三家村札记"专栏,每期一篇,轮流撰稿,共65篇(其中5篇由他人代作)。1979年由人民文学出版社结集出版。

这两部杂文集写于1958年"大跃进"的狂热之后的国民经济困难时期。当时国家实行全面调整,以使人民得到休养生息。邓拓、吴晗、廖沫沙都是学者、政府机构中的高级干部。他们写杂文,恰如邓拓在《生命的三分之一》中说的,"我之所以想利用夜晚的时间,向读者同志们做这样的谈话,目的也不过是要引起大家注意珍惜这三分之一的生命,使大家在整天的劳动、工作以后,以轻松的心情,领略一些古今有用的知识而已。"这些杂文多从古籍、典故、成语、神话、戏曲、传说入手,引出有益于世道人心的话题。如《欢迎杂家》谈求知的博与专的关系;《广阳学派》《艺术的魅力》等谈正确对待文化遗产;《主观和虚心》《创作要不要灵感》《读书也要讲知识》等谈读书做人之道;《一个鸡蛋的家当》《说大话的故事》谈不能用空想代替现实,批评说大话、说假话、心术不正之风;《论学风》《谈学术研究》等谈学术研究要理论联系实际,不断创新;《论戏剧改革》《谈海派》等谈戏剧改革要勇于创新;《学和用要一致》谈学习方法;《志欲大而心欲小》谈立大志,小私心;《赵括和马谡》谈主观主义、教条主义的危害,等等。其涵盖面很广,天文地理、自然社科、历史现实,无所不包。从总体上看,强调端正学风、工作作风,强调知识的重要性、理论联系实际的重要性和正确的为人处世的重要性,是对1958年"大跃进"的浮夸、不切实际的反拨。其行文是谈天说地式的,以平和冲淡的语调娓娓道来。即使《一个鸡蛋的家当》《说大话的故事》

《伟大的空话》《专治"健忘症"》《堵塞不如开导》《王道和霸道》等较为尖锐的针砭时弊之作,也机锋深藏,以宽和、中庸的形式出现。这种文风符合当时提倡的"轻松""软性"的文化方针,同时也是吸取50年代中期一些杂文直刺现实而遭厄运的"教训"的结果。然而三位正直的作者依然无法逃脱"文祸",《燕山夜话》《三家村札记》被林彪、"四人帮"诬为"反党反社会主义的大毒草",邓拓、吴晗竟被迫害致死。

第五节 巴金、孙犁、杨绛的散文

"文革"结束后,特别是70年代末以来,反思历史成了文学的一个重要主题。一些老作家写了一批回忆往事的散文。他们或追思亲友,或记叙历史上的生活片断,或自省,都带有"亲历"性,带有总结人生的色彩。其中巴金、孙犁、杨绛是有代表性的作家。

巴金(1904—2005),建国以后,他像一江解冻的春水,离开他那流惯的故道,汇入新生活的海洋之中,开始用他那"写惯痛苦和哀愁的笔来歌颂人民的欢乐和胜利"。(《第二次的解放》)1952年文艺整风之后,他深入火热的生活和斗争,两次到朝鲜,同志愿军生活在一起;多次到工厂,农村深入生活,数次出国访问。他在参加社会活动,从事小说创作、编辑和翻译工作之外,还创作了大量歌颂新生活、新人物,歌颂中国人民同世界各国人民友谊的散文作品,先后编选出版的散文集有《华沙城的节日》《生活在英雄们中间》《保卫和平的人们》《大欢乐的日子》《新声集》《友谊集》《赞歌集》《贤良桥畔》《倾吐不尽的感情》。粉碎"四人帮"后他写了许多的"随想"与"回忆"。他80年代出版的五集"随想录":《随想录》《探索集》《真话集》《病中集》《无题集》,被认为是当代散文的珍品。

就题材而论,巴金在1949年后的散文大致可分为:歌颂英雄人物的,如《我们会见了彭德怀司令员》《生活在英雄们中间》等;怀念战友、朋友、亲人的,如《忆鲁迅先生》《一个秋天的早晨》《秋夜》《廖静秋同志》《怀念萧珊》等;抒写对新生活的感受的,如《上海,美丽的土地,我们的!》《大欢乐的日子》《让每个人的青春都开放美丽的花朵》等;描写异国见闻、中外友谊的,如《富士山和樱花》《向着祖国的心》《从镰仓带回的照片》;人生总结与探索的,即80年代所写的五集"随想录"。

他的"文革"之前的散文,写得热情奔放,而又真挚朴实。他说:"我的笔即使写不出振奋人心的'热情的赞歌',它也要蘸饱作者的心血写下一个普通人的欢乐和感激的心情。我绝非为写文章而写文章,我有满腹的感情要倾吐,我有不少的见闻要告诉人,我有说不尽的对新社会的热爱要分给别人,我才拿起我这支写秃了的笔。"(《赞歌集·后记》)在字里行间,燃烧着一位老作家热爱祖国,热爱社会主义的极其可贵的政治热情。

巴金"文革"后的散文,无论在内容与风格上,都起了重大的变化。作家在"十年动乱"中所目睹的极端残忍而又十分滑稽的悲剧与闹剧,以及家庭和个人身心的遭遇,使他对人生的观察与判断更臻深刻与成熟。他掏给读者的,虽然依旧是"一颗火热的心";但是,这颗心,已经没有了那曾经"把假话当作真话说"的幼稚,而有的是把真话当真话说的勇敢与成熟。作家说:"在我,自信和宣传的时期已经过去,如今是总结的时候了。"(《〈序跋集〉再序》)他的五集"随想录",便是他对人生经验的深刻总结。

巴金"随想录"的最光辉的成就,也即是它巨大的启示力和震撼力,就在于这样三点:首先是它的"真"。这五本"随想录",亦可一言以蔽之曰"真话集"。正像作者所说:它写的全是"心里的话","不隐瞒,不掩饰,不化妆,不赖账,把心赤裸裸地掏了出来"。他不论是反省自己,或是针砭时弊,总是把自己摆进去,体现出一种无情地自剖精神。他在《再论说真话》里这样写道:

  那些时候,那些年我就是在谎言中过日子,听假话,说假话,起初把假话当作真理,后来逐渐认出了虚假,起初为了"改造"自己,后来为了保全自己;起初假话当真话说,后来假话当假话说。十年中间,我逐渐看清楚十座阎王殿的图像,一切都是虚假!

这段无情的自剖,难道不也是对于亲身经历过那段历史的一代人的心灵的深刻解剖吗?

其次是它剖析的深刻性与尖锐性。作者不论是解剖自我,还是针砭时弊,总能透其现象而究其根源。这个根源便是根深蒂固的封建主义残余。"反封建",可谓是这五集"随想录"共蕴之思想主旨。例如作者在《衙内》一文里说:"不过高衙内、杨衙内以及各式各样的衙内,都是旧中国封建主义的土特产,因此要搞好清洁卫生,还是要大反封建主义。"

再次是文笔的娴熟。巴金作文,一贯不事雕饰,如出天然。这是由于他的文笔十分娴熟,表情达意,能随心所欲。试看在《三论说真话》里,这样描写他"怕开会"浪费光阴的心情:"在会议中间,在会场里,我总觉得时光带着叹息在门外跑过,我拉不住时光,却只听见那些没完没了的空话、假话,我心里多烦。"在《"从心所欲"》一文里,他将"十年浩劫"中头几年的遭遇和心情,比喻为"像是一个游魂给带去见十殿阎王,过去的经历一桩桩一件件全给揭发出来,让我在油锅里接受审查、脱胎换骨。十幅阎罗殿过堂受审的图画阴风惨惨、鲜血淋淋,我不知道自己是人是鬼,是兽是魂,是在阴司还是在地狱。"寥寥几笔,言简意赅,读之如臻其境。

《怀念萧珊》,写于1979年1月,可谓悼亡之作的上品。"十年动乱",制造了许多人间悲剧,给成千百万人的身心留下难以平复的创伤。对于巴金来说,心灵上最深的一道伤痕,便是失去了同他几十年甘苦与共、相濡以沫的爱妻萧珊。萧珊不是什么"当权派",也不是什么"学术权威",她仅仅是一位文艺战线上的"义务劳动者",可是,在"文革"中,她却被关进"牛棚",挂黑牌,扫马路,挨皮带,陪斗,受尽折磨侮辱,患了病得不到治疗,直至癌细胞扩散,肠癌变成了肝癌,还是通过"走后门",才得住院手术,最终含冤身死。她究竟犯了什么罪,受此非人迫害?理由很简单:就因为她是巴金的妻子。这是多么荒唐与暴虐!作者回忆及此,怎能抑制心头的无限悲愤,他写道:

> 她不想死,她要活,她愿意改造思想,她愿意看到社会主义建成。这个愿望总不能说是痴心妄想吧。她本来可以活下去,倘使她不是"黑老K"的"臭婆娘"。一句话,是我连累了她,是我害了她。

在这平静的叙述里,汹涌着多么深沉的悲痛;在这自责自悔中,又包含着多么强烈的控诉,有至情方有至文。作者交给我们的是他那颗燃着火、滴着血的心。不论是回忆"文革"风暴袭来时夫妻间的忧患与共和相依为命,还是写萧珊病情恶化时求医的艰难,以及作者如焚的忧心;不论是抒写萧珊在人间的最后时日里,夫妻间"痛苦又感幸福"的短暂厮守,亦不论是回想往昔他们从相爱到结婚,从旧社会到新中国的坎坷经历,都写得坦诚自然,曲尽缠绵,我们从中看到,在那"四害"横行的年月,一个善良的灵魂是怎样被摧残与吞噬;两颗美好的心灵是如何相依相亲,经受着痛苦的熬煎。自然,作者那高尚的人格尤给我们以极大的好感。

《小狗包弟》,写的是作者对一只名叫"包弟"的小狗的回忆。包弟曾同主人一家友好相处,对主人简直是一腔痴情;可是在"文革"开始后的动乱年月,在主人都自身难保的情况下,包弟便成了一个"包袱"。随着形势越来越紧,最后不得不忍痛把包弟送到医院去。可是,送走之后,起初还有"一种摔掉包袱的感觉",但是,随之而来的是,"我又觉得我不但不曾摔掉什么,反而背上了更加沉重的包袱"。他仿佛看见包弟躺在解剖桌上给割开了肚皮。再往下想,不仅是小狗包弟,连自己也在受解剖。于是他说:"不能保护一条小狗,我感到羞耻;为了想保全自己,我把'包弟'送到解剖桌上,我瞧不起自己,我不能原谅自己!"这种痛心疾首的自剖,是多么深刻而发人深省。

孙犁(1913—2002),原名录树勋。河北平安人。他的文学创作生涯始于30年代末40年代初。以短篇小说《荷花淀》《麦收》《芦花荡》闻名于世。1949年后创作了长篇小说《风云初记》、中篇小说《铁木前传》和散文集《津门小集》等。1956年一场大病使他进入10年养病期,接着又是"文革"10年,没有只字发表。"文革"结束后他已步入老年。"人的一生中,青年时容易写出好的诗;壮年人的小说,其中多佳作;老年人宜于写散文、杂文,这不止是量力而行,亦卫生延命之道也"(《佳作产于盛年》)。他"宁可闭门谢客,面壁南窗,展吐余丝,织补过往"。自1979年起,连续出版《晚华集》《秀露集》《澹定集》《尺泽集》《远道集》《老荒集》《陋巷集》《无为集》和《耕堂杂录》《琴和箫》《耕堂散文》《耕堂序跋》《耕堂读书记》《书林秋草》《编辑笔记》等。《孙犁散文选》是其散文的精选文本。1992年出版了八卷本《孙犁文集》。

孙犁回忆自己在抗日战争中的写作生涯时说:"生活就像那时走在崎岖的山路上,随手可以拾到的碎小石块,随便向哪里一碰,都可以迸射出火花来。"他认为那时的生活是"美的极至"。因而他早年之作侧重于揭示人性中美的一面,诗意的一面。清新俊逸,如带露的荷叶。晚年经历了10年养病,10年浩劫,目睹了人事沧桑,加之长期离开故土,移居城市,总有花树离土的不适感。其作品多为怀旧之作:忆童年,忆战争生活,忆伙伴,忆战友,忆亲人。风格也有了很大的变化,早年的诗意如今已化作深沉的哲理思索,产生了洞悉人生后的平静与质朴。《木匠的女儿》写一个叫小杏的女孩子,长得俊俏,但婚姻不幸,此后就靠上了一个又一个有钱有势的男人。"女人一旦得到依靠男人的体验,胆子就越来越大,羞耻就越来越少……这叫做一步步往上依靠,灵魂一步步往下堕落。"对这样一个人物,孙犁并未一味谴责,更多的却是同情,"贫苦无依的生活,在旧社会,只能给女孩子带来不幸。长得越好,其不幸的可能就越多。她们那幼小的心灵,先是向命运之神应战,但多数终归屈服于它"。《亡人逸事》是怀念妻子的。写"天作之合",表现与妻子的结合纯属偶然;写"相相媳妇",表现妻子"礼教观念很重";写婚后的生活,表现妻子的贤惠。语调舒缓,叙述冲淡平和。然而最后说:"过去,青春两地,一别数年,求一梦而不可得。今年老孤处,四壁生寒,却几乎每晚梦见她,想摆脱也做不到。"其情感之真,之深,令人扼腕。

杨绛(1911—),原名杨季康,江苏无锡人。1932年毕业于东吴大学。次年考入清华大学研究生院外文系做研究生。1935年同丈夫钱钟书赴英法留学。1938年回国,先后任教于上海震旦女子文理学院外语系、清华大学外文系。1953年后,历任北京大学文学研究所、中国科学院文学研究所、中国社会科学院外国文学研究所研究员。她40年代除教学工作外,主要致力于戏剧创作,写过《称心如意》《游戏人间》《弄真成假》和《风絮》等剧本。50年代致力于外国文学翻译。"文革"后出版长篇小说《洗澡》,散文集《干校六记》《将饮茶》和文论《春泥集》《关于小说》等。1994年出版的《杨绛散文》是她有代表性的散文的结集。

《干校六记》写的是她于1970年7月至1972年3月间在"干校"的生活,包括"下放记别""凿井记劳""学圃记闲""'小趋'记情""冒险记幸""误传记妄"等六则。钱钟书在为该书写的《小引》中说:"干校两年多的生活是在这个批判斗争的气氛中度过的;按照农活、造房、搬家等等需要,搞运动的节奏一会子加紧,一会子放松,但仿佛间歇虐,疾病始终缠住身体。'记劳'、'记闲',记这,记那,都不过是这个大背景下的小点缀,大故事的小插曲。"这组散文没有正面展开当时社会上和"干校"中无休止的政治批判这些"大背景""大故事",写的多是"干校"中的衣、食、住、行、劳动及同事间、夫妻间的往来彼此"小点缀""小插曲",从"干校"中知识分子群体这一侧面,对"文革"作冷静而深入的反思。散文集《将饮茶》中有些篇什也写到"文革"中的遭遇,但不及《干校六记》来的从容。《回忆我的父亲》《回忆我的姑母》《记钱钟书与〈围城〉》等篇写得情谊绵绵,舒缓悠远,且有很高的史料价值。《孟婆茶》《遇仙记》《〈软里红尘〉楔子》等篇,想象奇异,文笔洒脱,寓意深厚,别有韵味。

在《将饮茶》的最后一篇《隐身衣(废话,代后记)》中,杨绛写道,"卑微"是人世间的"隐身衣","唯有身处卑微的人,最有机缘看到时态人情的真相,而不是面对观众的艺术表演"。从这里可以看出杨绛反顾历史时所采取的姿态以及由此而产生的艺术风格。她不以以天下为己任的身份对历史的是非评头论足,而专注于历史大背景下个人的见闻和感受;写个人的见闻和感受,也不作含血带泪的控诉,其语调是平静的、温和的,然而时代的氛围和人物的态度都得到深刻的揭示。如《学圃记闲》写她和"干校"菜园班里的几个人怎样建造厕所,怎样挖坑沤绿肥,怎样学种菜。可是他们挂在厕所门口的门帘、积的粪肥和绿肥、种的菜常常不翼而飞——被附近的农民偷走了。在与几个农村妇女和孩子们交谈后,知道了她们很穷,很多孩子上不起学。她们把"干校"用来喂猪的又干又老的菜帮子拣回去,揉碎菜叶子,用水煮了,搅上面糊,当饭吃。一个孩子告诉她,"可好吃哩"。由此作者感慨:"我们常吃的老白菜和苦萝卜虽然没有什么好滋味,'可好吃哩'的滋味却是我们应该体验而没有体验到的。"作者对前来偷菜的农村妇女,心情是矛盾的。一次三个女人正在拔菜,见她来了,边跑边把篮子里的菜扔到地上,"其实,追只是我的职责;我倒愿意她们把青菜带回家去吃一顿,我拾了什么用处也没有"。在那荒谬的岁月里,农民的贫困和一个正直的知识分子的良知就这样揭示出来了。即使写死人,作者的语调也是平静的,不动声色的。一天,她看到几个军宣队员指挥几个人挖了一个深坑,然后从苇席下抬出一个穿蓝色制服的尸体,"我心里震惊,遥看他们把那个死人埋了。"不但没有棺材,连一张裹尸体的席子也没有。事后知道,死者是自杀,才33岁,男的,有妻有子。惟其讲述的平静,才显出那个年代草菅人命是多么的寻常。

第六节　徐迟、黄钢、黄宗英等作家的报告文学

徐迟(1914—1996),浙江吴兴人。曾在苏州东吴大学文学院肄业。1943年在郭沫若主编的《中原》杂志任执行编辑。1949年担任英文《人民中国》编辑。1957年任《诗刊》主编。1960年调湖北省文联从事专业创作。

徐迟是一个老诗人和翻译家。早期作品有诗集《二十岁人》(1936年出版)、《最强音》、《美文集》(1944年出版);小说《狂欢之夜》(1946年出版);翻译作品有《托尔斯泰传》《巴黎的陷落》《依利阿德选译》等等。

建国以后,徐迟在火热的时代生活的感召下,曾先后访问了鞍山、武汉、包头等工业城市,到过许多工厂、矿山、工地,写出了他的第一个报告文学集《我们这时代的人》(1956年出版)。1956年春,在社会主义改造高潮的激励下,他出门作了一次长途旅行,先后到过三峡、重庆、昆明、兰州、玉门、柴达木和西宁,历时一年多,行程万余里,写下了第二个报告文学集《庆功宴》(1957年出版),以及诗集《美丽、神奇、丰富》(1957年出版),稍后,又出版

了诗集《共和国的歌》。这一时期，徐迟好像是一位行吟诗人，一路上，感受着，思索着，以诗歌和散文这两种"乐器"，奏着我们"共和国的歌"：她的江山多娇和风流人物。60年代，他的《鱼的神话》和《祁连山下》（写于1956年，发表于1962年）的发表，曾引起广泛的回响。前者虽然写了人物，但只是通过人物对话来描写我国渔业科学迅速发展及其宏伟远景。后者，却比较着重描写了我国著名画家、美术史家常书鸿献身祖国艺术事业的感人事迹，内容与文笔，都辉煌壮丽，丰富多彩。但作家自己却曾认为，"在思想性上比较贫乏"。不过，这两篇作品的发表，表明徐迟这位文学"轻骑兵"的骑手，已经开始向科学文化领域纵缰试马了。真正标志着徐迟报告文学光辉成就的是《哥德巴赫猜想》的问世。粉碎"四人帮"之后，老诗人精神振奋，青春焕发，在满怀深情写出《石油头》之后，接着便驰骋于风光无限的科学领域。先后写下《地质之光》《哥德巴赫猜想》《生命之树常绿》《在湍流的涡旋中》等作品。1978年，作者将此四篇，再加上《石油头》《祁连山下》《向着21世纪》等一起收入报告文学集《哥德巴赫猜想》。

报告文学集《哥德巴赫猜想》的成就，不仅是作者报告文学创作的新突破，也是我国报告文学创作的新开拓：作为工人阶级一部分的知识分子的形象，已经辉煌地出现于新中国文学的画廊；一向被看做深奥莫测、罕有问津的自然科学领域，对报告文学来说大有可为；以写真人真事为特征的报告文学，也是完全能够塑造出典型环境中的典型性格的。

作家以饱满的诗情，为我们描绘出科学世界的奇丽风光和峥嵘人物。我们看到：地质学家李四光，如何用他的学识、智慧，为我国描绘出石油、煤炭、金属、非金属、稀有、分散元素等矿产资源的壮丽远景；数学家陈景润，如何跋涉、攀登在数学的崎岖山路和千仞深渊，经历多少"几乎粉身碎骨"的"可怕的滑坠"，才登上（1+2）的台阶；植物学家蔡希陶，又怎样历经数十年的艰苦劳动和反复实验，初步获得了采取人工群落结构方式，进行合理开垦、充分改造和利用热带雨林的一系列有价值的科学规律。在他们探求真理的艰辛历程中，成为他们强大动力和精神支柱的，是他们献身于祖国科学文化事业的伟大理想，和他们对党，对毛主席，对周总理无限崇敬与热爱的深厚感情。这些光辉动人的形象，有力地批驳了过去"四人帮"对于广大知识分子的诬蔑和毁谤。

在这些科学家的形象中，塑造得最动人的是《哥德巴赫猜想》中的数学家陈景润的形象。陈景润的生活道路，是十分曲折甚至是有些离奇的。他的生活中充满着各种各样的考验、磨难。社会上的斗争，个人的境遇，对他的个性、心理的影响,是非常深刻而复杂的。作家在塑造这一形象的时候,既没有将他"神化"和概念化,也没有囿于那些近于荒诞离奇的情节,而是基于自己对时代的洞察和对生活的深切理解,去把握事物的本质,去处理素材。把"全部心智和理性"都献给了科学事业,这是陈景润性格的本质。正是由于此,他才仿佛整天生活在数学王国里,只是偶然才回到现实中来;在生活上一无所求,穿着双"通风透气"的鞋子,啃一口干馍馍就过一顿;有一次自己撞在树上,还问是谁撞了他;当同志们向他道贺新年,他才知道"今天是新年了呵!";在病得"心力已到了衰竭的地步",他还挣扎起来,坚持工作,他说:"不这样怎么对得起党?"善意的误会,无知的嘲讽,恶毒的诽谤,他不屑一顾;威胁,他不屈,利诱,他不动——"数学家的逻辑像钢铁一般坚硬!"而这,正是陈景润的本来面目。

徐迟是位老诗人。应当说,他在诗歌创作上的成就并不突出。但是,诗歌创作实践,却帮助他在报告文学上取得了独特的成就。徐迟:"诗人,作家既然是激情的人,他诚然有点儿像疯狂——或者说,有点儿浪漫主义,可是他还有明敏的,透过一切的理智,是这才使他没有成为疯子,没有成了浪子呢。"(《庆功宴·后记》)激情与理智的统一,是徐迟报告文学的特色。从他那五彩缤纷的描写里,常常流露出清泉似的思想和智慧,看他这段对蒲公英的描写:

>……它们飞舞着,作为种籽而飞翔,而后降落到大地之上,重新定居下来了,扬畅了,生长了,以几何级数的增长,开放了更多得多的花序,又结出更加多得多的美丽组合的果球。用不到惋惜的呵,更不需要伤感!倒不如赞扬它,咏吟它,歌唱它,欢呼它呵——大自然的素朴和华丽的统一!毁灭与生命的统一!
>
> ——《生命之树常绿》

徐迟还力求意境与构思的新颖,善于运用象征手法。尤其在语言上,更是继承创新,千锤百炼,刻意求工,使其富有诗的激情、色彩和节奏。看:

>……只见大自然抖开了丝绸,甩开了锦缎,大幅大幅的铺在中国大地上。它们覆盖起一座一座山峰,使整座整座山峰都如穿上了剪裁合身的最时新的艳丽的衬衫和裙子。
>
>看杜鹃花的花海里翻腾着杜鹃花的波涛!在它们上面,千千万万只蝴蝶,扑翅飞翔,美丽得使阳光炫耀。蜜蜂成群,在透明的芳香中散播嗡嗡的音波。生物世界,包括美丽的飞禽,美丽的昆虫,美丽的少女,

无不被这植物世界里的最美丽的杜鹃花激起了嫉妒之情。

作者拟人、取比,选词炼字,写得浓丽醉人,尤其是一个"抖"字、一个"甩"字,更是用得精妙,生动传神。作者还借鉴古代骈文句法,常常散骈结合,做到形象优美,声调抑扬:

……一个一个的人物,登上场了。有的折戟沉沙,死有余辜;四大家族,红楼一梦;有的昙花一现,萎谢得好快啊。乃有青松翠柏,虽死犹生,重于泰山,浩气长存!有的是国杰豪英,人杰地灵;干将莫邪,千锤百炼;拂钟无声,削铁如泥。一页一页的历史写出来了,大是大非,终于有了无私的公论。

——《哥德巴赫猜想》

这是一段深刻概括"文化大革命"十年动乱的精妙文字,写得气势磅礴,抑扬顿挫。还有些描写,不仅富有诗的节奏感,而且还有诗的跳跃性;如《三峡试笔》中的一段描写:

对峙的山峰一座套一座。越深,更窄,没有出路。不知大江从何处流来;这是一幅深刻的图画,激动人心的图画!

在艺术风格上,同徐迟恰成鲜明对比的,是以写作文艺性政论擅长的报告文学家黄钢。

黄钢(1917—1993),湖北武昌人。1938年到延安,进鲁迅艺术学院文学系学习。后随"鲁艺"战地文艺工作团赴晋东南敌后抗日根据地工作。1940年回延安。1942年起,先后担任《解放日报》记者兼采访科科长。建国以后,先后担任新华社特约记者,《人民日报》国际部评论员,特约记者。

黄钢早年曾受政论家、国际著名记者基希所著《秘密的中国》一书的影响。1939年开始写作报告文学。四十年间,其作品数量并不多,但却扎实、深刻,风格独具。1949年之前的代表作是:《开麦拉前的汪精卫》《我看见了八路军》《雨——陈赓的兵团是怎样作战的之二》《挽歌唱起来吧》;建国以后的代表作是:《朝鲜——晨曦清亮的国家》《拉萨早上八点钟》《亚洲大陆的新崛起》《难忘的延安之夜》《巴黎,让我们仔细看看你!》等等。

此外,还著有文艺性政论集《亚洲的新纪元》(1955年出版)、《伟大的变化》(1956年出版)、《李信子姑娘》(政论和特写合集 1963年出版),优秀传记文学《革命的母亲夏娘娘》(1957年出版),电影文学剧本《团结起来到明天》(1952年出版),话剧《指挥员在那里》(1950年出版),电影剧本《永不消逝的电波》(与李强、杜印合作)、《李四光》(1978年《长江文艺》),以及一些文艺评论。

周立波在《谈谈报告》(原载《读书生活》二卷十二期)一文中说:"真确的事实,锐利的眼光,抒情诗的幻想,同是基希的报告重要的因素。"用这来概括黄钢的报告文学创作,也是颇为合适的。

黄钢一贯坚持报告文学的党性原则,十分强调报告文学的真实性,重视发挥报告文学的思想和艺术威力。在写作过程中,他总是遵从"从局部到整体、从特殊到一般;然后,再从'一般'指导之下来表现'局部'"这一方法论。他到事件的中心去精细观察和周密调查,并常把这种观察、调查,同文字考证相结合,力求素材的详尽和确凿。同时,他又总是希望要求对事物的总体有一个比较完整的、确切的了解,然后才落笔去写它。因而,他常常立足于矛盾的全局,并着眼于尚待解决的矛盾,善于发现局部与全局的内部联系,从而把握住本质的东西,剔除非本质的东西,对素材进行成功的剪裁。这样,就使他的作品,不仅具有一定的思想深度,而且富有一种磅礴的气势。

在艺术上,其最大特色是政论的体格同诗的素质的结合。他将科学的分析同抒情诗的幻想紧密结合起来,在严密的逻辑中展示诗的幻想,在自然的写实中寄寓政治的象征;用客观的冷静的叙述来扼制自己的热情,让感情在事实和细节的严密排列里自然流露;在意境上他常给深深的情思添上淡淡的颜色。比如:

> 此刻,当货轮离开了海岸,李四光在轮机的轰轰声中,看了一下手表:这正是格林威治时间深夜十二时。李四光在海轮调头之时,朝那遥远的东方看了一眼,计算了一下西欧和亚洲的时差,欣喜地想到:现在好了,东方已经破晓,中国已经天亮了!
>
> ——《亚洲大陆的新崛起》

"东方已经破晓","中国已经天亮",这既是自然的写实,又是政治的象征;但这一切都是在严密的"时差"的"计算"之后,这里,诗的幻想被科学的分析紧密地驾驭着。再如:

> 1957年3月,杭州西湖的竹林边已经是片片嫩绿。在生机蓬勃的春色里,周总理对休养的李四光谈到了入党问题。

看,"片片嫩绿",这就是作者给画面涂上的颜色;然而,这清淡之中,却蕴含着蓬勃生机,——它不也象征着李四光崭新的政治生命,在党的关怀下,正在萌芽、成长吗?对于李四光在北京饭店受到周总理接见后激动心情

的描写,也是尽量做到笔墨简朴的:

> 一阵阵巨大的暖流冲击着李四光的心房。即使是印度洋上的冬季的巨浪,也不曾使他受到这样的震动!

简短的文字,朴素的比喻,却蕴蓄着深厚激越的感情。

黄钢的语言,带有有力的思辨的色彩,你感到他仿佛不是在一笔一笔地描写着事物,而是一刀一刀地雕刻着事物,简明、概括、坚实、有力。

黄宗英1925年生,原籍浙江省瑞安县,著名演员兼散文作家。50年代写的《特别姑娘》《小丫扛大旗》《新沣伯》曾获得好评。进入80年代以来,其文学创作进入一个空前旺盛时期。她的一些反映落实知识分子政策问题的报告文学,在社会上有较大反响。先后出版的文集有:《星》(上海文艺出版社1981年)、《桔》(上海文艺出版社1983年)、《小木屋》(福建人民出版社1984年)等。其中《大雁情》《桔》曾获全国优秀报告文学奖。

《大雁情》写的是陕西西安植物园研究实习员秦官属的境遇。秦官属是一位事业心很强、具有献身于科学事业精神的知识分子;可是,她在所属单位某些干部乃至个别群众眼中却是一个"地主出身""脱离群众""骄傲自大""脾气极坏""个人主义""成名成家思想严重"的人。她的处境,直到1978年全国科学大会召开前夕,还没有得到真正的改变。这表明,过去那种"左"的观念、方法,是怎样在掩盖和歪曲着一个人的真实的价值;而这种"左"的观念、方法,又是如何的根深蒂固,牢牢地束缚着一些人的思想,阻碍着党的知识分子政策以及其他各项改革政策的落实。作品的构思很有特色。采用了双线交错发展的结构方法,一条线写真实的秦官属,一条线写被"左"的观念歪曲了的秦官属,并且分别运用"她……""她?""她""她??"四个小标题,将全文分作四部分,这样就构成两种观念,是非真假鲜明对比而且逐层深入的格局。从而更深刻地揭露出"左"的思想观念的荒谬。

《桔》写的是柑桔分类和柑桔栽培学专家曾勉的遭遇。作品由我国柑桔生产问题的"特殊",——我国生产柑桔的历史最悠久,可是,现在却远远落后于美国和日本;写到曾勉这个"个别",——这样一位世界知名的柑桔栽培学专家,却被视为"老年精神病"患者,而弃置不用,直到1981年还未真正落实政策;进而暗示出"一般":"左"的思想路线流毒之深,落实知识分子政策的艰难。

《小木屋》写的是我国林学家徐凤翔的感人事迹。她怀着"献身林业了终天"的壮志,长年生活工作在西藏的高山森林里。为着在西藏密林中建起一座小木屋,作为森林生态定位观察站,多年以来,她不知向多少领导部门作过多少次书面申请或当面请求,除掉得到个"求求教授"的绰号外,一无所获。作者怀着极大的同情和感慨,写了这篇报告文学,希望它"能感动有权之士,给这位林学家换来一座真的森林里的小木屋"。瑰奇的自然,美丽的想象,挚热的感情,交融在一起,读之如臻妙境,读后回思绵绵。

黄宗英报告文学所写的,都是"行进中的人们"。写"胜利者",更写"失败者"。她要"为最需要援之以手的人们,助一'呼'之力"。她笔下的秦官属、曾勉、徐凤翔等,都不是胜利的英雄,而是艰难的行者。她描写他们,总是倾注真诚的热情,她说,她不是作为一个作家而活着,是作为一个人而活着:作为一个姐妹、一个女儿、一个阿姨、一个长者、一个晚辈、一个知己朋友、一个共产党员而活着。她首先"在生活中以自己的身心去写,而后,才谈得上在稿纸上写"。所以读她的作品,我们会感到作者与人物之间,有着"同甘苦、共命运去迎艰涉险,痛醉黄龙"的感情。这就使她的报告文学,总是富有比较浓厚的抒情色彩。另外,她也比较擅长于生动、细致的描写;在结构和画面上,往往借鉴电影手法,简洁而有致地写出事件和人物活动的进程。

理由1938年生,辽宁省辽中县人,自1977年始,主要致力报告文学创作。已结集的作品有:《她有多少孩子》(人民文学出版社)、《痴情》(四川人民出版社)、《理由小说报告文学选》(北京出版社)、《纯情》(百花文艺出版社)。

理由报告文学的题材,不那么尖锐,他笔下的人物,够不上是反映当前社会重大、尖锐矛盾的人物。他自己也说:"我在报告文学中写人生,写命运,写纯情,但这些并不是报告文学的所长,别的且不提,单是采访那些闺阁琐事就够费一番口舌的。"(《报告文学的遐想》)但是,他的题材的可贵之处,在于多样性和广泛性。"人生""命运""纯情",自然是其常涉的主题;而一旦遇到"一流、二流"的题材,"只要天赐良缘",他也"锲而不舍"。(同上)可见,理由的选材特点,与其说是为了减少"麻烦",不如说更多的还是出于他的性格气质。从艺术上看,他写得最好的作品,大都是取材于艺术家(这里把栾菊杰也称之为艺术家)生活的,如《扬眉剑出鞘》《痴情》等;《希望在人间》的主人公黄宗汉,虽然身为东风电视机厂厂长,但却是曾被《人民戏剧》誉为黄氏三杰,即黄宗江、黄宗英、黄宗洛的四弟,亦颇有艺术家的气质,而且他搞企业的独到之处,就在于"把艺术、政治、生意奇妙地融为一体"。总之,艺术的、美的分子,对理由的审美趣味,具有一种天然的向心力。

理由虽曾从事过短篇小说创作,但实践表明报告文学创作才是他最恰当的文学活动的位置。他具有相当敏捷的思想和美丽的诗情;其艺术趣味也颇为广泛,且善于融会贯通、借鉴、创造。所以,他的文章常常写得犹如倜傥少年,风度翩翩,才气横溢,妩媚而潇洒。

陈祖芬1943年生,上海人,毕业于上海戏剧学院文学系。粉碎"四人帮"之后,开始从事报告文学创作。已结集的有《陈祖芬报告文学一集》、《陈祖芬报告文学二集》(四川人民出版社)。

《祖国高于一切》和《共产党人》,曾获全国优秀报告文学奖。

《祖国高于一切》,写的是我国内燃机专家王运丰的遭遇。作者一方面满腔热诚地歌颂了他的爱国热忱,另一方面揭示了造成王运丰"报国无门"之忧愤的根源,那就是:在我们这块充满人才的土地上,还延续着一种扼杀人才的习惯:有些掌握科学而不掌权的,得服从本单位掌权而不掌握科学的;有些想干且知道怎么干的,得服从不想干且不知道怎么干的。在两种对立的精神品质的阴错阳差、东拉西扯中,人才被消耗着,但是人们往往不震惊,不愤怒,因为一切都已习惯了。

《共产党人》,写的是上海海关关长张超的事迹。一起港商与国内某公司勾结的大走私案,本来按有关法律办事,并不难处理;可是,由于某些掌权者的重重干涉,各方干扰,竟花了一年时间还没处理下来。作品不仅揭露了这种权大于法的不正常现象,而且还深刻地揭示出精神道德、价值观念在一些人身上的变化:原来终生追求的现在不屑一顾;原来可以株连几族的现在可以光宗耀祖;原来引以为荣的现在羞与为伍;原来躲之不及的现在趋之若鹜。一张香港某公司某经理的名片向你手里一递,可以化成一种高级的、甜蜜的、温柔的润滑剂,使各种关系就像齿轮似地调动起来,运转起来。这是多么严重的不正之风!

陈祖芬的文体显出一种轻快、流畅的节奏感。她常常将自己的思想感情同作品中人物的内心活动融为一体,夹叙夹议;在由现实的描叙转入历史的回述时,常像电影镜头的转换那么简捷而自然,例如:当文章写到张超坚持原则,执法如山,却受到那么多人超越职权的干预,心情不免像铅一样沉重时,作者也不禁同张超本人一起陷于这样的思索:"是不是张超太没灵活性了？是不是他过于死板了？"紧接着，作者写道：

>他死板？他玩起枪来一发子弹得打死两只斑鸠才算够本！抗战时他伏在山后，三枪打死三个敌人，掩护了他们小部队的撤退。……

于是，引出了许多历史的回忆。其行文间转换的自然、轻快，在报告文学中是不乏其例的。

陈祖芬的《经济和人》，又将报告文学的笔触深入到经济领域的腹地，深入到对于人在这一领域中的地位与价值的探索与表现上，而且写出了这一内容的复杂性：昨天的进步力量，有可能变为今天的保守力量；昨天的受压者也有可能在今天变成压制别人者。无论哪个时代，反对改革者不外乎三种人——既得利益者、盲目恋旧者、墨守成规的教条主义者。所以，改革才如此充满阻力和磨难。

在近年涌现出的中青年报告文学家中，李延国、钱钢和李玲修，堪称佼佼者。李延国1943年生，山东牟平人。小学毕业后，迫于贫困未能继续升学，在家当农民。1964年入伍。经过诗歌、小说和戏剧等各种形式的写作尝试之后，他选择了报告文学，尽管在创作《在这片国土上》之前，他已发表过《敢立军令状》《穆铁柱出山记》《废墟上站起来的年轻人》《江海情》等，而且《废墟上站起来的年轻人》还曾获全国优秀报告文学奖，但是，真正奠定他在报告文学领域地位的，还是中篇报告文学《在这片国土上》和《中国农民大趋势》的创作。它们标志着作家生活视野与艺术视野的进一步开阔。在写法上，突破了原来的单角度、纵向的格局，而采取了多角度、全景式的结构。如果说，《在废墟上站起来的年轻人》，呈现给读者的只是一位青年企业家的"小肖"；那么，《在这片国土上》和《中国农民大趋势》，向我们展开的则是一幅气势宏伟的群英图。前者，从我国明人张择端的《清明上河图》的构思获得启发，企图对引滦入津工程——我国水利建设史上的奇迹，作出既带有全局性，又富于历史感的反映。作者写了四十多个人物的命运。从市长到农民，从将军到战士，乃至不穿军装、不拿工资的家属，他们的具体形象，犹如一根根巨大的立柱，支撑起时代的巨幅图卷；他们的智慧与创造，凝结成我们的民族精神。这是一片多么令人热爱、发人沉思、励人奋进的国土。后者，这篇十万余字的纪实文学，虽然采用的也是全景式的结构，但其辐射面似乎更为阔大，同时，每一章都以"褪色的画"作引发，来转换出现实生活的巨大变革。结构显得更加自然而洒脱。加之作家的笔触，不只停留在物质生活的变化上,而是深入到人们的文化、精神、心理领域,予以深层次的探究与表现。这样,所写的虽然还仅仅是胶东半岛的局部,但使人感受到的却是整个中国农民的生活趋势。写"颂歌",写得这样深沉、凝重,而不流于轻浅,这该说是李延国报告文学的一大特色。其原因就在于他总是从历史的深层上,对现实生活作审美的观照,故而他的笔端所饱蘸的,不单单是烁金耀赤的暖色,而且渗溶着严峻的冷色和深沉的暗色。

钱钢,1953年生,浙江杭州人。1969年入伍。现为《解放军报》记者。他在报告文学创作上,确实表现出一种"钢"的意志和魄力。他同江永红合作的《"蓝军司令"》曾获全国优秀报告文学奖,稍后他独立完成的《火箭总工程师》,也赢得好评,但他丝毫也不满足。1984年他立意要写唐山大地震。1985年夏,完成了有关唐山大地震的采访。1986年3月,这部二十余万字的《唐山大地震》报告文学,便在《解放军文艺》上同读者见面了。这篇作品,以其磅礴宏伟的气势,惊心动魄的描写,深刻精敏的沉思,扣人心弦。1976年7月28日发生的唐山大地震,是人类历史上罕见的巨大悲剧。钱钢架起他的望远镜和显微镜,从宏观与微观的交织上,从人类学、社会学、心理学、地震学等各个角度,将这一巨大悲剧,生与死的永恒主题,凝固在历史发展的链条上。那"大自然的警告",那"濒死的拂晓"的惨景,那"渴生者"同死神的搏斗,那"在另一个世界里"的人们的灵魂的变异……读之,使人不胜惊异、痛苦和深思。它使读者常常是想看而又不忍看;痛苦却又偏去自讨"苦"吃。它具有悲壮、凝重、深沉的美。作者说,作写此文之目的就是"在为明天留取一个参照物,以证明人类毕竟是伟大的"。无疑,他的目的是非常出色地达到了。

李玲修,1944年生,山东省牟平县人。在天津市第七女子中学读书时,便开始在天津《新晚报》上发表影剧评论。十五岁考入长春电影制片厂见习演员训练班,毕业后留长影当演员。十八岁参军,在空军雄鹰文工团当话剧演员。1965年开始在《人民文学》《解放军文艺》等刊物上发表诗歌。现任长春电影制片厂编剧。主要作品有中篇小说《明天就要决赛》(人民文学出版社1980年),报告文学集《笼鹰志》(四川人民出版社1984年)、《足球教练的婚姻》(陕西人民出版社1984年),电影剧本《在她心灵深处》(与常彦合作),改编电影《赤橙黄绿青蓝紫》和《花园街五号》。

她的报告文学《笼鹰志》和《足球教练的婚姻》两篇,曾分别在1977至

1980年和1981至1982年全国优秀报告文学评选活动中获奖。《笼鹰志》，写的是鼻烟壶内画艺术家王习三的遭遇。在那十年浩劫中，王习三那卓绝的艺术才能，不仅得不到发挥，反而成了"罪恶"。他饱受摧残，历经坎坷，备尝艰辛。但是，心中始终怀着对艺术的忠诚和挚爱。在那极度困厄的境遇里，仍然孜孜不懈，表现出"九死而未悔"的意志，终于盼到了艺术的春天的来临。《足球教练的婚姻》，写的是原乒乓球女队员李玉环和足球教练刘敏新的爱情婚姻故事。作品以李玉环日记为其叙述方式，写得真实、亲切、活泼、风趣。李玲修的报告文学，比较擅长描写人物和叙述故事，这同她表演艺术的修养和小说创作的实践不无关系。

第七节　林放、严秀、邵燕祥、蓝翎 等人的杂文写作

"文革"结束后，特别是80年代，杂文写作十分活跃。一批老杂文家重新执笔，而且新人不断涌现。

林放（1910—1992），原名赵景熹，常用名赵超构。浙江瑞安人。1934年中国公安大学部毕业后一直从事报纸编辑工作。1938年入《新民报》，任重庆《新民报》主编、副总主笔等职，撰写《今日论语》等专栏。1944年发表长篇通讯《延安一日》，向国统区介绍延安的情况。1946年去上海，参与《新民报晚刊》的创刊工作，出任总编辑。1982年《新民晚报》复刊，任社长。《世象杂谈》和《未晚谈》是其"文革"前后杂文的结集。作为新闻工作者，林放始终保持着他的职业敏感。其杂文大多数为社会评论。他善于针对某些社会世象加以评说，或颂扬或批评，皆切中肯綮，入木三分。《"精禽"与"斗士"》《非其鬼而祭之》《魔鬼还没有忘记"暴食"》《还想再来一次"一亿玉碎"吗？》痛斥日本右翼实权人物参拜"靖国神社"，建立"满洲国"建国纪念碑，把侵略中国说成是"进入中国"的丑恶行径。《论犹大》概括叛徒犹大的品格，以抨击"文革"中出现的犹大式人物。《江东弟子今犹在》从一个直接参与迫害彭德怀同志的"头头"混进党内并被选拔到某厂科研所所长的位置上一事出发，告诫人们要警惕这类"江东弟子"卷土重来。《西崽相》《我还要诅咒》对某些人与外商谈判为索取贿赂不惜损害国家利益的做法进行辛辣的讽刺。《论太平官》《盗窃公物的人有福》《无功即是有过》等都涉及"太平官"现象。所谓"太平官"是指那些"不求有功，但求无过"的官员。这种人对种种罪恶行为视而不见，对种种不正之风听而不闻，"小心翼

翼捧着一顶乌纱帽,唯恐或失",林放针锋相对提出"无功即是有过",可谓一针见血。严秀说:"他的文章接触的社会面非常广泛,眼光是敏锐的,可以说没有一篇是清闲消遣之作","林放文章老更成"。

严秀(1919—　),原名曾彦修。四川宜宾人。1949 年任中共华南分局宣传部副部长,《南方日报》总编辑、社长。1954 年调人民出版社工作。1960 年至 1978 年在上海辞书编辑所工作。1979 年调人民出版社任总编辑、社长。1984 年离休。著有《审干杂谈》《当代杂文选粹·严秀卷》《严秀杂文选》等。他早在延安时期即开始了杂文写作,1949 年后以《论"数蚊子"》《官要修衙,客要修店》《九斤老太论》等享誉文坛。"文革"后写作更加老到,放胆直言,抨击思想、经济、文化等方面的弊端。《"国"必须四门大开》《论"歌歌派"》《重谈"雷峰塔的倒掉"》《"批判从严"该休息了》《"五好"先生传》《孵在京沪做什么?》等受到广泛好评。《"批判从严"该休息了》指出,"'批判从严,处理从宽',这话本是 1942 年后两三年间延安整风时提出的"。其内涵是对王明的"左"的路线批判从严,而对犯"左"倾错误的同志处理从宽。"这在当时针对某一特定事件说来,完全是对的"。但是即使在当时,把"批判从严"用在一批抗日战争前后入党的知识分子身上,"其流弊之大,在当时已很惊人","真是不死也得脱三层皮"。1949 年之后,继续坚持使用这两句话,就成了"一种任意性极大的惩罚原则","就是提倡打棍子、戴帽子,专横武断","成了以后无限上纲的前奏和长期准备"。文章对"批判从严"的来龙去脉的考察,十分深刻,是很有辩证法的。严秀认为,杂文的主要任务是揭露和抨击,应做到"所议者小,所及者大;所触者近,所见者远;所指者显,所虑者深",认为鲁迅的杂文并未过时,所谓"曲笔",正是杂文的"'味'之所在"。他的杂文正是他的上述认识的体现。

邵燕祥(1933—　)浙江萧山人,生于北京。笔名雁翔、颜香、汉野平等。1948 年入北平中法大学法文系就读,1949 年肄业。历任中央人民广播电台资料员、编辑、记者、《诗刊》副主编等职。1958 年被错划为"右派",1979 年平反。他 50 年代以诗歌创作闻名于文坛,同时也写杂文。"文革"后写作重心逐渐转向杂文。有《蜜和刺》《忧乐百篇》《绿灯小集》《改写圣经》《邵燕祥文钞》等杂文集出版。其杂文大至国家大事,小至错别字无所不谈。《切不可巴望"好皇帝"》《大题小作》《说自杀》《人有尾巴吗?》《检阅天安门》《说"寂寞"》《小议死后之事》《人咬人》等是"文革"后较有影响的作品。他才思敏捷,文笔犀利,坦然陈言,具有诗人的激情。《切不可巴望"好皇帝"》针对"文革"结束后一些人盼望出现一个现代的唐太宗式的好皇帝的心理,尖锐地指出,这"使我们想到封建社会中暂时还没有做稳奴隶的人们对暂时做稳了奴隶的人们的歆羡",虽然这种心理产生在十年浩劫之后,人心思治之时,是可以理解的,"但是却会使我们忘记或放松对封建主义残余的警惕和斗争"。"我们不是要在'好皇帝'和'坏皇帝'之间作选择,我们是要在真正的社会主义与封建主义之间,在民主与专制、法治与人治之间作选择"。这在当时是很能振聋发聩的。

蓝翎(1931—2005),原名杨建中。山东单县人。1949年在济南入华东大学社会系学习,同年底并入山东大学中文系。毕业后任北京师范大学工农速成中学语文教员。1954年调《人民日报》文艺部任编辑。因写杂文在"反右"运动中被错划为"右派"。1962年至1966年任《奔流》编辑。1974年调郑州大学任教。1980年重返《人民日报》任文艺部副主任。他50年代主要从事文艺批评和古典文学研究,兼写杂文。80年代以杂文写作称誉文坛。有杂文集《了了录》《金台集》等出版。其杂文广泛涉及社会、文化、文学诸方面,而写得最好的是对社会不良倾向的议论,如《论吹牛》《漫话古今考场案》《谈历史上的冤案》《无题有感》《读余遐思》《"一言堂"追根》《拉祖配》等。他在《读余遐思(一)》中说:"中国的封建社会太长了,潜在的影响太重了。只要我们把老谱的渊源查清楚,就能更有效地肃清封建主义的流毒,也可以辨别老谱的花样翻新。"因此,他常常针对现实中的不良倾向,采取查老谱,挖老根的办法,以剖析其历史根源。如《"一言堂"追根》没有人云亦云地将"一言堂"归结为封建家长制。他指出,封建家庭里,男人是"长",说话才管用,女人则不行。封建家长制,乃是男长制,也就是夫权主义。而"夫权主义者,皇权主义的影子也"。"'一言堂'的支柱是皇帝的集权"。进入社会主义,封建的气息少多了,在民主和睦的家庭里,"一言堂"失去了威力。"唯独政治生活里却严重地存在着",一些人在家中还得发扬一点民主,"但一跳出家,民主也就扔掉了,大权独揽了嘛"。因此,"根治'一言堂'的最好办法是废除终身制,打碎'铁饭碗',实行民主选举。权一受限,'一言堂'就寿终正寝"了。这种查老谱的办法,增强了他的杂文的历史感,读来受益匪浅。

第八节　作家与学者的散文和随笔写作

80年代以来散文和随笔逐渐走向红火是和一批作家和学者的努力分不开的。

宗璞、张洁、张抗抗、张承志、贾平凹都是有影响的小说家。他们在写小说的同时也写了不少散文和随笔,并产生了较大的影响。宗璞(1928—　),原名冯钟璞,河南唐河人,生于北平。1946年入南开大学外文系,1948年转入清华大学外文系。1951年大学毕业,先后在政务院宗教事务委员会、中国文联、《文艺报》编辑部、《世界文学》编辑部、中国社会科学院外国文学研究所工作。她的散文大多收在《丁香结》《铁箫人语》《宗璞小说散文选》等集子里。60年代她写的为数不多的散文和当时的"诗化"散文格调相合。70年代末写的《紫藤萝瀑布》依然保持了这一格调。80年代中期她进行了审美调整。《哭小弟》《卖书》和"燕园"系列、"风庐"系列等作品夹叙夹议,娓娓道来,有丰厚的文化意韵,处处流露着"自我"情趣,为读者所称道。

张洁的散文多收在散文集《在那绿草地上》《一个中国女人在欧洲》《你是我灵魂上的朋友》《何必当初》和小说、散文集《方舟》中。1980年前后她写了《挖荠菜》《拣麦穗》《盯梢》等总名为"大雁系列"的散文,采用童年视角,是对失落的"爱"和"美"的真诚渴求,散发着女性的温馨和委婉。80年代中期写的《过不去的夏天》等散文,风格为之一变,愤世嫉俗,夸张荒诞,是对现实人生的冷酷和女性受男权社会压迫的抗争。

张抗抗的散文结集为《橄榄》《地球人对话》《野味》《你对命运说:不!》《恐惧的平衡》《故乡在远方》等,《张抗抗散文自选集》是较好的选本。她的散文都有一个"理"作统摄。这个"理"不是社会流行的某种观念,而是她自己悟出的、体现其人生理想的真诚见地。如《地下森林断想》对生命力的赞美,"大自然每一次剧烈的运动,总要破坏和毁灭一些什么,但也总有一些顽强的生命,不会屈服,不会屈服啊!"《下三叠泉》"知'水往低处流'亦不乏气势。"《仰不愧于天》由泰山的三起三落道出"脊骨与自信"的精魂。《牡丹的拒绝》赞扬拒绝献媚于权势的高雅。这种"理"与情与趣融为一体,读来饶有兴味,无说教之感。

张承志有散文随笔集《绿风土》《荒芜英雄路》《清洁的精神》《大地散步》等出版。这些散文随笔涉及"时代、国家、民族、宗教、教育、真的学问、心的历史、人与上述问题冲突后的境遇、人在中国追求的可能⋯⋯"(《荒芜英雄路·作者自白》)等等诸多方面,体现了他对人的终极价值、人类的精神家园的苦苦思索和执著追求。他厌恶商品大潮中人们的拜金主义、享受主义、实用主义,于是到古代,到内蒙古草原、新疆文化枢纽、黄土高原等地区去寻找理想境界。在《清洁的精神》里,他赞扬传说中的许由和春秋战国时代的刺客,在《绿风土》《不写伊犁》《初逢钢嘎·哈拉》《金钉夜曲钩镰月》《荒芜英雄路》《正午的喀什》中对边缘文明顶礼膜拜。他的散文随笔情感炽烈,思绪飞扬,语言灼烫,其价值取向有时不无偏颇。

贾平凹"小说、散文、诗三马并进"。已出版的散文集有《月迹》《爱的踪迹》《心迹》《商州散记》《商州三录》《贾平凹游记选》《贾平凹散文自选集》《抱散集》等。他写散文,有明确的追求,不在表层的花样翻新上动功夫,而以民族文化营养自己,求内在的深厚,他上承古代文化之精髓,近接二三十年代散文名家之风范,同时吸收中国绘画、戏曲和秦汉地域文化的韵味,从而成就了他那既空灵又蕴藉的散文格调。其早期散文如回忆童年生活的《一棵小桃树》《月迹》《池塘》《天上的星星》《溪》等,有如月光下的世界,美丽、单纯、澄明而又有几分神秘。从中可以看到朱自清、冰心、俞平伯等许多作家散文的影子。此后他一度用篇末点题的方法表现哲理。不久,他告别了这一方式,对生活情趣作文化上的观照,不以表现哲理为旨归,但哲理仍深藏其中,笔法上大有长进。如《静虚村记》《五味巷》《延川城感觉》《河南巷小识》《宜君记》《秦腔》等。80年代中,他推出的《商州三录》:《商州初录》《商州又录》《商州再录》,描绘了商州的历史沿革、自然地理、人情风俗、世事变迁,行文洒脱,随心所欲,表明他散文艺术的成熟。在这之后,他的散文的审美重心移向世俗生活,如《弈人》《闲人》《名人》《笑口常开》等,写社会百态,针砭时弊,对人性进行反思,行文幽默,情趣盎然。

周涛、苏叶、叶梦、王英琦、唐敏、斯妤是主司散文的作家。他们以各自执著的耕耘为散文园地的繁荣作出了贡献。

周涛(1946—)原名周小涛,山西榆社人。1955年随父母由北京迁居新疆。1965年考入新疆大学中文系。1972年分配到喀什市团委工作。1979年参加中国人民解放军,调入新疆军区政治部创作组,后并入兰州军区创作组。他早期写诗,是新边塞诗派主要代表之一。80年代中期转向散文。已出版散文集《稀世之鸟》《秋风归雨集》《蠕动的屋脊》《巩乃斯的马》《游牧长城》《深夜倾听海》《兀立荒原》等。他的散文以描述西部边陲的自然人文景观见长。他热爱大自然,全身心投入其怀抱,去感受它的魅力。西部的蓝天、高山、河流、草原和生活于其间的牧民及动物在他的笔下构成一幅幅辽阔、苍茫、充盈生机的画面。或许由于他的父母和他本人都遭遇过"左"的思潮的虐待,他对大自然和边地人民充满野性的原始生命力有深切的亲和感,从中感悟人生,汲取前进的力量。《天似穹庐》让一个"文化大革命"中沦为"贱民"的知识分子在温柔的草原和深邃无垠的蓝天形成的永恒之间藐视人间正在上演的荒唐故事,从一只鹰身上看到重新腾飞的希望。《忧郁的巩乃斯河》写一个"'史无前例'时期的倒霉鬼"在摆渡中看到人生的价值。《蠕动的屋脊》于高原的伟大威严与人的渺小的对比中,思考生命的顽强和坚韧。对人间不平的反感和对自由的渴望使他在动物身上找到精神寄托。他赞扬红嘴鸦宁可气死也不愿成为人的玩物的高傲(《红嘴鸦及其结局》);他称道巩乃斯马的神骏,"它奔放有力却不让人畏惧,毫无凶暴之相;它优美柔顺却不任人随意欺凌,并不懦弱,我说它是进取精神的象征,是崇高感情的化身,是力与美的巧妙结合"(《巩乃斯的马》);他对草原上的鹰宠爱有加,夸耀它的美丽、高贵、勇猛、正直,对它为伸张正义与奸猾的老狼同归于尽的壮举顶礼膜拜(《猛禽》)。他的散文境界开阔,行文豪放,融叙事、写景、状物、抒情、议论于一炉,写得很有气势,只是语言略嫌芜杂。

苏叶(1949—)原名苏必显,湖南洪江人。现在南京电影制片厂任编辑。著有散文集《总是难忘》《太阳集》等。《苏叶散文自选集》是较好的选本。她的散文大致分为两类。初期取女性内视角,以女性特有的情致写记忆中的生活。《总是难忘》《能不忆江南》《告别老屋》《纸雁儿》《梦断潇湘》等均属此类。成名作《总是难忘》是对自己在南京四中初中生活的回忆。几个性格气质不尽相同的女孩子和几个教师的形象写得神采各异,栩栩如生。尤其是那些调皮贪玩的女学生的音容笑貌宛然如在目前。稍后她放弃了这一得心应手的路数,采用外视角,写诸如对人生哲理的思考和对国民性的反思等主题。《也谈穿衣》《吃的悲哀》《只有扇子崖》《星空祠》《受伤的芦苇》《木鸡腿》等均属此类。她在《我的散文观》中说:"我写散文很难,写着写着,常以为是一个正视社会、正视人生的过程,是一个思考和梳理的过程,是一个以稿纸为纱布,以笔为刀,在书桌这张手术台上检视自己内心的过程。"由此可见其写作的严肃认真。但这一探索有得亦有失。得者是思想容量的加大、加深,失者是理胜于辞,多少失去了前一类散文的活泼灵动。

叶梦(1950—)原名叶梦云,湖南益阳人。1967年初中毕业后历任工人、电影放映员、文学编辑。著有散文集《小溪的梦》《湘西寻梦》《灵魂的劫数》《月亮的生命·创造》等。其初期散文创作大多收在散文集《湘西寻梦》里,以山川游记为主。她写湘西山水,不作客观描摹,山水成了她"寻梦"的载体,字里行间浸透了作者的女性"自我"和她感受到的楚湘文化精神。成名作《羞女山》将"羞女"比作人类始祖女娲,颂扬女性生命创造力和"拥抱苍天,纵览宇宙的气魄与超凡脱俗的气质"。以此为开端,她的散文走向女性自身。《不能破译的密码》《月之吻》《潮》等写少女初潮、初吻、初恋的体验;《梦中的白马》《蜜月之轮》《不要碰我》《今夜,你是我的新娘》等写新婚、性爱的体验;《创造系列》写生育、哺养的体验:女性生理心理的成长过程由此得到完整而细腻的展示。这一展示又是和女性的自省意识、和对男权文化及与之相联系的传统与世俗的反叛精神紧紧结合在一起的,具有独特的社会价值和文化意义。

王英琦(1954—),安徽合肥人。1968 年初中毕业后下乡插队。此后当过工人、干部。1978 年任《安徽青年报》记者。1980 年调安徽省艺术研究所从事专业创作。著有散文集《热土》《漫漫旅途上的独行客》《我遗失了什么》《情到深处》《美丽的生活着》《远郊不寂寞》《希望灵魂》等。她是孤儿,被养父母收留。"童年时代,由于领受了太多的歧视和凌辱,领略了一个孤女在人世的种种苦涩和艰酸,从小我的性格就流露出倔强、自尊、特行独立和忤众忤时的指向。"这对她的散文风格产生了重大影响。70 年代末至 80 年代初,其散文"充满了浪漫情怀、原生状态的活力,充满了'寻根'的困惑"。(以上引文见《我在大刘庄的日子》)代表作为《大唐的太阳,你沦落了吗?》《我的先民,你在哪里?》《古城墙断想》《烽火台巡礼》等。稍后,"在作品中尽情地找发泄,找平衡,找那个大写的'自己'"(《最原始的,也是最本质的》)。代表作有《写不出自传的人》《天涯浪女》《被'造成'的女人》。1987 年后结婚生子的王英琦开始写儿子这部"爱不释手,永读不倦的书",其作品收在散文集《美丽的生活着》《远郊不寂寞》中。王英琦的散文可以视作她人生经历的自叙状,是她的"自我"的真诚的表现。急于袒露自我的强烈欲望,使她在谋篇布局和语言上很少精雕细刻,其情感也不作较深的沉淀,给人以直白坦荡,无遮无拦之感。这种风格在评论界引起不同的反响。

唐敏(1954—)原名齐红,祖籍山东,生于上海。1959 年随父母到福建。插过队,当过图书馆管理员。1979 年到中国作协福州分会工作。1985

年调至厦门文联。1989年6月辞职,成为自由作家。著有散文集《怀念黄昏》《心中的大自然》《花的九重塔》《女孩子的花》以及小说多部。她的长处在于她的独特的感受能力。她在《简单——我的生平》中说:"文学修养的一个重要部分是作者对创造能力的自我保持。文学是感受的艺术。感受能力即创作能力。"大自然和人在她的笔下都不是写实而是写意的,是充分地感觉化的。物象处处着"我"之色——清新纯净、细腻独特而略带伤感的女性之色。她写山,"山的形状以一种流水般悄然的滑动,展现出凄凉的无边的波浪"(《花的九重塔》);她写彩虹,举起双手,伸进彩虹,"立刻有一双透明的手掐住了我的手。手掌、手指绕着金色的浮光,那双透明的手把我的手染上了超越现实的光辉。我感到它的抚摸,无限的安慰,无限的怜惜"(《心中的大自然·三》)。《女孩子的花》以水仙喻人,把一个女性哀婉多情、温柔似水、自艾自怨、自珍自重的心理描绘得淋漓尽致。她的另一些散文,如《红百合》等则有一股调侃、夸张、黑色幽默的味道,表现了一个现代女性的聪慧与自信。

斯妤(1954—)原名詹少娟,福建厦门人。1973年高中毕业到厦门郊区务农四年。1983年起任《青年文学》编辑、编委。1988年起从事专业写作。著有散文集《流放者》《爱情神话》《斑驳人生》《给梦一把梯子》《大眼睛,小眼睛》《两种生活》《斯妤散文精选》等。她早期的散文写的是"女儿梦",体现一个女性对纯美和理想人性的追求。《女儿梦》《白太阳》《童年》《望月》《小窗日记》《等待你》《凝眸》等均属此类。清新、明朗、有灵气,但也留有模仿朱自清、杨朔等前人的痕迹。此后她写"斑驳人生",《歪嘴子》《表舅母》《婉穗老师》《方姑姑》等为一些寻常小人物立传,写现实人生和复杂人性,是对灰色人生的审视和同情,早期作品中的抒情为叙述所取代。再后她写了《自画像》《心的形式》《幻想三题》《心灵速写》《冥想黄昏》等"心的形式"。这些散文采取心理独白的形式,一任意识自由流动,贯穿其中的是知识女性的感受和思考,是对心灵的自省。进入90年代,她写了《并非梦》《真实梦境》《梦魇》等"荒诞系列"。主题是"心的形式"的延续和深化,而形式上多采取幻觉、梦境、潜意识、寓言等手法,具有浓郁的荒诞色彩。在揭示现实对人性的异化的同时,展示明知难以改变而又反抗不止的追求。

20世纪八九十年代一批学者加入到散文写作队伍中来。这是一些学术上有专长的人文科学和社会科学学者,他们不大重视散文的文体"规范",而是有感而发,率性写作,将学术思想和理性思考融进散文里。其中影响较大的有张中行、金克木、余秋雨、王小波等。

张中行(1909—2006),原名张璿,河北香河人。1931年毕业于通县师范学校。1931年至1935年在北京大学中国语言文学系学习。毕业后曾到中学和大学任教,编过佛学杂志。1949年以后一直在人民教育出版社工作。80年代中期以来发表了大量的散文随笔,结集为《负暄琐话》《负暄续话》《负暄三话》《留梦集》等。他的散文大致可分为三类:写人、状物、言理。写人如《辜鸿铭》《梁漱溟》《胡博士》等,颇能传神;状物如《书》《桥》《螳螂》等,充满意趣;言理如《我与读书》《月是异乡明》《王道》等,玄思冥想,很有见地。但不论写什么,都是一个人文学者的精神漫游。张中行自称"杂家",他传统文化功底深厚,经史子集、诗词曲赋、书法绘画古玩无不涉猎,尤其对儒释道有深入的研究;对西方学术思想如哲学、心理学、生物学、人类学、逻辑学都有兴趣,读康德、弗洛伊德、罗素、休谟、培根等人的著作,以充实自己。他不黏滞于某一学说,成为其忠实信徒,而是入于其内又跳出其外,博采众长,作为自己思索人生的思想资源。这种学养和自觉的边缘意识使他的散文随笔有如下一些特点:以"诗"和"史"的笔法写作;将形而上的思考和形而下的体认结合起来;谈人论事视域宽阔,往往旁征博引,信手拈来,举重若轻;不板起面孔说教,如与人聊天,重理趣;传递出平和闲适温暖的情调。

金克木(1912—2000),安徽寿县人。自幼在家乡读书。1930年到北京,在一些大学听课、自学。1935年在北京大学图书馆当职员半年。1938年任香港《立报》编辑。1939年在湖南大学任教。1941年赴印度学习和考察。1946年回国,任武汉大学哲学系教授。1948年起任北京大学东语系教授。他30年代写诗,是"现代派"诗人之一。后来成为梵文专家。八九十年代他发表了大量的散文随笔,结集为《天竺旧事》《燕口拾泥》《燕啄春泥》《文化的解说》《文化猎疑》《金克木小品》等。金克木的散文有些忆故人旧事,写得情真意切,十分感人。其中回忆逝去的朋友的,如《悼子冈》《叹逝》《记一颗人世流星——侯硕之》等,往往三笔两笔就勾画出人物的性格特点,在看似平常的话语中,传递出绵绵无尽的思念。他的散文的多数是思想随笔,涉及广泛的文化现象。如《燕啄春泥三题》《文化问题断想》《我们的文化难题》《文学史三题》等,抓住一个议题,生发开来,将自己丰富的知识和人生阅历融入其中。看似信笔所之,实则思考缜密,很有现实的针对性。《我们的文化难题》仅两千字左右,却将欧洲16世纪至18世纪的科学、哲学、宗教之间的复杂关系以及欧洲文化和中国文化的关系讲得十分清晰透彻,并由此指出中国的文化难题在于大一统的思想方法,进而提出中国不仅在科学方面,而且应当在哲学方面与世界对话。丰富的学养、诗人的灵动、学者的严谨、为人师表的循循善诱使他的散文平实亲切,深入浅出,充满机智,活泼生动。

余秋雨(1946—),浙江余姚人。1968年于上海戏剧学院戏剧文学系毕业后留校任教。历任该院院长、教授。著有散文集《文化苦旅》《文明的碎片》《秋雨散文》等。他在《文化苦旅·自序》中说:"我发现自己特别想去的地方,总是古代文化和文人留下较深脚印的所在,说明我心底的山水并不完全是自然山水而是一种'人文山水'。"寻找"人文山水",以探寻中国文人艰辛跋涉的脚印成为他游历和写作的冲动。他观道士塔、莫高窟,访柳侯祠、都江堰,游西湖、庐山,走三峡、洞庭,在天柱山、狼山脚下徘徊,于天一阁、新加坡日本人墓地前沉思,与古先贤文人志士对话,抒写一个当代学者对历史沧桑和文化兴衰的感喟与反思。这些散文不以写景状物见长,而靠丰富的知识和鞭辟入里的思辨取胜。在踏访与反思中他关注的核心问题是知识分子的人格精神问题。在《道士塔》中他没有把莫高窟文物的流失完全归罪于王道士,因为他"太卑微,太渺小,太愚昧",而把愤怒的目光投向那些为官的文人,他们懂得那些经卷的价值,但"没有那副赤肠,下个决心,把祖国的遗产好好保护一下"。在《西湖梦》中对林和靖有所针砭,指出他"不能把志向实现于社会,便躲进一个自然小天地自娱自耗","封闭式的道德完善导向了总体上的不道德"。在《柳侯祠》《都江堰》《西湖梦》《风雨天一阁》中对关心民疾、关心文化兴衰和文化承传的柳宗元、苏轼、白居易、范钦及其后代表示了极大的敬意。由此可以看出他对历代文人评价的基本原则:对百姓的责任感和文化良知。而在具体评价时又没有采取简单化的道德判断,而常常作出悖论式评说。如《西湖梦》中谈到名妓苏小小,指出"妓女生涯当然是不值得赞颂的",但"她构成了与正统人格结构的奇特对峙",这就是生命意识的张扬。"这里又一次出现了道德和不道德、人性和非人性、美和丑的悖论:社会污浊中也会隐伏着人性的大合理,而这种大合理的实现方式又常常怪异到正常的人们所难以容忍。反之,社会历史的大光亮,又常常以牺牲人本体的许多重要命题为代价。单向完满的理想状态,多是梦境。人类难以挣脱的一大悲哀,便在这里"。丰富的历史文化知识、深邃的思辨才能、艺术想象的诗性喷发、当代人的生命体验,使余秋雨的散文独树一帜。当然缺点也是有的,如有些地方感情过于夸张,一些篇什的结构安排有些雷同。

　　王小波(1952—1997),北京人。1968年到云南插队,当过民办教师和工人。1978年考入中国人民大学贸易经济系学习。1984年赴美留学,获文学硕士学位。回国后先后在北京大学和中国人民大学任教。1992年辞去公职,成为自由撰稿人。著有散文集《思维的乐趣》《我的精神家园》《沉默的大多数》和小说集《黄金时代》《青铜时代》《白银时代》及社会学论著《他们的世界——中国男同性恋群落透视》(与李银河合著)。他的散文主要是随笔和杂文,涉及思想文化、社会现象、文学创作、域外生活等很多方面。他是一位持自由文化立场的学者、作家,坚决反对思想文化控制,反对文化上的大一统,张扬科学、理性、自由、独立、宽容等理念,主张思想文化的多元化。在《沉默的大多数》《思维的乐趣》《中国知识分子与中古遗风》《知识分子的不幸》《积极的结论》《跳出手掌心》等一系列文章中,他尖锐地抨击了中国"封锁知识、钳制思想、灌输善良"的做法,认为这种做法导致"很多才智之士在其一生中丧失了学习、交流、建树的机会",而这种状况的出现,国家政权和中国知识分子均无法辞其咎。他反对"狂信",反对信仰的"滥用",指出,"任何一种信仰,包括我的信仰在内,如果被滥用,都可以成为打人的棍子、迫害别人的工具。"他强调独立的理性思考,即建立在经验基础上的深入思索,以辨明是非。这是知识分子应尽的职责。而任何经验、理性都是有局限性的,没有绝对真理,没有无时无处不适用的是非标准,不同的观点应通过讨论辨明是非,反对把属于是与非的问题归结到道德上的好与坏上去以抬高自己打压对方。联系中国的历史和现实,我们不难发现,上述主张是很有针对性的。王小波的随笔杂文往往把某个故事或个人某一经历的介绍和充满幽默感的分析议论糅合在一起,语言活泼,妙趣横生,可读性强。

第三章 话剧创作

第一节 概 述

话剧是舶来品,它在戊戌变法后由西方传入中国,于"五四"以后得到迅速发展。和戏曲、歌剧、电影等艺术形式一样,它可以直接调动接受者的参与,由创作者(剧作者、导演、演员)和观众共同构造一个想象的世界。因此受到强调文艺的政治和宣教功能的文艺家的重视。中华人民共和国成立后,这一"传统"得到进一步加强。40年代末即成立了有关机构,组织、控制其生产,并逐步建立了不同范围的"观摩""会演"及审查制度,以使其纳入规范的轨道。这使它同其他文学样式如诗歌、散文、小说相比,更突出地打上时代的、政治的和文化的烙印,随社会演进而升沉浮降。

五六十年代从事话剧创作的主要是两部分人。一部分是"五四"以来已取得成就的作家,如曹禺、郭沫若、老舍、田汉、夏衍、阳翰笙、陈白尘、于伶、宋之等;另一部分是革命战争年代成长起来的剧作家和50年代出现的青年作家,如胡可、陈其通、王炼、史超、所云平、马吉星、沈西蒙、杜宣、黄梯、杜印、段承滨、丛深、崔德志等。

50年代前期话剧创作主要表现两大主题,即现实的生活和斗争以及"革命历史"。当时受到称赞的有:在新旧对比中写社会变迁的《龙须沟》(老舍)、《六号门》(天津市搬运工人文工团集体创作,王血波、张学新执笔);写工业建设和工厂斗争的《红旗歌》(集体创作,鲁煤执笔)、《百年大计》(丛深)、《考验》(夏衍)、《在新事物面前》(杜印、刘相如、胡零)、《不是蝉》(魏连珍)等;写农村生活和斗争的《妇女代表》(孙芋)、《春风吹到诺敏河》(安波)、《春暖花开》(胡丹沸)等;写"革命历史"和朝鲜战争的《冲破黎明前的黑暗》(傅铎)、《战斗里成长》(胡可)、《万水千山》(陈其通)、《保卫和平》(宋之的)、《钢铁运输兵》(黄梯)、《杨根思》(沈西蒙)等。此外写知识分子思想改造的《明朗的天》(曹禺)、写对资本主义工商业改造的《上海滩的春天》(熊佛西)、写少数民族生活的《在康布尔草原上》(甘肃省话剧团集体创作,汪钺等人执笔)、《金鹰》(超克图纳仁)也被认为是这一时期话剧的收获。上述作品体现了这一时期话剧创作所达到的成就。如果从全国剧作的总体状况看,则是正面歌颂现实生活和中国共产党领导的革命斗争占压倒优势,一些作品有较浓的生活气息,人物形象较为丰满。但不少作品热衷于图解政治观念和政策,戏剧冲突不是人物性格冲突,而是依照当时流行的政治观念制造出来的,不敢触及生活中的阴暗面,不敢触及人物内心深层的矛盾。

1956—1957年前后,受"百花齐放、百家争鸣"方针的鼓励,"干预生活"口号的影响,基于对前一时期写现实生活的作品不敢触及社会矛盾的反拨,一些作家创作了一批当时被刘川称之为"第四种剧本"的剧作,如《同甘共苦》(岳野)、《洞箫横吹》(海默)、《布谷鸟又叫了》(杨履方)、《归来》(鲁彦周)、《如兄如弟》(苏一萍)、《人约黄昏后》(赵寻)等。所谓"第四种剧本"指不同于反映工厂先进与保守之争、农村入社不入社之争、部队我军和敌军之争的另外一类剧本。这类剧本较为尖锐地触及当时的社会矛盾,揭露了某些阴暗的东西,较为大胆地写人的情感生活,在一定程度上表现了人的丰富复杂的内心世界。这批作品引起了争论,并涉及如何揭露生活中的"阴暗面",如何表现矛盾冲突,话剧的讽刺和喜剧性的价值、创作题材等问题。1957年老舍的《茶馆》的创作和演出体现了当时话剧创作的最高成就。

1958年以后的几年中,"浮夸风"弥漫全国。文艺界提出"回忆革命史、歌颂大跃进","写中心、演中心、画中心","三结合"等口号,更加强化文艺对政治运动及中心工作的配合。在这种情况下产生了一批应时之作,如《烈火红心》(刘川)、《降龙伏虎》(段承滨、杜士俊)、《红大院》(老舍)、《十三陵水库畅想曲》(田汉)、《枯木逢春》(王炼)、《敢想敢干的人》(王命夫)和被称为"时事讽刺剧"的《纸老虎现形记》《哎呀呀,美国小月亮》(陈白尘)等。这些作品对政治概念和政策条文的图解,较此前之作更加突出,有些作品名为浪漫主义实则宣扬不切实际的空想、狂想。但在50年代末至60年代初,历史题材的剧作却获得了较大的成就。其中一部分被称作"革命斗争历史剧",如《红色风暴》(中国青年艺术剧院集体创作,金山执笔)、《东进序曲》(顾宝璋、所云平)、《最后一幕》(蓝光)、《七月流火》(于伶)、《杜鹃山》(王树元)等;另一部分被称作"历史剧",如《关汉卿》《文成公主》(田汉)、《蔡文姬》《武则天》(郭沫若)、《甲午海战》(朱祖贻、李恍)、《胆剑篇》(曹禺、梅阡、于是之)等。当时,"题材"被认为具有不同的价值,因而前者更受到重视,实际的情况是,后者和现实政治有较大的距离,为创作提供了较大的活动空间,作家更为游刃有余一些。

60年代初中期出现了一批写现实生活的话剧,如《远方青年》(武玉笑)、《年轻的一代》(陈耘)、《激流勇进》(胡万春、佐临、左洛)、《霓虹灯下的哨兵》(沈西蒙、漠雁、吕兴臣)、《千万不要忘记》(丛深)、《第二个春天》(刘川)、《丰收之后》(蓝澄)、《雷锋》(贾六、王德英、靳洪、吴振军、刘斐)、《南海长城》(赵寰)等。这批作品中的大多数是对人民尤其是青年一代进行阶级和阶级斗争教育的作品,其水平高低不一。有些作品写得较为厚实丰满、生动感人,有些作品人为地制造了阶级斗争图景,宣扬了一些不正确的政治说教。

60年代中期,伴随"文化大革命"的酝酿和发动,大批戏剧和电影受到严厉讨伐,当代话剧同其他文艺门类一样,陷入灭顶之灾。

"文革"结束后,话剧界逐步恢复生机。"文革"前活跃的作家陆续推出新作,同时涌现了一大批新的剧作家,如苏叔阳、王正、白峰溪、李云龙、宗福先、沙叶新、刘树纲、高行健、田芳、赵梓雄、梁秉堃、中杰英、刘锦云、马中骏、何冀平、贾鸿源等。几代作家济济一堂,为中国话剧的振兴不断开拓。

1977年金振家、王景愚的讽刺喜剧《枫叶红了的时候》给中国舞台带来了一片笑声。对"四人帮"及其追随者辛辣的嘲讽无疑使广大观众愤懑的情绪得以宣泄。而宗福先的《于无声处》在"四五"天安门事件还没有得到平反的情况下高度肯定了这一事件,满足了观众的观赏期待,受到热烈欢迎。此后《丹心谱》(苏叔阳)、《曙光》(白桦)、《报童》(邵冲飞等)、《西安事变》(程士荣)、《东进!东进》(所云平、史超)、《陈毅出山》(丁一三)、《陈毅市长》(沙叶新)、《大风歌》(陈白尘)等,或写现实或写历史,但无不指向揭批"四人帮",歌颂老一辈革命家。就在上述剧作方兴未艾之际,一批社会问题剧登上舞台。《报春花》(崔德志)、《未来在召唤》(赵梓雄)、《谁是强者》(梁秉堃)、《救救她》(赵国庆)、《权与法》(邢益勋)等以敏锐的思考和尖锐地提出某些重大社会问题,引起观众强烈的反响。社会问题剧已经把社会改革问题提到观众面前了。这个时期直接涉及社会改革的话剧有《血,总是热的》(宗福先、贺国甫)、《大幕已经拉开》(沙叶新等)、《王建设当官》、《陈痛的时刻》(梁秉堃)、《祸起萧墙》(水运宪)、《重任》(段承滨)等。以上提到的作品,绝大部分属于现实主义剧作,它与当时整个文坛呼唤现实主义回归,直面历史和现实,大胆揭示生活中的种种弊端,支持进步反对倒退,支持正义反对邪恶,体现人道主义关怀的思潮相一致。因此,虽然有些作品比较粗糙,存在概念化的毛病,仍然受到欢迎。

随着题材不断开拓,随着对社会和人的内心世界开掘的深入,随着西方思想文化和艺术方法的引进,话剧艺术自身的改革必然到来。早在 1980 年马中骏、贾鸿源、瞿新华的《屋外有热流》就打破了当代中国话剧的写实传统,吸收西方现代主义的某些表现技巧,以增加话剧的表现力。此后高行健自 1982 年开始,连续推出《绝对信号》(与刘会远合作)、《现代折子戏》、《车站》《野人》等,进行话剧创新的探索。1985 年以后,这种探索的势头越来越强。出现了《一个死者对生者的访问》(刘树纲)、《挂在墙上的老 B》(孙惠柱、张马力)、《魔方》(陶骏、王哲东)、《WM(我们)》(王培公)、《屋里的猫头鹰》(张献)、《红房间　白房间　黑房间》(马中骏、秦培春)、《狗儿爷涅槃》(锦云)、《中国梦》(孙惠柱、费春放)、《蛾》(车连滨)、《鸟人》(过士行)等作品。写实、写意、夸张变形、荒诞、黑色幽默以及电影蒙太奇等种种手法得到广泛的运用。其中有些作品不免生硬牵强,但这种大胆的变革有助于多元格局的形成和艺术空间的拓展。

从 1983 年开始,戏剧界展开了一场持续数年的"戏剧观"的讨论。戏剧观的问题是黄佐临 1962 年提出的。"文革"前 17 年中国话剧的基本形态是易卜生的戏剧结构加上斯坦尼斯拉夫斯基的表演体系。黄佐临在"广州会议"上以《漫谈"戏剧观"》为题,批评了当时话剧形式的僵化倾向,要求话剧破除"四堵墙"造成的"生活的幻觉",建立"写意戏剧观","把斯坦尼斯拉夫斯基、布莱希特、梅兰芳三种体系熔为一炉"。但在当时的历史条件下,他的这一主张没有受到应有的注意。当代话剧始终在片面强调为政治服务和写实风格的狭窄道路上蹒跚行进。进入 80 年代,随着思想解放的深入和西方文艺思潮的涌进,面对话剧走入低谷和部分探索剧的出现,话剧界认识到必须打破原有的狭隘的戏剧观念,拓宽艺术视野,话剧才有出路。这场讨论范围很广,不但包括戏剧艺术本身(如剧本创作、导表演、戏剧理论、戏剧史、观众接受等等),而且涉及美学、心理学、哲学诸方面,其核心是"再现"与"表现"、"写实"与"写意"、"幻觉"与"非幻觉"、"逼真"与"假定"、"移情"与"间离"等。它打破了原来对戏剧的僵化观念,推动了戏剧功能的多样化、体系的多样化、手法的多样化,为八九十年代乃至以后的话剧发展已经或将要产生巨大的影响。

第二节　老舍与京味话剧

老舍原名舒庆春,又名舒舍予。是当代京味话剧的创始人。他于 1899

年2月3日生于北京。满族人。从20年代中至1949年,主要从事小说创作,以《骆驼祥子》《离婚》《月牙儿》《四世同堂》等享誉全国。此外,还写过《残雾》《大地龙蛇》《面子问题》等7部剧作和许多诗歌、散文、曲艺、杂文等。1949年底从美国回到北京。五六十年代他把主要精力转移到戏剧创作上。他认为,"以一部分劳动人民现有的文化水平来讲,阅读小说也许多少还有困难。可是看戏就不那么麻烦。"(《老舍剧作选·自序》)这是他从事话剧创作的原因之一。从1950年写《方珍珠》起,至1965年共创作剧本23部,其中多幕话剧15个。如《龙须沟》《春华秋实》《青年突击队》《西望长安》《茶馆》《红大院》《女店员》《全家福》《宝船》《神拳》等。60年代初开始自传体长篇小说《正红旗下》的写作,仅完成了11章。"文革"开始即受到残酷迫害,于1966年8月愤而投水身亡。

老舍五六十年代的话剧创作,水平高低不一。他热爱新中国,以极高的热情投入创作。"我终年是在拼命地写,发表也好,不发表也好,我要天天摸一摸笔。"(《毛主席给了我新的艺术生命》)但热情并不能保证创作的质量。他的一些剧作正如他后来讲到的,"我从题材本身考虑是否政治性强,而没有想到自己对题材的适应程度,因此当自己的生活准备不够,而又想写这个题材的时候,就只好东拼西凑"(《题材与生活》)。而当他写的内容和他的生活感受契合时,其剧作就焕发出夺目的光彩。《龙须沟》,尤其是《茶馆》,被普遍认为是五六十年代话剧的杰作,也是京味话剧的代表作。

《龙须沟》将居住在沟边4户人家1949年前后的生活与精神面貌的变化与龙须沟的由臭变清相映照,反映了时代的变化,歌颂了中国共产党和人民政府。剧本通过一系列冲突揭示了:1949年之前"沟臭"的根本原因是"官恶"。国民党政府腐败不堪,不但不治理龙须沟,还纵容恶霸地痞横行霸道,欺压善良。平民百姓受人欺凌,衣食无着,精神濒于崩溃。1949年之后,人民政府整顿了社会治安,治理了龙须沟,也使这里的居民的生活有了出路,扬眉吐气地做了主人。

《茶馆》以北京一个叫老裕泰的茶馆从兴旺到衰落的变化以及在这里进进出出的各类人物的命运变迁,涵括了从清末到抗战后达半个世纪的历史。该剧由一明一暗两条线索组成。台上演出的是明线,表现戊戌变法失败后,军阀混战时期和抗战胜利后国民党统治时代各种恶势力为非作歹和平民百姓无以为生的惨状。暗线由剧中人物交代出来,这就是民族资产阶级实业救国,义和团运动,学生罢课和共产党领导的西山游击队的斗争。明线为主暗线为副,完成了对三个旧时代的埋葬,预示了中国新生的前景。

这两部话剧有下列特点：

第一，用人物命运的变化，折射出时代的变迁。

这两部话剧都表现了社会历史的变迁。"在这些变迁里，没法子躲开政治问题。可是，我不熟悉政治舞台上的高官大人，没法子正面描写他们的促进和促退，我也不十分懂政治。我只认识一些小人物"。(《答复有关〈茶馆〉的几个问题》)老舍扬长避短，充分调动自己的生活体验，不正面描绘社会上层的政治风云，而把注意力放到中下层，写社会上的三教九流的命运，从中透露出社会政治演变的消息。《龙须沟》把沟边贫苦百姓虚构成四户人家，让他们共同住在一个小杂院里，组成了一个小小的"沟沿社会"。通过1949年前后他们彼此之间，以及他们同刘巡长、冯狗子之间的戏剧冲突，表现了他们命运的变化和精神面貌的变化，从而反映了社会政治的巨大变迁。《茶馆》共三幕，分别表现戊戌变法失败后、袁世凯死后军阀混战时期和抗战胜利后国民党统治时期三个时代。这正是中国步步沦为半封建半殖民地的历史阶段。剧本没有正面表现这近半个世纪各种政治势力的代表人物的政治较量，而是写了大批的小人物的命运变化。这些小人物在茶馆里进进出出，各说各的话，各做各的事，但无不指向三个时代的社会氛围。如第一幕出场人物20多个。通过他们的言谈举止，让观众感受到戊戌变法失败后的社会面貌：封建顽固派由于镇压了变法维新而趾高气扬，以至太监要买一个女人组成家庭；帝国主义在中国横行霸道，依仗洋人势力的小政客炙手可热；资本主义的经济渗透遍及社会的各个角落；民族资本家在政治改良失败后转向实业救国；农村破产，卖儿卖女；有钱人醉生梦死，为一只鸽子闹得天翻地覆；特务、地痞、人口贩子等各种社会渣滓肆意妄为，正直善良人受尽欺压。由此构成了一幅人吃人的画面，一幅社会破败图。

第二，浓郁的北京风情。老舍生在北京，长在北京，对北京的风情了如指掌，一下笔，无不透露出北京风味儿。例如《茶馆》第一幕，在热气蒸腾、人声鼎沸中，有人独坐，自斟自饮，有人摇头晃脑，拍板低唱，有人下棋，有人欣赏瓦罐里的蟋蟀；唐铁嘴拉着人算命，刘麻子贩卖人口，常四爷、松二爷遛完了鸟来此泡一碗自带的茶叶，悠闲自在，秦二爷趾高气扬，目中无人；打群架的在这里说和了事，卖儿卖女的苦不堪言；而掌柜的王利发周旋于各色人等之间，四方讨好，八面玲珑，以维持买卖。一幅在特定历史环境中的北京风俗画呈现在观众面前。

浓郁的北京风情又是通过京味语言表现出来的。例如《龙须沟》中人们穿新衣新鞋欢庆新沟落成时，丁四嫂说："您看，这双鞋还真抱脚儿，肥瘦都合适。""抱脚儿"这北京土话由丁四嫂嘴里说出,既符合她作为下层妇女的身份,又透露出一股喜庆味儿。《茶馆》第三幕,王利发对明师傅等几位熟人说:"哥们儿,对不起啊,茶钱先付!"明师傅说:"没错儿,老哥哥!"王利发感叹:"唉!'茶钱先付',说着都烫嘴!"茶馆历来先喝茶后付钱,此时迫不得已,先收钱。"烫嘴"这北京方言活脱脱地表现了王利发在熟人面前既不好意思又不得不如此的尴尬状态。

第三,性格化的人物。这两出戏登场的人物近80个。有的浓墨重彩,有充分表演的机会,有的则只有三言两语,是招之即来挥之即去的角色。老舍调动戏剧手段,让他们的性格或多或少,或浅或深地表现出来。例如《茶馆》里的马五爷"在不惹人注意的角落里,独自坐着喝茶"。当二德子气焰嚣张要打常四爷时,马五爷只一句话,"二德子,你威风啊!"就让这个打手老实下来。常四爷以为遇到知己,上前搭话,不料马五爷带搭不理,拂袖而去。独坐喝茶,显示了他的与众不同;喝住二德子,表现了他的权势;对常四爷带搭不理表现了他的傲慢和对常四爷骂洋人的气恼。几种戏剧手段并用,把一个吃洋教的小恶霸的傲慢、又故作文雅的嘴脸刻画得入木三分。

利用戏剧冲突刻画人物是话剧的主要手段。《茶馆》第一幕秦二爷和庞太监唇枪舌剑那场戏就让二人的心态和性格得到了充分表现:一个财大气粗,在戊戌变法失败后,企图通过实业救国以发展自己,因而少年气盛,不把庞太监看到眼里;一个在戊戌变法失败后得意洋洋,以为靠血腥镇压可以保住其地位,言语中充满杀机和狂妄。

通过对比,使人物性格更加鲜明也是老舍常用的手法。《龙须沟》第一幕当冯狗子到小四合院寻衅闹事时,每个人物的语言和动作的不同,显示了他们性格的差异:丁四嫂的嘴强身子弱,程娘子为保护丈夫的不顾一切,王大妈的胆小怕事,二春的心直口快。

第四,悲喜剧的艺术风格。《茶馆》写的是旧时代人吃人,是悲剧。然而老舍却采取了许多喜剧手法予以表现,形成了独特的悲喜剧风格。如刘麻子被当作逃兵杀掉并不是正义对邪恶的惩罚,而是特务受贿后嫁祸于这个人贩子的结果。他的下场既引起观众的笑又揭示了时代的可悲。唐铁嘴由抽鸦片改为抽白面,他与王利发的对话有如相声里的"抖包袱",显露了他的丑恶,也引起了嘲讽的笑声。这种悲喜剧风格的采用,拉开了观众同剧中人物的距离,削弱了"煽情",增强了审视的价值。

第五,纵横交织的戏剧结构。《龙须沟》和《茶馆》没有一个贯穿始终的中心故事,没有一个能把各种人物聚拢在一起的中心人物。众多的人物各说各的话,各做各的事。这要形成一个有机整体,实属不易。老舍采用的办法是:让每一幕人物的言行指向特定时代的特点,让贯穿全剧或父子相承的人物体现历史的变化所造成的人物命运的变迁。这样,以特定的时代为纬,以历史的演变为经,以共时的人物关系为纬,以历时的人物命运为经,形成纵横交织的戏剧结构。气势宏大,涵盖面广,散中见整,严丝合缝。

"文革"后,一些剧作家师承老舍,创作了一批京味儿话剧,其中有代表性的是苏叔阳的《左邻右舍》、李龙云的《小井胡同》、何冀平的《天下第一楼》等。

苏叔阳,1938年生。河北保定人。1956年考入中国人民大学历史系。学生时代即开始创作,写过诗歌、散文、小说、电影剧本等。其创作成就最突出的是话剧,有《丹心谱》《左邻右舍》、《三月雪》(与张锲合作)、《家庭大事》《灵魂的审判》《幸福回旋曲》《恭贺新禧》《太平湖》等。《左邻右舍》共三幕,分别写1976、1977、1978三个国庆节时一个北京大杂院里的普通工人、干部、教师和家庭妇女的日常生活。剧本没有贯穿始终的故事情节,没有尖锐复杂的政治较量,呈现在观众眼前的是几个家庭的悲欢离合与各种人物之间的恩恩怨怨,表现了粉碎"四人帮"前后社会的变化和与此相连的普通人不同的命运遭际、道德情操、精神面貌。

李龙云1948年生于北平。河北河间县人。1978年考入黑龙江大学中文系。1979年被南京大学中文系破格录取为研究生,师从陈白尘学习戏剧创作。1982年到北京人民艺术剧院任编剧。其话剧剧本是:《有这样一个小院》《小井胡同》《这里不远是圆明园》《洒满月光的荒原》等。此外还有小说、电影剧本多部。《小井胡同》写北京一个胡同里众多下层居民从1949年之前至80年代的思想和命运的变化。全剧共五幕,分别讲述1949年之前小井胡同百姓的苦难生活和盼望解放的心情;"大跃进"年代人们的盲目和热情;1966年"文革"开始,人人自危,好人遭难,小人得志;1976年粉碎"四人帮"不久人们的复杂心态和"文革"中上蹿下跳的人物仍不甘心于世道的变化;1978年中共十一届三中全会后小井胡同的人民终于迎来了好日子,并憧憬美好的未来。由众多普通人命运的升沉和精神面貌的变化,折射中国社会30年来的历史演变。

何冀平1951年生于北京。祖籍广西上林。1982年毕业于中央戏剧学院。发表过话剧剧本《信得过》《好运大厦》《灯火楼台》《天下第一楼》等。《天下第一楼》写1917年至1928年前后北京一个著名的烤鸭店"福聚德"

的兴衰史。全剧由三幕和一个"尾声"组成:三代相传的烤鸭店"福聚德"到老掌柜唐德源晚年已入不敷出,两个少东家又不务正业,老掌柜临终前将店业托付给外姓人、出身微贱的卢孟实;卢孟实使出浑身解数,重振"福聚德",使之名闻京华;正当卢孟实欲大展宏图之时,两个少东家收回产业,赶走了卢孟实;卢孟实回到乡下,托人给"福聚德"送来一副对联:"好一座危楼,谁是主人谁是客;只三间老屋,时宜明月时宜风。"账房先生又补上一个横批:"没有不散的筵席。"剧中人物是旧社会的商贾、妓女、厨师堂倌、帮闲食客、达官贵人、纨绔子弟……他们与"福聚德"的兴衰构成了一幅人生百味图,表现了中国的饮食文化和那个时代的社会风貌。

这三个剧本都有浓郁的北京风味儿:写的是北京人,北京事儿,北京的风俗习惯,北京中下层人物不同的思维方式和行为特点;对话是京腔京韵。其人物塑造、戏剧结构和艺术风格与《龙须沟》《茶馆》十分相近,但又有一定程度的发展。《左邻右舍》和《龙须沟》《茶馆》一样,采取的是社会—政治视角。但由于时代的不同,剧作更突出了人民群众对"四人帮"淫威的反抗和彼此关怀、相濡以沫的真情。《小井胡同》带有反思历史的色彩,突出了人性美、人情美和人的尊严。《天下第一楼》采取的是文化视角,在展示北京的饮食文化的同时对在中国何以事业难成作了深入的思考,具有文化反思意义。

第三节　历史剧创作

50年代初中期,话剧主要表现现实生活和革命历史生活,古代历史题材很少有剧作家问津。1958年以后不多的几年里,古代历史剧创作出现了一个高潮。产生了郭沫若的《蔡文姬》《武则天》,田汉的《关汉卿》《文成公主》,朱祖贻的《甲午海战》,老舍的《义和团》,曹禺等人的《胆剑篇》,丁西林的《孟丽君》,刘川的《窦娥冤》等剧作。1962年"千万不要忘记阶级斗争"的提出、柯庆施"大写十三年"的鼓吹,以及此后对《谢瑶环》《海瑞罢官》的批判,使古代历史剧的创作完全停顿下来。"文革"结束后,历史剧创作再次掀起高潮,古代、近代和旧民主主义革命时期的历史统统纳入创作视野,产生了曹禺的《王昭君》、陈白尘的《大风歌》、白桦的《吴王金戈越王剑》、颜海平的《秦王李世民》、李民生等的《唐太宗与魏征》、孙德民等的《懿贵妃》、王培公的《周郎挂帅》、宋平的《孙中山》、李培健的《孙中山伦敦蒙难记》、耿可贵的《孙中山与宋庆龄》、齐致翔等的《鉴真东渡》、濮思温的

《詹天佑》、朱祖贻的《郑和下西洋》、黄志龙等的《松赞干布》、阮振民的《沈括》、王炼的《辛弃疾》、师陀的《西门豹》等一大批剧作。

1949年以来的历史剧创作主要有三个共同点：第一，注重史料的搜集。作家力求占有尽可能多的史料，并以此为基础进行虚构，使事件和人物符合当时历史条件的可能性及自身发展的逻辑，以达到"拟真"的效果。第二，强调"古为今用"。依据现实的需要，选择历史事件和人物，确立创作主题，同时力避生硬地影射现实。第三，着力于人物形象的塑造。

郭沫若(1892—1978)的《蔡文姬》写于1959年，目的是通过文姬归汉的故事"替曹操翻案"(《蔡文姬》序)。自《三国演义》以降，各种文艺作品中的曹操都是一个白脸奸臣。在《蔡文姬》中，郭沫若却把他塑造成一个具有雄才大略、远见卓识的政治家，一个胸襟坦荡、知错能改的贤明丞相，一个"雅性节俭，不好华丽"诙谐风趣、博学多才的诗人。但由于这个人物在剧中出现太晚，其文韬武略全靠别的人物叙述出来，且对其为人及时代的处理过分理想化，因而这个人物形象不及蔡文姬丰满感人。

蔡文姬被作者塑造成一个美丽端庄、饱经忧患、情感丰富、深明大义、才华出众的爱国女性。汉末，她流落在兵荒马乱中，被南匈奴左贤王所救，并结为夫妇，生下一儿一女，家庭和美幸福。但她无时无刻不思念故土和父亲蔡邕。戏剧一开始就安排了曹操派董祀和周近以重金厚礼赎文姬归汉，使文姬在去与留的抉择面前陷入剧烈的内心冲突中。归汉，是她在匈奴的12年中无法割舍的情结，然而一旦有了可能，她又必须抛夫离子。这两难的处境让她"肝肠搅碎"，无法解脱。此后，剧作始终围绕亲情与爱国之情的激烈冲突，展示这个人物丰富而复杂的内心世界。归汉途中，她怀念儿女，忧心如焚，寝食难安。那长篇的独白和在父亲墓前的大段倾诉，淋漓尽致地表现了她面对激变时的精神状态。在董祀的劝导下，她的感情一步步变化。回汉以后，受"太平盛世"的感化和曹操的影响，心灵创伤痊愈，精神大振，秉承父业，施展才华。蔡文姬这一形象的塑造，融入了作者的情感体验，剧情大起大落，大开大合，人物的内心大悲大喜，激越澎湃。

剧作从始至终笼罩在浓浓的抒情氛围之中。蔡文姬所作《胡笳十八拍》被安排到剧情的几个关键处，不仅推动了情节的进展，而且突出地抒发了人物的情感。

《关汉卿》是田汉(1898—1968)为世界和平理事会纪念世界文化名人、

我国 13 世纪伟大戏剧家关汉卿戏剧活动 700 周年而作的。史书上有关关汉卿的记载很少，无法依据历史记载敷衍成篇。但关汉卿留下了一批脍炙人口的戏剧杰作，田汉在研究了 13 世纪中国社会状况的基础上，采取由剧作想见其人的办法，调动自己的艺术想象，融入自己从事戏剧活动的人生体会，创造了关汉卿这个人物形象。

作者没有勉为其难地写关汉卿的一生，而把他写作、排练、上演《窦娥冤》作为主线，把当时中国的种种社会矛盾聚合在一起，写他在同元代统治者的斗争中，在和无耻文人的矛盾中，在与当时的著名演员朱帘秀互敬互爱互相鼓励及戏剧界一批正义人士如王实甫、王和卿等人的关心中，如何克服自己的弱点，一步步走向刚强，塑造了一个"煎不烂、煮不熟、捶不扁、炒不爆、响当当的一粒铜豌豆"的人物形象。

通过一个中心事件把人物放到尖锐剧烈的矛盾冲突中加以刻画，是《关汉卿》的基本手法。戏剧一开场就让关汉卿目睹民女朱小兰无辜被斩的惨烈场面。他悲愤异常，要以笔为刀伸张正义。但在那"如箭穿着雁口，没个敢咳嗽"的黑暗时代，这一行为的后果可想而知。即使关汉卿敢写，谁敢演？是朱帘秀挺身而出，"你敢写我就敢演"，给关汉卿以巨大的鼓励和支持，坚定了决心。《窦娥冤》演出后，元代统治者代表人物阿合马大为恼怒，下令要关汉卿修改剧本，删去讽喻现实的章句，并利用无耻文人叶和甫威逼利诱。关朱二人不为所动。结果朱帘秀被挖去双眼，二人被投进监狱。这样，剧作始终围绕着写不写、演不演、改不改以及此后关汉卿走不走、降不降设置情节和场面，让戏剧冲突一波未平，一波又起，险象环生。关汉卿和朱帘秀的性格就在这一过程中凸现出来。为了丰富人物的内心世界，剧作还安排了几个关键场面，让人物做大段对话和独白。如第四场关汉卿深夜创作《窦娥冤》和第八场狱中分别时，关汉卿蘸血书赠，朱帘秀唱《蝶双飞》作答的情景，使两个人物的凛然正气、高风亮节、美好理想和忠贞爱情得到绘声绘色的表现。

在情节结构上，《关汉卿》采取了戏中戏的手法。整个剧写关汉卿，而剧中还有一剧是《窦娥冤》。它的酝酿、构思、排练、上演引起了一系列矛盾冲突，成为各种势力、各种人物聚散分合的焦点。这种安排使全剧集中凝练，开合自如，独具匠心。

由曹禺（1910—1996）、梅阡、于是之创作，曹禺执笔的《胆剑篇》写的是春秋时代越王勾践报仇复国的故事。此剧创作于 1961 年，目的是启示、教育、鼓励我国人民战胜当时严重的经济困难。因而作者摒弃了"春秋无义战"的传统观点，赞颂了越国君臣知耻而后勇，自强不息的精神。但剧作没有削历史之"足"以适现实需要之"履"，而是设置一系列戏剧冲突，使剧情符合当时的历史环境。通过吴越两国强弱胜败的转化，提炼出"一时胜负在于力，千古胜负在于理"的哲理性主题。

此剧塑造了一批个性鲜明的人物，如骄横自负的吴王夫差，忠直清廉、胸怀韬略而又专横自傲的吴国大夫伍子胥，见利忘义、不顾国家的吴国大夫伯嚭，多谋善断、长于应变的越国大夫范蠡，稳重机智的越国大夫文种。其中刻画得最具深度的人物是越王勾践。剧本安排了一系列戏剧冲突，多方面揭示了他性格的矛盾性：他刚烈，对吴王夫差的种种羞辱十分恼火；他高高在上，对自己臣民的直颜犯上耿耿于怀；他浮躁任性，处于逆境时相当软弱。但作为亡国之君，在环境的逼迫下，为报仇复国能作自我调整：在吴王面前强压愤怒，实行韬晦；对臣民的逆耳忠言逐渐做到言听计从；甚至能体恤越国百姓的疾苦。作者把这个人物放到战败被俘，受辱三年，回国后卧薪尝胆，实行十年生聚、十年教训，终于报仇复国的过程中，表现其性格的发展变化——逐步改变其性格弱点，成为一个有作为的君王。这一变化在"度"的掌握上有些过头，在一定程度上给人过分理想化之感。

此剧所表现的内容，时间跨度达30年之久，人物众多，矛盾关系复杂，安排不当，易流于杂乱散漫。作者始终紧扣吴越两国强弱胜败的矛盾转化，设置情境、情节和人物，并围绕"剑"与"胆"这两个具有象征意义的道具组织情节，刻画人物，使全剧气势恢弘，起伏跌宕，结构严谨。

陈白尘（1908—1994）的《大风歌》写的是西汉初年上层统治者内部一段错综复杂的斗争：吕后在刘邦死后意欲夺取刘氏天下以及和陈平、周勃等一批刘氏老臣反夺权的长达15年的宫廷搏斗。作家把这一历史故事放到当时社会极需统一稳定以治疗连年战乱造成的土地荒芜、民生凋敝的背景下，批判吕后的篡权行径，赞扬陈平、周勃等老臣的反夺权活动。这部在粉碎"四人帮"不久即创作的历史剧无疑有着强烈的现实针对性。但作者没有把它写成简单的影射文学，而是依据《史记》和《汉书》的有关记载，进行虚构，"既未按图索骥，照搬历史；亦未强古人所难，硬加今人穿戴。大端要事，有迹可寻，而又灵活运用，绝不拘泥，使人信服。"（唐振常《黄钟大吕奏大风——评七幕历史剧〈大风歌〉》）

《大风歌》的人物塑造大多比较成功，其中对吕后的刻画尤见功力。作者对这个人物没有作脸谱化、漫画化处理,而是把她放到刘吕之争这一主线的发展中,通过复杂的人物关系和戏剧冲突,展开全方位的刻画。刘邦死后,她密不发丧,烧毁遗诏,害死本当继位的赵王,残害赵王之母戚夫人,甚至诱使自己的亲生儿子刘盈沉溺酒色,把大权控制在自己手中;她在陈平、周勃之间制造事端,使将相不和,以削弱对手的力量;她对其他老臣加以笼络,名为外迁,实为削权。这是一个凶狠残暴、计谋多端、遇事从容镇定的人物。另一方面,她深知对手强大,吕氏家族众多人物无能,常常陷入孤独、恐慌、懊恼、哀伤之中。作者紧紧抓住她性格的复杂性和内心的矛盾性,把这个人物写得活灵活现,又很有深度。

整部《大风歌》七幕二十三场,环环紧扣,悬念丛生而又张弛有致。剧情发展到吕后病危前后,进入高潮,如急风骤雨,气象万千。它吸收传统戏曲手法,熔歌、舞、剧于一炉。一头一尾的《大风歌》的歌声,浩瀚雄浑,为整部剧制造了一种苍劲悲壮的艺术氛围。

第四节 社会问题剧创作

1963年至"文革"前夕,话剧创作出现了一个"高潮"。当时影响较大的有:《远方青年》(武玉笑)、《杜鹃山》(王树元)、《年轻的一代》(陈耘)、《激流勇进》(胡万春、佐临、仝洛合作,仝洛执笔)、《霓虹灯下的哨兵》(沈西蒙、漠雁、吕兴臣合作,沈西蒙执笔)、《千万不要忘记》(丛深)、《第二个春天》(刘川)、《兵临城下》(白刃、洛丁、李树楷合作,白刃执笔)、《豹子湾的战斗》(马吉星)、《丰收之后》(蓝澄)、《女飞行员》(冯德英、黎静、丁一三合作,冯德英执笔)、《雷锋》(贾六、王德英、靳洪、吴振军、刘斐)、《南海长城》(赵寰)、《箭杆河边》(刘厚明)、《龙江颂》(江文、陈署)、《夺印》(马彦祥等)、《青松岭》(张仲明等)等。在"千万不要忘记阶级斗争"和"大写十三年"口号的影响下,上述剧作的大多数取材于1949年后的现实生活,表现"阶级和阶级斗争"的主题。其中当时评论界评价最高的是《霓虹灯下的哨兵》《年轻的一代》《千万不要忘记》等。

《霓虹灯下的哨兵》的主要创作者是沈西蒙。他生于1919年。上海人。抗日战争爆发后即投身戏剧活动。曾担任过新四军文工队队长、文艺科长、第三野战军文工团团长等职。中华人民共和国成立后,历任南京军区前线话剧团团长、军区文化部副部长、部长、解放军总政治部文化部副部长兼总政文工团团长、上海警备区副政委等职。其创作和改编的作品除《霓虹灯下的哨兵》外,还有歌舞剧《买卖公平》,话剧《甲申记》(合编)、《红小鬼》《杨根思》,电影剧本《南征北战》(合编)等。

《霓虹灯下的哨兵》取材于当时广为宣传的"南京路上好八连"的事迹,写的是一支解放军连队在解放初期进驻上海南京路,面对敌人的破坏和"十里洋场"的种种腐朽事物和腐败思想的侵蚀,如何通过和阶级敌人斗争的事实,通过严肃的思想斗争和细致的思想工作,教育、挽救失足的战士,树立起解放军"永远是一支战斗队"的思想,自觉抵制"香风""毒雾"侵袭的故事。这个话剧演出后受到极高的推崇,首先是因为它提出了一个如何发扬部队的艰苦朴素的传统,继续革命,抵制"和平演变"的问题,适应了当时"反帝反修"的意识形态的要求;其次是它突破了军营生活的狭小圈子,把部队生活与广阔的社会生活联系起来,开阔了军旅文学的视野;第三是塑造了几个性格鲜明的人物,如对革命事业忠心耿耿,性情直爽,处理问题简单生硬的连长鲁大成,看不惯城市生活,一心想上前线的战士赵大大;立过战功,被花花世界迷惑而"忘本"的陈喜,秀外慧中,识大局,顾大体的春妮等等。此外,人物语言的个性化,富于生活气息的喜剧色彩,利用一条扁担、一双布袜、一个针线包、一封信、一束花、一件衬衣等道具揭示人物心理,推动剧情发展的手法,都被认为是戏剧艺术上的成功之处。

《年轻的一代》的作者陈耘,生于1922年,福建永泰人。现任上海戏剧学院教授。除《年轻的一代》外,还写过话剧《在生产线上》《英雄小八路》和歌剧《一支歌》等作品。

《年轻的一代》写的是地质学院的几个毕业生围绕分配问题产生的矛盾,由此提出了年轻一代应该怎样对待幸福、爱情、理想、前途,应该树立什么样的人生观、世界观等问题。作者运用对比手法,塑造了两个追求截然对立的人物:林育生和肖继业。他们都出身于革命家庭,但走的却是不同的人生道路。林育生害怕艰苦,企图用伪造病情证明、突击结婚和托人说情等手段把自己从青海调回上海,并把自己的恋人夏倩如留在上海。肖继业则不怕艰苦,并且把艰险看做对年轻一代"是懦夫还是好汉""是土还是金"的考验。他拖着一条病腿去野外探矿,要为祖国的富强贡献自己的青春。剧作通过二人之间激烈的论辩和独白展示二人的内心世界。为了教育林育生,其养父母拿出其亲生父母留下的血书,使林育生的心灵受到强烈的震撼。在长辈、同学、朋友的教育帮助下,林育生决心痛改前非,"我摔得倒,也爬得起来,林育生不是那种没出息的人。"剧作的这一主题因契合了当时社会对年轻一代的要求和哲理意味而大受欢迎。

《千万不要忘记》的作者丛深,生于1928年。原名丛凤轩。黑龙江延寿人。从1948年起,先后在中共哈尔滨市委宣传部、哈尔滨市文联筹委会、哈尔滨市工人文工团、哈尔滨市文工团工作。1953年起从事专业创作。1958年任哈尔滨电影制片厂编剧。1983年起先后任哈尔滨市文联副主席、主席、党组书记等职。除《千万不要忘记》外,还写过《百年大计》《间隙与奸细》《先锋战士》《悲喜之秋》《严济之案件》《胆识之歌》等剧作和《徐秋影案件》等多部电影剧本。

《千万不要忘记》的中心人物是青年工人丁少纯。婚后受妻子姚玉娟、尤其是丈母娘姚母的影响,思想发生了很大的变化,由一个热情肯干的车间先进工作者变为讲吃喝讲穿戴的人。在姚母怂恿下,他借钱买毛料衣服;为了还钱,下班后打野鸭子卖,以致疲劳过度,工作时精力不集中,险些酿成严重的责任事故。后经父亲、爷爷、母亲和朋友、青年工人季友良的教育帮助,认识到自己的错误,决心做革命事业接班人。剧本对丁少纯思想前后的变化,写得细致自然,给人留下深刻的印象。剧本中另一个塑造成功的人物形象是姚母。她原是一个小商人,虚伪、自私、贪财,主张"好汉不挣有数的钱"。她关心女儿、女婿,一心想让他们生活得舒适些。为此,鼓励他们"搞点外进项"。其思想显然同当时的社会道德规范格格不入,但她却自鸣得意而不自知。作者为这个人物设计了高度个性化的语言和动作,其言行常常令人捧腹,富于喜剧色彩。此剧原名《祝你健康》,把围绕丁少纯转变的矛盾分歧看做新旧思想的冲突,对姚母这个人物的把握也讲究分寸,认为她是一个思想上有传染病的"病人",要进行治疗,以达到思想健康。后来根据领导的意见作了修改,强调这是"一场阶级斗争","这种阶级斗争,没有枪声,没有炮声,常常在说笑之间进行着"。剧名因此改为《千万不要忘记》。这样的修改自然更符合当时意识形态的要求。

这三部剧作都用中共八届十中全会关于"千万不要忘记阶级斗争"的论述作为观照现实,想象现实,阐释现实的基本依据。剧中,城市被设想为资产阶级腐朽思想泛滥的处所,抵制和清除这种思想侵蚀的思想武器是革命传统,即三四十年代的革命斗争和乡村生活经验。而无产阶级和资产阶级的斗争,不仅存在于社会活动的"公共空间"里,也广泛地渗透到家庭日常生活和个人情感等"私人空间"中,因此要在一切领域里开展阶级斗争。在《〈千万不要忘记〉主题的形成》里,该剧作者指出:"这出戏不仅提出必须进行社会主义教育,应该进行社会主义教育的问题,而且还提出了如何组织安排社会生活的问题。……戏里让我们看到把八小时工作安排好,还不能保证不出问题。除了八小时工作,八小时睡觉,最后八小时怎么安排?"这段话可以看做这三个剧本的深层意义,它反映了当时政治激进派的愿望:把人的一切生存空间统统纳入高度政治化的规范里。

70年代末至80年代初,中国话剧舞台上连续推出好几部"社会问题"剧,代表作有《未来在召唤》(赵梓雄)、《权与法》(邢意勋)、《报春花》(崔德志)、《谁是强者》(梁秉堃)、《救救她》(赵国庆)、《血,总是热的》(宗福先、贺国甫)、《灰色王国的黎明》(中杰英)等。

上述剧作都具有强烈的政治批判色彩。作者从政治角度观察问题,对"左"的路线和林彪、"四人帮"留下的遗毒展开揭露和批判。《未来在召唤》通过某军工厂党委书记梁言明和分厂党委书记于冠群围绕试制新型飞机产生的一系列矛盾,批判了思想僵化、继续搞现代迷信,抵制甚至反对党的十一届三中全会精神的种种错误倾向。《灰色王国的黎明》无情地揭露和鞭挞了顾世权的封建家长式的统治。这些剧作批判的尖锐性值得称道,但艺术上的精雕细刻不足。虽然一时间取得轰动性效应,但时过境迁,未能留下耐人寻味的东西。

以敏锐的政治嗅觉,提出亟待解决的重大社会问题是上述剧作的另一个共同点。这些剧作创作于我国拨乱反正时期,作家的社会参与意识很强,他们积极地以自己的剧作对社会"发言"。《权与法》提出是权大还是法大的问题。《报春花》提出结束反动的"血统论"的问题。《救救她》提出拯救青少年失足的问题。《谁是强者》提出解决"关系网"的问题。而《血,总是热的》诚如作者所说:"整个戏我们想表达的是三句话:头一句是,我们这架庞大的机器,好多的齿轮都锈住了,咬死了;第二句是,中国没有退路了;第三句是,血,总是热的。"(宗福先《点燃激情,唤起希望》)由于作家急于对社会"发言",未能把自己的理论认识同艺术形象有机地结合在一起,剧作的外部情节冲突多,说教多,而人物的内心挖掘不深,人物形象欠丰满。

80年代随着社会关注的焦点从政治转向人本身,随着西方文化思潮的涌入和作家对人的内心世界开掘的加深,表现婚恋、家庭、道德伦理的问题戏逐渐多了起来。出现了《明月初照人》《风雨故人来》《不知秋思在谁家》(白峰溪)、《一个死者对生者的访问》、《十五桩离婚案的调查剖析》(刘树纲)、《人生不等式》(张莉莉)、《寻找男子汉》(沙叶新)、《爱情变奏曲》(刘派)、《蛾》(车连滨)、《搭积木》(沈虹光)、《红白喜事》(魏敏、孟冰、李冬青、林朗)、《田野又是青纱帐》(李杰)等。

白峰溪,1934年生。河北文安人。她是话剧演员,在舞台上演出过40多个女性形象。1977年开始剧本创作,80年代推出引起热烈反响的"女性三部曲":《明月初照人》《风雨故人来》《不知秋思在谁家》。

"女性三部曲"突破了单一政治视角的狭隘性,从广阔的社会文化心理角度切入现实。《明月初照人》的主人公方若明当年服从"组织安排"和自己深爱着的裴光分了手,造成了情感上的终生遗憾。担任省妇联主任后曾亲自解决过不少婚姻纠纷,为妇女伸张了正义。在处理别人的婚恋时她是世俗观念的批判者。可是当小女儿方琳(大学生)爱上了一个水暖工,大女儿方玮(研究生)爱上了自己的导师、方若明当年的恋人裴光时,她从感情上、心理上都无法接受这一现实。她惊讶,痛苦,顽强地进行干预。在处理自己女儿的婚恋时她成了世俗观念的维护者。作者深入人物的心理世界,揭示了世俗观念作为一种文化现象的顽固性,使剧本成为文化反思的代表作。

"女性三部曲"具有鲜明的女性意识。《风雨故人来》中事业心很强的产科医生夏之娴当初就因为家庭和事业无法两全时,得不到丈夫彭仑的理解而与其分手了。如今新婚的女儿彭银鸽要出国留学,却受到丈夫程康的反对。程康对银鸽说:"我并不想高攀什么女科学家,我只要求一个永远忠实于我的妻子。"这话竟同当年彭仑的"我只要你做我的妻子,不要你当什么名医"如出一辙。夏之娴想起当年与彭仑分手的情感痛苦,在女儿出不出国上举棋不定。这时彭仑却支持了女儿。银鸽出国深造的愿望得以实现。剧作在提出知识女性面临家庭和事业的矛盾这一具有普遍性问题的同时,也表达了鲜明的女性观念,"女人,不是月亮,不借别人的光炫耀自己。"

"女性三部曲"善于从两代女性自身的情感纠葛及彼此间的差异中深入人物的心灵世界,塑造出个性鲜明而又充满精神困惑的女性形象。《不知秋思在谁家》中的女教师苏重远有儿女三个。大女儿苏绯自由恋爱结婚,因无法容忍丈夫和婆婆用旧观念束缚她、限制她的社交活动,而离了婚。二女儿苏纭是硕士研究生,为学业误了婚姻。为了给她找对象引起了诸多矛盾。小儿子苏维是个体户,女友是时装模特,他们二人的言语行为、思想观念都很新潮。苏重远感到"我真难以理解她们了"。这是一群"困惑的女性",她们身上既打着时代的烙印又有由于文化教养、精神追求的不同而形成的个性。作家带着困惑写人物的困惑,不以简单的态度判定善恶是非,使人物富于立体感。

第五节 话剧的新探索

"文革"结束后的头几年,当代剧坛上一些批判"四人帮"、怀念老一辈革命家的话剧和社会问题剧曾产生过"轰动效应"。这是因为"文革"10年中几个"样板戏"统治舞台的状况令广大观众十分不满,长期的剧坛荒芜使他们产生饥不择食之感。对重大的社会政治问题的关心、长期被压抑的情感需要得到宣泄,使观众更注重话剧内容的尖锐性而不大考虑其美学价值。但是随着社会的变化,随着多种娱乐形式的出现,观众的欣赏趣味有了改变,依然按老套路创作的话剧已无法满足观众的需求。全国话剧演出场次猛跌,1984年底下滑到"文革"结束以来的最低点。话剧的改革势在必行。

其实话剧的探索早在70年代末就出现了。《我为什么死了》(谢民)可谓开风气之先。进入80年代,西方话剧和理论打开了中国剧作家的眼界,中国传统戏剧艺术也为当代剧作家所重视。既要"西望"又要"东张"以推动话剧的创新成为中国戏剧界的共识。大批探索剧的出现成为20世纪最后20年的一大景观。综观这种探索,大致可归纳为如下几个方面。

第一,主题的多义性与哲理性。

《魔方》的作者认为,"人类的认识重心在发生转移,把一个问题说得清清楚楚已满足不了现代人的需要,许多观众要参与创作,享受思考的快感"(陶骏、陈亮《我们的解法——〈魔方〉编导原则的几种诠释》)。适应这种新的审美追求,许多剧作家不再把剧本作为一个明确而简单的思想认识的载体,而力求把握生活和人物的复杂性并由此上升为对人生哲理的探索。孙惠柱、费春放的《中国梦》讲述的是一个叫明明的女演员的人生体验。她在"文革"中到江南农村插队,后来当了演员。在中国,她做"美国梦",梦想到美国如何发展。可是到了美国,却没有当上演员,靠外祖父的帮助开了一个餐馆,并和一个叫约翰的美国哲学博士相爱。约翰崇尚老庄哲学,起了个中国名字:郝志强。这个名字使明明想起了她插队时的恋人,曾救过她性命的放排工志强。她无法忘记当年那段恋情和江南田园景色。于是在美国做起了"中国梦",但梦中的一切已不是原来的样子。昔日的小桥流水被大坝、水库、大轮船所取代,志强穿着廉价西装,叫她不要说空话,多寄些美元来。剧作没有讲述完整的故事,情节片断在女主人公的思绪中展开,过去与现在,中国与美国,时空作大跨度转换。作者用这种手法邀请观众同主人公一起体验和思考人生。《魔方》由九个无情节联系的小品组成,每个小品都包含着某些耐人寻味的哲理。如其中的《绕道而行》：某青年在一条平坦的大路上开玩笑地放了一个"绕道而行"的木牌，各色人等尽管对这一木牌态度不同，却纷纷转向泥泞的小路，有人还掏出红袖章维持秩序，连设木牌者也怀疑起其初衷，尾随众人而行。最后只有一个稚气十足的女孩毫无顾忌地从木牌边穿过，向充满阳光的道路上跑去。就这样，编导取消了故事情节和人物性格，呈现在观众面前的是一个饶有趣味的现象，有多种解读的可能性。此剧起名《魔方》，表明它像那个六面体玩具一样有多种解法，见仁见智，全靠观众。

第二，人物心灵的外化、具象化。

一些探索性话剧突破了通过人物的语言行为揭示人物心理这种由外向内的传统写法，而直接进入人物的心灵，并调动戏剧手段，使人物心灵得到形象逼真的表现。高行健的《绝对信号》写的是夜行货车的守车上五个人物（车长、小号、黑子、蜜蜂姑娘、车匪）之间紧张而微妙的关系。待业青年黑子为结婚需要一笔钱，他被车匪引诱，到守车上协助车匪行窃。车长占据的瞭望窗口是一个关键地方。黑子只要占据这个窗口就可以和车匪联络上，参与作案。因此他只要向那个方向迈出一步，就会牵动守车上其他人物，引起反应。剧作不是采用写实手法，写人物之间的言语行动，以表现黑子怎样受到教育，在关键时刻挺身同车匪搏斗用鲜血换来货车的安全。而是把现实的有限对话和人物大量的心理活动、幻想、回忆交错叠加在一起，使人物的心灵获得物化表现，以揭示黑子的转变。如黑子的激烈的思想斗争不是通过心理独白而是通过幻觉获得具象化表现的：车长教育他走正道，车匪引诱他干坏事，在他举棋不定时，朋友小号对黑子的恋人蜜蜂姑娘说："黑子是贼！他到车上是来作案的。"蜜蜂姑娘痛苦万分，躲避他，要离开他。这个幻觉成了戏中戏，形象地表现了黑子当时的矛盾的心理状况。

第三，多种艺术手段的综合运用。

打破现实主义手法的一统天下，广泛吸收西方现代主义、后现代主义戏剧艺术的手段，打破话剧和其他文学艺术之间的壁垒，广泛吸收兄弟艺术及文学手段，使探索剧在艺术形态上有了巨大变化。马中骏等人的《屋外有热流》的情节十分简单：大哥赵永康为挣钱养活弟弟妹妹，离城到农场当勤杂工。后来弟弟妹妹长大了，留在城里当工人。这两个人自私自利，不顾亲情。听说大哥可能病退回城，二人都不愿承担责任，互相推诿。赵永康为保护稻种牺牲，组织上寄来 1000 元抚恤金，二人为分钱争吵不休。剧作没有完整的故事，没有贯穿始终的事件，只有兄妹三人时断时续的对话。作者吸取我国戏曲的写意手法和西方表现主义、象征主义、超现实的技巧,借助舞台布景和灯光的转换,造成一种亦真亦幻的情境,并让大哥的幽灵在剧中三次出现。第一次在弟弟妹妹正做申请补助的美梦时,哥哥的幽灵出现。弟妹二人想从哥哥身上捞取好处,一再殷勤献媚。小妹甚至把哥哥当成海外阔佬,乞求哥哥把她带往金钱世界。第二次哥哥在弟弟妹妹的回忆中出现,哥哥对弟弟妹妹的爱护与弟弟妹妹推卸照顾哥哥的责任的表现构成鲜明的对照。第三次是弟弟妹妹在争夺那1000元抚恤金时,哥哥说:"只要你们一吵架,我就回来了。"在这里,哥哥和弟弟妹妹、屋外与屋内成了不同的人生观,不同的生活世界的象征。哥哥体现大公无私、乐于奉献,弟弟妹妹体现自私自利、斤斤计较;屋外体现火热的世界,屋内体现阴冷的生活。在强烈的对比中把弟弟妹妹灵魂的丑恶揭示出来。

在话剧探索方面,高行健、刘树纲和锦云是较有代表性的剧作家。

高行健,1940年生,江苏泰州人。1962年毕业于北京外国语学院。1982年开始任北京人民艺术剧院专业剧作家。发表过《绝对信号》(与刘会远合作)、《车站》《野人》,现代折子戏《模仿者》《躲雨》《行路难》《喀巴拉山口》等一批探索性话剧。其中影响最大的是《绝对信号》和《野人》。《绝对信号》已如前述。《野人》以生态学家考察野人为主线,通过生态学家的意识流动,把上下几千年,纵横数千里,现代人与原始人,现代文明与古代文化,都市生活与山区生活,穿插连缀在一起,构成了一部多声部的复调式剧作。它广泛地触及到我国当前存在的诸多问题,如森林破坏、官僚主义、不正之风、封建迷信、买卖婚姻、爱情家庭等等,概括起来,是自然生态平衡和社会生态平衡的问题。剧作不注重人物刻画,也没有连贯的情节,借助歌舞、面具、傀儡、哑剧、口技、朗诵、形体造型和灯光、音响等手段,造成全方位、立体化地展示生活的艺术效果。而民间史诗《黑暗传》、薅草锣鼓、上梁号子、《陪十姐妹》婚嫁歌穿插于场景中,渲染了民族色彩。

刘树纲,1940年生。河北磁县人。1962年毕业于中央戏剧学院表演系。1965年开始戏剧创作。1988至1989年任中央实验话剧院院长。长期从事专业创作。其话剧作品有:《春风杨柳》、《忘我的人》(以上与人合作)、《南国行》、《灵与肉》(据美国同名电影改编)、《十五桩离婚案的调查剖析》、《一个死者对生者的访问》、《都市牛仔》(与人合作)等。此外还有电影作品《再塑一个自我》《男人们和女人们》,电视剧《岳飞》《让我们荡起双桨》等多部。

《十五桩离婚案的调查剖析》围绕女大学生路野萍对四起离婚案的法

庭调查展开,中间穿插了李小典寻找生身父母,状告他们遗弃罪的故事。戏中还有一戏,即路野萍在法庭上意外地遇到她昔日的恋人、如今成了办案人的罗南,二人旧情复萌。但面对众多的家庭悲剧和弃儿的悲惨处境,他们用理智战胜了感情,罗南和农村的妻子盼秋重归于好。此剧在主戏之外还安排了一男一女两个叙述人,他们时而串联剧情,对某一案件进行评述,时而扮演剧中的离婚者,进行申诉。这出戏努力调动观众的参与意识,使之既进入剧情又跳出剧情,深入思考感情、家庭、道德、责任等诸多问题。

《一个死者对生者的访问》构思了一个荒诞离奇的剧情:死者叶肖肖的灵魂对生者的访问。在公共汽车上,叶肖肖抓住了两个扒手,但被窃的郝处长不敢承认钱包是自己的。扒手凶相毕露,拔刀刺杀叶肖肖,满车竟无人救助。叶死后,郝处长等人将此事描述成流氓之间的殴斗。叶肖肖的灵魂激愤难平,遂产生了对目睹这一事件的生者逐个进行的访问。在死者的灵魂面前,生者不得不承认自己种种卑劣的想法。在这一过程中还穿插了公安局和死者单位的调查、死者与恋人的爱情、与朋友的友谊、大出殡等等。此剧创作的目的,不是为了歌颂一位勇斗歹徒的英雄,而是揭露社会风气的腐败和道德力量的薄弱。因此用荒诞、夸张等手法,表现叶肖肖生前与死后、事件澄清前后,其单位某些领导及周围的人对他采取的不同态度。他生前是某剧团的末流演员,只能跑跑龙套,甚至被"编外处理"。死后由于背了个"流氓殴斗"的恶名,单位不但不给他开追悼会,连他设计的时装表演也停办了。然而一当真相大白,他又成了一个英雄,被捧到天上,又是追悼又是表彰,连其儿时的恶作剧也成了抗暴的英雄行为。更有甚者,由于找不到叶肖肖生前写的入党申请书,竟用死者补写的一份无字"申请书"作为追认其为共产党员的凭据。开追悼会,没有叶肖肖的照片,就让死者站在镜框后充当遗像。种种荒诞的剧情和叶肖肖生前的正直善良构成强烈对比,是对形形色色不良风气的抨击,对正义、同情、互助精神的呼唤。此剧还安排了一支多功能的歌舞队,负责串联剧情、扮演人物、搭场换景、充当道具、制造效果,增强了剧作的假定性和艺术表现力。

锦云,本名刘锦云。1938年生。河北雄县人。1963年毕业于北京大学中文系。1982年开始任北京人民艺术剧院编剧。1992年起,任该院第一副院长兼党委书记。发表过中、短篇小说20多篇。其戏剧代表作有:《山乡儿女行》(与人合作)、《狗儿爷涅槃》《背碑人》《乡村轶事》《阮玲玉》《杀妃剑》等。

《狗儿爷涅槃》写的是一个叫狗儿爷的农民从1949年至"文革"结束后

30年的生活经历和心路历程。剧作没有采取平铺直叙的写实手法,它大胆创新,从狗儿爷76岁时的回忆入手,通过独白、旁白、心理外化表现人物的意识流动,将过去与现在、外部生活与内心活动结合在一起,展现了30年里中国农村的社会变迁、中国农民的命运变迁和心灵变迁。解放战争时期,地主祁永年扔下即将收割的田地而仓皇逃命。当长工的狗儿爷冒着生命危险收割庄稼以为己有,为此,其妻被炸死了。土改后,狗儿爷分得了土地,买了牲口,拴了大车,住进了祁永年的高门楼,还用低价把曾帮助过他的穷哥们苏连玉的三亩地买到了手。他深恨祁永年,却一心想过上祁永年式的地主生活。然而合作化、公社化、大跃进、"文化大革命",狗儿爷被一个又一个运动冲得人财两空,他也发了疯。"文革"结束后,农村实行责任田制度,土地、牲口又回到其手中。他清醒过来,一心重振家业,圆当年那个想过地主生活的梦。但儿子为办工厂要拆掉狗儿爷视作命根子的高门楼,狗儿爷在痛苦、悲愤中烧了高门楼。这个人物的命运折射出那个时期中国农村曲折的历史,其性格涵括了中国农民吃苦耐劳、勤奋执著的传统特性和目光短浅、自私守旧的劣根性。作者吸收西方表现主义、荒诞派、象征主义和中国传统戏曲写意的许多手法,对人物复杂矛盾的性格和幽深的内心作广泛深入的开掘。例如让地主祁永年的鬼魂形象多次出现,与狗儿爷进行对话,从而强化了人物的内心冲突。这是一部艺术创新与人物塑造均取得成功的剧作,上演后受到广泛好评。

第四章 小说创作(上)

第一节 概 述

在大陆从 1949 年到 1966 年的十七年小说创作中,中篇小说虽然也出现一定数量的作品,但成绩并不突出。作为一种小说样式,没有受到人们更多的重视。在这十多年间,比较有影响的中篇,主要有孙犁的《铁木前传》、杜鹏程的《在和平的日子里》、刘澍德的《归家》等。

短篇小说则受到充分的注意。首先,这个时期短篇作品不仅数量多,而且也出现一批比较好的作品,涌现一批专门从事短篇小说创作的、比较成熟、有风格特点的作家。其次,比较起其他的文学样式来,短篇小说更充分地反映了大陆社会主义革命和建设时期的社会生活。十七年间,国家经济、政治、意识形态以至人情风习上发生的变化,往往首先在短篇中得到反映;虽然这种反映,有时是贴近实际的,而有时则是被扭曲的。第三,短篇小说的创作,与 1949 年以来发生的文艺运动、文艺思想斗争、文艺思潮的演变也有很紧密的联系。文艺上各种思潮的起伏兴衰,在这里有明显的表现。为使社会主义文学继承和发扬现实主义传统的人们,也几次从短篇创作上进行尝试和突破。在短篇作品中,我们既可以看到十分典型的公式化、概念化倾向,看到粉饰现实、歪曲生活的标本,也可以看到真切地反映人民生活和斗争,看到正视现实,对生活作严肃思考的佳作。另外,小说艺术上的试验,也大多从短篇小说上开始。

建国之初,由于形势的急剧变化,作家对他们所面临的新生活有一个熟悉、理解的阶段,在新的土壤上成长起来的年轻作者则还有一个酝酿的过程,因此,这个时期短篇创作不仅数量少,质量也大多不高。一些表现工农兵新生活的作品,一些配合当时的政治运动和中心工作(如镇压反革命、三反五反、宣传婚姻法等)的作品,大多停留在对局部的生活现象的描述和对具体政策的阐释上,未能提炼有典型意义的矛盾冲突来揭示新旧社会关系的变化,塑造有血有肉的人物形象。不少作品,存在着严重的公式化、概念化的倾向。在这期间,赵树理的《登记》,把性格鲜明的人物放在包含着深刻的社会历史内容的生活冲突上加以表现,揭示先进力量对落后势力斗争的胜利,是成功的作品。孙犁的《山地回忆》《吴召儿》,写抗日战争的往事,是他短篇创作的名篇。其他如康濯的《春种秋收》,谷峪的《新事新办》,马烽的《结婚》《一架弹花机》,在不同程度上反映了新的生活情景和劳动人民新的精神面貌,在当时受到欢迎。表现抗美援朝的短篇创作中,巴金的《黄文元同志》,谷岩的《枫》,尤其是路翎的《初雪》《战士的心》《洼地上的"战役"》,是较有特色的。

短篇小说创作落后的状况继续了一段时间,稍后就出现了值得注意的可喜现象。一些有经验的作家,如艾芜、沙汀、周立波、张天翼、骆宾基等开始写出他们对生活的真挚的感受。张天翼在50年代把精力放在儿童文学的创作上,写有剧本、中篇和短篇。十七年间,儿童文学的园地远不能说丰茂,张天翼的开垦,有他的不容抹煞的意义。张天翼在1949年之前就为孩子写作,《大林和小林》《秃秃大王》等是有名的作品。1949年之以后的创作收在《给孩子们》集中。他写这些作品有"两个标准":一是要使孩子们在思想方面和情操方面受到好的影响和教育,在他们的行为习惯或是性格品质的发展和形成方面受到好的熏陶;一是要讲究艺术形式,让孩子们爱看,看得进,能够领会(见《给孩子们》序)。他努力用共产主义的思想和道德风尚来教育下一代,热心帮助同志,爱护集体荣誉,一切都要靠劳动而不能向往坐享其成等是经常接触的主题。《罗文应的故事》《宝葫芦的秘密》是有影响的作品。1952年,艾芜来到鞍钢,投身经济恢复和建设的洪流中。长篇《百炼成钢》和短篇集《夜归》是他的收获。《夜归》中除个别涉及互助合作运动的内容外,多数作品,从工人日常生活的侧面,赞颂当了国家主人的工人阶级废寝忘餐的劳动热情,表现新社会人与人之间像"春天的风"般的温暖关系以及在爱情生活上新的观念。艾芜在青少年时代,曾在我国西南边疆和东南亚(缅甸等地)流浪、漂泊,当过红十字会的杂役,马店里的伙计,与被压迫的劳动人民一道受过剥削的侮辱。30年代初,他以这些生活感受为内容写成《南行记》(1963年《南行记》新版从8篇扩充到24篇)。1961年,作家又来到云南。1949年前后边疆面貌和人民命运的强烈对比,促使他提笔写《南行记续篇》。与《南行记》相衔接,"续篇"中的小说也采用第一人称记述的方式,风格上仍保持抒情的特点。"续篇"中的作品,把苦难年代的生活情景和眼前的现实,用思想感情的线索连接纠结起来。作家的目的,不在对某一或某几个人物作精雕细刻,但在展开的生活背景上,往往几句对话,几个动作就生动刻画出人物鲜明的性格特征:这在写到

1949年之前生活的部分尤为突出。相对地说，在表现今天的生活时，形象刻画显得有些平面化，思想情感的叙说显得有些过分。与艾芜不同，沙汀仍深入他原来的生活基地——四川农村。他1949年之后的作品都是短篇，数量也不算多，大都收在《过渡》和《过渡集》这两个集子中。作家把注意力几乎全部放在表现农村的积极分子和基层干部上。出现在《堰沟边》《过渡》《老邬》《风浪》《夜谈》等篇中的农村基层干部和积极分子形象，都有鲜明的性格。值得称道的是，沙汀无意对50年代前期的农村生活进行人为的粉饰，他不回避生活中的矛盾，特别是人民内部的复杂关系，不遮盖这一时期农村在生产和生活上的困难。他所塑造的先进人物，带着他们作为一个劳动者的质朴和摆脱旧的生活轨道不久的特点出现，沙汀保持着从日常生活入手，用简练、冷静而含蓄的描述来自然地展开故事、刻画人物的特色。周立波和欧阳山在精心结构长篇之余，也写了一些很有特色的短篇。如欧阳山的《在软席卧车上》《乡下奇人》和《金牛与笑女》。周立波的短篇集有《禾场上》《卜春秀》等。《盖满爹》《张满贞》《卜春秀》《张闰生夫妇》等，塑造了农村各种类型的先进人物的形象，表现他们朴实而崇高的思想品格。《山那面人家》《禾场上》，则在朴素清新的生活画面中，在明快悠徐的情调中，传达新生活的富于欢悦色彩的诗意。周立波善于从平凡的农村日常生活中取材，选取乡土气息浓郁的生活细节，选择运用有表现力的湖南地方方言土语，并用略带幽默情趣的笔调来叙述故事，刻画人物，构成一种秀丽隽永的艺术风格。

短篇创作取得进展，更重要的是，一批新人崭露头角。他们带来渭北高原和京郊运河两岸的泥土气息，展现农村沸腾的生活和矛盾。他们给我们描绘车间里的春天，也把硝烟刚刚飘散的中国人民革命战争的图景带进短篇的画面中。他们中的有些作者，在50年代中期，还勇敢地接触到生活中的重大矛盾。这些作家，有一开始就发表了比较成功的作品而受到读者注意的王汶石、李準、峻青、王愿坚、宗璞，也有在50年代后期逐渐形成自己创作特色的茹志鹃、陆文夫、林斤澜、刘真、胡万春、唐克新。王蒙、刘绍棠、方之、高晓声、从维熙、邓友梅、李国文等也在这个时期开始发表他们的作品，只不过他们的创作在1957年反右派斗争中被迫中断。兄弟民族的有成就的短篇作者如玛拉沁夫、乌兰巴干、敖德斯尔、郝斯力汗等，也都在这一时期开始他们的创作生涯。50年代前期出现的这批作家，到"文化大革命"开始以前，一直是我国短篇创作的骨干力量，代表这一领域的思想和艺术水准。此后50年代末到60年代初也出现过一批青年作者，如林雨、任斌武、王杏元、王慧芹、万国儒、肖育轩等,也都一开始就显露他们的有希望的前景。但他们的创作道路开始不久就遇上"文化大革命",他们没有他们的前行者的幸运。

在十七年中,短篇创作把迅速变化的现实生活的图景带到文学中来。但是,在题材上也存在着很不平衡的状况。作品数量最多、而且成就较突出的是反映民主革命斗争和农村生活的题材。有的作家,像王愿坚,从他的第一个短篇《党费》起,一贯辛勤地探索着革命先辈的心灵和脚印。峻青、菡子、刘真、孙犁等也都在这方面做出贡献。其中,《山地回忆》《党费》《三月雪》《黎明的河边》《妈妈的故事》《百合花》《潘虎》等是值得珍视的作品。比起革命斗争的题材来,农村生活是短篇小说开垦得更多的领域。从农业合作化到人民公社成立,从"大跃进"时期到60年代初经济困难阶段对农村政策的调整,农村生产关系的变革,和这一变革相联系的社会习俗的变化,农村中新的人物新的性格的涌现,以及在某个时期农村工作中出现的"浮夸风""共产风"的严重错误,在短篇作品中都有反映。《"锻炼锻炼"》《山那面人家》《李双双小传》《我的第一个上级》《沙滩上》《赖大嫂》等是有代表性的作品。比较起来,描写工业劳动和工人生活的作品的成绩与生活实际状况很不相称。当然,不是毫无成绩。杜鹏程、艾芜、草明、陆文夫、胡万春、唐克新等创作了一些值得重视的作品。胡万春写的《步高师傅所想到的》《老八吨》《特殊性格的人》和《谁是奇迹的创造者》等作品,通过劳动竞赛和技术革新热潮,表现工厂的沸腾生活和工人群众的劳动热情和智慧,从父子、师徒之间的矛盾表现社会主义生产建设过程中工人间建立的新型关系,这些是他经常接触的内容。唐克新表现工厂生活的短篇主要有《车间里的春天》《我的师傅》《种子》《第一课》《旗手》等。与胡万春的注意刻画叱咤风云、性格浓烈豪迈的人物和喜欢安排热烈、矛盾冲突尖锐的环境不同,唐克新作品中写到的生活现象却大多是平凡的,人物也是朴素无华的。他从一些常见的现象和生活过程中去探索人物的心灵,抓住人物性格的某一点,深究他行动的思想根据;并提炼比较深刻的,带有哲理意味的思想。十七年中,反映工人生活比较有成绩的作家是陆文夫、杜鹏程。陆文夫早期的短篇小说收在《荣誉》集中。1961年以后,写出《葛师傅》《修车记》《介绍》《二遇周泰》《棋高一着》等短篇,开始初步形成自己的艺术个性。这个时期的作品虽然高低互见(如写在技术革新上两种思想斗争的《龙》,人物也有某些特点,但艺术构思却明显是从概念出发的),但大都经过严肃认真的磨炼,力求每一篇都多少有些特色,有所前进。作家在平凡的事件中发现矛盾,挖掘隐藏在表面平静的生活波流下面的曲折和波澜。在人物塑造上,采取层层深入,抽丝剥茧,随着情节的发展逐步显露人物思想境界的办法。杜鹏程除了长篇《保卫延安》和中篇《在和平的日子里》外,他表现经济建设的短篇小说,主要描写50年代宝成铁路工地的建设和西北地区征服沙漠的战斗。那些在战争年代的枪林弹雨中走过来的指战员们,那些在中国人民解放事业中用自己肩膀支持过革命战争的群众,那些在黑暗年代浸透血泪的生涯中挣扎苦熬的劳动者,他们今天在建设生活中仍是我们的中流砥柱,他们宽阔而坚实的肩膀,过去、现在和将来,永远支撑着我们的万里江山,这就是杜鹏程这些短篇——《工地之夜》《延安人》《平常的女人》《第一天》等的主题。这些作品,收入《年青的朋友》《光辉的里程》等短篇集中。虽然工业题材的创作取得上述的成绩,但是,这方面的作品,对于我国二三十年来经济建设的反映,无论是广度还是深度都有很大差距。至于城市生活、学校生活、知识分子的道路等领域,情况就更为严重。

扩大短篇小说创作的题材,使这种与现实生活联系紧密的文学样式的根须伸进更广阔的生活土壤,表现我们社会生活丰富多彩而又充满复杂矛盾的面貌,这是长时期以来大家所企盼的。在十七年间,有两个时期较为活跃:一是1956年前后,一是60年代初期。这两个时期,政治比较稳定。60年代初虽有严重经济困难,但在工作调整中加深了对社会客观规律的认识,反过来促使创作去掉盛行一时的浮夸和虚饰。这两个时期,文艺政策和创作思想上,都比较注意贯彻百花齐放的方针,比较注意克服教条主义的束缚,在文艺与政治关系的问题上理解比较宽广。因此,短篇小说在反映工农业生产和歌颂新人新事上,取材角度有所扩大,爱情、家庭生活进入创作领域,历史题材作品,以及讽刺、喜剧风格的作品也出现了。比如,在爱情、家庭生活方面,就出现了《红豆》(宗璞)、《美丽》(丰村)、《在悬崖上》(邓友梅)、《小巷深处》(陆文夫)等成功作品。在历史题材小说方面,出现了《陶渊明写挽歌》《广陵散》(陈翔鹤)、《杜子美还家》(黄秋耘)等。但这两个时期都很短暂,随着政治形势的急遽变化,短篇创作出现的新的气象犹如昙花一现。

与题材的多样化相联系的,是短篇小说反映生活的深度的问题。对生活的敏感,用艺术形象深刻地反映生活的激流及其变化,曾经是我们用来肯定优秀短篇作品的一个重要标准。我们的不少有成就的短篇,曾经不同程度地回答生活中提出的重大问题而受到读者的热烈欢迎,在现实生活中产生了积极的影响。如王蒙的《组织部新来的青年人》、刘宾雁的《在桥梁工地上》,都以正视生活的复杂性,以对生活的深入观察和思索而获得强烈的思想艺术力量。在1958年相当一部分人以为共产主义唾手可得的形势下,赵树理的《"锻炼锻炼"》揭示了农村社会主义改造的长期性、艰苦性,显示了深入生活底层的作家的敏锐见识。三年困难时期,农村题材的一些短篇如《实干家潘永福》(赵树理)、《乡下奇人》(欧阳山)、《灯芯绒》(西戎)等,着力塑造坚持实事求是、讲究实效的农村基层干部形象,也有强烈的现实针对性。

  短篇小说敏锐、深刻地反映生活虽然取得了上述的成绩,但从总的倾向看,深度不足仍是个重大的弱点。生活中许多重大矛盾和尖锐斗争在短篇中反映得很少。由于各种条条框框的限制,有些作家绕开尖锐的矛盾走,或把复杂的矛盾简单化,或把矛盾冲突安置在一个狭小的、不痛不痒的圈子里去表现。人民群众迫切关心的问题常常得不到有力的回答。

  从艺术方面看,十七年间短篇小说创作有明显的发展过程。建国之初,不少作品比较注重事件的铺叙,对生活材料缺乏高度的提炼剪裁。后来,跳出生产过程和图解政策的圈子,努力注意人物塑造,把人物性格刻画与情节展开和选择有表现力的细节结合起来,成为比较自觉的努力。另外,作家们对短篇小说这种样式在表现生活上的特点的掌握,也较为娴熟。在有限的生活画面中,更广阔、更深刻地凝聚生活内容,选取有表现力的角度,为许多作家所追求。思想艺术发展上的这种进程,表现在一批作家逐渐形成自己的创作个性和创作风格上。赵树理,以其朴素深厚的生活内容和我国小说传统表现手法的结合见称,他的作品表现了坚决忠实于生活的艺术家的高度责任感。王汶石热情地、甚至带着诗化地倾心于农村新人性格的创造,在细腻的风景画和风俗画中尽量传达生活美好的一画。马烽和李準都是会讲故事的作家。马烽以娓娓动听的讲述引人入胜,人物和作品色调带有山西农村的泥土气息。李準对生活的矛盾斗争是敏感的,他作品的色调要明丽些,这和他注意生活冲突的组织有关。周立波的作品有湖南农村浓郁的地方色彩,在平凡的日常生活画面中,用略带幽默的笔调表现农民群众优美的情趣的习俗。茹志鹃以细腻的心理刻画手段,在家庭生活与日常工作关系中揭示普通人,尤其是各种妇女心灵的变化和性格成长的里程。杜鹏程在翻天激浪的严峻斗争里雕刻着经受历史苦难和现实困难考验的英雄塑像,粗犷的描绘常伴随哲理的抒发。其他不少短篇作家,也都各有自己的某些特色。

  上述作家的创作特色,有的只是显露出某些素质,并非已经很成熟,有的作家的长处和明显的弱点联系在一起。更重要的是,短篇小说创作风格的多样化总的说还很不够,现代文学中嘲讽式、喜剧式的风格没有得到很好的继承和发展。作家普遍注意情节故事的构思和安排,注意"英雄人物"的塑造,对普通人的表现,对深广复杂的内心世界的表现,没有得到应有的关心。在艺术方法和表现技巧上,也呈现比较单调、变化不多的状况。

在十七年中,长篇小说创作取得较显著的成绩。建国之初,写作长篇小说的作家大多来自革命部队,经受过战火的锻炼,他们的创作,自然也以表现战争生活作为最主要的内容。马加的《开不败的花朵》,描述抗战胜利后,一支干部工作队在内蒙古草原上与敌人的一场遭遇战。柳青的《铜墙铁壁》,表现解放战争初期陕北保卫战中人民群众对军队的支持所产生的巨大力量。孙犁的《风云初记》,描写滹沱河两岸五龙壁、子午镇的人民群众建立抗日根据地的曲折斗争。杨朔的《三千里江山》、陆柱国的《上甘岭》,寒风的《东线》、马加的《在祖国东方》等,表现正在进行的朝鲜战争。50年代初以战争生活为题材的长篇作品,还有孔厥、袁静的《新儿女英雄传》、立高的《永远向着前面》、陈登科的《活人塘》等。在这一题材的创作中,杜鹏程的《保卫延安》,是当时最为重要的作品。它描写了从1947年3月到9月的延安保卫战的历史进程,塑造了周大勇、李诚、王老虎等英雄形象。这部调子高昂、笔触粗犷的长篇,热烈歌颂了在艰苦卓绝斗争中所表现出来的革命英雄主义。

建国初期的这些长篇小说,往往有浓厚的生活气息,有描述上的真切感。作家所表现的,是他们亲身经历过或正在经历的生活,他们描写这些生活情景时,又怀着对战斗生活、对英雄人物炽热的激情,努力再现战斗生活与英雄人物的真实状况。因而,这些作品一般都写得比较朴实、真挚,较少雕琢,较少做过分的渲染。但是,作家对所表现的对象缺乏观察、感受的时间、空间距离,不能自已的激动的感情又使他们缺乏深入观照所必需的冷静,因此,作品往往缺乏深度,人物形象典型化程度不很高,情节结构、语言等也表现出比较粗糙的缺点。

长篇创作从50年代中期、特别是后期以后,开始有了长足的发展。这个时期,可以说是十七年长篇小说的丰收期。1957年的反右派斗争和紧接着的"大跃进""反右倾"等政治运动,对短篇小说、诗歌和戏剧创作的冲击很明显。这些运动对长篇创作也带来损害,但程度要轻一些。这是因为长篇小说的构思、酝酿要经历较长时间,要动用更多的生活积累,某一时期的具体政治运动对它产生的冲击要小一些。这一时期,出现了一批代表十七年长篇小说水平的作品。农村题材有赵树理的《三里湾》(它的发表、出版时间要早一些)，周立波的《山乡巨变》，柳青的《创业史》(第一部)。表现民主革命时期斗争生活的有知侠的《铁道游击队》，吴强的《红日》，曲波的《林海雪原》，梁斌的《红旗谱》，雪克的《战斗的青春》，李英儒的《野火春风斗古城》，冯德英的《苦菜花》，罗广斌、杨益言的《红岩》，欧阳山的《三家巷》，乌兰巴干的《草原烽火》。高云览的《小城春秋》和杨沫的《青春之歌》，主要描写知识分子在革命斗争中的生活道路和性格成长。周而复的《上海的早晨》，表现建国初年民族资本家的生活的社会主义改造中的矛盾。长篇小说的比较繁荣局面，继续到60年代初。但是，到了1963年以后，这种繁荣的趋势便受到阻遏。虽然也出现了姚雪垠的《李自成》《第一部》这样的比较成功的作品，但接连不断的政治、文化批判运动，使整个文学创作(当然也包括长篇小说)迅速处于落潮的状态。当时出版的几部长篇，如陈登科的《风雷》，浩然的《艳阳天》，金敬迈的《欧阳海之歌》，都严重地打上当时错误的政治思潮的印痕，表现了明显的局限和失误。

长篇小说比较成功的作品，相当大数量的一部分是反映革命战争年代的生活和斗争的。其中有的作品，由于凝聚了作家几十年的生活体验、生活积累，有的甚至带有"自叙传"的痕迹，而且创作时又经历较长时间的准备、酝酿，因而它们往往有较高质量，一出现就受到读者热烈欢迎。如表现二三十年代北方农民斗争的《红旗谱》，描写1931年"九•一八"到1935年"一二•九"这段时间北平知识青年生活道路的《青春之歌》，描述解放战争初期人民解放军深入东北的深山老林进行剿匪特殊战斗的《林海雪原》，歌颂中华人民共和国成立前夕在重庆集中营中与敌人作壮烈斗争的革命志士的《红岩》，以及《小城春秋》《野火春风斗古城》等。不过，写作这些作品的作家，有些在以后的创作中，往往难以达到这些作品的水平，甚至出现明显下降的趋势，梁斌、杨沫、曲波等都是如此。这是当代文学发展史上的一个重要现象，说明这些作家在思想、学识、生活和艺术上都还不够成熟。

在这个时期涌现的长篇小说中，塑造了一批比较成功的人物形象。作家们几乎把他们的注意力都放在先进人物、英雄人物的创造上。这些人物中，有活动在30年代的革命农民朱老忠(《红旗谱》)，有在敌人的监狱中，面对特殊考验而闪耀着无产阶级思想光辉的江姐、许云峰(《红岩》)，有忠于党的事业，质朴踏实的合作化带头人梁生宝(《创业史》)，有从个性解放成长为为人民大众解放而奋斗的知识分子林道静(《青春之歌》)。梁三老汉(《创业史》)、亭面糊(《山乡巨变》)等老一辈农民的形象，刻画得更有性格深度,他们的喜怒哀乐和生活命运,溶进了丰富的历史内容。另外,杨子荣(《林海雪原》)、李自成(《李自成》)、马多寿(《三里湾》)、张灵甫(《红日》)、周炳(《三家巷》)等形象,也都有其特点。当然,十七年的长篇在人物形象的多样化上,尤其是在塑造具有丰富、复杂的性格内涵的具有更高典型化程度的人物上,还存在着很大的距离。

50年代末、60年代初的长篇小说,在形式、风格上,有所创造,有所探索。《创业史》把生活内容、人物刻画的扎实与作家热烈的感情结合起来,创造一种庄重与诙谐、严肃与怪异杂糅的叙述语言的风格。《红旗谱》在描述的疏密、节奏和人物描写的方法上,追求民族的风格特色,在我国古典小说基础上吸收西方小说表现上的优点,并注意突出作品的地方色彩。《青春之歌》在语言、章法上都存在一些弱点,但真切、细致的心理刻画和感情表现,是它的长处。《红岩》则自始至终,流荡着高亢的英雄主义基调。《林海雪原》努力赋予传奇故事以时代色彩,突破英雄美人的陈旧俗套却终于没有完全摆脱,是它的长处和弱点。《三家巷》的构思受到《红楼梦》的影响,但是,20年代的时代气氛和思想感情状态,以及南方城市的风情,写得真实生动……这些探索、创造,说明长篇创作比建国初期前进了一大步。

工业题材的长篇小说也有一定的数量。1949年后,周立波、萧军、艾芜都曾深入钢铁厂和煤矿的生活,而草明、雷加等则长期坚持表现工业领域的生活和斗争。50年代初,草明出版了表现铁路工厂工人劳动生活的长篇《火车头》,雷加出版了《春天来到了鸭绿江》。此后,在1954年到1959年间,陆续问世的还有《铁水奔流》(周立波)、《五月的矿山》(萧军)、《风雨的黎明》(罗丹)、《百炼成钢》(艾芜)、《乘风破浪》(草明)等。与短篇小说的状况有些类似,工业题材的长篇小说成就也不高。

第二节　革命斗争题材的短篇小说

新中国是在长期的炮火的锤炼下诞生的。中国共产党领导下的人民革命斗争,充满着罕见的奇迹,造就了成千上万的英雄人物。这段历史,在共和国成立之后,必然要为许多作家所注意。而广大群众也迫切希望从形象上了解我们党、军队和人民怎样在艰苦中表现卓绝、怎样用鲜血创造光明。这是革命斗争题材的创作之所以有突出收获,而又在读者中产生强烈影响的一个重要原因。另一个原因是,这些作品,回答了生活转折时期提出的问题:社会主义革命和经济建设事业与过去的斗争有什么联系?从血和火中走过来的革命者应该以什么样的姿态投入新的战斗？老一辈的光荣传统如何在新的一代身上得到继承？50年代的作家，是普遍以这样的现实眼光来注意和提炼这些题材的。他们的作品中贯串着这样的思想："……我们今天走着的这条幸福的路，正是这些革命前辈们用生命和鲜血给铺成的；他们身上的那种崇高的思想品质，就是留给我们这一代人最宝贵的精神财富。"（王愿坚:《后代》后记）

  在表现发生于50年代初的朝鲜战争生活的短篇作家中，路翎的成绩是最突出的。路翎出生于1923年。解放初写过《迎接明天》等剧本，出版了以工人生活为题材的短篇集《朱桂花的故事》。他写的关于朝鲜战争的短篇有:《战士的心》《初雪》《你的永远忠实的同志》《洼地上的"战役"》，刊载于1953年底和1954年初的《人民文学》《解放军文艺》上。路翎在观察、表现这一事件的时候，有他独特的角度和眼光。他总是从劳动人民的生活经验和共同的命运上，来揭示战士优美的思想品质，探索他们英雄行动的来自感性生活的依据。因此，在小说情节安排上，大都采用现实行动与过去生活经历穿插、对比的方法，而这些又通过人物的心理线索加以联结。心理现实，显然是路翎更为注意的方面。尽管有的作品描述过于繁冗，描述方法缺乏变化，人物心理深度也还有一定限制，但它们是十七年中为数不多的探索人物心理内容的作品的一部分。《初雪》写志愿军司机刘强和他的助手，驾驶卡车从前线附近地区把一批朝鲜老百姓疏散到后方去的过程。作品并不过分注意路上的惊险情景，而把注意力放在对司机及其助手精神世界的描写上。《洼地上的"战役"》写志愿军侦察班战士王应洪与朝鲜姑娘金圣姬的爱情。这种爱情包含着劳动者对未来生活美好追求的内容，但是，在当时战争环境下，不为部队纪律所允许。作品写战士为了更高的利益对自己情感的克制以及由此产生的复杂心理活动，歌颂了把个人幸福服从于正义战争的神圣责任感。路翎的这些小说，除《初雪》外，在当时就受到严厉批评。他发表了长篇的答辩文章，但是，在紧接着发生了所谓"胡风反革命集团"的事件后，他完全失去了为自己创作辩护的权利。此后二十多年，路翎的遭遇相当惨苦，他被抛掷在社会的一个角落里，几乎为人们所忘却。

  胶东半岛、冀中平原、太行山脉，曾经是革命老根据地。这里的山川土地，哺育了无数的英雄儿女，也哺育了许多革命作家。孙犁对阜平山区、白洋淀芦苇荡，有一种至深至厚、难以忘怀的眷恋。刘真沿着她少年时代走过的路线，从家乡山东运河边写到冀南，写到太行山的密林里。胶东半岛的斗争,以血淋淋的残酷壮烈的画面,表现在峻青的作品中,也以着重揭示革命者思想感情的成长,写在肖平的《三月雪》里。王愿坚的创作虽然并不直接表现这些地区的斗争,但是,1944年山东解放区的生活,为他后来的作品提供了有力的准备。

刘真,山东夏津县人,出生于1930年。她九岁就来到革命队伍中,当过宣传队员、交通员。抗日战争艰苦的1943年,在太行山的整风学习班学习过。解放战争时,随二野文工团上了前线。这是作家的经历,也是她的大多数小说写到的内容。这些小说可见于短篇集《长长的流水》。其中,《核桃的秘密》《我和小荣》《长长的流水》等是代表作。这些故事,大都用第一人称,以作家自己的生活经历和思想性格作为提炼的素材,因而带有明显的自叙传的痕迹。它们以冀南和太行山区军民的斗争生活为背景,表现根据地的孩子在艰苦斗争环境中经受锻炼而逐渐成长、变得坚强的过程。写到根据地的群众,最为动人的是许多不同性格的老大娘的形象:她们对敌人的仇恨,对战士的关怀,对未来坚定的信心。在这些作品中,有艰苦的生活,有生离死别,有流不完的眼泪,而最出色的部分,一是农村少年儿童向往新的世界的那种真挚感情,一是革命队伍中和军民之间人与人关系的温暖。作家的描写,使你获得这样的感受:在严寒天气经过长途行军来到村庄,躺在热炕上,一床棉被轻轻落在你的身上,一双粗糙的手理着你的头发,母亲般的呼出的热气,轻轻拂过你的脸颊……1959年,刘真的短篇《英雄的乐章》,以抒情的笔调,写对一个在战争中牺牲的战士的怀念。这篇作品受到不应有的批评。1962年以后,她以云南边疆的生活为题材,写了一些散文和小说。

刘真小说的语言流畅、活泼,采用许多群众生动口语。由于作家对生活的热爱,描述时跳动着感情。她的这些小说,如长长的流水,清澈明亮,但不开阔深厚。她写的《春大姐》等,以她在农村的生活体验为基础进行创作,是她创作道路上另一方面的开拓。但这一有意义的开拓后来没有很好地继续下去。70年代后期以来,刘真的创作有明显的进展,发表了《黑旗》等作品。

峻青,山东海阳人,生于1922年。抗战期间参加革命工作,40年代初开始写作。抗日战争后期和解放战争期间担任随军记者。从1954年起,陆续发表《黎明的河边》《老水牛爷爷》《党员登记表》等短篇,受到读者的注意。他的短篇集有《黎明的河边》《胶东纪事》《海燕》《怒涛》等。他的大部分小说,"从所描写的地区环境来说,全都是山东老革命根据地里的胶东半岛;从所描写的对象来说,大都是八路军、解放军的指战员以及农村里的共产党员和普通农民;从所反映的时代背景来说,大体可分两个时期:一是战争时期(包括抗日战争和解放战争),一是现在"(《黎明的河边·后记》)。写"现在"的作品的一部分,如《老水牛爷爷》《东去列车》《老交通》等,也把根须从现实生活伸入过去的战争年代。1958年以后,峻青致力于表现工农业战线上的先进人物,如《丹崖白雪》《马达的故事》《山鹰》《苍松志》等。

峻青在他的中篇小说《最后的报告》中,借作品的人物之口说:"没有亲身经历过战争的人,是永远也不知道战争的艰难的,因而也就永远不会真正了解到胜利的可贵……"回响在峻青战争题材作品中的主题是:我们今天的幸福是得来不易的! 为了突出这一思想,作家选择了胶东地区1942和1947年这两个时期作为作品的背景。这是抗日战争最艰苦的阶段,是国民党军队进攻胶东解放区,昌潍平原沦为敌后,还乡团疯狂倒算的时期。激烈而艰苦的战斗、勇士们的壮烈牺牲、敌人的惨无人道的屠杀,是作家经常写到的情节。他笔下的人物,大多经历血与火的洗礼,大多经历敌人当着面杀害自己骨肉亲人的残酷考验。峻青通过斗争的极端严酷性的描写,表现根据地军民对革命事业的无比坚贞,以及他们大义凛然的革命英雄主义和崇高的自我献身精神。

峻青的描写战争生活的作品成就并不一致。有的对生活概括不够深,有的注重曲折故事的描述,人物塑造功夫不够。另外,过分追求生死关头场面和残酷严峻的事件,对更广阔更全面表现当时根据地斗争生活,更丰满真实地表现军民的思想性格也带来了某些妨碍。但是,总的来说,比起作者表现社会主义时期生活的作品,战争题材的短篇更为重要,成就也较高。《马石山上》的人物形象并不清晰,但战斗情景写得气氛浓重,流动着一股昂扬的激情,仍有一种强烈的吸引人的力量。《交通站的故事》虽凝练不够,但姜老三和他的妻子对革命的忠诚,写得相当感人。在这些作品中,《黎明的河边》是他的代表作,写部队战士小陈为到潍河河东开辟工作的干部带路通过还乡团严密控制的地区,以及小陈一家在掩护过河的战斗中的壮烈行为。事情虽不复杂,但围绕人物与环境、人物与人物之间的矛盾组织情节,使波澜迭起,并在高潮部分,安排气势逼人的尖锐冲突,把人物思想性格的光彩予以突出显示。自然景色的描绘和心理活动的渲染,又起到烘托气氛、加强激情的作用。《黎明的河边》的情节构思和人物塑造的方法,在峻青的作品中是有代表性的。

写中华人民共和国成立后生活的作品中,《老水牛爷爷》比较成功。其他的大多数作品，都显得较为薄弱。特别是 1958 年以后的一些作品（如《马达的故事》《王老师傅》等），大多停留在一些先进事迹的堆砌上，缺乏对反映生活本质的矛盾冲突的提炼。1959 年的《山鹰》，发表时受到很高的评价，认为是作家运用革命现实主义和革命浪漫主义相结合创作方法达到的新的成就。在这个短篇里，作家利用偶然因素来构成奇特情节，为人物布置连续考验性格意志的环境，而力图把徐志刚这个社会主义时代的英雄塑造成为闪电般的、有着钢刀一样翅膀的山鹰的形象。由于人物的行动和人物性格缺乏深厚的现实内容，也由于一些主要情节的合理性和真实感很差，作品显然并不成功。峻青和许多作家的实践证明：理想的花朵必需开放在现实的土壤上，离开对于现实生活的忠实，浪漫主义就容易成为矫饰、浮夸的代名词。

王愿坚也是坚持革命斗争题材写作的作家。王愿坚（1929—1991），山东诸城人。1944 年参加革命，抗日战争和解放战争中，在部队从事文化、报纸工作。1949 年之后，在参加革命回忆录《星火燎原》丛书的编辑工作期间，曾访问许多革命老根据地，接触过不少老干部、老红军，了解到许多革命前辈的斗争事迹。1954 年，他发表了《党费》《粮食的故事》等短篇。他一直沿着革命前辈走过的足迹，进行艺术的探索，先后出版了《党费》《后代》《普通劳动者》等短篇小说集子。多数作品写第二次国内革命战争、特别是红军主力长征以后苏区人民的斗争事迹，有一些写红军长征路上的生活断片和东北抗联的斗争。有的作品，表现革命前辈在当代的生活风貌。

王愿坚的小说主题单纯、鲜明，作品饱含革命激情。从总体上说，这些作品都为了记录革命前辈的英勇豪迈的斗争生活，表现他们崇高的精神品质，以为后继者的楷模。但是每个具体作品，又是通过特定的生活事件和有特点的人物形象，从一个具体的、富有现实针对性的角度来完成这个统一的设想的。《党费》告诉我们的是，在极端困难的条件下（革命处于低潮，失去与党组织的联系），一个共产党员最可宝贵的是对党的忠诚和信念；《粮食的故事》揭示的是革命者为了事业可能忍受怎样巨大的牺牲；《七根火柴》《三人行》用凝炼的语言，带有浮雕式的刻画和理想色彩的涂绘所构成的画面，表现战士之间阶级友爱产生的巨大力量和对革命前途的信心；《普通劳动者》则从日常劳动的角度表现这些建立了累累战功、居于领导地位的革命者作为一个平凡的普通战士的质朴的本色。这些篇章，组成一个画卷，多少回答了我们的革命为什么能够战胜看起来难以克服的险阻而取得胜利的秘诀。

王愿坚作品中写到的大多数生活内容自己并未亲身经历过。为了克服文学创作上这一困难关口,他对十年内战时期的时代气氛、苏区的斗争特点和风土人情等等,做了许多努力去熟悉,并调动了自己在革命队伍中的许多生活体验。即使如此,在他的一些不很成熟的作品中,仍然可以看到生活基础不够丰厚的缺陷。由于生活的限制,更由于艺术追求上的不同,王愿坚没有像峻青那样,对生活作色彩浓郁的多方面描绘和渲染,但因此却发挥了另一方面的长处,即在真切感受的基础上,努力准确把握人物在特定境遇中特定的心理活动、感情状态和行动方式,并加以简洁的表现。王愿坚作品描写的也大多不是生活琐事,而是重大事件,是生死攸关的考验,激烈尖锐的冲突。但他不是单纯地追求情节的曲折、斗争的激烈,而只是把它们看做提供人物性格表现的一定条件。在那些比较成功的作品中,作家的注意力放在把握、挖掘人物的性格特征及其表现形式上,如黄新从自己多日不见油盐的女儿手里夺下要作为"党费"交给组织的咸菜,以及她被捕前的语言和神态(《党费》);如郝吉标为了把粮食送上山,让自己儿子用脚步声引开敌人时的心理活动(《粮食的故事》);如虚弱的红军战士临牺牲前从自己怀里掏出精心保存的七根火柴的动作(《七根火柴》)等等。这些,构成他作品中描述的重点,英雄人物的精神上的美,也得到披露。相反,满足于叙述故事,为情节的复杂和曲折的事件过程所迷惑,而不把力量放在人物精神境界的深入认识和准确表现上,则往往导致艺术创造的某种程度的失败。《后代》《老妈妈》《三张纸条》等都不同程度的存在这方面的弱点。

孙犁(1913—2002),河北安平县人。1937 年冬,在冀中区参加抗日工作。此后,在晋察冀文联、晋察冀日报社、华北联合大学等部门,任编辑和教员。1944 年在延安鲁艺学习和工作时发表了《荷花淀》等成名作。1949 年之后,孙犁一直在天津生活,工作。中华人民共和国成立初期,继续写作反映战争年代军民生活的短篇,如《吴召儿》《山地回忆》《小胜儿》《正月》等。这些作品,继续保持着《荷花淀》等的艺术特点,激荡着对在那里生活了十年的晋察冀边区的深深怀念。1956 年发表了中篇小说《铁木前传》,写木匠黎老东和铁匠傅老刚之间在艰苦岁月中形成的深厚友情的破裂,和他们的儿女六儿和九儿爱情的波折,表现农村在土地改革之后人际关系发生的变化。在这个抒情的故事中,含蓄着作家对美丽、淳朴、真挚的友情在生活变革中不可阻挡地产生变异、失落的忧虑。另外,孙犁在 1949 年后还出版了表现抗日战争斗争生活的长篇《风云初记》。70年代后期以来,他专注于散文创作:或记录日常生活中的感触,或回忆童年和战争岁月的往事,或追念已故朋友、作家、亲人的音容笑貌……

孙犁在《吴召儿》《山地回忆》等短篇中,体现了他有个性特点的取材角度。对于革命战争时期的生活,孙犁侧重表现的,是中国普通群众性格、心灵的美,表现他们生活的美,人性的美。表现农村平凡的劳动者在战争时期对生活的乐观精神和信心,他们的善良、淳朴的美德。他的小说写得最感人的,是抗日战争时期农村各种类型的妇女,尤其是青年妇女的形象。他说:"我以为女人比男人更乐观,而人生的悲欢离合,总是与她们有关,所以我常常以崇拜的心情写到她们。"(《孙犁文集·自序》)

他并没有把她们放到激烈的战斗和尖锐的冲突中去刻画她们的性格,没有把她们放在非常的环境里去考验人物力量、意志所能承受的限度,相反,他更多地把人物放在日常生活环境里,着重捕捉流贯于全部生活过程、表现于日常一举一动、一言一笑的气质、神态和心理。表现在战争年代承担着更大牺牲,将柔情和刚毅融合在一起的农村妇女的气质。他发掘、表现生活中的美,严峻的情势、艰难困苦的情景,常被推至背景,或化为作品中为表现时代气氛所做的点染。孙犁的短篇小说,结构行文近于散文,也有浓郁的抒情色彩。他并不追求情节的曲折和故事性,他善于抓住事物中的某些鲜亮环节,加以突现,形成单纯、质朴、明净的风格。也许"浪漫主义"在我国一段时期受到曲解,名声不好,因此,孙犁不同意将他的作品称为浪漫主义风格。然而,如果认为他的小说与孙犁所喜爱的普希金、梅里美的作品,与高尔基早期短篇有更多的思想艺术的联系,并不是没有根据的。

第三节　赵树理与农村题材的短篇小说

在十七年的短篇创作中,农村生活是表现得比较充分的,也出现了众多的作家。这种情况,与农业在我国的重要地位、与"五四"以来文学发展的传统有密切关系。几十年来,农民的命运和斗争既是我国革命的重要问题,也是我们文学创作最为重视的表现领域。建国以后,土地改革刚结束,农村就开始了互助合作运动。从互助组、初级社到人民公社,农村经济基础发生了重大变革,农村面貌发生了深刻的变化。农村中围绕走集体化道路展开的斗争,农村新旧思想的斗争,逐步摆脱私有制观念束缚的新的性格的成长,以及农村中多方面的矛盾和新生活的图景,在短篇小说创作中有广泛的反映。

　　赵树理、马烽、王汶石、李凖等,1949年以来,都致力于农村生活题材的写作,取得了值得重视的成果。周立波、沙汀、骆宾基等,也都努力描绘农村生活新貌。此外,这方面的短篇作家还有:刘澍德、西戎、李束为、康濯、孙谦、刘绍棠、管桦、浩然、谢璞、段荃法、王杏元、吉学沛等。

　　在建国以后出现的表现农村生活的作家中,李凖是产量丰硕的一个。李凖(1928—1999),河南孟津县人。从小生活在农村,参加过农业劳动,当过学徒、职员、教师。1952年开始写作。1966年以前,写了四十多篇中短篇小说,并有电影文学剧本、话剧、戏曲、散文等作品。短篇集有《不能走那条路》《两匹瘦马》《芦花放白的时候》《夜走骆驼岭》。《车轮的辙印》是1959年以前的短篇选集。1977年出版的《李双双小传》是作家编选的1949年以来的中短篇小说选。

　　李凖的作品在思想性的高低和艺术的精粗上是不平衡的。但它们又都有比较突出的艺术特色。自觉地把自己的创作活动同当前的革命斗争和政治运动结合起来,敏锐地提出现实生活中的问题,是李凖短篇一贯的特点。1953年底他发表了短篇《不能走那条路》。这篇小说在当时受到重视,认为它是比较早而且比较有力地反映农村两条道路斗争的作品。作品塑造了宋老定这个人物形象,表现一个相当"置业手",走买田发家道路的翻身贫农的思想觉悟提高的经过,作品尖锐地指出这条道路的危险性质。这篇作品虽然有若干富于生活气息的细节描写,但整体构思带有阐释某一政策观念的痕迹。

　　不过,从总的情况看,李凖对农村生活是比较熟悉的,他的作品,多数显示他对生活有真切的感受,有比较浓厚的生活气息。1954年的中篇《冰化雪消》描写了农业社建立以后社与社之间出现的矛盾,农民群众狭隘眼界造成的本位主义与农村阶级斗争纠结在一起。《冬天的故事》(一名《没有拉满的弓》)反映合作社内部的冲突,提出依靠群众民主办社的问题和正确处理集体利益和个人利益的关系对巩固、发展农业社的重要性问题。这些矛盾和问题都是从现实生活中提出的,是当时表现农村的短篇很少触及的。另外,伴随着集体生产的发展而提出掌握新技术和新农具的重要性(《在大风雪里》),为了进一步解放生产力,提出把妇女从小家庭生活圈子中解放出来的问题(《农忙五月天》),都显示了上述的创作特色。这个特色,继续在后来的创作中得到表现。

　　李凖作品的弱点表现在另一方面。与十七年大多数表现农村生活的作家一样,他的取材的范围、观察的角度、对生活现象和社会矛盾进行判断的标准和尺度,比较狭窄和单一,这使他未能更广阔、更深刻地把握他所表现的现实。至于他早期的创作,不足方面是,虽然他的故事和人物是从活生生的生活土壤中来的,但可能由于过多考虑对现实斗争配合的迅速及时而加工锤炼不够,或者艺术概括能力还有待于进一步提高等原因,他对这些问题、这些矛盾的挖掘有时显得欠深入,常给人有对材料驾驭不住的感觉。

1957年前后,李凖写了《灰色的篷帆》和《芦花放白的时候》。前者批评一个县文化馆馆长在生活中没有主见,以上级领导的个人好恶而见风转舵,后者谴责以卑劣手段遗弃自己农村妻子的喜新厌旧的干部。评论界认为这些作品表明作家"曾有一个短暂的迷误","受到泛滥过的资产阶级文艺思想冲击,创作曾经一时染上暗影"。这些批评,导致了李凖在1958年以后一段时间,创作上有回避现实矛盾、出现思想浮浅的情况。

李凖注意农村新人形象的塑造,也获得比较突出的成绩。这里有坚决走互助合作道路而又对落后群众做耐心细致思想工作的进明(《白杨树》),有心胸开阔的农村基层干部郑德明(《冰化雪消》),有一心爱社的饲养员张存厚(《雨》)、孟广泰(《孟广泰老头》),有为改变穷队面貌干劲十足的韩芒种(《两匹瘦马》)。《信》(一名《妻子》)中的媳妇申志兰,丈夫在朝鲜前线牺牲之后,编造丈夫来信以安慰婆婆,自己承担了巨大的精神上的痛苦,在生活和集体劳动中表现了高度的勇敢和坚毅,动人地表现我国劳动人民那种在患难之中互相依赖支持的美德。

1960年发表的《李双双小传》《耕云记》等,表明李凖创作达到一个新的水平。《李双双小传》的故事,发生在1958年。情节和人物塑造,受到"大跃进"浮夸潮流的明显影响。但李双双这个人物的性格却不能说完全是这一社会潮流的产物。李双双的生活经历,一定程度上概括了我国农村先进的劳动妇女在社会主义革命运动中有代表性的生活道路:从丈夫孙喜旺的"屋里人""做饭的",到要求冲破小家庭的羁绊成长为农村新人的道路。在这个形象身上,中国劳动妇女勤劳、坚强、柔顺的美德和新的思想融合在一起,构成一种新的性格内容。这就是对投身火热集体劳动和社会生活的渴望,对大男子主义、明哲保身等陈腐思想习惯不妥协的斗争精神,以及无私公道、泼辣敢闯的思想作风。与李凖另外一些描写农村新人形象的作品相比,《李双双小传》《耕云记》等更注意从生活矛盾中,从比较开阔的生活背景中来表现人物性格成长的生活依据,追索时代和生活对人物性格形成的影响。同时,也克服了过去某些作品侧重故事叙述,在人物刻画上功力不足的弊病,注意从多方面塑造人物。运用有深刻表现力的细节和心理描写,提炼有独特个性的人物语言;这都是加强人物立体感的有力手段。60年代,李凖还发表了《春笋》《清明雨》等短篇。

李凖的创作有自己的个性。他讲究适合农村欣赏习惯的朴素、明朗、平易的风格,注意作品的故事性。茅盾对他的艺术风格曾有这样的概括:"洗炼鲜明,平易流畅,有行云流水之势,无描头画角之态。"(《反映社会主义跃进的时代,推动社会主义时代的跃进》)李凖很少着意雕刻,对人物的肖像、心理,对生活环境、风物习俗也不作很多静态的描述。他重视细节描写,善于使用白描的手法,从人物的行动中,从性格冲突中去刻画人物。故事结构上,大多层次清楚,自然顺当,并不在构思曲折的故事和奇巧的情节安排上下功夫。但李凖也不完全拘泥于这种表现方式。《耕云记》就相当着力于波澜起伏的故事的组织和环境气氛的渲染,也达到很好的艺术效果。

王汶石(1921—1999),山西万荣县人。抗日战争爆发前后参加革命活动。1942年后,到延安西北文艺工作团工作,写过一些歌词、墙头诗、秧歌剧;但作品大多已遗失。1949年后,深入陕西农村,1956年开始从事专业写作。他的短篇作品,从1956年的《风雪之夜》到60年代的《沙滩上》,总共不过二十篇左右。但大都写得很认真,表现了严谨的创作态度。

在王汶石的作品中,首先感到的是强烈的生活气息和时代气息。这些作品反映的内容,是我国北方农村、主要是陕西渭河两岸从合作化到人民公社建立后的生活。表现农民群众怎样在生活潮流的激荡下,逐步摆脱自私心理和狭隘眼界,以及集体主义思想怎样在斗争中取得胜利,是王汶石短篇创作的最重要的主题。大木匠的有浓厚喜剧色彩的举动(《大木匠》),赵承绪与大姐娃的刻画得细致的家庭矛盾(《春节前后》),有本位思想的云河老汉在生活里受到的揶揄和嘲讽(《卖菜者》),李亚来和铁蛋老八的尖锐冲突(《井下》),贤淑文静的"好女人"被卷出家庭小圈子而成为生活闯将(《新结识的伙伴》)……都从不同生活侧面来揭示这一主题。

在表现时代潮流和生活脉搏时,王汶石几乎把全部注意力都放在对农村新生活和新人的表现和歌颂上。他的目标是揭示生活中蕴藏的深刻思想和人物的新的性格因素,以及构成性格核心的内在的精神美。他努力从表面平淡无奇的现象中寻找生活的时代特征,提炼出它的政治意义。他不太关心复杂曲折的故事情节的构思,也不把精力放在事件的进程和矛盾解决本身上。他的艺术创造的中心点,是表露人物的心迹,展现人物的音容笑貌,把处在种种关系中的新的人物的丰富的思想感情活动描绘出来,从人物的有鲜明个性特征的行动中挖掘包含的思想内容。《风雪之夜》是截取横断面的写法,作家追求的是在日常生活的画面中揭示农村基层干部严克勤、刘明远的宽广内心世界和追赶生活的精神状态。《新结识的伙伴》和《沙滩上》这两个短篇都没有完整的故事,评比现场会的热烈场面和整风会上的尖锐矛盾被推至幕后,不被人注意的路上树下的闲谈则成为表现人物的主要事件。在为自己规定的角度中,作家展示不同思想性格的人物关系,并通过人物性格的对比,来显现张腊月、吴淑兰和陈大年性格上的光彩。王汶石在反映新生活、塑造农村新人形象时,为人物创造了一个有浓厚乡土气息又有时代特点的环境。作家说:"要把作品中的英雄人物描写得比现实中的英雄人物更丰满,就要想法子点染描绘出我们这时代的风景画,风俗画,描写各种各样生活场景,生活情趣,描写人物的多方面斗争和生活兴趣。"(《风雪之夜·后记》)即使在描写有严肃意义的矛盾冲突时,作家也总是渗透进某种幽默感和动人的生活情趣,运用从人物性格出发的喜剧性的情节,来增加他反映生活时的喜悦的色彩。

　　王汶石的创作也表现了一些值得重视的弱点。如果从他的创作的整体来观察的话,他的弱点表现在两个方面。作家在谈到自己作品的缺点时说过,由于生活中的新人吸引了他的注意力,支配了他的兴趣,以至于有时候他们的"对立面"被忽视,对这些人物了解不够,处理得草率,造成作品的局部不真实(《风雪之夜·后记》)。王汶石侧重反映生活中的绚丽色彩,表现新的思想性格因素,不应受到非议,这也是构成他创作特色的主要因素之一。但是,在生活和创作中,缺乏较开阔的视界,对构成我们社会的各种力量之间的错综复杂的关系缺乏足够了解,不可避免地给他的创作带来损害。他的作品中的新人形象不够多样,他们的生活环境、思想性格常常过于"理想化",也缺乏性格深度,都与这一点有关。

　　另一方面的弱点是,王汶石的某些短篇创作,过于重视对具体的政治运动和斗争的配合,把他所掌握的生活现象、人物关系,纳入一定时期的政治观念和政策规定中。其结果,一是有的作品的思想和人物形象创造受到限制,如《沙滩上》等作品。二是宣传肯定了一些后来证明是错误的运动和斗争,《夏夜》《严重的时刻》《新任队长彦三》以及长篇《黑凤》等目的在反击"右倾机会主义分子"对人民公社、"大跃进"的"攻击"的作品,都属于这一类型。

在山西，从事小说创作的作家比较多，他们的创作风格和美学思想又有相近之处。建国以后，特别是50年代中期以后，他们以赵树理为中心，有意识地培养、形成风格相近的创作流派。这个流派，人们曾称之为山西派或"山药蛋派"。这个流派的主要作家除赵树理外，还有马烽、西戎、束为、孙谦、胡正等。

这些作家，都在山西农村土生土长，有比较深厚的农村生活基础。从事文学创作后，与山西农村生活也继续保持密切联系。赵树理是山西沁水县人，他在太行山南端西边的故乡上学、工作。马烽是孝义县人，西戎是蒲县人，孙谦是文水县人，他们在抗日战争和解放战争期间，都生活、战斗在晋绥边区。胡正是灵石县人，1938年参加革命后，也一直工作在晋西南、晋西北和晋绥等地区。束为家乡虽在山东，但抗战爆发起就在山西参加革命。这些作家，与当地军民一起参加过对敌斗争、减租减息、土地改革等运动。1949年之后最初几年，他们分散到全国各地工作，50年代中期又陆续回到山西。他们对山西农村——主要是太行山区和晋中汾水一带——的风土人情、生活习俗很熟悉，对农村的各阶层人物及人与人的关系，有深切的了解。强调建立创作的生活"根据地"，强调深入生活的长期性，强调投身于群众斗争中，以及强调革命工作与文学创作之间的一致性，这些主张和做法，为山西作家的创作特色的形成确立了思想和生活的基础。赵树理等山西作家，是坚持现实主义的创作方法的。他们以一个有先进思想，但是朴实、讲求实效的农民的眼光来观察生活、认识生活和表现生活。他们要求创作忠实于农村现阶段的生活实际，忠实于作家的真实感受。在这样的基础上，加强作品在反映农村生活上的深度。从生活矛盾方面说，注意表现各种复杂的矛盾；从人物塑造上说，注意人物的多样性。他们对作为小生产者的农民思想性格上的优点和弱点有清醒的认识。对农村的新人形象，他们更注意人物思想性格的生活根据，朴素、真实可信是他们在人物创造上把握的基调。赵树理等山西作家的创作特色，还鲜明地表现在他们作品浓厚的民族风格和通俗化上。除了在内容上注意研究人物思想、心理、行动等的民族特点和地方色彩外，表现方式上也重视民族民间传统。

马烽（1922—2004），出生于山西孝义县一个贫农家庭，16岁时高小没有毕业就参加了八路军。抗日战争后期和解放战争期间，在晋绥边区主要从事报纸刊物编辑工作，担任过《晋绥大众报》主编、《晋绥日报》文艺副刊编辑、晋绥出版社总编辑等。在1949年后到北京工作一段时间，1956年回到山西。1945年,他与西戎合写了长篇章回体小说《吕梁英雄传》。1949年之后,除了《我们村里的年轻人》等电影剧本和60年代在刊物上连载的传记文学《刘胡兰传》外,主要精力放在短篇小说的创作上。有短篇集《村仇》《太阳刚刚出山》《我的第一个上级》等。

中华人民共和国成立初期,马烽发表了《一架弹花机》《结婚》等在当时有影响的作品。1954年以后,他创作了《孙老大单干》《饲养员赵大叔》《韩梅梅》《三年早知道》等短篇。它们可以分为两类,一类是歌颂农村中的先进人物,一类是描写落后农民在互助合作运动中受到的教育。这些作品,注意把人物放在农村的各种矛盾中去刻画。如韩梅梅这个农村知识青年,就是在与旧习俗,与轻视体力劳动等偏见的斗争中成长起来的。赵满囤这个精明能干却又自私落后的农民的转变,也离不开集体主义精神的感召和冲击。这些作品,对生活的反映比较深入,塑造了像赵大叔、赵满囤这样性格比较鲜明的人物形象。

标志着马烽创作思想艺术发展的新高度的,是1958年以后的作品。《太阳刚刚出山》写农村水利建设中村与村之间的互助合作,人物关系和人物思想心理活动有生活实感。但作家却勉强地把主题"上升到对人民公社必须出现"的证明上,使艺术表现纳入说明这一既定观点的狭窄轨道。比较起来,《我的第一个上级》《老社员》等写得比较成功。田副局长这个看来疲沓、办事拖拉的干部,在一旦关系到国家人民利益的危急关头,表现了他对工作的熟练,处理问题的果断。在堤岸决口的时刻,他以自己的信心和精神力量,扭转周围惊慌动摇情绪,并以病弱之身,奋先投入激流。这种强烈壮勇的英雄品质和行动的表现,在马烽的短篇中并不多见。这些短篇,情节进展和人物性格的逐步揭示结合紧密,人物和事件达到有机的统一。

《吕梁英雄传》的另一作者西戎,抗日战争期间在晋绥边区就开始短篇小说创作。中华人民共和国成立初期,在四川担任《川西日报》《四川文艺》编委、主编。1954年,开始回到山西农村深入生活。1949年之后的短篇,主要有《宋老大进城》《姑娘的秘密》《灯芯绒》《赖大嫂》《丰产记》等。《赖大嫂》通过家庭养猪过程产生的风波,刻画了一个"无利不早起"的自私、爱撒泼的农村妇女形象,也写到她在生活面前的碰壁、受到的教育。这个短篇,为60年代初提倡小说创作"现实主义深化"、提倡人物塑造多样化的同志所赞赏。但是,不久便作为"写'中间人物'论"的"标本",受到批判。

赵树理(1906—1970),山西沁水县人,我国现代表现农村生活变迁的杰出作家。1949年北京解放后,到北京工作,任《说说唱唱》主编。1951年春,回到故乡太行山区,参加农村工作。十七年间,有相当多的时间生活在农村。1955年,他发表并出版了反映农业合作化运动的长篇小说《三里湾》,1958年,发表了描写抗日战争时期斗争故事的评书《灵泉洞》(上),另外,还创作上党梆子《十里店》,并把田间叙事诗《赶车传》改编为鼓词《石不烂赶车》。他1949年之后写的短篇小说,有《登记》《求雨》《"锻炼锻炼"》《老定额》《套不住的手》《实干家潘永福》《杨老太爷》《互作鉴定》《卖烟叶》等。"文化大革命"期间,赵树理受到迫害,被残酷折磨致死。

《三里湾》是赵树理创作的惟一一部长篇小说,它通过华北老解放区一个村庄的秋收、整党、扩社、开渠的铺叙,表现了合作化运动在农村引起的思想动荡和人与人之间关系的重新排列组合。显然,作者把当时中共中央的合作化政策作为观察认识生活、剪裁结构作品的依据,但具体描写时,又是从他所擅长表现的家庭关系和爱情婚姻关系入手的,这就形成了小说局部描写的生动亲切和总体上服从政策的矛盾。

小说的精彩部分是王金生、范登高、马多寿、袁天成四个家庭的描写,其中尤以马多寿的"马家院"的描写为最。这是一个带有浓厚封建主义色彩的院落,小农的自私、狭隘、守旧和宗法观念随处可见。这个家庭的主要成员外号分别是"糊涂涂""常有理""铁算盘""惹不起";仅从外号上就可以明白他们的为人。马多寿和大儿子"铁算盘"都精于计算,大事小事都由他们拿主意,遇到不好对付的场面,马多寿则装糊涂,让妻子"常有理"和儿媳"惹不起"去抵挡。马家地多劳力少,便利用一切可利用的手段阻挠开渠扩社,以便让互助组中地少劳力好的农户帮他干活。在这样的家庭里,要求进步的三儿媳菊英和小儿子有翼受到压制。后来菊英"分家"、有翼"革命",随着开渠成功,他们和互助组中大部分成员纷纷入社,马多寿的如意算盘破产,不得不也入了社,一个封建家庭自然被拆解了。这样的描写在一定程度上偏离了当时流行的社会主义和资本主义两条道路斗争的观念,延续了赵树理小说中反封建的主题。

《三里湾》在艺术表现手法和风格上,继续和发扬了赵树理一贯的特点。十分注意运用传统的古典小说和民间说书的手法并加以发展创新,形成自己特有的艺术手法。他把人物融入故事之中,通过连贯完整的故事情节刻画人物。他既扬弃了旧说书中那种单纯追求故事情节而不注意人物性格完整性的缺点,又避免了由于不注意故事或情节过于跳荡的弊病。他注重有头有尾,故事连贯,人物来龙去脉交代清楚,使故事情节有助于人物性格的表现,如"惹不起遇一阵风",使王满喜和"惹不起"这两个人物跃然纸上。在人物性格刻画上,他吸取我国优秀古典小说的传统手法,主要是通过人物自身的言语行动来表现性格特点,而不采取单纯由作家的叙述或静止心理描写的方法,这样,就使他的人物总是与故事情节结合在一起,处于行动之中。在人物关系的描写中,多用烘云托月的手法,从这一个人物的眼里看出另一人物的思想行动,使人物之间联系紧密,互为映衬。作家精确的细节描写,更增加了作品的真实感,如对马家院的大门、腰栓、木楔子、顶门杈的描写,反映出马家院保守、落后、顽固的状态,使读者获得了如临其境的感受。《三里湾》在风格上仍然保持了作家那种明快、质朴、幽默、乐观的调子。赵树理在小说创作民族化大众化的探索上,做出了宝贵的贡献。

《三里湾》也有不足之处。前半部比后半部细,结束得过于轻松了些,正面人物的形象塑造还嫌不足,在新旧人物之间思想矛盾的深刻程度也还表现不够。但这并不足以掩盖这部优秀作品的光辉和它在当代文学史上的应有地位。

第四节　50年代中期的短篇小说

1956年,文艺界一些同志提出了"写真实""干预生活"的创作主张。在当年4月号的《人民文学》上,发表了刘宾雁的特写《在桥梁工地上》。"编者按"和"编者的话"中说,"我们期待这样尖锐提出问题,批评性和讽刺性的","像侦察兵一样,勇敢地去探索现实生活里面的问题"的作品"已经很久了"。从这以后,《文艺报》《人民文学》《文艺学习》等刊物发表了不少阐述这一主张的文章。"写真实"和"干预生活"的理论和创作在一段时间里成为引人注目的潮流。

除了那些明显错误的批判之外,对于"写真实""干预生活"的主张,当时和后来一直存在不同的看法。这是值得继续讨论的问题。但是,当时提出这些主张,有它的确定的含义,也有其现实的针对性。它主要是基于对生活和创作的关系的这样的理解:在我们的现实生活里,先进与落后,新与旧的斗争永远是复杂而又尖锐的;因此,我们的创作不能回避表现这种复杂尖锐的斗争。"干预生活"的倡导者们解释:干预生活,就是要研究生活,思索和解释生活,而且要对生活有所行动。所谓有所行动,就是要勇敢地去探索现实生活里边的问题,把它们揭示出来,给落后的事物以打击,以帮助新的事物的胜利。为了做到这一点,作家当然不能也难以无视生活中的阴暗面,不能不涉及表现反面事物的严重性。深刻揭露一些反面的东西和势力的存在，正是显示了我们这个社会的抗毒力量和战斗的力量。

"写真实""干预生活"的主张，目的是要加强文学创作反映现实的广度和深度，发挥创作对现实的更大的影响。这一主张的提出，是针对当时文学创作存在的严重问题的。建国以后的一段时间里，文学创作总的说是在逐步恢复和发展，取得一定的成绩。但是，创作落后于现实生活的状况也严重地存在着。其中，粉饰现实，回避生活中的重大矛盾和尖锐斗争，是重要问题之一。我们有不少作品，对社会生活作田园牧歌式的反映。即使写到矛盾冲突，也常常只是接触那些细微的、不痛不痒的部分。对于隐蔽的社会病症，对于与人民切身利益密切相关的重要问题，对于社会中遗留的、畸形的、黑暗的东西，对于我们前进过程中的挫折、困难，不少作品，往往不敢触及，以致造成一些创作与复杂的现实生活之间存在着一条鸿沟。不少要求文学与现实生活保持密切关系的读者、评论家和作家，对这种现状是不满意的。他们呼吁，作家要有对生活斗争的强烈的激情，要与人民同命运。"逃避现实的怯懦心理必须克服，而代替之以坚持真理的战斗精神，对个人利害的打算必须割弃，而代替之以高度的政治责任感和艺术良心。"（黄秋耘：《不要在人民的疾苦面前闭上眼睛》）

这些文学主张的强调，在创作上产生强烈的反响，出现了一批突破题材禁区，表现现实尖锐矛盾和重大问题，并不同程度接触到社会生活阴暗面的作品。其中，以短篇小说和特写占绝大多数。当时，有两类作品特别值得注意。一是表现爱情生活的作品，另一是揭露、批评生活阴暗面，特别是表现坚持独立思考、富于开创精神的青年与保守、僵化的力量作斗争的作品。

写爱情生活的作品，有代表性的是《红豆》（宗璞）、《美丽》（丰村）、《在悬崖上》（邓友梅）、《小巷深处》（陆文夫）、《寒夜的离别》（阿章）等。1949年以后，文学作品写爱情、家庭生活不很多。写到的，往往是把爱情作为政治关系、阶级关系的附属物出现，或者处理得简单化。这些作品写的婚姻和爱情，在当时被称为"没有爱情的婚姻和缺乏爱情的爱情"。而《红豆》等上述作品，却表现了对生活做整体性把握的倾向，表现了爱情生活的复杂性、丰富性，细腻地描绘了复杂的感情矛盾中包含的社会、政治、人生的丰富内容。有的作品的思想内涵虽然并不是很深厚，但也表现了在处理爱情与人生道路、与政治倾向上不那么简单化、绝对化的趋向。在这方面的作品中，宗璞的《红豆》，是富于艺术感染力的。它在北平解放前夕，在党领导的反对国民党反动统治的学生运动的背景上，描写大学生江玫和齐虹的爱情悲剧。社会上进步与反动的力量的搏斗,江玫和齐虹在政治立场和生活哲学上的根本分歧,决定了他们爱情的难以弥合而必然决裂。然而,作家在表现这个决裂时,真实地正视了江玫在理智与感情,政治和生活之间的复杂性,可信地描写她把自己(连同她的感情)交给人民革命事业的痛苦过程。

革命工作和个人幸福,革命原则和感情生活,在社会的某些流行观念中,在我们的某些作品里,常常被理解为是对立的。在这一时期的一些作品中,作家提出他们对个人与集体、与社会的关系的见解,如《西苑草》(刘绍棠)、《在深夜里》(丰村)、《一个离婚案件》(丰村)等。它们批评政治一致就有爱情的简单化看法,批评为了革命工作就必须牺牲、抑制个人的感情生活的片面性。它们的主旨,正如《寒夜的离别》所揭示的:革命者在艰苦的岁月中,牺牲家庭的团聚,个人的幸福,并不是他们不珍视这种幸福;他们喝下历史留下的苦酒,正是为了更多的人的幸福。在新的历史条件下,追求人与人之间的理解,追求那种"大家有一样的认识,一样的希望,爱同样的东西,也恨同样的东西"(《红豆》)的社会的建立,是这些小说中隐伏的思想线索,反映了某些作家对我国刚开始建筑的社会主义大厦的某种愿望。不过,这方面的作品,有的又把个人爱情幸福放在不恰当的位置上,产生了另一种性质的片面性。

揭露、批评生活中的阴暗面,特别是党和国家某些干部的官僚主义、保守主义的作品,在当时不仅数量很多,且受到广泛的注意。主要作品有《组织部新来的青年人》(王蒙)、《被围困的农庄主席》(白危)、《爬在旗杆上的人》(耿简)、《改选》(李国文)、《田野落霞》(刘绍棠)、《沉默》(何又化,即秦兆阳)、《马端的堕落》(荔青)、《灰色的篷帆》(李準)、《科长》(南丁)、《入党》、《明镜台》(耿龙祥)等等。这些作品的出现,有积极的现实意义。它们涉及一定历史时期为人们所关注的重大矛盾。1956年是我国社会主义改造取得决定性胜利的一年。在我国,急风骤雨式的大规模的阶级斗争已经基本结束,经济建设和技术革命的任务摆在全党、全国人民面前。由于我们是在一个人口众多,经济落后,封建主义思想影响严重的国家里建设社会主义,由于我们对社会主义建设还缺乏系统经验,对社会主义社会发展规律还远未掌握,而组织亿万群众投入这一新长征的任务的艰巨和复杂程度,远远超过过去进行的革命战争。在这种情况下,调动一切积极因素,充分发挥人民群众的聪明才智,发挥他们敢于独立思考、敢于创新的首创精神,是我们事业成败的关键。但是,当时存在于我们党和国家领导机构中的某些教条主义、官僚主义和宗派主义等思想作风,却是直接阻碍着群众积极性发挥,压抑群众的创造精神的。上述作品,从不同的生活领域入手反映这个问题,形象地表现了作家深入研究生活所取得的真知灼见。这些作品,揭露了官僚主义、教条主义和保守僵化的思想对我们事业的危害,并写出了投机取巧,阿谀奉承,争夺名位等腐朽的思想作风,在如何腐蚀着我们的肌体。其中,王蒙的小说是影响最大的。

《组织部新来的青年人》《改选》《沉默》、《明镜台》(耿龙祥)等,在当时都产生了较大的影响。这些作品的受到重视,首先一点是它们都具有一定的艺术水平。它们不是按照反对官僚主义、主观主义等概念来编排情节的图解式作品。这些作品的受到重视,还由于揭示了现实生活中某些或显或隐的矛盾,通过艺术描写思考了社会生活中一些重要问题。例如,个别领导机关和某些领导干部身上出现的对新鲜事物缺乏敏感、对生活迅速发展中提出的新问题漠然置之的态度,对于群众的呼声、来自群众的批评建议以及人民生活的疾苦充耳不闻,甚至加以粗暴压制的作风,以及不去主动发现、探索、研究群众在生活实践中产生的新鲜经验,而只是按上级领导的思想来思想,照搬、照抄上级指示的思想状态、工作方法。这些作品的主导思想,与当时党中央提出的整党方针是一致的,表现了敢于正视存在的缺点和错误、迫切要求推动生活进一步发展和在思想上不断寻求、探索的愿望。

这些作品的成就,还在于它们表现了对生活的复杂性的尊重。它们的作者坚持从生活出发的创作道路,摒弃从某种概念和公式去图解生活的流行作法,而表现了现实主义的勇气。这方面的成就主要表现在刘世吾(《组织部新来的青年人》)等人物形象的塑造上,也表现在这些作品对矛盾斗争的复杂性、曲折性的描写上。刘世吾等是有严重官僚主义和保守主义思想作风的领导干部。他们没有觉察到自己的思想行为已成为生活进一步发展的障碍。作品对这些错误作了尖锐的揭露和抨击。但他们又并不是一般概念上的"反面人物",他们的错误也并不以赤裸裸的形式表现出来。他们有工作能力,工作也有一定的成绩,对生活也有某种爱好,精神状态也并不总是消极疲沓,甚至有时对事业,对斗争也流露某种真诚的积极的热望。这些,与他们身上的,他们灵魂深处的污垢掺合在一起。而最为可怕的是,他们已经有意无意地为他们的错误找到一种根据,形成某种生活哲学般的理论,并为他们这种思想行动在不同形势下的合法存在找到某种保护的外壳,使错误的东西凭借着某种正确的原则而继续推行。

《组织部新来的青年人》里,斗争并未以错误东西受到批判而结束,解决问题的途径、前景,存在模糊的情况不明的状态,作家显示了斗争的长期和艰巨。善应该战胜恶,美应该战胜丑,但善和美并不是轻易就能战胜恶和丑,暂时的挫折和失败常常很难避免。作家按照生活发展的逻辑来揭示生活规律,并没有为故事人为地安上胜利的尾巴。它们并不简单地提供某种答案,开出某一药方。这些作品以形象的力量,思想的力量,帮助读者看清生活中的某些模糊不清之处,启发读者进一步思索生活中的这些重要的问题。

王蒙、李国文、刘绍棠、耿龙祥等写上述作品时,都还只是二十几岁的青年,他们走上文学道路时间并不长,却已显露了艺术创造上的某些才华,并在"百花齐放、百家争鸣"方针的鼓舞下,表现了思想、艺术上探索的勇气。他们看到50年代以来文学创作取得的成绩,也清醒地意识到存在的严重缺陷,而试图以思想艺术的革新来打破僵化、停滞的局面。王蒙(1934—　)当时在北京某共青团区委工作。40年代后期读中学时,参加共产党领导的进步学生运动。他这个时期的作品除了《组织部新来的青年人》外,还有短篇《小豆儿》《春节》。长篇小说《青春万岁》当时已脱稿发排,但由于他后来受到批判不得出版。王蒙的思想探索,是与他较强的艺术感受力结合在一起的。他有善于摄取事物特征以构成生动艺术形象的本领,并把对生活的独特感受,溶化在机智的、流畅的叙述之中。他也许并未完全理解他所创造的形象和生活画面的意义,却在读者面前展示了真实可感的艺术世界。

由于艺术才能的不同,也由于作家对生活的认识和感受的局限,《沉默》《田野落霞》《马端的堕落》等刻画的批判性形象存在着把握不甚准确之外,有的描写,带有漫画化的夸张渲染的痕迹。作品中一些被肯定的人物,形象也并不很丰满。另外,矛盾斗争的结局,虽然不必以正面力量取胜作为结束,但作家在写到与官僚主义思想作风对立的"正面力量"时,流露出若干困惑的情绪,他们对他们所支持、所歌颂的人物能否有足够力量战胜经验更为丰富、表现得十分顽强的落后事物,并无充足的信心。对于作品所展开的矛盾冲突和人物的思想性格的变化,作家的观察和理解,也还不是那么开阔深入。这都影响到这批作品的思想深度的进一步加强。

这批作品发表后,对它们的评价一开始便出现不同意见。对《在悬崖上》《美丽》等,都在报刊上展开过讨论。特别是《组织部新来的青年人》,《文艺学习》《文汇报》和《人民日报》等报刊,都发表了不少意见极为对立的文章。这种讨论是正常的。但是,从1957年夏天开始,这批作品便都被认为是属于反党逆流,或被认为是体现了修正主义文艺创作倾向,而受到批判。不少有才华的年轻短篇小说作家,如王蒙、刘绍棠、邓友梅、从维熙、方之、高晓声、陆文夫等，都被剥夺了写作的权利。而且，从1956年开始的短篇小说创作以至整个文学创作的开拓领域，加强深度，向着百花齐放的繁荣局面前进的有意义的探索也被迫中止了。

第五节　风格多样化与茹志鹃的创作

　　1958年前后，周立波写了《山那面人家》等有鲜明特色的短篇。针对当时文学创作上风格单调划一的状况，有的同志以《风格一例》（唐弢）为题撰文褒赞。文中认为，这些小说"从选材上，从表现方法上，从语言的朴素，色彩的明远，调子的悠徐上，都给人以一种不事雕琢，独具意趣，恰似古人所说的'从绚烂到平淡'的感觉"。虽然，论者对周立波作品的风格只是作为"一例"提出，虽然，文章中明确声明，在艺术风格上，"我们既赞成奔放、雄伟、刚健、热烈，也赞成淳朴、厚实、清新、隽永"，并不认为"清新隽永"的风格就最重要，但是，这也不行。不久就有文章出来加以非难，说作家尝试用一种新的风格表现生活无可指责，但倡导"明远""悠徐"的风格，和我们这个时代的精神有什么联系呢？说我们"这个时代所要求的正是大跃进、大发展、大革新、大创造的精神"，应该提倡的"首先应该是'奔放、雄伟、刚健、热烈'"的风格。

　　对林斤澜的短篇小说的评论，也有类似情况发生。林斤澜，浙江温州人，出生于1923年。中华人民共和国成立初期，主要从事戏剧创作，作品收入《布谷》集中。后来，转到短篇小说创作领域。1957年发表《台湾姑娘》，受到注意。"文化大革命"前出版的短篇集有《春雷》《飞筐》《山里红》。他的这个时期的作品，多取材于北京郊区农村生活，特别是京西山区农村。初期表现农村生活的作品，尤其是《春雷》集中的"水库故事""跃进速写"等辑中作品，对生活开掘比较浮浅。60年代初表现京西山区作品，如《新生》《假小子》《和事佬》《山里红》等，显露自己的特点。这些作品，富有生活气息，跳动着作家对新生活的热情，显示他善于捕捉平淡无奇的生活片断以构成深远意境的艺术才能。他写云南边疆的一些作品，如《赶摆》等，对人物只作轮廓的勾勒，突出某些特征，而着重构成一种独特的气氛、情调，类似抒情散文的写法。与《赶摆》等的重视情调、气氛的传达不同，1963年发表的《志气》《惭愧》，转到对人物心理的细腻刻画。《志气》写一个生产队的小会计在队长等的帮助教育下的提高，《惭愧》则反映老饲养员在集体生产劳动中思想感情的变化。《惭愧》等没有完整的情节，也不正面展开对事件发展过程的描写。追求艺术表现上的含蓄曲折,并借助某种暗示的方法来着力表现人物情绪心理的变化,用人物的心理活动来串联起某些生活片断。这些作品的出现,标志着林斤澜在自己的创作道路上的新的探索。林斤澜在短篇小说思想艺术上,进行革新,寻找自己独特的创作道路和艺术风格,这种精神,本来应该受到支持和鼓励。然而,后来就又判定这是一种错误的倾向。批评《赶摆》等情调不健康,而《惭愧》等则给人一种支离破碎,朦胧滞涩的印象,而认为"明快清楚"才是我们革命文学应该创造的艺术形式,并把这个问题提高到革命文艺与过去一切艺术的质的区别这个高度上去。

鉴于这种不正常的情况,文艺界在1959年以后讨论茹志鹃的短篇创作,其意义就不仅限于对她的作品的得失和她的创作道路的探讨,而且有一定的普遍性的意义。

茹志鹃(1925—1998),祖籍浙江杭州,出生于上海。1943年参加新四军。抗日战争和解放战争期间,在部队文工团工作。1950年开始发表作品。1958年《百合花》问世,受到人们注意。此后两三年的时间里,陆续发表了一批质量较高的短篇。她"文化大革命"前的创作,基本上都收录在《高高的白杨树》《静静的产院》这两个集子里(1978年,又重新编选,这些作品收入《百合花》为名的集子中)。这些短篇取材的范围有两个方面:一是战争年代,主要是解放战争年代的生活,如《关大妈》《澄河边上》《三走严庄》等。另一是社会主义时期的生活,如《妯娌》《新当选的团支书》《如愿》《春暖时节》《里程》《静静的产院》以及《阿舒》《第二步》等。

对茹志鹃有些作品的估价,评论家之间存在着分歧。有的认为《百合花》是不可多得之作;也有的则认为并非是她的成熟作品。有的称赞《三走严庄》是茹作中的佼佼者,收黎子这个人物塑造最成功,"性格发展过程,写得那样自然而合乎规律";与此相反,有的则认为它是属于没能充分发挥作家之所长,而所短又表现得很明显的作品。尽管存在着一些分歧,大家还都比较同意:《百合花》《如愿》《春暖时节》《静静的产院》和《阿舒》等,代表作家的创作特色,作品本身的思想和艺术也取得比较和谐的一致。

茹志鹃的短篇小说的创作特色,主要表现在下列几个方面。

首先,在取材上,这些作品大多没有选取生活中复杂重大的斗争,也不表现开阔的场景。初期的创作,如《在果树园里》《妯娌》等,对生活的反映常常采用从侧面切入的办法,通过某些场景、人物言行神态的对比,回忆片段的穿插来勾画人物的某一生动鲜明但并非丰满的侧影。1958年以一组表现现实生活的作品中,正面描写的部分增多了,作家主观感情更多通过细腻的形象刻画流露出来,人物形象也较前丰满。不过,这种正面描写,也大都是触及日常家庭生活,触及亲属之间、同事之间的平常交往所引起的细微、隐藏的感情波澜。在这些作品中,人物绝大多数不是什么高大的英雄,不是一出现就相当成熟的人物,而是在战争和建设生活中正在改造、逐渐成长的人物。而且,这些人物又大都是各式各样的妇女。如羞涩腼腆却又坚毅的新媳妇(《百合花》),作为游击队的母亲的关大妈(《关大妈》),新当选的没有工作经验的团支书小何(《新当选的团支书》),有条件享清福却渴望有所贡献的何大妈(《如愿》),习惯于生活和心灵的平静,而终于在不平静的生活中激起心灵的波纹的静兰(《春暖时节》),因为满足而不自觉地落后和终于意识到这种落后的谭婶婶(《静静的产院》),以及在无忧无虑的性格中注入生活责任感成分的女孩子阿舒(《阿舒》《第二步》)……作家把探索这些妇女的心灵,作为自己创作的中心课题。

其次,茹志鹃在描写这些人物的性格成长和思想感情变化时,并没有组织错综复杂的社会矛盾,也没有把他们放置到激烈的斗争和尖锐的冲突中去经受锻炼,更不是浮浅简单地采用新旧对比的套子。促进人物性格成长的是社会的因素。他们投身于新的生活之中,时代的发展,沸腾的生活潮流的影响诱导,周围人物的生活态度和工作态度的对比产生的推动,是激发他们心灵深处发生波澜和冲突的主要原因。人物这种从他们各自的起点通过内心斗争向前迈进的成长道路,构成茹志鹃作品情节的基本模式。因此,随着作家创作特色的逐渐明确、成熟,初期在《关大妈》等篇中注重曲折激烈事件的倾向,逐渐让位于以人物心理活动为中心来组织情节和选择细节的结构方法。

再次,茹志鹃作品的着力处,是细致深入的心理刻画。她越来越把笔触深入到人物的灵魂深处。她往往不展开对人物思想性格的广度的表现,而是从某一点上联系周围有典型意义的生活环境和人物自身的生活经历,作纵深的挖掘,揭示人物精神世界的起伏与宽阔的生活潮流之间的联系。她在表面看来很幸福的老人心里,看到并不很幸福的苦闷,又在一些难以讲清内容的苦闷中,透彻理解它包含的社会意义。她从参加创业斗争的老一辈人对不懂得甘苦的青年的责备中发现老一辈思想停顿的根苗,也从青年人泉水般的眼睛中看到缺乏厚实生活根基的浮浅……茹志鹃借助生动的细节,把人物的内心活动写得细致可信,层次分明,有时甚至惊心动魄,塑造了具有充实丰富的思想感情的劳动者形象,这是她的一个贡献。

在取材上、主题提炼上、表现方法上的这种种特点,构成了茹志鹃作品的独特的风格。这种风格,有人称之为"委婉、柔美、细腻","色彩柔和而不浓烈,调子优美而不高亢"(侯金镜);有人比喻为"一朵纯洁秀丽的鲜花,色彩雅致,香气清幽,韵味深长"(欧阳文彬);有人概括为"清新、俊逸"(茅盾);这些说法,意思并无很大的不同。

1959年以后讨论茹志鹃的创作时,欧阳文彬、侯金镜、细言(王西彦)、魏金枝等都写了文章。他们对作家的劳动抱着尊重、恳切、热情的态度;对作品的思想艺术发表了深入具体、很有见地的见解;阐述观点,批评对方,又都抱着互相切磋、与人为善的态度,显示了学术讨论的难得的正确风气。其中涉及的一些问题,至今仍有现实意义。

创作要繁荣、风格要多样,首先要破除题材决定论的观点。夸大题材在作品思想价值、艺术价值上的意义,必然要堵塞创作百花齐放的宽阔道路。作品的价值,当然与选取什么样的题材有关,然而,归根到底要看主题的深度和艺术形式是否完美,形象的典型性的强弱。抽象地以是否写重大题材(而且又把重大题材的范围规定得非常狭窄)、是否写激烈尖锐的重大矛盾、是否塑造高大的英雄人物作为衡量作品的标准,是不正确的。茹志鹃的创作,虽然选取的是生活中的"一朵浪花,一支插曲",写的是成长中的普通人物,但是,她的一些比较成功的短篇对生活的反映也能达到一定的深度,也有较强烈的艺术感染力,也能拨动读者心弦而引起他们对生活的思索。它们当然不能代替通过尖锐斗争塑造英雄人物的作品的认识价值和教育作用,但写尖锐斗争的作品又何尝能代替它们、取消它们的存在呢?在创作上,夸大写重大题材的重要性,把艺术风格区分为主要风格和次要风格,百花之中又有"主花"和非主花,并规定前者属于"提倡"之列,后者则只能忝居被"允许"的范围。这些抽象烦琐、令人生厌的教条,是束缚作家才能和创造性的绳索。

另一个问题是,对作家创作的得失的评论以及对他提出的要求,应该采取细致而慎重的态度。作家在较长时间经过艰苦劳动所形成的创作个性和艺术特色,是他的生活经验、思想水平、艺术修养、兴趣爱好等多方面因素在创作上的综合体现。我们不能把创作个性和艺术特色看成是凝固不变的,不需要发展和提高的,因而不对作家提出更高的要求。就以茹志鹃的作品而论,她的创作的生活基础越来越扎实,但她在当时的确存在一个继续开拓自己生活领域的问题。保持自己创作的独特风格,而又在取材、人物创造、表现方法等方面进行不断的革新和创造,这两者之间不应是对立的。茹志鹃后来写的《第二步》，人物、情节等虽然不同，但艺术构思的基本路子、人物塑造的基本方法，都仍依循《静静的产院》的熟路，给人似曾相识之感。要求作家不断探索、不断前进，这无论如何是必要的。但在提出这种要求时，却不能无视作家原来的基础和他的风格特点。如果认为茹志鹃不应该对"小人物"那样感兴趣，而应该去写高大的英雄人物，应该喜欢浓烈的色彩，即使写到"小人物"时也要放在尖锐的斗争中来表现——这种要求，显然是难以实现的。即使茹志鹃勉强实现了，那也完全没有必要。因为这是最终取消风格多样化的并不正确的规定。

1977年以后，茹志鹃发表了《草原上的小路》《剪辑错了的故事》《儿女情》等短篇。这些作品（主要是后两篇）比较起以前的创作，反映生活的深刻程度有很大加强。它们表明了茹志鹃原有创作风格在新的时期的发展：作家注意的重心，仍然是有着高贵品质的普通的人们在生活中产生的感情、心理上的波动和冲突，但这种冲突牵涉到的范围和内容，比以前深广，作品中跳动着的生活脉搏更加有力。在细腻、柔美的基调之上，明显地增加了深沉的、思索的力量。

第六节 《保卫延安》与建国初期的长篇小说

建国初期大陆的中长篇小说创作，呈现出蓬勃发展的局面。在短短的时间里，就出现了《火光在前》（刘白羽）、《开不败的花朵》（马加）、《铜墙铁壁》（柳青）、《风云初记》（孙犁）、《活人塘》（陈登科）、《平原烈火》（徐光耀）、《高玉宝》（高玉宝）、《三千里江山》（杨朔）、《上甘岭》（陆柱国）、《淮河边上的儿女》（陈登科）等中长篇作品。这些作品几乎都是反映革命战争年代军队和人民同敌人进行艰苦激烈的斗争生活的。革命战争题材如此突出地出现在建国初期的长篇创作中，这是不难解释的。中国革命走过了长期的武装斗争的道路，大批的作家和作者亲身经历了革命战争的过程，战争的硝烟和人民与军队英勇卓绝的斗争业绩，不仅深刻地印在作家的头脑里，而且也激励着作家和文学工作者们不能不以各种文学形式塑造人民解放斗争的丰碑。这不仅在建国初期成为突出的文学题材，而且在很长的一个历史时期成为文学创作的重要内容。柳青的《铜墙铁壁》在西北战场沙家店决战的战火余烬未熄时，就展开了它的写作篇章，《活人塘》的初稿完成于淮海战役最初的炮声中，《火光在前》是随着新中国诞生的礼炮声写成的，而杨朔的《三千里江山》在朝鲜战场上写完最后一笔时,"附近轰炸正紧。我住的朝鲜小茅屋震得乱摆乱晃,红光射进门缝。"(杨朔:《几句表白》)这些作者受到革命战争伟大场面的激励,以炽热的不平静的感情迅速地记载了亲身经历的可歌可泣的斗争事迹,这经历本身往往就是壮烈的诗篇。

  这些初期的作品带着浓烈的战斗气息,把胜利了的人民重新带回战争年代。《火光在前》描绘了人民军队鄂西渡江战役的宏大场面。作者以近乎速写的格调写出了战争的进程,瞬息万变的气氛,师指挥员们紧张的指挥活动和战士们高昂的战斗情绪。表现了人民军队渡长江,解放全国的胜利进军。《开不败的花朵》叙述了日寇投降后党的一支干部队伍,在进军东北的途程中,发生在内蒙古草原上的一场惊心动魄的遭遇战。《三千里江山》和《上甘岭》等小说,记载了刚刚胜利的中国人民进行的抗美援朝战争的动人史实,在激烈残酷的搏斗中,我们看到了中华儿女高度的爱国主义和英雄主义的壮烈胸怀。

  真实感是这些作品具有感人力量的一个重要原因。这些作品所写的现实内容,大都是作者的亲身经历或者就是本人的生活(如《高玉宝》)。感情真挚,较少雕琢,从现实出发,较少受到后来种种违背现实的戒律的影响,散发着生活本身的泥土味和硝烟味。《活人塘》所写的薛陆氏一家救护解放军战士的事迹,是以苏北敌后斗争中的一个真实的故事为基础的。作者与书中的主要人物有过生死与共的共同斗争经历。所以作品中现实斗争的真实气氛,给人以较强的感染。作者并未回避斗争的残酷性,也不掩饰主要人物的思想矛盾和变化过程,书中的薛陆氏母女都只是农村的普通妇女,通过描绘她们一家与还乡团头目孙在涛的血海深仇和与人民军队的共同命运,写出了薛陆氏以垂危的亲生女儿换取了被敌人活埋的解放军战士刘根生的崇高行动,性格的发展自然。《铜墙铁壁》是这一时期出现的比较成功的作品。艺术的概括、思想的深度和人物的塑造,都是建国初期长篇小说创作的重要收获。作品在较大规模上表现了陕北解放战争中的重大战役,并以沙家店战役为背景着重表现人民群众对解放战争的有力支援,揭示了人民的力量对战争胜负的决定作用。作品表现了作家柳青着力刻画人物的才能,塑造了民兵石得富的鲜明艺术形象。作品以浑厚朴实的风格,显示出较强的真实感。

  建国初期的小说,不少作品还是不够成熟的。有的缺乏思想深度,结构也较松散(如《三千里江山》),有的近于速写,因此在人物塑造上流于浮泛(如《火光在前》)。人物塑造上的薄弱(除了《铜墙铁壁》较好以外)是这一时期长篇创作的突出弱点。丁玲在 1954 年给陈登科的一封信中针对他的《淮河边上的儿女》说道:"你在里边写了那么多的不能给人以兴趣的一个战斗又一个战斗,塞了一些在抗日战争年代就到处被传诵的动人的舍夫、弃子的故事进去,但我仍然能感到作者是有很充实的生活基础的,是从生活中有所感、有所爱、有不能舍弃的原因才提笔的。那里面有生活,真实,能感动人,使人惊心动魄、提心吊胆,使人对书中的事和人发生感情,因此这是一部有内容的结实的作品。"(《文艺报》1954 年第五号)这番评论可以概括这一时期作品的面貌。

1954 年出版的长篇小说《保卫延安》标志着建国初期长篇创作发展的重要里程。作者杜鹏程(1921—1991),陕西韩城县人。1938 年奔赴延安参加革命,先后在农村、学校、工厂工作和学习,从多方面接受了革命队伍的锻炼和教育。1947 年 3 月,延安保卫战开始,他随同他所在的《边区群众报》社,参加了这场伟大的战争。随后他又作为随军记者跟随野战军参加了陕北多次重大战役和解放大西北的战斗,直到 1949 年末进军至帕米尔高原。在陕北激战的日子里,作者就曾与西北战场著名的战斗英雄王老虎共同生活和战斗在一个连队里。"这一场艰苦卓绝的斗争以及无数英雄人物所表现的自我牺牲精神,给予我的教育是永世难忘的。因而,部队抵达祖国边陲,还在硝烟弥漫中继续追剿残敌时,我便着手来写这部作品了。"(《保卫延安·重印后记》)

《保卫延安》在较大规模上反映了 1947 年 3 月至 9 月延安保卫战的历史进程。当时蒋介石调集了以胡宗南为首的三十万兵力进攻延安和陕北解放区,企图一举扑灭中共中央和仅有三万人的西北解放军。彭德怀遵循中共中央的战略方针,以运动战的方式与敌周旋,在总体劣势的情况下,以局部的优势兵力,逐步歼灭敌人的有生力量。小说细致地描绘了青化砭伏击战、蟠龙镇攻坚战、长城线上的运动战和沙家店歼灭战等战役,表现了陕北军民的同仇敌忾和国民党军队的骄横冒进、内部勾心斗角,表现了西北野战军从战略退却一步步转入战略进攻,最终取得全面胜利的进程。

革命英雄主义是《保卫延安》的思想基调。小说以周大勇及其连队的活动为全书结构中心,塑造了从战士,连、营、旅、纵队各级指挥员,直至彭德怀的英雄群像。这种革命英雄主义的精神,在周大勇的身上得到了最突出最集中的体现。特别是"长城线上"一章。战斗突然出现了意想不到的变化,周大勇所带领的连队失去与主力部队的联系,又陷入四面是敌人重兵的陌生环境里,这就为周大勇等人物的性格描绘,提供了一个可以充分展开的天地。周大勇和他的连队,不是为了单纯的求生,而是为了追求一个伟大的目标——人民的解放,力量就从此而来,战斗的意志就从此而生。在与敌人遭遇的艰苦战斗中,不仅想到杀出一条血路,还想到要更多地消灭敌人。在追寻主力部队的路上,战士们虽然流血负伤、饥饿疲累已极,但是一听到"敌人"二字,周大勇"心里就轰地冒起了怒火",仿佛从来没有负伤也没有昏倒过,强烈的战斗激情升腾而起。当他们发现这是敌人的一个粮站时,一场主动进攻的激烈战斗就展开了。他们被敌人围困在无法逃脱的山洞里,似乎处于绝境之中。身负重伤的周大勇与负伤的战友,以极坚强的战斗精神顶住了敌人的攻击,终于争取到战友解救的时间,转危为安。无疑地这是革命英雄主义精神的胜利。就如同王老虎从死亡中苏醒过来后所产生的那股强烈意识一样,"必须离开这里",寻找部队,参加战斗。这个钢铁铸成的汉子醒过后感觉到一种没有经验过的孤单、害怕,不是因为周围都是尸体,也不是感到死亡的临近,而是因为他意识到自己离开了部队,离开了战斗岗位。强烈的革命英雄主义精神唤起了这个人物身上的全部力量,就是爬着也要回到自己的战斗岗位上去。

诗化的抒情、哲理性的议论,写战争,也写人生,使小说激越澎湃,昂奋生动。不足之处是全书叙述过分紧张,张弛不足。

《保卫延安》无疑是建国初期长篇创作的重要收获。但是这样一部在当代文学史上有一定地位的作品的遭遇,却是发人深省的。作者杜鹏程在1979年初写的《重印后记》的一开头,就说:"《保卫延安》出版,二十五年了。关于它,我从未为报刊写过一个字。倒是用了好多年的时间,在侮辱和践踏中写了许多材料,'交待'自己因为写了它而犯下的'滔天罪行'。"由于受错误的政治斗争的牵连,1959年以后这本书不再印行,1963年,下令烧毁这部书。"四人帮"横行时期,这部书及其作者以及书中描绘的那位质朴、诚笃、刚正的老元帅,遭到了空前的厄运。

第七节 《山乡巨变》与《创业史》

周立波(1908—1979)是我国当代著名作家。他以土地改革运动为题材的长篇小说《暴风骤雨》曾获得斯大林文学奖金。1954年出版了反映工业建设的长篇《铁水奔流》之后,1955年周立波返回他的故乡湖南农村,安家落户深入生活,1957年底完成了他的另一部长篇小说《山乡巨变》,1959年11月又写出了《山乡巨变》续篇。在写作长篇的同时还写了一批短篇小说,后结集为《禾场上》《山那面人家》。"文革"中他因曾发表过描写毛泽东1959年回乡为双亲扫墓的散文《韶山的节日》,被诬为"丑化伟大领袖毛主席"而备受摧残。"文革"后写了短篇小说《湘江一夜》。80年代湖南人民出版社和上海文艺出版社分别出版的《周立波选集》和《周立波文集》是他的作品较完备的本子。

《山乡巨变》(正续篇)以1955年到1956年大陆农业合作化高潮为背景,描写湖南某山村清溪乡从建立初级社到转入高级社的过程和由此带来的山村面貌的变化。在总体构思上,小说自然不能不以当时的农业合作化的政策为指导,不能不受到1955年对合作化运动中所谓"小脚女人"式的"右倾机会主义"的批判的激进观念的影响。但是现实主义的眼光使作者照顾合作化实际的进程较多,因而未能完全站到当时政策的"高度"。小说曾受到这样的批评:虽然小说对合作化运动的"一系列过程都写到了,却没有充分写出农村中基本群众(贫农和下中农)对农业合作化如饥似渴的要求……仿佛农业合作化运动这场深刻的社会主义革命只是自上而下,自外而内地给带进了这个平静的山乡,而不是这些经历过土地改革的风暴和受到过党的教育和启发的庄稼人从无数痛苦的教训中必然得出的结论和坚决要走的道路"(黄秋耘《〈山乡巨变〉琐谈》)。今天看,小说所表现的这种"自上而下,自外而内"的状况可能更接近运动的实际一些。

在艺术结构上,《山乡巨变》以写人物为纲,集中一定的篇幅写一两个人物,在刻画人物中叙述故事,加之作者对农民的熟悉和娴熟的技巧,因而塑造了一批生动感人的人物形象。基层干部如:精明能干,热情好强,善于团结干部和群众,又处处带上女性的细致和对妇女利益的偏袒的邓秀梅,公而忘私,质朴无华,埋头苦干,心胸开阔的刘雨生都给人以深刻的印象。对犯过所谓"右倾错误"的李月辉,小说在有所讽喻的同时,又写他关心群众,沉稳求实,风趣幽默,因而"全乡的人,无论大人和小孩,男的和女的"都喜欢他。这种写法在当时同类题材中似不多见。合作化中的落后人物如陈先进、符贱庚、菊咬筋、张桂秋等都写得栩栩如生。其中亭面糊写得最好。他热爱共产党,响应号召积极申请入社,但又有私心,常为私利打打小算盘;他身为贫农,为翻身做主人而自豪,但又怕别人看不起,吹嘘自己也曾"起过几回水";他去侦察坏分子龚子元的动静,却因贪杯误事——这一切表明他身上既有新时代的投影,又保留了旧社会的印痕。这种精神上的矛盾性和他特有的面糊、啰嗦结合在一起,常常演出一幕幕让人啼笑皆非的喜剧。作家带着善意的揶揄、写出了这一人物的步步转变。一些青年积极分子如陈大春、盛淑君等也写得性格鲜明。

《山乡巨变》对江南山乡水墨画式的描写,对人物思想行为的细腻入微的刻画,对生活细节的富有情趣的表现,形成了作品特有的风格。那楠竹、茶子花,那山水人家,弥漫着迷人的气息。无论是老倌子亭面糊关于牛的议论,还是青年之间的嬉戏笑闹,也都情趣盎然,令人欢愉。作家那细致入微的笔触,使感情的波澜在字里行间跳动。如盛佳秀对刘雨生那动人的爱情故事以及刘雨生动员盛佳秀献出肥猪那一章,把情人之间的微妙的感情、细密的动作、思想的波澜和特有的表达方式,做了惟妙惟肖地描绘。充满全书的艺术情趣,产生了引人入胜的艺术力量。

柳青(1916—1978)原名刘蕴华,陕西省吴堡县人。他从少年起就追求进步。1938年到延安,先后在陕甘宁边区文化协会、部队和中华全国文艺界抗敌协会延安分会工作。这期间他写的短篇小说收入短篇集《地雷》。1943年来到米脂县民丰区吕家硷乡政府当文书。根据这一时期的生活,1947年创作了长篇小说《种谷记》。1947年在陕北参加解放战争。根据这段生活体会,1953年完成长篇小说《铜墙铁壁》。1952年全家迁陕西省长安县皇甫村安家落户。1956年出版特写集《皇甫村的三年》。1958年发表中篇小说《狠透铁》。1959年发表长篇小说《创业史》(第一部)。在60年代的最初几年里,柳青继续从事《创业史》第二部的创作。"文化大革命"中,柳青遭到了恶毒的诬陷和残酷的迫害,他的爱人和助手马葳被逼死,长安县的生活基地也被捣毁,严重地摧残了他的身心。"文革"后期他抱病修改《创业史》第一部,续写、修订第二部(上下卷)。第二部下卷未完成即与世长辞。

柳青在《提出几个问题来讨论》中说:"《创业史》这部小说要向读者回答的是:中国农村为什么会发生社会主义革命和这次革命是怎样进行的。回答要通过一个村庄的各个阶级人物在合作化运动中的行动、思想和心理变化过程表现出来。""社会主义革命时期,特别是合作化运动初期,阶级斗争的历史内容主要是社会主义思想和农民的资本主义自发思想两条道路的斗争,地主和富农等反动阶级站在富裕中农背后。在这个斗争中,应该强调坚持社会主义思想在农村的阵地,千方百计显示集体劳动生产的优越性,采用思想教育和典型示范的方法,吸引广大农民走上社会主义道路,孤立坚持走资本主义道路的富裕中农和站在他们背后的富农,只有违法乱纪的、无法挽救的党员、干部、不守法的反动阶级分子,要受到群众的斗争和法律的制裁。根据矛盾的这个性质和特点,互助合作的带头人以自我牺牲的精神,奋不顾身地组织群众集体生产,以身作则地坚持阵地和扩大阵地,在两条道路的斗争中,就具有特殊重要的意义。"作者就是按照这一认识安排情节和人物的。小说通过草棚院里梁三老汉和梁生宝的矛盾,通过郭世富盖房和郭振山活跃借贷的失败,通过梁生宝买稻种和组织贫困农民进山砍竹子以度荒并筹集生产资金,通过梁生宝互助组的整顿、巩固、发展和灯塔社的成立,展示了蛤蟆滩以梁生宝等坚决走互助合作道路的人为一方与以富裕中农郭世富等坚持单干的人为另一方的较量。郭世富的背后站着富农姚士杰,村长、共产党员郭振山明里暗里支持郭世富。而在对立两方之间则是处于摇摆状态的梁三老汉们。随着梁生宝事业的成功,梁三老汉们逐渐向梁生宝靠拢,以致完全拥护互助合作运动。小说第一部没有安排刀光剑影的阶级斗争,而是设计了一场多打粮食的和平竞赛,主人公梁生宝用互助组的示范作用,吸引、教育处于中间状态的梁三老汉们。所有这一切都体现了当时党的政策,加之柳青高超的艺术手法,使小说发表后受到很高的赞誉,也使小说在"文革"后党对农村的政策改变后受到一些批评——这可以说是小说围着政策转的必然结果。这种围着政策转的做法,不能不妨碍作家丰富深刻的生活体验的充分施展。这在梁生宝形象的塑造上表现得较为突出。小说写他买稻种和为梁三老汉"圆梦"是精彩之笔,但就整个人物塑造看,由于作家把他当作当时党在农村政策的化身,因而未能较充分地写出他性格的丰富性。至于1977年经作者做过"重要修改"的文本里,小说多次批判"文革"中蒙不白之冤的前国家主席刘少奇,把郭振山、改霞当作贯彻所谓刘少奇修正主义路线的人物,更属荒唐之举。

  小说塑造得相当成功的人物是梁三老汉。作为一个小生产者,他精神上背负着私有观念的因袭重担,保守、自私,但农民的务实使他在对比中逐渐看清梁生宝的道路能给庄稼人带来好处;他起初怀疑合作化政策,但作为一个翻身农民他心里是热爱共产党的;他崇拜郭世富式的人物,但当这种人物损害其儿子事业时,他本能地对这种人物产生反感;他和梁生宝无血缘关系,当梁生宝不听他的劝阻一心一意为互助组付出一切时,他气得暴跳如雷却不愿和梁生宝弄僵而把火气撒到老伴头上。小说相当深刻地把握了这个人物复杂微妙的性格和心理,有说服力地写出了人物的思想转变。此外"三大能人"郭世富、郭振山、姚士杰的性格也写得比较好。

  《创业史》在结构上吸取了19世纪西方现实主义的某些手法,以情节结构取代故事结构。第一部由"题叙""正文""结局"构成一个完整的因果链。开头的"题叙"和"正文"之后的"结局"形成强烈的对比,显示了两个不同时代的不同创业道路的不同结果。正文部分由几个空间场面组接构成。使作者可以腾出手来对人物性格和人物之间的错综复杂关系作充分描述。在刻画人物时,小说十分重视心理描写,重视人物心理活动和心理历程的揭示。这在梁三老汉、郭振山、郭世富、姚士杰、梁生宝等人物的刻画中都有较为充分的体现。人物心理空间的开拓,加深了人物性格的塑造。这在五六十年代大陆小说中,尤其是当时农村题材小说中是比较少见的。

第八节 《青春之歌》与《红旗谱》

《青春之歌》是杨沫的代表作。她的生活经历对她的创作是有很大影响的。杨沫(1914—1995)出生于北京一个没落官僚地主家庭,因厌恶父母腐朽的生活方式和反对封建包办婚姻,中学毕业即离家出走。曾在河北省定县等地教书,后又在北京做过家庭教师和书店店员,在此期间开始接触共产党员和革命知识分子,阅读马列主义著作,并加入共产党。抗战爆发后即投身到晋察冀边区做妇女工作和宣传工作。作者在构思《青春之歌》时,原打算以敌后抗日游击战争的生活为中心,为了写林道静的出身历史,就从抗战前写起,写到抗战后她参加了游击战争成为优秀的战士为止。但战前的部分越写越多,终于发展成独立的一部。"文革"后期她写了《东方欲晓》,该小说于 1980 年出版,后经重大修改,定名为《芳菲之歌》,于 1986 年出版。1990 年又出版了《英华之歌》。这就是她的"青春三部曲"。

《青春之歌》以 1931 年"九·一八"事变到 1935 年"一二·九"运动这一历史时期为背景,正面描绘了北平的爱国学生运动,表现了主人公林道静的成长历程。小说塑造了众多的知识分子形象,如先在共产党内推行左倾路线,后来堕落成叛徒、特务的戴愉;追随胡适,以求平步青云的余永泽;思想空虚,贪图享乐,终于沦为统治者玩物的白丽萍;天真热情,在斗争中锻炼成坚强战士的许宁;起初只以读书为"天职",最后终于走上街头同反动军警搏斗的王晓燕;先进知识分子的代表,共产党员卢嘉川、林红、江华等等。这些人物都是作为某种类型出现的,各自体现着不同的人生道路。作者通过这些人物表明,在民族矛盾、阶级矛盾日趋白热化的时代,知识分子或者走向革命或者走向堕落、反动,中间的道路是不可能实现的。正是这些人物从正反两个方面启迪着林道静,也衬托着林道静。

小说的中心是林道静的成长。作者通过她的人生道路揭示 30 年代中国知识分子走向革命的共同特点:他们接受革命常常是从个人遭遇和理论认识开始的;他们从民族矛盾进而认识到阶级矛盾,从求民族的解放到求阶级的解放;从个人奋斗、幻想个人英雄式的事业,到参加集体的阶级斗争、树立革命的英雄主义;从对劳动人民自上而下的人道主义同情到同呼吸共命运的阶级感情。林道静这一形象正是作者自身的体验和上述理性认识相结合的产物。

林道静逃离自己的大地主家庭是中国版的娜拉出走。当时中国社会给她安排的后果恰如鲁迅在《娜拉走后怎样》中所说,"不是堕落,就是回来","还有一条,就是饿死"。北戴河的遭遇正印证了鲁迅的这一论断。天真烂漫、充满幻想的林道静一下子跌入幻灭的泥潭,她的自杀是一个不甘堕落的女性对黑暗社会的软弱的抗争。在走投无路的情况下,她自然把搭救者余永泽当成"骑士兼诗人",满怀感激和爱恋地投入余永泽的怀抱。这是一次变相的"回来"——她成了余永泽笼中的小鸟,依然无法获得自身独立的价值。

是时代潮流推动林道静和余永泽的决裂。善良,有正义感的林道静在和革命青年接触后,必然卷入民族救亡的大潮,这与只为个人幸福打算的余永泽走的是完全不同的人生道路。小说细致地描绘了林道静和余永泽决裂的心理历程。从不甘"寄人篱下",到看出余永泽的自私、平庸、琐碎,再到二人政治上的分歧,是林道静对余永泽的感情逐渐淡化的过程,是林道静逐渐克服自己对于爱情的软弱、缠绵的过程,也是林道静向革命靠拢思想初步转变的过程。这是小说写得最为精彩的部分。

为了让林道静实现从小资产阶级知识分子向无产阶级革命者的转变,小说安排了卢嘉川、林红、刘大姐、江华等领路人对她的影响和教育,使她一步步克服对革命不切实际的幻想、狂热和个人英雄主义思想意识。她不但经受了监狱生活的考验,而且在饥寒交迫中忠实地、顽强地为党工作,逐渐地走向成熟。

林道静是50年代大陆文学塑造的比较成功的知识分子艺术形象,《青春之歌》因此受到了当时广大青年的欢迎。小说的主要不足是第二版中增加了林道静"同工农相结合"的部分。它忽视了30年代革命知识分子成长的特点,破坏了人物性格发展的内在逻辑,并游离于全书之外。另外,为了强调林道静与家庭决裂的阶级因素,安排了其生母为佃农的孙女,为其生父霸占并遗弃等情节,以表明其血管中有着佃农的血液。这种血统论观念是50年代唯成分论的表现。

梁斌(1914—1996)原名梁维周,河北省蠡县人。1927年参加共产主义青年团,从此在冀中家乡一带进行革命活动。1931年他参加了河北保定二师学潮的护校运动。1932年9月,故乡发生了高蠡暴动,对他有很大的影响。抗日战争爆发后,他担任冀中区"新世纪剧社"社长,较多地从事革命文艺的领导工作和文学创作活动。从1942年至解放,在冀中一带做地方工作。作者长期生活在农村,和农民有广泛而密切的接触。"我熟悉农民的生活,我爱农民,对农民有一种特殊的亲切之感。"(梁斌《漫谈〈红旗谱〉的创作》)作者很早就怀有描写中国农民的高大形象的理想。长期的农村地方工作和革命斗争实践,使作者积累了丰富的生活素材,为作者实现自己的理想提供了优越的条件。1949年之后,经过充分的酝酿和准备,于1953年开始《红旗谱》的写作,至1958年完成并出版。作者原计划写作五部,作为一个完整的系列。1963年出版第二部《播火记》,1983年出版第三部《烽烟图》。

《红旗谱》以淋漓酣畅的笔触,在我国整个民主革命的广阔的时代背景上,绘制了冀中人民革命斗争的波澜壮阔的长幅画卷。在这些色彩斑斓的画面上,我们看到了冀中人民血泪的生活史和光荣的阶级斗争史;看到了他们"反割头税斗争""保二师学潮斗争"和"高蠡起义"的惊心动魄的英雄业绩;看到了一代农民在党的领导下砸碎奴隶的枷锁在迅猛地觉醒。这些画面概括了我国北方农村一个时代的阶级斗争的风貌,从一个方面反映了民主革命阶段中国人民的生活和斗争。作者敢于驾驭具有这样的广度和深度的题材,表现了作者高度的革命热情和巨大的艺术魄力。

《红旗谱》的突出成就之一,是塑造了朱老忠这一农民英雄的形象。作者把这个人物放到"燕赵多慷慨悲歌之士"这一民族土壤中,放到二三十年代北方农村阶级斗争的广阔背景下,描绘其性格的发展和成长。十几岁时目睹父辈自发反抗惨遭失败的小虎子,怀着深仇大恨离井背乡,走京下卫,闯关东。二十五年的漂泊生涯,胸中的仇恨愈演愈烈,同时也造就了他比其父更深沉、更老练的性格。他意识到要打败冯兰池这种势力强大的恶霸地主,绝非易事,下决心培养"一文一武",积蓄力量,伺机报仇。"出水才看两腿泥"是他坚韧不拔、充满信心的精神写照。但严酷的现实一再教育他,使他懂得了冯兰池之所以强大是因为有反动政权作靠山,从张嘉庆领导的秋收运动中他认识到穷人只有联合起来才有力量。这时共产党地下县委书记贾湘农对他进行启发教育,使他认清了形势,认清了他与冯兰池父子矛盾的阶级实质,他自觉地、毫不犹豫地踏上了共产党指引的革命道路,在"反割头税"斗争中发挥了重大作用。他从一个草莽英雄成长为无产阶级的坚强战士。

围绕这一性格发展主线,小说还设计了一系列情节用以丰富朱老忠的性格内涵。如他正直无私,嫉恶如仇;他遇事三思,不鲁莽行事;他遇到挫折,从不气馁;他对穷苦乡亲热心帮助,"为朋友两肋插刀,在所不惜"等等。

严志和是小说中另一个重要人物,他的性格与朱老忠形成鲜明的对照。他是一个地地道道的农民,善良、朴实,有时表现出逆来顺受的软弱,他只希图能得到一个最低条件的温饱生活。但是,一连串的打击接踵而来:运涛被捕,老奶奶惊吓而死,"宝地"丢失,江涛再度被捕……反动统治和地主的剥削逼得他家破人亡。他的遭遇鲜明地概括了广大破产农民的历史道路。受压迫的地位和苦难的生活也必然使严志和身上迸发出反抗的火花。他经历了反复的思想斗争,甚至也有过动摇,但是终于在党的教育和朱老忠的帮助下走上了革命的道路。严志和性格的复杂性,反映了旧社会农民的局限性和受压迫地位所产生的反抗性格错综复杂的交织。严志和和朱老忠是农村中富有代表性的两种不同类型的革命农民的典型。这两个形象的对照地表现,产生了强烈的艺术效果,进一步深化了作品的主题思想。

小说塑造的形象,无论是主要人物还是次要人物,无论是正面人物还是反面人物都具有鲜明的时代色彩和个性。作者善于在同一类型的人物形象之中,采用比较、对照的手法来突出人物的性格,朱老忠和严志和,运涛和大贵,江涛和张嘉庆,春兰和严萍,冯老兰和冯贵堂都是作者有意识安排的一组组人物,给读者以深刻的印象。

《红旗谱》继承我国古典小说的优秀传统,同时吸收外国小说的一些长处,在小说民族化方面进行了有益的尝试。在人数塑造上,它注意挖掘人物性格的民族积淀,同时又带上时代的色彩。在日常生活的描写上,注意表现北方农村的风俗习惯。在艺术手法上,注意情节的连贯性,侧重用人物的行为语言表现人物的性格,而较少抽象的叙述、静态的描写和内心分析;注意粗线条的勾勒和工笔白描相结合,故事的讲述与人物的刻画相结合。在语言运用上,注意对北方农民语言的提炼加工,使之带有地方色彩,又不过分方言土语化。

《红旗谱》的缺点是:几个重大事件和作品主要人物的描写之间缺乏更紧密的联系,有时给人以割裂之感。"保定二师学潮斗争"写得有些琐细,缺少强烈的吸引力。朱老忠、严志和的形象,在入党以后缺少深刻的发展变化,贾湘农的形象显得单薄一些。

第九节 《红日》与《红岩》

《红日》的作者吴强(1910—1990),江苏涟水人。1933 年加入左联,1938 年参加新四军,在部队从事文化宣传和文学创作工作,亲自参加了山东、淮海、渡江等战役,为其日后的创作积累了丰富的素材。除《红日》外,还写有中篇小说《他高高举起雪亮的小马枪》、长篇小说《堡垒》、短篇小说《灵魂的搏斗》等。

《红日》以人民解放军一支常胜部队和国民党整编七十四师的殊死较量为中心,通过涟水、莱芜、孟良崮三个战役,表现华东野战军粉碎国民党东线重点进攻的历史过程,揭示了"小米加步枪"的解放军何以战胜现代化装备的敌军的根本原因。

小说成功地塑造了敌我双方高级军事将领的艺术形象。人民解放军军长沈振新和副军长梁波是两个具有不同个性和气质的优秀指挥员。沈振新是贫农出身的经过长征的老干部。他有英武的气概,坚毅、果敢的性格,他的不知疲倦的工作和严肃的思索都为了实现这惟一的信念:消灭敌人,夺取胜利。他极度地仇恨和蔑视敌人。他对干部和战士则是充满了深厚的阶级感情,既爱护关切又严格要求。他对刘胜和石东根的态度都充分地表现了这一点。他指挥作战,总是亲临前线,了解第一手的情况,与广大指战员同命运、共呼吸,表现了高度的革命责任感。最可贵的是,作为高级干部,沈振新富有自我批评的精神。二次涟水战役后,他在批评部下的同时,也尖锐地指出了自己存在的问题。在后来与敌七十四师的决定性的作战中,他正确而出色的指挥起到了重要的作用。副军长梁波是一个和沈振新有着不同性格的人物。他开朗乐观,谈笑风生,富有幽默感。他既有政治家的风度,又有高度的军事素养。在全军接受失败的考验的关键时刻,他调来工作,以他敏锐的观察力很快感到了这个军的优缺点。他用极端负责的精神和兢兢业业的工作帮助干部和战士们迅速克服了消极和急躁情绪,使全军能够在今后的战斗中,"建立更大的功勋,得到更大的荣誉。"沈振新和梁波形象的塑造是成功的。作者不满足于以往作品里表现高级干部的一般化的描写方法,而是比较详尽地写出他们的思想、情感,他们的欢悦、烦恼,具体地写出他们在作战指挥中思索和判断的过程。这样,就使人物形象富有真情实感,富有生活气息。

国民党军整编七十四师师长张灵甫,是蒋介石手下一员得力的干将,有丰富的战争经验和才智,正因为遇着这样的对手,我军第二次涟水战役才一度失利,孟良崮战役也才表现得如此的残酷和激烈。作者刻画这个人物,没有简单地把他当做正面人物的陪衬,而是赋予他以独立的地位。作者用了一定的篇幅较完整地塑造了这个反共的国民党高级将领的形象,深刻地揭露了他色厉内荏的纸老虎的本质。并以犀利的笔锋,挖掘了他丑恶的灵魂。他的骄纵、矜持、狡诈、虚伪都具有相当的典型意义。在描写反面人物大多采用漫画化、脸谱化的当时,能塑造出有一定深度的反面形象,是难能可贵的。

在人物塑造上,作者不仅能够从战斗的场景和过程中来表现,而且也善于从日常生活中来刻画人物。在日常生活的言谈话语中,在人与人的日常接触中,在富有性格特点的生活细节中,多方面地揭示人物的思想、作风和个性。另外,还大量运用生动、细腻的心理描写,更深一层地从人物的内心世界来表现人物。战斗行动、日常生活和内心活动,这三者的综合运用,使得作品中的人物形象丰满、厚实,富有立体感,给人留下深刻的印象。

小说在结构上也是颇有特色的。全歼七十四师的孟良崮战役是故事的高潮。为了不断推进到这个高潮,小说对涟水战役只作了侧面的描写,莱芜战役成为过渡。层层铺垫、步步深入,敌我双方的战斗准备最后汇聚到一点,揭开了孟良崮战役的序幕。孟良崮战役的直接描写虽然着墨不多,却成为故事发展的一切矛盾、冲突的焦点。杨军这个人物的前后出现,在情节上起到了连线穿插的作用。通过他受伤住院,把前、后方贯穿起来,扩大了小说的描写面。

小说的缺点在于,对我军内部的思想矛盾和斗争没有充分地揭示和展开,影响到作品的思想深度。对我军的政治思想工作缺少描写,所塑造的几个政治工作者形象,如丁元善、陈坚、潘文藻、罗光等都缺乏光彩。另外,在表现我军指战员对蒋军七十四师的敌视观念方面,显得思想情绪狭隘一些,较多地集中于对涟水一战的复仇上。杨军这个人物形象,虽然作者力求把他刻画得完美,但由于缺乏深刻的表现,形象缺少动人的魅力。

《红岩》出版于1961年底。它的作者罗广斌(1924—1967)、杨益言(1925年生),亲身经历过小说描写的那些共产党人的斗争生活。他们曾被关押在"中美特种技术合作所"的集中营里,是敌人最残酷最野蛮的屠杀的幸存者和直接的见证人。早从1949年大西南解放开始,他们就着手搜集整理先烈们的斗争事迹,调查敌特的罪行。作者还在重庆、成都作过一百多次有关"中美合作所"中革命者受迫害和英勇斗争的报告,写作了革命回忆录《在烈火中永生》。《红岩》这部作品从准备到成书费时十年之久,写了近三百万字的稿子,彻底返工过三次,大改过五六次,最后完成了这部四十一万字的长篇。

小说把狱中斗争放到人民解放军进军大西南,国民党反动势力负隅顽抗的历史大背景下,与重庆地下党及其领导的城市运动、华蓥山根据地的武装斗争及农民运动交织在一起,构成了一幅气势磅礴的两个阶级、两种命运的殊死较量的历史画卷。狱中的斗争是小说的核心部分。国民党军警宪特企图用狡猾的诡计和残酷的刑罚从狱中共产党人的口中获取机密,以便破坏重庆地下党组织和革命力量,而狱中共产党人则把党和人民的事业放在高于一切的地位,置个人生死于不顾。这是一场政治和精神意志的较量。特务头子徐鹏飞利用甫志高的叛变逮捕了许云峰等人,得逞于一时,但此后的事态却与他的愿望完全相反,他精心设计的每一个回合总是以得意洋洋开始而以彻底的失败告终。狱中斗争成为大时代的一个缩影,它告诉人们,中国共产党领导的革命事业尽管遇到种种磨难,会有流血牺牲,但终将取得胜利;而反动势力狡猾凶残,虽能一时得手,但无法挽救其必然灭亡的命运。

适应题材的特点,《红岩》没有像许多长篇小说那样着力刻画一两个人物并围绕主要人物性格的塑造设置故事情节,而是以一个又一个事件为骨架,写狱中以党支部为核心的战斗集体,塑造英雄群像,并时时注意突出一些有代表性人物的性格特征。

许云峰是小说重点刻画的人物之一。早在处理"沙坪书店"和掩护市委书记李敬原脱险中就显示了他敏锐的政治嗅觉、灵活机智的应变能力和顾全大局、独当危难的高尚品格。狱中斗争为他设计的情节是这一性格的进一步深化的表现。第一次审讯,他就识破了敌人的阴谋和弱点,不仅让毛人凤、徐鹏飞的愿望落空,而且把他们的判断引向错误的道路,保护了组织和战友。作为一位领导者,他既独当一面与敌人周旋,又处处考虑狱中整体斗争的需要,主动进行配合。他用手指挖通了地牢的石壁,为难友准备了越狱的通道,而自己慨然赴死。钢铁般的意志、雄辩的口才、出其不意的闪电式还击,使他的成熟、老练带上鲜明的个性特征。

同为成熟的地下工作者,江姐的个性是精细、温和、凝重。从发现自己的丈夫被敌人杀害到与双枪老太婆拥抱痛哭,小说安排了一系列表情、动作、心理活动,形象地表现了她丰富、深沉的精神内涵。这是一个从不锋芒毕露而又处处让人感到她的坚强、果敢的女性。与敌人的严刑拷打、疯狂乱叫形成鲜明对比的是她沉静的回答："上级的姓名、住址，我知道。下级的姓名、住址，我也知道……这些都是我们党的秘密，你们休想从我口里得到任何材料！"就义前从容不迫地穿衣、梳头等一系列细节，使她为共产主义事业牺牲而面不改色心不跳的精神境界跃然纸上。

齐晓轩在狱中关押的时间较长，更善于把握狱中斗争的特点和敌特的伎俩，因而深谋远虑，克敌制胜。白公馆中敌人分明感到共产党组织在活动并与外界有联系却始终抓不到把柄，这和齐晓轩的出色领导有直接关系。他领导狱中《挺进报》工作，取消易被敌人破获的一切表面形式，又暗自学会了成岗的笔体。当胡浩不慎被敌人抓住《挺进报》时，他挺身而出，不但保护了组织和难友，还陷敌特于被动，显示了他的大智大勇。

其他人物如成岗的刚强、刘思扬的热情、华子良的忍辱负重、小萝卜头的天真和徐鹏飞的色厉内荏都写得比较成功。

通过尖锐的斗争和突然的转折，使人物的精神世界像在聚光灯的照耀下一样，最鲜明的显现出来。《红岩》多次采用这一艺术手法，是符合地下斗争和狱中斗争的特点的。江姐突然发现了牺牲了的亲人的头颅，许云峰在敌人的审讯中与受了重刑的成岗相会，齐晓轩挺身而出救胡浩，刘思扬一捉一放等等，都收到了突出的艺术效果。小说中对华子良形象的描绘，用笔很少却给人印象极深。作者先是不动声色地把他写成一个疯子，在白公馆这座森严的监狱里，这个疯疯癫癫的老头，无声无息地出现。雪白的头发，花白的胡须，一双滞涩的眼睛，糊里糊涂地沿着地坝，机械地神经质地独自跑步。他没有说过一句话，不与任何人交往，对狱中发生的一切毫无反应，孤独地沉默地活着。不仅敌人把他当作一个疯子，就是同狱中的人也把他当作一个疯子。这种似乎无意中写下的"闲笔"，为后来突然的转折，造成了强烈的艺术效果。在狱中斗争最紧急的时刻，在与狱外失去了联系，又急需把敌人毁灭山城的计划和越狱的行动计划送交狱外党组织，以取得内外配合的重要时刻，华子良突然出现在狱中特支极为秘密的集会地点——图书馆楼板底下。情节的突然转折，使面前这位多年来伪装疯癫的人，像一座山峰一样，拔地而起。他以前的疯癫、神经质一扫而光，一个深谋远虑，卧薪尝胆，忍辱负重，长期坚持的光辉形象，矗立在人们的面前。

《红岩》的主要缺点是过分的理想化和传奇性，对人物性格的复杂性表现不够。

第五章 小说创作(下)

第一节 概　述

"文化大革命"的结束,特别是中共十一届三中全会的召开,标志着一个新的历史时期的到来。小说和其他文学样式一样感受到时代的变化,以前所未有的声势澎湃于中国大地。自70年代末至80年代前期最为活跃的小说家包括三部分人:第一部分是"反右运动"中被错划为"右派分子"或虽未划为"右派分子"却也遭到严厉打击的作家,如王蒙、李国文、高晓声、张贤亮、张弦、邓友梅、汪曾祺、刘绍棠、从维熙、陆文夫、鲍昌、方之、张锲等;第二部分是"知青"作家,如张抗抗、梁晓声、铁凝、张辛欣、王安忆、张承志、韩少功、柯云路、李锐、竹林、陈建功、郑万隆、郑义、孔捷生等;第三部分是当时已届中年的作家,如宗璞、张洁、谌容、刘心武、蒋子龙、冯骥才、古华、叶蔚林、周克芹、叶文玲、张一弓、汪浙成、温小钰、何士光、戴厚英等。他们从各自的人生道路、生活体验出发,以不同的艺术方式参与了"伤痕"小说、"反思"小说、"改革"小说和"知青"小说的创作。

"文革"结束后,小说界有过一个短暂的沉寂。率先打破这种沉寂的是刘心武的《班主任》和卢新华的《伤痕》。这两个短篇小说引发了"伤痕"小说思潮。"伤痕"小说的核心是正面描写"文革"造成的人的心灵创伤和个人与家庭的不幸。其中有的侧重于揭露"四人帮"帮派势力的淫威及其制造的种种恶果,如刘心武的《班主任》,卢新华的《伤痕》,宗璞的《我是谁》,陈国凯的《代价》《我应该怎么办》,戴晴的《盼》,郑义的《枫》,遇罗锦的《一个冬天的童话》等;有的侧重于表现普通人在"文革"中的遭遇及在逆境中的美好情操,如张洁的《从森林里来的孩子》,宗璞的《三生石》《弦上的梦》,周克芹的《许茂和他的女儿们》,张贤亮的《土牢情话》,叶蔚林的《在没有航标的河流上》等;有的侧重于表现与"四人帮"帮派势力的斗争,如莫应丰的《将军吟》,从维熙的《大墙下的红玉兰》,陈世旭的《小镇上的将军》等;有的侧重于从文化角度对"文革"进行思考,如韩少功的《西望茅草地》,古华的《爬满青藤的木屋》等。

"伤痕"小说的功绩在于：从社会角度讲，它揭示了"文革"的最大祸患在于对人的心灵的戕害，从而引起疗救的注意；从文学角度讲，它一反50年代至70年代中期文学不能触及人情、人性的弊端，大胆向这一领域深入。其不足主要是：血淋淋的材料堆砌过多，缺乏必要的提炼；急于宣泄情感，缺乏必要的控制。

就在"伤痕"小说方兴未艾之际，"反思"小说已出现了。"反思"小说把思考的触角伸向1949年以来的历史，尤其是1957年"反右"运动、1958年"大跃进"、1959年"反右倾"，探讨"文革"悲剧的历史原因，当代历史曲折多变的教训。"反思"小说创作的主要力量是反右运动中被错划为"右派"的作家和当时是中年的一些作家。"反思"小说的高潮在80年代初期，但它延续的时间较长。其代表作有：鲁彦周的《天云山传奇》，高晓声的《李顺大造屋》，方之的《内奸》，茹志鹃的《剪辑错了的故事》，王蒙的《蝴蝶》，李国文的《月蚀》，张弦的《记忆》，韦君宜的《洗礼》，张一弓的《犯人李铜钟的故事》，张贤亮的《河的子孙》，古华的《芙蓉镇》，汪浙成、温小钰的《土壤》等等。

"反思"小说的进一步深化，是从历史反思走向文化反思。文化反思小说的视域不再囿于1949年以来的历史，观照生活的视角从社会—政治转向文化—心理。如王蒙的《杂色》《活动变人形》，高晓声的"陈奂生"系列，陆文夫的"小巷人物"系列，邓友梅的《寻访画儿韩》《那五》《索七的后人》《烟壶》，冯骥才的《神鞭》《三寸金莲》《阴阳八卦》，朱晓平的"桑树坪"系列，何士光的《苦寒行》等等。文化反思小说融入80年代中期的文化热潮中。

和"伤痕"小说相比，"反思"小说的社会容量扩大了，作家观照生活的视角多样化了，对材料的取舍、情节和细节的安排讲究了，人物形象也比较丰满了。

几乎与历史的反思的同时，作家也把目光投注到现实生活领域，产生了"改革"小说。蒋子龙在这方面成就较为突出，连续发表了《乔厂长上任记》《开拓者》《赤橙黄绿青蓝紫》《锅碗瓢盆交响曲》《燕赵悲歌》等作品。此外，张贤亮的《龙种》《男人的风格》，张洁的《沉重的翅膀》《尾灯》，苏叔阳的《故土》，李国文的《花园街五号》，柯云路的《新星》《夜与昼》，贾平凹的《浮躁》，张炜的《古船》，路遥的《平凡的世界》等都产生了较大的影响。

当"复出"作家和中年作家用小说进行历史反思时，"知青"作家把目光投向"知青"生活。这批作家中的不少人起步时是以"知青"题材走进"伤痕"小说行列的。此后他们不断探索，拓展，以"知青"生活为题材，对自己那一代人的命运进行思索。如叶辛的《蹉跎岁月》《风凛冽》《在醒来的土地上》，张抗抗的《隐形伴侣》，竹林的《生活的路》，张承志的《骑手为什么歌唱母亲》《绿叶》，梁晓声的《这是一片神奇的土地》《今夜有暴风雪》《雪城》，史铁生的《我的遥远的清平湾》，王安忆的《广阔天地的一角》，老鬼的《血色黄昏》等等。

上述作品有的已延伸至80年代中期。在这里我们先就70年代末到80年代初的小说创作做一小结。

第一，70年代末到80年代初的小说是作家厚积薄发的产物。反右运动中被错划为"右派"的作家已沉默了二十年，其他作家也沉默了十年。他们对历史、对现实、对社会、对人生有太多的话要说，有太多的体验要交流，有太多的情感要倾吐。一旦历史条件允许，他们的创作就像井喷一样一发而不可收。短篇小说已无法容纳他们胸中郁积的东西，而长篇小说需要较长时间的构思，他们等不及了，于是中篇小说迅速崛起。

长期与广大群众休戚与共的命运遭际，使作家的所想所思与广大群众的所想所思贴近了，一致了。这时作家关注的焦点和广大群众一样，是历史和现实的重大社会政治问题，而不是文学自身，于是出现了这样的情况：某篇小说一经发表，即不胫而走，一时间洛阳纸贵。因此，《班主任》《伤痕》《乔厂长上任记》这些艺术上比较粗糙的作品在当时产生"轰动效应"就不难理解了。如果说50年代到60年代中期，在一体化的严格要求下，作家不得不放弃"自我"而服从"大我"——实为自上而下的政治指令，那么70年代末到80年代初作家的"自我"和广大群众自然而然地贴合了，他们成了群众的代言人。

第二，打破禁区、拓宽题材领域成为作家的共同追求。50到70年代中期文学的禁区越来越多，题材领域越来越窄，文学鲜活的生命力到了"文革"时期已处于窒息状态。"文革"结束后，作家们勇闯禁区，拓宽了题材领域。例如，50到70年代中期，小说是很少写悲剧的，如果写到悲剧，那也是敌人或自然条件造成的，好像社会主义天然与悲剧绝缘。"伤痕"小说、"反思"小说、"改革"小说、"知青"小说一反这种模式，不但写悲剧，而且从社会主义自身寻找产生悲剧的原因。《班主任》中谢惠敏的悲剧是当代文化蒙昧主义造成的。《伤痕》中王晓华的悲剧来自于"左"的思潮。《祸起萧墙》（水运宪）中傅连山的悲剧在于地方保守主义。而"反思"小说中一个个悲剧的制造者则是"左"的路线和错误的政治运动。大量的悲剧描写告诉人们，社会主义不是天然免疫的，如果缺乏应有的警惕和有效的措施，社会主义会自己搞垮自己。这确实具有振聋发聩、警醒世人的作用。

第三，人道主义成为这一时期小说的内在旋律。"五四"时期一批先进分子曾向西方学习，把人道主义作为思想武器向封建礼教发动了猛烈进攻。中华人民共和国成立以后人情、人性和人道主义却被当作资产阶级的东西给予批判。"文化大革命"作为一场封建主义泛滥的大浩劫，是对人情、人性、人的尊严的肆意践踏。因此，"文革"后中国作家重新举起人道主义大旗对林彪、"四人帮"的倒行逆施、对"左"的思潮和路线展开揭露和批判。体现在小说中就是对普通人命运的关注，对人情受破坏、人性被扭曲、人格遭践踏的揭示和控诉，张扬人情人性，呼唤人的尊严，对"大写的人"进行辉煌的设计。人道主义精神使70年代末到80年代初的小说同50到70年代中期的小说呈现出完全不同的风貌，它功不可没。但是，作为一种思想武器，人道主义太陈旧了。它在反封建时不失其犀利性，但处理现代化的诸多问题就力不从心了。它从80年代中期以后日渐式微是不可避免的。

1985年是当代小说创作的一个重要年代，出现了王安忆的《小鲍庄》，韩少功的《爸爸爸》，莫言的《透明的红萝卜》，陈村的《少男少女一共七个》，刘索拉的《你别无选择》，徐星的《无主题变奏》，扎西达娃的《系在皮绳扣上的魂》，张辛欣的《封片连》，马原的《冈底斯的诱惑》，残雪的《山上的小屋》等等。这些小说带来了大量"异质"性东西，表现出强烈的探索性冲动，从内容到形式都具有先锋性。这批小说是一些青年作家生命体验和西方文学相撞击的产物，预示了当代小说艺术的巨大变化。

上面提到的《小鲍庄》《爸爸爸》都是"寻根文学"的代表作。"寻根"即寻找民族文化之根。"寻根文学"是当代文学迄今为止惟一有理论有实践的小说思潮，它的理论主张体现在韩少功的《文学的"根"》、郑万隆的《我的根》、李杭育的《理一理我们的根》、阿城的《文化制约着人类》、郑义的《跨越文化断裂带》等文章中。这些文章发表于1985年，人们由此才注意到这一文学现象，并把此前和以后的一些作品列为"寻根"之作。除《小鲍庄》《爸爸爸》外，还有：汪曾祺的《受戒》《大淖记事》，贾平凹的"商州"系列小说，李杭育的"葛川江"系列小说，阿城的《棋王》《孩子王》《树王》，乌热尔图写鄂温克族人的小说如《七岔犄角的公鹿》，扎西达娃的一些小说如《系在皮绳扣上的魂》，郑万隆的"异乡异闻"系列小说，张石山的《仇犹遗风录》系列小说，李锐的《厚土》系列小说，郑义的《远村》《老井》，韩少功的《归去来》《蓝盖子》《爸爸爸》等等。"寻根小说"始终没有获得公认的范畴和明确的概念。

"寻根文学"的产生有两个基本动因:其一,"文革"结束后,一些作家借鉴西方现代派文学以解决中国文学的困境,这种努力为中国文学带来了某些新气象。但随着对西方现代派文学了解的深入,人们感到,这种横向的移植做得再好,也不过是步西方之后尘;其二,受拉丁美洲作家的启示。一批拉美作家吸取西方文化的营养,发掘拉美文化的"本原",取得了举世瞩目的成就。于是,主张"寻根"的作家产生了这样的冲动:从"世界文学"的高度出发,开掘中国传统文化中有生命力的因素,再造中国文学的辉煌。这一文学冲动是与当时文化界对中华民族寻求自新之路的思考密切相关。用韩少功《文学的"根"》中的话说,即"释放现代观念的热能,来重铸和镀亮""民族的自我"。

"寻根小说"的创作持续的时间不长,远远没有达到提倡者预期的效果。但它倡导广义的文化,扩大了当代小说的视域,也使民情风习不再仅仅是小说中可有可无的点缀,甚至于成为小说的主题。

80年代后期,小说界较为引人注目的是"实验"小说和"新写实"小说。

自80年代中期开始,社会改革步伐加快,改革的重心已由农村转向城市。政治体制改革,政企分家,用市场经济取代计划经济,商品意识成为社会主导意识。这一切形成了对传统规范、准则的冲击。如果说从70年代末至80年代初社会向心力占据主导地位的话,自80年代中期开始,它逐渐让位于社会离心力。所谓社会离心力是指人们不再单纯的服从某种统一的号令,而是根据实际状况,凭借自己的判断,认为怎样做有利就怎样做。这种状况反映到文学上来就是多元的无主流的格局取代有主流的格局,1985年那批"异质"小说的出现就透露了这一消息。我们前面讲的"寻根"小说和下面将介绍的"实验"小说、"新写实"小说,都不是小说的主流,而是众多小说现象中引人注目的"显流"。

这里所说的"实验"小说,特指马原、洪峰、余华、格非、苏童、叶兆言等人80年代中后期的小说创作。这些小说家从博尔赫斯的小说、法国"新小说"和西方叙事学那里受到启示,执著于小说叙事形式的实验。马原的《拉萨河的女人》《冈底斯的诱惑》《西海无帆船》《虚构》《康巴人营地》,洪峰的《瀚海》《极地之侧》,余华的《十八岁出门远行》《四月三日事件》《一九八六年》《现实一种》《世事如烟》《难逃劫数》《往事与刑罚》,格非的《迷舟》《褐色鸟群》《青黄》,苏童的《一九三四年的逃亡》《罂粟之家》,孙甘露的《信使之函》《请女人猜谜》《访问梦境》等是这方面的代表作品。这些小说有如下几个共同特征:第一,打破传统小说的拟真性,公开暴露小说虚构的本质和手段;第二,取消情节之间的因果联系,不对人物的行为和事件的发展作出解释,破坏读者想把小说作为一个有机整体进行理性阐释的愿望;第三,让幻觉、幻想和现实混在一起,真假难辨。他们采取这种反传统的写作方法是想把读者的注意力从"写什么"转移到"怎么写"上来,从事件的因果关系转移到事件的过程上来,从内容转移到形式上来,从主题、人物、环境、情节转移到语言上来。当然,这种"叛逆"性也是有限的。他们对历史和现实的"记忆",他们对社会和人生的看法,他们的生活体验和生命体验会有意无意地从形式的实验中"逃逸"出来,他们无法彻底地拒绝意义和内容。"实验"小说对广大读者阅读习惯的拒绝,使它只能在一个狭小的文学圈子里生存。在文学的商品化时代,这种实验难于持久,何况形式上的花样翻新也是有限度的。进入90年代,这些小说家或暂时停笔,或调整自己,改变同读者之间的紧张关系,对传统作适当的回归。虽然如此,"实验"小说的价值不能抹煞。在一个长期强调"写什么"而忽视"怎么写"的国度里,它的出现有启发意义。

和"实验"小说一样,"新写实"小说是批评家对某种创作倾向概括的结果,其概念的内涵和指涉的作家、作品的外延都相当模糊。一般公认的代表作家是刘恒、刘震云、方方、池莉等。代表作品是刘恒的《狗日的粮食》《伏羲伏羲》《黑的雪》,刘震云的《塔铺》《新兵连》《官场》《官人》《单位》,方方的《风景》《白驹》《祖父在父亲的心中》,池莉的《烦恼人生》《不谈爱情》《太阳出世》《冷也好热也好活着就好》等等。这些小说有这样几个共同点:第一,主要描写下层人的生存状态和精神状态,表现他们由于物质生活和精神生活的匮乏所带来的种种烦恼;第二,拒绝传统现实主义典型化手法,采取拉拉杂杂叙家常的方式,写庸常人物的日常琐事,人物成为被生活左右的芸芸众生;第三,取消情节与情节之间的因果关系,采用大量的随机性、偶然性情节,造成无常化的生活流;第四,"零度"叙事。叙事人以平静、冷漠的口吻讲述,不介入故事,不进行评价,不作感情投入,把解释、判断的权力交给读者。

80年代后期还有一个值得注意的现象是王朔小说的走红。王朔的代表作是《顽主》《橡皮人》《玩的就是心跳》《过把瘾就死》《千万别把我当人》《我是你爸爸》《动物凶猛》等。在这批作品中活跃着一批都市边缘人。他们无正当职业,游手好闲,在百无聊赖中用调侃和各种异想天开的方式打发日子,他们嘲弄一切,包括自己。王朔的小说由于改编成电视连续剧而扩大了影响。这是一个值得认真研究的文化现象,简单的否定或简单的肯定都是不能解决问题的。

　　进入90年代,文学的向心力已被离心力所取代。小说创作不但没有主流,连"显流"也难于找到。"新状态""新体验""新市民""新都市""文化关怀"……各种花样翻新的命名正表明一个"众声喧哗"的小说局面的到来。在这"众声喧哗"之中,70年代末到80年代初相当活跃的"复出作家"和中年作家的声音是微弱的。虽然他们中间有些人间或有佳作问世,但总体上让人感到"今不如昔"。"知青"作家不少也走下坡路,但王安忆、史铁生、铁凝、梁晓声、张炜等创作势头不减。特别是王安忆,连续推出《叔叔的故事》《纪实与虚构》《长恨歌》等一批小说,其创作越来越旺盛。"实验"小说家除孙甘露外,大多放弃了形式上的激进实验,改换了写作路数。余华推出了《呼喊与细雨》《活着》《许三观卖血记》这批关心世道人心的作品。苏童则凭个人幻想去虚构"历史",有《红粉》《米》《我的帝王生涯》等一批作品问世。"新写实"小说家依然持续其写作,发表了刘恒的《苍狗白云谣》《贫嘴张大民的幸福生活》,刘震云的《一地鸡毛》《故乡天下黄花》《故乡相处流传》《故乡的花和面》,方方的《桃花灿烂》《落日》《行云流水》《行为艺术》,池莉的《你是一条河》《来来往往》等作品。而一批更为年轻的小说家如何顿、邱华栋、韩东、朱文、张欣、林白、陈染、海南、徐坤、刁斗、东西、述平等走进小说界。随手可以举出的作品如何顿的《生活无罪》《就这么回事》,邱华栋的《哭泣游戏》,韩东的《小东的画书》,朱文的《我爱美元》,张欣的《此情不再》,林白的《回廊之椅》《瓶中之水》,海男的《疯狂的石榴树》,陈染的《与往事干杯》《私人生活》等等。

　　90年代的小说,彼此间的差异是很大的,有陆天明的《苍天在上》、谈歌的《大厂》、关仁山的《大雪无乡》、周梅森的《中国制造》这样一些关注现实社会重大问题的作品,也有《与往事干杯》《回廊之椅》这样一些"个人化"小说;有企图营构史诗性作品的陈忠实的《白鹿原》,也有消解历史"真实性"的《故乡相处流传》;有执著于道德判断的李国文的《涅槃》,也有放弃道德判断的《就这么回事》……当然,在许许多多两极之间,还有大量中间状态的作品存在,他们一同构成了90年代小说驳杂的景观。

　　谈论八九十年代的小说创作,绝不能忽略军旅小说和历史小说的存在。军旅小说家老一代如刘白羽、魏巍、徐怀中、黎汝清、胡石言、彭荆风在这一时期都有新作问世。而"文革"后涌现的一批又一批新人如朱苏进、刘亚洲、刘兆林、李斌奎、李存葆、朱春雨、韩静霆、江奇涛、苏方学、乔良、周大新、朱秀海等则成为军旅文学的主力军。徐怀中的《西线轶事》、朱春雨的《亚细亚瀑布》、李存葆的《高山下的花环》、朱苏进的《凝眸》、周大新的《小诊所》、韩静霆的《凯旋在子夜》、刘亚洲的《两代风流》、乔良的《灵旗》、刘兆林的《啊,索伦河谷的枪声》等都受到较高的评价。

主司或专司历史小说创作的作家有姚雪垠、徐兴业、凌力、吴因易、二月河、颜廷瑞、刘斯奋、杨书案、唐浩明、顾汶光、任光椿、穆陶等。产生较大影响的是姚雪垠的《李自成》(该书前三卷分别于 1963、1976、1981 年出版,后两卷尚未完成)、徐兴业的《金瓯缺》、凌力的《百年辉煌》、吴因易的《明皇系列》、二月河的《康熙大帝》、颜廷瑞的《庄妃》、刘斯奋的《白门柳》、杨书案的《九月菊》《秦娥忆》、唐浩明的《曾国藩》等。

第二节　王蒙、高晓声、张贤亮、汪曾祺等"复出"作家的小说创作

二十年的坎坷命运、二十年的底层生活成为 1957 年被错划为"右派"的小说家"复出"后创作的支点。他们先后告别了早年的创作风格,进行各自的艺术探索。其中有代表性的作家是王蒙、高晓声、张贤亮、李国文、从维熙等。

王蒙"复出"后,曾担任文化部长、中国作家协会党组副书记等职。现任中国作家协会副主席。其"复出"后的主要作品有:中篇小说集《冬雨》,中短篇小说集《深的湖》《木箱深处的紫绸花服》《在伊犁——淡灰色的眼珠》、《王蒙小说报告文学选》,长篇小说《活动变人形》《恋爱的季节》《失态的季节》以及大量的散文、随笔、杂文、文艺评论、创作谈等。有《王蒙选集》(共四卷)和《王蒙文集》(共十卷)出版。

他从 1979 年发表《布礼》开始,致力于小说艺术的创新,相继发表了《夜的眼》《风筝飘带》《蝴蝶》《春之声》《海的梦》等中短篇小说,引起文坛的广泛注意和争论。此后循着这一路数,又发表了《深的湖》《高原的风》《相见时难》《杂色》等等。这些小说离开了情节—性格小说的传统写法,是对西方意识流手法的王蒙式的改造。"以人物和故事为径,以心理描写(包括接近'意识流'但又与西方现代派的'意识流'全然不同的写作)为纬"(王蒙《文学与我》)结构作品,让人物不同时间不同地点的经历和感受随人物的意识流动交织在一起,不注重环境和物象的"拟真"性,使物我均带上主人公主观心灵的色彩。作品虽然扑朔迷离,但人物的经历和心灵轨迹有迹可循;主题虽然多义复杂,但基本意向依然可以把握。如《春之声》写工

程物理学家岳之峰在从 X 城开往 N 地的"闷罐子车"上两个多小时由感受、幻觉、闪念、回忆、联想、思索组成的意识流动,将过去与现在、中国和外国、城市和乡村聚合在一起,形成以人物心灵为中心的放射性结构。表现了一个爱国知识分子坎坷的人生、心灵的创伤和因感受到生活的转机而产生的振奋心态。《杂色》是王蒙小说中相当出色的一篇。音乐艺术家曹千里骑着一匹杂色病马到一个深山牧场去执行一项可有可无的任务。通过他的意识流动,我们可以了解他"反右"后的政治厄运和低沉的精神状态。然而置身于美丽的大自然,受到少数民族兄弟的热情款待,经过了一场倏忽来去的暴雨的冲洗,他的心情开朗起来,连那匹杂色病马似乎也感受到主人心情的变化而精神抖擞了。写马是为了映衬人物。曹千里感到个人的渺小、对命运的无力抗拒和无法发挥潜能的痛苦,然而他无时无刻不盼望奔腾呼啸,为祖国贡献自己的才智。从他身上不难感受到一代知识分子矛盾的精神世界。

这种小说艺术的探索和王蒙"反右"后的人生经历有着密切的关系。他在《我在寻找什么?》中说:"二十年来,我当然早就被迫离开了'组织部',再也不是'青年人'。然而我得到的仍然超过于我失去的,我得到的是大有作为的广阔天地,得到的是经风雨、见世面,得到的是二十年的生聚和教训。故国八千里,风云三十年,我如今的起点在这里。"他打破时空的限制,让人物的复杂经历和矛盾心理浓缩在有限的篇幅里。这些小说大多写早年投身革命的知识分子和他所献身的社会的复杂关系。从中不难看出王蒙的人生体验、时代感受和情感倾向。

王蒙小说艺术的探索是多方面的。《在伊犁——淡灰色的眼珠》《新大陆人》等采取类似纪实性手法;《名医梁有志传》《来劲》《球星奇遇记》《坚硬的稀粥》等运用谐谑、夸张的风格;《莫须有故事》《冬天的话题》《风息浪止》呈现为荒诞的形态。但不管怎样变幻,王蒙式的机智、俏皮、谐谑、深沉和语言的恣肆汪洋是其共同风格。

在反思历史时,王蒙没有采取是与非、善与恶、美与丑这种截然二元对立的观念。他努力把握社会历史的丰富性和复杂性,从整体机制上探寻历史曲折与失误的原因,不简单地把责任推给一个或几个人物。他在那些对历史的曲折与失误负有不可推卸的责任的人身上,发现被时代制约而身不由己的一面;在遭遇不公正处理的人物身上,看到弱点和值得反省的一面。这使王蒙的小说与其他一些反思历史的小说相比,确实棋高一着。但这种"辩证"的观点并非总能达到"辩证",如对《如歌的行板》中周克的描写就有失偏颇。

王蒙的长篇小说影响最大的是《活动变人形》。主人公倪吾诚曾到欧洲留学几年,向往西方的物质文明和精神文明,渴望过上幸福生活,因而深感自己的封建家庭的愚昧、守旧、落后。但是,他没有与旧家庭彻底决裂、开创全新生活的勇气,更缺乏这种能力,而且骨子里还保留着封建土地主的劣根性。讲空道理,他夸夸其谈,口若悬河;遇到实际问题,就露出土地主式的呆头呆脑、无所适从的样子。他固然善良,而行为却怪异、可笑、不负责任。日寇占据北平,他不顾民族大义,去当一个中学的校长。1946年他又跑到解放区投奔共产党。他做出这些选择并没有深刻的思想认识作基础,带有随波逐流或一时心血来潮赶时髦的色彩。这是一个在中西文化冲撞中找不到立足点和精神支柱的人物,王蒙以冷峻而又不无同情的目光对他进行了入木三分的审视。与倪吾诚相对的是静珍、静宜姐妹。封建思想和小市民心态的深入骨髓,使她们的聪明、坚韧反而加深了其冥顽不化、工于心计的性格。小说精细的细节描写直逼人物的灵魂。

张贤亮(1936—),江苏盱眙人。1957年因抒情长诗《大风歌》被错划为"右派"。此后他经历过两次劳改,一次管制,一次"群专",一次关监。复出后出版过短篇小说集《灵与肉》,中短篇小说集《肖尔布拉克》,中篇小说集《感情的历程》,长篇小说《男人的风格》《习惯死亡》《我的菩提树》《早安,朋友》等。

张贤亮的小说创作内容广泛。《男人的风格》《龙种》正面描写社会经济改革,塑造了陈抱帖、龙种这两个改革者形象。这两部小说对改革的构想和80年代许多同类作品没有什么两样:改革者受命到一个老大难的地区或单位。他知识渊博、性格刚毅、雷厉风行,运用手中的权力实行铁腕政策。遇到重大困难,往往有一个有更大权力的人物支持。终于以其个人魅力及改革的初见成效,征服了众人。在一个权治大于法治的时代,作家很难避免权力崇拜和清官意识。写得比较深沉厚实的是《河的子孙》。它通过魏家桥大队党支部书记魏天贵的经历,反思了50年代末至70年代中中国农民命运的曲折多变,从而表明了在农村实行经济改革的必然性。小说的贡献在于塑造了"半个鬼"魏天贵的复杂性格。他的质朴与狡黠,他的率直与深沉,他为保护乡亲而采取的种种举措都让人强烈地感受到在"左"的政策控制下一个有良心的农村基层干部被扭曲的性格和内心矛盾。《肖尔布拉克》写盲流司机的两次婚姻,表现了三个在碱水中泡过的人物的美好情愫,苦涩中洋溢着温馨。《浪漫的黑炮》以荒诞的手法揭露社会生活中的荒谬。而给张贤亮带来知名度并引起争论的是《灵与肉》《土牢情话》《绿化树》《男人的一半是女人》等。

这几篇小说写的是1957年反右运动中被划成右派的知识分子在大西北的生活和心灵历程，其间渗透了作者自身亲历性体验。如《灵与肉》中许灵均在凄苦的夜晚受到马唇的抚慰而失声痛哭的孤独与悲凉，《土牢情话》中石在当洪水来临之际被锁在牢房里等待被淹没时的绝望和恐惧，《绿化树》中章永璘关于"饥饿会变成一种有重量、有体积的实体，在胃里横冲直闯；还会发出声音，向全身每一根神经呼喊：要吃！要吃！要吃！"的生理反应，《男人的一半是女人》中章永璘长期被压抑而丧失性功能后的心理状态，都不是单凭想象可以虚构出来的。在这些小说中，落难的知识分子在极度困厄中总会遇到生活方式、行为方式、情感方式都相当"原始"的劳动者的呵护、关爱。这些劳动者以其古朴、坚韧、达观影响着落难的知识分子，成为主人公实行自我救赎的力量的重要组成部分。这些劳动者中着墨最多的是几个女性，她们是《灵与肉》里的李秀芝、《土牢情话》里的乔安萍、《绿化树》里的马樱花、《男人的一半是女人》里的黄香久。她们或单纯，或高雅，或世俗，但无不美丽动人，热情奔放，向主人公奉献上无私的爱。这些女性形象带有很大的幻想成分。她们和主人公之间的爱情故事被作者编织得十分动人，使主人公苦难的历程染上了相当浓厚的浪漫情调。但除了许灵均之外，石在和章永璘最终都离开了爱他的女性。对石在来说，是由于自己的怯懦，对章永璘来说则是"超越自我"的结果，后者颇值得玩味。显然，在作者的心目中，主人公的落难只是暂时的，是天将降大任于斯人之前，让他"在清水里泡三次，在血水里浴三次，在碱水里煮三次"式的锻造，他终将踏上通往人民大会堂的红地毯。这正是中国历代读书人借知识以求闻达的"传统"的当代表现。马樱花的小屋、黄香久的怀抱充其量不过是章永璘落难时的临时栖息地，章永璘总要离开这里。

《习惯死亡》《我的菩提树》已没有《绿化树》等作品中那种知识分子自我超越的激情。《土牢情话》中死亡的恐惧，《绿化树》中饥饿的感受，《男人的一半是女人》中的性渴望，这些被有节制地处理过的情节在这两部长篇小说中得到了铺叙渲染。《习惯死亡》中的主人公已是著名作家，他的地位似乎是章永璘苦难历程的结果。但他丝毫没有《绿化树》结尾处章永璘的那种自豪感，相反，他已习惯死亡。死亡如梦魇缠绕着他，只有躲进女人的怀抱才能"证明自己还活着"。然而在性欲高峰中他却感到枪口正对着自己的脑袋。《我的菩提树》这部以日记注释的形式写出的小说,则充满对60年代饥饿和死亡的无遮无拦的讲述。"在无法抵抗威胁下,我的人格,我的生活目标,我的防卫系统,我的自尊心,我的自我实现全崩溃。"欲望和恐惧构成这两部小说的基本主题。

高晓声(1928—1999),江苏武进人。1957年他与方之、陆文夫、陈椿年等几位青年人因创办同仁刊物《探求者》被打成"反党小集团",他因此而成了"右派",被遣送回原籍农村。复出后著有诗集《王善人》,小说集《79小说集》《高晓声1980年小说集》《高晓声1981年小说集》《高晓声1982年小说集》《高晓声1983年小说集》《高晓声1984年小说集》《高晓声小说选》、长篇小说《青天在上》《觅》《陈奂生上城出国记》和论文集《创作谈》《生活、思考、创作》等。

高晓声被遣送回原籍,成了一个政治地位比一般农民还低的农民,不能不为生存苦苦挣扎。这种境遇使他彻底同农民打成一片,对农民的生活和心理有了感同身受的体验。因而复出后,能以深刻的笔触揭示当代中国农民的生存境况和心理状况。《"漏斗户"主》《李顺大造屋》如此深切地讲述农民吃住的困境,在1949年以来的文学作品中这还是头一次。在此之前的作品中,似乎随着全国解放、互助合作运动,农民的生活一天比一天好起来,走上了幸福的康庄大道。而这两篇小说以沉重的心情告诉人们,中华人民共和国成立近三十年来,中国农民的生存困境始终没有得到根本改善,这是多么发人深省。

这两篇小说中的主人公都是农民中的典型。旧社会的痛苦经历使他们感到只有共产党能给他们带来好运道,因此他们是"跟跟派"。但这种朴素的感情又是同农民根深蒂固的皇权观念联系在一起的。李顺大认为,在家父母大,在社会上干部大,干部就是民之父母。而陈奂生觉得干部比父母还大,别人打了他以后再拍拍肩膀他就立刻不怨,骂他的时候只要态度好一点,就认为是好心。他们的利益一次又一次受到损害,他们虽然也有不满,但归根结底是逆来顺受。他们勤劳、善良、本分。李顺大为买到砖瓦,不得不给砖瓦厂送去香烟,为此一直内疚。陈奂生硬挤出口粮去黑市换来食盐,直觉得比用刀片割自己的心还难受。李顺大用极原始的手段积累造屋的资金,其坚韧顽强,令人感动。陈奂生即使饿得两眼发黑,依然下死命劳动。他们从来不想一想,像他们这样诚实勤劳的人为什么一而再,再而三地受到伤害。这种只能动手不能动脑的状况是和他们的皇权思想联系在一起的,这就是李顺大、陈奂生们的性格核心。把这种精神状态揭示出来，是高晓声过人之处。

在《"漏斗户"主》之后，高晓声又写了《陈奂生上城》《陈奂生转业》《陈奂生包产》《陈奂生出国》。这些作品构成了"陈奂生"系列，其中《陈奂生上城》受到的评价最高。小说描述了陈奂生吃饱穿暖后的满意心情和希望获得精神享受的潜在心理。然而这精神享受的获得竟让人啼笑皆非。他卖油绳得了感冒，被县委吴书记发现了。吴书记用自己的汽车送他看了病，让他住进县委招待所。不料住了一夜竟付出五元房费，这笔钱够他买两顶帽子，超过他一个星期的劳动所得。小说关于陈奂生付出五元钱前后在招待所的种种表现的描写，形象地反映了当时五元钱在一个农民心目中的价值和由此引起的心态变化。在心惊肉痛之余，陈奂生意外地得到了精神满足，村里有谁被吴书记看得起，让他住上了五元钱一夜的房间，于是"精神陡增，顿时好像高大了许多"。这种精神的满足竟然带有阿Q精神胜利法的色彩，能不让人深长思之么？此后写陈奂生的篇什，是同一个陈奂生在不同境遇中的表现，人物性格缺少重大发展，其艺术感染力不及此篇。

高晓声另有一类小说如《钱包》《鱼钩》《飞磨》《山中》等。这类小说具有讽喻性、哲理性。其艺术手法与前一类小说不同。前一类小说，人物的命运和心理与社会及政策的变化息息相关，这一类小说则淡化时代社会背景。前一类小说的情节和人物力求"拟真"，这一类小说则富于民间故事的传奇性。

高晓声的小说没有写历史和现实的重大事件，也不安排尖锐剧烈的矛盾冲突。他善于从日常生活入手，用幽默的语调讲述人物的某一经历。小说以叙述为主，人物的言行、心理靠叙述表现，只在关键处描绘场景。语言平实，叙述从容，给人举重若轻之感。

李国文(1930—)，祖籍江苏盐城，生于上海。1957年因发表小说《改选》被错划为"右派"，复出后重新创作。其主要作品有：中短篇小说集《第一杯苦酒》《危楼记事》《没有意思的故事》《涅槃》，长篇小说《冬天里的春天》《花园街五号》等。他80年代前期的作品多是对历史和现实的某些重大问题的思考。如《月蚀》《冬天里的春天》都反思了干部和人民群众的关系，《花园街五号》提出领导干部的接班人问题。这些小说往往把现实和历史联系起来，用主人公的经历作主线，采取意识流或电影蒙太奇手法结构全篇。人物经历富于传奇性，矛盾冲突戏剧化，叙述有激情，但某些人物有类型化倾向。80年代后期从《危楼记事》起,其风格有了明显的变化,即从问题小说转向人心世相的勾画。《危楼记事》由一组中短篇小说组成,写具有象征性的"危楼"里的居民的生存方式和文化心理。人物形形色色,事件光怪陆离,叙述变形夸张。《没有意思的故事》由32个短篇小说组成。这些故事"鸡毛蒜皮,都是些不足挂齿的小事小情"(《"没有意思的故事"·前言》)。然而众多的小事小情集合在一起,却表现了一定的时代情绪和社会心理。叙述平实而作者的感情相当复杂,既忧愤又戏谑,既痛楚又达观。

从维熙(1933—),河北遵化人。1950年开始发表作品。其50年代创作的小说收入《七月雨》《曙光升起的早晨》两个集子里,另有长篇小说《南河春晓》出版。当时他师从孙犁,作品有田园牧歌风味。1957年被错划为"右派",在农场或矿山劳改,终日与流氓、小偷、杀人犯为伍。复出后一改早年欢快清新的风格,变得严峻悲壮了。迄今已出版《从维熙小说选》《从维熙中篇小说集》《远去的白帆》《雪落黄河静无声》等十几个小说集和长篇小说《北国草》《断桥》,长篇纪实文学《走向混沌》等。《从维熙文集》(八卷)收入其1996年以前的各类作品。他是以"大墙文学"——描绘监狱里的矛盾斗争生活——享誉文坛的。70年代末到80年代初写的《大墙下的红玉兰》等小说多把政治上的是与非和道德上的善与恶、人性上的美与丑直接对应起来。这些小说矛盾冲突剧烈,渗透着血与泪,有历史道德化、理念化倾向。这种情况在后来的《风泪眼》《阴阳界》《断桥》等小说中有了某种程度的改变。由外在的敌对力量的描写转向人物内心冲突的刻画,人物性格较之此前的作品复杂化了。《走向混沌》在叙述作者1957年及以后的几年里遭遇的同时,对当时北京文坛的状况有较多的涉及,也反省受难的知识分子自身的弱点,较好地改变了理念化倾向。

复出作家中,汪曾祺(1920—1997)是独特的一位。他复出后,避开"伤痕""反思"等主流小说思潮,于"边缘"处写作。他出身于江苏高邮士绅之家。40年代开始发表作品,结集为《邂逅集》。反右运动中被错划为"右派"。60年代写过《羊舍一夕》等小说和《范进中举》《沙家浜》(与人合作)等京剧。复出后进入创作高潮期。其作品除《邂逅集》外,还有《羊舍的夜晚》《晚饭花集》《汪曾祺短篇小说选》《汪曾祺自选集》《晚翠文谈》《蒲桥集》及《汪曾祺文集》(四卷)等。

他的小说都是短篇,大多取材于其故乡的乡村和市镇生活,少数写都市的市井生活,其笔下人物多属社会中下层。"我的一部分作品的感情是忧伤,比如《职业》《幽冥钟》;一部分作品则有一种内在的欢乐,比如《受戒》《大淖记事》;一部分作品则由于对命运的无可奈何转化出一种常有苦味的嘲谑,比如《云致秋行状》《异秉》。但是总起来说,我是一个乐观主义者。我的作品不是悲剧。我的作品缺乏崇高、悲壮的美。我所追求的不是深刻,而是和谐。"(《汪曾祺自选集·自序》)这段话大致概括了他80年代小说的特点。首先是执著于人性美、人情美的书写。《异秉》《岁寒三友》《珠子灯》《晚饭花》《寂寞和温暖》《八月骄阳》等作品或涉及生存艰难,或涉及人性异化,或涉及政治迫害,其间有对卑琐心理的讽喻,而小说的重点是写人与人之间的关怀,相濡以沫的情感。《受戒》以出世写入世。荸荠庵的和尚,娶妻,吃肉,还打牌。明子受戒出家,却与小英子建立了纯真的爱情。当和尚并非出于虔诚的宗教信仰,而是找到一个为生的职业。《大淖记事》写十一子和巧云的爱。十一子被刘号长一伙毒打,他咬紧牙关,始终不放弃对巧云的爱。巧云在父亲半瘫,十一子要养伤的情况下,毅然挑起父亲的扁担箩筐,肩负一家三口的生计。两篇小说都写出了世俗生活中人性、人情朴素健康的一面。其次,风俗作为一种地域色彩很浓的文化现象,在汪曾祺的小说中获得了本体价值。风俗不单单作为环境,成为人物性格的点缀,风俗本身成为小说主题的组成部分。如《大淖记事》中淖西锡匠们的义气,为严惩刘号长实行的"顶香请愿",淖东姑娘媳妇们的泼辣、百无禁忌,对爱情的主动追求,都具有与人物同等的价值。第三,汪曾祺的小说中融会了儒道互补儒内道外的哲学意识和民间文化的生存意识,其人物大多重入世,重实践,重世俗,又不为功名利禄左右,追求自由放达的人生。汪曾祺的小说有士大夫气息,但由于吸收了民间文化中积极健康的因素而没有过分泛滥。第四,他以散文笔法写小说,不设计戏剧性矛盾冲突,不刻画复杂的人物性格,不安排由始至终的故事情节,行文行于当行,止于当止,叙述质朴自然而不乏幽默,语言典雅而不雕饰。这对当代一些小说家产生过较大的影响。

进入90年代,其小说风格有了一些变化。例如80年代写男女之爱侧重于"情",90年代则写了"性",有些是畸形的性。《窥浴》写女教师和男学生之间的性关系。《小娘娘》写侄子和姑姑之间的性关系。《钓鱼巷》写少爷和婶婶的女佣之间的性关系。80年代侧重写人性美、人情美,90年代则增加了对人性丑、人性恶的直接鞭挞。《莱生小爷》中莱生对小姨的淫欲,《关老爷》中关老爷下乡"看青"必须有大姑娘小媳妇同床等描写,都体现了批判精神。80年代不正面写悲剧,一些悲剧因素都作为背景处理,90年代的一些作品让悲剧走上前台。《小娘娘》谢淑媛同侄子乱伦,她无法克制生理冲动,又在内心深处感受到道德伦理的谴责。《护秋》中的朱兴福整天种地过日子,把女人当作泄欲的工具而不懂得对她的尊重,终于把她推进别人的怀抱。《忧郁症》中的裴云锦既要照顾娘家又要照顾婆家,经受沉重的经济压力,而不能生子又让她背上了"不孝有三,无后为大"的封建礼教包袱,终于以自杀告终。90年代小说中风俗描写有所减少,叙述更为平实、凝炼、老道。

第三节　工业与城市生活的变奏曲

中华人民共和国成立后的二十七年里,和农村生活、革命战争生活的描绘相比,工业和城市生活的表现相当薄弱。这种状况"文革"后有了改变。对这方面作出重要贡献的小说家很多,这里介绍蒋子龙、刘心武、邓友梅、冯骥才、陆文夫、陈建功等。

蒋子龙(1941—　),河北沧县人。曾在天津重型机械厂工作。1960年参军,1965年复员回原工厂工作。他的文学创作起步于60年代中,而丰收期在70年代末到80年代中。他从1979年开始,接连发表了《乔厂长上任记》《一个工厂秘书的日记》《狼酒》《拜年》《开拓者》《进攻的性格》《赤橙黄绿青蓝紫》《锅碗瓢盆交响曲》《阴差阳错》《燕赵悲歌》等一批作品。这批作品以描写工业改革为主,也涉及商业、科技、农业领域,塑造了乔光朴、车篷宽、解净、应丰、牛宏、呼从简、武耕新等一系列改革者、开拓者形象,这些人物的共同特点是不计个人得失,知难而上,勇敢进取,大胆开拓,具有强烈的理想化色彩。作者把这些人物放到新旧交替、思想混乱、困难重重、人事关系复杂的背景上,设置尖锐复杂的矛盾,在剧烈冲突中完成其性格刻画。《乔厂长上任记》中的乔光朴,在工业领域拨乱反正时期,放弃机电局局长的美差,主动要求到老大难的重型电机厂任厂长。面对"千奇百怪的矛盾,五花八门的问题",他运用自己的才智、魄力和手中的权力,大刀阔斧,整顿改革,使工厂走上正路。作者清醒地认识到,改革光有乔光朴式的人物冲锋陷阵依然不够,还需要体制方面的变革。上有靠山,惯于搞诡计的副厂长冀申虽然在厂里败在乔光朴手下,但他利用自己的社会关系,在社会上处处与乔光朴为难,使乔光朴在厂外四处碰壁,难于应付,表现了改革的步履维艰。在《赤橙黄绿青蓝紫》中的解净身上,寄托了作者对改革者与改革事业同步前进的思考。她原是个思想单色的人物,对党虔诚到可以每天向组织交一份真诚的思想汇报,为此受到领导赏识,从一个工人提拔成宣传科副科长。"文革"结束后,从众人的白眼中发觉自己走过的是一条可悲的道路。她要求回车间,领导把她派到汽车队当副队长。她没有被车队那些同辈人的奚落、捉弄和种种困难吓倒,学会了开车、管理、了解人,重新思考和认识生活。经过"思想裂变",她从单色走向全色,同时也使车队从涣散走向凝聚。《阴差阳错》揭示了民族文化心理阴暗的一面。七二七科研所总工程师布天隽和丈夫马弟元出访美国二十天,回到所里发现自己被孤立了,所里领导重新分了工,不让布天隽再抓科研,马弟元被撤销了职务。他们良好的愿望和带回的大量资料派不上用场。究其原因,是党委书记沈瑶嫉贤妒能。小说引用虚构的报告文学《钢铁公司》的话说,美国人认为,对付一个中国人比对付一个日本人要困难得多,不论搞科研还是经商,中国人的才智和毅力都是第一流的。但是对付一群中国人却要比对付一群日本人容易得多,因为中国人自己就会打得焦头烂额,你只要在旁边坐收渔人之利就行。这种"内耗""窝里斗"正是民族劣根性的一种表现,它阻碍改革事业的顺利进行。

蒋子龙的小说善于在尖锐的矛盾、戏剧化的冲突中描绘人物;情节安排大开大阖,跌宕起伏;语言热烈奔放,气势宏大。但他的小说有模式化倾向:用改革与反改革二元对立的方式结构作品,正面人物过分理想化。后来他在《蛇神》、"饥饿综合症"系列中努力改变这种状况,可惜没有取得令人满意的效果。但是,他的小说开改革文学风气之先,冲破"方案之争,路线之争"和写生产过程的旧套,从社会全局着眼写工业及城市生活,对80年代小说创作作出了贡献。其代表作有小说集《蒋子龙短篇小说集》《开拓者》《一个工厂秘书的日记》《蒋子龙中篇小说选》《拜年》和长篇小说《蛇神》等。1996年出版《蒋子龙文集》(八卷本)。

刘心武(1942—),四川成都人。1961年在北京任中学教师并开始文学创作。1977年因发表《班主任》而名声大噪。1986—1990年任《人民文学》主编,因发表马建的有争议的小说《亮出你的舌苔或空空荡荡》被停职。80年代以来的主要作品有:小说集《刘心武短篇小说选》《班主任》《这里有黄金》《到远处去发信》《日程紧迫》《大眼猫》,长篇小说《钟鼓楼》《风过耳》《四牌楼》《栖凤楼》《仙人承露盘》等。1994年出版《刘心武文集》(八卷本)。

刘心武"文革"后的小说大致可分为两类：一类是"问题小说"，包括70年代末到80年代初发表的《班主任》《爱情的位置》《醒来吧，弟弟》《穿米黄大衣的青年》和1985年以后发表的"纪实小说"《5.19长镜头》《公共汽车咏叹调》等。这些小说总要提出一个重要的社会问题，并从这一社会问题出发安排情节，设置人物；叙述者往往公开就这一社会问题发表议论。这些小说以思想敏锐，思考深刻见长，同时表现了作者的忧患意识和人道主义精神。不过这些小说往往思想大于形象，艺术表现赶不上理性思考。

另一类是"人生世态小说"，代表作是《如意》《立体交叉桥》和几部长篇小说。这些小说着重描述具有北京风味的习俗、风情、世态和人物的生存状况、精神面貌。在描述人物的现实表现时，往往采取为人物立传的方式，勾勒人物的过去，以揭示人物性格和心理的历史渊源。《立体交叉桥》写一个周末晚上邮电所老职工侯勤丰一家由住房、工作调动、婚姻等问题的困扰而引起的矛盾冲突。小说将侯家与邻里、亲友联系起来，将人物当下的精神状态与以往的经历联系起来，揭示了北京普通市民的生存空间与精神空间逼仄的状况。随着情节的进展，又发掘被种种困扰掩盖的人物内心深处的亲情，让一家人找到了精神聚合点。《钟鼓楼》的结构方式与《立体交叉桥》相仿。它以薛家婚娶的操办、礼仪、宴席为中心，横向上写古老的钟鼓楼下一个四合院里的九户居民以及与他们联系的人物一天的生活。在形形色色人物的言行与心理的描述中，适时穿插其家族及个人的历史，从而织就一幅80年代北京市民的生态景观，揭示了这些市民的文化心理积淀。小说写了三十几个人物，按年龄大致分为老中青三代。老一代如薛大娘、薛永金、卢胜七、荀兴旺、海老太太、七姑等，他们保留了较多的传统市民文化意识和道德观念，对往昔京华生活既心酸又怀念，对80年代的新风气既接受又有距离感，这种矛盾心态构成其性格核心。中年人多属知识分子和干部，如张奇林、韩一潭、澹台智珠、詹丽颖等，他们有较高的文化水平和社会责任感，其家庭和个人命运较多地折射出当代社会历史。青年人如薛纪跃、潘秀娅、路喜纯、张秀藻、荀磊、卢宝桑等，他们由于所受教育不同、家庭出身不同、工作生活环境不同而大异其趣。他们身上有较多的80年代色彩。小说在描绘各类人物的共同点时，注意在对比中刻画个性，使三十几个人很少雷同。90年代发表的《风过耳》《四牌楼》《栖凤楼》等长篇小说，或展示社会众生相，或描述家族历史，都注重时代色彩和历史文化的结合，为京味都市生活的描绘作出可贵的贡献。

邓友梅(1931—),生于天津,祖籍山东平原。十一岁即参加八路军,任交通员。此后在日本当过华工,在新四军当文工团员。1956年发表短篇小说《在悬崖上》引起读者注意。1957年被错划为"右派"。复出后创作进入高潮,著有小说集《京城内外》《烟壶》《那五》《邓友梅短篇小说选》《邓友梅中篇小说选》《别了,濑户内海》和长篇小说《凉山月》等。有《邓友梅自选集》(五卷本)出版。

邓友梅的小说有的取材于革命战争年代生活,如《我们的军长》《追赶队伍的女兵们》;有的取材于现实生活,如《戈壁滩》《临街的窗》;有的取材于在日本的华工生活或80年代重访日本的生活,如《别了,濑户内海》《喜多村秀美》《他乡遇故知》等,而影响大的是他所说的"民俗学风味小说",如《话说陶然亭》《寻找画儿韩》《那五》《烟壶》《索七的后人》《"四海居"轶话》等。这批"民俗学风味小说"把历史视角、文化视角和人生视角结合起来,写人物在社会历史大潮的波动中命运的变化,同时穿插民族文化、民俗风俗、仪式礼节、典章文物的细致描绘。后者并非孤立的存在,它与人物相表里,成为推动人物性格发展和情节发展的重要因素,作品带有传奇性。中篇小说《那五》讲述的是清末明初八旗子弟那五的荒唐生活故事。这个贵胄王孙自幼娇生惯养,除花天酒地,玩鸽走马外,一无所长。清朝覆灭,由官府供给的一份钱粮化作泡影。他在把家中的古董"像猫儿叼食似的叼净"之后,成了一文不名的穷光蛋,被债主请地方法院从号房里轰了出来,"才知他这一身本事上当铺也当不出一个大子儿,连个硬面饽饽也换不来"。即使落到这般田地,他依然满脑子天生高人一等的皇权思想和轻视劳动、轻视劳动人民的观念,不肯认认真真学一技之长,竟以坑蒙拐骗为业。然而就是坑蒙拐骗也玩儿不精,每每失败,直至1949年后为人民政府所收留。在这个人物身上,凝聚着作者的文化反思,对当代某些干部子弟不无讽喻价值。《烟壶》可视作《那五》的姐妹篇,它写的是清王朝八旗武职世家的后代乌世保的命运际遇。与那五不同,乌世保在家业衰败后,虽然暂时拉不下贵族架子,但在被当年自家的旗奴后投靠洋人的徐焕章陷害入狱后,结识了善画烟壶内画和身怀烧"古月轩"瓷器绝技的聂小轩,改变了自己的处世态度。出狱后,在聂小轩及其女儿柳娘、好友寿明的帮助、影响下,学会了内画技艺,能自食其力,同时激发了民族气节。当九爷逼迫聂小轩画"八国联军占北京"的内画时,一家三口大义凛然,聂小轩自断其手以示决不"凌辱宗庙"。从此一家人离开北京,让烟壶内画和"古月轩"瓷器的绝技在民间发展。这两篇小说都以主人公命运为中心,用"清明上河图"式的手法,展现旧北京社会生活的方方面面，描绘旧北京市民的众生相，构成充满动感的京华市井风俗画。《那五》中古玩店的买卖交易、曲艺剧场的世相、天桥和茶社的景观，《烟壶》中的"人市""鬼市""盂兰盆会"等等的描写，本身即具有美学价值和文化价值，同时折射出时代信息，构成人物生存的文化环境。邓友梅"民俗学风味小说"的语言是对老北京的京白口语的加工提炼，清晰爽朗，气韵生动，与旧京都的文化风味相辅相成，相得益彰。

陈建功(1949—),广西北海人。1956年随父母到北京定居。1968年高中毕业到北京木城涧煤矿当采掘工。1977年考入北京大学中文系，毕业后在北京市文联从事专业创作。有小说集《迷乱的星空》《陈建功小说选》和长篇小说《皇城根》(与赵大年合作)出版。他的小说数量不多，但大多保持在较高的水平线上。他有两套语言、两副笔墨：用书面文学语言写知青或知识分子，如《迷乱的星空》《飘逝的花头巾》等；用北京的市民语言写总题为"谈天说地"的小说，包括《京西有个骚鞑子》《盖棺》《丹凤眼》《辘轳把胡同九号》《找乐》《鬈毛》《放生》《耍叉》《前科》等。这后一类小说的表层是当代北京世俗性生活与文化景观，它体现在小胡同、大杂院、街道文化站、菜市场的音乐茶座、摩托车交易市场、抢购彩票的体育场、路灯下的象棋摊、溜冰场、宾馆门前的停车场、馄饨馆子、理发铺子等等的细致描绘中，让人们感受到北京的文化源流、社会更迭、时尚变化。深层的则是北京市民的心态。《京西有个骚鞑子》中"装骚鞑子"以整治官僚主义者的青工皮德宝、《丹凤眼》中"嘎劲"十足又自尊自爱的矿工辛小亮、《鬈毛》中不愿在父母庇护下生活要寻找自立之途的森森……这些年轻人的行为和心理都有逸出"规范"的地方而又显得亲切可爱。但写得最具光彩的是一批退休老工人的形象。《辘轳把胡同九号》中的韩德来"文革"中作为工宣队员进驻某大学，着实享受了一下"领导一切"的滋味。"文革"后他退休了，成了一个平头百姓，处处有一种失落感而盼望有机会再风光一把。无奈社会无法满足他的这种欲望，只好抢购一批电影票，在等退票的人的簇拥央求下，似乎暂时领略一回当工宣队员时的快感。在这个人物身上，"文革"遗风与小市民仰慕权势的心态结合在一起，可悲亦复可笑。如果说韩德来的心理属于"变态"，那么《找乐》中的李忠祥则更具"常态"。他对北京的一些新时尚看不惯也难于进入其中。他将心比心，能体会那些和他一样退休老人的孤独与失落，于是把大家汇聚一起，唱老京戏"找乐"，以慰藉他们的传统文化心理。《耍叉》中的崔宝安退休后找了个在大宾馆附近看管停车场的差事，有一份收入,还能获得一点精神享受。想不到和大宾馆的四个嘎小子闹了别扭,丢了这份差事,窝了一肚子火。更想不到酒后走错了路,遇到警察抓持枪歹徒,关键时刻他出手相助,成了"英雄"。上电视,上报纸,奖状、纪念品领了一大堆,还被请回了看车场。他不会利用这个机会抬高自己,换取实利,反而有被人耍弄了的感觉,更为那四个嘎小子因他而丢了差事惴惴不安,"我崔宝安一辈子行得端走得正,不能让人欺负了,可也不能欺负人,更没想着砸人家饭碗呀!"和李忠祥一样,他是时代的落伍者,又是一个古道热肠的实在人。

冯骥才(1942—   ),生于天津,祖籍浙江慈溪。"文革"后开始发表作品,有长篇小说《义和拳》(与李定兴合作)、《红灯照》,小说集《冯骥才中短篇小说集》《雕花烟斗》《意大利小提琴》《雾中人》《高女人和她的矮丈夫》,纪实文学《一百个人的十年》以及中篇小说《神鞭》《三寸金莲》《阴阳八卦》,系列短篇《市井人物》等。1984年出版过《冯骥才选集》(三卷本)。其小说内容上可分为四类:写历史,写"文革",写现实,写津门文化风俗。其中写"文革"和写津门文化风俗的小说影响较大。

冯骥才"文革"中曾受到冲击。头发被剪,家被抄,精心搜集的古玩书画被洗劫一空。在那些日子里,昔日亲朋或落井下石,或幸灾乐祸,或形同路人,或伸手相援,他对人间冷暖有了切身的体会。他以"文革"为题材的小说,写残酷的生活场面,写不同身份、不同气质的知识分子当时的遭际和心态,都有相当的深度。如《啊!》中吴仲义的恐惧心理,《感谢生活》中华夏雨几经折磨仍然从民间获取精神力量的精神,《高女人和她的矮丈夫》在危难中始终不渝的爱情都写得深刻感人。1984年他表示要"另辟一条新路走走",写清末民初天津的"闲杂人和稀奇事",以表现"地道的天津味"(《"神鞭"·附记》),创作了总题为"怪世奇谈"的《神鞭》《三寸金莲》和《阴阳八卦》。这三个中篇写法上是试图遵循作者自创的"荒诞+象征+写实主义或现实主义手法+古典小说的白描+严肃文学的思考+俗文学的可读性+幽默+历史风情画+民间传说"等等的路数进行的。《神鞭》中傻二的辫子神奇莫测,随心所欲。一个个武林高手、市井怪才在它的面前相继败北,日本武士也让它从木桩上打了下来,一时间卖炸豆腐的傻二威震津门。然而他被义和拳请去攻打紫竹林时,却让洋枪子儿打断了辫子,人也受了重伤。大清灭亡后,傻二剪掉了辫子,学得一手好枪法,参加了北伐军。《三寸金莲》中的小脚竟有那么大的效用,戈香莲靠了它不仅嫁给了大户人家,而且在与众女士反复的比试较量中拔了头筹,身价大增。民国后,保莲女士戈香莲与天足会长牛俊英对阵,发现对方是自己的亲生女儿而一败涂地。《阴阳八卦》围绕一个传闻中的金匣子引发了多少事故:红面相士论命运神乎其神,黄家大院阴盛阳衰夜里闹鬼,蓝眼看宅挥剑斩蛇,大胖子万爷展示特异功能……总之,这三部小说中,一个个怪才奇才各显本领,一桩桩邪事巧事浮出水面,真的假的难于分辨,好的坏的无法分清。围绕主人公命运的变化,小说对清末民初天津卫的世相世情展开多方面的描绘,着力突出世相的怪和事情的奇。小说中写到的许多事,从今天的角度看,是丑事、恶事、荒唐事。然而放到当时的历史环境下竟成了美事、善事、正经事。这就揭示了文化对人的束缚和制约。因而这三部小说不是为了寻奇觅怪,它体现了作者的文化反思。据作者在《关于〈阴阳八卦〉的附件》中的介绍,《神鞭》指向"正统意识和祖宗至上"这些文化劣根。《三寸金莲》指向比文化劣根更具有自我束缚力的"文化魅力"。"我们的文化有种种神奇力量,能把那些畸形的、变态的、人为强加的统统变为一种审美内容,一切清规戒律都成为金科玉律……还要使它完美化、崇高化、神圣化。"《阴阳八卦》指向传统认知方式。"我们习惯于把已知和未知包容起来,宇宙天地、万事万物、世道命理,统统包揽其中……包容愈大愈模糊,愈模糊愈包容。这种认知世界的方式,有博大恢宏的气概,有高超的智慧和智慧的悟性,有朴素的辩证和绝妙的诡辩,有浓郁的感情的、写意的、神似的色彩,有不能自圆其说又自圆其说、看似真理又难以被科学解释的成分。"这成了一个怪圈,"围绕我们民族缓缓转动"。作者的这种文化反思、他企图在小说的通俗性、传奇性与深刻的思想性之间寻求平衡的努力,的确取得了可喜的成绩,同时也存在一些问题。例如《神鞭》中傻二剪了辫子后学了一手好枪法并自诩为去"鞭"留神,就显得生硬。《阴阳八卦》认为,使劲去找祖先留下的似有若无的金匣子,就家破人亡;一旦跳开这金匣子,就家业兴旺,事泰人安。事情恐非这样简单。作为精神和文化象征的金匣子,不是你想跳开就可以跳开的。引起较大争议的是《三寸金莲》。这部小说意在表现压抑、扭曲女人天性的丑恶的小脚如何变成一种审美对象而成为"合理"的东西,以揭示传统文化的魅力与堕力的不可分割性。这里存在一个艺术描写的适度问题。"度"把握得不好,会使审美的描述掩盖了对丑恶的批判。

陆文夫(1928—2005),江苏泰兴人。1953年开始文学创作。1956年出版短篇小说集《荣誉》,同年发表《小巷深处》,获得较大反响。1957年因参与组织"探求者"文学社、筹办同仁刊物遭错误处理,下放当工人。60年代初调回江苏省文联。1964年出版短篇小说集《二遇周泰》。不久又受批判,到工厂、农村劳动。1977年第三次执笔写作。其作品除上述之外,还有小说集《小巷深处》《特别法庭》《小巷人物志》第一、二集和长篇小说《人之窝》。他五六十年代的作品大多写新旧社会的不同和工人的优秀品质。70年代末开始致力于苏州市井风情的写作。

早在50年代写《小巷深处》时,陆文夫就把苏州作为自己笔下人物活动的舞台。70年代末以来,特别是从《美食家》起,更为自觉地表现苏州的地域文化。姑苏的园林、小巷、石碑坊、奇巧的假山、幽曲的小径、繁闹的街市,黄包车的辚辚声、卖馄饨的竹梆子声、卖茶叶蛋的怆然叫卖声、书场的琵琶声、唱评弹的悠扬声、吴侬软语,和众多的贩夫走卒、善男信女、三姑六婆、游人吃客组成了一幅幅充满地域特色的风俗画面。这风俗画又不是凝固的,而是随社会历史的变迁发生这样那样的改变,因而陆文夫笔下的姑苏风情又充满动态感,是在空间和时间两个向度上对苏州地域文化作审美表现。他获得"陆苏州"之美誉,当之无愧。

陆文夫写的事多是平凡细事,写的人多为草头小民。这些事总和一定的时代相联系,人物的命运总与历史相牵连。《小贩世家》中卖馄饨的朱源达几十年风风雨雨是"左"的政策造成的。1949年前后他挑着馄饨担子走街串巷,从顾客手中接过买馄饨的钱,同时把快乐和温柔的乡情连同馄饨送给了顾客。然而随着一个又一个政治运动的到来,消灭"资本主义细胞"的举措愈演愈烈。他先是放下馄饨担子用柳条筐改卖蔬菜,既而不得不为卖菜写检讨。"文化大革命"中他被抄了家,打成重伤,靠拾垃圾卖废纸糊口。随后被下放到最艰苦的地方去。一个欢蹦乱跳,"调皮与快活"的小伙子竟被折腾成了灰头灰脸的小老头。社会风气也由温暖变成冷漠,由关怀变为隔膜。"四人帮"被粉碎了,朱源达的子女进了工厂。按说他本人理应挑起馄饨担子,恢复祖业。然而他不干了,想找一个工厂看大门或干点别的什么,端铁饭碗,这实在是沉重的一笔。人物的心理背着"左"的政策造成的负担,社会生机的恢复实在不易。和《小贩世家》相比,中篇小说《美食家》更为丰富厚实。它为当代中国文学的人物画廊增添了一个具有相当高的审美价值和认识价值的人物形象——吃客朱自冶。这位房产资本家出身的人不偷不抢,不作奸犯科,终其一生都在"吃"上作文章。从1949年之前坐黄包车赶吃到1949年之后徒步找吃;从娶了孔碧霞在家中精吃到困难时期粗吃;从"文化大革命"中暗吃到"文革"后以"美食家"自居堂而皇之的大吃,折射出社会历史的变迁和饮食文化的消长。朱自冶是饮食文化上的寄生物,他的生活随饮食文化的兴衰而变化。作为其对立面的高小庭由于看不惯朱自冶的寄生生活而发动"饭店革命",其结果并未损害朱自冶,反而阻碍了饮食文化的发展。正义的感情冲动和狭隘的目光纠缠在一起,其间的教训,远远超出饮食文化范围。《井》中徐丽莎的悲剧与封建文化的积淀有关。仅仅因为出身于资本家家庭,她长期得不到公正的待遇。封建主义的血统论披上革命的外衣使她成了一条"冰冻的美人鱼"。"文革"结束,她的聪明才智得到发挥,地位刚刚有所改善,种种阴暗的文化因素织成一张无形的大网从四面八方扼杀她。丈夫朱世一捏造她的桃色新闻;"好心"的单位领导又把这种无中生有的谣言变成一盆说不清道不明的污水;东胡家巷一群妇女出于嫉妒而叽叽喳喳,扩散谣言;同事童少山胆小怕事明哲保身;她被逼得跳了井。这是一眼以封建主义为核心的文化深井,它扼杀了多少有价值的生命!

陆文夫的小说针砭时弊,批评种种市侩主义和人性缺点,多采用幽默的笔调作温和的嘲讽。《围墙》就带有讽刺喜剧的风格。建筑设计所的围墙倒塌了,吴所长作冠冕堂皇的原则指示,"守旧派""现代派""取消派"各执一端,高谈阔论,争论不休。行政科长马而立接受任务后,综合各派意见,调动人马,在一天一夜里造好了围墙,却遭到三派代表人物的指责。后来建筑权威对围墙作了充分的肯定,所长及三派人物又都以功臣自居。马而立对此毫不在意,仍然忙自己的工作。小说把吴所长和三派人物的前后言论加以对照,暴露了他们自相矛盾之处,含着善意的微笑,讽刺了他们不干实事、终日喋喋不休的不良作风。即使对朱自冶这样的寄生虫、朱世一这样的市侩,小说也不作严峻的鞭挞,更不要说对《圈套》中赵德田的庸人自扰、《不平者》小汪的性格扭曲、《唐巧娣翻身》中唐巧娣以无知识为光荣的自我欣赏的描写了。因此,有人称陆文夫的现实主义为"糖醋现实主义"。

第四节　知青作家的小说创作

"文化大革命"中的"上山下乡"运动造就了一个独特的文化现象:知识青年。从中产生了一批颇具影响的小说家。和以往的知识分子到工农中去动员和组织工农群众从事革命和建设不同,"文革"中的知青是作为教育和改造的对象而"上山下乡"的。特殊的际遇使知青小说家大多经历了一个狂热、迷惘、沉思、奋起的精神历程,而他们的艺术道路却十分不同。这里简要介绍的是:张承志、梁晓声、张抗抗、张炜、史铁生和路遥。

张承志(1948—),生于北京。回族人。1966 年毕业于清华大学附中,同年到内蒙古插队。1972 年入北京大学历史系学习。1978 年考入中国社会科学院研究生院,1981 年获历史学硕士学位。现为专业作家。其小说有:长篇小说《金牧场》等,作品集《老桥》《张承志集》《北方的河》《黄泥小屋》《奔驰的美神》《北望长城外》《黑骏马》《张承志代表作》等。

从 1978 年发表《骑手为什么歌唱母亲》开始,张承志就把对草原母亲——人民的礼赞作为自己小说的重要主题。起初他从知青这一视角切入,而后逐渐转变为牧民视角。1980 年发表的中篇小说《阿勒克足球》是一个重要的收获。巴哈西(老师),一个被政治风暴驱赶到草原上的孤独者没有被厄运所毁灭,他在草原牧民中寻找到人生的立足点。他把全部的爱奉献给了草原人民,同时从草原人民那里得到了关怀,汲取了力量,获得了灵魂的净化。他的精神转变是一个外来者融入草原民族的转变。中篇小说《黑骏马》标志张承志的创作达到一个新的高度,他已从讲述个人的生活故事转向对民族生活习俗变迁史的发掘。额吉奶奶和索米娅成为草原母亲的体现。小说在两个向度上展开,一个是草原旧的习俗和现代文明的冲突,一个是草原人民顽强的生命力。受现代文明熏陶的白音宝力格不能容忍额吉奶奶和索米娅习惯了的草原旧习俗而愤然离去。失去了爱情的索米娅没有被接踵而来的一个又一个打击与困难吓倒,她像所有草原上的姑娘一样,走完了那条蜿蜒在草丛中的小路,经历了快乐、艰难、屈辱而走向成熟。她把自己全部的爱献给了草原,献给了草原民族的下一代。额吉奶奶身上最宝贵的东西——坚韧、宽厚、爱——在索米娅身上得到了延续。面对成熟了的索米娅,白音宝力格痛悔莫及。正是在额吉奶奶和索米娅身上,我们看到了草原民族的生活史,看到草原民族从昨天到今天进而跨向明天的艰难而又富于感染力的过程。

张承志的小说中经常会出现一个探求者的形象。他激情澎湃,敏于思索,努力从远古直至现实中探求生命的真义。《黑骏马》中的白音宝力格、《大坂》中的主人公、《北方的河》中的"我"都是这一形象的化身。《北方的河》中的"我"为报考人文地理研究生,对流贯于中国北方的几条大河进行实地考察。那流动着"一大块一大块凝固的、古朴的流体"的黄河,那四千年前的彩陶碎片流成了河的湟水流域,那在戈壁滩前舒缓地滑过的额尔齐斯河,那迁徙无常历尽沧桑的永定河和那蓄足了力量、炸裂开覆盖在身上的万里长冰,轰响着向东方奔去的黑龙江,或出现在眼前,或流动在回忆里,或走入梦境。它们连同黄河畔的"红脸膛后生"、湟水滩"干打垒墙的小庄户院"、哈萨克"老母亲"、北大荒农场、阿勒泰草原的插队生活、"文革"中的惨剧……这大量的人生片断,共同组成了一曲雄浑壮烈的交响乐。北方的河不仅是自然伟力的标志,也是民族生命力的象征。"我"考察的结果不仅获得了人文地理知识,更重要的是受到人生的启示,汲取了力量。"理想、失败、追求、幻灭、热情、劳累、感动、鄙夷、快乐、痛苦,都伴和着那些北方的大河的滔滔水响,清脆的浮冰的撞击,肉体的创痛和感情的磨砺一齐奔流起来,化成一支持久的旋律,一首年轻热情的歌。"

张承志是一位理想主义者。他似乎不大重视理想的结果,而对追求理想的过程情有独钟。长篇小说《金牧场》正体现了这种倾向。小说把主人公当年内蒙古插队生活和后来去日本当访问学者的生活穿插起来写,并在两种生活的叙述中让主人公回忆插队之前作为红卫兵重走红军长征路和插队结束后在西北作地域文化考察的情景。由此展示了主人公二十年的人生历程和一批难忘的人物:长征路上双目失明的流落红军、只身跑到越南作战而牺牲的李大海、插队时冒充将军之子的李小葵、一心想当舞蹈演员却不幸在草原上摔断了腿的小遐、勤劳善良又少言寡语的老额吉、待人彬彬有礼又让人感到隔膜的平田英男、信仰马丁·路德·金的日本姑娘夏目真弓……他们或狂热,或冷静,或积极,或消沉,但都自觉不自觉地在寻找着什么,追求着什么。尽管谁也没有走到自己的目标,但毕竟都在走着。人类之旅的悲剧性或许就在于理想的营地不可企及,然而人类之所以为人类正在于他不会放弃这一追求。

张抗抗(1950—),祖籍广东,生于浙江杭州。1969年下乡插队,后到黑龙江国营农场。1979年毕业于黑龙江省艺术学校并从事专业创作。其主要作品有:小说集《夏》《红罂粟》《塔》《陀罗厦》《永不忏悔》《张抗抗中篇小说集》和长篇小说《分界线》《隐形伴侣》《赤彤丹朱》《情爱画廊》等。

她的小说的突出价值是对人的尊严和价值、人生意义和人性结构所作的艺术探讨。《爱的权利》的主人公舒贝,因父母在"文革"中被划为"反动学术权威""三名三高"人物而屡遭挫折,变得心灰意冷。她从来没有想到过要向社会要求什么权利,不敢爱自己的意中人和事业,并且阻挠弟弟舒莫当艺术家。"文革"后,在弟弟和男友李欣的激励下,内心深处爱的愿望得以复苏。她的故事是对"文革"剥夺人的正当权利的控诉,是对正常人性的呼唤。《淡淡的晨雾》写一个家庭的破碎和重聚,揭示了70年代末到80年代初思想解放和思想僵化的冲突,其核心问题是"人的问题"。荆原的思想、梅玫的思考、郭立楠的追求体现了人的解放,而"两栖动物"郭立枢的性格已触及到了后来的《隐形伴侣》中探讨的人性结构问题。《北极光》中爱幻想、追求理想的陆芩芩先后遇到了三个男性:老实能干但不免庸俗的傅云祥,知识渊博却冷漠自私的费渊,不抱怨命运、顽强进取的曾储。在对比中,她选择了曾储。这是爱的选择,更是人生价值的选择。《隐形伴侣》以肖潇的经历为主线,描写"文革"中北大荒知青的生活和命运。与其他知青题材的小说不同,《隐形伴侣》的侧重点不是揭示"文革"和"上山下乡"对知青的戕害,不是表现一代人为理想献身的无悔青春,而是探讨人性结构成分及其内在关系。小说借邹思竹之口指出,"好像我不是一个我,好像有两个我。两个我叠在一道,你要往东,他就要往西,你要往南,他就要往北。"就是说每一个人都有两个自我,一个是显形的善的自我,一个是隐形的恶的自我,彼此相伴,无法分离。对待那个隐形的恶的自我的不同态度和不同处理方式,决定了不同人的不同性格。陈旭认为,"人分为两大类,不是骗子,就是傻子;不是骗人,就是被骗"。他选择了做骗子,撒谎、怠工、酗酒、赌博。他以恶抗恶,却始终达不到自己的目的。肖潇善良纯真,不愿作恶。但在环境的制约下,也违背初衷写大批判文章,没有得到萝卜头的同意替他在扎根公开信上签名,甚至对人说谎。从而处于对恶压抑、遏制和难以压抑、遏制的矛盾痛苦中。郭爱军则顺应"左"的思潮,到处"弄景",为修堤不用机械只用人力,一心想回城却打着扎根北大荒的旗号捞取政治资本。她成了活学活用毛泽东思想的积极分子,受到重用。小说对上述人物的刻画是对"文革"那个荒谬岁月的批判,也是对人性结构的艺术描述。当然,仅仅把人性结构视为善恶二元对立,不免简单化了一些。张抗抗的小说,笔触细腻,有激情,善于塑造理想化人物和细致地刻画人物心理。

史铁生(1951—2010),北京人。1967年毕业于清华大学附中初中。1969年到延安农村插队。三年后因双下肢瘫痪转回北京。曾在一个街道工厂工作,因病情加重而停薪留职。1979年开始发表作品。主要作品有:小说集《我的遥远的清平湾》《礼拜日》《舞台效果》及一批散文、随笔、评论等。《史铁生作品集》(三卷本)收入他1994年以前的各类作品。

史铁生因插队致残,完全有理由诅咒"文革"和那场荒谬的"上山下乡"运动,但他没有这样。成名作《我的遥远的清平湾》用带着苦涩的温馨笔调,回忆"我"在陕北的插队生活,把黄土高原、陕北风情、"清平湾"的农民、

"我"的老黑牛和红犍牛……组成了一幅苍茫质朴、充满生命力的画,一只深沉厚重、乐观执著的歌。白老汉的善良与无知、贫困与希望在漫不经心的叙述中跃然纸上,十分感人。

自身的不幸遭遇和由此带来的生活体验,使他的小说有很强的残疾意识。他笔下的残疾人多是痛苦而敏感的。这种心理不是先天的,是周围人的目光造成的。而一当这种心理形成了,就会与周围的人们对立。《来到人间》中的小女孩本来渴望去幼儿园,但从幼儿园同伴的歧视中意识到了自己的生理残疾,坚决拒绝回到那里。《山顶上的传说》中寻找鸽子的年轻人,梦见"每个楼门口都站着一些好奇的人,伸长着脖子看他,或是躲在阴影里盯着他。他忽然发现,自己是赤身裸体地走着,两条变了形的残腿非常显眼,丑陋,走路的样子也显得滑稽。他拼命地逃……欢乐的人群像一道圆形的高墙,像一座古罗马的竞技场,把他围在了中间。他没处逃,也没处藏。"残疾人的心理是既自卑又自傲的。他们不仅对歧视的目光反感,甚至觉得善意的宽容比恶毒的辱骂更难忍受。他们要求的是真正的平等,即不把残疾人视作残疾人的平等。

史铁生并不一味地强调这种残疾人与正常人的对立心理,他让那个寻鸽子的年轻人在一位残疾老人的开导下明白了一个道理:既然残疾宿命般地落到你的头上,你就要承认这个现实,接受这个现实,不要怨天尤人,也不要企盼什么天堂,"假如真有一个天堂,那儿的事也少不了","有能耐自个儿跟自个儿横着点","干出事来甭让人瞧不起",即战胜自己的身体残疾和精神残疾,让生命有价值。他笔下的不少残疾人都有一股拼搏精神。《足球》中那两个坐轮椅的小伙子,虽然不知道能不能进入体育场,但依然兴致勃勃地摇着轮椅拼命往前赶。《山顶上的传说》中寻找鸽子的残疾人尽管走得两腿发软,依然不气馁,他要找回他的鸽子,他还要按照自己的意愿写他的小说,不管人家怎么评价。

史铁生由对残疾人命运的思考进而达到了对人类命运的思考。《命若琴弦》中弹琴说书的老瞎子从他师傅五十年前留给他的那张无字"药方"中体会到了人生真谛:人总要为自己设定一个目的,"目的虽是虚设的,可非得有不行,不然琴弦怎么拉紧?拉不紧就弹不响"。《原罪》中的十叔瘫痪在床,整天躺在床上编织一个又一个"神话","一个人总得信着一个神话,要不他就活不成他就完了"。岂但十叔如此,阿夏、阿冬的爸爸,那位把十叔编造的"神话"视为迷信的科学家,在回答孩子们关于地球毁灭之后、宇宙变老之后人类怎么生存这样的问题时,不是同样寄希望于"神话"——相信在那之前科学已解决了这一问题吗?

　　对人类命运的形而上的思考使史铁生的小说越来越寓言化。《毒药》是关于欲望、痛苦、死亡、生命的寓言。《礼拜日》和《别人》是关于人的孤独处境和人与人难于沟通的寓言。《第一人称》《草帽》《宿命》《小说三篇》中的《对话练习》是关于幸与不幸、关于宿命的寓言。《一个谜语的几种简单猜法》是关于人的生存之谜及其难于索解的寓言。《小说三篇》中的《脚本构思》和《中篇1或短篇4》中的《众生》是关于世界永不完美的寓言。《脚本构思》告诉我们,上帝在人的能力和欲望之间设置了一个永恒的距离。他让人的有限能力造就无限的欲望,无限的欲望引诱人类不断地开拓扩展,不停地运动变化,以使空间和时间成为无限。这样,人类的戏剧永远不会演烦也不会演完。就是说人类的欲望永无完全实现之日,人类社会永不完满。要想完满,如《众生》中的克拉鲍修斯和特鲁尔那样,让芸芸众生都皈依佛法,人人都达到无欲望的境界,那么,无恶即无善,无丑即无美,无假即无真,没有了妄想也就没有了正念,其结果是人类社会的正值与负值、真值与假值、善值与恶值、美值与丑值……总之,一切数值都趋于零,一切矛盾都在化解,一切差别都在消失,所有的生灵都要毁灭。人类社会不仅不完满,而且没有使之完满的办法,这就是人类与生俱来的生存困境。由此可以看出,史铁生对人类的命运有着多么冷峻而深入的思考。但他不悲观,不颓唐,《我之舞》以富于激情的笔调,展示了生命的狂舞,是对人类精神不朽的热烈的礼赞。

　　寓言化的写作使他的小说离通常的写法越来越远。故事情节淡化,叙述随意自由,思辨性议论越来越多。结构上常采取组合式方法。《礼拜日》《一个谜语的几种简单的猜法》《小说三篇》《中篇1或短篇4》《务虚笔记》等小说或把互不相干的故事组合在一起,或把故事和寓言组合在一起,造成了主题的不确定性,为阅读和阐释提供了充分的空间。

　　梁晓声(1949—　　),原籍山东荣城,生于哈尔滨。1966年初中毕业。1968年赴黑龙江生产建设兵团。1974年入复旦大学中文系学习,1977年毕业后分配到北京电影制片厂任编辑。1988年调至中国儿童电影制片厂工作。著有中短篇小说集《天若有情》《这是一片神奇的土地》《白桦树皮灯罩》《秋之滨》《人间烟火》《今夜有暴风雪》《父亲》《苦恋》《大鸟》《荒弃的家园》《荒园作证》等,长篇小说《雪城》《浮城》《泯灭》《年轮》等,纪实体小说《从复旦到北影》《一个红卫兵的自白》《京华见闻录》等。

他是以知青代言人的身份走上文坛的。其70年代末到80年代初的部分作品可列入"伤痕"文学行列。不久,就告别这一主题模式而寻求新的主题。他认为,"文革"中的"上山下乡运动是一场荒谬的运动",但这并不意味"被卷入这场运动前后达十一年之久的千百万知识青年也是荒谬的。不,恰恰相反,他们是极其热忱的一代,真诚的一代"(《我加了一块砖》)。1982年发表的《这是一片神奇的土地》写一支由十几个知青组成的垦荒先遣队征服"满盖荒原"的故事。畸形的岁月在他们心灵的深处造成了累累伤痕,但他们怀着时代赋予的责任,大无畏地向散发着死亡气息的荒原开战,同时进行着心灵拓荒。他们征服了"满盖荒原",也献上了年轻的生命。小说是一支充满悲壮、崇高之情的英雄主义的赞歌。1983年发表的《今夜有暴风雪》写1979年春节前后北大荒四十万知青大返城的故事。小说自始至终把大返城的混乱和大自然暴风雪叠加在一起,把现实状况和兵团生活的回顾交织在一起,在揭示"小镰刀战胜机械化"这类荒唐做法的同时,用主要笔墨描述了曹铁强、刘迈克、裴晓云、小瓦匠、匡富春等知青和老政委孙国泰一起忠于职守,为保护国家财产、制止骚乱的恶性发展而表现出来的英雄气概。

  随着上山下乡运动的结束,知青回到阔别多年的城市,面临新的考验。《雪城》将兵团生活和知青返城后的生活穿插在一起,规模宏大地展示了这一群体新的生活际遇和人生搏斗。在A城,他们成了待业者,成了巨大而沉重的包袱和人们白眼的对象,不得不为生计劳碌奔波。生活的巨大变化带来了心理的巨大失落,刘大文、王志松、严晓东等人或走向颓唐,或变得虚伪,或陷入庸俗,但这个群体的多数依然葆有青春理想,姚玉慧、姚守义、徐淑芳等人以顽强的精神与命运搏斗,终于找到了生活的位置,在新的环境中确立了自己的人格尊严和自我价值。《年轮》在30年的时间跨度上描绘了六个共和国同龄人从童年到青年到成年的人生经历,揭示了这代知青从理想的憧憬,经理想的失落,到理想的寻回的人生轨迹。这两部长篇小说虽然不像《这是一片神奇的土地》《今夜有暴风雪》那样充满传奇性,但仍然洋溢着理想主义的激情。

  梁晓声的知青小说常常把人物放到与自然环境和社会环境的尖锐对立中展现主人公的意志力和心灵世界,在具有悲剧性的情节里颂扬主人公的英雄气概和道德坚守。他的另一部分小说如《父亲》《母亲》《黑纽扣》《老师》《表弟》《学者之死》等写社会百态和形形色色的平头百姓,风格舒缓、冷静。《浮城》《尾巴》《失聪》等则以荒诞、象征手法讽喻社会世象。

张炜（1956— ），原籍山东栖霞，生于龙口。1976年中学毕业到栖霞县山区谋生。1978年入山东烟台师专中文系学习。1980年毕业后到山东省档案局工作。1984年起从事专业创作。其主要作品有：小说集《芦青河告诉我》《浪漫的秋夜》《秋天的愤怒》《美妙雨夜》《秋夜》《张炜中篇小说集》和长篇小说《古船》《我的田园》《九月寓言》《如花似玉的原野》《柏慧》《家族》等。

张炜80年代初的作品多为短篇小说，写芦青河畔的土地与农民。当时正值"伤痕"文学与"反思"文学交替时期，文坛充满愤怒、控诉、哀伤和泪水。而张炜的小说写的却是人与人之间的友爱、互助、关怀，写青年的爱情与人性的觉醒。《声音》中的二兰子从小罗锅那里明白了人应当不断地发现自己，有自己的声音的道理，从而有了人性的朦胧的觉醒。《一潭清水》在描述实行承包责任制后人们心理和感情变化的同时，赞美了徐宝册和"瓜魔"纯真的友情。这个时期他的小说感情充沛，语言优美，但往往失之单薄。80年代中，他对现实有了深入的严肃的思考。正当不少作品热烈赞颂农村经济变革的时候，他写了《秋天的思索》《秋天的愤怒》等中短篇小说，揭示了农村经济承包的另一面：王三江、肖万昌这些昔日在农民头上作威作福的人利用他们当干部时建立的社会关系，重新把农民置于自己的控制下，剥削他们，欺压他们，农民不得不听从其摆布——封建主义依然顽固地盘据在农村。尽管多数农民从眼前的利益考虑，屈从于这些人，但作者却在农村发现了觉醒者。老得、李芒这些青年通过算账，看清了王三江、肖万昌们的剥削本质，开始了反抗。虽然他们暂时是少数，处于孤立的地位，但作为农村新兴力量的萌芽，预示了王三江、肖万昌们为非作歹的日子不会太久了。

长篇小说《古船》《九月寓言》的发表，标志张炜小说创作的新的高度。《古船》以洼狸镇隋、赵两姓家族的矛盾纠葛为线索，对山东村镇自40年代到80年代的历史作全景式的描写，塑造了一批性格迥异的人物。作品贯彻始终的是对这段历史的政治反思、经济反思和文化反思。这是一片不平静的土地，四十年来各种势力借助时代的变化激烈较量，血腥气一直笼罩在洼狸镇上空。老奸巨猾的赵炳及其爪牙凶残暴虐的赵多多利用土改掌握了洼狸镇的大权，从此随心所欲，为害一方。农村经济改革中，他们利用手中大权，承包了在洼狸镇具有举足轻重经济地位的粉丝厂，继续压榨乡亲。隋见素从家族仇恨、个人仇恨和经济利益出发，要夺取粉丝厂的领导权，向赵炳、赵多多实行报复。他的哥哥隋抱朴虽然也想承包粉丝厂,但出发点与隋见素不同。四十年来他目睹了太多的血腥杀戮,经历了太多的精神折磨,决心寻找结束洼狸镇的互相残杀的苦难历史的途径。他把自己关在老磨屋里,读书、忏悔、苦苦思索,终于站出来拯救濒临倒闭的粉丝厂,这个人物身上寄托了作者的人道主义理想。隋抱朴不单单为个人为家族忏悔,而且为人类忏悔;他思考的不单单是结束洼狸镇的苦难史、仇杀史,而且是结束人类的苦难史、仇杀史。作者的意图是可贵的,但落实到这个人物的塑造上不免有些空泛、乏力,倒是赵炳、隋不召、隋见素、隋含章的性格更见丰满,有血有肉。《九月寓言》和《古船》不同。《古船》的每一个故事都发生在一定的时代里,发生在具体的历史环境里;《九月寓言》要抽象得多,用王安忆在《心灵世界》中的说法,它写的是一个"奔跑"和"停留"的故事。那个叫䱇鲅的与世隔绝的村子里的人是从遥远的地方逃荒到这里的,当小村被毁灭后,人们再度迁徙。小说的主要篇幅是写他们停留在这里的生活。这里贫穷、落后、困苦,同时又充满生命力的旺盛和生的欢乐。它写的是土地和地之子的关系,它为人类寻找大地之根。这是作者由对具体社会历史的思考进而走向对人类生存的形而上思考的结果。1994年出版的《柏慧》由于过分执拗于道德评价而引起了一些争议。

路遥(1949—1992)陕西清涧人。1969年高中毕业后返乡务农,教过小学,当过临时工。1973年入延安大学中文系读书,毕业后到《延河》当编辑。主要作品有:小说集《当代纪事》《姐姐的爱情》《路遥小说选》和长篇小说《平凡的世界》等。他的作品常常描写城乡交叉地带的生活,通过人物关系和人物命运的变化,映照出当代社会发展中某些重要的动向。中篇小说《人生》的主人公高加林在恋爱对象和生活环境选择中遇到的曲折、矛盾、痛苦,典型地表现了80年代初一部分有才华、有抱负的农村青年的人生际遇和心理状态。新的时代给高加林带来了新的生活希望。他不愿意过那种任干部欺压、终老于黄土地的生活,渴望发挥自己的文化优势,施展自己的才能,改变自己的前途。但当时的社会体制却阻碍着这种希望的实现。他在县城报道组出色的工作,他压抑内心的痛苦对具有传统美德的农村姑娘刘巧珍的背弃,不仅没有改变自己的人生道路,反而失掉了一切,一无所有地回到黄土地上。小说成功之处在于塑造了高加林这个性格丰富、复杂的人物,同时也引发人们对传统道德与现代意识、情感判断与实际利害、社会机遇与个人选择等问题的多向度思考。长篇三部曲《平凡的世界》写的是陕北双水村孙、田、金三姓人家两代人的复杂关系,特别是子一代的人生道路和理想追求。小说以此为中心向广阔的时空辐射,从普通农户到省市地委领导,从农村到矿山、县城、专区、省城,展现了1975年到1985年社会变革、特别是农村变革的时代风貌。小说塑造了众多人物形象,其中几个青年的形象相当丰满。作者把他们放到时代的大潮中,通过他们和各色人物的关系,他们的人生追求和爱情追求,展示其不同的性格。如初期与高加林的遭遇颇为相似而终于告别了农村、走向工矿、重然诺、重情义的孙少平;利用农村改革的机遇办起砖窑场,学会了做生意,拉关系,并造福全村的孙少安;初恋被父亲破坏,为家族利益和李向前结婚不同床,在丈夫因事故致残后主动和好的田润叶;有现代观念,不讲门第而看重人,在抗洪中为救一女孩而牺牲的省报记者田晓霞等等。这是一些平凡的人,他们的生活目标、情感要求、人生道路也很平凡,但他们集合在一起为那个变革时代谱写了不平凡的乐章。小说结构宏大,线索复杂,叙述拙朴深沉。相比之下,有关城市部分的描述不及农村部分有功力。

第五节　韩少功、阿城、贾平凹的寻根小说

寻根文学活动吸引了以知青为主体的一批作家。这批作家认为规范的中原文化已经是凝固的、僵死的东西,寻根的任务就是把散落在边远地区和封闭村庄中的民间文化精神和少数民族的文化精神发掘出来。韩少功、阿城、贾平凹在这方面取得了较为突出的成绩。

韩少功(1953—　),湖南长沙人。1968年初中毕业下乡插队。1974年调湖南汨罗县文化馆工作。1978年考入湖南师范学院中文系学习。1982年到湖南省总工会《主人翁》杂志社工作,先后任编辑、副总编。1985年调湖南省作协任专业作家。1988年调海南省,先后任《海南纪实》《天涯》主编。著有小说集《月兰》《飞过蓝天》《诱惑》《空城》《鞋癖》和长篇小说《马桥词典》等。

他在粉碎"四人帮"前后写的作品如《七月洪峰》《山路》等,写好人绝对的好,坏人绝对的坏,虽情感真挚,但对生活的把握不免简单化。从《月兰》到《西望茅草地》《风吹唢呐声》等小说,这种简单化的倾向已得到克服,一批性格复杂化的人物的塑造,受到文学界好评。此后,他写了《回声》《飞过蓝天》等小说,吸收某些现代派手法,以增强文学的表现力。上述作品总体上说属于传统现实主义,注重人物刻画和故事的营构,旨在揭露、批判极

"左"思潮对人的摧残,基本上属于政治反思之作。但其中有些作品如《西望茅草地》由于对人物的精彩塑造,已具备了文化反思的意味,显示了韩少功洞察生活的深度。

1983、1984年他几乎停笔。1985年他连续写了《归去来》《蓝盖子》《爸爸爸》《女女女》等小说,其艺术风格为之大变,体现了他在《文学的"根"》中倡导的文学主张。

这批被称为"寻根"之作淡化时代色彩,强化地域特征,吸收神话、幻觉、怪诞、象征等手法,追寻楚文化之流向,表现了对人的生存状态和民族命运的思考。中篇小说《爸爸爸》写一个叫鸡头寨的高度闭锁的山村的群体生活状态。从经常下山的仁宝带回的报纸、照片、松紧带等物件和口中提到的"公元""形势""报告"之类的语汇上,可以感到山村以外已进入了现代社会,而此地居民的生活方式、行为方式、思维方式仍停留在遥远的古代,迷信、守旧、野蛮。他们把收成不好归咎于地理位置,要炸掉"鸡头",引起了与"鸡尾寨"的械斗。械斗失败,全寨老弱病残集体喝毒药自杀,青壮年踏上大迁徙之路。这一切简直是原始氏族历史生活的复现。小说以此为框架,写了大量古怪而奇异的人和事,展示了这个村寨的集体无意识,包含了丰富的信息,提供了对小说多种解读的可能性。那个永远也长不大、毒不死的丙崽富于象征意义。他只会说两句话,他认为好的,就说"爸爸爸",认为不好的,就说"×妈妈"。在他极其简单的头脑里,世上一切就是由好与坏、正与反这种二元对立构成。这种思维方式和价值判断方式是鸡头寨文化环境的产物,又成为鸡头寨的文化表征。它在当代中国依然十分流行。因此,这篇小说有一个重要的指向,就是对古往今来民族劣根性的批判。丙崽的长不大毒不死的描写寄托了作者对民族前途的隐忧。《女女女》侧重从个体生存这一角度思考人。主人公幺姑因不能生孩子,犯了乡间之大忌,逃到城市。她劳动不惜力,尽力接济别人而不要回报。但她的善良没有改变她的境遇。不仅周围的亲戚同事看不起她,而且由于乡间的集体无意识使她拒绝一切新鲜事物,拒绝现代文明的洗礼。她中风后回到乡下,回到古代遗风浓重的生活中,由人变猴,由猴变鱼,变成一个叫不上什么的活物。这一荒诞的现象暗示了她精神的返祖。幺姑下葬时歌师唱的歌和"我"的思索把幺姑这一个体生命融进炎黄民族绵绵无尽的时间之流中,是对人的生存之谜的叩问。两篇小说都是正面审丑的。幺姑、丙崽以及鸡头寨其他的人都是作为历史的活化石出现的。作者以一种不确定性的思维方式把握他们,表现他们,使小说呈现出独特的美学风格。

阿城(1949—),原名钟阿城。祖籍四川江津,生于北京。1968年至1978年先后在山西、内蒙古插队,在云南农场做林业工人。1979年回北京,在中国图书进出口总公司当工人,后任《世界图书》编辑。著有小说集《棋王》和系列短篇《遍地风流》等。

他的小说大多以第一人称的叙述方式,用质朴的语言、平和的语调讲述一个又一个入世近俗的人生故事或生活片断,从中开掘出丰厚的文化底蕴。《棋王》《树王》《孩子王》都包含了两个层面:现实的层面和超越的层面。在王一生、肖疙瘩、王七桶父子那平凡而又平凡的人生故事里,我们能读出"文化大革命"的荒谬:社会混乱,生活困顿,科学与文化被践踏。这些人物不是生活中的强者,无力甚至没有想过改变自己的命运,他们是被社会现实制约着的"小民"。然而作者正是从他们身上,从他们那平常而又执著的行为上看到了人生要义,看到了传统文化和民间文化中有生命力的东西。肖疙瘩与大树的生气相通、他为保护大树而忘我的行为、在大树被砍后他的撒手人寰,让人想起古代"天人合一"、人是大自然的有机部分这种哲学思想。王七桶父子质朴而执著的行为、他们对文化的热爱,让人看到了民间文化的顽强生命力。而王一生的人生,有着更为丰富的文化含量。对物质生活要求很少和对"棋道"的追求很高构成其性格结构相反相成的两个方面。他家境贫寒,衣食无着,于偶然间接触象棋,从此沉迷其中。"何以解不痛快,惟有象棋。"起初下棋是排遣生活不快的手段。下乡插队,基本生活有了保证,他下棋更为执著。他牢记捡破烂的老头的话,"为棋不为生"。下棋不是谋生的手段,亦无借棋出人头地的想法,下棋成了精神享受,成了对棋艺的本体性迷恋,成了生命的组成部分。他翻山越岭寻找对手以提高棋艺的举措,他在九局连环、车轮大战中的忘我,他取胜后发出"妈,儿今天明白事了。人还要有点东西,才叫活着"的感喟,体现了淡泊名利、宁静致远、中正平和而又锲而不舍的传统文化精神,体现了人的生命追求向审美层次的升华。惟其如此,他的棋艺才进入一个很高的境界,成为中华棋道的真正继承人。

阿城小说中的"我"是一个重要角色。他没有匡世济时的抱负,没有愤世嫉俗的情绪,被社会潮流裹挟进入生活的底层,静观默察,于平凡人生中看取有价值的东西。他吸取传统文化、民间文化和现代精神中有价值的东西并把它们融会在一起,以观察世事人物;观察世事人物重整体性把握:因而他讲述的故事不是某种观念的简单载体,而渗透着复杂的意韵。他善用白描手法,语调平展舒缓,波澜不惊,处处闪耀着独特的感受,读来韵味十足。

贾平凹(1953—　)，陕西丹凤人。初中未毕业即回乡务农。1972年入西北大学中文系学习，毕业后任陕西人民出版社和《长安》杂志社编辑。1982年起从事专业创作。著有小说集《兵娃》《姐妹本纪》《早晨的哥》《山地笔记》《野火乐》《小月前本》《腊月·正月》《天狗集》《制造声音》《贾平凹自选集》《贾平凹小说精选》等。

贾平凹的小说丰富而驳杂。写于"文革"期间到80年代初的小说，个性特点不大突出，没有引起评论界的注意。1983年春节过后他一头钻进商州山区，"欲以商州这块地方，来体验、研究、分析、解剖中国农村的历史发展、社会变革、生活变化"（《在商州山地——〈小月前本〉写后》）。于是创作了被称作"商州系列"的小说。这些小说写陕南山区的自然景观和人文景观，写当地人的道德观念、行为方式、情感倾向，呈现出浓郁的地域文化色彩，受到评论界的好评。

1983年至1984年间发表的《小月前本》《鸡窝洼人家》《腊月·正月》都触及到了农村的经济改革。作者没有采取当时流行的改革与反改革冲突的模式结构作品，而是以经济变革为背景，写爱情、婚姻、人际关系的变化，折射出农民思想观念、价值倾向、情感心理的变化和时代的变化。小说热情地表现了门门、禾禾、王才等头脑灵活的人物对新的生产方式、生活方式的追求。他们经过顽强的努力，获得了富裕，获得了爱情，获得了社会地位的改善。对一心与王才作对的韩玄子，作者是持批评态度的，而对才才、回回这些下死力土里刨食的人物，作者在写出他们不可避免的落伍的命运的同时，也对他们的勤劳、实诚、讲道德寄予了深深的同情。这些作品反映了作者在传统道德和历史前进如何协调上产生的矛盾心理。

1985至1986年，贾平凹连续发表了《天狗》《远山野情》《黑氏》《火纸》《古堡》等十几个中篇，其中大部分可列入商州系列。这批小说大多由历经坎坷的爱情故事和主人公脱贫致富的故事交织而成。和《小月前本》等三个中篇相比，这批小说对现实生活中传统因素的描写，特别是传统道德观念的描写大大地加强了。《天狗》《远山野情》中的男女主人公都在爱情、致富和传统道德的矛盾中苦苦挣扎。传统的道德观念早已内化为《天狗》中的天狗和《远山野情》中的吴三大的内在要求，使他们能抗拒情欲和钱欲。天狗对"师娘"的爱恋出自其生命本能，但他始终压抑着自己的欲望，不越雷池半步。师傅因事故成了废人，天狗主动挑起师傅一家的生活重担，却拒绝了师傅让他和师娘结合的要求,直至师傅用自尽成全二人。吴三大在走投无路的情况下,与香香一起去偷矿石。从这一刻起,其内心就受到苦痛的煎熬:不仅因偷矿石感到不道德,而且为香香不得不出卖肉体以换取矿工和队长的照顾而痛苦、恼怒。香香在吴三大道德力量的感召下终于从屈辱中站起来,"发誓要刚刚强强活下去"。她后来追随吴三大出走,正是对一种新的、更符合道德和人的尊严的生活的追求。但人物性格向传统道德的倾斜并没有解决传统道德与历史前进的矛盾。这是作者的困惑,也是时代的困惑。

以上作品包括长篇小说《商州》都带有寻根色彩。自1987年发表《浮躁》开始,贾平凹以更为开阔的视野追踪现实,先后写出了长篇小说《废都》《白夜》《土门》《高老庄》《怀念狼》《病象报告》《秦腔》《高兴》《古炉》等。

1987年发表的长篇小说《浮躁》随农村青年金狗、雷大空在乡村和州城的闯荡,展示了经济改革给中国城乡带来的活力,也揭示了随商品经济的发展而产生的种种问题及新的矛盾。主人公金狗和雷大空是两个塑造得有深度的人物,他们的曲折命运和不同结局体现了作者对生活、时代、历史、文化的思考。该小说画面广阔、地域文化的描写更为充分,写法上富于变化,为作者带来了很大声誉。引起较大争议的是长篇小说《废都》。它的出版和由此引起的争议成为1993年文化界引人注目的事件。弥漫于作品中的废都意识和人物描写、情节叙述上的圆熟受到一些评论家的肯定,而小说中"颓废""没落"的情调和性描写等受到另一些评论家的批评。

2004年发表的《秦腔》是贾平凹呕心沥血之作。它以作者故乡陕西省丹凤县的小镇棣花街为原型写一个叫清风街的乡镇在新世纪到来之际的社会面貌、人际关系和文化生活。随着中国市场化、城市化的迅速推进和对世界的融入,小小的清风街也发生了巨大的变化:年轻人纷纷出外打工,其收入远远超过在土里刨食;一些女孩子进城做起了"皮肉"生意;国道修建了,酒楼盖起了,贸易活跃了,耕地却减少了,热心务农的人越来越少了;人们的价值观念改变了,越来越看重实利,维系农村人与人关系的乡情日趋瓦解;影视、流行歌曲这些大众文化影响着人们,体现秦人心声的"秦腔"走向衰败……面对这种种变化,作者内心"充满了矛盾和痛苦","我不知道该赞颂现实还是诅咒现实,是为棣花街的父老乡亲庆幸还是为他们悲哀"(《秦腔·后记》)。《秦腔》是作者为他的故乡也为中国西部农村唱出的一支挽歌。或许正是出于上述的矛盾心理和对当前农村生活形态难于把握的无力感,作者调整了写作手法:《秦腔》没有一个明确的理性观念去统摄全篇,不设置一个中心线索和核心故事带动全书的情节,人物无主角和配角之分,无正面与反面之别;作者安排了一个半疯癫的人物引生作为叙事人,透过他的眼睛呈现出来的是由大量的细节、对话和场景构成的"鸡零狗碎"式的日常生活。作者努力隐藏自己,尽力不对小说中的一切作出价值与道德判断,让清风街以毛茸茸的"原生态"质感摆到读者面前。小说发表后获得了大量的好评,但也有学者指出,"《秦腔》无论在精神上还是在文学上都呈现出一种'漫漶'的状态,显得没有生气"。究其原因是"贾平凹在精神上处于一种消极被动状态……为了'原生态'的事实,他拼命压抑自己,对他知其然而不知其所以然的生活采取几乎逆来顺受的全盘接受姿态。而在一个复杂的世界中,一个没有明确意愿的作家并不能传递真正的众生喧哗,他能传达的只是一个嘈杂"(邵燕君《"宏大叙事"解体后如何进行"宏大叙事"?》《南方文坛》2006 年第 6 期)。

贾平凹对楚骚的奇诡、汉魏的古朴和明清白话小说艺术多有借鉴,其小说语言文白相杂,形成了独特的风格。

第六节　小说艺术形式的创新

80 年代中后期改革的浪潮持续不衰,商品经济的发展改变着人们的生存方式和价值观念。国外的种种文化思潮、文学形式纷纷介绍进中国,对中国大陆原有的思想体系、文学观念形成了挑战。以人道主义为思想基础的认知方式已无法对现实实行整合,无法回答社会提出的种种问题,传统的现实主义的讲述方法也无法表达日渐复杂化的生存感受、情感体验。在这种情况下,一批年轻的作家开始了新的文学形式的探寻。这里我们对莫言、残雪、马原、余华、格非、苏童的小说创作作一简要的介绍。

莫言的小说从观念到形式都具有探索性。他生于 1956 年。原名管谟业。山东高密人。二十岁之前一直在农村上学、劳动。1976 年入伍。1988 年毕业于解放军艺术学院文学系,到解放军总参创作室从事创作。其代表作有:小说集《透明的红萝卜》《爆炸》,"红高粱"系列(后结集为《红高粱家族》),和长篇小说《天堂蒜薹之歌》《十三步》《丰乳肥臀》《酒国》《檀香刑》《四十一炮》《生死疲劳》《蛙》等。他早期的小说可归入传统的现实主义。自 1985 年发表的《透明的红萝卜》起,他不再恪守典型环境中的典型性格的写作模式,不再用故事和人物去印证某一社会理念,而是用自己的主体精神、自己的独特的艺术感觉发现、烛照和激活历史和人物。他的那些写得成功的作品是鲜活的,富于灵性的。他从马尔克斯的《百年孤独》和福克纳的《喧哗与骚动》那里多有借鉴,把幻觉和现实糅合在一起,叙事带有叙事人强烈的主观感受,同时打破情节之间的线性关系,造成电影"蒙太奇"式的时空交错效果。

莫言的小说大致可分为两类。一类是作家的生活记忆,如《透明的红萝卜》《枯河》《飞艇》《罪过》等;一类是传说记忆,如《红高粱家族》。莫言参军以前一直生活在农村,那段生活在他的心目中是不堪回首的。"十五年前,当我作为一个地地道道的农民在高密东北乡贫瘠的土地上辛勤劳作时,我对那块土地充满了仇恨。它耗干了祖先们的血汗,也正在消耗着我的生命。"因此参军时,"我有鸟飞出笼子的感觉。我觉得那儿已没有什么东西值得我留恋了"(《我的故乡和我的小说》)。这种沉重、压抑的记忆表现在小说里,就构成了一种低压的色调。《透明的红萝卜》《枯河》《飞艇》《罪过》等小说展示了作者故乡生活的贫困、文化的匮乏、等级的森严、人心的麻木。《枯河》里小虎的父亲看着书记侮辱嘲弄自己的儿子不仅毫不愤怒,反而认为这说明书记"眼里有咱"。小虎应书记的女儿小珍子的要求上树折枝,从高高的树上摔下来,无人关心他摔伤了没有,却因他砸倒了小珍子而对他大施淫威。书记本人拳脚相加,小虎的父兄残暴更甚,连"从来没打过他"的母亲也用"戴着铜顶针的手狠狠抽到他耳门子上",让他发出不像人能发出的干嚎。小说中那只黄色小狗是富于象征意义的。它被汽车辗出了肠子,"肠子在尘土中拖着",它"一声也不叫,心平气和地走着"。"心平气和"正是对权势的敬畏,对欺压的麻木。这些小说多采用童年视角,小说中构成对立的不是当权者和农民,而是父子两代人,具有强烈的审父意识。

《红高粱家族》则一反上述小说的低压色调而充满浪漫激情。在莫言笔下,祖父母一辈人一扫父母一辈人的委琐、麻木、软弱和奴性十足而代之以旷达、豪雄、奔放、刚烈。"我奶奶"戴凤莲为了反抗父母将她"卖"给麻风病人做妻子的悲惨命运,毅然投入土匪余占鳌的怀抱;"我爷爷"余占鳌为了对戴凤莲的爱,从一个轿夫变成了吃拤饼的土匪。他们无法无天,视道德规范、社会秩序如草芥,顽强地追求自由自在、无拘无束的生活;有敢阻拦者,不惜以性命相拼。当日寇的铁蹄践踏其故乡,威胁其生活,当亲人和朋友惨死在日寇的屠刀下时,他们一跃而起,以"连聋带哑,连瘸带拐不过四十人"的装备差到可笑程度的队伍,伏击了日本鬼子的一支车队。虽然这支队伍除余占鳌父子外全部阵亡,却消灭了日寇的这支车队,打死了有名的中岗尼高少将。他们盲目而执著,散漫而勇敢,轻信而狡诈,是民间传说中的绿林好汉。祖父母一辈人的传奇生活是对父母一辈人艰难麻木生活的反拨,是对原始生命力的呼唤,是对民间文化中反抗性一面的认同。

《檀香刑》以 1990 年义和团运动、时任山东巡抚的袁世凯进行镇压、八国联军攻进北京、慈禧仓皇出逃这段历史为背景,讲述山东高密县几个风云人物的恩怨情仇、生生死死的故事。当时占领胶东半岛的德国人要修建胶济铁路。这损害了当地民众的利益,加之当地民众对铁路这一新事物不理解,一时传言四起,双方处于严重的对立状态。在这种情势下,地方戏曲"猫腔"艺人孙丙的妻子遭到德国技师的调戏,孙丙一怒之下打死了德国技师,加入了义和团,充当了民众的头领,与德国人对抗。德国人出兵屠杀民众,孙丙不愿民众被屠,向清兵缴械,被处以"檀香刑"这一酷刑。围绕"檀香刑",相关人物各有打算:既想保护百姓又要忠于朝廷的县令钱丁有恻隐之心,想在用刑时做手脚,让孙丙少受打磨死的快一点;曾经砍杀戊戌变法六君子、对刺杀袁世凯失败的钱雄飞实行凌迟的刽子手赵甲一心要展现自己杀人的绝艺;孙丙则要在酷刑中表现自己的英雄气概,拒绝了钱丁的好意。作者以不动声色的笔法详尽地描述了这一酷刑的全过程,并通过孙丙的内心抒发,表达民族冲天豪气。《红高粱》中罗汉大爷的气概在此得到更为威武雄健的张扬。作品的叙述分别由孙丙的女儿媚娘、赵甲、赵小甲、钱丁和孙丙轮流担任,叙述采用民间口语,其间还穿插"猫腔"的唱段,显示了浓郁的地方色彩。

《生死疲劳》通过"冤死地主"西门闹六道轮回和农民蓝脸执著单干的故事,描述了中国农村从 1950 到 2000 年的历史变迁。小说给人印象较深的有两点,其一是对正统教科书关于这段农村史的书写的颠覆;其二是对民间传说"六道轮回"和古典小说章回体的采用。但是,如果用严格的标准来要求莫言,那么这部小说在上述两方面均有不足:其一是其颠覆性未能超越 20 世纪 80 年代以来许多小说对这段农村史的讲述,缺乏对这段历史的新的发现;其二是"六道轮回"和章回体仅仅是小说表层的结构框架,属于简单挪用,作者未能实现"推陈出新"。

纵观莫言的小说,叙述上虽然总体给人恣肆汪洋一泻千里之感,但有时也有泥沙俱下鱼龙混杂之嫌;语言上常常有出人意料的精彩之笔,但有时也有缺乏锤炼不够节制之处。

残雪(1953—)原名邓小华。湖南耒阳人。1966 年小学毕业。1970 年入长沙一街道工厂当工人。1980 年退职,自学缝纫并以此为生。1988 年成为湖南省作协合同制作家。其作品有小说集《天堂里的对话》《黄泥街》《辉煌的日子》《苍老的浮云》《种在走廊上的苹果》《绣花鞋的故事》，长篇小说《突围表演》等。

她是模仿梦魇人和精神分裂症患者的视角和语言来构筑她的小说世界的。这个小说的叙述者孱弱、孤独、充满恐惧感。她时刻担心有什么可怕的事情发生，无论怎样防范，依然感到处于敌意的包围中。在中篇小说《黄泥街》里，到处充斥着老鼠、蟑螂、疯猫、污水、死尸、粪便。人们惴惴不安，惊恐难耐，似乎总有巨大的阴谋在酝酿中；彼此防范、猜疑、窥视。从小说中频频出现的"文革"语汇可以猜到，这是关于"文革"的一个噩梦。其他小说则很难发现故事讲述的年代。《苍老的浮云》里，夫妻之间、子女与父母之间、邻里同事之间没有一丝亲情、友情，而是彼此窥探和忌恨。《山上的小屋》中的妈妈和小妹都直勾勾地盯着"我"。父亲在夜间变成了狼，绕着"我"的屋子跑，并且发出凄厉的嗥叫，而小偷则把"我"的窗子捅出数不清的洞眼……显然，残雪的小说运用荒诞的形式放大了人性恶的一面，放大了人与人之间敌意的一面。这大约和她的父亲1957年被错划为"极右"，全家人从此厄运不断有关。同时也可以看到卡夫卡、萨特等西方作家对她的影响。

马原（1953— ），辽宁锦州人。"文革"中插过队，"文革"后当过工人。1978年考入辽宁大学中文系。毕业后到西藏当过记者和编辑。1989年调回辽宁沈阳，从事专业写作。

他是一位自觉地从小说写什么向怎样写转移的作家。这种文体实验从1984年发表《拉萨河女神》开始，尔后陆续发表了《冈底斯的诱惑》《虚构》《喜马拉雅古歌》《错误》《大师》等。和传统小说努力营造拟真的效果不同，这些小说公开暴露小说虚构的本质。《虚构》宣称，"我就是那个叫马原的汉人，我写小说。我喜欢天马行空，我的故事多多少少都有那么一点耸人听闻"。"我当然是用我的方法想当然地构造这一切"，"我其实与别的作家没有本质的不同，我也需要像别的作家一样去观察点什么，然后借助这些观察的结果，去杜撰"。于是他绘声绘色地讲了他为了写有关麻风病人的故事去玛曲村调查的种种奇遇和那里的麻风病人的生活状况。写到这里，作者突然告诉读者，这次调查全是假的，有关麻风病人的故事全是从他的做新闻记者的妻子那里听来的，他又读了两本有关麻风病的书，杜撰了上面的故事。这种公开暴露小说虚构本质的目的之一是拒绝意义。既然小说是虚构，那么它的意义也就失去了可信性。马原的实验小说不再用意义整合素材,取消了情节内部、情节和情节之间的因果关系,讲述就是讲述,故事就是故事,不指向其他什么。《冈底斯的诱惑》讲的是看天葬的故事,猎熊的故事,顿月、顿珠和尼姆婚恋的故事。这三个故事彼此间没有什么关系,叙述者把它们切割成许多碎片,互相穿插在一起,成了许多片断的拼贴,而且在故事快要发展到高潮之处,用轻描淡写的语言收束。这样一来,读者希望在故事发生、发展之后看到高潮,看到人物的结局,从中发现意义的阅读习惯受到了挑战,从而把注意力放到小说的讲述上。马原的小说还常常让作者、叙述人、故事中的人物互相混淆,几种人称视角不断变化。上述种种手法构成了评论界所说的马原的"叙事圈套"。从中不难发现博尔赫斯、萨略、罗伯·格里耶的影响。这种"叙事圈套"在80年代后期影响了一批年轻作家,也受到评论界的关注,但随着时间的推移和模仿者的增多,它逐渐丧失了新鲜感。

苏童(1963—),原名童宗贵。江苏苏州人。1984年毕业于北京师范大学中文系,任《钟山》编辑。现为江苏省作协专业作家。其主要作品有小说集《一九三四年的逃亡》《妻妾成群》《伤心的舞蹈》《妇女乐园》《祭奠红马》《红粉》和长篇小说《米》《我的帝王生涯》《城北地带》、《紫檀木球》(又名《武则天》)、《河岸》《碧奴》《妇女生活》等。《苏童文集》(六卷本)由江苏文艺出版社分别于1993年、1994年、1996年出版。

苏童的小说部分取材于当代生活,如写少年人对世界体验的《桑园留念》《乘滑轮车远去》《伤心的舞蹈》《蓝白染坊》等;写成年人的生活困境的《另一种妇女生活》《已婚男人》《离婚指南》等;而更能体现其艺术特点、受到评论界关注的是取材于历史生活的小说,如《一九三四年的逃亡》《妻妾成群》《十九间房》《罂粟之家》《米》等。这里所谓的"历史"并非以史料为依据的历史,它仅仅为作者的想象提供一个空间。评论界把这类小说称作"新历史小说"。

和当代正统的历史小说不同,苏童的新历史小说用以人的种种欲望为中心的历史观取代了以阶级斗争为中心的历史观。他小说中的人物,从农民、市民、士兵、妓女、土匪直至帝王将相都不是作为阶级的代表、作为一定的社会政治力量的代表,而是作为充满物欲、性欲、权力欲的个体出现的。造成《罂粟之家》中长工陈茂和地主刘老侠矛盾斗争的主要原因不是阶级对立而是无法控制的性欲。陈茂即使后来成了革命家,其性欲依然无法控制,以致因强奸刘家的女儿毁了自己。《妻妾成群》中的颂莲上过一年大学,父亲破产自杀后,她没有选择做工谋生,宁可充当小妾也要嫁一个有钱人家。当上陈佐千的四姨太之后,为了获得比其他姨太太更多的权力,运用自己的聪明和床上功夫争宠。欲望是人所固有的,当外界条件不允许时,欲望会处于抑制状态,一旦机遇来临,它会迅速膨胀,使人变得分外丑恶。苏童新历史小说中的人物没有善恶之分,没有进步与反动之别。他们作为欲望的化身,自私,卑鄙,堕落。《我的帝王生涯》中的皇甫夫人为了满足自己的权力欲,随意改变了先王的决定,让端白做了王位的继承人,致使国家从此灾难不断。端白本无继承王位的资格,不存在成为帝王的幻想。阴差阳错地当上帝王后,为了保住王位,用各种残暴的手段遏制打击敌对势力。只因不想听到夜间从冷宫中传来的哭声竟下令把十三个命运凄惨的宫妃的舌头割掉,权欲使他疯狂,原有的善良丧失殆尽。《紫檀木球》中的武则天为了获得并巩固独揽朝政的大权,杀害了自己的女儿和妹妹,把两个亲生儿子推向死路,伦理亲情在欲望面前灰飞烟灭。《米》中的五龙从灾难的农村逃到城市。起初他对米的欲望出自生命本能,出自一个农民对失去粮食的恐惧。城市对他的鄙视、排挤、欺压激起他的仇恨心理,他用占有女人、夺取财富的方式进行报复。从此物欲、性欲、权力欲互相交织,飞速扩张,愈演愈烈。当上米店老板后又进一步控制了黑社会势力,他由罪恶、污浊的城市的对立面成为罪恶、污浊城市的化身。

  这种由非理性的欲望主宰的历史没有规律可循。苏童新历史小说中人物的命运、家族的命运和历史的演化都是由无数的偶然造成的。《十九间房》整个村子被毁灭是因为土匪金豹把抢来的日本的武器藏在春麦家的地窖里而后被日本人偶然发现了。《园艺》中孔医生和太太吵架后离开家,晚上回来时在门前被三个小偷勒死。这三个小偷本想偷几件晾晒在外面的衣物,是孔医生手腕上的金表吸引了他们,他的死是一系列偶然造成的。端白的命运更为典型。他从意外地登上王位,到被赶下台成了流浪人,到当走索的和尚,乃至同心爱的蕙妃的重逢,都充满偶然性。他似乎被一只看不见的手操纵着,身不由己,时浮时沉,而一个朝代的历史也由此变得扑朔迷离,无规律可循。历史的必然性、规律性、因果关系在苏童的新历史小说中已很难看到了。

  苏童的新历史小说中的人物大多带着个人欲望走进历史,最终宿命般地走向死亡。这些故事处处散发着死亡和颓败的气息。陈佐千的宅第可以说是后花园中那口死人井的扩大,是吞噬生命的坟墓。毓如靠有个儿子保住了大太太的地位,但失去了陈佐千的宠爱,虽生犹死。三姨太梅珊被扔进了死人井,四姨太颂莲疯了,丫环雁儿被颂莲害死了。二姨太卓云在争宠中暂时得手,然而五姨太文竹的到来宣告新的争斗与死亡开始了。即使居于这个家族权力中心的陈佐千,虽不可一世,但他已被女人们掏空了,能有什么好下场?五龙宿命般地和米结下不解之缘,米成了他各种欲望的象征。他因失去了米而逃到城市,因拥有了米而发迹,最终又死在米上。《一九三四年的逃亡》写的是一个家族的颓败史,其间充满了灾变、狂暴、性欲。陈宝年、蒋氏和他们众多的子女,除最小的儿子被环子掳走外,全部死亡。

苏童的新历史小说不以史料做依据,它是作者按照其当下的生活体验去虚构、去想象的结果。小说中的人事物皆因作者的想象和感觉化的处理而气韵生动。其叙述优雅从容,富于诗意。

余华(1960—),浙江杭州人。中学毕业后曾在海盐县武原镇卫生院当牙医。五年后弃医从文,先后在海盐县文化馆和嘉兴市文联工作。曾在北京鲁迅文学院与北师大中文系合办的研究生班学习。1993年辞职到北京做自由撰稿人。其主要作品有小说集《十八岁出门远行》《偶然的事件》《河边的错误》《颤栗》和长篇小说《在细雨中呼喊》(又名《呼喊与细雨》)、《活着》《许三观卖血记》《兄弟》等。

他1983年开始小说写作,发表过《第一宿舍》《"威尼斯"牙齿店》《竹女》等一批短篇小说。这些小说用传统的写实手法,以优美的语言写美好的人和事,温馨而略带伤感,从中可以看出川端康成的影响。以1987年发表的《十八岁出门远行》为标志,他开始了反传统写作,即在内容和形式两个层面上进行激进的小说实验。内容上,他一反赞颂真善美的传统,以冷漠的不介入的语调描述充满血腥暴力的景观。《一九六八年》《往事与刑罚》写种种古往今来的刑罚的实施。《河边的错误》写疯子连续杀人和被杀。《世事如烟》《难逃劫数》写一系列他杀、自杀、欲望暴力和死亡。《古典爱情》写人被活活宰割,人吃人。《现实一种》写一家人互相残杀。在这些小说中出现频率最多的是残忍、暴力、猜忌、癫狂、死亡和宿命等意象。亲情、友情、善良、同情等等传统美德不见了,人性恶被凸现出来。形式上,主要采取下列几种手段:其一是戏仿,即表面上遵守某种小说程式而取消了原有程式中的因果性动力,使人物失去了行为动机,读者无法按传统阅读习惯去读解。如《河边的错误》对侦探小说的戏仿,《古典爱情》对才子佳人小说的戏仿,《鲜血梅花》对武侠小说的戏仿。其二让幻觉与现实相互融入。如《十八岁出门远行》《四月三日事件》《世事如烟》《往事与刑罚》等都打破传统的写实手法,取消了现实和幻觉之间的界限,造成迷离恍惚、真伪难辨的艺术效果。其三是人物的符号化。人物不是社会中某种、某类人物的代表,没有明确的性格特征,他们只是一个泛指,一个抽象的符码,为演绎某种观念服务,因此这些人物往往没有姓名。如《世事如烟》中的人物用阿拉伯数字、职业、生理特点或服装代替姓名。其四是无动于衷的零度叙述。余华这个阶段的小说以极为冷漠的口吻讲述一个又一个凶残、血腥的暴力故事,仔细地、不厌其烦地描绘富于感观刺激性的施刑和杀人的细节及死亡体验,给人以不忍卒读之感。这种反传统的写作和当时余华的真实观密切相关。他在《我的真实》一文中说:"我觉得我所有的创作,都是在努力更加接近真实。我的这个真实,不是生活里的那种真实。我觉得生活实际上是不真实的。生活是一种真假参半的、鱼目混珠的事物。我觉得真实是对个人而言的。……所以在我的创作中,也许更接近个人精神上的一种真实。我觉得对个人精神来说,存在的都是真实的,只存在真实。"对这样的"精神真实性"的追求使他摈弃常规的生活情状,颠覆人们习以为常的认知方式,进行属于他个人的精神历险,以凸显他对人对世界的认识。

　　1991年发表的长篇小说《呼喊与细雨》是余华创作的重要收获。它一方面是此前反传统写作的一次集大成式的总结,另一方面又是其创作进入第三阶段的开始。小说以人物心灵独白的方式,将过去与现在叠合起来,讲述主人公孙光林六岁到十二岁的人生经历。它既写了死亡、暴力、恐惧、孤独,也写了生命、友情、爱情、忏悔,其中贯穿小说始终的是一个少年的孤独感和寻求友情的心理体验。对孙光林来说,由父法主宰的世界是一个罪恶与欺诈的世界。父亲孙广才是无赖加流氓,他践踏妻子,侮弄儿子,欺压祖父,与寡妇苟且,甚至对儿媳非礼。老师张青海惩罚小学生的惯用伎俩是引而不发,使幼小的心灵时刻处于惊恐状态,他则享受玩弄别人的快感。祖父孙有元阴险卑琐,为了保护自己,给年仅四岁的孙子栽赃。孙光林是无法从这个世界找到心理慰藉的。这种孤立无援之感不仅来自外部世界,也来自少年自身。他为属于"本我"的各种欲望折磨,既无法摆脱,又不能理解,而陷入深深的恐惧和负罪感中。然而正是在这种绝望的缝隙里,他寻求着幸福和少年之间的友情。这幸福和友情有如透过浓密的树叶漏下的几缕阳光少之又少,并且转瞬即逝,因而显得弥足珍贵。

　　分别发表于1992年和1995年的长篇小说《活着》《许三观卖血记》是余华第三阶段小说创作的代表作。他在《〈活着〉前言》中这样说,"随着时间的推移,我内心的愤怒渐渐平息,我开始意识到一个作家所寻找的是真理","作家的使命不是发泄,不是控诉或是揭露,他应该向人们展示高尚"。这样说并不意味着向第一阶段回归,而是对第二阶段的创作进行调整,在《呼喊与细雨》的基础上进一步发展。这两部小说都用很大篇幅描述苦难。苦难在《活着》里的表征是一个个亲人、友人的相继死亡,在《许三观卖血记》里的表征是生存的困厄。和第二阶段小说不同的是,这两部小说减弱了形式上的花样翻新,放弃了暴力和血淋淋场面的刻意展示,关注人物命运,重视故事情节,人物从物化形态向心灵形态转化,不再是作者笔下的道具而是活生生的血肉之躯。苦难成为人生的一种常态,成为无时不在、无处不在的生活景观。两部小说的主人公福贵和许三观就是从这种苦难中体会到人生的真谛。福贵年轻时是个花花公子,挥金如土,视亲情友情如破抹布,在家境败落、命运坎坷、亲人友人相继死去的漫长过程中,逐渐感受到亲情友情之可贵,生命的可贵,活着之可贵。活着不是为了外在于它的什么价值,活着本身就是价值。他对社会的变迁、人的命运、造成贫困和死亡的根本原因无法理解,但在默默承受亲人友人连续不断的死亡中,升腾起活着的愿望和处世的达观。许三观用无数次的卖血缓解生活中遇到的种种困厄,表达他对亲人和朋友的感情,同时也在卖血中体会到为人父、为人夫、为人友的价值。这两部小说都沉实舒缓,波澜不惊,浑朴有力。

格非(1964—),原名刘勇。江苏丹徒人。1981年就读华东师大中文系,毕业后留校任教。主要作品有小说集《迷舟》《唿哨》《敌人》《边缘》《雨季的感觉》和长篇小说《敌人》《边缘》《欲望的旗帜》《人面桃花》《山河入梦》《春尽江南》等。1996年出版《格非文集》三卷本。

他常用"空缺""错位"等手段制造叙述的"迷宫"。成名作《迷舟》讲述的是大战前夕的七天里孙传芳部队32旅旅长萧的故事。小说按时间顺序逐一地叙述萧在小河村七天里的活动,唯独对他第六日夜晚去榆关的行为不作描写:他是看望情人杏还是给北伐军将领、他的哥哥送情报成了一个谜。他的情敌三顺和他的警卫员各有自己的看法;看法的不同,自然形成对萧到小河村的行动作出完全不同的解释,然而萧被警卫员打死了,永无确切的答案。"空缺"破坏了传统小说的因果关系,小说的意义像一叶迷舟,漂浮在水面上,不知指向何处。《褐色鸟群》由"我"和棋,"我"和穿栗树色靴子的女人两个故事交叉讲述完成的。这两个故事都分为前后两个部分,两个部分都有相同的标志:棋穿橙红衣服,怀里抱着一个大夹子,女人则有一双栗树色的靴子。但是关键性的部位,后面的叙述总是推翻前面的叙述。

如棋第一次来找"我",自称叫棋。"我"不认识她,她却认识"我",还认识李劼和李劼的儿子李朴。她抱着一个用绿色帆布包着的东西,打开是一个画夹,里面是李朴为她画的画。她第二次出现在"我"面前,"我"认识她,她却不认识"我",还说她不叫棋,也不认识李劼和李朴,打开她抱着的东西,里面不是画夹是镜子。若干年前"我"在城里追踪穿栗树色靴子的女人一直追到郊外,许多年后"我"遇到她,她说从十岁起她就没有去过城里。"我"在追踪她的路上遇到的事和她对"我"讲到的她丈夫遇到的事也充满差异。整篇小说都是一种不确定性的讲述。《青黄》则是对"青黄"这个词的一次徒劳的寻找。"九姓渔户作为一支漂泊在苏子河上的妓女船队早在四十年前就已经消亡了"。民间有关它的传说经久不息,而书面记载却语焉不详。它留下了一个耐人寻味的词:青黄,似乎找到了这个词的含义,一切问题将迎刃而解。为此,"我"开始了漫游和调查。在调查中有关九姓渔户剩下的最后两个人姓张的中年人和他的女儿小青的生活片断被不同的人从不同的角度讲述出来,而这些讲述充满了神秘感和矛盾,无法整合成完整的历史形态。青黄这个词始终没有找到一个有价值的含义,对历史作出合理解释的希望落空了。

格非的叙述技巧固然是对博尔赫斯叙述技巧的挪用,但他的小说有属于他自己的思考,这就是对历史、存在与人的完整性、统一性的怀疑。在他的笔下,历史、存在、人生失去了深度——即作为其特性的规定性的深层内核,成为不完整的、无因果关系的碎片。"青黄"是一个隐喻,一个象征,对它的追寻是人类企图构建历史的完整性的冲动。然而它成了一个永恒的缺席,历史只剩下无数记忆的片断。这些片断彼此矛盾,互相否定,无法作出理性的诠释。历史是这样,现实的存在莫不如此。《褐色鸟群》中两个故事的前后错位,正表明人无法进入存在,即使是亲历性的存在也不可靠。而失去了历史和现实的依据,人就像一叶迷舟漂浮在生存的水面上,无法把握自己。尽管是大战前夕,作为旅长的萧没有人们通常理解的紧张感和警觉性。他在小河村的七天里,除了第一个白天之外,其余的日子都身不由己地卷入一场与战争无关的情爱之中,最终走向死亡。除了死亡是人的确定无疑的归宿之外,其他一切都虚浮得很,而人从生到死都是由无数的偶然构成的宿命所主宰,无法把握,无从诠释。萧一到小河村,母亲就发现"他的眼神和丈夫临终前的眼神一模一样"。道人为萧算命,告诉他"当心你的酒盅",而他去榆关,与他形影不离的警卫员恰恰因为喝醉了没有同去并认为他是去递送情报,将他打死。当警卫员将枪口对准萧时,萧是可能逃跑的。不料母亲想慰劳儿子关上大门去捉鸡,致使萧无法逃脱,死在枪口下。

第七节　池莉、方方、刘震云、刘恒的小说创作

　　池莉、方方、刘震云、刘恒被评论界称为新写实的代表作家。他们的共同点是以零度叙述口吻,不动声色地讲述凡俗的人生故事,拒绝传统现实主义典型化的手法,但其艺术风格却十分不同。

　　池莉(1957—　　),湖北武汉人。插过队,当过教师、医生、刊物编辑。1983年入武汉大学中文系学习。现为武汉文联专业作家。主要作品有小说集《烦恼人生》《太阳出世》《预谋杀人》《你是一条河》《绿水长流》《不谈爱情》,长篇小说《来来往往》《小姐你早》《水与火的缠绵》《所以》等。1995年开始陆续出版《池莉文集》七卷。

　　她以《烦恼人生》享誉文坛。这个中篇小说从普通工人印加厚一天的生活流程的描述中,展示人的生存需求和现实生活无法满足这一需求所产生的烦恼。这种生存需求不是理想和道德完善,而仅仅是吃喝拉撒睡等生活的基本需要。处理这一题材,池莉没有采取传统现实主义手法,或批判社会现实,或针砭小人物的苟且偷安,或让主人公高扬理想精神以体现安贫乐道,她让主人公于种种烦恼中体会到世俗生活的实在性,体会到作为丈夫、作为父亲的责任,从而不无苦涩地去承受这份烦恼,实实在在地过日子。显然,池莉在看取生活时有自己的价值判断,她把实实在在过日子即维持人的生命需求看得高于理想和道德。她让《不谈爱情》中高知家庭出身的医生庄建非离家出走后又回到市民出身的售货员、自己的妻子吉玲身边,让他明白了"婚姻不是单纯性的意思,远远不是。妻子也不只是性的对象,而是过日子的对象。过日子你就要负起丈夫的职责,注意妻子的喜怒哀乐,关怀她,迁就她,接受周围所有人的注视。与她搀搀扶扶,磕磕绊绊走向人生的终点。"她让《太阳出世》中一对惯于惹是生非的小夫妻在结婚、怀孕、生育、抚养的过程中意识到自己的责任,努力改变自己,变得文雅起来。

　　池莉对市井平民情有独钟,写起来得心应手,笔端总流露赞赏之情,而对知识分子则常加以嘲弄和揶揄。《不谈爱情》中生活在花楼街(1949年之前妓女聚居地)的吉玲一家是地地道道的市井平民,贫困、粗俗、缺乏知识和教养。但他们有心计,善于应对,表现出市民的活力和智慧。当庄建非突然出现在吉玲家时,这家人"脏话立刻消失了,凶神恶煞的动作也收敛了"。细声细气地让座,摆上丰盛的菜肴,席上熟练地使用公筷,热情而富于人情

味儿。《你以为你是谁》中的陆武桥是一个正直、敢做敢为的男子汉。工厂效益不好，他辞去车间主任之职成了餐馆的老板，经营有方，生意火爆。姐夫发财后想抛弃姐姐陆掌珠，一家人束手无策，他出面制止了姐夫的喜新厌旧。弟弟陆建设不务正业，坑蒙拐骗，谁也管不了，他设法让弟弟束手就范，走正道。他的风采不仅博得了妹妹陆武丽和伙计邋遢的敬佩，而且赢来了女博士宜欣的爱恋。相比之下，池莉笔下的知识分子大多呆板、生硬，甚至虚伪。庄建非的父母是学有专长的高级知识分子，但对吉玲一家傲慢得不近情理。到后来，因吉玲闹离婚影响了庄建非出国时，才不得不放下架子去花楼街看望亲家，高傲在务实的面前碰得粉碎。《你是一条河》中大学毕业的教师王贤良救起跳河自杀、目不识丁的嫂子辣辣时，这样开导她："你怎么能这个样子呢？生命属于人只有一次啊！"《冷也好热也好活着就好》中的"四"据说是一位作家，他要对开小店的猫子进行启蒙，告诉猫子"你的名字叫人"，然后对猫子讲他的一个构思，并说准把猫子聊得痛哭流涕，可是"讲到一半的时候，猫子睡着了。"《你以为你是谁》中湖北大学中文系的李老师是个俗不可耐的人物，却总要找一些冠冕堂皇的理由装扮自己。陆武桥约他打麻将，他心里想去，嘴上却说自己多么忙，正在写一篇论文，将用英法两国文字发表。陆武桥明白他的心思，告诉他，请他发扬人道主义精神，帮自己的忙，并拿出一千元供他赌，"输了是我的，赢了是你的"。李老师这才装模作样地说："这么说恭敬不如从命了？好罢我就再牺牲一天时间。"如果说王贤良、四很迂腐，那么李老师就很虚伪了。这种对知识分子漫画化的写法反映了池莉的心态：偏爱世俗，对知识分子及其文化持否定态度。

生活的实在性并非总像《烦恼人生》《不谈爱情》中讲述的那么简单，更不像《太阳出世》中讲述的那么"理想"。当生活条件过分严峻时，人是很难像印加厚那么厚道的。《你是一条河》中的辣辣在丈夫意外亡故后不得不独自挑起一家生活的重担，她拒绝了小叔子浪漫的求爱，使出浑身解数为众多的孩子活下去挣扎。她给孩子们作了严格的分工，让他们为家庭生存承担一份责任。她不放弃任何一个挣钱的机会，甚至和粮店老李、血库老朱发生性关系以求得到照顾，默许了儿子社员的偷窃行为。她是坚韧的，又是粗俗的。她为自己的粗俗付出了代价：得屋疯了，社员犯罪，福子惨死，贵子受辱，四清失踪。看来池莉在强调生活的实在性的同时，又不希望人们为生活而变得过分粗鄙。因而对辣辣，同情中有针砭，谅解中有批评。冬儿这个人物的设置体现了作者观照生活的另外一种视角。从辣辣的角度看，她所做的一切都合情合理,从具有一定理想的冬儿的角度看,辣辣的行为就显得粗俗。双重视角的介入,构成了小说的内在张力,体现了作者对人物的复杂态度。

方方(1955—　)原名汪芳。生于江苏南京,祖籍江西彭泽。1982年毕业于武汉大学中文系,到湖北电视台任编辑。1989年起任专业作家。主要作品有小说集《大篷车上》《十八岁进行曲》《江那一岸》《一唱三叹》《行云流水》等。1995年出版《方方文集》(五卷)。

她1982年读大学时因发表短篇小说《大篷车上》而初露头角。其早期小说大多写青年人的生活和心灵,带有青春期创作的特点:敏锐、朝气勃勃、机智幽默又有些浅显。自1986年发表《白梦》始,风格有了巨大变化,开始注目于灰色的人生。成名作《风景》是她写得最精彩的小说之一。不少评论赞扬这篇小说以死去的小八子作为视角所带来的零度叙事风格和对河南棚子里凡俗人生的描绘。其实小八子的视角是一个假视角,真正的叙述者是一个有丰富阅历的隐含叙事人。《风景》固然写了凡俗人生,但在凡俗人生背后,却是底层劳动者及其后代构成的生活史、命运史和人性变迁史。"父亲""母亲"活得既粗俗又自在,既沉重又有滋味,他们的七儿两女都从父母身上继承了某些东西并随着时代的变化和个人的际遇而有所改变或发展。这个家庭有两个叛逆者:二哥和七哥。七哥自幼在家中受尽凌辱,长大后一心要离开这个家,告别那种没有社会地位的贫困生活。为此他不择手段,终于混得人模人样了。但他的叛逆不是精神上的决裂,而是逃离,其狡诈、机敏和不择手段无疑属于父母的遗传因子。二哥则是真正的叛逆。和杨朗一家接触,他看到了另一种人生境界,这就是正直的知识分子富于理想的温文尔雅的生活。然而"文革"中杨朗的父母自杀,杨朗为了返城而出卖了肉体,抛弃了二哥,二哥为爱而死。两个家庭的对照和二哥的结局让人看到把理想和操守看得高于一切的知识分子的脆弱和底层劳动者的顽强。《桃花灿烂》写一对平民出身的青年的爱情悲剧。恰如许多评论指出的,栖和星子的爱情悲剧不是源于外在力量的干预,而是由其自身的人性弱点决定的。栖的自卑又自尊、易冲动又缺乏执著追求的精神,星子的矜持,使二人相爱却无法结合在一起。

除了写平民,方方还写知识分子。《祖父在父亲心中》是受到好评的一篇。小说虽然写祖父用去了大量的笔墨,落脚点却在对父亲人生的审视。祖父为"教育救国"放弃了大学教授的职位到家乡县城教书,当日本鬼子占领自己的家乡后,面对威逼利诱,他大义凛然,慷慨陈词。祖父"书生一般地活着,勇士一般地死去",他的一生多么辉煌。父亲和祖父一样"满腹经纶",中华人民共和国成立前夕毅然选择了大陆而拒绝去台湾。可是在一次又一次政治运动中他总是胆小怕事,不断反省和检讨。最后在看日本人残杀中国人的影片《军阀》时,其神经不堪重负,一命呜呼。为什么心中一直活着祖父形象的父亲却生得这样窝囊,死得如此凄惶?这究竟由时代负责、社会负责还是由父亲自己负责,抑或二者兼而有之?小说把评说的权力留给了读者。这种不作明确价值判断的写作方式是方方自《白梦》后采取的基本方式。《无处逃遁》和《行云流水》分别写两个高等学校教师的生活。严航为了评上副教授,为了到美国读博士,拼命写文章,考"托福",因此冷落了妻子,得罪了同行和领导。结果是:副教授因同行排挤没有评上,出国签证落空,妻子被台湾富商紧追不舍而产生感情纠葛。高人云与严航不同,他有副教授头衔,家庭和美。经济拮据,工作量超负荷,他都可以忍受,唯求认真做事,诚实待人,求得心身平和。但事与愿违,处处不顺,既遭发廊小姐嘲笑,又受自己的学生奚落,求心身平和而不得,以至病倒住院。知识分子在义、利之间作何种选择?作者把自己的困惑交给了读者。

刘震云(1958—),河南延津人。当过兵,1982年毕业于北京大学中文系,到《农民日报》任编辑。1988年入北京师范大学和鲁迅文学院合办的研究生班学习,1991年毕业获文学硕士,任《农民日报》社文艺部主任。主要作品有小说集《塔铺》《一地鸡毛》《官场》《官人》和长篇小说《故乡天下黄花》《故乡相处流传》《故乡面和花朵》《温故一九四二》《一句顶一万句》等。

刘震云的小说写的是人的日常生活细事,揭示的却是权力网络的无时不在,无处不在。人们生活在社会权力结构中,自觉或不自觉地为权力而角逐。成名作《塔铺》写农村青年考大学的故事。不论每个人考大学的具体动机是什么,其根本目的只有一个:摆脱贫困的农村生活,进入城市,获得吃官饷的权力。这篇小说有一个细节:临近高考,突然听说还要考世界地理,大家急急忙忙找复习材料;找到的对没有找到的保密,"唯恐在高考中,多一个竞争对手",这就触及到了权力对人的改造。这种改造在《新兵连》等作品中有了更充分的揭示。《新兵连》中应征入伍的农家子弟为了入党,为了以后分配到一个好连队,抛弃了原有的纯朴善良,一面卖力地表现自己,争当骨干,一面互相倾轧,损人利己。《单位》中的小林刚参加工作时很有几分玩世不恭。可事实很快教育了他,"钱、房子、吃饭、睡觉、撒尿拉屎,一切的一切,都指望小林在单位混得如何"。而混上去的必要条件是入党,入了党才能提职,才能得到想要的东西。为了入党,他就得干他本来不屑一顾的事,打扫卫生打开水收拾梨皮,闻着党小组长女老乔的狐臭向她汇报思想。到了《一地鸡毛》里,小林终于在环境的"教育"下"成熟"了。他利用同事关系轻而易举地将一个扣压的批件转发下去,得到一个价值七八百元的微波炉,用这个微波炉烤鸡就啤酒,小林沉醉在获得一点点权力的喜悦之中。《官场》《官人》则进一步展现了有较高地位的官们为提升而展开的勾心斗角,尔虞我诈。从《塔铺》《新兵连》中的农家子弟,经《单位》《一地鸡毛》中的公务员小林,到《官场》《官人》中的官们构成了一个社会地位由低到高的人物系列。对社会地位低下的人来说,争夺那点可怜的权力主要是为了改善自己的生活境况。随着社会地位的提高,人们争夺更大的权力就不仅为了满足越来越膨胀的物欲,而且是为了满足对权力本身的渴望。这样,刘震云就一步步逼近了人性中恶的一面,欲望的一面。

上述小说在揭示人的种种权力欲望的同时,在揭示权力对人的改造的同时,还揭示了权力这只隐形巨手对人的愚弄。《塔铺》中的"磨桌"、王全、"耗子"、李爱莲都因种种原因没有考上大学或干脆不考了,"我"虽然考得不错,却失去了自己的初恋。《新兵连》中的农家子弟尽管使出浑身解数以求一个好的结果,但都事与愿违。"老肥"患羊角疯的事让人告发,被退回农村,跳井自杀。"元首"告发"老肥",换来的是到生产连队种菜。李上进一心入党没有入成,反因打黑枪进了监狱。王滴被分到军部,大家以为他走运了,不料竟是侍候军长瘫痪了的父亲。《单位》里的小林经过努力,眼看就要入党了,谁知因送一只蝈蝈给女小彭而得罪了女老乔,入党一事被搁置下来。《官人》中的局长和七个副局长在调整领导班子中,又打又拉,分分合合,甚至使用最下流、最无耻的手段互相攻击,以求保住手中的权力,结果是竹篮打水,离休的离休,调走的调走,老王、老李虽然还呆在原有的职位上,但权力也大不如前。这次调整领导班子,本意在解决团结问题,不料却形成了老王、老李和新任副局长的矛盾,与其初衷,大相径庭。

他写历史的小说,如《头人》《温故一九四二》《故乡天下黄花》《故乡相处流传》等,则在更大的时间跨度中展现充满血腥味的争权夺利。他无情地撕下了盖在历史上的美丽的面纱。社会的变迁不是正义与非正义的较量,而是在物欲和权欲的促使下血淋淋的明争暗斗。《故乡天下黄花》中马村的历史就是一部你死我活的权力争夺史:民国时期孙李两家为当村长互相残杀;抗日时期这里成了日本兵、国民党军队、八路军、土匪厮杀的战场;土改时,那些掌权的农民趁机占有财富并奸污地主家的女人;"文革"中两派头头搞"文攻武卫",为的是当村支书和村长。不论谁得势,谁失势,倒霉的是老百姓。刘震云的小说还表现了普通百姓对权力的敬畏感。《故乡相处流传》中的曹操、袁绍、朱元璋、慈禧,不管他们怎样卑劣、怎样无赖,一当他们占据高位,老百姓就景仰之、崇拜之、歌颂之、逢迎之。这种权力拜物教正是权欲扩张的温床。

由此可见,刘震云有怎样的绝望感。他小说中的谐谑、反讽、荒诞,乃是这种绝望感在艺术上的体现。这种绝望感来自于对现实和历史的期望过高,来自于理想的过高。因此,其小说冷峻叙事的背后是一副热衷肠。

刘恒(1954—),原名刘冠军,北京人。1969年参军,1975年退伍,到北京汽车制造厂当工人。1977年开始发表作品。1979年调《北京文学》任小说编辑。现为北京作协专业作家。主要作品有:小说集《白涡》《伏羲伏羲》《虚证》《东南西北风》《连环套》和长篇小说《黑的雪》《逍遥颂》《苍狗白日梦》等。有《刘恒自选集》(五卷本)出版。

他的小说取材广泛,写农民、市民,也写知识分子。其着眼点在人的原始欲望和环境的冲突,通过这种冲突,揭示人性和人的命运的悲剧性。《狗日的粮食》中,村妇曹杏花的悲剧自然和50年代末、60年代初的人祸天灾有关,然而深一层看,小说写的是人性和生存条件的关系。人本应为活着而吃饭,可是在粮食奇缺的情况下,吃饭由手段变成了目的。为了粮食,曹杏花不择手段,嘴伤人,心也伤人。她是杨天宽用二百斤谷买来做妻子的,最终因丢了购粮证和钱(合160斤口粮)而自杀,一个人的价值竟至如此?她临死时骂了一句"狗日的粮食",活脱脱地表现了农民对粮食复杂的感情。

《伏羲伏羲》则通过性写人性的变异和命运悲剧。小地主杨金山用二十亩地换来一个比自己小三十岁的农村姑娘王菊豆做妻子,这个畸形的婚姻本身就潜伏着危机。杨金山因性无能而产生自卑和对断了子嗣的恐惧,疯狂地、绝望地蹂躏菊豆,把菊豆推向了侄子杨天青。天青被比他大不了几岁的婶子的肉体所吸引,也同情她的不幸,菊豆出于对杨金山的报复,二人冲破道德禁忌实现了野合。一旦有了这个开端,二人的性欲就无法控制了。生命本能的冲动在一个特殊的环境下采取了不合理的形式,从此二人在不断获得性快感的同时,越来越深地被根深蒂固的道德禁忌所折磨。菊豆生下天青的儿子,只能取名杨天白,成了天青的弟弟。完全违背道德的杨金山反而充当了伦理道德的维护者,怀着阴暗的心理,等待天青与菊豆私情的败露。他死后,杨天白接替他成为道德的维护者,严密监视天青与菊豆的往来。叔对侄之仇,转化为子对父之恨。在矛盾痛苦中,在性的自我压抑中,杨天青迅速衰老了,终因承受不了精神压力而自杀身亡。

刘恒显然受到弗洛伊德精神分析学的影响,他的不少小说从"性"入手,对人物隐蔽的内心进行精神分析式的描述,揭示非理性冲动对人物命运的作用。《白涡》中的周兆路是一个很会"做人"的人,无论在家中还是在社会上他都善于应对,左右逢源。他对自己能审时度势采取恰当措施的理性力量充满自信。然而在华乃倩的美貌和挑逗面前,他失去了控制,身不由己地陷入性游戏中。他产生过对家庭的负疚感,更担心事情的败露影响了自己的仕途。"他爱自己超过爱任何人……除了家庭、事业、名誉、地位,他不怕丧失什么"。他一度想中断和华乃倩的不正当关系,为的是竞争研究院副院长之职。当他如愿以偿地坐到那个职位上时,他"已经没有恐惧"了,性欲改变了他的人生,他将更加虚伪地生活下去。《虚证》写郭普云因性挫折而自杀,《冬之门》写谷世财因对干姐赵顺英狂爱的落空而毒死大批日本鬼子和伪军,然后自杀。这些小说将笔触深入人物心灵深处,详细地描绘了人物微妙的心理变化,让人看到了欲望对人性和人的命运的制约作用,叙述冷峻、奇兀,有绝望感。

1998年发表的《贫嘴张大民的幸福生活》一改上述小说风格,写普通百姓用幽默和调侃化解生活的苦闷和烦恼,实行精神自我救赎,豁达而平实。

第八节 女性作家的小说创作

"文革"结束后,一批又一批女作家登上文坛,为当代小说的繁荣作出了重大贡献。这里对张洁、谌容、王安忆、铁凝、陈染、林白、迟子建作简略的介绍。

张洁(1937—),辽宁抚顺人,生于北平。1956年考入中国人民大学计划统计系,1960年毕业后到第一机械工业部工作。1980年调北京电影制片厂。1982年起从事专业创作。她的中短篇小说大多收在《张洁小说剧本选》《爱,是不能忘记的》《方舟》《祖母绿》《上火》《来点儿葱、来点儿蒜、来点儿芝麻盐》等集子里。长篇小说有《沉重的翅膀》《只有一个太阳》《无字》等。

她是"文革"后走上文坛的作家。开头的几篇小说如《从森林里来的孩子》《有这样一个青年》《谁生活得更美好》《含羞草》等,以清新优美又略带感伤的笔调,讲述一个又一个具有美好情操的故事。此后她的小说主要集中在两个领域:一个是女性的爱情、婚姻、生活和事业,如《爱,是不能忘记的》《方舟》《七巧板》《祖母绿》等,表现知识女性对爱情、社会平等、自身尊严的追求,有鲜明的女性意识。另一个是经济改革、体制改革,如《场》《条件尚未成熟》《尾灯》《沉重的翅膀》等,描绘社会改革引起的矛盾冲突,人与人的关系和人们心理的变化。不论写什么样的题材,张洁的小说都体现了对人的精神的全面发展的追求,对高度精神文明的追求,对庸俗的社会观念和社会存在的拒斥。《从森林里来的孩子》在"四人帮"摧残人才的大背景下,营造了一个有着健康人性的小环境。与大森林那勃勃生机的自然条件相谐和的,是普通劳动者对人才的珍惜和对艺术的爱护。惨遭政治迫害的老音乐家梁启明始终坚信"乌云会散去,真理会胜利,真正的艺术将会流传下去",在身患绝症的情况下,把自己的长笛艺术传给了伐木工人的儿子孙长宁;具有音乐天赋的孙长宁没有辜负老音乐家的希望,在"文革"结束后,以美妙的长笛吹奏,博得了音乐专家们的好评,走上了音乐之路。《爱,是不能忘记的》是"文革"后第一篇写婚外情的作品,发表后受到不少道德方面的非议。其实这篇小说的主题是健康的、积极的。它要否定"把婚姻当作一种传宗接代的工具,一种交换、买卖"的庸俗现象,呼吁寻找能把男女双方联系在一起的"更牢固、更坚实"的东西,以实现建立在爱情基础上的婚姻。小说的主要不足在于:第一,妨碍老干部和女作家钟雨相结合的是老干部有了妻子。30年代他在上海做地下工作,一位老工人为掩护他而牺牲,留下妻女无依无靠,老干部"出于道义、责任、阶级情谊和对死者的感念"而娶了老工人的女儿。自然,道义、责任、阶级情谊和对死者的感念不等于爱情,但它是一种高尚的情操,和小说要否定的庸俗现象不是一回事,这个故事无法承载小说要表达的主题。第二,由于上述原因,作者只好让钟雨和老干部发乎情而止于礼,甚至连手都没有握一下,成了纯精神性的苦恋。这反映了作者当时观念方面的局限,即不敢触及爱情关系中的生理因素。而爱情之所以不同于友情,就在于它不仅有互相吸引的精神因素,也有互相吸引的性因素、生理因素。之所以出现上述不足,除了作者当时观念上的局限之外,还因为作者要把老干部写得高大完满,值得钟雨梦萦魂绕。这是作者过分倚重理念来构思小说难于避免的困境。虽然如此,这篇小说写得依然十分感人,其奥秘在于它塑造了一个"痛苦的理想主义者"钟雨的形象。尽管小说把这个中年女作家写得有点像初涉爱河的少女,有失分寸感,但那真挚细腻的感情、微妙矛盾的心理和为爱的无法实现而苦苦煎熬的状态却通过姗姗的回忆，娓娓动听地叙述出来。读者会不知不觉地被小说"俘虏"，忽略小说的不足而认同姗姗的思考。《方舟》站在女性的立场上向恶俗展开了激烈的挑战。主人公荆华、柳泉、梁倩都是事业型女性，对她们来说，事业不仅是谋生的手段，而且更重要的是自身价值的体现。为此，她们工作兢兢业业，不随波逐流，按照自己认为应当的那样去做，遭到某些人的否定和恶意中伤。她们何尝不想温柔多情，就像荆华盼望的那样，"做一个被人疼爱，也疼爱别人的女人"。但或因不愿做传宗接代的工具，或因不堪性凌辱，或因丈夫人格低下而先后离异或分居。于是在某些人的眼里成了"不正经的女人"，遭到怀疑和欺侮。但是为了事业和人格的尊严，她们在慨叹"做一个女人，真难"的同时，顽强地抗拒世俗偏见而决不低头，甚至以激烈的言辞抨击那些恶俗的男人。小说告诉世人，"妇女的解放不仅仅意味着经济上和政治上的解放，还应该包括妇女本人以及社会对她们存在的意义和价值的正确认识。妇女并不是性而是人！"《沉重的翅膀》描写1979年冬到1980年冬国务院重工业部里围绕经济体制改革展开的一场复杂的斗争，塑造了副部长郑子云、部属曙光汽车制造厂厂长陈永明和贺家彬、叶知秋、杨小东等改革者、创业者与部长田守诚、副部长孔祥和冯效先、何婷等僵化保守、阻挠改革者的形象。反改革者由于有旧体制作依靠，加之善于玩弄权术，能量很大，改革事业不得不奋起着"沉重的翅膀"作艰难的起飞。这部小说从重大事件一直写到家庭细事，体现了作者对我国当时政治、经济、家庭、婚姻、思想意识、道德伦理的全面思考。作者的理想体现在郑子云、陈永明等人物身上，这就是中国到了非改革不可的地步，而改革的中心环节就是关心人、爱护人，尊重人的价值，充分调动人的积极性和主动性，搞好"四化"建设。张洁是一位有主观型倾向的作家。她很少用精细的工笔描绘事物，她笔下的人物往往缺乏立体感、性格也不大丰富复杂。她的作品之所以打动人，靠了她的激情、她对人物心灵隐秘的发现和巧妙的揭示、她的诗一样的叙述语言。

大致从《只有一个太阳》开始，张洁的小说风格有了巨大的变化。"现在的张洁更带有向恶德与偏见挑战的存心，不管不顾地撕掉假面，入木三分地讽刺揭露，与莫言差不多，而且是更毒辣（无贬义）的对于庸俗愚昧的调侃挖苦，刺得你跳起来才快意。辣手写出了她对于人特别是对于一些男人的失望、愤激，乃至某种偏执的怒火。她掩饰不住她的一种上了男人的当、上了正人君子的当、也上了自身的'古典'式'生的门牒'（sentimental）的

'小资产'温情主义当的心情。她急于揭露使她上了当的这一切,恶心它们和剥光它们。"(王蒙《清新·穿透与"永恒的单纯"》)《他有什么病》《小说二题》《上火》等都采用夸张、变形、放大、荒诞等手法,将种种社会恶习、将人的种种丑恶内心公之于众。温馨的、略带感伤的、诗性的语言不见了,代之以尖刻的杂文式话语,其激烈、冷峻、恶狠狠令人怀疑这是不是那位携带《从森林里来的孩子》走上文坛的张洁之作。然而把她前后作品加以对照,不难发现,她前期的希望太高,理想太美,乌托邦的成分太多,因此容易碰壁,容易幻灭,容易失望。她后期作品的价值在于:撕掉假面,暴露丑恶,警醒世人。

谌容(1936—),原名谌德容。祖籍四川巫山,生于湖北汉口。曾在西南工人出版社和西南《工人日报》社工作。1954年考入北京俄语学院。1957年毕业,到中央人民广播电台工作。1962年因病转到北京市教育局待分配。1979年成为北京专业作家。已出版作品集《人到中年》《永远是春天》《谌容中篇小说集》《太子村的秘密》《杨月月与萨特之研究》《谌容幽默小说选》《懒得离婚》和长篇小说《万年青》《光明与黑暗》《人到老年》《死河》等。

1975年和1978年初夏先后出版的长篇小说《万年青》《光明与黑暗》写的是围绕农村包产责任制和"学大寨"而展开的阶级斗争和路线斗争。尽管这两部小说表明了作者对农村生活的熟悉,但遵循的却是流行的"左"的社会观念。但不久,谌容就摆脱了这一羁绊,在创作上大踏步前进。她是一位追求表现社会深度的作家,善于描绘历史和现实中具有重大意义的社会矛盾,塑造体现这些社会矛盾或作为社会矛盾焦点的人物。《永远是春天》借助李梦雨的回忆,叙述了韩腊梅光辉而充满悲剧的一生。她从地主家的丫头成长为革命者,她婚后不久不得不与丈夫李梦雨分离,中华人民共和国成立后她和李梦雨同在一个城市工作却无法重新相聚,"文化大革命"中她受到冲击却不顾个人安危公开为被批斗的李梦雨辩诬,她忘我的工作累死在水库建成的时刻……她的一生无不和社会历史紧紧相连,时代的不幸造成了她个人的不幸,她的个人悲剧凝聚了丰富的社会内容。《人到中年》塑造了一个优秀知识分子陆文婷的形象,小说因此获得广泛赞扬。她没有出生入死的经历,没有轰轰烈烈的壮举,而是集无数的平凡成为不平凡的孺子牛式的人物。她热爱自己的事业,医术高超,为人真诚,医德高尚。对病人满怀热情,无论对农村老汉、年幼的孩子,还是对高级干部,都一视同仁。

"文化大革命"中对被打成"大叛徒"的焦成思毫不歧视,沉静地阻止了红卫兵的干扰,一丝不苟地为他做白内障摘除手术;"文化大革命"后,焦成思成了副部长,她为他做手术依然如前,不卑不亢,表现了一个事业型女性的人格尊严。但命运对她是不公正的。"文化大革命"造成人才断档,她不得不挑大梁,实行超负荷运转。而早应成为主任级大夫的她依旧是住院医的待遇,五十几元的工资,一家四口挤在仅有十二平方米的小屋子里。她不怨天,不尤人,勤勤恳恳地工作。她爱丈夫,爱子女,但在事业与家庭无法兼顾的情况下,想做贤妻良母而不得,只好把内疚深深地藏在心里。她终因过度劳累而心力交瘁,几乎死亡。从陆文婷身上,我们看到了中国妇女传统美德和优秀知识分子理想人格的完满结合。她的悲剧反映了中年问题,特别是中年知识分子问题。这一问题又广泛地联系到知识分子政策、干部体制、职业妇女的福利保障、"文革"后遗症等诸多方面,使小说的思想容量较之《永远是春天》大为拓宽加深了。"马列主义老太太"秦波的形象虽用墨不多,却入木三分,这个人物的塑造也受到好评。《太子村的秘密》描写农民被无数政治运动和瞎指挥折腾得走投无路,村党支部书记李万举不得不弄虚作假,以"恶"抗恶,以保护本村农民的利益。在这篇喜剧式作品的背后,我们看到的是"左"的农村政策和官僚主义作风对农村经济的破坏。《散淡的人》成功地刻画了一个执著于革命信仰却得不到知遇的学者杨一丰的形象,从一个侧面反映了中华人民共和国成立前后党和群众关系的变化,抨击了"左"的关门主义作风。

  上述作品表明谌容具有强烈的悲剧意识。这种悲剧意识同样表现在她写的爱情和家庭生活的小说中。《错,错,错》《杨月月和萨特之研究》《懒得离婚》展示了不幸的家庭各有各的不幸。其实,《永远是春天》《人到中年》都涉及爱情和家庭问题。不过韩腊梅和李梦雨相爱而不能重聚,陆文婷和傅家杰心心相印家庭生活却很苦涩,都是外力造成的。《错,错,错》等小说则把视线转移到男女双方的性格上,前者属社会悲剧,后者是性格悲剧。《错,错,错》中的惠莲和汝青由恋爱而结婚,双方都希望爱的永久和家庭的和谐。但惠莲对爱的理解过分浪漫而不切实际,为了维护爱的圆满,她不愿有孩子,不愿丈夫去做琐碎的家务而时时守在她的身边,如初恋一样宠她。丈夫达不到这一要求,她就心灰意冷,吵吵闹闹。汝青只知多做家务,用周到的服务来温暖妻子。二人的隔阂越来越大,吵架,分离。惠莲得了不治之症,离开人间,给汝青留下无尽的内疚和深深的忏悔。《杨月月与萨特之研究》中的杨月月早年投身革命,本是个有上进心的人。自从和徐明夫结婚生子后，就一门心思扑在家庭上。丈夫不愿她去工作，不同意她去速成中学学习文化，她都顺从了，这必然拉大了她同丈夫的差距。后来徐明夫调到省城，另结新欢。离婚后，杨月月带着儿子庆生靠当洗衣工过活。庆生触犯刑律，在她因被丈夫抛弃造成的心灵创伤上，又加上沉重的一击。她对命运的不公，不是采取抗争的态度，而是默默忍受，自我牺牲，甚至一直独居，从一而终，她似乎还没从旧式妇女"三从四德"的束缚中解放出来。《懒得离婚》一下子展示了七、八个婚姻和家庭的内幕。有的是男女不平等，有的是双方缺乏共同的语言难以沟通，有的是一方不顾家自己在外找乐，有的是夫妻趣味不同，有的是看破家庭，结婚仅仅为找一个归宿，有的是两口子各自社会背景相差悬殊，一结婚就潜伏着危机。然而这种貌合神离的家庭一直在维持着，只要有人提出离婚，就会招来数不清的烦恼。"要调解，要调查，要上法院，要把好多私事公之于众，弄得身败名裂"。于是，"千万个家庭就像瞎子过河——自个儿摸着慢慢过。"这些小说能引发我们对传统和现实的多方面的思考。

  谌容的小说还将笔触伸向种种隐秘的社会心态。《等待电话》表现了老干部离休后的孤独感、失落感。《减去十岁》借一个荒诞的小道消息，揭示不同年龄段的人的复杂心理。《献上一束夜来香》则深入到人的无意识领域。李寿川参加工作几十年，始终走在从家庭到单位"两点一线"的生活旅途上，在家受老婆的支使干家务，在单位受沈处长指派起草各种发言稿，他成了几乎丧失主体意识的一个工具。然而有一天忽发奇想，连自己也不知为什么，买了束晚香玉（他误以为这叫夜来香），被同办公室的齐文文要了去，引起了一场轩然大波。朱喜芬首先发难，把齐文文的话"他的花，插在我的瓶里"歪曲成性的隐喻，把极为正当的送花歪曲成了桃色事件。她名为职业妇女，实为自私、狭隘、嫉妒的长舌妇。她的行为动机恐怕连她自己也说不清，用小说中人物郭飞的话说，"不把别人写成婊子，就不足以显示您自个儿的贞洁"。沈处长听了朱喜芬的报告，不禁醋意大发。他严厉地批评李寿川，借谈话之机想沾齐文文的便宜而不得，竟在机关党总支召开的委员会上，大讲要抓一抓歪风邪气。他确信，"用不了三个钟头，这桃色新闻必定在机关里尽人皆知。几天前的传闻，现在从'官方'得到证实。李寿川臭了。齐文文呢，也好办了"。其用心真够歹毒。李寿川经不起打击，病倒住院。齐文文作为现代女性，虽然气得哭了一场，但身正不怕影子斜，照样我行我素，她特意买了一束晚香玉送到李寿川的病床前，向恶俗展开公然的挑战，四个人物，各自心态，跃然纸上。

谌容的小说,70年代末至80年代初基本上采用写实手法,叙述略带感伤与抒情。80年代中期以来,则加入了夸张、荒诞、幽默等手段,显示了多方的艺术探求。

王安忆(1954—),生于南京,1955年随母亲迁至上海。1970年到安徽五河县农村插队。1972年考入徐州文工团。1978年调回上海,任《儿童时代》编辑。1987年任上海作协专业作家。其小说有小说集《黑黑白白》《雨,沙沙沙》《王安忆中短篇小说集》《流逝》《尾声》《小鲍庄》《荒山之恋》《上海繁华梦》和长篇小说《黄河故道人》《69届初中生》《流水三十章》《米尼》《长恨歌》等。1996年作家出版社出版了《王安忆自选集》共六卷。

王安忆的创作生涯始于70年代中,初期基本上是儿童文学作品。1980年至1981年间她接连发表了一批被称作"雯雯系列"的小说,写一个纯真善良而又幼稚的女孩子对生活的热爱、对未来的幻想和渴望温情、理解的心理。这些小说具有作者"自我抒发"的性质,受到文坛注意。此后她将目光从自身移向广阔的人生,如《本次列车终点》《野菊花,野菊花》《停车四分钟的地方》《庸常之辈》《尾声》《流逝》《归去来兮》等。这些小说调动作者插队、文工团、"文革"的生活体验,写普通人的矛盾、苦恼、困惑和希望。其中《流逝》受到普遍好评。小说的主人公欧阳端丽是资本家家庭的少妇,"文革"前全家靠公公的定息过着优裕的生活。"文革"中这个家庭受到冲击,财产被没收,社会地位一落千丈。全家人惊慌失措,无法应付接踵而来的一切,欧阳端丽被迫抛头露面,为一家老小的生存奔忙,甚至为别人带孩子,到街道工场干活。从养尊处优到经济困窘,从狭小的贵族式空间走向广阔的生活,欧阳端丽的精神逐渐发生了微妙的变化。当"文革"结束,一切似乎回到"文革"前的状态时,欧阳端丽的情感却无法回到过去了。这篇写"文革"的小说不同于"伤痕文学",它没有血泪的控诉,没有展示人的精神创伤,它真切而细致地写出了主人公的人生体验。

1983年王安忆和她的母亲茹志鹃赴美参加爱荷华大学"国际写作中心"的活动。异国生活的参照更新了她的目光,再回头看中国,"就会在原以为很平常的生活中看出很多不平常来"。80年代中后期她发表的作品与前一阶段的作品有了显著的不同:有意淡化时代色彩,模糊了社会背景,像在试验室里做试验一样,设置一个封闭的环境探讨人性种种。这突出地体现在《小鲍庄》和"三恋"(《小城之恋》《荒山之恋》《锦绣谷之恋》)等作品中。《小鲍庄》以沉郁、冷静,力避主观介入的方式,呈现了一个远离政治漩涡和社会联系的村落中五户人家、十几个人物的生存状态和文化心理。闭塞的环境限制了他们的视野,穷困的生活、沉重的劳作磨钝了他们的感觉。他们一直守着传统的生活方式、儒家的道德观念和农民的行为准则过着一成不变的生活。除了鲍仁文,没有一个人关心外面的世界,没有一个人想改变现有的生活。坚韧而愚昧,辛苦而麻木,善良而冷酷。那个叫捞渣的孩子就生长在这种文化氛围里,他似乎没有本能冲动,处处按"仁义"的规范行事,最后因救孤独老人献出了生命。他的事迹经过反复加工提升,在报刊上宣传,他成了小英雄,受到县委重视,许多人的生活因此有了改善。这篇小说涉及儒家传统、民间文化、农民的生存状况和行为方式、生命原欲与文化制约等诸多方面,被评论界列为"寻根"文学的代表作。

王安忆认为,"要真正的写出人性,就无法避开爱情,写爱情就必定涉及性爱"(《两个69届初中生的即兴对话》)。"三恋"和《岗上的世纪》《神圣祭坛》等作品分别从情和性两方面探讨男人和女人作为性角色在相互交往中体现的人性。《锦绣谷之恋》写青年女编辑与一位男作家在十天笔会期间的纯精神爱恋。她与自己的丈夫过着平静而刻板的生活,"彼此深知了底细似的,再难互相仰慕了"。而她又是一个"极善领会又极富情感,不甘寂寞又不甘平凡"的女人。一当邂逅让她倾倒的男作家,她的感情不可遏制地汹涌起来,"生命呈现出新的意义,她如再生了一般,感到世界很新鲜,充满了好奇和活力"。她与他一起看山看云跳舞,语言不多,却心领神会地进行情感交流。她仿佛回到了少女时代,像初恋似的感到甜蜜又忐忑不安。十天过去,二人各奔东西,她盼望着,但男作家再也没有和她联系。这场婚外恋情倏忽即逝,朦朦胧胧,如梦如烟。她连男作家的身世、性格都不了解,与其说她是爱他,不如说她是爱自己,是对自我更新的欣赏与陶醉。如果说《锦绣谷之恋》的双方各自有了自己的家庭,无法做到性结合,那么《神圣祭坛》中的战卡佳和项五一都是单身,没有什么障碍了,然而双方所进行的依然是纯精神交往。究其原因在于双方都过分自恋,都把对方视作需要援手相助的对象。

《小城之恋》《荒山之恋》《岗上的世纪》则写了男女双方肉体的结合。《小城之恋》中文工团初识人事的一对小儿女因练功时身体频繁接触而发生了性关系。但他们智商低下,不能进行情感交流,反而因违背了道德规范而背上沉重的思想包袱,在放纵与悔恨的交替中,在时而热烈拥抱时而互相仇视中度过无数的日夜。小说细致地描绘了二人的精神状态,揭示了生命冲动对人的制约作用。当女孩子怀孕后,男孩子退缩了。女孩子独自承担一切,抚养一对幼小的生命。母性使她净化了,升华了。在孩子一连声地叫"妈妈"时,"她感到一种博大的神圣的庄严,不禁肃穆起来"。这是生命的另一层面,是母性的圣洁与庄严。《荒山之恋》中的大提琴手在妻子的呵护与同情下成了一个受宠的孩子。金谷巷女孩是一个有征服欲的女性,她遇到了一个善于驾驭女人的丈夫,二人势均力敌。金谷巷女孩和大提琴手相识后,她感到占据上风的喜悦。本想逢场作戏,来一番征服,却不料动了真情,二人爱得死去活来。当金谷巷女孩的丈夫和大提琴手的妻子要把二人分开时,二人把自己捆在一起殉情了。爱是由两个人互补的需要决定的,是由命运造就的双方的性格决定的。爱对方,实际上是自身爱情理想的对象化。《岗上的世纪》也是如此。知青李小琴和生产队长发生性关系纯属互相利用。然而事情败露,李小琴调回城里无望,杨绪国受处分后,二人反而摆脱了功利目的,沉醉在性游戏的快感中。杨绪国被李小琴美丽的肌肤征服,对美的崇拜驱走了肉欲,净化了心灵,而李小琴也从对杨绪国的厌恶走向欣赏,欣赏自己的创造物。

上述写情与性的作品将男女双方从种种社会关系中剥离出来。情和性不是研究社会的手段,而是研究的本体对象,作者的态度是严肃的,认真的。

在停笔一年之后,1990年末王安忆发表了《叔叔的故事》。评论界认为这是她的小说创作进入另一个阶段的标志。这一阶段王安忆的叙述意识更加自觉,叙述人"我"从幕后走到台前,公开暴露叙述的动机、手段,而且"我"也成为叙述的主角之一。在考察人物命运和环境因素、历史进程的关系时,流露出宿命感、失落感。《叔叔的故事》是子一代对父一代叙述的解构。叔叔的经验是生活,他在"反右"运动中被错划为右派,复出后成为知名作家,受到众多女性的青睐。他的小说讲述着在历史的曲折里受难者悲壮而浪漫的故事,随着历史语境的变化,这种讲述会有微妙的变化,成为同一生活的不同叙述版本。尽管版本不同,但有其共同点,即浪漫主义。叔叔是浪漫主义的一代,他的历史的回顾,名为记忆,实为忘却,意在摆脱噩梦般的过去,轻松地面对现实。但从"我"这个"彻底根除了浪漫主义的一代"看来,这些叙述大可怀疑。于是在勾勒叔叔的故事的同时,又以各种方式否定它,重新阐释它。被叔叔叙述为受难者庇护所的乡村失去了质朴和宽厚,变得平庸、粗俗;被叔叔叙述为受难者的保护神的女性失去了温柔与博大,变得功利而富于征服欲;叔叔复出后也不再辉煌,而是充满矛盾和尴尬:无论和小米、大姐的交往,还是出国访问,还是同儿子的关系,他都处理不好,他无法摆脱过去,亦无法妥当地面对现实,"他其实是不幸的"。然而当"我"

彻底解构了叔叔的叙述之后,却发现自己的精神失去了依托,"我一直以为自己是快乐的孩子,却忽然明白其实不是"。人就是这样处于两难境地:浪漫主义过强会虚妄,无浪漫主义则会空虚。长篇小说《纪实与虚构》以纵横交错的方法把"寻根"和"成长"联结在一起。"我"虽然自幼生活在上海,却是这个城市的外来户,有一种无根的孤独感。为了摆脱这孤独的焦虑,一面不厌其烦地讲述"我"的成长,一面根据各种历史文献提供的蛛丝马迹,运用大胆的想象勾画母系血脉的发展史。"我"的成长庸常而琐细,母系血脉的发展则大开大合,大起大落,壮丽辉煌,灿烂无比。后者以白日梦的形式缓解了"我"无根和平淡无奇的焦虑。然而这缓解是暂时的,梦醒之后必然是加倍的焦虑。长篇小说《长恨歌》以细腻委婉的笔调讲述了主人公王琦瑶悲剧的一生。40年代她参加上海选美,名声大噪,之后依傍某军政要员,住进爱丽丝公寓,成了一只金丝雀。这是她一生中最辉煌的时期。在这里,旧上海不仅作为社会背景,而且作为一种力量,参与了对王琦瑶性格的塑造,同时宿命般地决定了她的一生。不久,军政要员罹难,王琦瑶不得不回到乡下外婆家。但旧上海已成为一个情结,深深地刻在她心中,挥之不去。她再到上海寻找旧梦时,时代变了,在新上海她找不到自己的位置了。她与几个男人的交往都无法排遣自己的失落感,直到"老克腊"出现。王琦瑶作为旧时代的弃儿与老克腊这个"怀旧的新人"的畸恋,固然多少圆了她的旧梦,却如昙花一现。老克腊的离去给王琦瑶以沉重的一击。她最终死在"长脚"手里,其实在和老克腊分手之后,她的心已经死了。

铁凝(1957—),祖籍河北赵县,生于北京。1975年毕业于河北保定十一中学,到河北博野县农村插队。1978年起从事专业创作。主要作品有小说集《夜路》《没有纽扣的红衬衫》《哦,香雪》《麦秸垛》《甜蜜的拍打》和长篇小说《玫瑰门》《无雨之城》《大浴女》《笨花》等。

她的成名作《哦,香雪》写一个封闭山村中一群农家女孩子对都市文明的好奇和向往。当香雪向火车上的旅客打听外面的大学要不要台儿沟的中学生时,当她用一篮子鸡蛋换一只带磁铁的铅笔盒并为此走了三十里夜路时,人们会感到时代之风已经吹进了小村,那里正悄悄地起了变化。《没有纽扣的红衬衫》写一个叫安然的十六岁中学生的率真。她不知道什么叫掩饰,无顾忌地笑,当众指出老师念错的字,在作文中批评班长的虚伪,穿上姐姐为她买的没有纽扣的红衬衫向全家宣布她真漂亮。她要一辈子"用自己的眼睛"看生活,拒绝庸俗。这两篇小说可以代表铁凝早期小说的风格:清纯而富有诗意。

80年代中后期，铁凝小说风格有了明显的变化，从清纯走向繁复，从单纯走向深沉。《麦秸垛》从端村世代相因的生活习性的描述中，让我们感受到传统乡土文化的苦与甜。勤劳善良、坚韧宽厚和逆来顺受、缺乏人性的自觉和谐地统一在大芝娘的身上，她是传统农村妇女的一个典型。知青沈小凤被人始乱终弃后似乎踏上了大芝娘的道路，是喜是悲，让人莫衷一是。《闰七月》写一个农村女子为命运而进行的苦苦挣扎。她为了填饱肚子，委身于孟锅，为了活得像个人，找到了喜山。但她的挣扎无济于事，喜山纵有一百个理由领回她，可"没有谁认可那缘由"，她不得不走了，"把喜山让给了那明媒正娶的清白姑娘"，她无法逃脱传统文化给她规定的命运。《棉花垛》里的小臭子和汉奸秋贵相好，同时又是革命者乔的朋友。游击队利用她这一身份，让她到据点里套取敌人的情报，她为此做了不少工作。但她终于被日本人发现了，为了活命，她给了日本人"一点好处"，两个抗日干部被抓走。她上了秋贵的当，使乔被敌人残酷地杀害了。上级派国去抓小臭子，在棉花地里，国奸污了她，然后把她打死。小臭子的可悲之处就在于她始终是一个被人利用的对象，无论是她的肉体还是她的灵魂。

上述三篇作品都体现了作者的女性意识，是对女性的生存环境和女性自身的审视。长篇小说《玫瑰门》则是这方面集大成之作。它采用意识流的手法组织结构，从"五四"直写到当代，重心在庄家大院，兼及城市和农村。透过庄家三代女性的人生道路，展示了社会的变迁。女性的命运、人性的种种形态，广泛地涉及了社会、历史、政治、经济、道德、生命追求等诸多方面。在众多人物中，作者用力最多，写得最有深度的是司绮纹。这个富家千金、教会女中的学生在"五四"时期沐浴了欧风美雨，努力追求自身价值的实现，把自身的解放和社会的解放紧密联系在一起。但她对社会的解放并不真正理解，只是自觉不自觉地跟着潮流走，从而踏上了一条荆棘丛生、曲折蜿蜒、事与愿违的人生险途。她不顾父母的反对，投身社会运动，与心爱的华致远走在一起。当形势险恶，华致远被迫离开北平时，她把贞操献给了心爱的人。而华致远一去不返，她追求自主的婚姻落空，不得不嫁给了庄家大少爷。新婚之夜，庄家大少爷扔下她另寻新欢，这是他花花公子的本性使然，又是对司绮纹失去贞操的报复。司绮纹心怀内疚，面对公婆、丈夫、小姑子的种种非难忍辱负重，支撑这个破败之家，认同了封建礼教。是公公的日记和丈夫的侮辱粉碎了她的幻想，她委曲求全而不得，以乱伦之举对庄家进行报复。她的目的达到了，自身也被扭曲了。中华人民共和国成立后，司绮纹感到了希望,她从家庭走向社会,然而阶级成分限制了她。她帮佣,做教师都有上佳的表现,却被革命首长和学校先后辞退。"文化大革命"开始,她感到"原来最应该和这场运动亲近的是她",她献出了财产和房屋,对她极端瞧不起的居委会主任罗大妈曲意奉承,仍然无法实现自身的价值,历史无情地规定了她的悲剧角色。她的种种表现可怜、可悲,亦可笑、可恨,她的性格不断被扭曲,她想利用别人反被别人利用,她想控制别人反被别人控制。她一辈子都在追逐某个目标,却总与目标擦肩而过,到了晚年竟不知目标在何处,而把目光对准了儿媳和外孙女的隐私。她始终搞不清楚,"是我走路,还是路在走我"。这个人物是作者的独特创造,有相当高的认识价值和审美价值。

《大浴女》是铁凝的另一部重要的长篇小说,作者以细腻的笔触描述了四个女性(尹小跳、尹小帆、唐菲、章妩)的人生际遇和情感经历,其核心是主人公尹小跳从幼稚到成熟的心路历程。

尹小跳十一二岁时眼看着只有两岁的妹妹尹小荃一步步往前走,掉进一个没有盖子的污水井里,却没有去救援。她怀疑尹小荃是母亲章妩与唐医生私通的产物,把对母亲的怨恨转嫁到这个无辜的小生命身上。可是,随着年龄的增长,这一幕却成了她心灵上抹不去的阴影。这阴影使她产生了幻听,她常常觉得她们家那张三人的长沙发会发出阵阵尖叫,"那就是尹小荃的声音吧"。这种负罪感转化成一种受虐倾向,一种用受惩罚来赎罪的心理。于是赎罪成了她生活的一个重要内容。她生活的另一个重要内容是追求真爱。她认为她母亲和唐医生之间,唐菲和很多男人之间没有真爱,有的只是性欲和实际功利,她要寻找的是纯粹的爱。尹小跳的人生就是由这两个内容编织成的曲曲折折的故事。

成年后尹小跳遇到的第一个男人是名导演方兢。方兢在过去受到过不公正待遇,如今成了到处受人追捧的明星。他通过和大批女性交往以获得精神补偿和对社会进行报复。尹小跳禁不住方兢的追求,坠入爱河。"在她的年龄,以她的阅历,她还一时无法区别崇拜和爱。"可是方兢有自己的家室,尹小跳对他的爱只能是一厢情愿,是违背道德的一个错误。尹小跳当时并不这样想。在方兢喋喋不休地讲述他和一个又一个女人交往并承认自己性无能时,她不但不反感,反而"自信自己是方兢唯一可信赖的人,自己的确有着拯救方兢的力量"。她果然把方兢变成了真正的男人。然而方兢和这个处女做爱后并不想承担任何责任,二人发生了激烈的口角。方兢离开了尹小跳。被遗弃的尹小跳虽然痛苦万分,却并不怨恨。"方兢是谁呢?

方兢是不是第一个跳出来惩罚她的人呢?"强烈的自虐倾向和赎罪感压倒了一切,"所以当她最痛苦的时候她也最轻松了,她得到了报应,这期盼已久的报应。""是谁让你对生活宽宏大量……对伤害着你的人最终也能灿然一笑,对尹小帆的刻薄一忍再忍,对方兢的为所欲为拼命地原谅?""她的心告诉她,单单是爱和善良可没有这么大的能耐,那是尹小荃。""是这个死去的孩子恐吓着她又成全了她。"

尹小跳遇到的第二个男人是美国小伙子麦克。他们在中国相识又在美国重逢。当麦克热情地向尹小跳求爱时,她猛然醒悟了:她的真爱是陈在,这个比她大五岁,在她十一二岁时就喜欢上她并且一直默默地关注她、呵护她的男人。尹小跳立刻回国,投入陈在的怀抱。狂热的爱让她火山爆发般地不顾一切。起初,陈在拥着尹小跳往三人沙发走去,尹小跳害怕听到阵阵尖叫声而提出到床上去。在那次疯狂做爱之后,尹小跳再也没有了幻听,是真爱消除了尹小跳对尹小荃的负罪心理,还是真爱充斥尹小跳的身心让她忘了尹小荃之死?我们不得而知。但有一点是十分确定的,陈在和万美辰已结婚十年,尹小跳和陈在做爱是有违伦理的。陈在和万美辰离婚了,他要娶尹小跳为妻。尹小跳做着结婚的准备。就在这时她见到了万美辰,了解了万美辰对陈在的爱,那是比她更为深沉的爱。经过一番思想斗争,她把陈在还给了万美辰。同时她也原谅了她的母亲。看着章妩被人欺侮、孤独无助的样子,她心中升起了母爱,想像呵护孩子一样去呵护她的母亲。在尹小跳还没有把陈在还给万美辰之前,方兢来到了尹小跳所在的城市。二人相见时,尹小跳没有了当年对方兢的仰视和崇拜,心平气和地拒绝了他的求婚。上述这一切是不是在告诉读者,经历过生活的洗礼,尹小跳已经从幼稚走向成熟了?

作者在讲述尹小跳和其他几个人物的情感经历时,时刻不忘对社会和历史进行反思。这一方面是为了增加小说深厚的历史感,另一方面也是为人物所犯的这样那样的错误寻求其社会历史根源,但从实际效果看,这种反思在一定程度上形成了对人生的复杂性的隐蔽,使之未能得到更充分的展现。

陈染(1962—),北京人。1982年考入北京师范大学分校中文系。1986年毕业后留校任教。1991年调至作家出版社任编辑。曾旅居澳洲和英国。90年代中期辞去公职从事专业写作。著有小说集《纸片儿》《无处告别》《嘴唇里的阳光》《与往事干杯》《潜性逸事》《站在无人的风口》和长篇小说《私人生活》等。1996年江苏文艺出版社出版的《陈染文集》收入了她的主要作品。

陈染读大学时即开始了小说写作。收在《纸片儿》里的从《大山的雾》到《消失在野谷》的几个短篇写于1985、1986年。除《大山的雾》外，其余的作品都侧重表现青年学生青春期躁动不安的心理。她们对旧有的价值观念、教育秩序不满，追求青春的生命力和女性自我，但又找不到明确的方向，陷入苦闷、孤独、伤感中。1987、1988年她写了《小镇的传说》等五篇小说，通过诡异的故事，奇幻的人物表现性压抑、性苦闷、性虐待、揭示人的生命原欲，揭示人性之谜。90年代她的创作转向现代都市的女性生活，大多以第一人称的方式，讲述知识女性在婚姻、家庭、社会生活中的创伤性体验和幽居生活中矛盾复杂的心理。这些小说有着极端个人化的性质和浓浓的感伤情调，无论在情绪内容方面还是与之相应的艺术形式方面都带有强烈的反传统、反规范色彩，因而引起关注和争议。

陈染90年代的小说由个人化的生存体验抵达现代人类生存困境和精神焦虑。她笔下的女主人公或者叫黛二，或者叫水水、雨子、肖濛、倪拗拗，其实都是同一类型的人物。她们娇弱、多愁善感、短于行动而长于思索，她们不愿意依照社会的规范生活，要寻找自我。但社会习俗对她们的这种反传统姿态采取拒绝的态度，使她们受到种种伤害而备感孤独和精神失却依傍的焦虑。

陈染的小说反复写到女主人公少年时代父母的离异和尼姑庵里的独居生活。或许正是父母庇护的失去剪断了把她们和上代人联系在一起的精神脐带和孤独生活，使她们不像上代人那样"拥有坚定的信仰和使命"，她们拒绝书本的说教，通过生存的体验去寻求安身立命之所。父母离异造成父亲的缺席成了她们永久的遗憾。在潜意识里，她们要寻找一个成熟的男人作为父亲的替代，作为自己生活的庇护者和精神停泊的港湾，她们似乎对医生有着独特的依恋(是否隐含了要"父亲"治愈自己的精神创伤)。《与往事干杯》中的肖濛与成年男医生发生了性关系，由此发现了自己与世界的秘密，体会到女性自我的最初含义。《嘴唇里的阳光》中黛二与牙医生孔森做爱并对他讲述了童年时代遭遇的建筑师的裸露癖，方才解脱了对"针头"(既是医用针头，又是阳具)的恐惧。然而这一寻找在《无处告别》中的气功师那里受挫。这个气功师老谋深算，他用导引术使黛二满足了他的性欲，然后用"实验成功"把干系推得一干二净。有意味的是黛二上当过，"没有像以往那样习惯性地沉浸到悲观中，而是嘲讽地笑了"。这嘲讽的笑是洞悉了某种人性险恶后的超脱与旷达。到了《巫女与她的梦中之门》中,替代性父亲已被性缢死和"我"的一记"响亮的耳光"放逐了。

上述恋父与弑父的变奏是和恋母与仇母的变奏交织在一起的。童年的肖濛还"不懂得男人与女人的事情",在她心目中,母亲仅仅是母性的化身。"我睡在母亲的怀里,像睡在天堂一样安全而美好,我的怯懦、忧郁、自卑在母亲的怀抱里,在一个温馨的夜晚化为乌有"。不妨把母亲的怀抱和夜晚当作胎儿在子宫里的隐喻。肖濛是在母亲重逢早年的恋人外交官之后,在自己与男医生有了性交往之后,才意识到母亲也是一个女人。这意味着母女同体的梦做完了,女儿获得了某种程度的独立。一当独立,母女的矛盾就开始了。《无处告别》《另一只耳朵的敲击声》等小说对母女"几乎是在爱与恨的交叉中度过"的生活有详尽的讲述。

在替代性父亲和母亲那里找不到慰藉的女性曾经把希望寄托在婚姻上,一如《无处告别》中的黛二、《时光与牢笼》中的水水和《潜性逸事》中的雨子。但无论是嫁给爱情,嫁给金钱还是嫁给美国护照,均一无所获。"懂得了放弃浪漫与奇异之想的水水反过头来追求平常,追求普通","与此同时也感到某种深藏得连她自己也不易察觉的失落",她们只好"与假想的心爱者在禁中守望"(《与假想的心爱者在禁中守望》),将"沉默的左乳"(《沉默的左乳》)留给永远缺席的心爱的人。

陈染小说中的女主人公不得不在同龄女性中寻找精神寄托。然而女友或如《潜性逸事》中的李眉那样背叛,或如《无处告别》中的缪一和麦三那样世俗。到了《破开》里,才找到殒南。殒南和黛二属同一类型人物,甚至可以说是黛二的对象化。这篇小说与其说写女性的同性之恋,不如说是黛二的自恋。

从上述简略的描述可以看出,陈染的小说不是重复女性的解放要以社会的解放为前提的观念,不是呼唤男女平等观念,她的作品是女性性别的文本化,着力揭示为男性视点所遮蔽、所盲视的女性自我。在外部世界与女性内心世界中,她更倾向于后者。通过多思善感的女性与父亲(或替代性父亲)、与母亲(或年长的女人)、与异性、与同性、与中国社会、与西方的疏离、对峙,书写女性的生命体验、灵肉分裂的困境。人物无根的漂泊感、找不到精神家园的孤独感,是现代知识者拒绝认同流俗的生存困境与精神困惑的写照。

林白(1958—),原名林白薇,广西北流人。中学毕业下乡插过队。

1982年毕业于武汉大学图书馆学系。曾在图书馆、电影制片厂工作。现为《中国文化报》编辑。著有小说集《玫瑰过道》《同心爱者不能分手》《子弹穿过苹果》《致命的飞翔》和长篇小说《一个人的战争》《青苔》《守望空心岁月》《万物花开》《说吧，房间》《致一九五七》等。

　　林白在《记忆与个人化写作》中说，记忆可分为两大类：一类是集体记忆，它用标准化和概括性语言讲述出来，成为社会的主流叙事；另一类则是往事的某一个瞬间所携带的气味、颜色、空气流动与声音的掠过，后者往往被前者所遮蔽。而她的写作就是"建立在个人体验与个人记忆的基础上，通过个人化的写作，将包括集体叙事视为禁忌的个人性经历从受到压抑的记忆中释放出来"。她的小说多采取"回望"的姿态，以诗化和抒情化的笔调表现女性的生命欲望和生存欲望，为女性在男权社会中的不幸命运唱出一支支哀婉的歌。

　　林白的小说大多以南国偏远小镇和当代都市为场景。她把"家乡的河流"和都市的地铁入口处想象为地狱的入口，一个个或年轻或不再年轻的女性由此走向死亡。即使没有死亡者，其命运也令人叹息。南国小镇偏僻而封闭，性压抑、性侵犯像隐形杀手残害了多少女性。《大声哭泣》中的小女孩、《日午》中的宣传队员姚琼、《沙街的花与影》中的中学生冼小英、《同心爱者不能分手》中的女演员、《往事隐现》中的女教师邵若玉都是受害者。她们孤立无助，面对社会恶习无力对抗，只好独吞苦果。在这些小说中，《回廊之椅》是写得很精致的一篇。男人们为争夺权力展开殊死搏斗而无视女性的存在，三姨太朱凉和她的使女七叶成了这场厮杀的旁观者和局外人，她们的愿望、她们的欲求成为男人视域中的盲点。朱凉神秘的失踪和七叶对这一秘密的守护成了男权社会中女性无语状态的写照和对命运不公的无声的抗议。作者无法为她们找到合理的出路，只好用自己的笔为这些"故乡的亡灵"作祭奠，作超度。这些小说往往笼罩着神秘而悲凉的色彩。

　　如果说南国偏远小镇传统的积习太深，那么开放年代的都市生活，是不是为女性的价值和欲望的实现敞开了大门？林白小说的回答同样是否定的。现代都市生活充满诱惑，一些女人为了满足生存和生命欲望，不得不把自己的身体作为本钱进行性交易，其结果同样悲惨。《飘散》中的琚、《瓶中之水》中的二帕、《随风闪烁》中的红环、《致命的飞翔》中的北诺走的是大同小异的道路。她们都不甘心过平淡的生活，想出人头地，靠性交易也曾获得某些小小的成功，但最终或自杀或平庸度日，结局与初衷大相径庭。林白在讲述这些人物的"故事"时，总是从女性视角出发，剖析这些女性的生理和性心理。例如《致命的飞翔》就是从一个叫李芮的女人的角度去描述、感受、想象北诺的。北诺与秃头男人的性交往是为了获得一张表格,这关系到她能否换一个合适的环境,有一份合适的工作和收入,并进而得到发展。然而她初次赴约时却对自己说,这不是一次性交易,而是她的心理需要。但现实粉碎了她的自我欺骗,她成了那个男人泄欲的工具。最后她杀了那个男人,自己消失得无影无踪了。正是采用个人化的女性视角,林白的小说实现了审美转换。她没有从传统道德观念出发,对上述女性作出评价,也没有从社会政治角度探讨这些女性悲剧的原因,而是对女性的欲望作美学观照,给她们以理解和同情。

长篇小说《一个人的战争》和林白的许多中短篇小说构成互文性文本,那些中短篇小说中的情节和人物遭际在主人公多米身上反复再现。小说写的是多米的成长。这个成长遵循的不是传统讲述模式:年幼无知的孩子在成人的教育和社会实践中逐步认同社会规范而长大成人,它是"一个人的战争"。"一个人的战争意味着一个巴掌自己拍自己,一面墙自己挡住自己,一朵花自己毁灭自己。一个人的战争意味着一个女人自己嫁给自己"。多米从童年到成人,从南国小镇到首都北京,她的不断涌现的生理和心理的欲求得不到成人和社会的妥善引导,反而受到压抑。她只好封闭自我,在想象与实际中进行一次又一次的精神和肉体的冒险,遭受一次又一次的挫折与伤害,她既自恋又自虐,是精神的流浪儿。

林白的小说没有完整的故事,没有开端、发展、高潮、结尾的结构,靠叙述人的情绪串联起情节片断,组成了林白式的情绪流。

迟子建(1964—),原籍山东海阳,生于黑龙江漠河。1981年考入大兴安岭师专中文科。1984年毕业,留校任教。1986年就读于中国作协鲁迅文学院研究生班。后到《北方文学》任编辑。现从事专业创作。主要作品有小说集《北极村童话》《向着白夜旅行》《白雪的墓园》《逝川》和长篇小说《树下》《晨钟响彻黄昏》《额尔古纳河右岸》等。1997年由江苏文艺出版社出版四卷本《迟子建文集》。

童年的记忆是迟子建小说创作的重要源泉,即使90年代以来她的小说题材大大地扩展了,我们仍然能从其中感受到她童年生活的浸润。冰雪北国的月光、白夜、山林、河流、雪原、金色草垛、木刻楞房子、会流泪的鱼、吃多了会醉的都柿等自然物象和过年、祭灶、婚丧等习俗在她细致而浪漫的笔下,熠熠生辉,构成她小说鲜明的地域色彩,在这地域色彩掩映下的人生图景是作者执意表现和探求的对象。她80年代中期的小说多采取童年视角,以童稚的目光触摸和直观感受成人世界,尤其是老人世界。《沉睡的大固其固》中无忧无虑的楠楠无法理解奶奶媪高娘、魏疯子、刘合适的种种行为,却又分明地感受到成人心灵的沉重。对媪高娘来说,这沉重源自对灾难的恐惧;对魏疯子来说,这沉重源自一次车祸;对刘合适来说,这沉重源自他在居民中的孤立。媪高娘的形象写得很好,她一门心思算卦消灾,为的是解救全镇的大人和孩子。迷信的背后是她对生活、对人的广博的爱。《北极村童话》自始至终笼罩着"文革"的阴影,只是由于采取未经世事的迎灯的视角才淡化了许多。天真烂漫的迎灯两次犯了"文革"之大忌,母亲不得不把她送到姥姥家。到姥姥家,她以为可以自由自在了,却依然遭遇了"文革"带来的不幸。大舅的死和老苏联的丈夫带着儿子的离去,使迎灯早熟了。她自觉地参加了对姥爷"秘密"的守护,主动慰藉老苏联的孤独。迎灯与老苏联之间的忘年交是小说写得最精彩的部分,那是未被扭曲的人性的率真表现。

  80年代末以后,迟子建发表的一些小说如《原始风景》《东窗》《在松鼠的故乡》《从山上到山下的回忆》《麦穗》等,叙述视角有了改变,是一个成年叙述者对童年经历的回忆。由于成人的介入,小说的理性感知和认识增加了。《原始风景》写姥爷、父亲、二姨、小姨,写王姥家的傻姨、邻居家的寡妇、八旬老人,写老师的葬礼,是成年的"我"对童年感受的反刍,处处表现了人世的沧桑感和对生活残缺的理解。如小说这样写姥爷暮年的心境,"他苍老了。许多他熟悉的场景和人物已经死亡了。他的呼吸大概为此而变得沉重了吧。我知道一个生者最大的悲哀就是因为活得太久而饱尝了回忆的忧伤和语言的孤独,他面对新的墙壁时的苍白心境。"没有生活的阅历是很难作出这种体认的。

  上述小说基本上由两个世界即儿童世界和成人世界构成。这是反差强烈的生命存在:孩子的纯真、活泼、追求欢乐和成人尤其是老人的沉重与沧桑。《沉睡的大固其固》中有关大马哈鱼的故事是一个隐喻:老人们犹如大马哈鱼,他们从鄂霍次克海游向黑龙江,游向呼玛河。尽管大批被河石磨掉鳞片死去,却将卵产在呼玛河。孩子们犹如小马哈鱼,他们将游向大江大海,开辟新天地。生命就是这样代代相传,永无止息。

  迟子建在描绘一幅幅人生图景时,特别注意挖掘人性质朴健康的一面。《白银那》以如诗的笔调写出这样一幕:当年马占军被医生误诊得了绝症,其妻向全村人借钱给他治病。人们担心马家还不起,出手小气。事情过后,马占军夫妇在村中办起了商店,价格定得高,认钱不认人。当鱼汛到来时,马占军剪断了小村与外界联系的电话线,使这里渔业丰收的消息传不出去,鱼贩子不来收购。人们只好腌鱼,但马家一下把盐价提高了好几倍。为了保住鱼不致腐烂,乡长的妻子卡佳进山采冰,丢了性命。她的死震动了马氏夫妇,他们接通了电话线,并把一包包盐偷偷送到各家门口。全村人为卡佳送葬时,马占军夫妇出现了,乡长的儿子愤怒地阻拦他们。这时乡长发话了,他指出,马家夫妇已经认错了,任何人尤其是自己的儿子不能对马家人采取报复行动。他对自己的儿子说,"你妈妈最不喜欢在别人认错后还怪罪人家","你妈妈向来是与人为善的。"迟子建笔下的人性美不是滤去了苦难、残缺、过失、悔恨后的孤立存在,它与后者相伴相生,带有毛茸茸的生命质感。

第六章 台湾文学

第一节 概 述

与大陆隔海相望的美丽岛屿台湾,千百年来一直维系着与大陆母体密切的地缘和血缘关系。在政治归属上,它是祖国版图的一部分;在文化形态上,又是中原文化的延伸和发展。台湾与大陆的交往可追溯到三国时代,明代以来几次大规模的汉族移民潮为台湾带来了先进的华夏文明和最早的文学创作,独特的地理位置和历史境遇又造就了台湾社会、文化和文学有别于大陆的特殊形态;远离大陆文化中心的汉文化、台湾本地文化和外来文化的杂处交融形成了以汉文化为主体、兼容多种文化因素的台湾文化特质;几次大的社会变动又使台湾承受了深重的历史负担。1624年,荷兰殖民者占领台湾,同时也有西班牙人在台湾北部活动;1662年郑成功驱逐殖民者,收复台湾。1895—1945年,台湾经历了长达半个世纪之久的日本殖民统治。1949年,随着国民党政府迁台,海峡两岸又形成了对峙隔绝的政治局面以及随之而来的不同社会政治、经济体制和意识形态。几度与祖国分离的历史和现实遭遇造就了台湾文化和文学的独特性格:既有鲜明的民族意识和爱国精神,又有"孤儿"与"弃儿"处境引发的漂泊心态;既有异族统治和政治高压下的隐忍和屈辱,又有顽强不懈的奋斗与抗争;既有对原乡的追思与向往,又有对本土的热爱和执著,为中华文化和中国文学提供了丰富变貌和独特价值,这种独特性及其与大陆的关系至今仍在海峡两岸产生重要影响。

从文学的最基本要素——语言文字来看,主要以中文创作的台湾新文学无疑承袭了中国文学的深厚传统,成为中华文化的基本表征之一。产生于台湾的作家作品和文学现象固然属于台湾文学的范畴,由大陆或海外赴台,或由台湾赴海外、以中文创作、作品主要发表于台湾的作家同样是台湾文学的重要成员。台湾与大陆的文学"就语文原则而论","纵然主题不同,词汇有别,但绝对属于同一种语言、同一种历史文化背景的产物"。不仅如此,台湾文学与大陆文学的联系还在于台湾的白话新文学运动直接受到

"五四"新文学运动的启发和影响;两岸文化和文学的交融也构成了20世纪中国文学的独特风景;经由战争和迁徙,发端于二三十年代的中国现代主义文学潮流在两岸,特别是50年代后的台湾结出了丰硕的果实;六七十年代的台湾文坛以轰轰烈烈的文学思潮、运动、论争和创作成就弥补了大陆文学十年的沉寂;80年代以来两岸文化与文学交流频繁,作家互访、作品在两岸的传播等均描绘着新的时代中国文学发展整合的图景。尽管一百年来两岸直接交流的时间非常短暂,但共同的文化根基和语言文字仍将台湾文学维系于中国文学的语境之中。

台湾新文学诞生于20世纪20年代。在此之前的台湾传统文学以源于大陆的旧诗、旧小说及当地的民间歌谣故事为主。日本殖民以后,台湾知识界曾广结诗社,利用旧诗反抗殖民统治,维护民族文化。然而由于文言的局限和思想的陈旧,旧诗并不能担当唤醒民众、传播新思想、反抗旧体制的重任。台湾社会变革的需要和"五四"新文化运动直接引发了同样以普及白话文为标志的台湾新文化运动,并催生了台湾新文学。20年代台湾知识分子创办的《台湾青年》《台湾》《台湾民报》等即为台湾新文化运动的重要园地。1923年刊于《台湾》的黄呈聪所撰的《论普及白话文的新使命》和黄朝琴的《汉文改革论》大声疾呼以推行白话文作为改革社会文化的首要任务。台湾新文学的前辈作家黄得时指出:"台湾文学运动,以这两篇的主张为转折点,以后跟大陆的新文学运动取得联系,展开了热烈的活动。"《台湾民报》中文版全部采用白话文,通过介绍大陆新文学的理论和创作、展开新旧文学论战、提出建设台湾新文学的主张等在台湾新文学史上占有重要地位,"第一白话文的输入与应用是其最大功绩之一。第二因为台湾民报的努力,台湾的知识分子和祖国五四以后的民族精神与思想文化才能连接,而发生影响与鼓励作用"(黄得时《台湾新文学运动概观》)。

在台湾新文学初创时期,积极致力于新文学理论建设、与旧文学展开激烈论争的,是将文学革命引入台湾的张我军(1902—1955)。曾长期在北京求学和工作,接受"五四"新文化运动洗礼的张我军,在1924年后任《台湾民报》编辑的一年间,先后发表了《糟糕的台湾文学界》《请合力拆下这座败草丛中的破旧殿堂》《文学革命运动以来》《随感录》《新文学运动的意义》等文,在向旧文学发起猛烈进攻的同时,大力从事"五四"新文学的介绍传播,以为台湾新文学的发展指明路向,因为"台湾的文学乃中国文学的一支流。本流发生了什么影响、变迁,则支流也自然而然的随之影响、变迁,这是必然的道理"(张我军《请合力拆下这座败草丛中的破旧殿堂》)。除理论建设外,张我军还以台湾新文学史上第一部白话新诗集《乱都之恋》(1925)成为台湾新文学创作的开拓者之一。

经过普及白话文运动和新旧文学论争,台湾新文学开始进入创作实践阶段,出现一批控诉殖民者残酷的政治迫害和经济压榨、表现人民的苦难生活和反抗精神及台湾风土人情的作品。赖和、张我军、杨云萍、杨守愚、虚谷、杨华等成为 20 年代的代表作家。由于日本的殖民统治,台湾新文学同时存在中文创作和日文创作。已知较早的中文小说是署名为"鸥"的《可怕的沉默》(《台湾文化丛书》第一号,1922 年 4 月),日文小说为追风的《她要往何处去》(《台湾》三年四至七号,1922 年 7 月);较早的中文新诗为施文杞的《送林耕余君随江校长渡南洋》(《台湾民报》一卷十二号,1923 年 12 月),日文新诗为追风的《诗的模仿》(《台湾》五年一号,1924 年 4 月)。

赖和(1894—1943),原名赖河,笔名懒云等。台湾彰化人,早年受传统书塾教育,具有较高的汉文与旧体诗素养。1910—1914 年在台北医科学校学医,毕业后在家乡开设赖和医院。1921 年加入台湾文化协会,关注社会变革和民族命运,投身台湾新文化和新文学运动,提倡白话新文学并写作白话小说和新诗。他的进步思想不见容于殖民当局,曾两度入狱,终致过早辞世。后世出版有《赖和先生全集》《赖和集》《赖和全集》等。

赖和的一生几乎经历了整个殖民时期,他不但集传统和现代教育于一身,而且具备了自由民主平等科学等现代意识,这使他既意识到殖民主义的暴力本质,又在由殖民统治带来的现代发展中清醒地思考民族性格和传统文化,成为民族主义者和启蒙主义者。他的文学写作秉承写实主义,具有浓厚的启蒙意识和人道主义精神和关怀大众、关怀社会的知识分子性格,既表现民众疾苦和殖民统治的虚伪和丑恶,又批判民族传统性格中落后的一面。

赖和的文学写作以小说为主,兼有旧体诗和少量新诗。小说代表作有《斗闹热》《一杆"称"仔》《不如意的过年》《蛇先生》《丰作》《可怜她死了》《棋盘边》《善讼人的故事》《归家》等。其主题之一是反映殖民统治下的社会现实和普通民众的苦难生活。《一杆"称"仔》描写贫苦农民秦得参因生活所迫去贩卖青菜,却遭到日本警察的残酷迫害,愤而杀死日本警察后自尽。《丰作》讲述蔗农在丰年却被会社盘剥,表现了殖民制度下经济剥削的形态,使"谷贱伤农"的传统故事增加了批判殖民统治的新内涵。主题之二是殖民现代性批判,其焦点集中于对殖民社会"法律"的理解。《蛇先生》

《丰作》等均表现殖民社会的"法"与"公正"完全服务于殖民统治的虚伪性,强调"法"作为统治工具剥夺被殖民者权利的负面意义。主题之三是民族传统的反思和批判。《不如意的过年》《斗闹热》《棋盘边》《辱?!》等书写了传统的落后和丑陋,如赌博、吸鸦片、好面子、事不关己的看客心理和文化人的懦弱无助,体现了作者对民族性格负面因素的深刻反省。《归家》表现启蒙者与普通民众的隔膜和对社会发展的期盼,透露出知识分子理想的脆弱和与现实的距离,令人不禁想起鲁迅的《故乡》,也表明赖和思想探索的深度。

赖和小说乡土气息浓厚,善用方言口语,突出戏剧冲突和人物命运。他一生坚持汉语写作,其突出贡献在于白话文的创作实践,被认为是第一个把白话文的价值具体地提示到大众之前的台湾作家。在思想上,正如《光复前台湾文学全集》(钟肇政、叶石涛主编)所评价的:"可以说,台湾新文学的扎根应当从赖和肇始,而赖和的崛起才奠定了现代台湾文学的基础。"而他的反思和批判意识也是殖民时期台湾新文学的宝贵精神特质之一。

30年代中前期,台湾新文学获得新的发展。文学社团、刊物纷纷涌现,文学思潮和论争也十分活跃。1930—1931年的乡土文学倡导和论争、1934年成立的台湾文艺联盟和《台湾文艺》的创刊、1935年创办的《台湾新文艺》等,均为这一时期的重要文学现象。文学创作的题材和主题进一步扩大,风格手法也日趋多样,除接续反抗殖民者统治、表现人民苦难的文学精神外,社会变革、爱情婚姻等内容也普遍进入创作视野。在写实主义居主导地位的同时,也出现了具有现代主义特征的作品。杨逵、朱点人、王诗琅、愁洞、翁闹、王白渊、郭水潭、杨炽昌等为此时新出现的重要作家。

杨逵(1905—1985),原名杨贵,台湾台南人。1924年东渡日本学习文学,勤工俭学的经历、社会主义思想和外国进步作家作品的影响,培养了他关怀社会的政治热情和"为人生"的文学主张。1927年返台后,参加抗日农民运动和文化运动,创办《台湾新文学》杂志,曾多次被捕入狱。1937年归农,兴办"首阳农场",以示与当局的不合作。光复后始学中文,开始由日文创作向中文创作转变的艰难历程,并积极从事两岸文学与文化交流活动;1949年因签署《和平宣言》而入狱十余年,出狱后经营"东海花园",继续躬耕自食。1983年获第六届"吴三连文艺奖"。作品集有《送报夫》《鹅妈妈出嫁》《杨逵全集》等。

杨逵一生坎坷,他视创作为表现人生、鼓舞人民、追求光明的利器,多年笔耕不辍。代表作品有小说《送报夫》《模范村》《鹅妈妈出嫁》《无医村》

《春光关不住》等。《送报夫》描写一个因被日本殖民者夺走土地而流落异乡的台湾青年在东京做送报夫,被老板残酷盘剥,又获日本工人相助的故事,表现压迫者的残忍本性和被压迫者共同的悲惨处境与奋斗目标,透露出初步的社会主义思想;《模范村》直接塑造了与家庭决裂、投身民族解放运动的革命青年形象。这些小说大都以不懈的斗争和光明的前景抒发昂扬向上的乐观精神和必胜信念,语言风格平实质朴,被认为"承担了日据下台胞共同的苦难命运,并继承了赖和的尖锐的抗议精神。以诚实的风格、朴实的结构、平实的笔触,发扬了被压迫者不屈不挠的民族魂";"可说是个理想的民族主义者和写实主义者。他的道德勇气与指出的方向,形成了一块不可毁灭的里程碑"(《光复前台湾文学集》,钟肇政、叶石涛主编)。

1937年后至台湾光复,是台湾新文学在日本殖民统治下艰难生存的时期。日本全面侵华战争爆发后,殖民者在台湾强制推行"皇民化"运动,禁用白话中文,废止中文报刊。新文学作家面临如此严酷处境,中文写作被迫中止;部分作家以日文写作曲折隐晦地表现民族精神,在艺术上取得了较高的成就。吕赫若、张文环、龙瑛宗可谓这个时期小说家的代表。吕赫若(1914—1951)的人生与写作清晰地展现出一个殖民地知识分子不断求索、思考和行动的轨迹。早期的《牛车》具有明显的左翼特征,既表现底层人民苦难又批判殖民压迫。30年代后期起,吕赫若更多地以知识分子眼光关注文化传统和风俗,从对婚姻家庭、女性问题、传统习俗的表现中思考个性解放、婚姻自由、道德伦理等问题。1944年的《清秋》表现一位留日返乡的知识分子内心的矛盾困惑,主人公耀勋思考着自我与世界、传统与现代的关系问题,其复杂的情感心理象征着殖民晚期的台湾知识分子和文学写作躁动不安、寻找出路的心灵,意境的营造和人物心理的把握都达到了很高的水平。张文环(1909—1978)擅长写社会问题和小人物的命运,《艺旦之家》《阉鸡》等从家庭和社会人际关系入手,书写弱者的悲剧和人性的扭曲。《夜猿》中的台湾风物和与土地山川血脉相连的台湾人形象极富艺术感染力。龙瑛宗(1910—2000)以笔下小知识分子忧伤绝望的境遇说明殖民社会令人窒息的环境对知识者理想的摧残。《植有木瓜树的小镇》中的陈有三从充满理想到绝望沉沦的历程概括了特定时代知识者的共同命运。这一时期的重要诗人有巫永福、吴瀛涛、王昶雄、龙瑛宗、陈千武、张彦勋等。

本时期书写反抗殖民压迫、追求民族解放精神的是小说家吴浊流(1900—1976)。他于30年代中期开始小说创作,《水月》《泥沼中的金鲤鱼》《陈大人》《先生妈》《波茨坦科长》等是他的短篇小说代表作。1964年独立创办《台湾文艺》杂志,以为本省籍作家提供创作园地,1969 年自设"吴浊流文学奖"。

吴浊流小说以反映社会现实为己任,带有历史性的性格,所写的各篇都是社会真相的一断面。在殖民统治终结前夜秘密写作的长篇小说《亚细亚的孤儿》(原名《胡志明》,又名《胡太明》),是台湾新文学史上的重要作品。这部志在为现代台湾历史作证的小说,通过主人公胡太明的挫折与奋斗,表现了台湾知识分子的内心矛盾和他们逐渐摆脱因远离祖国和异族统治而引发的"孤儿意识",自觉投入抗日斗争的必然选择。小说人物众多,展示了从台湾到大陆的广阔社会生活场景;人物的性格经历也折射着现代台湾的命运。知识分子的精神痛苦与台湾的历史处境相互印证,使小说具有深厚的历史感。

1945 年二战结束,台湾回到祖国怀抱。战后初期,两岸文化与文学开始了短暂的交流与合作,本省作家自觉于民族文化的重建,积极学习祖国语言,文化报刊的创办、文学作品的出版有一时之盛;一批大陆文化人和作家也来到台湾,直接促成了大陆文学的引入;《和平日报》《文化交流》《新知识》等报刊成为两岸文化人共同的园地。左翼思潮的复苏和鲁迅精神在台湾的传播也是这一时期值得注意的文化现象。集中体现本时期两岸文学交汇激荡的是发生于《台湾新生报》"桥"副刊上的台湾文学论争。始于 1947 年 11 月、由两岸文化人共同参与的这场论争涉及台湾文学的发展方向、性质、与祖国文学的关系,以及两岸作家的沟通与合作等议题,台湾文学作为中国文学的一部分,是论争中两岸作家的共识。论争的出现是台湾回归祖国、两岸重新合流后新的矛盾与变化在文化上的表现,也体现出两岸文化人寻求相互理解、促进共同发展的迫切愿望。而光复初期台湾社会的剧烈变迁,特别是"二·二八"事件造成的两岸隔阂、省籍矛盾,既是这场论争出现的大背景,又是论争所要面对的社会问题。

光复初期的文学写作主题存在从最初的抒发回归祖国的欣喜到随后表达对国民党统治的不满和社会批判的过渡。由于"二·二八"事件和当局的政治高压,左翼思潮遭受重创,大批进步文化人入狱或逃亡,两岸文化和文学的交流合作也被迫停顿,加之日文废止后部分以日文写作的台湾作家经历了较长时间的沉寂,台湾的文学写作步入低谷,这与当时中国政治力量的博弈演变相关。

1949年国民党败走台湾,随同前来的文化人构成了50年代作家队伍的主体。迁台伊始,国民党当局出于稳定局势和政治需要,文化上也采取了相应的控制手段,在文学上表现为极端政治化的"反共文学"的提倡。这一由官方大力组织和倡导的文学潮流在50年代中前期达到高潮。其主旨在于以文学的形式从事"反共"宣传。极度的意识形态化使它们中的大多数沦为非文学的政治理念演绎,甚至标语口号式的直陈,公式化、概念化成为通病;也有一些作品流露出去国怀乡的失落感。陈纪滢的《荻村传》,姜贵的《旋风》《重阳》,王蓝的《蓝与黑》,司马中原的《荒原》,潘人木的《莲漪表妹》等均为其中有代表性的作品。

在"反共文学"的潮流之外,还存在自由主义文学和迅速壮大的现代主义文学。前者以《自由中国》文艺栏为中心,秉承该刊反对专制、追求民主自由的理念,集结了梁实秋、吴鲁芹等一批自由主义作家,某种意义上可以说,它是五四新文化中以胡适为代表的自由主义一脉在台湾的延续。同时,应和当时台湾社会动荡不安的现实,部分作家开始从西方现代主义思潮中寻找走向内心、表现个人情感的文学表达方式,逐渐形成了从50年代前期到60年代的现代主义文学运动。它的出现既是对文学政治化倾向的逆反,也与当时中国新文学,特别是30年代以来的左翼文学无法在台湾传播有关。当时"台湾的'多数人'都需求逃避现实的活动:他们无意面对前途不明的政治现实。他们与外界隔绝,政治上遭遇种种挫折,又找不到适当的解决之道,于是在台湾的中国作家——大陆人和台省人都一样——渐渐转向内在,'生活在感官、潜意识和梦幻经验的个人世界中'"(李欧梵《中国现代文学的现代主义》)。漂泊沦落、看不到出路的生存焦虑——虽然这种焦虑更多是由于外在的社会政治因素所导致——为接受西方现代主义思潮提供了心理基础。

还有一部分大陆去台作家把漂泊情怀寄寓于思乡忆旧的文字中,开启了当代台湾文学中绵延不衰的乡愁主题。女作家在这方面的表现尤为突出,张秀亚、谢冰莹、琦君、徐钟佩、钟梅音等和在北京度过青少年时代的本省籍作家林海音,均以对大陆风物人情的追忆展示对逝去岁月的深深怀恋。同时,她们也以对爱情、婚姻、家庭题材的敏感和关注,丰富着当时的台湾文坛。出身军中的司马中原、朱西宁、段彩华等多从故乡的逸闻传奇中寻找灵感,广袤的故土几乎是他们取之不尽的创作源泉。

上述文学脉络与国民党当局倡导的"反共文学"同时并存,足以证明意识形态宣传无法取代文学的多方面价值。它们的存在不单是客观上对文学政治化的颓颃,也萌生了日后获得长足发展的某些文学潮流和创作主题。而"反共文学"作为政治宣传的产物,无法避免因特定意识形态的兴衰而兴衰的命运。1960年前后,随着台湾局势的相对稳定和经济的恢复发展,"反共文学"逐渐失去功能,走向衰落。

本省籍作家在经历了"跨越语言"的艰难之后,于50年代中后期陆续恢复创作,或描写台湾乡土社会现实,或接续殖民时期的创作主题。钟理和(1915—1960)反映台湾社会普通人生活的创作延续了日本殖民以来台湾作家贴近乡土、自然质朴的文学传统,体现了本省籍作家这一时期的创作成就。钟理和生于台湾屏东,早年因追求婚姻自主而远走大陆,1946年回到台湾,一生饱受疾病和贫困的煎熬。他以亲身经历创作的小说再现了动荡年代普通人的挣扎和奋斗。《夹竹桃》描写北平大杂院下层市民的生活;《同姓之婚》《贫贱夫妻》表现台湾青年打破封建礼教的束缚、赢得婚姻自主和患难夫妻相濡以沫的真挚情感。长篇小说《笠山农场》除爱情婚姻主题外,又以较广阔的生活场景展示光复后台湾农村的社会风俗、道德伦理和经济形态,成为光复后台湾乡土文学的重要作品。

以年代划分不同的文学时期可谓文学史论述中简单明了的方式之一,但也容易令人产生以刻板的年代分割丰富的文学现象的联想。这里年代的使用仅限于时间意义。兴起于50年代并获得迅猛发展的现代主义文学是60年代台湾文坛的主导力量,它以现代主义诗歌运动为发端,又以《现代文学》作家群和七等生的创作在小说领域结出累累硕果。现代主义文学对西方现代哲学与文学精神和手法的吸收借鉴及偏重内心的价值取向,使之与写实文学传统拉开了距离,因而几乎从它诞生之日起就伴随着批评和质疑,特别是在诗歌领域。现代主义文学正是在批评和质疑中不断调整与传统和现实的关系,走向发展成熟的。60年代也是写实主义文学全面复苏并获得较大发展的时期。除殖民时期老作家外,战后较早出现的本省籍作家进入创作高峰期,更年轻的本省籍作家也已崭露头角。他们中的一些人在现代主义文学运动中成就突出;另一些人或采用传统方式,或借鉴现代手法,倾心于台湾乡土生活的表现,成为蓬勃发展于70年代的写实主义潮流的中坚。战后较早出现的本省籍作家钟肇政以气魄宏大、内容丰富的小说创作确立了他在台湾写实主义文学发展中承前启后的地位。钟肇政(1925—),台湾桃园人,曾主编《台湾文艺》。1951年开始创作至今,作品数量甚丰,曾获台湾多项文学奖。以长篇小说创作见长,总数达20多部,都以台湾社会的历史和现实为着眼点,一部分作品通过知识分子的个人经历体现道德理想、民族意识和时代变迁,以《浊流三部曲》《鲁冰花》《望春风》等为代表;另一部分取材于历史,如《台湾人三部曲》《马黑坡风云》《高山组曲》等,试图从再现历史中把握可歌可泣的民族灵魂。"三部曲"式的长篇小说结构宏大、场景壮阔,以其史诗风格成为台湾"大河小说"的源头。

70年代是台湾政治、经济、外交、文化激烈动荡的时期。保钓运动激发了民族意识的觉醒;西方世界的石油危机波及台湾,对美、日过度依赖的经济不稳定性开始引起注意;台湾退出联合国、尼克松访华、中日建交、中美建交等不啻强烈的政治风暴席卷台湾岛。这一切"动摇了前20年国民党威权体制所建立的稳定局势,暴露了台湾社会所潜藏的种种问题,因而改变了知识分子整体的思想倾向"(吕正惠《七八十年代台湾乡土文学的源流与变迁》)。台湾社会政治改革的呼声高涨,文化上掀起了关怀社会、深入民间的"回归乡土"运动。以现代诗的批评、乡土文学论战和写实主义小说为标志的乡土文学运动,正是社会变动在文学上的表现。

1972年关杰明的《中国现代诗人的困境》(《中国时报·人间副刊》,1972年2月28、29日)、《中国现代诗的幻境》(《中国时报·人间副刊》1972年9月10、11日)和随后不久唐文标的《诗的没落——台湾新诗的历史批判》(《文季》创刊号,1973年8月)、《僵毙的现代诗》(《中外文学》2卷3期,1973年8月)等文,以对台湾现代诗反叛传统、"全盘西化"的激烈批评引起诗界震动;颜元叔的《唐文标事件》(《中外文学》2卷5期,1973年9月)、余光中的《诗人何罪》(《中外文学》2卷6期,1973年10月)和1974年6月的《中外文学》诗专号等站在维护现代诗的立场予以反批评。这场诗界论争既是长期以来对现代诗批评的集中体现,也是当时民族情绪高涨、反思过度西化的缺陷、提倡文学反映社会现实的产物,并由此成为乡土文学运动的前奏。

1976年起,部分作家、批评家发表文章,提出对乡土文学的质疑和否定,引发了大规模的乡土文学论战。王拓的《是"现实主义"文学,不是"乡土文学"》(《仙人掌》第2期,1977年4月)、叶石涛的《台湾乡土文学史导论》(《夏潮》1977年5月),从史的角度作出了台湾乡土文学为反映社会的现实主义文学的理论概括,后文更明确地提出了"台湾意识"的问题;陈映真的《"乡土文学"的盲点》(《台湾文艺》革新二号,1977年6月)、《文学来自社会反映社会》(《仙人掌》第5期,1977年7月)则将乡土文学纳入中国文学和中国意识,强调其反帝、反封建的民族主义特质。1977年7月后,激烈攻击乡土文学的文章集中出现,彭歌的《不谈人性,何有文学》(《联合报》1977年8月17—19日)、余光中的《狼来了》(《联合报》1977年8月20日)等文将乡土文学称为"鼓吹阶级对立"的"工农兵文艺",导致乡土文学倡导者的激烈反应。这场论战虽然在同年8月官方召开的文艺会议上宣告平息,其影响却十分深远。它超出了文学论争的范围,成为70年代台湾社会政治文化的一部分;它对台湾文学乃至文化发展历程的检讨和追溯为日后的反思和前瞻提供了新的经验和角度,其中一些代表性观点甚至演化为八九十年代台湾思想文化界、文学界的热点;它直接促成了写实主义文学的兴盛,造就了现代主义与写实主义交融整合的崭新局面。

"留学生文学"是台湾文学发展过程中的一个特殊现象。50年代末以来,以美国为主要目标的留学浪潮席卷台湾,许多青年人出于对台湾前景的忧虑和悲观、父辈"过客"意识的影响和西化风潮导致的时尚趋同心理,把留学当作至高的人生理想而自我放逐,其中许多人最终定居异乡。留学生的特殊经历使他们能够亲身感受东西方文化的巨大差异,由此带来的精神压力和远离故土的漂泊感,随即化作他们笔下异乡人的基本情感形态;留学生及海外华人的生存挣扎也常常成为这类作品的主要情节架构。

70年代前"留学生文学"的代表作家是於梨华(1931—)。她的长篇小说《又见棕榈,又见棕榈》描写台湾留美学生牟天磊十年的生活历程,"循着留学前的憧憬,异乡的艰辛孤独,到衣锦还乡所见的人性虚荣和幻灭的过程,写出一个徘徊在两种文化间的彷徨心态"。这个与传统隔绝又不能融入西方文化,处于留与不留两难境地的人物道出了一代人抉择的困惑,作家也因而被称为"无根的一代"的代言人。"那个阶段的留学生文学实际上多是西方所说的成长(initiation)的故事,对生长过程的怀恋、好奇,对未来的企望与畏惧是正常的反应,而由于当年台湾与外界的隔阂,西方文化的冲击在一批正在成长的青年人之间就不免产生了一种悲喜莫名的非常心态了。"(齐邦媛《留学"生"文学——由非常心到平常心》)

在台湾社会经济迅速发展的大格局下,70年代留学生的出国动机和心态已不同于以往,当年的留学生也大多度过了寄寓海外最初的艰难,进入稳定发展的时期。"留学生文学"也从诉说个人的失落和苦闷逐渐转向对国家民族乃至人类命运的关怀。张系国(1944—)的《地》《香蕉船》,对海外华人生活的表现更为开阔多样;他的《昨日之怒》以留学生的保钓运动为内容,表现知识分子在民族意识感召下奋发进取的精神和行动。这个时期及以后的"留学生文学",如杨牧、马森、刘大任、曹又方、保真、顾肇森等人的海外题材作品,也从简单的东西方文化的对立冲突中走出来,以现实的平和取代浪漫的感伤,渐渐不再用强烈的戏剧手法写留学生的非常心态,而以较舒展的平常心重估现实,写出种种新路来。生活于海外的自然心境与中国人的情怀相互交融,为"留学生文学"提供了更为阔大的文化视野。

通俗文学的繁荣兴旺是当代台湾又一重要的文学和文化现象。与占据文学史主体地位的"纯文学"或"严肃文学"不同,通俗文学的发展更具社会文化的直接相关性,它不但涉及作者、读者,更与商业社会、消费形态、大众心理、媒体运作等息息相关。从50年代中后期起即由经济发展而迅速进入商业社会的台湾,通俗文学基本处于自由发展的状态,并随着商业社会的不断演进而变化。"产业结构的改变、社会心理的趋势,都提供了改变通俗文学内容和方向的背景,科学昌明带给科幻小说发展的基础,商业社会及副刊文化的消费性格则提供大量短小轻薄的'快餐文学'。"(郑明娳《通俗文学与纯文学》)言情和武侠小说是台湾五六十年代通俗文学的主体;60年代末科幻小说异军突起,逐渐演化为较重要的文类;70年代后期报纸副刊改革风潮盛行,大大推进了文学商品化的进程;80年代以来,随着部分书店的企业化经营和畅销书排行榜制度的确立,通俗文学的市场进一步扩大,呈现汇集武侠、言情、科幻、推理多种类型的局面。

执台湾言情小说牛耳者非琼瑶(1938—　)莫属。这位高产作家以《窗外》《烟雨蒙蒙》《紫贝壳》《几度夕阳红》等40多部中长篇小说风靡了六七十年代的台湾和80年代的大陆。浪漫多彩的爱情故事和小说人物细致缠绵的情感形态,是它们赢得众多读者,特别是青年人喜爱的重要因素。爱情至上又不逾越传统伦理道德规范、追求美好理想而不脱离日常生活情境、典雅的诗词歌赋融于通俗易懂的语言,总体的模式化结构配合曲折多变的戏剧性情节等等,可谓琼瑶小说的基本特征。它们引起的广泛的接受反应也为研究通俗文学的流通与消费提供了范本。80年代以来的新一代言情小说被称为"都市浪漫小说"或"红唇族文学",这类作品继续着它们的前辈执著于爱情的创作理念和拥有广大青年读者群的市场特征,同时显露现代都市文化精神,其生产、流通和消费也已完全纳入畅销书的运作模式中。

台湾的武侠小说创作始于郎红浣1952年起连载的《古瑟哀弦》《碧海青天》《瀛海恩仇记》等作品,在整个60年代达到高潮。当时的武侠小说家多达数百人,并形成若干流派,卧龙生、司马翎、伴霞楼主、诸葛青云、上官鼎等均为名家。采用现代观念和手法创作的新派武侠小说出现于60年代初,经陆鱼、古龙、温瑞安的经营,遂成台湾武侠小说的主流。其中尤以古龙(1936—1985)的创作最为人称道。从1960年起,古龙先后创作了百余部武侠小说,主要有《楚留香》系列、《多情剑客无情剑》《天涯·明月·刀》等。契合现代社会的思想观念和生活方式,古龙小说将大量现代意识和手法融入传统小说类型,文体上追求快节奏、口语化;以推理方式带动情节发展;总体文化氛围、价值观念和人物性格心理也常常逸出传统,显示出西方现代主义的影响。70年代中期以后,多数武侠名家停止创作,新派武侠遂日渐式微。及至后来的"超新派""现代派"武侠小说,因过度标新立异,缺乏文化内涵,仍难以扭转台湾武侠小说的颓势。

从1968年张晓风发表小说《潘渡娜》、1969年张系国的《超人列传》和黄海的科幻小说集《一〇一〇一年》问世始,科幻小说登上台湾文坛并逐渐引起注意。时至80年代,出现了专门的科幻杂志、科幻小说选和小说奖,一些颇具实力的新世代作家也纷纷涉猎科幻创作。旅美作家兼电脑专家张系国在这一领域的理论和实践尤为突出。他的科幻小说集《星云组曲》和《城》三部曲等"以西方科幻知识为背景,努力从中国新文学传统中去开拓科幻领域",避免采用通俗的手法,试图在更深的层次反省人类的处境,从而拉开了科幻小说与通俗文类的距离,启发了后来的科幻作品超越通俗模式、将幻想与人文精神相结合的创作道路。除上述作品外,重要的科幻小说还有黄海的《天堂鸟》《新世纪之旅》《偷脑计划》《第四类接触》等;吕应钟的《时光巡逻员》、叶言都的《高卡档案》、黄凡的《零》、林燿德的《双星浮沉录》《时间龙》等。

当世界格局在80年代发生重大变化之际,台湾社会也处于空前活跃的时期。政治上的民主力量使国民党的专制体制遇到强有力的挑战,1987年戒严令的解除和随后的报禁、党禁的开放成为政治民主和言论自由的前提;经济的发展加速了都市化的进程和都市文明的扩展与丰富,加之信息社会的形成和迅速生长的大众消费文化等诸多因素,共同推动着台湾向后工业社会过渡。世纪之交,台湾政治实现了政党轮替,各方力量重新洗牌,蓝绿对立、省籍矛盾、族群冲突、统独之争集中呈现;国族认同、身份建构莫衷一是。从积极方面看,民主精神深入人心,政治禁忌得以破除,思想文化多元发展,使台湾社会众生喧哗、充满活力;从消极方面看,出于党派利益之争形成的非理性冲突毒化了台湾的社会关系,激进本土思潮的文化政治思维带来了认同的混乱,政治人物的贪腐丑闻重挫了民众对社会的信心。台湾社会就是在这样的纷扰中走过了90年代和新世纪的第一个十年。

应和社会变迁,80年代以来的台湾文学出现了一些与以往不同的发展趋向,首先是文学思潮、创作方法等方面的无主流状态。过去几十年间某一思潮或倾向居于显著地位、独领风骚若干年的局面已不复存在。现代主义与现实主义两大文学潮流相互吸收融合,后现代主义的出现又大大改变了既有的文学观念,它在颠覆语言万能的同时也质疑历史叙述与体制的确定性,它的意义在于提供另一种"文学创作方法"及"如何看待文学"的选择。其次是题材、主题的拓展导致多种文学类型的共存和相互交融。都市文学、政治文学、女性文学、环保文学、同志文学、少数民族文学、眷村文学、自然书写等类型均就台湾社会80年代以来的诸多热点作出文学叙述,同一作品也常常兼及几种文类。都市文学伴随着都市文明的成长而日趋兴盛,其内涵不再是简单的城市与乡村的二元取向,而涉及都市社会的方方面面和都市人的复杂情感。它与文化上的后现代主义有极为相似的血统,两者均十足反映了当代社会及文化环境的变迁。80年代兴起的政治文学集中反思国民党在台湾的统治,瓦解以往政治神话,浮现多重意识形态。女性文学超越闺怨题材,正视当代女性面临的新处境,甚至从身体政治、性别政治的角度再思女性的社会角色和象征意义。创作主体的少数民族身份是少数民族文学的基本特征,它发源于80年代兴起的少数民族复权运动,借用汉语书写少数民族的生活形态、文化记忆和精神信仰。眷村文学以独特的眷村文化及其在时代大潮中的演变为内涵,以重建一个时代和一个族群的历史记忆。自然书写传达的是人对自然的新解读,即关注自然世界的生态秩序,反思人类的生存与环境问题。马以工、刘克襄、吴明益是30余年来自然书写的代表性作家。从方法上看,后设小说、魔幻写实小说、新闻立即小说、历史寓言小说、后设诗、方言诗、录影诗等也为艺术手段的多种尝试提供了明证。

家族书写、旅行文学、饮食文学、网络文学、新乡土书写等是90年代以来台湾文坛的新热点。因应台湾社会众声喧哗、族群关系因政治或历史原因被改变,以及建构各类历史叙述的欲望,家族写作日渐繁盛,作家期待以这种方式重建个人、家族或族群的记忆,以与原有的历史叙述相互对话和抗衡。郝誉翔《逆旅》、陈玉慧《海神家族》、张大春《聆听父亲》、骆以军《月球姓氏》和《西夏旅馆》、亮轩《坏孩子》(大陆版名为《飘零一家》)、齐邦媛《巨流河》等都是家族书写的著名文本。旅行文学的风行与商业时代的文化消费密切相关,作者通过观看和行走的记录向读者传达对世界的看法,舒国治、刘克襄可谓代表。世纪之交流行的饮食文学,其书写中心不一定完全在饮食本身,更可能将饮食与记忆和情感相联系,或借助饮食的吸引力和欲望特征传达某种文化政治隐喻。重要作品有:林文月《饮膳札记》、焦桐《完全壮阳食谱》、李昂《鸳鸯春膳》、爱亚《味蕾唱歌》等。互联网时代的到来催生了台湾的网络文学,从BBS到部落格、脸书,网络成为文学写作的新媒体,改写了文学写作与发表的权力结构,网络文学更被纳入研究论述和文学奖内,从痞子蔡到九把刀,网络文学已发生了代际更替。虽然网络文学大多最终会走上纸本形态,但它丰富了台湾文学的生产与传播方式。

在创作之外,90年代以来的重要现象是台湾文学的体制化趋向。应和本土化的兴起和政治格局变化的趋势,台湾文学也进入了被称之为"体制化"的阶段,即由台湾当局设立专门的文化机构从事台湾文学的教育、推广、管理等,以建构特定地域的特定文学属性。

消费社会中文学的商品化几乎是无可回避的现实课题。不但通俗文学的生产和消费已纳入市场轨道,严肃文学也力求大众化,因而导致这两类文学的分野趋于模糊。一些著名作家借助多种媒体走向公众,也使个人化的创作行为或理念诉诸社会化的认知方式。

新世代作家和稍后的"文学新人类"的崛起,以及新乡土写作潮流,是八九十年代以来台湾文学创作主体变异的根本标志。他们以变革的观念和姿态带给走向新世纪的台湾文学新的视野和胸怀,上述文学思潮、文类、艺术手段的变异与创新,许多都是通过他们的努力得以实现。这些书写当代、创造当代的一代人也是台湾文学超越当代、迈向未来的希望。

第二节 《现代文学》和《文学季刊》作家群

重要的文学社团和刊物往往成为特定时代文学潮流和作家群体的发源地,这已是不争的文学事实。现代文学媒体对文学发展的影响已经成为文学研究的重要课题之一,《小说月报》《创造》《现代》《七月》等刊物在中国现代文学的不同时期均体现了文学流派、作家群体的特色及其发生、发展的脉络。光复前的台湾由《南音》《福尔摩沙》《先发部队》《台湾文艺》《台湾新文学》《台湾文学》等文学刊物维系了殖民统治下台湾新文学的一线命脉,其中的一些刊物还集结了艺术追求乃至政治倾向相近的作家,显示出独特的创作个性和路向。战后台湾一些重要的文学刊物和报纸副刊在形成文学流派、文学论争、文学思潮等方面也产生了相当大的作用与影响。光复初期的《新生报》"桥"副刊曾开展台湾文学发展道路的论争;60年代《台湾文艺》和《笠》诗刊的创办直接促成了本省籍作家群的崛起;70年代后期以来,《联合报》和《中国时报》两大报的文艺副刊调整办刊方针,设立文学奖,极大地促进了台湾文学创作的兴盛。相对于报纸文艺副刊读者面广的特点,文学刊物更能体现文学界内部的潮起潮落和作家艺术追求的演变。从50年代到80年代,台湾文坛思潮迭起,一代代作家以不同的方式寻求新的艺术道路。这当中有两份文学刊物集中创造了这段历史上的许多重要文学事件,成为重要文学思潮和创作成就的体现者。它们是在台湾现代主义文学特别是现代主义小说的发展过程中举足轻重的《现代文学》,和以写实主义为圭臬,在乡土文学论争中发出响亮声音的《文学季刊》。

《现代文学》与较早出现的《文学杂志》有着密切关系,前者的核心成员也多是通过后者走上文坛的青年学子。1956年,由台湾大学外文系教授夏济安主编的《文学杂志》创刊,以倡导"朴实、冷静的作风"和介绍西方现代主义文学,在台湾文坛尤其是小说界独树一帜,吸引了众多的文学青年。台大外文系学生丛甦、刘绍铭、陈秀美(若曦)、白先勇等都在此发表过作品。由于它同时关注文学理论和中西文学论著,又被视为后来台湾大学《中外文学》杂志的前身。从杂志的主张和具体内容看,主编者和写作者是想拓宽台湾的新文艺创作,并且推进中国文学研究的理论。所以他们不走官方的反共抗俄的文艺路线,而是走为文学而文学的学院派路线。小说家白先勇这样回忆他初读该刊所受的感动:"夏济安先生编的《文学杂志》实是引导我对西洋文学热爱的桥梁。我作了一项我生命中异常重大的决定,重考大学,转攻文学。"白先勇还谈到夏济安"给我们文学创作上的引导,奠定了我们日后写作的基本路线。他主编的《文学杂志》其实是《现代文学》的先驱"。

1959年夏济安赴美;翌年8月《文学杂志》停刊。台大外文系学生白先勇、王文兴、陈若曦、欧阳子等人决定自己动手编辑一份新的文学杂志。1960年3月,新杂志创刊,取名《现代文学》。《发刊词》中写道:

> 我们愿意《现代文学》所刊载的不乏好文章。这是我们最高的理想。我们不愿意为辩证"文以载道"或"为艺术而艺术"而花篇幅,但我们相信,一件成功的艺术品纵使非立心为"载道"而成,但已达到了"载道"的目标。

> 我们打算分期有系统地翻译介绍西方近代艺术学派和潮流,批评和思想,并尽可能选择其代表作品。我们如此做并不表示我们对外国艺术的偏爱,仅为依据"他山之石"之进步原则。
>
> 我们不想在"想当然"的瘫痪心理下过日子。我们得承认落后,在新文学的界道上我们虽不至一片空白,但至少是荒凉的。祖宗丰厚的遗产如不能善用即成进步的障碍。我们不愿被目为不肖子孙,我们不愿意呼号曹雪芹之名来增加中国小说的身价,总之,我们得靠自己的努力。
>
> 我们有感于旧有的艺术形式和风格不足以表现我们作为现代人的艺术情感。所以,我们决定试验,摸索和创造新的艺术形式风格。我们可能失败,但那不要紧,因为继我们而来的文艺工作者可能因我们失败的教训而成功。……
>
> 我们尊重传统,但我们不必模仿传统或激烈的废除传统。不过为了需要,我们可能做一些"破坏的建设工作"。

《发刊词》最强调的其实不是各种主张的具体内容,而是"我们"这个创造的主体。由于发起者和经营者是一群凭借青春和对创造的热望投身于文学事业的年轻人,"似乎它一直就注定了是个'新锐'的杂志,一批批年轻的学子参与,然后离开走上他们各自更成熟的路。因而《现文》标志的正是在那一段岁月中,许多人的青春。为了对于文学的爱,许多的作者把他们的青春的美丽与哀愁,镌铸为发表在其中的篇篇作品"(柯庆明《短暂的青春!永远的文学?》)。

《现代文学》从创刊到 1973 年停刊,历经 13 年,共发行 51 期(1977 年在远景出版社支持下复刊,出刊 22 期,1984 年再度停刊),由最初的大学生同人杂志迅即成为台湾现代主义文学的重要园地,它的出版发行不仅造就了一群具有明确现代意识的作家,更直接推动了 60 年代台湾现代主义文学的兴盛。曾参与该刊创办工作的旅美学者李欧梵指出:"在历史性的意义上,这份不装门面的双月刊(后来改成季刊),却占有其一席之地,可和早期声名较著的《小说月报》《创造月刊》和《新月》等量齐观。如果说上述这些杂志有助于介绍 19 世纪的浪漫主义和写实主义,则 20 世纪现代主义的发展和评估,就是《现代文学》(虽然前有《现代》杂志)这份独特刊物的主张。"

这份刊物最突出的特色在于系统地介绍西方现代主义文学。从第一期开始,该刊先后以专辑的方式介绍了卡夫卡、托马斯·曼、乔伊斯、劳伦斯、伍尔芙、波特、萨特、奥尼尔、福克纳等西方现代主义作家和作品,在当时可谓影响空前。这些介绍尽管不无可斟酌之处,却对台湾文学界接受西方现代主义文学产生了巨大影响。

《现代文学》最大的成就体现在文学创作和作家培养上。共发表小说206篇,多数为具有现代主义特色的作品;涉及作者70人,除少数成名作家外,在60年代崛起的台湾名小说家,跟《现代文学》,或深或浅,都有关系。白先勇、王文兴、欧阳子、陈若曦、丛甦、王桢和、施叔青、陈映真、七等生、水晶、於梨华、李昂、林怀民、黄春明、王拓、子于、李永平等大都在《现代文学》上发表过作品,有的由此走上小说家之路。欧阳子编选的《现代文学小说选集》从所刊载的小说中精选了33篇,包括朱西宁的《铁浆》、陈映真的《将军族》、黄春明的《甘庚伯的黄昏》、丛甦的《盲猎》、王桢和的《鬼·北风·人》、白先勇的《游园惊梦》、奚淞的《封神榜里的哪吒》、陈若曦的《辛庄》、欧阳子的《最后一节课》、於梨华的《会场现行记》等,都可以称为60年代台湾短篇小说的优秀典例。

探索人类的生存处境、存在的意义和现代人的内心世界,成为这些作家借鉴西方现代主义文学的主要表现之一。五六十年代的台湾社会,政治的动荡、经济的转轨、文化价值观念的崩溃与重建,促使一代作家重新寻找精神家园,再现社会变动中人们失望、焦虑、惶惑的心理状态,质疑既往较为确定的存在意义。"目击如此新旧交替多变之秋,这批作家们,内心是沉重的、焦虑的。求诸内,他们要探讨人生基本的存在意义,我们的传统价值,已无法作为他们对人生信仰不二法门的参考,他们得在传统的废墟上,每一个人,孤独的重新建立自己的文化价值堡垒,因此,这批作家一般的文风,是内省的、探索的、分析的;然而形诸外,他们的态度则是严肃的,关切的。"(白先勇《〈现代文学〉的回顾与前瞻》)现代西方哲学、心理学、文学的理论和主张恰恰在很大程度上满足了他们诠释现代生活的需要,因而,作为西方现代主义文学哲学基础的存在主义、精神分析等理论和它们擅长说明的孤绝心态、潜意识和梦境等也在这些作家笔下清晰地折射出来。《现代文学》创刊号所载丛甦的《盲猎》即是一篇现代人生存困境的寓言。它以人们在黑暗中狩猎,既看不到猎物也看不到猎者,失掉了彼此的联系,无从把握自己的处境和命运的场景,喻示现代人的内心焦虑和孤绝境遇。虽不属学院派,却是《现代文学》主力作家之一的七等生,以表现"自由""爱"等理念和独特的自我意识见长,使小说成为灰色人生背景下特立独行的灵魂的再现。《来到小镇的亚兹别》以孤独而不见容于社会的主人公生存和毁灭的过程,展示个体反叛社会、寻找归宿的挣扎和痛苦。

对小说艺术性的强调和多种表现技法的积极实践，是《现代文学》小说家的又一共同追求。他们认为，小说之成为艺术品，"绝对要以艺术形式、技巧来判断是否完整，这是个比较靠得住，比较客观的批评方法"；"艺术性成了创作家作品的生命，这是他的工作和品格学养的表现"；"小说技巧的创新性，事实上是这份杂志的现代主义另一个主要的品质证明"。它的最突出的表现就是对西方现代小说技法的借鉴和应用，心理描写、多重叙事、意识流、隐喻、象征等不但多见于自觉张扬现代主义精神的作品，在一些强调写实的创作中也屡见不鲜。当然，明显的现代主义倾向并未导致《现代文学》小说家对中国文学传统的背离，尽管20世纪30年代的文学遗产在当时由于政治的原因而无从继承。他们大都立足于现实生活，将现代主义精神和技法融汇于民族精神和台湾社会的表现之中。

一般认为，《现代文学》是西方现代主义文化和文学思潮五六十年代涌入台湾时在文学上的体现，特别是它的一些作家对西方文学观念和手法的大胆借鉴，在当时引起了一定的争议，这些作家也被批评者称作"无根与放逐"的一代，体现了"全盘西化的现代前卫文学倾向"。但是文学现象往往需要更多地放在历史中去确立其地位和意义，几十年过去，当时《现代文学》年轻作家们的艺术实践已经证明他们在台湾文学发展道路上确立了自己的里程碑，现代主义的前卫意义已经消失，但其开拓性和对艺术多元化发展的贡献却有目共睹，对"西化"的意义也需要重新作出评估；更何况，《现代文学》的现代主义倾向不是绝对的，在它的中期，这一作家群中西化色彩最浓厚的王文兴曾筹办占全刊四分之一篇幅的"中国古典文学研究"专栏；而上述核心作家的创作也相当注重将现代主义精神与民族文学传统相融合，白先勇的小说在此堪称典范；欧阳子的作品在表现现代人心理方面，往往采用西方古典主义的手法；陈若曦在最初的意识流实践后，风格趋向传统写实。《现代文学》后期主编柯庆明曾谈到这一作家群对现代主义"只是文学技巧上的学习而非意识形态模仿"，可谓持平之论。历史上对《现代文学》的批评并不局限于文学内部，而与社会文化思潮有关，同时也有批评者个人或群体立场的影响。

《现代文学》小说家中有一些核心人物，他们不但是创办人，也是主要撰稿人；他们影响甚至决定着刊物的基本路向，而他们自身的文学成就也和这份刊物密不可分。他们是：白先勇、王文兴、欧阳子和陈若曦。

白先勇(1937—　)，广西桂林人，《现代文学》的主要创办者。白先勇生于现代中国内忧外患的历史时期，自幼历经离乱。中国传统文化的熏陶和他显赫的家族在动荡年代中的兴衰荣辱，使他很早就深刻体悟到世事沧桑、人生无常；青年时代接触西方文化，及至以后移居海外，更促使他在中西文化的交汇、冲撞中反思中国人的历史命运。1958年开始创作至今，他一共发表了30多个短篇小说，其中绝大部分首先刊载于《现代文学》；出版有《谪仙记》《台北人》《寂寞的十七岁》等短篇小说集，另有一部长篇小说《孽子》。它们在题材、风格和手法上，以白先勇赴美为标志，呈现明显的前后变化。

在台大外文系就读时的创作是白先勇的早期作品，共11篇。除《藏在裤袋里的手》外，其余均收入短篇集《寂寞的十七岁》。部分作品明显基于作者青少年时的生活经验，《金大奶奶》《我们看菊花去》（原名《入院》）、《玉卿嫂》《寂寞的十七岁》即如此。《我们看菊花去》描写弟弟送患精神病的姐姐去医院，深挚的姐弟亲情带有作者切身体验的影子。《玉卿嫂》则是白先勇根据旧事传闻演绎而成的一出爱情悲剧，以男孩"容哥儿"的口吻，讲述了年轻寡妇玉卿嫂因爱的绝望而杀死情人继而自杀的故事，表现了对人性和欲望的艺术思考。另一些作品，如《月梦》《青春》《闷雷》《小阳春》等，洋溢着浓厚的幻想色彩。《青春》与《月梦》的主题相似，所写的都是老年与青少年的对比以及同性之间的爱恋关系。可是，从更高的层次去看，两篇小说所描写的是对青春不再、对时间的变动而造成的毁灭的畏惧。这实际上已经开启了白先勇创作中一以贯之的对时间的敏感、对美的事物不长存的怅惘之情。主观意识和唯美倾向是这部分作品较为明显的特征，作者倾心于营造心目中美好的理念和影像，带有年轻人耽于浪漫的印迹，手法上也不免模仿的斧痕，然而它们已大致确立了白先勇后来创作的基本主题，即"生老病死，一些人生基本永恒的现象"（白先勇《蓦然回首——〈寂寞的十七岁〉后记》）。

负笈美国，是白先勇人生和创作新阶段的开始。在西方文化冲击导致的认同危机面前，作者开始大量阅读有关中国历史、政治、哲学、艺术书籍和"五四"以来新文学作品，重新认识民族传统，加深了对自己国家的文化乡愁。"纽约客"和《台北人》就是在这样的思想基础上开始创作的。

总题为"纽约客"的系列小说，从赴美不久的《芝加哥之死》到1986年的《骨灰》，再到2000年后的《Danny Boy》和《Tea for Two》，共11篇。描写的是20世纪中叶以来部分旅美中国人的生存图景，他们或自愿或被迫流浪于新大陆,丧失了固有的文化根基,因而焦虑、恐慌、挣扎、沉沦。吴汉魂(《芝加哥之死》)经过六年留学苦读拿到博士学位,却突然感到空虚和失落,灵魂无所寄托,终于走向毁灭。绰号"中国"的世家小姐李彤(《谪仙记》),高傲美丽,在异国他乡仍备受尊宠;然而一夜之间"国破家亡",李彤几经灵肉的挣扎,最终魂归她的出生地威尼斯;在这个人物身上,凝聚着历史和人性的丰富内涵,她所体现的末世辉煌终于沉落,既象征贵族文化的命运,也蕴含美学上的悲怆意味。"纽约客"是思考中西文化冲突的产物,尽管有些作品略显简单,却代表着作者在西方背景下反观传统文化、民族命运的努力。这种努力进而化为《台北人》中深厚的历史感和对中国文学传统的继承。

创作于1965—1971年间的14篇《台北人》,以由于政治动荡而流落台湾的大陆人为对象,对比他们往昔的辉煌和今日的沦落,抒发作者对历史变迁、世事沧桑的感喟。小说中众多人物,上至功勋卓著的军政要人、显赫一时的贵妇名媛,下至潦倒失意的普通军人、青春不再的低级舞女,展示了台北社会的众生相;他们分别经历的辛亥革命、"五四"运动、北伐、抗日、国共内战、国民党政府迁台,又恰似中国现代史的缩影。他们是"此刻"的"台北人",也承载了"过去"沉重的世事人生。

朴公(《梁父吟》)当年曾亲历辛亥革命,叱咤风云,勇不可当,而今沉沉老去,故友飘零,只有超然世外,在传统文化的流风余韵中保持孤傲的风骨。《国葬》中的李浩然将军曾是北伐和抗日的英雄,晚年却备受冷落,郁郁而终,风光的葬礼也掩饰不住他晚景的寂寞和身后的凄凉。《游园惊梦》中的钱夫人也曾富贵一时,如今繁华散尽,往日荣耀已成遥远的梦幻。那些围绕着尹雪艳(《永远的尹雪艳》)的人们,迷恋于这位"永远不老"的精灵,企图凭借她拉住时间的脚步,重温旧梦。即便是社会底层的小人物,同样在世事变幻中无法割舍过去而饱尝梦幻破灭的悲哀。"台北人"的悲剧自有深刻的时代和社会的原因,而时间之流逝、人世之无常、生命之大限,更是深潜于表象之下的、拨弄"台北人"命运的巨手。欧阳子因而将《台北人》的主题概括为"今昔之比""灵肉之争"与"生死之谜"。她进而分析道:"《台北人》一书只有两个主角,一个是'过去',一个是'现在'。""而潜流于这十四篇中的撼人心魄之失落感,则源于作者对国家兴衰、社会遽变之感慨,对面临危机的传统中国文化之乡愁,而最根本的,是作者对人类生命之'有限',对人类无法常葆青春,停止时间激流的万古怅恨。"正如《台北人》卷首所引刘禹锡的《乌衣巷》:"朱雀桥边野草花,乌衣巷口夕阳斜。旧时王谢堂前燕,飞入寻常百姓家。"

这样的主题也来自作者对中国文学传统的理解:"中国文学的一大特色,是对历代兴亡、感时伤怀的追悼,从屈原的《离骚》到杜甫的《秋兴八首》,其中所表现出人世沧桑的一种苍凉感,正是中国文学最高的境界,也就是《三国演义》中'青山依旧在,几度夕阳红'的历史感,以及《红楼梦》'好了歌'中'古今将相在何方,荒冢一堆草没了'的无常感。"(白先勇《社会意识与小说艺术》)《台北人》即是追求这一"中国文学最高的境界"的艺术实践,白先勇从青少年时期就萌生的对时间的感悟、对人生的悲悯到此达到极致。

白先勇迄今为止唯一的长篇小说是始创于1971年的《孽子》,1977年起连载于《现代文学》复刊号。它涉及敏感的同性恋内容,表现台北新公园一群"青春鸟"不被承认、不受尊重的生活,他们被逐出家庭和社会,只得沦落到暗无天日的"王国"中去,以求生存和爱与被爱。为了得到人的尊严和关怀,他们不断地寻找失落的家园,寻找父亲及父亲所代表的温暖和归宿。他们的挣扎、他们试图改变"边缘人"位置的努力,都透露出作者对人、对人性深深的理解和同情。和白先勇许多寓意深刻的作品一样,《孽子》的表层含义中还潜藏着丰厚的深层寓意,它"并不单是描写青少年的问题,全书的大架构是中国的父权中心社会以及父子——不只是伦理学上的,而且也是人类学、文化学和心理学上的父子——的关系"(蔡克健《访问白先勇》)。父象征着中心、权力、尊严、秩序、统治和传统,子意味着边缘、失落、反抗、被统治和异端,因此二者的关系不仅是家庭的,也是社会、政治和文化的。

对小说艺术技巧的关注,是白先勇创作的突出特征。在他看来,文学家过于人者,只在文字的驾驭力和技巧的表现。叙述观点的多方位运用常常成为白先勇小说表现人物个性、语言风格甚至主题意义的有效工具。除全知观点外,他也擅长采用作品人物的观点展开叙述,其中又有主观和旁观角度之不同。《一把青》《孤恋花》以次要人物的旁观叙述烘托主角,强调人物命运的身历感;《金大奶奶》和《玉卿嫂》以儿童的眼光看待世界,避免直陈式的道德评判,并突出故事在人物心中引起的强烈震撼;《游园惊梦》则以主观和全知观点的交叉互换,既展示环境与人际的前后变化,又凸显人物内心的沧桑。作者则隐身于故事背后,通过艺术与读者见面。这一技巧是"对那种单一的主观形态或单一的客观形态的摆脱,是对作者——小说人物——读者之间拙陋的直线关系的舍弃",因而形成多重变幻的叙述景观。

为使小说承载深重的历史与人性内容,象征手法几乎无可回避。而象征与写实的融合,正是白先勇融传统于现代的成功之处。尹雪艳的青春不老和尹公馆的繁华依旧,无一不是写实,而这个不老的精灵又意味着时间的停滞,晃动着死亡的阴影。人们对她的追逐与迷恋,既是现实的情景,更是他们沉溺于过去、不自知地走向死亡的绝妙暗示。钱夫人暗淡的大陆绸长旗袍、她"只活过一次"时的骏马,特别是一曲《游园惊梦》,均在写实中透出无尽的象征意蕴。

白先勇小说的文字经营颇见功力,这得益于他对中国古典文学,特别是《红楼梦》的研习借鉴,以及各地方言的吸收运用。他善于根据不同人物的身份和经历设计独具个性的语言和对话,使之生动传神。意识流和内心独白的灵活运用,更是作者将西方现代小说手法融注于地道的中国小说的出色表现。"白先勇是一个道道地地的中国作家。他吸收了西洋现代文学的各种写作技巧,使得他的作品精炼,现代化;然而他写的总是中国人,说的是中国故事。"(欧阳子《寂寞的十七岁·序》)

王文兴(1939—),福建福州人。他既是在《现代文学》上着力译介西方现代主义文学的重要人物,也是现代主义文学主张在创作上的积极实践者。王文兴的创作包括短篇小说集《玩具手枪》《龙天楼》以及长篇小说《家变》和《背海的人》。

《玩具手枪》和《龙天楼》共收入15篇作品,因而又有《十五篇小说》合集的出版。它们最初均发表于1960—1966年间的《现代文学》上。作为早期创作,这些作品已经透露出王文兴对西方现代主义文学的关注。其中一些故事以儿童和青少年为主人公,表现他们成长过程中的心理变化和情感波折,特别是某些难以言说的内心活动。《玩具手枪》写一个孤僻内向的大学生以极端激烈的行为对抗同伴的戏弄;《欠缺》中早熟的少年以纯真的童心暗恋裁缝店美丽的少妇,想方设法接近她,但她却骗取他人钱财逃走,少年最初萌生的美好情感转瞬间归于幻灭;《寒流》里的小学生在激烈的内心冲突后,以近乎悲壮的行为战胜了潜藏于心中的性意识。另一些作品侧重表现命运对人的支配力量。萨科洛(《海滨圣母节》)为向保佑他的妈祖还愿,在妈祖诞辰的传统庆典中尽心尽力舞起狮子,然而这一次神明没有保佑他,萨科洛终因为力尽而猝死,显示出命运的安排非人力所能制约。王文兴的早期创作心理描写细致入微,写景状物真切生动,同时也隐约显露出人物与社会的疏离及反叛意识。

1972年开始发表于《中外文学》的《家变》是王文兴的代表作品,讲述的是主人公范晔与父亲矛盾冲突的故事。幼年的范晔有一个和谐融洽的家庭,父子之间充满亲情;然而当长大成为大学助教和家中的经济支柱后,范晔逐渐感到父母的卑微猥琐,开始厌恶父亲的贫穷无能,终于导致父亲离家出走。在历经一番没有结果的寻找后,范晔和母亲照旧生活下去,甚至"更加愉快些"。由于范晔形象与传统伦理道德相悖,更由于小说语言的标新立异,《家变》从发表之始就引起了很大的争论。

　　范晔的极端言行使他当仁不让地成为传统伦理和社会规范的叛逆者,尽管这种叛逆在价值判断上势必引起争议。他曾痛心疾首道:"家! 家是什么? 家大概是世界上最不合理的一种制度! 它也是最最残忍,最不人道不过的一种组织!""今日的年纪耆老的人彼等之所以高张孝道是因为——一概是因为需要'积谷防饥,养儿防老'。"范晔所受的西式教育使他无法容忍传统的家庭关系,这成为他离经叛道的重要因素。尽管范氏父子关系不无父子间永恒冲突的象征意义,因为作者要写的是象征小说,而不是写实小说,它仍然清晰地折射出台湾部分知识分子在西化风潮中对文化传统的叛逆——这正是西方现代主义思潮的基本特征之一——以及台湾社会的发展对形成这一叛逆的重要作用。诚如批评家所言,"王文兴的重要性在于:他的小说以一种极其特殊的方式,为台湾最西化的那一代知识分子画出了一幅最生动的肖像。""《家变》告诉我们,在西化的最高峰,台湾的知识分子是如何反叛他们自己的文化传统的(以'家庭'作为文化传统的象征)。王文兴的最大成就在于他创造了'极端化'的范晔。"因而在这个意义上,"范晔是三十年来台湾小说里所曾出现的最生动的人物。"(吕正惠《王文兴的悲剧》)

　　与叛逆的主题相适应,《家变》的语言文字也充满叛逆色彩。为寻求独特的语言风格,创造新的表达方式,以重建语言与对象之间的直接关系,作者大量使用奇词怪句,自造词、英文、注音符号等屡见不鲜,在语言的视听效果、口语的生动程度以及细节和心理描写上都有相当的成就,但小说语言的过度陌生化也令人望而却步,从而阻隔了众多读者对小说主题的深入理解。

　　《背海的人》进一步极端化了《家变》的反叛意识。这部几乎无情节的长篇小说描写一个名叫"爷"的流浪汉与社会的隔绝和对抗,小说一多半的篇幅都是"爷"在渔港一间狭小破败的浴室内的独白。这些臆语式的独白交织着愤怒的发泄和人物经历的回顾,全篇充满浓厚的象征意味,语言也更加古怪离奇。"一个作家有权利及自由创造他认为合适的文体能和内容融为一体。当然一个读者也有权利,拒绝阅读他无法忍受的文体。"(郑恒雄

《文体的语言的基础——论王文兴的〈背海的人〉》)当作者和读者难以沟通时,创造的意义也就变得有限。

欧阳子(1939——　),本名洪智惠,台湾南投人,是《现代文学》的主将之一,曾主管财务和发行。中学时代即开始文学创作,擅长写作感伤浪漫的抒情散文;小说创作始于创办《现代文学》之际,题材和风格不同以往,开始以冷静分析的手法,从事心理之写实。因此她的创作又有"心理小说"之称。欧阳子的主要作品有:短篇小说集《那长头发的女孩》《秋叶》,评论集《王谢堂前的燕子——〈台北人〉的研析与索隐》,散文集《移植的樱花》。为展示《现代文学》的创作成就,她还编选了《现代文学小说选集》两册。

欧阳子的小说较多运用西方现代文学和心理学理论来分析和展示人类复杂微妙的心理和行为动机,特别是性心理和人性阴暗隐秘的一面。这与她所受弗洛伊德、劳伦斯、亨利·詹姆斯的影响分不开,也与她对人性的理解有关。她认为,个人除了和社会的关系,还有和自己良心的关系。欧阳子所关注的正是后者,她善于设想人物在某种处境中的心理反应,而这些并不一定与社会规范相一致,因为文学贵在表现人的复杂性与多面性,道德判断是相当困难的。因而她笔下常常出现被公认的道德准则视为病态和畸形的心理活动。

女性对爱情、婚姻和性的复杂心理是欧阳子小说表现较多的题材。曾经引起异议的《秋叶》明显受到弗洛伊德"恋母情结"的影响,描写女主人公嫁给年长自己许多的丈夫,进而与继子产生感情;在乱伦的恐惧和痛苦中,她克制了自己的欲望。《魔女》中的母亲与丈夫结婚20年,始终相敬如宾,却死心塌地地爱上了一个浪荡子,每月与他幽会一次,以致无法确定女儿的父亲究竟是丈夫还是情夫;丈夫死后她痛哭不已,只是悲叹自己枉费的青春。《网》《近黄昏时》等篇也表现类似的内容。

《花瓶》《最后一节课》等篇以剖析人物内心的阴暗和缺陷见长。前者描述男主角石治川渴望在婚姻生活中扮演征服者的角色,却屡屡被失败的阴影所笼罩,以至企图掐死妻子来满足自己,终因怯懦而遭到妻子无情的嘲弄;后者写一位中学教师从学生的爱恋关系中联想到自己过去的心灵创伤,在课堂上无法控制情绪,既毁了自己的尊严,也伤害了心爱的学生。这些人物都被内心的痛苦所折磨,最终又陷入更大的痛苦。

欧阳子面对上述人物的心理困境,总是保持冷静客观和略带悲悯的态度,她乐于呈现它们,因为这是人性的一部分。当然作者并未着力分析这些困境的产生,除人性的弱点外,是否还有其他的因素。

　　对西方小说的研习,构成了欧阳子小说艺术追求的基础。她认为,"一篇小说之为成功艺术品,最重要的莫过于具有严谨的结构,也就是说,一篇小说的组构元素,即人物、情节、主题、语言、语调、气氛、观点等等,相互之间必须有十分密切的关联。"(欧阳子《关于我自己——回答夏祖丽女士的访问》)她的小说大多结构严谨,人物、情节、场景等均较为简洁精练,符合西方古典的"三一律",同时注重冲突的经营,人物内心的矛盾最终外化为戏剧性高潮。《花瓶》曾经几次改写,删去了叙述观点不统一之处,并将"花瓶"这一妻子的象征由被砸碎改为完好无损,以与妻子的最终胜利保持"平行"。

　　陈若曦(1938—　),原名陈秀美,台北人。在台大外文系读书时参与创办《现代文学》。1966年怀着报效祖国的理想和热情经欧洲到中国大陆。在大陆七年间的耳闻目睹,使她成为海外作家中经历"文革"、表现"文革"的第一人。陈若曦的小说创作数量颇丰,有短篇小说集《尹县长》《陈若曦自选集》《老人》《城里城外》《贵州女人》等,长篇小说《归》《突围》《远见》《二胡》《纸婚》等。

　　陈若曦的独特经历给她的创作带来特殊风貌和阶段性特点。她的早期创作集中于大学时代,多发表于《文学杂志》和《现代文学》上,并收入后来出版的《陈若曦自选集》。陈若曦此时也受到西方现代主义文学的影响,技巧上带有模仿的痕迹;表现对象较多侧重于台湾社会小人物的生活。《钦之舅舅》是作者较早的一篇小说,以主观视角展示钦之舅舅的乖戾性格、悲剧命运,表现这个失意寂寞的人精神的痛苦和理想的破灭;全篇笼罩着浓厚的神秘气氛,与当时作者喜爱英国作家达芬尼·莫里哀的《蝴蝶梦》不无关系。《灰眼黑猫》描写女子文姐在封建迷信和恶势力的摧残下悲惨死去的故事,在控诉封建罪恶的同时也带有宿命的色彩。《巴里的旅程》以意识流和象征手法表现乡下人巴里在城里的所见所感,其中的荒谬与怪诞游离于人物的情感内容之外而略显生硬。《收魂》《辛庄》《最后夜戏》《妇人桃花》诸篇均以作者熟悉的乡土人物生活为题材,透露出陈若曦向写实风格转变的消息。贫苦的小人物阿庄(《辛庄》)在生活的重压下丧失了人的尊严,精神和肉体都陷入困顿;歌仔戏名角金喜仔(《最后夜戏》)由盛转衰的命运不仅再现了民间艺人的辛酸生活,也反映了民间戏曲艺术乃至传统社会的没落。陈若曦这个时期的小说尚处于艺术创作的探索阶段,带有风格转换的明显痕迹,主观意识与客观写实互相交织,尝试多种艺术手法,特别注重气氛的渲染。而对下层人物命运的关注又为她后来的创作确立了基本的思想倾向。

陈若曦在大陆生活期间,亲身经历了"文革"浩劫,目睹了国家和民族的深重灾难,视野变得更加宽广。离开大陆后,她接续了中断十余年的创作,发表了一系列表现"文革"苦难的小说。当时"文革"尚未结束,这些作品不但是海内外公开发表的第一批此类主题的小说,也为陈若曦带来了很高的声誉。《尹县长》集所收的六个短篇就是这个时期的代表作品。《尹县长》以一个忠于党的干部在"文革"中屈死的故事,再现了那个忠奸不分、善恶莫辨的动乱年代;归国留学生耿尔(《耿尔在北京》)学无所用,爱不能爱,精神上备受磨难;《晶晶的生日》中天真无邪的孩子也被卷进无情的政治旋涡。作者以客观冷静的笔法描述时代和人世的荒谬,以现实本身的力量获得了平淡中的震惊效果。正如陈若曦自己所说:"我仍然想写自己偏爱的人和事,力求客观、真实。年轻时最推崇技巧,现在但求言之有物,用朴实的文字叙述朴实的人物,为他们的遭遇和苦闷作些披露和抗议。"(陈若曦《陈若曦自选集·后记》)

进入80年代以来,陈若曦以自己熟悉的美国华人社会为基点,把握时代脉搏,着力描绘大洋两岸、海峡两岸中国人的生活和他们彼此的联系,在更广阔的时空中展示他们过去、现在乃至将来的种种纠葛、困惑和期望。不少作品通过当今旅美华人面临的历史、政治、道德、伦理等问题,反映时代的变化、民族的命运。长篇小说《二胡》以胡家两代人骨肉分离的历史境遇,描绘出绵延半个世纪之久的家庭悲剧和民族悲剧。短篇小说《城里城外》《路口》《客自故乡来》均涉及海外华人对中国大陆社会变化的关注和由此引发的心理震撼。陈若曦这个阶段的创作不减《尹县长》时期的迫近现实,而场景更阔大,表现更深入,写实风格则一以贯之。

在六七十年代的文学刊物中,《文学季刊》有其不容忽视的重要地位,它以弘扬写实主义为目标,聚集起一群主张相近的作家,成为掀起台湾写实主义文学浪潮的主要角色之一。

台湾写实主义文学可以追溯到殖民时期。老一辈作家如赖和、张我军、杨逵等在"五四"新文学影响下创作的表现台湾人民的苦难和反抗的作品,是台湾写实主义文学的源头。光复以后,由于政治、文化上的诸多原因,写实主义文学一度较为沉寂。60年代以来,随着台湾政治局势的稳定和经济的发展,文化环境相对宽松,"在野"的本省籍作家逐渐拥有了自己的创作空间;受制于语言障碍的本省籍老作家已完成了从日文到中文的语言跨越,开始恢复创作,新一代作家也已进入成长期;现代主义文学的高潮期正在过去。这些都构成了写实主义文学复苏和发展的机遇。

70年代是台湾政治经济、外交、文化激烈动荡的时期。一系列政治事件以及民族意识的觉醒动摇了前20年国民党威权体制所建立的稳定局势,暴露了台湾社会所潜藏的种种问题,因而改变了知识分子整体的思想倾向。台湾社会政治改革的呼声高涨,文化上提倡关怀社会、深入民间的"回归乡土";文学上出现以现代诗批评、乡土文学论战和写实主义小说为标志的乡土文学运动。这一时期的写实主义文学获得了长足的发展,它保留了为人生而艺术、反映时代社会的现实、完整的传统性结构、人道主义的关怀等基本特征,同时熔合了西方现代文学的崭新文学技巧为一炉,更富于多变化的色彩、音乐的节奏,树立了从深层心理来探讨人类行为的面貌,较复杂而多层面。《文学季刊》作家群在这当中发挥了重要作用。

《文学季刊》的前身是1959年由尉天骢接办的《笔汇》月刊。当时的《笔汇》月刊也由几位学生出身的年轻人承办,带有青年人的气息。发刊词写到:"全盘西化的崇洋派自然得不到我们的同情,就是复古派我们也不赞同。世界是进化的,文化自不例外……我们深深觉得,做一个现代的人,必须具有现代人的思想,如果每个人还把自己囿于过去的时代里,沉醉于旧的迷梦中,无疑是走着衰微的道路。所以,我们主张要现代化。"其一腔豪情与《现代文学》创办者十分相似。它同样致力于西方现代艺术和文学流派、作家,如对乔伊斯、纪德、波特莱尔、劳伦斯、里尔克等的介绍,在这一趋势上,《笔汇》和与它差不多同时创刊的《现代文学》颇为接近。但在创作上则二者的风格却有所不同。《笔汇》刊登的作品虽有浓厚的西方情调,现实性却较为强烈。陈映真走上文学之路,就是从在该刊发表作品开始的。1962年《笔汇》停刊,原来的作者如陈映真等开始在《现代文学》写稿,但《笔汇》的参与者仍然以理想主义的热情聚集在一起,于是有了1966年10月创刊的《文学季刊》,主编仍为尉天骢,原来《笔汇》的作者和其他新一代本省籍作家成为它的主要创作者,其中也有《现代文学》的撰稿人七等生、施淑青、王桢和等。出于对现实社会的关注,这些作家逐渐注意到日据时期台湾新文学的现实主义传统,创作上进一步向这一传统靠拢;思想上较有左翼色彩,更关心社会政治文化的重大问题,希望以文学思考社会,促进社会进步,对现代主义产生怀疑并将其视为没落的意识形态加以批判。

《文学季刊》1971年4月停刊,1973年8月复刊,改名《文季》,出版三期后停刊。就在这短暂的复刊时间里,它的理论旗帜比《文学季刊》时代更为鲜明,明确提出作家"必须面对封建社会残留的病根,和帝国主义侵略中国带进的殖民地流毒,来矗立起自己作品的中国基础","必须面对中国民族的苦难,从事反抗专制集权和恐怖政治的战斗,来建立自己作品的中国精神"。这种战斗精神表现为《文季》组织了对现代诗、以《文学杂志》和《现代文学》为代表的西化倾向以及欧阳子小说的集中批判,在文坛上掀起轩然大波,被文学史家看作70年代批判台湾现代派小说西化的开端和小说界乡土派和现代派的初次交锋。此后的《文季》核心作家多投身于乡土文学论争,强调"中国意识",初步显露出与强调"台湾意识"的《台湾文艺》作家群观念上的差异。1983年4月,《文季》再度复刊为双月刊,至1985年6月停刊。这一时期的《文季》继续坚持为人生的文学和台湾文学作为"在台湾的中国文学"的性质,保持强烈的使命感和斗争精神。"这是一个值得放大特写的文学传媒,从五十年代到八十年代,他们有所坚持有所扬弃,相对于台湾文学本土论过去的兴起到八十年代的剧烈变化,他们'高举民族文学的大旗',寻找'台湾文学里的中国意识',进行'中国与第三世界文学之比较',姿态稳健,声音颇为亮亢。"(李瑞腾《后期〈文季〉研究》)这份刊物和它的主要作者陈映真、黄春明、王桢和等不但以鲜明的理论观点在乡土文学运动中扮演着重要角色,更以扎实和独特的创作成为这一时期台湾写实主义小说成就的代表。他们试图寻找一条统合"现代"与"乡土"的新途径,强调文学的社会功能,不断贴近现实;艺术上博采众长,在追求民族风格的同时,不拒绝各种表现手法。

陈映真(1937—),本名陈永善,另有笔名许南村等,台北人。曾参与创办《文学季刊》并任编辑。1968年以阅读毛泽东、鲁迅著作和"涉嫌叛乱"等罪名入狱七年。1985年创办《人间》杂志,后成立人间出版社。小说创作始于1959年,已出版小说集《将军族》《第一件差事》《夜行货车》《华盛顿大楼》《山路》《赵南栋》等;评论集《知识人的偏执》《孤儿的历史,历史的孤儿》等。1988年4月,包括小说、理论文章和海内外关于陈映真的评论在内的《陈映真作品集》15卷由人间出版社出版;在两岸出版多种选集、文集。

陈映真是台湾文坛上少有的兼思想家和文学家于一身的人物,他以对社会的敏锐观察力和深刻的批判精神积极参与现代主义批判、乡土文学论战、"中国意识"与"台湾意识"问题等重大论争。他所阐明的"第三世界文学论""中国结与台湾大众消费论"和"冷战·民族分裂时代论"等均在台湾当代思想界引起强烈反响;2000年与陈芳明就"台湾文学史"展开激烈论战。小说即为陈映真思想内涵的艺术再现,甚至也为他思想发展描绘了一条清晰的轨迹。

　　家庭的宗教背景使陈映真自幼深受基督教人道主义精神和忏悔意识的熏陶;青少年时代,鲁迅和30年代进步作家的创作激发了他的民族主义精神和对下层人民的关怀。这些成为他日后接受马克思主义和社会主义思想的基础。身历现代中国的苦难历程和当代社会的纷纭变化,陈映真怀着执著的理想和热情,在与现实的冲突中不断寻找民族和自身的救赎之道。寻找的过程充满"智慧的痛苦",写作成为他排遣在现实中受挫、失望、颓唐等苦闷的超脱方式和批判现实、讴歌理想的有效手段。

　　从1959年发表第一篇小说《面摊》到1965年,是陈映真创作的第一个阶段。这期间,浓厚的基督教精神和感伤情绪为他的创作染上了一层"惨绿的色调"。身为"市镇小知识分子的作家",陈映真以善感的气质,从自身的处境中觉察到知识分子在社会转型期的孤独、苦闷、忧郁和寻找出路的挣扎。这个时期小说的主人公往往有着青苍的面色、神经质的性格,富于理想又饱尝幻灭的悲哀。《乡村的教师》中的吴锦翔、《我的弟弟康雄》中的康雄、《故乡》中的"哥哥",和《加略人犹大的故事》中的犹大,都曾有过献身于建造一个更好、更幸福的世界的热情。然而现实的严酷和性格的弱点无情地摧毁了他们心中的乌托邦,死亡似乎是他们唯一的救赎方式。此时的陈映真偏重人物个体心灵的开掘和伤感绝望气氛的渲染,虽然尚不懂得把家庭的、个人的沉落,同自己国家的、民族的沉落联系起来看,无法为他的人物提供一个有社会脉络可寻的情节,致使"小说终于只成为一篇篇的苍白而感伤的小说体抒情文"(吕正惠《从乡村小镇到华盛顿大楼》),但他对小知识分子情感和弱点的揭示却较为深刻和富有感染力。同时他也试图在一些作品,如《兀自照耀着的太阳》《一绿色之候鸟》《凄惨的无言的嘴》中,通过旧与新、死亡与新生的对比,隐约透露出微弱的、光明的消息。

　　这个时期,陈映真还以他的敏锐成为"大陆人在台湾"题材的开拓者。《那么衰老的眼泪》《文书》《一绿色之候鸟》均涉及这方面的内容。较为突出的是《将军族》,描写一个外省退伍老兵和一个被逼为娼的本省女孩相濡以沫、共同殉情的悲惨故事,既充满对小人物的深切同情,也表现出作者是"以社会人而不是畛域人的意义"来认识大陆人与台湾人关系的。这些大陆人的故事体现着作者对中国现代历史的想象,也预示着他后来对民族问题的理解。

无论是内心的忧郁绝望还是随处可见的象征意味,都能使人们注意到现代主义对陈映真的影响。知识分子个人化的经验和想象方式使陈映真在创作之初自然地接受了现代主义。他发表于《现代文学》的《凄惨的无言的嘴》《兀自照耀着的太阳》等甚至被认为是典型的现代主义之作。

"1966年,陈映真开始寄稿于《文学季刊》,此后他的风格有了突兀的改变。……契诃夫式的忧郁消失了。嘲讽和现实主义取代了过去长时期来的感伤和力竭、自怜的情绪。理智的凝视,代替了感情的反拨;冷静的、现实主义的分析,取代了煽情的、浪漫主义的发抒。"(许南村《试论陈映真》)从这时起到1975年,是陈映真创作的第二个阶段。他开始以更开阔的视野、更强烈的现实感关注社会,自觉地向现代主义告别,由象征走向写实。这一改变一方面是现实生活使然——经济发展带来社会价值观的遽变,现代主义日渐显露出脱离现实的弊端;另一方面是由于陈映真的社会使命感要求他进一步拥抱现实。通过冒险阅读得以接续的"五四"传统、30年代的写实主义传统,也使他较早察觉到现代主义的弱点,增强了社会批判意识。《唐倩的喜剧》即体现了对知识分子中浮夸浅薄之徒的嘲讽式批判。女青年唐倩以追逐流行时髦为荣,求新求变的外表包裹着一个庸俗堕落的灵魂,她与存在主义者老莫、新实证主义者罗仲琪扮演了一出出爱慕与结合的闹剧,最后以留学生周硕士为跳板投奔新大陆,改扮为金钱追逐者的角色。作品以犀利而略带夸张的笔锋无情地剖析和嘲弄了台湾知识界某些可鄙可笑的现象,具有强烈的现实性和清醒的理性批判色彩。《第一件差事》中的胡心保生活事业顺遂,却由于领略不到生存的意义而厌世自杀;人物与社会呈平行而非对立的关系,人物的厌世暗示社会的缺乏理想,从而间接批判了缺少精神支柱的社会现实。

1975年后,陈映真的创作进入第三个阶段,呈现出更加鲜明的批判色彩和对民族、历史的反省意识,并将表现对象的客观化和传达理念的主观化相结合。他首先关注的是工商社会对人的生活方式、行为、情感所产生的深刻影响。系列小说《华盛顿大楼》(第一部)即是考察这一社会现象的产物。它由《夜行货车》《上班族的一日》《云》和《万商帝君》组成,形象地揭示资本主义经济发展对人性的异化和殖民经济对民族精神的侵蚀。屹立于台北街头的华盛顿大楼和其中的跨国公司成为以金钱和地位吞噬人性的象征,为生存、为财富、为快乐而忙碌其间的人们都在这个庞大的经济机器中运转挣扎,道德、良心、真情、尊严均因利益的驱动被扭曲损毁。作者还以《云》中一群争取自己权益的产业工人形象寄寓振奋民族精神、批判社会现实的理想,尽管这部系列小说过于理念化,被认为"太像经济论文而不像小说",但它反映的现象仍然概括了当时乃至后来处于第三世界国家的人民在经济发展过程中面临的普遍的社会问题。

1983至1987年,陈映真又将笔触伸向尘封的历史深处,以光复后在台湾的革命者的曲折经历为题材,写作了《铃铛花》《山路》和《赵南栋》。它们不但试图超越官方的政治禁忌,展示作者心中的历史真相,而且更重要的是通过历史和人物命运的变迁提出革命者牺牲的意义及理想是否长存等问题。《赵南栋》中父辈为之流血牺牲的理想退化为下一代行尸走肉的生活,在监狱出生的革命之子赵南栋无法凭借理想使自己免于堕落。作者以《山路》的主人公蔡千惠之口传达了这样的疑惑:革命本是为了"人应有的活法而斗争",而如今"家畜化"了的世界是否会使革命者的牺牲"终于成为比死、比半生囚禁更为残酷的徒然"?这一疑问由于其深广沉重的历史内涵而化作一代理想主义者血泪的歌哭。中断12年小说创作之后,陈映真又在世纪之交发表了《归乡》《夜雾》《忠孝公园》等,继续表达对台湾社会历史和现实的深切关怀和反思。历史遭遇和认同情结在当代台湾的复杂变貌是这些小说关注的焦点。

贯穿陈映真整个创作历程的是鲜明的知识分子性格。这不单因为许多作品以知识分子的生活和命运为表现对象,更由于作者以知识分子的眼光和判断力去感受生活、评价生活。理想主义精神、社会批判意识都体现着知识分子对现行体制和意识形态的质疑和挑战;作品呈现的思想变化、矛盾和困惑又展示出一代知识分子不断寻找的心路历程。师承"五四"、30年代写实主义小说的抒情笔调和句式,加上大量心理描写和象征手法的运用,创造了陈映真不同于其他台湾写实主义小说家的独特风格。

黄春明(1939—),台湾宜兰人,经历丰富,创作多元,以小说为主,另有散文、诗、儿童文学、戏剧、油画等创作。小说《锣》于1999年入选"台湾文学经典三十"小说类,并获多种台湾文学奖项。1993年黄春明回到家乡宜兰,后创建儿童剧团和吉祥巷工作室,巡回全台各地演出。2005年创办宜兰文学杂志《九弯十八拐》双月刊,从事乡土语言教材编写、田野采访记录、编导创新歌仔戏等工作。1962年开始发表小说,早期的作品如《男人与小刀》等也曾受到现代主义的影响。1967年起,黄春明发表了一系列乡土题材的小说,以写实主义手法表现他所熟悉的故乡风情人物,赢得了"乡土小说家"的声名。进入70年代,他的视野逐渐由乡村扩大到城市,乡村人走向城市后的苦恼和困惑、经济发展及传统价值观的变化导致的一些社会现象等成为作品的主要内容。已出版的小说集有:《儿子的大玩偶》《锣》《莎哟那拉·再见》《小寡妇》《我爱玛莉》《黄春明电影小说集》《放生》《看海的日子》等。

　　黄春明被认为是较纯粹、较典型的乡土小说家,"他的'较晚'离开乡土小镇,他的'较晚'接受西方现代文明,使他在乡土之中吸收了较多的东西,使他和他的人物有较多的认同",因而"他拥有一些乡土说书人的特质","了解乡土人物的辛酸与命运,他要把他们'说'出来"(吕正惠《黄春明的困境》)。

　　努力描绘乡村底层人物的生活,表现他们在困境中的坚忍和尊严,以充满温情的笔调抒写乡村风情的美好和在现代文明侵蚀下的日趋没落,是黄春明小说的突出特征之一。《青番公的故事》表现的是年逾古稀的青番公对自己一生艰辛经历的缅怀,他失败过,但从未屈服;他对乡土的爱、他的人生经验和生活信念无不令人尊敬和富有诗意的美感;然而现代文明的号角仍然打破了田园的寂静。《溺死一只老猫》里的阿盛伯执拗迷信,以"风水"和"风化"为由反对在村里修建游泳池,最终毫不妥协地跳入游泳池自杀;作者并非没有意识到现代文明冲击传统社会的必然性,但情与理的矛盾使他仍不无惋惜地为这夕阳般的风土和人物唱挽歌。在憨钦仔(《锣》)身上,情与理的矛盾更加突出,靠打锣为生的憨钦仔因广播车的到来而失业,他的生存危机源于时代的发展,而他的善良和维护尊严的努力又赢得了生存的合理性。妓女白梅为像真正的人一样生活,设法"借种"生子,以坚忍自信获得了家乡人的尊重和爱护。黄春明在这些小人物身上倾注的不单是同情,而且是"源自热烈的爱、冷静而细腻的观察、与充沛的想象力三种不易糅合在一起的因素相互激荡而成之设身处地、形同身受的同一之感"(林毓生《黄春明底小说在思想上的意义》)。

　　台湾都市社会的荒谬、丑陋及其对人性的扭曲成为黄春明从乡村走向城市后提出的新课题。一改乡土的温情和诗意,黄春明的都市题材小说情感激烈,讽刺批判色彩浓厚。他的一些乡土小说如《儿子的大玩偶》已经触及现代社会底层人为谋生而扭曲人性的问题,只是侧重于表现人物的坚忍互助,并未强调社会批判意识;《两个油漆匠》开始展示乡下人进城后的生活场景;《苹果的滋味》《莎哟娜拉·再见》和《我爱玛莉》都以荒谬可笑的故事说明台湾社会发展中的一些负面现象。被美军车辆撞伤的阿发(《苹果的故事》)因祸得福,全家人不但吃到了从未吃过的苹果,而且贫穷的命运也大大改观;身为中国人的黄君(《莎哟娜拉·再见》)不得不带领日本人去向自己家乡的女同胞寻欢,无奈之际只能借冷嘲热讽以排遣尴尬和屈辱;外国公司职员陈顺德给自己取了个"大胃"的洋名,并爱屋及乌,把洋上司的名为玛莉的狗过户到门下,任凭该狗搅扰家人,仍矢志不移地宣称:"我爱玛莉。"故事的荒谬源于社会的病态,作为一个关心社会的作家,黄春明以他的嘲讽将这些病态的角落夸张放大,不但揭示了产生这些现象的社会原因,更使人意识到它们的可鄙可悲。与陈映真沉重的使命感和突出的知性不同,黄春明的社会批判更多地出于对都市文明的直感和生活场景的处理,诙谐辛辣的笔调取代了载道式的忧郁,较为生动活泼。

黄春明小说的人物、风情、故事、主题均来自生动客观的社会生活,加上注重细节描绘和情节经营以及强烈的批判意识,都体现了他作为写实主义小说家的基本特点。与此同时,他的小说又以对自然的赞美、人物的传奇式经历和特异的气质、特定的生活情境和夸张的喜剧色彩,呈现明显的浪漫特征。乡土与自然的融合使作者常常借赞美自然来赞美乡土,甚至耽于诗意的描述以至冲淡了现实生活的严酷。黄春明笔下的小人物质朴平凡,却大都具有丰富的内心世界和执著的精神追求,以至超凡的智慧和勇气。作者更善于以特定情境凸显人物的内心和命运,坤树(《儿子的大玩偶》)的困境在他忍受饥渴踽踽于街头时的内心独白中展示无疑;阿力和猴子(《两个油漆匠》)悬吊于巨型建筑物的外侧,孤绝地在世人的仰望中谈论自己的厌倦和绝望。生活的荒谬、内心的痛苦均得以强化,于是"一种极形而下的物质写实的场景和另一种极形而上的精神喻境的对立,一种鄙俗露骨的绘声绘影和另一种纯净而空灵的韵调的杂糅"(乐蘅军《从黄春明小说艺术论其作品的浪漫精神》)同时出现在作品中,既写实又写意,既真切又浪漫。

王祯和(1940—1990),台湾花莲人。1961年,王祯和的处女作《鬼·北风·人》发表于《现代文学》。此后近30年间,王祯和共创作小说21篇,出版小说集《嫁妆一牛车》《寂寞红》《三春记》《香格里拉》《人生歌王》;长篇小说《美人图》《玫瑰玫瑰我爱你》等。

王祯和是60年代现代主义西潮和中西传统写实遗风走出来的作家,又能与时俱进,吸收新的观念与技巧。他所喜爱的文学家既有西方的詹姆斯、福克纳、乔伊斯、马尔克斯,又有中国的曹雪芹、老舍、曹禺;他的创作植根于台湾乡土之中,相较其他倾向西方作品,开拓发展内心世界的文学,王桢和是唯一走入乡土的作家。但他又与一般乡土文学的传统有所差异,他是站在世界的舞台上,并利用前卫的技巧思考台湾乡土的景况。因而他的创作数量虽少,其独特性却有目共睹。

王桢和的大多数小说均以故乡花莲的小镇为背景,表现那里小人物的悲欢离合。对此作者解释道:"也许正因为我也是个'小人物'吧!他们于我而言是那么亲切!那么熟悉!他们的乐,也是我的乐;他们的辛酸,也是我的辛酸;他们的感受,也是我的感受。……他们就在我的周围、我的身边。一道过着相同的生活、一道呼吸着相同的空气,要写就不能不写他们。"(王桢和《三春记·后记》)他同时肯定文学"为时代作见证""宣扬人之美德,提高人之情操"的功能。这也正是王桢和被称为写实主义小说家的重要原因。无论是穷困潦倒、无奈中与他人共享妻子的万发(《嫁妆一牛车》)、小镇生意人罗老板夫妇(《五月十三节》),还是靠男人包养的风尘女含笑(《快乐的人》)、可怜无能的浪荡子贵福,均构成小镇底层的众生相。值得注意的是,这些小人物虽命运多舛,却与黄春明式的小人物有很大差异,他们缺少后者理想的性格、人的尊严和与命运对决的勇气,他们的生活充满困顿和挫败,而其中的荒谬滑稽又冲淡了悲剧命运引发的同情和怜悯。"黄春明是借着小人物来追怀即将逝去的农业社会的田园世界,王桢和却透过小人物来告诉我们:人是可鄙的,生命是卑微的。"(吕正惠《荒谬的滑稽戏》)他的人物往往具有某种生理或性格上的缺陷,或形成嘲弄滑稽的效果,或令人感到他们的困顿至少自己应负一部分责任。万发的耳聋使他较能忍受乡人的嘲笑和妻子的奸情,也使这种人生的尴尬得以维持;侏儒阿萧(《两只老虎》)为了证明自己而无理取闹、包养妓女,最终搞垮小店,陷入疯狂;贵福浪荡无能,却指责收养他的姊姊与人有染。他们都是生活的失败者,作者没有给他们一个完美的结局。"写他们,绝不是出于一种关怀。……写他们,正因为我跟他们过着同样的生活。"(王桢和《三春记·后记》)王桢和从他的人物上,看到了自己和世人的滑稽,看到了人生琐碎卑微的特质。这里没有黄春明式的温情,只有王桢和式的冷峻。

1973年《小林在台北》发表后,王桢和的创作风格发生了一些变化。在《素兰要出嫁》《香格里拉》《伊会念咒》《人生歌王》等作品中,小人物的形象变得坚忍悲壮而不滑稽;而《小林在台北》《美人图》《玫瑰玫瑰我爱你》则发展了过去的嘲弄滑稽,形成了突出的荒诞闹剧风格,人物也由黯淡的小镇转移到繁华闹市。《玫瑰玫瑰我爱你》更是"一个完整的中国版嘉年华式喜剧",描写花莲色情行业因越战美军来台度假而生兴旺景象,其中群丑跳梁,不亦乐乎。"他们的行为生就能引起我们讥嘲的笑声,而我们自己也常是间接的笑柄。""在闹剧的插科打诨之外,我们体会到暴力和粗鄙不足取之处,同时也透过闹剧笑声体会甚至在现实生活中都不能得到的正常情理。"(王德威《从老舍到王祯和》)因此王祯和的闹剧小说并非如部分论者以严格的写实原则所评的非写实和不道德,而是刻意为之,以荒诞戏谑颠覆世界的想象方式,也是以"嬉笑的不满"取代"刻薄的愤怒"的人生态度。

王祯和十分讲究小说技巧。为造成特定的艺术效果,他善于运用讽刺荒诞手段实现现实的变形夸张。对戏剧艺术的偏爱又使他较为重视场景和动作,《美人图》通过场景人物的变换推动故事发展,近于室内剧的编排;其他小说也往往有戏剧式冲突甚至悬念。王祯和的小说语言更是独树一帜,由闽南话、普通话甚至半文言和部分欧化句式交织而成。叙述语言并不追求生活化,更多的时候它们制造了读者欣赏滑稽荒诞所需的必要距离。乡土素材成为他将西方现代主义文学影响本土化的重要因素。

王拓(1944—),本名王纮久。小说创作始于1970年,1975年发表的《金水婶》塑造了一位下层劳动妇女的生动形象,为王拓赢得了声誉。已出版有短篇小说集《金水婶》《望君早归》,长篇小说《牛肚港的故事》《台北、台北》。

王拓是具有强烈政治热情和文学理念的小说家。他以鲜明的、富有政治色彩的文学观成为台湾乡土文学运动和写实主义小说的重要理论代表。他主张从社会政治经济发展的角度考察文学,强调文学的政治性、社会性、大众性以及服务社会、改造社会的功能,认为"文学必需扎根于广大的社会现实与人民的生活中,正确地反映社会内部的矛盾,和民众心中的悲喜,才能成为时代与社会真挚的代言人"(王拓《廿世纪台湾文学发展的动向》)。

他的小说可谓上述文学观的创作实践。劳苦大众的苦难生活和他们为改变困境所作的挣扎是王拓小说的基本内容。偏僻渔村的贫苦渔民世代辛劳不得温饱,还要忍受大海的肆虐,甚至连生命也没有保障(《海葬》《炸》《望君早归》);经济发展中的中下层市民也不得不面对资本家的压榨和经济波动的冲击(《春牛图》《奖金二〇〇〇元》)。由这些生存图景,王拓展示了台湾社会的不公正、不合理,因为穷人的困顿并非由于自身的原因。也因此作者试图通过坚定的、具有道德力量的正面人物控诉社会的不公不义,寄托改良社会的理想。相比之下,王拓塑造的知识阶层人物大多较为软弱消极,甚至心灵阴暗。

《金水婶》是王拓迄今最有代表性的作品。小说将台湾社会转型期道德观念的变化与人性的坚韧和卑劣交织在一起,既有鲜明的社会批判意识,又有深刻的人性内容。工商社会金钱泯灭亲情的现实使这个不孝子孙的故事有了新的时代特征。

王拓小说注重客观描绘,保持传统写实主义的质朴风格和大众化语言,特别是人物对话,乡土气息浓厚;强调以内容取胜,并不十分关注技巧,故而手法略显单一,结构松散;对文学功能的认识也带来创作上的理念化倾向。

在思想倾向上,《文学季刊》作家群有比《现代文学》作家群更为鲜明和统一的认识,对现实、乡土的关怀使他们无法回避文学的使命感和社会功能,这应是他们中的核心人物(除王拓外)均始于现代主义、终于写实主义的根本原因。当然还有多方面的因素促使人们思考两大刊物和作家群的异同。

这两份几乎同时创办的刊物,其初期的差异并不明显,都由青年学生创办,都有介绍西方现代主义文艺理论与创作的经历;作者也有一部分相互重合,陈映真、王祯和、七等生、黄春明、奚淞、李昂、王拓等都同时或先后为两份刊物写过稿;《现代文学》中期参与编务的前辈作家何欣、姚一苇也参与过《文学季刊》的策划工作。两份刊物的编辑出版方式也有相似之处,均为同人刊物,编辑作者几乎没有任何报酬,多凭年轻人的激情和对文学的热爱从事组稿、编辑、发行工作;除人事变动外,财务危机一直困扰着他们,也是他们中途停刊和最后终刊的重要原因。

有这些相近之处,又面对相同的社会政治文化思潮,两大刊物为什么会发展出不同的路向?其中主办者的观念和追求值得注意。《现代文学》的创办者大都出身于台大外文系,是典型的学院派和西方文学观念的接受者,几位核心人物后来都相继出国留学,进一步接受了西方的影响,除王文兴学成后回到台大外文系任教,其余都居留在国外。他们能感受到中华文化传统的深厚,对学院之外的社会生活却有一定距离。后期的主办者虽然出身于中文系,但学院派气质没有丝毫改变。他们更倾向于文学的艺术性和审美功能,对表现相对恒定的人性、人的生存困境等更感兴趣。主要创办人白先勇,更将这份杂志当作是他青春与艺术梦想的实现,在《现代文学》风云人物四散后仍苦苦支撑,杂志停刊后多年仍在感叹"不信青春唤不回"!他们继承《文学杂志》的理念,没有鲜明的政治倾向,崇尚文学的自由创造。

所以这份刊物始终没有主动参与社会文化论争,一直恪守学院的、文学的立场。

《笔汇》至《文季》的创办者有所不同,自始至终的主编尉天骢较早接触并推崇台湾的写实主义传统,逐渐自觉地将刊物引上关怀社会的道路。尉天骢多年后概括刊物的一贯精神,认为"首先应该是接近现实这一点",他并不否认其中较早的创作仍有浓厚的学院派风格,如超现实的抽象作风、艺术至上的趋势等,但"并不以此自炫、以此为时代的精神而否定其他。……它所流露出来的现代主义或中产阶级的作风,不是自满的,而是从其中感到某些衰败、某些沦落、某些幻灭和死亡。这一点可能是文学季刊与别的学院派刊物不同的地方"(尉天骢《我的文学生涯》)。因此刊物具有明确的意识形态立场。它的主要作者来自社会各个阶层,部分作者思想偏重"左"倾而受到当时官方的压制和迫害,这也促使他们更有机会和愿望表现下层人物,并培养了强烈的反体制的战斗精神。

上述两大刊物的差异仅就总体倾向而言,具体情况并不整齐划一,作家可能在其人生和创作道路上不断调整,在不同时期呈现不同的状态。陈映真早期创作的特点已经构成《现代文学》现代主义气质的一部分;陈若曦留美后受左派思想影响,有参与祖国建设之举,后又为高雄事件中被捕的作家奔走呼号,也表现出很高的政治热情。因此,两大作家群虽有各自的倾向,但在变化的时空中不可能有绝对化的结论。

第三节　台湾新诗潮流

在台湾新文化运动中诞生的台湾新诗迄今已走过90余年的历程。日本殖民统治时期,台湾新诗存在中文和日文两种文字形态,20世纪二三十年代的早期新诗多以表现殖民社会的不合理、探讨社会问题和人生意义、颂扬纯真爱情为主题。张我军1925年出版的《乱都之恋》是台湾第一部白话新诗集。杨华的《黑潮集》也是这一时期表现社会与人生的代表作品。留日学生王白渊、吴坤煌带有左翼色彩的诗作和"盐分地带"诗人群富有乡土特色和写实精神的写作成为30年代台湾重要的诗歌现象。

随着殖民文化影响力的加强,日文写作逐渐成熟,经由日本传入的现代主义文学因素开始出现,"盐分地带"诗人群虽然被认为写实色彩较为浓厚,但其中的部分诗人也曾受到日本短歌、俳句和西方浪漫主义文学的熏陶。随后具有超现实主义和象征主义诗风的"风车诗社"于1935年创办。

诗社成员因对写实诗作的表现力不甚满意,且当时的"普罗"文学不见容于殖民当局,希望引进法国超现实主义手法来隐蔽意识的表露,所以他们"主张主知的'现代诗'的叙情,以及诗必须超越时间、空间,思想是大地的飞跃"(羊子乔《蓬莱文章台湾诗》)。他们通过日本文坛接触了西方现代主义文学思潮,也受到当时日本著名的现代主义和前卫诗派"诗和诗论"以及"四季"的深刻影响。"此两大诗潮支配了昭和十年代日本诗的走向,亦即风车诗社主要成员先后滞留日本的时期,相当地左右了他们步入文学成熟阶段的文学品味、文学认知,也由于沉浸在此种文学主流思潮中,他们敏感地,洞察世界文学的最新动向而迈开大步追随。"(陈明台《杨炽昌·风车诗社·日本诗潮》)诗社创办人杨炽昌的诗作中可以明显见到日本现代诗人西胁顺三郎和安西冬卫影响的痕迹。这一诗社也成为台湾新诗现代主义的先声。1937 年后,台湾新诗均为日文写作,巫永福、王昶雄、张冬芳、陈千武、龙瑛宗等登上诗坛,并逐渐成为这一时期的代表诗人。他们在殖民统治最为深重的时刻,一方面表达对社会压抑的不满,一方面抒发个人情感。本时期一些诗人成为光复后"跨越语言的一代",他们的写作也具有承前启后的特点。1943 年成立的诗社"银铃会"为本时期有代表性的社团,其活动持续到 1949 年,发行诗刊《潮流》共 20 期。这一诗社具有自觉的现代意识,写作侧重知性,探求生活本质和形而上问题,技法上强调意象的经营。

  台湾光复和 1949 年后的社会变迁改变了台湾新诗的格局,随着语言由日文转换为中文和大陆作家的进入,台湾诗人、诗社、诗观的构成也发生了前所未有的变化。殖民时期写作的诗人在跨越语言之后,一方面与大陆来台诗人融合,共同开创当代台湾新诗的局面,另一方面维系和发展了具有台湾本土特色的新诗写作。当代台湾新诗的发展始于 50 年代诗界的现代主义运动,这场运动一直持续到 60 年代中期,这期间诗社的成立、诗刊的出版、诗界的论争和诗观的变革大大促进了现代主义诗歌的发展。此后的台湾新诗无论是否提倡现代主义,大都吸收融会现代主义手法和精神;现代主义运动中诞生的一代诗人,许多仍活跃于今日诗坛;这个时期的不少诗作经过时间的考验仍保持着艺术生命力。60 年代中期以后,随着乡土意识的复苏和写实主义精神的高扬,现代主义主导诗界的局面逐渐改观。70 年代一批新诗人和诗社的涌现及文学界对现代诗的检讨和批判,形成了台湾新诗关注民族传统和社会现实的新路向。其后新世代诗人登上文坛,更使新诗汇入台湾文学总体的多元化态势之中。

  1951 年,来自大陆的葛贤宁、钟鼎文、李莎、覃子豪、纪弦等人创办《新诗周刊》,1953年2月诗人纪弦创办的诗刊《现代诗》在当时充溢着政治意识的诗界提出了新诗现代化的口号,吸引了众多诗人。1956年1月,纪弦在台北发起召开现代诗人第一届年会,宣布成立"现代诗"社,参加者有纪弦、叶泥、林泠、郑愁予、林亨泰、罗行、杨允达、小英、季红等80余人。《现代诗》随即成为该诗社诗人群的共同杂志。在同年2月出版的《现代诗》第13期上,刊登了纪弦拟定的"现代派六大信条",其中最具实质意义的是宣称"我们是有所扬弃并发扬光大地包容了自波特莱尔以降一切新兴诗派之精神与要素的现代派之一群";"我们认为新诗乃横的移植,而非纵的继承";"知性之强调"和"追求诗的纯粹性"。这一宣言式的主张首先将"现代诗"社纳入世界范围内的现代主义潮流中,强调创新与反叛;追求诗的"知性"和"纯粹性"则接续了大陆二三十年代象征派和现代派的诗歌主张,反对浪漫主义的情绪告白,提倡诗的冷静、客观和净化。"横的移植"颇有矫枉过正的口号式意义,被视为现代诗出现弊端的源头和后来备受批判的焦点。当然,在实际创作中"现代诗"诗人群包括纪弦本人并未严格实行这一主张。

"现代诗"社1962年宣布解散,《现代诗》在出刊45期后于1964年停刊,1982年复刊。这个开一代诗风的新诗社团和它的创办者尽管饱受争议,但作为台湾现代主义文学,特别是现代主义诗歌运动的开创者,其重要性在于提出了"新诗现代化"的命题和"破旧创新、绝对开放的精神"。

1954年3月,由覃子豪、钟鼎文、余光中、夏菁、邓禹平等发起的"蓝星"诗社成立,并创办《蓝星周刊》。主要成员还有罗门、蓉子、吴望尧、黄用、林泠、周梦蝶、张健、阮囊、向明、叶珊(杨牧)、白萩等。"蓝星"是一个较为温和的诗歌社团,对纪弦的过激主张持保留态度。余光中曾追述道:"我们的结合是针对纪弦的一个'反动'。纪弦要移植西洋的现代诗到中国的土壤上来,我们非常反对;我们虽不以直承中国的传统为己任,可是也不愿贸然作所谓'横的移植'。纪弦要打倒抒情,而以主知为创作原则,我们的作风则倾向抒情。"(余光中《第十七个诞辰》)"蓝星"成立十年间产生了台湾"现代诗抒情的代表人物:余光中游刃于古典与现代、东方与西方之间;传奇性诗人周梦蝶以禅入诗;叶珊抒发古典式的婉约;罗门展现存在的悲剧感与戏剧性"(张错《千曲之岛》)。尽管它成立初期纪弦的"六大信条"尚未提出,但其大致的抒情性已决定了与"现代诗"和随后的"创世纪"诗社不同的诗歌路向。

"蓝星"遵循自由创作路线,成员的创作个性比较突出,个人的成就大于他们对诗坛的集体影响。1964年后,部分主要成员四散,"蓝星"的活动也告终止。1980年后,该诗社曾有一段恢复期。

50年代与"现代诗""蓝星"并称三大诗社的是"创世纪",它成立于1954年10月,发起人是洛夫和张默,加上第二年加入的痖弦,人称"创世纪"的"三驾马车"。社刊为《创世纪》。"创世纪"最初的五年主张"新民族诗型",其基本要素"一是艺术的——非纯理性的阐发,亦非纯情绪的直陈,而是美学上直觉的意象之表现,二是中国风的,东方味的——运用中国文字之特性,以表现东方民族生活之特有情趣"(洛夫《诗坛春秋卅年》)。但当时这一主张并未真正在创作中实施。50年代末"现代诗""蓝星"的势头减弱,"创世纪"则进入了它的创造期。1959年4月,该社改组扩版,郑愁予、叶泥、商禽、叶珊、碧果、白萩、辛郁、叶维廉等先后加盟;取代"新民族诗型"的是"超现实主义"诗观;诗的世界性、超现实性和纯粹性成为"创世纪"追求的目标。他们首先在创作上接受西方超现实主义精神的影响,强调以心眼透过客观现实表面去捕捉事物的本质,打破习惯的认知模式,服从心灵的活动,实现艺术的独创价值;接着又从事超现实主义理论的介绍与研究,进而结合理论与创作实践提出"广义的超现实主义"的"既具纯粹品质而又能把握时代精神动向的诗","这种诗是意识的也是潜意识的,是感性的也是知性的,是现实的也是超现实的"(洛夫《超现实主义与中国现代诗》)。

"创世纪"的上述努力形成了现代主义诗歌运动在"现代诗"和"蓝星"走向沉寂后的第二个高潮。它丰富的创作实践、统一的理论主张为台湾现代诗的发展提供了新的经验;它的一些诗作中反理性的认知方式和晦涩的诗风也招致了激烈的批评。1969年,《创世纪》出刊29期后停刊。1972年复刊后在回顾和反省中致力于创造新的民族风格。新诗人的加入使"创世纪"在今日台湾诗坛仍扮演着重要的角色。

台湾现代主义诗歌的发展一直伴随着激烈的批评和论争。一些论争来自诗坛内部,如纪弦的"六大信条"引发的诗界内部的争论和洛夫与余光中对超现实主义的不同理解等。另一些批评来自外部,其中最为激烈的当属70年代初台湾思想文化界对现代主义诗歌的批评。当时台湾现实处境引发的高涨的民族意识和思想界对"西化"的反省成为这场批评运动的基本背景。它与随后的乡土文学运动一起,引发了台湾文学深厚的社会关怀,成为70年代后至今思想文化界乡土意识乃至本土意识高涨的滥觞。实际上,伴随着对现代主义的批评和诗人们的自我反省,60年代中期以后的台湾新诗即开始出现重认民族传统、关怀现实的潮流,成立于1962年的"葡萄园"

诗社较早提出回归真实、回归明朗的主张,显示出与现代主义诗潮截然不同的路向。此后的"笠"诗社将写实传统与本土意识相融汇,成为台湾写实主义文学潮流的诗界重镇。

"笠"诗社成立于1964年3月,随后创办同名诗刊。发起人有吴瀛涛、陈千武、白萩、赵天仪、詹冰、林亨泰、锦连、黄荷生、薛柏谷、杜国清、王宪阳、古贝等。他们以台湾斗笠的质朴坚忍作为自己的标志,继承日据时代台湾新文学运动的写实精神,对现代诗的本质和本土诗文学的历史渊源都有深切的认识和体验,提倡写实主义和人生批评。"笠"诗社并不排斥现代主义,一些成员也曾加入日据时期的"银铃会"和50年代的三大诗社,在方法上深受现代主义影响。

"笠"诗社由三代本省籍诗人组成。第一代是日据时期即开始以日文写作的"跨越语言的一代",如巫永福、吴瀛涛、陈秀喜、詹冰、陈千武、林亨泰、锦连等;第二代是接受战后中文教育的中坚代诗人,如白萩、赵天仪、李魁贤、杜国清、许达然、非马等;战后出生的一代为第三代,如郑炯明、李敏勇、陈明台、郭成义、李勇吉等。该诗社除发行至今从未间断脱期的《笠》诗刊外,还重视省籍诗人作品的结集出版,先后编选《华丽岛诗集》《美丽岛诗集》《台湾现代诗集》,30册的《台湾诗人选集》《台湾诗库》《台湾诗人自选集》等,为省籍诗人队伍的培养和建立"台湾现代诗学"做出了不懈的努力。《笠》也致力于外国诗作诗论的翻译和介绍,近30年来也刊载许多社外和海外、大陆诗作。

在台湾新诗发展史上,1971年被认为是一个变革的年代,刚好可以检讨台湾诗史上的现代主义的功过,也可以考察接下来蓬勃兴起的乡土文学论战中,现代诗的特殊处境及其所激发的现实主义的创作方向。此时,战后出生的诗人登上诗坛,以对过去20年现代诗发展的反省和对新方向的探索,表明他们不同于前行代的新的主张和新的风格。一个重要的标志是,由战后新世代为主体的新诗社纷纷涌现。这一年的元旦,"龙族"诗社成立,随后出版《龙族》诗刊;"主流"诗社成立于同年6月,7月出版《主流》诗刊;次年6月"大地"诗社成立,9月《大地》诗刊出版。70年代初影响较大的这三个诗社和1975年成立的"草根"诗社以及1979年创刊的诗合集(后改为诗杂志)《阳光小集》等,发出了新一代自己的声音,诚如《龙族》的创刊宣言所说:"我们敲我们自己的锣,打我们自己的鼓,舞我们自己的龙。"他们提倡民族的、时代的、入世的精神,主张反映人生,正视传统,试图走出属于自己的诗歌道路。这昭示着新一代诗人在社会变革和文学自身发展的促进下开始创造不同于60年代的诗风,在与时代和社会的融合中发出新的声音。

20世纪80年代以来,随着单一意识形态的瓦解、信息社会和大众消费时代的形成,台湾原有的社会政经文化结构发生变异和重组,多元文化态势得以形成,台湾新诗艺术创新和关注热点的多元化以及更年轻世代诗人的诗艺创造开启了多种诗风并存的新局面,文坛出现了"派"消解而"代"凸显的明显景观。主要由50年代出生者构成的新世代诗人成为这个时期新诗写作的重要力量,他们积极更新和改写传统的美学原则,创作和积累新的美感经验,探讨政治、后现代社会征候、性别问题、科学幻想、环境保护等多方面内容,重新理解诗语言的本质。诗人或沉浸于后现代表征的把握,或醉心于新颖的艺术实验,或侧重于历史和现实的关怀,从主题上划分,出现了政治诗、都市诗、科幻诗、生态诗、具有女性主义色彩的"阴性诗"等;形态上则有录影诗、视觉诗、后设诗、多媒体诗、台语诗等。

都市诗和后现代诗彼此交叉融合,成为从不同侧重点出发展现新世代诗人写作特征的重要诗体形式。早在60年代台湾都市文化发展初期,罗门、黄用、林绿等即开始写作都市诗,那时的都市主要作为乡村的对立物出现在诗中。而在新世代诗人笔下,都市不再是毁灭传统文明的渊薮,而是现代人灵魂的寄居地;他们观察着都市和自身内心的变化,思考着都市的问题和弊端,塑造和阐释着都市精神。他们并不简单地满足于描绘都市的外在景观并作出道德判断,而把写作当成都市在人们心灵中的回应,力图深入都市的内部结构,把握其内在律动。林燿德、林彧的都市诗写作即是都市精神在诗中的体现。1984年女诗人夏宇出版诗集《备忘录》,被看作台湾后现代诗发展的标志性事件。在这部诗集中,诗人以日常口语叙述琐碎事物,以瓦解现实主义的使命感和现代主义的纯粹性,用文字和词汇的组合拼贴增强意义的不确定性。后现代诗人认为所谓写实不过是人为的建构,倚仗的是文字的叙事力量,因此诗所创造的世界只是现实世界的虚拟,应该作为寓言来理解,而无法寻求固定的意义;后现代诗的文本也不再是单纯的客体,而具有流动不居的特性和开放的形式。"在他们的诗集中,你可以找到各种不同的语言,包括写实主义的、现代主义的、后现代主义的、童话的、梦呓的、告解的、祷文的……语言的色调是万紫千红、绚烂缤纷。此与现代主义及写实主义诗人所出版的诗集语言之统一情形,正好成为鲜明的对比",由于语言的多元化,诗的中心意义被解放,"阅读后现代诗变成了一种批评者(读者)和诗中本文的对话"。(孟樊《台湾后现代诗的理论与实际》)罗青、古添洪、林燿德、夏宇、游唤、陈克华、鸿鸿等人的诗作成为后现代诗的代表人物。多媒体诗可谓后现代浪潮中又一种独特的艺术实验,即借助声、光、电、广告、舞台等表现手段改变以往使用口头、印刷、纸媒的诗传播方式,"通过视觉、吟唱、映像等多元艺术的交汇共溶,创造诗文学视听的新领域,探索美感的新经验"(痖弦《大众传播时代的诗》)。实现诗在大众消费时代的"演出"。杜十三、白灵等诗人是这一诗体的主要实践者。

  后现代诗之外,在主流逐渐消隐的多元化时代,还有一些具有独特精神气质和语言特征的诗写作丰富着80年代以来台湾新诗的多重面貌,其中之一是由少数民族诗人创作的,表现弱势族群生存状态、文化特征和争取平等生存权利的诗歌。莫那能、瓦历斯·诺干等诗人或直接以诗歌抒发对少数民族遭受不公正对待的不满,或深切关注少数民族在社会文化环境变迁中独特的精神状态。台语诗也是本时期部分强调台湾本土意识的诗人刻意营造的诗体形式,他们认为,语言具有"民族性",使用台语(闽南话)写诗有助于凝聚本土意识,其中也包含在文学上的政治企图。向阳、宋泽莱、林宗源、林央敏、李勤岸等诗人都倡导台语诗并身体力行。90年代后,随着网络的普及,台湾新诗又增加了"网路诗"的形式,不少诗人建立了个人网站,使诗的阅读方式更趋多样;在这个更加众生喧哗和互相包容的时期,新诗写作渐趋"个别化"和"复杂化",诗坛各种主张的交锋也趋于缓和。世纪末政党轮替和台湾社会出现的许多重大事件也引发了诗人新一轮的思考和表达。

  台湾新诗,特别是当代新诗的发展中,涌现了许多富有诗意创造的优秀诗人,其中一些诗人的写作已成为新诗的经典之作,不但广为流传,而且在新诗史上留下了印记。

  纪弦(1913—2013),本名路逾,曾用笔名路易士,30年代曾发表诗作于《现代》杂志。1936年与戴望舒、徐迟创办《新诗》,1948年赴台,1976年赴美定居。在大陆即有《易士诗集》《行过之生命》《爱云的奇人》等多部诗集出版,在台湾的作品编为《槟榔树》甲、乙、丙、丁、戊五集和《晚景》等,90年代和新世纪之初,仍有《半岛之歌》《第十诗集》和《宇宙诗钞》出版,另有诗论集《纪弦诗论》《新诗论集》《纪弦论现代诗》等。

  纪弦是台湾现代主义诗歌运动的始作俑者,也是"六大信条"的制定者和诠释者。作为30年代中国现代派诗人之一,纪弦直接促成了当代台湾新诗现代主义时期的到来。体现纪弦现代主义精神的诗主要创作于"现代诗"社成立之后。对当代社会生活和都市文明的体验和对现代主义精神的强调减弱了纪弦诗中的浪漫抒情,代之以冷静客观的"知性"之崛起。这个时期的《存在主义》《春之舞》《阿富罗底之死》以独特的戏剧性意象经营传达出诗人心中的"现代"特质,爱与美被吞噬、再被批量生产出来的残酷现实摧毁了古典与浪漫的情愫,使诗人意识到"李白死了,月亮也死了,所以我们来了",因而在工业文明的喧闹中"宣布诗的复活"。

与潇洒狂放的个性相联系,纪弦诗作常有讽世自嘲的风格,表现或愤世嫉俗,或玩世不恭,或诙谐幽默的人生和艺术态度。

郑愁予(1933—   ),本名郑文韬,童年在战乱中足迹遍及大陆各地,1949年来台,1954年开始在《现代诗》发表作品,是"现代诗"社的重要诗人。70年代以前有诗集《梦土上》《衣钵》《窗外的女奴》等。1968年赴美。60年代中期以后作品减少以至停笔,至80年代后又有新作结集为《燕人行》《雪的可能》《莳花季节》《刺绣的歌谣》《寂寞的人坐着看花》等。另有诗选集《郑愁予诗选集》《郑愁予诗集》《郑愁予诗的自选》等。

自幼漂泊的经历和喜爱漫游的性格造就了郑愁予早期诗作的"浪子情怀"。与漂泊相关的意象在他的诗中俯拾即是:野店的孤灯、沙原的驼铃、黄昏的来客,特别是《老水手》《船长的独步》《贝勒维尔》《如雾起时》等篇中的海和水手更增添旅人浪迹天涯的宿命感。脍炙人口的《错误》以春闺的误会对应旅人的寂寞与失落,温婉哀怨的江南小镇风情故事不但是具象的闺怨与漂泊情怀的写照,更暗含无数浪迹天涯的"过客"无所归依的文化乡愁。

这样的抒情气质给郑愁予的诗染上浓浓的阴柔的格调,飘零落寞的情愫又与传统人文心态息息相通,因而被称为"中国的中国诗人"。郑愁予还有大量吟咏自然风光和人文景观的诗,大多表现自然与人文的交融和相互亲近之情。1957年后,郑愁予的诗风由阴柔渐趋阳刚,语言的硬度增加,意象繁复多变,具有现代主义特征。但他在台湾诗坛掀起的"愁予风"仍是他早年明快柔美风格的代名词。他的诗都经过精到的艺术处理,格外强调字的锤炼和节奏的把握,极富内在变化和人文内涵,后期的一些诗作讲求"了悟",颇具佛理。

余光中(1928—   ),1948年开始发表诗作,1949年抵台,1952年出版第一部诗集《舟子的悲歌》,至今已出版除选集外的近30部诗集。在台湾现代诗的几次论战中,都可以听到余光中的声音。"论作品之丰富,思想之深广,技巧之超卓,风格之多变,影响之深远,余光中无疑是成就最大者之一。"(黄维梁《火浴的凤凰·导言》)

余光中的诗创作持续时间很长,与他多年来兼容并蓄,不断调整诗观分不开。早年余光中师承"五四"新诗和欧美浪漫诗派的传统,诗作充满了浪漫忧郁的抒情色彩。50年代中后期,他诗风渐趋现代主义。1958年第一次赴美,异域文化的刺激,时空的轮转对照,提供给诗人重新认识传统和现代的契机。诗集《万圣节》《钟乳石》意象密集,手法多变,在表现形式趋向现代的同时,中国文化的深厚底蕴也逐渐被感知。1961年,余光中在长诗《天狼星》中透露出对"恶性西化"的嘲讽和批评,引发了他与洛夫之间的争论。此时的诗人主张"广义的现代主义",认为"反传统不如利用传统","对于传统,一位真正的诗人应该知道如何入而复出,出而复入,以至自由出入"(余光中《从古典诗到现代诗》)。70年代的《白玉苦瓜》显示了诗人对民族文化和传统的进一步理解。近30年来,余光中诗作流露出更多的怀古之情,如《漂给屈原》《寻李白》《唐马》《夜读东坡》等,艺术表现也更为平易圆润。90年代诗人把目光更集中于日常生活的所感所闻,从个人感受入手,抒写某种场景和情怀,与以往恢宏浩大的理念抒发有所区别。

乡愁是余光中诗作精神内涵的重要组成部分,其根源在于诗人的现实处境和对这一处境的思考。既然现实的家园难以把握,那么"意识中理想的中国在想象中厚实,凌越任何现实的实体"(简政珍《余光中:放逐的现象世界》),于是才有了那么多令人神往的古中国意象:长江、黄河、湘水、楚歌、屈原、杜甫以及秦时月、汉时关和盛唐气象。他对传统与现代关系的领悟也得益于这种心境。余光中认为"现代诗可以调和口语,文言,和欧化各种语法","必要时可以恢复脚韵"。他的诗重视音韵和节奏,因而许多诗适合朗读或谱曲歌唱。《乡愁》《乡愁四韵》《民歌》《车过枋寮》等都是极典型的。

罗门(1928—),本名韩仁存,曾是"现代诗"社成员,后加入"蓝星",成为核心人物。他在"现代诗"时期的创作偏重浪漫抒情,结集为《曙光》。此后诗风趋于现代,着力以知性的方式来表达现代人对时空、战争、自然、生命等终极问题的思考,也展示现代都市文明对人类生存境遇的巨大影响。先后出版的诗集还有《第九日的底流》《死亡之塔》《隐形的椅子》《旷野》《日月的行踪》《整个世界停止呼吸在起跑线上》《有一条永远的路》等。

罗门曾提出著名的"第三自然"诗观。大自然以及人类创造的物质世界与社会形态是诗人与艺术家创造的起点,"诗绝非是第一层次现实的复写,而是将之透过联想力,导入潜在的经验世界,予以观照、交感与转化为内心中第二层次的现实",继而创造出"更为庞大与无限壮阔的自然",即"存在于内心的'第三自然'"。(罗门《山的世界·后记》)这也是罗门诗作强调无限的内在心象世界、在现实表象下寻找人类终极关怀的理论基础。

长诗《第九日的底流》表现人类对永恒的追索以及心象世界的繁复变幻,是作者由抒情的实感世界过渡到"第三自然"的重要标志;《麦坚利堡》以战争这一涉及生存与死亡的主题和具有震撼力的语言思考人类存在的基本方式。都市是罗门笔下现代人生存的又一困境,从50年代的《城里的人》到60年代的《都市之死》再到80年代后期的《玻璃大厦的异化》《都市,此刻坐在教堂作礼拜》,罗门不断强调都市与自然和人性的对立,披露精神荒芜的现代弊病。

罗门诗的现代意识还体现在意象的运用上,通过变形、扭曲、剪接等方式赋予意象和意象组合以崭新的、心灵时空的意义。80年代后,意象的心灵化有所减弱,增强了广泛的人文色彩,都市各阶层的生活场景出现在诗中,人生关怀的主线清晰可辨。

洛夫(1928—),原名莫运端,1946年开始新诗创作,1949年来台,出版诗集《灵河》《石室之死亡》《外外集》《无岸之河》《魔歌》《众荷喧哗》《时间之伤》《酿酒的石头》《月光房子》《天使的涅槃》《隐题诗》《漂木》《洛夫禅诗》等,另有诗论集《诗人之境》《孤寂中的回响》。

与许多现代诗人相近,洛夫早期的诗作也偏重抒情。"创世纪"诗社创立之初所提倡的"新民族诗型",与这一倾向不无关系。1958年,洛夫和"创世纪"开始转向现代主义。写于当年的《我的兽》是诗风转变的标志,这首诗超越外在情感的描摹,进入潜意识和内心世界,意象的繁复及其外在形态的不相关性是洛夫此时的艺术特征之一。而1959年开始创作,历时五年方最后完成的长诗《石室之死亡》是洛夫真正实践诗艺创造、以超现实主义精神表达人生情感的代表作,生死的纠缠、转换、搏斗成为全诗的核心,大量关于光明与黑暗、生存与死亡的意象如潮水般灌注全诗。诗中"意象的多重视野横跨时空,突破既定句型所呈现单一理念或单一意象的限制。……诗所呈现的世界不是单一现实的重现,而是多重现实的重组,这才是'超现实'的真义"(简政珍《洛夫作品的意象世界》)。由于"多重现实的重组"的多样性，带来诗的字面意义的不确定性，造成了该诗的艰涩和迄今为止对它的争论不休。

早在70年代的《长恨歌》中，洛夫已开始尝试以现代精神观照历史传统，此后这类吟古或古意新拟之作不断出现，如《杜甫草堂》《走向王维》等，显示出重认传统的价值取向，诗风也渐趋简洁、静观。90年代，洛夫又在尝试"现代绝句"的写作，以精炼的语言，刹那的顿悟，警策的反讽，现世的精神契合现代社会的律动，《绝句十三帖》即是这方面的有益尝试。

痖弦(1932—)，本名王庆麟，1949年抵台，1954年加入"创世纪"。60年代开始收集中国早期新诗史料，后有学术专著《中国新诗研究》出版。痖弦以诗闻名海内外，但创作时间并不长，从1953年始有诗作发表至1965年搁笔，前后不过十余年，而真正的创作高潮是1957年后的短短几年间。出版的诗集有《痖弦诗抄》《深渊》《弦外之音》等。诗作虽少，影响力却十分深广。"以一本诗集而享大名，且影响深入广泛，盛誉持久不衰；除了痖弦的《深渊》外，一时似乎尚无先例。"(罗青《痖弦论》)

痖弦初试写作，便受到中外诗人，特别是德国诗人里尔克和中国诗人何其芳的影响，他的早期诗作可以明显看出影响的痕迹。1957年前后，痖弦的诗风有了较大的变化，开始将超现实主义精神及其表现方式与独特的个人和社会体验融合起来，他自己概括为"民谣风格的现代变奏，且有超现实主义的色彩，在题材上我爱表现小人物的悲苦和自我的嘲弄，以及使用一些戏剧的观点和短篇小说的技巧"。

"痖弦的抒情诗几乎都是戏剧性的。艾略特曾谓现代最佳的抒情诗都是戏剧性的……在中国，他的话应在痖弦的身上。"(余光中《简介四位诗人》)《红玉米》就具有鲜明的戏剧情境和超越客观情境的遐思："宣统那年的风吹着／吹着那串红玉米／／它就在屋檐下／挂着／好象整个北方／都挂在那里"，真切的生活细节加上时空的交错，使诗的力度和容量大为扩充，构成独特的情感震撼："你们永不懂得／那样的红玉米／它挂在那儿的姿态／和它的颜色。"《坤伶》短短十二行诗，写尽了一个女戏子凄苦哀怨的一生，除了戏剧性的场景和旋律，诗的叙述角度、人物传说和世俗心态等等交织成富有蒙太奇效果的引人联想的故事，使每一个意象都既写实又有强烈的象征意味。《马戏的小丑》《盐》等更在戏剧性场景中透露出悲天悯人的情怀。《深渊》中的另一些作品则以对工业文明的批判展示现代社会的荒谬。

痖弦还有意识地以口语和民谣入诗，使之与诗的思想内涵相得益彰，进而在传统与现代的冲突中达到和谐。基于此,痖弦诗作虽不满百首,其成就却有目共睹。

林亨泰(1924—),台湾彰化人,1947年加入"银铃会"诗社,开始以日文创作。出版日文诗集《灵魂的啼声》。50年代为"现代诗"社重要成员,以创作和诗论的前卫性著称。后为"笠"诗社发起人之一、《笠》首任主编。有诗集《长的咽喉》《林亨泰诗集》《爪痕集》和《跨不过的历史》,诗论集《现代诗的基本精神》等。

林亨泰是一位富有创新精神和知性色彩的诗人。早在以日文写作的时期,他的诗受日本俳句的影响,而显得简洁质朴并且讲究结构,但更明显的启迪,是得自19世纪末期日本新体诗、口语自由诗以降的现代诗精神",反抒情、主知的语言倾向在当时已初现端倪。现代主义运动时期,他执著于意象诗的经营,以纯客观的意象体现主知的精神,并尝试以图象诗增强意象的力度。《农舍》是一首必须竖排方能欣赏的诗,通过文字的排列产生图象的效果,展示敞开的农舍的门和传统乡村文化的静穆感。《风景》二首同样以文字和意象的重复排列呈现视觉乃至心理效果,使诗中的主体意象如农作物、防风林等具有外形和想象的动感和绘画美,成为当时著名的现代诗而被广泛讨论。

公认为林亨泰知性诗代表作的是50首名为《非情之歌》的组诗。它们和图像诗一样,也是现代主义的实验作品。全诗以"抽象化了的'黑'、'白'之二色相互对照,幻化出种种人生情境的偏执与无明、冲突与交融","企图处理的是人类的各种处境"。(吕兴昌《走向自主性的世代》)

即便在充满现代意识的诗作中,林亨泰也未忘怀乡土,大量意象来源于乡村生活就是明证。加入"笠"诗社后,他的诗作诗论倾向于本土意识和现实关怀。80年代后的创作更有社会批判的内涵。"走过现代定位乡土",可谓林亨泰创作生涯的概括。

白萩(1937—),本名何锦荣,台湾台中人,中学时代开始诗创作,1955年以一首《罗盘》获年度诗人节诗奖。他曾经先后加入"现代诗""蓝星""创世纪",又是"笠"的发起人之一。这样的经历使他的诗作既有现代主义的先锋性,又有写实的思想内涵,也体现他不断寻找的艺术性格。他曾自述道:"我还是要去流浪,在诗中流浪我的一生。我决不在一个定点安置自己,我的历程就是我的目的。"有诗集《蛾之死》《风的蔷薇》《天空象征》

《香颂》《诗广场》《风吹才感到树的存在》《自爱》《观测意象》等。

白萩的诗侧重追索存在的意义、生命的内在精神和外在现实的矛盾,常有冲突的对峙,如生和死、爱和恨等。他还时常以蛾、鹰、鸟、雁等意象喻示精神世界的张扬,以飞蛾扑火式的执著和悲壮象征理想的幻灭和现实的无情。命定的追寻如生命的存在般无可逃遁,如《雁》:"我们仍然活着。仍然要飞行/……天空还是我们祖先飞过的天空/广大虚无如一句不变的叮咛/我们还是如祖先的翅膀。鼓在风上/继续着一个意志陷入一个不完的魇梦。"图象诗《流浪者》中地平线上"孤独的一株丝杉"成为诗人特立独行的精神境界的写照。

《天空象征》中的"阿火世界"系列体现了白萩对客观人生的体察和戏剧性的表现方式。同名的两首《天空》以人物对战争的感悟,揭示人生的残酷,生命的脆弱和对死亡无奈的抗拒均以戏剧化情境和现代主义的感觉方式展露无遗。

台湾新诗作为现代白话新诗的重要组成部分,以丰厚的创作成果为白话新诗提供了宝贵的经验。在大陆当代新诗发展的停滞时期,台湾新诗承担了新诗艺术创造的使命;又因社会多元化、都市化、信息化的较早发展,台湾新诗仍在变革之路上走在前列。因此,了解台湾新诗的发展脉络,认识其重要价值,对总结新诗经验、把握不同社会环境下诗歌写作的特质、加强两岸诗界的互动,都有十分积极的意义。

第四节　台湾散文综论

散文在当代台湾文学界虽不似新诗、小说时常扮演开路者和弄潮儿的角色而备受瞩目,却拥有最广大的读者群和作者群;虽没有特定的文学社团和专属刊物,却有报纸副刊、杂志文艺栏作为主要传播媒介,这些传媒以其众多的数量和快捷的信息传递方式使散文成为创作量丰厚且被社会广为接受的文体。台湾散文的作者与读者一样,遍及社会各个阶层,从学者、军人、家庭主妇到青年学生;女性作家和诗人兼写散文者成就尤为突出。散文类型以传统的美文和杂文为主,前者是台湾散文的主要类型,持续发展的时间最长,作家构成上也同时融合了几代作家,内容包罗生活的方方面面,并由于媒介的特性而颇具时尚色彩。其"生产"和"消费"规模无疑大于其他文类。

按照台湾文学研究界的分析,20世纪80年代以前的台湾散文可大致以十年为限划分为若干时期。国民党迁台后的前两年是以战斗文艺为主导的过渡阶段;1951—1961年为散文发展的第一时期。其中前半期的创作除配合政治的"战斗散文"外,也开始出现寄寓去土怀乡、生离死别之感的怀旧散文;后半期"战斗散文"日渐衰落,以艺术的手法处理人生各种经验的创作渐成主流。这个时期的散文作家以女性为主,徐钟佩、艾雯、张秀亚、琦君、钟梅音、王文漪、林海音、罗兰、张漱菡等为代表作家,特别是苏雪林和谢冰莹成就较为突出。苏雪林的《归鸿集》、谢冰莹的《绿窗寄语》、钟梅音的《母亲的忆念》等都是这一时期的优秀作品。女作家的创作文笔优美,情感丰富,多以日常经验为主。男作家的创作数量略逊一筹,而视野开阔。凤兮、茹茵、刘心皇、宣建人、尹雪曼等均有所建树。梁实秋、钱歌川、陈纪滢、苏雪林等为跨越1949的老作家。

60年代为散文发展的第二时期。这期间现代主义文学思潮勃兴,在小说、新诗深受影响的同时,散文也在艺术技巧上大受启发。一些诗人参与散文创作和大量学者作家的出现为散文注入了明显的现代意识。题材比前期更为广阔丰富,加之报刊媒体的增多,散文创作进入丰收季节。老作家如梁实秋等不断有新作问世,跨越语言的一代本省籍作家开始恢复创作。纪弦、余光中、杨牧、张健、管管、林绿等诗人散文家的作品富于独创性,颇有文如其诗、文胜于诗之感;学者散文家洪炎秋、缪天华、陈之藩、许达然、水晶等侧重学养说理,常有发人深省之处。杂文创作以何凡、彭歌、王鼎钧、柏杨、李敖为代表,或评文论事,或针砭时弊。女作家仍是此时的重要创作力量,张秀亚、琦君为佼佼者,罗兰、胡品清也文名大振。这个时期创作的主力是"经历大时代的转变,在艰辛中逐渐安定的一代,以较平静的心情写出个人以至家国之感。他们曾承受五四散文的流风余韵,语言上讲究文白交融,笔法上讲究入情入理,题材上则富于回忆的温馨"(李丰懋《〈中国现代散文选析〉绪论》)。新一代散文家如张晓风等也已崭露头角,他们大都经受现代主义洗礼,勇于艺术创新,表现时代精神。

70年代的散文是文学界一个相对平稳的区域,乡土文学运动在小说以至新诗界的蓬勃展开没有在散文界引起相应的反响。而在社会趋向多元的总体格局下,散文的求新求变也成为基本态势,风格题材的多样化更甚于前,一些新世代散文家已登上文坛。表现底层社会生活的乡土写实散文成就突出,既有描写台湾社会转型期诸多问题和普通人生活的作品,也包括出身下层、历经坎坷的作家追忆传统、感慨世事之作。许达然、吴晟、林清玄、阿盛为前者的代表,后者以王鼎钧、张拓芜、萧白等为典型。多数老一代散文家此时创作量减少或封笔,也有少数如梁实秋、夏元瑜、陈火泉等创作力长盛不衰;诗人散文和学者散文仍保持旺盛的势头;女作家人才辈出,张晓风进入全盛期,林文月、喻丽清、洪素丽、陈幸蕙等均有出色表现。

80年代以来的台湾散文感应社会都市化的脉搏和后现代主义文化精神,出现超越传统认知形态的新型散文,崛起的新世代散文家以全新的感知方式传达他们对纷繁变化的当代社会的文化思考,质疑既定规范,把握都市文明的多种特质。创作涉及政治、生态、环保、传媒、大众消费、信息科技等诸多领域。林燿德、林彧、黄凡、林清玄等以饱含前卫意识和知性精神的都市散文汇入汹涌的都市文学大潮。学者散文也是知性色彩较为突出的一支。相对传统的抒情散文,知性的强调削弱了个人情感在散文创作中的地位,代之以客观、冷静的分析和观照,对现象和心态的把握更趋多向性。新世代女作家更多地探讨后工业时代女性复杂多变的处境,更加大胆从容地袒露内心世界,在内外两个向度上都对传统女性散文有所超越,如简嫃、方娥真、夏宇等的作品。几代作家同场献技,形成今日台湾散文绚丽多彩的景观。

散文创作的日渐增多,与文学生产机制的关系也十分密切,大众需求与出版界的重视共同促成了散文的繁荣。"各家报纸副刊一年所登散文都在150—200篇之间(专栏及方块不算),则十七家报纸就又二千五百——三千四百篇。刊物部分,每份每月二——五篇,一年三十六——六十篇,则十余份刊物也有六百篇左右。全部加起来,一年有四千篇左右的散文发表。"于是,不仅作家别集出版众多,还有多种形式的合集出现,比如《中国现代文学大系散文》二集、《六十年散文选》;报纸杂志出版的各类选集也是汗牛充栋,比如《中国时报》的《人间选集》、联合副刊的《联副散文选》;多家出版社开始编辑年度散文选,特别是九歌出版社的年度散文选至今出版不辍,也足以说明散文的持续兴旺。近年来,九歌还出版了《散文三十家》(1978—2008)、《散文教室》等选集,及时对新世代散文家和散文作品进行经典化。而70年代末至80年代,各类散文奖的颁发也鼓舞了文艺创作风气,代表了整个社会关心文化建设的具体行动。除"台湾当局文艺奖""中山文艺奖"这些官方设立的奖项以外,值得注意的是民间设立的散文奖项纷纷涌现,由台湾《联合时报》《中国时报》两家开始,许多大学中学、地方县市陆续举办各类征文比赛,既是对新生代作者的鼓励、支持,也起了推广散文佳作的作用。当前活跃于台湾文坛的作家,几乎都经由文学奖的肯定而崭露头角。

80年代以台湾本土经验为题材的散文创作远远超过此前任何一个年代,这既是乡土文学运动的延伸表现,也是逐渐升温的本土政治运动的一个征兆。新世代的散文家里,本省背景的作者比例大为提升,台湾散文里的漂泊与怀乡特质之内涵,也开始被新的情感结构所置换。在这些本省作家的创作里,漂泊的不再是"家国之外",而是都市文明;怀念的不再是大陆故乡,而是本土乡情。以自己的乡野成长背景为描写重心或光圈的焦点,表达自己与这块土地血脉相通的情感和经验,特别为他们所喜好。有代表性的散文家有吴晟、季季、阿盛、林文义、陈冠学、陈列等。

作者群最庞大,且形成明显的散文运动的当属自然写作与环保散文。"自然写作"开始于报导文学初兴的70年代中期,崛起于80年代以后,一方面反映出乡土文学所延伸出的关怀台湾草木风物的倾向,另一方面则意味着工业文明已经开始对台湾人民的生活环境逐渐侵蚀。女作家心岱此时创作了《大地反扑》《聚宝盆》《森林与蝴蝶》《山里的女人》等重要作品,而其他女作家,包括张晓风、洪素丽、凌拂、萧飒、袁琼琼、苏伟贞、韩韩、马以工,都纷纷在作品中流露出环保立场。在自然写作早期阶段,女作家的贡献很大。刘克襄(1957—)可谓自然写作的旗手。他以行动走进自然,到处旅行探查、以观察鸟类来研究自然生态,从诗人化身为探险家。他将自然风物与历史故闻结为一体,把台湾的自然风貌与风土人情写得尤其细致,许多他曾书写的景点,都由其散文传播而形成旅游风潮。出版有散文集和报导文学集《旅次札记》《旅鸟的驿站》《随鸟走天涯》《消失中的亚热带》《荒野之心》《横越福尔摩沙》等近30部。90年代以后的刘克襄转向"都市荒野"的考察,"小绿山系列"借自然教育拉近生态与都市人心灵的距离。

比之自然写作稍晚兴起的,是生活散文。近年来,生活散文尤其反映出台湾散文的跨文类变化,以及多元时代作家的个人才情。这种散文通常结合了写实与抒情、知性与感性,内容通常是与现代生活消费和休闲有关的饮食、运动、服饰、音乐、电影、戏剧、阅读、园艺等等无所不包,而且都市化特征非常明显,与乡土散文共同呈现出现代性的一体两面。

现代的旅行散文不同于传统的写景叙事的游记,往往是从多样的他者以反照自身的一种追寻,反映出空间、主体与历史的辩证思考。林文义、庄裕安、舒国治等均有不少旅性散文创作。女作家如爱亚、陈玉慧、李黎、黄宝莲、钟文音等人的旅行写作,上承50年代的徐钟珮、钟梅音等人的海外报道,但精神内涵又有了本质的不同,"寻找自我"成为自三毛以降的女性散文美学与早期女性旅游散文最大的分野,反映出在当代台湾女性主义浪潮之后成熟起来的女性意识和主体欲望。

在多元化的诉求以及少数民族复权运动的蓬勃趋势下,少数民族散文也特别受到关注,最有代表性的是少数民族作家夏曼·蓝波安(1957—　)。这位达悟族作家通过散文书写思考少数民族族群在现代台湾社会的政治经济构造中被裹胁、压迫与控制的处境,记录少数民族的生活与历史,有意识地保存和延续自己的文化。少数民族散文的兴起既是受益于政治解严,更是因为少数民族群体开始有了发声的机会,借助的工具则是汉语文字。能够书写创作少数民族文学的作家,清一色都是战后出生并接受现代教育的少数民族知识分子。于是,自我身份的寻求、原始与现代的矛盾、对不公正的控诉和抗议、对自身民族文化的重新审视,构成了少数民族散文的几个主题。在多元化和文化对话方面的启发和贡献,是少数民族散文带给台湾散文的最大资产。

梁实秋(1903—1987)为老一辈散文大家,1949年赴台,散文创作始于1927年。1940年开始写作的《雅舍小品》是在台湾出版的第一部散文集,也是其散文代表作。梁实秋的散文创作几乎跨越当代台湾散文发展的各个时期。除《雅舍小品》外,还有《谈徐志摩》《清华八年》《秋室散文》《西雅图杂记》《雅舍小品续集》《槐园梦忆》《白猫王子及其他》《雅舍杂文》《雅舍谈吃》等。

梁实秋自幼受传统文化濡染,亦精通西方文化。其散文也兼有古典与浪漫、精致与诙谐,在闲适自得、冲淡典雅中寄寓对世事人性的洞察。"就内容而言,梁氏善于将情趣小品、哲理小品及杂文熔一炉而治之。就风格而言,梁氏小品也善于融会,它有中国文言小品的典雅,复有英国散文随笔的闲逸,又兼美国报刊散文的诙谐幽默。"(郑明娳《梁实秋散文概说》)

梁实秋散文大致可分为平实的叙事议论之作和诙谐幽默的小品两大类。叙事之作多为回忆、游记类文章,兼及抒情,《清华八年》《槐园梦忆》《西雅图杂记》等为代表;议论性文章如《骂人的艺术》等旁征博引、纵贯古今,颇具学者风范和知性品格。彰显其独特创作个性的则是《雅舍小品》为代表的幽默散文。

以闲适的笔墨书写具有普遍性的人生百态是梁氏散文特别是幽默小品的基本特征之一。他擅长从日常生活的细节入手,提炼那些"放之四海而皆准"的人性特征、生活习惯和场景,从中也透露出自己的学养、性情和品味。《女人》《男人》《孩子》《诗人》《中年》《老年》等从人生的若干阶段或人的基本类型着眼,把握其共性;《谦让》《握手》《拜年》《送行》等以日常习惯看世事人情;《饮酒》《喝茶》《下棋》《漫谈读书》等涉及传统文化熏陶下精致的生活品味以至名士心态。这些人性特点和情趣往往并不因时代的更迭而有所变易,作者也有意回避它们与现实社会之间的联系。当然,身处动荡时空,作者的人生旅途并不能免于世事变迁的侵扰。不少忆旧之作的闲适情趣仍难掩关山重重、故土难回的现实人生,无论是简陋的战时"雅舍"还是精致的故园家宅,均在平淡的笔调中经受了时代风雨的剥蚀。

幽默风格是梁氏散文的标志,尤以"雅舍"系列为甚。表现为常以夸张等手法暴露人性的某种缺陷和固有弱点,又不失温和含蓄。上述诸篇以及《第六伦》《懒》《馋》《旁若无人》《垃圾》等都十分典型。见人所未见,从寻常事物的调侃中阐发人生哲理亦是梁氏幽默的特色。各式比喻、夸张、反讽等更是产生幽默感的有效修辞手段。梁实秋散文不但篇幅短小,题目简明,更善用短句甚至短词,再加上精练而含意深长的用典,遂于平淡明白中见生动机智;简单自然中见隽永深刻。

琦君(1917—),浙江永嘉人。她是台湾当代散文家中创作数量大、艺术生命长且久负盛名的少数作者之一。其散文作品有《溪边琐语》《烟愁》《琦君小品》《红纱灯》《三更有梦书当枕》《桂花雨》《细雨灯花落》《千里怀人月在峰》《留予他年说梦痕》《母心似天空》《水是故乡甜》《我爱动物》《泪珠与珍珠》《一袭青山万缕情》等20余部。

琦君的散文创作始于50年代,在60年代形成独特的内涵和风格。其基本构成是取材于日常生活的怀旧文章、生活感想、杂谈和游记等,尤以前两方面更为出色。怀旧文章以大陆生活为内容;赴台后的人生经历则可归入生活感想类。以温厚的爱心投射于生活琐事,组织成一片有情世界,正是作者的过人之处。无论写人记事,琦君总是善于发现生活中的善良、温馨和可爱,哪怕是一些不如意,也都能以温柔敦厚化解之。大量的人物小品多表现身边亲人、师友的音容笑貌、性格特点和作者与他们的人际温情。她笔下的外祖父勤劳豁达、慈祥多智(《外祖父的白胡须》《红纱灯》《外公》);《童仙伯伯》《阿荣伯伯》写下层的老童生、雇工,生动有致、呼之欲出;年轻时有失宽厚的姨娘也有她心底说不出的隐痛(《压岁钱》);《我的另一半》《楠儿住校时》描绘的是眼里心中的丈夫、儿子亲切可爱、饱含深情的形象。写得最多的是母亲和母女之情。《母亲新婚时》《母亲那个时代》《衣不如故》《毛衣》《妈妈的手》《一朵小梅花》《髻》《母亲母亲》等,展现母亲生活的各个侧面,合起来又组成母亲勤劳、慈悲、节俭、宽厚的一生。另一些写物记事之作同样以拳拳真情灌注于对象之中,使平凡的事物化为美好的情愫。《家有丑猫》《人鼠之间》《我家龙子》《风筝》《老花眼镜》《照片》等可为代表。正所谓"身边琐事,随手拈来,都成锦绣文章,放手写去,全是快人快语。其中最可贵的是一片醇厚的意境,跃然纸上。这说明了作者敦厚的个性,终无骄矜作态之处"(钱剑秋《溪边琐语·序》)。

琦君深厚的古典文学特别是古诗词的修养不但培养了她温柔敦厚、平和仁爱的人生态度,更以凝炼、幽远、淡泊的艺术境界感染着她的散文创作。自然流畅、不事雕琢,深情而不滥情是其语言特色,"她时常能于笔端濒近过度的忧伤之前,忽然援引一句古典诗词,以蒙太奇的声形交错,化解几乎逾越限度的忧伤,抢救她的文体于万隐之间,忽然回头,保持琦君散文的温柔敦厚,而且更广更博"(杨牧《留予他年说梦痕——琦君的散文》)。琦君以其温婉细致的感性见长,知性的力量略逊一筹,题材范围也相对狭窄,但颇能代表那一代女散文家创作的基本特质。

右手写诗、左手写散文的余光中不单以诗驰名,也以散文享誉文坛。诗人和学者的双重角色使他在散文的演出中既有前者的瑰丽奇崛,又有后者的缜密深思。其理论和创作均可作为诗人散文和学者散文的范例。从1963年出版《左手的缪思》始,余光中先后有《逍遥游》《望乡的牧神》《焚鹤人》《听听那冷雨》《青青边愁》《记忆象铁轨一样长》《凭一张地图》《隔水呼渡》《日不落家》《青铜一梦》等散文集问世,其中除大量文艺杂谈和文学批评论述外,也有相当数量的山水游记和记事状物的散文。

余光中曾在《剪掉散文的辫子》一文中,针对落后于现代文学发展的几种散文现状,提出"现代散文"的新概念,即"讲究弹性、密度和质料的一种新散文"。"弹性"是指散文对于各种文体各种语气能够兼容并包融和无间的高度适应能力;"密度"是指在一定的篇幅中(或一定的字数内)满足读者对于美感要求的份量;"质料"则是构成全篇散文的个别的字或词底品质。他自己的创作正是上述观念的最佳印证。

山水游记在余氏散文中占有较大比重,也是较能显示诗人气质的作品。瑰丽的想象、高度密集的意象群、具有声光色味的叙述语言以及超越文法的字词组合共同造就多变激越、动感强劲的文风。应合大自然的雄浑气势和鬼斧神工,作者追求文字的力量、节奏和色彩,以形成汪洋浩瀚、浓墨重彩的阔大与神秘。《石城之行》《咦呵西部》《丹佛城——新西域的阳关》以新大陆的奇山阔野为题,莽莽苍苍中挟长风出谷之势;《山盟》《沙田山居》《隔水呼渡》又有故国山川的幽远神秘、壮美迷人;《山盟》中的日落日出又何等壮丽。诚如论者所云:"余氏的游记,不以场面的惊险吸引人,而以想象的奇特动人迷人。他擅长铸词造句,动词甚多,其他语汇也极丰富,比喻一个接着一个,有他自己所说的弹性和密度。"(黄维梁《采笔干气象——初论余光中的山水游记》)奇特想象中仍有传统人文精神在:山水草木被赋予生命,以其神性或人性与抒情主人公展开灵魂的对话,最终成为启迪后者进入古中国或现代中国的神秘与惆怅中去的智者。

与自然相对应的是人的力量。《高速的联想》《咦呵西部》等把速度和交通工具作为征服自然的象征,驾驭机械、把握速度的人因此获得自信、生命力和现代感。

部分非山水游记类抒情散文展露的是作者飞扬灵动的内心世界。《鬼雨》《逍遥游》《塔》《下游的一日》《食花的怪客》《焚鹤人》等或流露对时空生死的感悟,或寄寓故国家园的追思,或在幻象中捕捉艺术的灵魂。主体精神宛如天马行空,上天入地,自由驰骋。较能体现学者沉静内敛之风的是《卡莱尔故居》,舒缓客观的笔调顺时间之流而下,记录英国文豪卡莱尔的一生,思古之幽情沉潜在故居的一草一木、一桌一凳之中,如同一部袖珍的人物传记。

王鼎钧(1925—),山东人,经历曲折,赴台后开始写作,有短篇小说、电视剧本、文学理论和散文多种。散文创作有《讲理》《人生观察》《长短调》《开放的人生》《左心房漩涡》《灵感》《人生三书》《情人眼》等20余部。其散文作品广泛传播,始于1975年出版的《开放的人生》。由于丰富的人生阅历与宽容平和的心态,这位曾经受到战火离乱与白色恐怖伤害的知识分子,并没有对人生怨怼相待,反而是因由这种种挤压,把人生看得非常透彻。他的散文也不耽溺于怀旧与怀乡,而是思考当下的处境,并不以个人感情妄下断语,比如《你不能只用一个比喻》写道:"中国是我的母亲。可惜人心太复杂,你不能只有一个比喻,不能只下一个定义,不能只用一套形容词。在这方面你也不可以设一言堂。……这时代,每一种歌只是一种咒语,别人不懂,也不希望别人能懂,更不希望也懂别人。"

王鼎钧散文是一个宽阔的容器,世间任何事物都可容纳,化成个人独创的文字美感,像《脚印》写乡愁,用人死后要重走一遍人生路以拾起自己的脚印之传说,将地理、灵魂与记忆结合,把普遍的离愁别绪提升到审美的层次。而《地图》里给寓居台湾的新婚夫妇送一张地图作礼,请他们绘制自己的流亡历程,触及且把他乡作故乡的人群幸福表象下深层的悲哀。他的文字不属于任何流派,不刻意追求现代或古典,但抒情说理,伸缩自如,有的用小说笔法,有的近似诗或梦呓,但无不令人信服感动。所出版的近40部作品,倾其心血,特别是90年代至新世纪的几部自传式的作品《昨天的云》《怒目少年》《关山夺路》《文学江湖》,将王鼎钧漂泊的生命都立体浮现出来,刻画出流亡美学的地图。

张晓风(1941—　),笔名晓风、桑科、可叵,生于浙江金华。1966年以散文集《地毯的那一端》博得文名,此后一度兼及小说戏剧创作。70年代中期后专事散文写作。有《给你·莹莹》《愁乡石》《安全感》《黑纱》《非非集》《步下红毯之后》《你还没有爱过》《幽默五十三号》《我在》《晓风吹起》《玉想》等20余部散文集。

张晓风是六七十年代成长起来的新一代女散文家,应合社会发展而来的现代女性意识的觉醒,这一代人一方面继承女性散文的丰厚传统,一方面大胆开拓题材的新领域,从身边琐事走向"闺怨之外",以丰富的感性和澄明的智慧开创了女性散文的新境界。张晓风70年代以前的《地毯的那一端》等作品在柔美清新之中已显示出"比别人热的血,比别人敏感的心",蓬勃的青春、昂扬的气势袒露着年轻人鲜活的心灵。从《愁乡石》开始,她的创作触角伸向更广阔的时空,表现当代社会的纷扰、历史的忧思、现实的乡愁、母爱、婚姻等多重主题以及自然与人生演化的哲理,情理兼具,思绪纵横。《只因为年轻啊》以沛然之情传达生之所悟;《书·坠楼人》《幽明二则》等采用梦境、幻境或寓言的方式诉说生命的感动,时间和生命扮演着债主的角色,当他索回"长长账单上的每一项借贷"时,人类因拥有延续的生命和曾经有过的悲欢爱恨而与永恒同在。浓厚的现代意识与奇特的想象和戏剧性手法相结合,融汇成充满动感与哲思的散文世界。

余光中曾这样评价张晓风:"她是女作家,却能够摆脱许多女作家,尤其是一些女散文家常有的那种闺秀气……倒有一股勃然不磨的英伟之气……在风格上,晓风能用知性来提升感性,在视野上,她能把小我拓展到大我。"(余光中《亦秀亦豪的健笔》)感悟现代社会的律动,张晓风散文节奏明快简洁,文气顺畅多变,这也是"英伟之气"的又一侧面吧。

杂文也是当代台湾的重要文类之一,由于它较多借助于报刊媒体,反映当下现实生活的实效性和敏感度较高,公众反响也比较强烈。杂文的内容、读者群和作者群均涉及社会的方方面面。内容大致分为社会批评和人生杂谈两大类,作者包括学者、诗人、小说家、文学评论家和新闻工作者等各界人士。以作品众多、文锋犀利、社会反响强烈著称者,当属柏杨、李敖。

柏杨(1920—),本名郭衣洞,另有笔名邓克保,生于河南,1949年赴台。早年以本名发表小说,1960年开始以柏杨为名从事杂文创作,先后在《自立晚报》和《公论报》撰写"倚梦闲话"和"西窗随笔"专栏。1968年以"通匪""侮辱元首"的罪名被捕,1977年获释。1978年始,柏杨为《中国时报》和《台湾时报》撰写专栏,后结集出版《柏杨专栏》五集,包括《活该他喝酪浆》《按牌理出牌》《大男人沙文主义》《早起的虫儿》《踩了他的尾巴》,文风犀利更胜当年。柏杨杂文取材于台湾社会,往往仗义执言毫无顾忌,抨击时弊不留情面,加上行文谈古论今、汪洋恣肆,读后颇有酣畅淋漓之感。柏杨的幽默集夸张、反讽、嬉笑怒骂、正话反说于一身,锋芒毕露、诙谐泼辣。其思想核心可以著名的"酱缸"说为代表。他将中国社会文化以"酱缸"之言蔽之,指出它的腐蚀性、自私和丑陋,它对民族良心的窒息和摧残。杂文选集《丑陋的中国人》是"酱缸"说的集中代表。

李敖(1935—),生于哈尔滨,1961年开始杂文创作,同年发表于《文星》杂志的《老年人与棒子》一文以对传统文化的猛烈抨击引起社会震撼,由此拉开了李敖"棒打传统文化,掀起中西文化论战"的序幕。此后他不断以杂文毫不留情地批判传统与时政,对现行政治体制及学界的诸种流弊发起猛攻,以横空出世的愤怒青年形象著称于社会。1967年以"妨害公务"罪名被起诉,1971年又因"叛乱罪"入狱八年。1979年后继续撰写专栏,从事政治评论。杂文结集上百种。主要有《传统下的独白》《历史与人像》《文化论战丹火录》《上下古今谈》《李敖告别文坛十书》《独白下的传统》《李敖千秋评论丛书》51册、《李敖全集》24册等。

李敖杂文思想敏锐,气势逼人,批判民族弱点、抨击封建统治不遗余力,尤重旁征博引,以古论今,愤激之情、孤傲之气溢于言表。大胆触动政治禁忌,言人所不敢言,甚至不无偏激,是李敖杂文惊世骇俗,被视为异端的重要原因。

第五节 20世纪末以来的台湾文学

20世纪80年代以来,台湾文学进入了多元化的发展时期。六七十年代统领文坛的主潮文学现象在乡土文学论战后逐渐为生动多样的共时性文学形态所取代,文学感应着台湾社会政治、经济、科技、文化的飞速发展和社会结构、价值标准的变异,萌生出新的创作主体、思维方式以及新的内涵和表现形态,在已有的艺术经验和美学传承基础上,拓展出更富时代特色的文学新视野。这些新的发展变异更多是由文学的"战后新世代"来承担和完成的。

"战后新世代",简称"新世代"或"新生代",是主要从创作主体角度确立的文学范畴,特指1949年(弹性可回溯至1945年)后出生,于70年代后期、特别是80年代以来在台湾文坛取得突出成就的作家群体。这一概念诞生于80年代末,时值这一群体已显示出鲜明的特色和雄厚的创作实力之际。研究者已从文学史理论和现象出发,论证了它的出现及其特质。"新世代"是相对于此前不同时期活跃于文坛的"前行代"作家而言的,并逐渐成为特定概念。更新世代的创作群体虽仍可笼统地纳入"新世代"范畴,却同时被赋予一个更新的称谓:"文学新人类",或者"后新世代"。

"新世代"界说本身即已彰显其独特的生成背景。1949年"作为断代的基准,显示了'新世代'特有的政治、文化空间,既有别于接受日本教养的老一代台籍作家,也不同于渡海来台、拥有大陆经验的作家,他们成长的过程正是台湾工业化、都市化的过程,完整地诞生在资本主义的下层结构中;出生于1960年代以后的'新世代'更被全岛都市化的资讯系统所包容"(林燿德《台湾新世代小说家》)。这里两个重要的时间段值得注意,一是战后至50年代"新世代"作家集中出生的时期,此时日本殖民统治刚刚结束,随即国民党政权退守台湾,开始了与大陆隔海对峙的时期。这一时期尽管台湾历经多方面的社会变动,其基本政治结构和文化结构却相对稳定,形成与此前时期有明显差异的社会空间,使既无殖民统治下的生存体验,又缺少大陆文化记忆的"新世代"作家,必然有着与"前行代"作家不同的社会和文学经验。他们的人生立足于台湾的当下与未来,他们的视野遍及台湾当代社会的方方面面,他们的脚步也与时代的发展同步。另一重要的时间段是"新世代"作家步上文坛的时期,此时政治的动荡、经济的发展逐渐瓦解着台湾政权的"威权"统治,加速了台湾社会的都市化进程,更由于80年代以来信息时代和大众消费时代的来临,原有的社会政经文化结构发生变异和重组,各种新的行为准则和价值判断得以确立,多元文化态势得以形成,新一代面临着更多的机会和选择空间。

文学发展方面,经历了70年代后期乡土文学大讨论,台湾文坛过去交替出现的单一主导潮流已被并行的多种潮流所取代,文学的内涵和表现形态也随着社会的变动和西方思潮的快速涌入而面貌一新,"前行代"作家几十年的文学积累既是"新世代"创造的基础,也是他们创新的前提。"典范更替"成为时代发展和"新世代"作家主观愿望上的共同要求。"新世代"试图以超越的姿态实施革命性变革,继而确立自身在文学史上的位置,他们的创作成就本身也已证明了这一点。

"新世代"作家处身于相对安宁平和的社会环境,享受到政治的相对自由和经济的富足以及现代社会带来的一切便利,拥有较高的教育水准和较完备的知识结构,较少因袭的历史重负,因而具有开阔的视野、强烈的参与意识和鲜明的现代观念,无论对社会政治还是文学潮流,意识形态还是创作方法,均可在相当程度上摆脱既往的二元对立思维模式,呈现更开放、更自由、更多样的内涵。在很大程度上他们不再试图扮演某一阶层、党派、意识形态代言人的角色,他们的社会立场和文学立场更加开放自如,使文学与社会的关系变得相对松弛。"活"文学的观念印证了他们将文学作为一种生存方式,将文学创作与生命的存在状况相融合,生活本身即创作。这些"行囊轻盈的艺术朝圣者"以其时代赋予的人生体验,不但大力拓展题材范围,使既往的政治文学、乡土文学、工商题材文学、女性文学、科幻文学等别开生面,并促使都市文学、海洋题材文学、环保文学、情欲文学更加兴盛,还积极更新和改写传统的美学原则,为他们的时代创造和积累新的美感经验。

进而,文类的限制也被弱化。一些"新世代"作家打破传统的文类限制,将诗化语言运用于小说、散文和戏剧,并将其他艺术门类的表现方式引入文学创作,形成文类活泼化、模糊化的趋势,这又直接导致多种新文类的诞生,如录影诗、魔幻小说、新闻立即小说等。文学的内容和手法不再是唯一被关注的事物,文学本体也已成为写作的终极关怀,因而又有"后设诗""后设小说"的出现。在现代文化、哲学意识的引领下,"新世代"不满足于对文学和社会现实关系的关注,力图向哲学的高度和人性的深度挺进,呈现超越现实层面的追求;表现方法上亦超越对事物外在形态的描摹,在继承台湾现代主义文学传统的基础上,更具开放性和创新精神。

"代"的大致确定的时间概念并不能说明"新世代"空间概念的多样性。

"新世代"无论是文学观、个人风格还是艺术手法,都呈现丰富多彩的态势。当一部分人沉浸于后工业时代表征的把握、一部分人醉心于新颖的艺术实验时,也有一部分人侧重于历史和现实的关怀,更有其中的佼佼者集多种文学精神于一身,打造出多种多样的文学作品来。立足台湾,展望世界,是"新世代"作家与生俱来的人生观,也是自70年代本土化思潮高涨以来普遍的社会观念,它在"新世代"中也演化成不同的倾向,或为褊狭意识,或为广阔胸襟。

文学"新世代"是近30余年来台湾文坛的主导力量,也体现着这一时期台湾文学的主要特征和成就。这一代作家目前正当壮年,还将在今后相当长的时期内扮演台湾文学中坚的角色。而今,"后新世代"的文学主体也早已出现,出生于60年代后期至80年代的作家族群又以对"新世代"的承继和发展昭示着更新世代的崛起,他们进一步发展了"新世代"在文学观念上的自由和开放意识,书写着属于自己的独特经验。他们相信,科技的发展使"文学传递或书写的方式,已经到达网路、BBS站或是更多样的表达,图像的思考的方式影响到文字的书写"(许悔之等《台湾新世代作家文学的总采》)。生长在信息社会,新一代的文学更具当下和未来的时代特征。或许由于台湾几十年来未发生断裂式的大变动,或许新人类的创作尚未获得更明显的超越性成就,他们与"新世代"之间"代"的印记远未达到"新世代"与"前行代"之间那样明显差异的程度。二者更像是处于同一文学大时空内不同的演化层面,需要时间的进一步推移来理清脉络。

同时,90年代以来出现的"新乡土书写"流脉也是由更新世代的群体所承担的,他们以具有差异性和独特性的地方书写有别于七八十年代的乡土文学,在全球化和信息化时代书写他们心中的地方历史和想象空间,以构筑属于这一代人的文化认同。主要作家有吴明益、童伟格、许荣哲、王聪威、伊格言、许荣哲、高翊峰、杨富闵等。

"新世代"文学的突出成就在于主题领域的发展和开拓,表现为一些传统主题被赋予新的特质,更有新的主题成为"新世代"的独创。

就文学的政治主题而言,自乡土文学论战后,台湾社会逐渐开始多种意识形态的整合期,特别是"美丽岛事件"以来,言论空间扩大,部分"前行代"作家打破官方意识形态一统天下的局面,以创作揭露社会黑暗、历史阴影,对国民党统治进行反思。政治文学的多样性发展则主要由"新世代"作家担纲,早在1979年,"新世代"作家黄凡即以《赖索》这篇"经典性的政治小说而正式开启了 80 年代台湾政治小说的序幕"(林燿德《小说迷宫中的政治回路》)。

宋泽莱、林双不等"新世代"作家继续传统的政治诉求,站在被压迫者的立场发起对现行体制的激烈批判。林双不的《黄素小编年》触及敏感的"二·二八"事件,展示这一事件给台湾人民造成的抹不去的阴影,成为此类题材小说的代表作。提出"人权小说"概念的宋泽莱以《打牛湳村》系列继承乡土文学传统,指出并试图回答乡村社会的现实问题。与这两位作家强烈的政治倾向性和偏执的本土意识不同,蓝博洲致力于历史现实的客观再现,在史实调查的基础上,试图重现 40 年代中后期和 50 年代台湾社会的基本矛盾,写下了《幌马车之歌》《寻找剧作家简国贤》等作品。政治在朱天心的《新党十九日》中呈现为令人啼笑皆非的闹剧和小人物生活中的尴尬处境。另一部分颇具前卫色彩的作家,如黄凡、张大春等则对社会政治、党派纷争持审视和批判的态度,剖析各类政治现象,发现其中的共同本质,而不是站在某一特定立场提出自己的价值判断,从而实现对政治的怀疑、戏谑、消解和超越。从 70 年代的《赖索》到 90 年代的《撒谎的信徒》均显示如此认识脉络。"解严美学",即随"解严"而来的全新意识形态和文学观念的形成,更使"新世代"作家的写作充满意识形态自觉,其政治意识不单涉及写作内容,亦成为某种写作姿态;政治文学逐渐泛化为意识形态文学,内涵不仅包括"政治生活",也包括"生活政治"。"自政党政治到两性政治,自意识形态对抗到省籍、种族纠葛,自实际发生的政治历史到纯属虚构的政治寓言"(郑明娳《当代台湾政治文学论·序》),意味着政治主题已向纵深发展以及作家文学和社会认识的突破。李昂的长篇小说《迷园》集意识形态"边缘与中心"的对抗和两性冲突、省籍矛盾于一身,自有特定的意识形态企图;张大春的《大说谎家》将事实与虚拟熔于一炉,在嘲讽和戏谑中,实现对政治的寓言式解读。

如果说 50 年代台湾的政治文学因其绝对服务于单一的官方意识形态和政治目的,迎合虚幻的政治激情,加上艺术表现的僵化而走向末路的话,"新世代"笔下的政治文学(不包括少数为党派政治目的服务的作品)却因生逢社会多元化其时,并以独立的思考、深刻的批判意识和怀疑精神、崭新的文学思维方式而赢得勃勃生机。

早在 60 年代前后都市文化发展的初期,台湾已出现题材和主题意义上的都市文学,如罗门、黄用、林绿的诗作。80 年代后,都市文学伴随着台湾社会都市化的迅速实现,由"新世代"作家加以拓展和深化,与台湾都市化共同成长的"新世代"和他们所在的都市早已形成共生的关系,都市在很大程度上是先验的和宿命的存在,都市文明已渗入生活和血液,成为他们生命的一部分。因此,他们对都市有着与生俱来的热情和先天的理解力,在他们看来,都市意味着流动不居的变迁社会,"现在的城市概念不但延伸到'城'外的卫星市镇",甚至"凡是现代科技、现代资讯网路笼罩的地方,都是城市的范围"。(痖弦《在城市里成长》)城市既不外在于乡村,乡村也不外在于城市,这种人类生活的新结构新关系改变着都市文学旧有的内涵和观念,它不再仅仅意味着地域和主题,更意味着新的时代精神。以往乡土文学家所呈现的城市与乡村的对立和以乡村批判城市的道德立场基本退隐;传统农业社会向现代工商社会转型时期的阵痛和牺牲逐渐被都市时代本身的魅力、矛盾和问题所取代。"新世代"们享受着都市的种种便利,观察着都市和他们自身内心的变化,思考着都市的问题和弊端,塑造和阐释着都市的精神。人们很容易发现,社会的都市化变迁是都市文学兴起的直接的社会性的动因,但"新世代"认为,"社会学的语意场领域已经缺乏绝对性的说服力"(林燿德《八〇年代台湾都市文学》),文化变异、世代交替导致的观念更新、价值体系的重建才是催生都市文学的内在力量。

与此同时,在科技改变了阅读行为和传播方式的世纪末,都市文学也脱离了传统的解读形态。"新世代"意识到"正文(text)作为都市"和"都市作为正文"的互动关系,将都市本身即视作"正文",将都市文学看作"都市正文"的文学实践,作家既是"都市正文"的阅读者,也是"文学正文"中都市的创造者。写作成为都市在人们心灵中的回应,并融汇为都市的一部分。他们并不简单地满足于描绘都市的外在景观并作出道德判断,而力图深入都市的内部结构,把握其内在律动。当黄凡总体考察"都市生活"大系统时(小说集《都市生活》),张大春正充当着都市的"公寓导游"(小说《公寓导游》);在林彧的都市诗书写上班族的灰色人生后,朱天文又渲染出"世纪末的华丽"(小说《世纪末的华丽》);"李欲奔"为"消失的男性"而苦恼(吴锦发小说《消失的男性》),"健康公寓"中却住满饱受心理压力的现代人(王幼华《健康公寓》);林燿德以《一个城市的身世》(散文集)和《都市终端机》(诗集)显现出鲜明的解构倾向,对当代都市大众传媒和众多新型文化事物有相当敏锐的理解和诠释。他所提出的"终端机文化"体现了对都市文化精神的后现代式言说。

与"都市正文"的多元性、复杂性相对应,都市文学的"正文写作"也开辟了多重路径。当都市文明挣脱了传统社会的框架时,都市文学也创造着新的时空结构、人物形态,许多作品不再以经营完整的故事为最终目的,而热衷于在时间、空间、场景、人物的组合拼贴中形成新的意义场;后设、夸张、变形、荒诞、科幻等多种手法和风格使都市文学写作最大限度地与都市形成同构。无论王幼华的"恶徒""狂徒"还是东年的"模范市民",均是都市人异化特质的揭示,大跨度展示空间转换的《台湾奇迹》(平路著)以荒诞的想象书写当代台湾的荒诞,《公寓导游》中各个独立空间的共时性和封闭性、人物的道具化和非性格化,探索着井然有序的居住空间中非理性甚至反理性的人文结构真相。"录影诗""视觉诗"的尝试印证着信息时代文学对媒体作用的思考。

由"新世代"作家主创的都市文学对文学思维方式和手法在各个方位上的超越以及与都市文明各角度的对应和互动为文学的自身发展和与社会的关系作出了新的注解,也成为80年代以来台湾文学最具代表性的文学现象之一。

女性文学一直是台湾颇具特色的文学主题类型之一。自50年代始,就有一些女性作者提笔书写自身的成长历程及带有女性情感特征的乡愁等题材;六七十年代,感应现代主义文学潮流,女作家也力图以现代手法诠释外部的和心理的世界。但从整体上讲,没有形成大规模的、以集中表现女性命运为鲜明题旨的女性文学潮流。走进80年代,女性文学的数量和质量均有突破性增长,"新世代"女作家积极参与社会生活的方方面面,或直接介入政治和社会批判,或重新认识爱情婚姻及两性关系;或描摹现代社会女性处境和经验,或试图确立属于自身的性别话语。其中,"新女性主义"的主张更具代表性。在西方女性主义理论和实践以及台湾现代社会发展的共同影响下,以追求两性平等,摆脱女性在男性中心社会中被压抑、被歧视的屈辱处境,赢得女性自由发展的新女性主义既是七八十年代之交兴起的社会文化潮流,也在女性文学创作上得到有力呼应。

以创作探讨女性在现代社会中面临的诸多问题,如离婚、外遇、性关系、在家庭和社会中的地位和处境等,进而揭示女性真切的身心体验,正视女性的权利,批判两性不平等的社会现实,是本时期女性文学的一大特色。部分作品着力塑造在传统与现代角色中挣扎奋斗、具有新时代性格的女性形象。当静敏从小鸟依人式的主妇经离异和奋斗成长为独立自主的女性,开拓出一片"自己的天空"(袁琼琼《自己的天空》)后,众多勇于争取个性独立、维护自身尊严的女性形象纷纷出现。《盲点》(廖辉英)中的丁素素不堪扮演传统家庭里备受压抑的女性角色,终于走出家庭,寻求自尊自强;《霞飞之家》(萧飒)结合时代变迁叙述了母女两代艰辛奋斗的历程。另一些作品侧重表现女性在各种不同处境下的命运。廖辉英的《油麻菜籽》和《红尘劫》,前者呈现传统女性如"油麻菜籽"般毫无自主性的命运,后者对现代社会中女性遭遇的不公正对待提出批判。《小镇医生的爱情》(萧飒)探讨的是在自然人性和传统观念冲突中女性的选择问题。

更有一些作品关注性和性关系在女性生活中的作用和影响,由此切入思考男性中心社会对女性的性压迫、性掠夺及女性的性体验、对自身身体的感知等等,以此凸显和强调社会对女性的压抑、遗忘和忽略,因而更具女性主义的观念特征。李昂颇具象征意味的小说《杀夫》和《暗夜》分别从传统农业社会女性为生存被迫充当男性的性奴隶和现代商业社会女性成为各种利益关系中的牺牲品的境遇,对女性被压迫的社会现实提出尖锐的批判;李元贞的《爱情私语》则企图通过性体验的描写,尝试以良家妇女的角色来面对性、处理性、在性经验中成长。一些女诗人的诗作或以女性的身体和生理、心理现象反映女性命运,反抗将女性身体物化和商品化的男性美学,如谢昭华的《晨妆》、朵思的《皱纹》等;或力图建立独立于男性世界的女性话语和以女性为中心的文化观念,如夏宇的诗集《备忘录》和《腹语术》中的作品——她的许多诗作更被批评家冠以"阴性诗"这一具有女性主义色彩的称谓。

女性文学在80年代后期和90年代又有一些新的动向,一方面,张扬女性主义旗帜的李昂将对女性的思考进一步扩展到文化及现实政治领域;另一方面,一些年轻的女作家感应都市文化的脉搏,以畅销书的方式书写都市女性的情感生活,形成"都市浪漫小说"一脉。

主要由"新世代"中的少数民族作家创作的少数民族文学也是80年代以来台湾文学的重要一翼。作为弱势族群和边缘文化在文学上的代表,少数民族文学的崛起既表明少数民族作家、知识分子的成长,也体现多元化社会格局对边缘文化意识的唤醒。少数民族文学以表现弱势族群长期被压迫、被歧视导致的生存危机和他们争取民族平等的抗争以及对本民族文化历史的重建为基本主题,为少数民族从漫长生存过程中的"无语"状态跨越到发出自己的声音、确立自己的文化性格和尊严做出了贡献。田雅各、莫那能、瓦历斯·尤干、孙大川等均为少数民族作家中的佼佼者。

除上述几大主题之外,其他主题和题材的创作,如东年的海洋题材小说,刘克襄的生态环保主题诗作和报告文学,陈克华、林燿德、平路的科幻题材创作,邱妙津、朱天文的同性恋题材作品等,皆为构成"新世代"文学丰富多元内涵的重要部分。

打破以往对文学与现实之间关系的认知和表现方式,"新世代"作家对文学本体的理解同样具有反省和创新精神。不满于简单机械的反映论,他们在当代世界文学潮流和新型创作方法的影响下,开始向传统的文学价值观、功能观和本质论提出挑战,作为文学基础的语言、传统的叙述结构、虚构与真实的关系等等受到全面质疑。体现这些变革的是 80 年代中期出现的后设小说、后设诗及魔幻小说等。

后设小说(metafiction)的理论和实践源于西方,有着深刻的文学发展的内部原因。基于对文学能够反映世界真相的怀疑,后设小说强调虚构性和人为性,不认为文学能够实现对生活真实的把握,也就改变了文学阅读和批评的习惯性思维。"自我指涉",即在写作中谈论写作,是后设小说的基本特征,用以凸显写作的刻意性、申明写作主张或交代写作过程,达到瓦解传统写作格局的目的。台湾后设小说始于黄凡 1985 年发表的《如何测量水沟的宽度》,该小说以游戏的语言印证故事的荒诞和虚构,提醒读者小说只是"借着白报纸上印出的黑字来证实它能够勾勒出一个'世界'"而已。张大春《写作百无聊赖的方法》更是"自我指涉"的典型,不但出现大量斟酌和戏谑该篇小说写作和探讨角色、情节的文字,还时常中断叙述,穿插许多"括号按语",肢解完整的故事和结构。蔡源煌的《错误》、林燿德的《恶地形》、平路的《五印封缄》等,均为后设小说的代表作。而无论是否严格意义上的后设小说,后设技巧的运用几乎是所有当代实验性作品均或多或少所采用的策略,其观点或可提供给当代台湾小说的读者一个崭新的批评视野。

经历了拉美魔幻现实主义的冲击,"新世代"也进行着自己的魔幻小说操练。张大春的《将军碑》将后设与魔幻相结合,自由穿越时空,由此获得全新的阐释历史的角度。他的《饥饿》《自莽林跃出》和杨照的《黯魂》等都是运用魔幻手法的例子。

事实上,"新世代"作家的文学实践远不止于上述诸方面。继承 70 年代"关怀现实,回归传统"精神的报告文学、后现代小剧场运动、贴近现实的文化批判散文、新一代留学生和侨生文学以及融合西方现代文学理论从事台湾文学理论批评等都印证着他们对台湾文学的突出贡献。"新世代"又是一个庞大的作家群体,其鲜明的个性、多样的追求在有限的篇幅内难以充分展示。其中一些成就斐然者当可作为他们的代表。

曾被称为"新现代诗的起点"的罗青（1948—　），本名罗青哲。70年代以诗集《吃西瓜的方法》开拓了崭新的语言思考模式，在诗坛引起轰动。另有诗集《神州豪侠传》《捉贼记》《水稻之歌》《录影诗学》；评论集《从徐志摩到余光中》《诗人之灯》《什么是后现代主义》《诗人之桥》等。

罗青诗作擅长驰骋于众多题材领域，尽可能地尝试多种语言实验，借用其他艺术门类如音乐、绘画的艺术手段，诗观趋向前卫，常开风气之先。1985年任《草根》诗社社长后，提出"录影诗学"的主张，并身体力行写作"录影诗"。所谓"录影诗学"即尝试在诗作中以录像机的视角、技术性的语言，使诗走向清晰和知性；使用画面和音响效果，调动听觉和视觉，采用电影分镜头，突破传统观照世界的方式。将象牙塔尖上的诗创作与科技和商业时代的录像带工业联系到一起，其设想本身已极具后现代特征，充满世纪末的都市精神，提供了融合雅俗的"第三种可能"。

"录影诗"的文本首先是通过文字实现的，类似电影分镜头剧本，在没有"录影"之前，其声光效果依靠文字的提示和想象而存在。作者认为："录影诗，并不一定要以录像带为其最终的形式，其重点，还是以文字印刷为主，可以阅读，可以朗诵。""录影诗，是以'诗想'为主，以文字为表达元素；录影带则以图像、音乐、文字综合构想为主，以画面胶卷为表现元素，……但其背后的思考模式，却可以互通有无。"（罗青《录影诗学·后记》）具体而言，作者还试图"将电影的技巧和中国手卷绘画的美学观点结合，有机地溶入诗的形式和结构中，使得语言的抽象记号和影像的具体记号建立联盟关系"（林燿德《不安海域》），《天净沙·流水》将古曲牌名产生的联想与对都市的蒙太奇式的展示相结合，使诗想融入大众录影文化因素，呈现新的变貌。这样的尝试也可视作现代诗新的传播方式的实验。

录影诗在概念和形式上的新意与完全蜕变为内在的诗质尚有一定距离，即还存在"自我解构"的状况：去掉穿插的技术性语言，诗的结构和内涵似无明显改变。要达到成熟的艺术实践还需进一步探讨。继《录影诗学》之后，罗青又以《一封关于诀别的诀别书》实现对后现代主义精神的实践，该诗以三重后设陈述逐一陈述此前部分，点出文义层层衍生的意趣。

新世代小说家黄凡（1950—　），台北人，本名黄孝忠，因写作观念、题材的突破和新手法的实践成为整个80年代台湾文坛颇受瞩目的人物。在十余年的写作活动中，先后出版了短篇小说集《赖索》《自由斗士》《都市生活》《曼娜舞蹈教室》《东区连环泡》《你只能活两次》《冰淇淋》；中长篇小说

《大时代》《零》《伤心城》《天国之门》《反对者》《上帝们——人类浩劫后》《财阀》《上帝的耳目》等,另有散文集《黄凡的频道》《黄凡专栏》《我批判》等。90年代黄凡淡出文坛,至2003年复出,出版长篇小说《躁郁的国家》《大学之贼》;短篇小说集《猫之猜想》等。

1979年发表的第一篇小说《赖索》即已造就黄凡在台湾文坛的重要影响。它以具有明确政治内涵但却超越政治倾向的睿智眼光改变了以往突出确定政治立场、服务于特定理念的政治文学模式。小人物赖索投身政治活动所遭遇的屈辱、背叛和牺牲与政治运动领袖的投机性格和卑劣行为恰成鲜明对比,一方面披露政治活动中善良的小人物沦为被利用、被抛弃的牺牲品的命运,一方面讥讽政治人物的虚伪以及具体政治理念的脆弱。小说直接的指向固然是台湾的现实政治,也因此被看作突破禁忌、贴近现实的社会批判,而背后隐含的超越立场或称"观察者"态度在当时却并没有获得透彻的理解。作者所要批判的并不是哪个具体的政党或人物,而是政治生活内在的本质,它不因党派政治观念的不同和意识形态的差异而有所不同。所谓"不是现象层面的指摘,而是概念层面的针砭"(高天生《暧昧的战斗》),正是黄凡把握政治本质的深刻之处,也使作品面临政治时空转换之际,仍可维持其生命力。

黄凡此后的政治小说如《大时代》《自由斗士》《反对者》《伤心城》等继续沿袭上述思路,描绘政治对社会生活的侵蚀和人们身陷政治漩涡无从摆脱的困境。其立场继续证明他的如下理念:"这是个不确定的时代,一切都不确定",作家应"独立于权力团体之外,超越政治和所有各种干扰","文学的理想绝对不能和政治理想混为一谈,文学作品不能以它是否能改造社会来论断其价值。文学一如艺术本身即能自我满足,无需他求"(叶桦《黄凡眼中的世界》。)这似乎可以说明黄凡将现实政治主题上升到"较为形上"层面的用心。

黄凡对都市文学的经营同样卓有成效。他的系列小说《都市生活》以宏观的视野对构成都市文明的诸多因素予以考察,试图整体上把握都市的脉动。都市人的多重性格和行为方式,内心的困惑、矛盾和挣扎是一道重要的都市风景。《人人需要秦德夫》从因现代生活的困扰而充满焦虑惶惑的何律师的角度展开对秦德夫这个都市产儿生活形态的描述,这个白手起家、在都市中如鱼得水的人物似乎确是为都市而生、因都市而死,其身前身后无不铭刻着都市的烙印;《财阀》中的赖朴恩完全是都市价值法则的化身、都市生活权力的执掌者。普通的都市人却不得不忍受冷漠和孤独,正像《雨夜》的主人公詹布麦因做好事反遭遇各方的猜忌和误解。《房地产销售史》又在公寓意象(它作为都市现实空间和都市人孤绝、封闭的心理空间的象征,不止一次出现在新世代作家笔下)的经营中发现了"都市人格集体潜意识中欲求不满与自我实现挫折"(林燿德《台湾新世代小说家》)的症候。

黄凡对都市的态度同样是"暧昧"的,他所做的是展示都市人的生存状态,在他看来,大都市居民生活模式相同,意识形态相似,都有压力、焦虑和社会问题,今天的台北人"也就成为一种世界性的现代人",表现他们的作品自然应有"'宇宙性'的企图"和使"笔下的人物可以有世界性的代表"(叶桦《黄凡眼中的世界》)的追求。

被誉为"一颗耀眼的文学之星"的林燿德(1962—1996),于80年代中期至90年代中期的十年间在台湾文坛大放异彩,以出色的创作成果、积极的文学批评和文学组织活动为"新世代"文学提供了重要的、不可忽略的实绩。其创作在现代诗、小说、散文、戏剧诸文体领域均有建树。立足当代都市现实,以大胆想象和深刻感悟把握时代精神,审视现代人的行为与心灵,是其创作的基本追求。著有诗集《银碗盛雪》《都市终端机》《你不了解我的哀愁是怎样一回事》《都市之甍》《一九九〇》等;短篇小说集《恶地形》《大东区》;长篇小说《一九四七·高砂百合》《大日如来》《时间龙》;散文集《一座城市的身世》《迷宫零件》《钢铁蝴蝶》;评论集《一九四九以后》《不安海域》《重组的星空》《期待的视野》等。主编有多种文学评论选集和创作大系。

在台湾文坛,林燿德是积极主张并身体力行"世代交替"的一代新人。前卫的观念、跃动的才思凝聚为"无范本,破章法,解文类,立新意"的原则和"永远面对未知,永远接受挑战,永远拒绝被编号"的姿态。题材的大胆开拓、现代和后现代手法的多方运用,使之走在时代前列,无法被某种主义、流派或类型所限定。对都市的不断发现和阐释是林燿德文学生命中不可忽略的重要部分。《都市终端机》《都市之甍》《一九九〇》和散文集《一座城市的身世》《钢铁蝴蝶》等,在性爱、减肥、新人类生存状态、政治权力、终端机文化、同性恋、可乐文明、都市上班族、新女性等大量"都市符征"组合聚集形成的五光十色、躁动而充满生机的都市景观背后,显示着作者前瞻性的眼光:由于全球都市化进程的不可逆转,信息时代的到来和地球村的形成,都市不再是与田园相对立的罪恶的渊薮,都市的概念也不再局限于地域,它是现代人无可回避的生存本质。作家应"以人的自觉与都市化的思考,去前瞻和关切未来"(蔡诗萍《八〇年代后都市散文的新世代性格》)。批评家指出,肯定都市,以"平和的心态来看待都市的善与恶","是从林燿德开始觉醒的"(应平书《八〇年代的文学旗手》)。

上述观念所决定的都市写作处处显露着鲜明的后现代性格。电子时代生活方式对人类生活无孔不入的侵蚀(诗《终端机》《冷静的电脑》、散文《公寓零件》)、政治生活的可笑与荒谬(诗《市长来了》《交通问题》《魔王的脸》)、都市现象的拼贴与并置(诗《线性思考计划书》)、语言和意识形态的解构(诗《语言学的看法》、散文《真理与谎言》)、现代人的生存状况(诗《人人都想向我索讨食谱》、散文《钥匙》)等,这些主题或单音或复调,融合有破坏性和震撼力的诗歌语言以及冷静、反讽的散文叙述,为新世代的后现代精神提供了有力的佐证。

对都市的具象把握并不意味着仅仅将其视为一种对象化的存在,林燿德笔下的都市不但是现代人的生存现实,也是他们驰骋想象的基础。当林燿德以科幻小说进一步将探索的触角伸向人类心灵和宇宙时空,传达对人类命运、未来世界的关切时,他的出发点即是都市文明带来的启示。《双星浮沉录》以当今世界为蓝本,虚拟几百年后的人类社会;长篇科幻小说《大日如来》设定世纪末时空,组合闪烁迷离的都市景观、信息社会的生存方式和电子科技的夸张变形;《时间龙》铺陈人类文明走向末日时的夸张需求与膨胀官能,描绘光怪陆离的星际物种和高科技统领下的后工业都市,被认为体现了宿命的历史观和男性中心观和对后工业资本主义的生存哲学发出批判和挑战的主题。

历史题材小说《一九四七·高砂百合》证实着林燿德组合过去与现在、魔幻与现实、共时与历时、再现与改写的欲望。小说以少数民族的生活为叙事核心,以 1947 年 2 月 27 日这一蕴含丰富历史内涵的时刻为时间支点,将在台湾历史舞台上先后或同时扮演角色的汉人、少数民族、西方和日本殖民者同时纳入特定时空,以密集的历史事件和不同种族、信仰、性别之间错综复杂的关系表现台湾复杂多元的文化生态。各种人物、事件与想象的拼贴组合消弥真实与虚幻的界限,造成对历史和习惯性思维的怀疑或否定,历史在小说中变得更加游移和不确定。它暗示着台湾的文化命运,显示了作者消解既定历史的意图。

批评是体现林燿德文学思考的又一种方式,也是他建构文学类型、拓展文学群体生存空间的有效手段。都市文学和新世代作家是其论述核心。从第一部文学评论集《一九四九以后》到《重组的星空》《期待的视野》,即是对上述论述趋于完善的建构过程。作者擅长以灵敏的触角捕捉较能显示台湾文学发展趋势的新因素、新特质,并剖析其出现和存在的切实理由。相比创作的后现代特征,林燿德的批评中心明确,立场坚定,有着追求意义和在破碎的价值体系上建立新价值的欲望。《不安海域》《台湾新世代小说家》《八〇年代台湾都市文学》等论述,配合雄辩的文风和理性的思辨,为新世代作家和都市文学概念的建立和壮大发挥了重要作用。

"新世代"作家中被戏称为"写作策略创新的速度,可以比美今日世界科技产品的速度"的,是不断求新求变的张大春(1957—)。不停顿的创新意识使他每一本小说集的出版几乎都意味着一种新的创作形态的出现,奇诡灵动的想象力和变幻多姿的语言成就了他自由挥洒的写作姿态。正如他自己所说:"在我找寻答案的生命里,新的小说语言、新的语言游戏、新的游戏规则以及新的规则残骸,正在不断地酝酿、呈现、破灭。"(张大春《陌生话》)他的小说创作过程就是新的创意不断萌生、展露和被取代的过程。已出版有长篇和短篇小说集《鸡翎图》《时间轴》《病变》《公寓导游》《四喜忧国》《刺马》《大云游手》《欢喜贼》《大说谎家》《少年大头春的生活周记》《我妹妹》《没人写信给上校》《撒谎的信徒》《野孩子》《本事》《寻人启事》《城邦暴力团》《最初》《聆听父亲》《春灯公子》《战夏阳》《一叶秋》《岛国之冬》等,包括写实、魔幻写实、科幻、后设、侦探、传奇、荒诞、成长故事、"新闻立即小说"等多种类型。另有文学论述《异言不合》《张大春的文学意见》《文学不安——张大春的小说意见》《小说稗类》《小说稗类卷二》;散文《雍正的第一滴血》《化身博士》等。

张大春的写作生涯始于70年代中期,此后出版的短篇集《鸡翎图》和科幻小说《时间轴》已显示出突破束缚、求新求变的素质。80年代中期,他开始了形成其不断创新的文学性格的写作实验过程。短篇集《公寓导游》和《四喜忧国》中的许多作品集中体现着实验的成果。《写作百无聊赖的方法》通过对一位名为"百无聊赖"的试管婴儿的书写直接呈现小说的创作过程,展示其鲜明的后设性;《走路人》质疑记忆与真实的关系,指出记忆会"随着时间而生长和改变","无论你们相信谁的记忆,它都会在相信之后变成最真实的故事"。"真实"本是难以确定的事,要使人相信所谓"真实",端在以何种语言叙述;《印巴兹共和国事件录》和《晨间新闻》模拟新闻报道的方式叙述虚构事件,点明思维受日常语言支配和媒体左右"事实"的真相;《公寓导游》将故事和情节边缘化,使不同空间的并置和相互作用成为中心议题,人物及其相互关系处于被动而偶然的状态。传统小说形态在此逐渐发生崩解。

《将军碑》融入魔幻写实技法,以一位将军晚年获得"穿透时间,周游于过去和未来"能力的设想自由转换历史与现实,将"历史"归结为语言问题,不同的历史书写消弭了既定历史的权威性,其实质在于"反历史",颠覆所谓"史实"的神话。如果说《将军碑》指涉对中国现代部分历史现实的多义理解,瓦解固定的意识形态,隐约透露出作者的现实关注的话,《饥饿》则以魔幻方式表现强烈的社会现实讽喻。出身古老民族、具有巨食特异功能的巴库来到现代都市后成为商业社会的牺牲品,被工具化、非人化,他不知餍足的巨大肠胃变成种植园主、食品商的活广告,最终在吞下无数物品后爆炸。魔幻故事直接讽喻弱势族群在当今社会被压抑的生存状态和自身文化的衰颓。《自莽林跃出》的魔幻色彩较为纯粹,其题旨仍是要说明"天下没有写实这一回事"。亚马逊河流域奇诡的超现实事物又一次成为作家以语言设定现实的实验。

魔幻之后,作者继续以小说形态的更新尝试着语言、叙述结构和风格的多重功能和效用。荒诞和幽默成为《四喜忧国》的基本风格。生活于底层的退伍老兵朱四喜在长期僵化的意识形态社会中,几乎本能地形成固定的思维模式,认定"报上写的都是真的",生活中缺少所谓"文告"便会使他惶惶不安,于是他拟写告军民同胞书,并试图公开发表。然而作为语言符号的"文告"对没有文化的朱四喜来说却没有丝毫的意义,即便他能够分辨出那些文字来。而朱四喜式"文告"的无意义也抽空了"君临天下"的"文告"的意义。两相对照,张大春的讽喻动机不言自明。

随后,《少年大头春的生活周记》《我妹妹》等成长小说成为张大春小说家族中的新成员。与稍早的《大说谎家》繁复的文体交响迥然不同,《少年大头春的生活周记》模拟单纯的中学生周记,将虚构的故事和人物穿插于周记的"重要新闻"部分之间,"利用简洁形式承载'真实/虚构'的复杂辩证"(杨照《多重文体的渗透、对话》),通过青少年的视角反讽成人世界的游戏规则和种种见怪不怪的荒诞思维。"周记"文体的借用也导致新意义的产生:成人读者因此获得审视某些社会记忆和自身记忆的机会。

1989年,张大春创作了被称为"新闻立即小说"的《大说谎家》。这部"众声喧哗"式的作品本为作家在报社任职期间融合当日新闻所写的每日长篇连载,其繁复多义令人眼花缭乱。无论真实、影射还是虚构的各色人物,无不因说谎而使所有事物真假难辨;所谓"谎言"与人们试图重建记忆而进行的虚构有关,也与社会政治中的阴谋、骗局有关:小说"曾经和一九八八年十二月到一九八九年六月间成千上百条的新闻一起编成既不可歌、也不可泣的历史。这部历史将在廿一世纪末成为人类研究前一个世纪末'台湾骗局风格'的重要引证"。与全篇嘲讽戏谑风格相得益彰的当然仍是对历史、真相、真实的质疑。诚如小说引用的箴言:"我们都是大说谎家,小说有说谎的权利,新闻有说谎的义务。人们读新闻,好证明自己可以相信什么;阅读小说,则是证明自己有怀疑的能力。"

张大春最为迫近时政的作品是 1996 年台湾地区领导人"选举"前夕出版的长篇小说《撒谎的信徒》,其政治影射尽人皆知。小说主人公,性情懦弱、人格卑劣的李政男即是台湾领导人李登辉的化身;蒋氏父子更以真名实姓出现。李政男由撒谎、背叛、出卖、逢迎、弄权构成的政治生涯揭示出权力欲望诱发的人性之恶如何一步步使人堕落为撒谎的信徒。然而,对具体政客的影射仅仅是小说的落脚点而已,作家更关心的是现象背后的哲学问题:"为什么信徒会撒谎?""什么样的谎言会召致信徒?""谎言的本质是什么?信徒的本质又是什么?""也唯有在这样追问的时候,人民得以超越领袖,历史得以摆脱政治,信徒得以远离神祇,小说得以瓦解谎言。"小说再一次以箴言的方式结合叙述试图说明:现代政治中潜伏的"宗教性邪恶"利用人性中的恐惧、怯懦和贪欲,驱使人们走上被奴役之路。在表面的影射背后,其实潜藏着深刻的形而上命题。

不断变换各种方式探讨语言与存在的关系,破坏、颠覆习惯的小说美学规定性,进而削弱和瓦解历史或政治领域的意识形态规范,是张大春小说的特定功能。这位标新立异的文学"顽童"不但热衷于技法的操练,也执著于问题的诘问。他在多元化时代语言和公共媒体的运作空间中,获得了小说创作的相对自由。

2003 年出版的《聆听父亲》是当下台湾家族史书写中的重要文本,它开始了张大春重构历史的尝试。如果说此前的叙述是消解或破坏的话,到此则有重建的意味。这一个人化的历史在对线性历史的瓦解中通过父子三代重建线性,也标志着作者写作精神的变化。

早在 16 岁即以小说《人间世》博得文名的李昂(1954—)是台湾当代女性文学的代表作家之一。高中时期创作的《花季》受西方现代主义影响,营造感觉化的心理时空,也已透露出后来蔚为大观的对性主题、女性感觉的关注。70 年代以来,李昂进一步展开对性主题的多方探索,并身体力行投入女性运动之中,两者相得益彰,使其独具特色的女性思考日益深入。

对女性处境的具有震撼力的呈现首见于1983年的小说《杀夫》。作者以旧上海记载"詹周氏杀夫"的《春申旧闻》为蓝本,敷衍出弱女子林市以肉体换取基本生存,最终不堪忍受虐待而杀夫的故事。古镇鹿港阴鸷谲诡的气氛、男女主人公颇具象征意味的心理和行为传达着作者的认识:旧时代男性在经济上的绝对统治地位直接导致对女性身体的暴力压迫,"性"对女性来说仅仅意味着获取基本生存条件的交换物而完全被异化。这篇并非严格写实意义上的小说以耸动的叙述将两性极度不平等的存在赤裸裸地凸现出来,其明确的女性主义立场赢得了广泛的社会关注。

随后的小说《暗夜》展示的是性在现代商业社会中的诸种变态。商人黄承德为获取股票信息而容忍妻子与人私通;记者叶原以商业信息换取他人妻子;女青年丁欣欣视性关系为得到更多物质利益和较高社会地位的手段。在多方性交易中,女性仍是最终的受害者,性的工具化和两性不平等的实质依旧。与《杀夫》相比,女性的被掠夺和被压迫脱离了生存层次的惨烈,染上商品社会的交换色彩,体现出作者多角度、多层次考察两性关系的意图。

从封建时代的性压迫到商业社会复杂的性交换,李昂80年代的探讨基本围绕女性处境和两性关系本身。1991年的长篇小说《迷园》昭示作者将女性问题突入文化、历史、政治领域的雄心。小说热衷于发掘两性关系的政治寓意,通过朱影红的情欲迷思渲染"阴阳决战与性政治",以至铺陈"女人的命运与台湾的命运"。朱影红与房地产商人林西庚的情欲纠葛除承袭作者一贯对情欲叙述的关注外,其中阴与阳、主动与被动、支配与被支配和反支配的性政治对决更被引申为一般政治冲突的隐喻;朱影红之父传给她的祖产菡园和围绕菡园衍生的一系列历史故事则被赋予阴性的特质,试图以此说明女人的处境和台湾的命运。叙述的创意在于两大主题相互交缠,彼此映照,只是后一主题不无牵强矛盾之处。朱氏家族念念不忘自身血脉的承继,却愿意子孙与本土文化隔绝;朱氏家长不准家人说统治者的语言,却要求说前任异族统治者的语言;他难以彻底挖除菡园中先人种下的大陆植物的根,却更乐于肯定台湾文化混血的一面。或许这体现着作者政治理念的含混、复杂和矛盾。

1997年出版的小说集《北港香炉人人插》又在真切的政治背景上书写情欲与政治、真实与幻象的百般纠结,展示放大的、甚至漫画化的欲望之舟在权力角逐中沉浮颠沛的千种姿态。集内各篇作品将女性主义理念与政治激情合流,袒露作者审视 90 年代台湾政治社会与情欲世界的独特心得。小说继续加强政治女性化、女性情欲政治化的书写脉络,但与情欲书写的稳定和执著相比,其政治叙述却变幻不定。读者能够发现以女性主义观点推演政治问题的意图,也能够看到后者背离前者的迹象。"随着小说的发展,社会政治问题似乎把女性问题排挤到边缘,无自形成新的中心;而从另一角度看,女性主义又似乎(至少是象征的)凌驾于其他政治问题,将其边缘化,以使自己成为无所不在的议题。"(王德威《北港香炉人人插·序论:性,丑闻,与美学政治》)这段评价《迷园》的文字也适用于这部小说集。女性书写与政治叙述的不相容处导致作者的叙述基点时常处于游移状态。小说集继续弥漫着李昂作品令人熟悉的凄厉和诡异的情调,反常、超常的叙述确能收到惊世骇俗的效果。

新世纪以来,李昂继续她的欲望书写,《花间迷情》以女性之间的情感为中心;《鸳鸯春膳》借饮食书写铺陈情欲政治纠葛。另有长篇小说《七世姻缘之台湾/中国情人》《附身》等。

平路(1953—),本名路平,曾在美国生活学习多年。这位创作之初即显示出"开放的世界知识和思考智慧"的女作家较为擅长从思辨的角度思考文学和各类复杂的社会现象。著有小说集《玉米田之死》《椿哥》《五印封缄》《红尘五注》《禁书启示录》《百龄笺》《凝脂温泉》;长篇小说《行道天涯》《何日君再来》;评论集《到底是谁聒噪》《在世界里游戏》《非沙文主义》《女人权利》等。

最初引起读者注意并获得 1984 年"联副"文学奖的是短篇小说《玉米田之死》。该小说承继历史悠久的海外游子题材,叙述一华人男子因思念家乡而在异国的玉米田中自尽的故事,主人公的家国意识和性焦虑互相纠结。此后的《五印封缄》以后设小说面目出现,侧重形式实验,以甲、乙两位中国女子在异国的生活为线索,故事和对故事的阅读穿插混杂,真实与幻象难以分清。《在巨星的年代里》描述人们在现实与回忆中失去了把握人生的能力;《郝大师传奇》披露被奉为宗教大师的人同样难逃世俗社会的七情六欲。

将这几篇小说的后现代特征发挥到极致的是凸显世纪末主题的《台湾奇迹》。小说以戏谑幻想的风格设想台湾在 20 世纪末走向"众声喧哗"的狂欢时刻,竟然成为世界的中心,在美国推行其"台湾化"经验。世纪末种种怪异荒诞和小说体例的庞杂实为台湾社会混乱状态的讽喻,在美国出现的各类台湾化症候也是台湾昔日美国化的世风流转,从中可见作者将"中心与边缘之间复杂的权力取予关系戏剧化"的处理和对台湾社会的深刻批判。这种奇异的世界末叙述无疑代表着小说家想象台湾、评价台湾的特殊眼光。

平路小说题材的又一拓展见于1994年的历史小说《行道天涯》,讲述的是"孙中山宋庆龄的革命和爱情故事"。在书写伟人外在革命历程的同时,注重其内心活动和感情生活的丰富和私人化。

平路创作除不断求新求变外,观点的鲜明亦有目共睹,因而被称为"议论的小说家",这也是她不同于以情感取胜的女性写作的独特之处。

早慧的女作家朱天文(1956—　),中学时代起即开始文学创作,1977年与人创办"三三集刊",早年倡导的"三三体"文学在年轻人中产生过很大影响。后开始电影剧本写作,曾与他人合作剧本《恋恋风尘》《悲情城市》《好男好女》等。早期的小说和散文创作多以青少年的生活和情感为内容,着重对人的真性情的描写、表达生命的喜悦和欢欣,以及对中国传统人文精神的吸取和弘扬。90年代以来,将笔触转向世纪末文化景观的描摹,风格趋向苍凉老道。先后出版小说集《乔太守新记》《传说》《最想念的季节》《炎夏之都》《世纪末的华丽》《花忆前身》,长篇小说《荒人手记》《巫言》;散文《淡江记》《小毕的故事》《三姐妹》(合集)、《下午茶话题》(合集)等。

深受张爱玲影响的朱天文,在度过了拥抱青春、赞美生命的创作时期后,敏锐地感悟到生命及周边世界中地老天荒的美学情致,遂于世纪末钟声即将敲响之际,以《世纪末的华丽》渲染当下台北都市浮华绮靡的风情。生活在其中的新一代不再是白先勇笔下的"台北人",历史的忧伤渐行渐远,感官的享乐及其虚幻性正弥漫在他们的心头。同名短篇《世纪末的华丽》将模特儿所展示的服装、饰物和令人眼花缭乱的品牌、质料、气味和色彩罗列组合在一起,于琐细、精致和绚烂中形成一种末世宗教氛围,当它们达到饱和的时候,人们在沉溺中走向虚无和苍老。二十几岁的模特儿米亚因其职业而大举透支了"世纪末的华丽",生命和激情在繁华中濒于疲惫。作品因此透露出盛世不再、繁华沉落的末世情调并将其描摹得分外动人。在不忽略台湾社会现实背景之际,作者独特的世事感悟和承继的美学传统更是这种末世情调的成因。

长篇同性恋题材小说《荒人手记》披露的是处于社会边缘的特殊人群孤绝畸零的内心和情感世界,以同性恋者游离于公众视界之外的特殊生活展示人性和欲情的别一番天地。这种特殊生活的深入剖析与后现代情境的穿插融合,使它与此前同类题材小说相比更具开放性和丰富性。

骆以军(1967—),生于台北,在出生和写作年份上略晚于"新世代"主体,是当下台湾极具创作力的小说家,写作颇受张大春等具后现代主义倾向作家的影响,抛弃写实主义的教条,对文本、文字符号产生的质疑,进一步发展出后设小说的手法及魔幻写实的书写策略。出版小说集《红字团》《我们自夜阐的酒馆离开》《妻梦狗》《我们》;长篇小说《第三个舞者》《月球姓氏》《遣悲怀》《远方》《我未来次子关于我的回忆》《西夏旅馆》《我爱罗》《脸之书》等。

2000年,借着外省第二代的身份,骆以军用文字去理解由大陆离乡背井迁居到台湾的父辈的情感记忆,出版长篇小说《月球姓氏》,随即成为台湾家族史写作的经典文本,入选该年度台湾重要媒体的十大好书评选。《西夏旅馆》出版于2008年,也融合了他以往写作中的一些故事片段和思考。小说的内容很难用一个故事性的描述来形容,一方面是书名呈现的西夏最后的逃亡历史,另一方面又是发生在现代旅馆局促空间中的想象,两个词连接起来其实隐喻的是台湾外省第二代的命运、历史和身份认同。这篇充满魔力和梦幻色彩的小说出版后迅速引起强烈震动,2011年获得香港第三届华语文学"红楼梦奖"首奖,并为骆以军赢得了"最近台湾十多年来最了不起、最有创造力的作家"的赞誉。它的题目、故事、写作历程乃至作者身份交混纠缠在一起,形成足以摧毁寻常阅读期待的合力。旅馆这个现代社会流动中的人生旅途暂居地具有的不安定、瞬间感和无根状态与那个曾经繁盛两百年却瞬间覆灭的古王国彼此映照,传达出骆以军对其父辈和自身所属族群的现代漂流状态的浓重的存在焦虑和解读、书写历史的强烈冲动,以及对未来生存前景的魔幻式想象。小说中令人眼花缭乱的乾坤大挪移和暴力血腥叙述,数不清的已解未解之谜,台湾纷繁乱象的再现与隐喻,大量梦境、亡灵、巫术的穿梭往返,众多后设和魔幻技法的层出不穷,构成奇异诡谲之图景,带给读者风暴般的阅读经验,令人在对历史与现实的陌生化过程和讲述者的亲历感受中生发迷离错乱之感,也成为骆以军小说创作最具震撼力的一部作品。

骆以军一直自嘲他们这一代台湾写作者是"经验匮乏者",而他个人创作的突出特点是语言密度很高,文字修饰华丽、萎靡甚至暴力。

就80年代以来台湾文学创作的丰富多样和论述篇幅的有限而言,上述论述不得不带有权宜的色彩。任何时候的文学史论述都试图在对对象的取舍中获得相对稳定的论述视野,只是,文学写作的变化发展总是领先于文学史论述。无论"新世代"还是更新世代,他们作为对象,其丰富性在目前和不远的将来尚不可能穷尽,但是其经典化进程也已经开启。

后　　记

《中国当代文学概观》1979年出版以来曾做过两次修订。日前，在张雅秋女士的热情建议下，我们做了第三次修订，这次只做局部增补。至于80后的"青春写作"、网络文学、市场化文学等诸多文学现象和新涌现的作家，尚需时间的淘洗，因此暂不收入本书。敬请专家、读者指正。

赵祖谟　计璧瑞

2013.12.20